風字日記

4

4

鳳宇　權泰勳　遺稿全集 — 鄭在乘　譯註

책미래

봉우일기 4

1판 1쇄 발행 | 2022년 5월 6일

지은이 | 권태훈
주   간 | 정재승
교   정 | 홍영숙
디자인 | 디노디자인
펴낸이 | 배규호
펴낸곳 | 책미래

출판등록 | 제2010-000289호
주   소 | 서울시 마포구 공덕동 463 현대하이엘 1728호
전   화 | 02-3471-8080
팩   스 | 02-6008-1965
이메일 | liveblue@hanmail.net

ISBN 979-11-85134-66-6 03810

봉우 권태훈 선생님(1990년 6월 25일 백두산 천지에서)

1991년 음력 10월 3일 개천절 강화도 마니산 참성단에서 천제를 올리고

1990년 6월 중국 팔달령 만리장성에서

1990년 6월 북경 자금성에서

1990년 6월 백두산 가는 길(속보법을 보여 주신 봉우 선생님)

일러두기

- 이 책은 '봉우 권태훈 선생 유고 전집' 발간 계획에 따라 1998년《봉우일기 1, 2권》, 2021년《봉우일기 3권》에 이어 2022년《봉우일기 4권》으로 출간된 것이다.
- 이 책에는 1953년 초부터 1954년 중반까지 쓰인 봉우 선생님의 미발표 유고들이 역주되어 실렸다.
- 이 책에 실린 글들은 봉우사상연구소 홈페이지에 연재되어 실린 글들을 다시 정리, 교정한 것이다.
- 유고 원문에 식별 불가능한 글자는 ○, ○○ 등으로 표시하였다.
- 이 책의 글들 중 제목에 〈수필〉이라 쓰여진 것은 원문에 따로 제목이 없고 〈수필〉이란 표시만 있었던 글이며, 지금의 제목은 역주자가 내용에 따라 새로 붙인 것이다.
- 본문 중의 [역주자] 글은 대부분 역주자 정재승의 기록이며, 역주자 이기욱의 기록은 따로 [역주자 이기욱]으로 표시하였다.

서문:《봉우일기(鳳宇日記) 4권》을 펴내며

《봉우일기》는 봉우(鳳宇) 권태훈(權泰勳, 1900~1994) 선생님의 유고 (遺稿)들을 모은 것이며, 이번에 펴낸 4권은 1953년과 1954년 중반까지 쓰인 글들 중 미발표 유고들을 정리하고 역주한 것입니다. 봉우 선생님은 지난 세기 한국의 민족운동가이시자 독립운동가이셨으며, 단군사상가, 종교인(대종교 총전교), 교육자, 한의사로서도 활발한 생애를 보내셨으므로 많은 방면에 걸쳐 다양한 내용의 글들을 남기셨습니다. 특히 1만 년 전 넘어서부터 전해 내려온 우리 겨레의 정신수련법을 오롯이 닦으시어 한배검의 고대문화의 정수(精髓)를 이어 받으시고 나라 망한 대한(大韓)의 현실에 온몸을 던져 민족운동에 평생을 바치신 것이야말로 봉우 선생님의 가장 두드러진 모습이라고 하겠습니다.

1954년 초 쓰신 봉우 선생님의 글을 다시금 음미하며《봉우일기 4권》서문으로 대신합니다.

… 내가 시간의 여유가 있는 때는 내 소감대로 그대로 얘기한 것이요, 무슨 문장이나 기사의 체재를 갖춘 것이 아니다. 내가 공적이건 사적이건에도 불구하고 내게 감동된 대로 횡설수설한 것이다. 이 책자에 기록된 것 외에도 내 소감된 일이 얼마든지 있었으나, 시간관계로 다 빼고 내가 세상의 번잡한 사이에서 분주하게 먹고살기 위해 왕래하며, 때때로 상신정사(上莘精舍)에 와서 쉴 때에, 깊은 밤 잠이 없어 홀로 앉

아 무료하니 잠을 청하는 약으로 이 글을 시작한 것이다. … 이 글이 누구에게 주기 위한 것이 아니요, 누구 보기를 바라는 것도 아니요, 또 이 소감을 소중히 엮어서 쓴 것도 아니요, 다만 내 불면증의 수면제로 이 붓을 든 것이다.

… 이 책인들 어느 때까지 유지될 것인가? 가소로운 일이다. 내가 무슨 이 책자가 후인에게 도움이 될 리 있어서 보존되기를 기대함도 아니요, 또 그렇다고 유실(流失)되기를 기대함도 아니다. 우주의 유수(有數)한 문자도 얼마든지 인멸(湮滅)되거든 하물며 우리 같은 이름 없는 사람들의 책 정도야 말할 필요가 있으랴? 그러나 … 시간이 없어서 내 소감을 다 쓰지 못하고 상신정사에서만 시간 여유를 얻어서 기록한 것이라 사실은 내 소감의 십분의 일에도 해당하지 못한 것이다. 이것이 나는 유감(遺憾)이라고 본다. [1954년 1월 20일 〈이 책자를 끝마치며 내 소감〉 중에서]

마지막으로 봉우 선생님 유고 전집 발간 계획에 따라 《봉우일기 4권》 출간도 후원해 주신 연정원 동지 여러분께 깊은 감사를 드리며 봉우 선생님과 대황조 한배검님께 이 책의 모든 것을 바칩니다.

단기(檀紀) 4355년(2022) 5월

동산(東山)학인 정재승 지죄근서(知罪謹書)

1954년(甲午)

1953년(癸巳)

신년(新年: 새해) 원단(元旦)에
내 사적으로 바라는 바

세사(世事)는 순식간이다. 내가 이 상신리로 온 지가 벌써 38년이라는 긴 세월이로다. 확실한 반생을 점령하였도다. 내가 이곳에 거주하는 것이 어떠한가 물어 볼 것 없이 무의미한 일이다. 선친께서 우연히 입협(入峽: 골짜기에 들어옴)하신 것인데, 내가 패가(敗家: 재산을 모두 써버려 집안을 망침)를 해서 부득이 오도 가도 못한 것이요, 별 이유가 있어서 영주(永住)한 것이 아니다. 내가 농사를 안 짓는 사람이니 농리(農利: 농사의 이익)를 취하는 것도 아니요, 이 거지(居地: 거주지)가 한적(閑寂)하지 못하니 내가 한적을 취한 것도 아니요, 또 그러면 이곳이 명산승지(名山勝地)가 아니니 내가 경치를 취한 것도 아니요, 또는 이곳이 은군자(隱君子)가 많아서 그 은군자를 버리기 어려워서 못 나가는 것도 아니요, 그러면 동지들이 많아서 동지들이 못 나가게 해서 있는 것도 아니요, 또는 거주지가 자손을 교양시킬 만하여 이곳에 영주하는 것도 아니요, 또는 교통이 좋아서 있는 것도 아니요, 생리(生利: 이익을 냄)가 좋아서 있는 것도 아니다. 그저 경제적으로 어쩌지 못해서 차년(此年: 올해), 피년(彼年: 내년) 하고 있는 것이 어언간(於焉間: 어느덧) 38년이 되었다.

아무리 생각해도 나는 무재무능(無才無能: 재능 없음)한 사람이요, 또 용단성(勇斷性)이 없는 사람이다. 무엇을 바라고 나가지 못하는가. 구묘지향(丘墓之鄉: 선산, 조상묘가 있는 고향)이라고 나가지 못하는가. 사실은 아직 친산(親山: 부모 산소)을 확정해서 모시지 못하고 권도(權道: 임시 방편)로 모신 것이지, 자리가 좋아서 모신 것이 아니다. 다각적으로 생각해도 내가 부족한 관계다. 그러나 금년은 내가 생각하는 바가 있다. 현상으로는 경제적으로 혜택을 못 받는 사람이니, 미리 경제관계가 되는 것은 말할 수 없고 내 역량 안에서 될 일이라면 해보는 것이 당연하다고 본다. 작년, 재작년에 진 부채는 아무 일을 하든지 우선적으로 상환해야겠고, 그다음 여유가 조금이라도 있다면 제일 먼저 내 신체가 극도로 쇠약해지니, 우선적으로 복약(服藥)해야겠고, 제2건은 백(百)이 백(百)소리를 하더라도 시간적 여유만 있으면 두뇌가 산란해져서 정신수양을 해야겠고, 가인(家人: 집사람)도 비록 단시간이라도 수양시킬 예정이요, 제3건사(件事)는 의학연구를 좀 더 할 필요가 있고 제4건도 역시 내가 전문하는 약품을 효력주의로 재고사할 필요가 있고, 제5건사는 금년 내에는 아무 일이 있더라도 각종 수리학(數理學)이나 철학 등의 연구 저술을 완료해야 할 것이요, 그다음은 참고 수집도 완료해야 할 것이다.

그리고 여력이 있다면 가정의 일부라도 교통이 편한 곳에 있어 볼까 하는 것이다. 그리고 금년에 동지규합 건으로 다각적인 유의(留意)를 해서, 될 수 있는 대로 추진할 심산이다. 금년 안에 후진 청년으로 유수(有數: 훌륭함)한 자가 있다면 선택해서 전심전력을 다하여 수양을 시키는 책임을 갖겠다. 그리고 될 수 있으면 부동(浮動:떠다님)사건에는 절적(絶迹: 자취를 끊음)할 확정이다. 내년 출마 건은 금년 내에 내 생각으로 충분한 준비가 되면 해볼 것이요, 조금이라도 미비하면 단념하겠다.

이것이 금년에 내가 사적으로 바라는 바요, 그 외에 다른 일은 현상으로는 생각하지 않는다. 물론 예정보다 더 좋은 일이 있다면 착수 안 할 수도 없는 일이다. 그러나 이 이상 더 구할 생각이 없다. 자식도 경제적 여유만 있으면 복약을 시킬까 한다. 이것은 확정은 아니다. 경제적으로 조금이라도 확실무의(確實無疑)한 일이 생기면 돌아보지 않고 착수할까 한다. 그래서 내년 준비도 해볼 생각이다. 그렇다고 왕심직척(枉尋直尺: 여덟 자를 굽혀 한자를 폄, 소를 위해 대를 희생시킴)[1] 되는 일은 못하겠다. 이상으로 붓을 그치노라.

계사(癸巳: 1953년) 원단(元旦: 설날 아침) 봉우서우유신정사(鳳宇書于 有莘精舍: 봉우는 유신정사에서 쓰다)

---

1) 《맹자(孟子)》〈등문공(滕文公)〉하편(下篇).

계사년(癸巳年: 1953년) 원단(元旦)을 맞이하며

　이 우주의 과거, 현재, 미래를 통하여 비록 역법(曆法)의 차이는 있으나, 항상 변하지 않고 오는 것은 1년의 소정일수(所定日數: 정해진 날짜 수)가 다하면 다시 새 1년을 시작하는 원단이 과거 만년도 이 원단이 있었고, 미래 만년도 이 원단이 있을 것이다. 일일신(日日新: 나날이 새로움)하며 우일신(又日新: 다시 또 새로움)하는 원칙하에 또 오고 또 오는 장래를 1년씩 1년씩 마디마디로 구별한, 다시 1년이 오는 연시일(年始日: 해가 시작하는 날)이 원단이다.

　말하자면 율력(律曆)의 원조는 동서고금에 다름이 없이 동일한 이 원단을 맞이하는 사람들의 주위와 환경의 변환으로 천인(千人)이나 만인(萬人)이나 또는 온 세계 사람이 동일한 원단을 맞이하되 마음은 다 같지 않을 것이다. 이것도 만세불변(萬世不變)하는 철칙일 것이다. 그러니 계사년 원단이라고 무엇이 다를 것이 있는가. 작년도 이 원단이요, 재작년도 이 원단이요, 5년 전이나 10년 전이나 항상 동일한 원단이 아닌가. 이 동일한 원단을 맞이하여 무슨 할 말이 있어서 '계사년 원단을 맞이하며'라고 제목하고 이 붓을 드는가? 내가 금년이 54세다. 원단을 맞이한 것이 53회요, 원단이 무엇인지 알고 맞이한 것이 50회는 되는데, 이 원단을 맞이하는 내 심경(心境)이 어떠하였는가? 계사원단을 맞이하는 말을 쓰기 전에 과거 내 경험담을 써보기로 하자.

　갑오년(甲午年: 1894) 원단은 서울 오자동(吾字洞?) 본저(本邸: 본집)

에서 맞이하고 내 선친께서 구한국 중추원 칙임의관(勅任議官)으로 재직시였고, 대소가(大小家)가 다 전성시대였다. 조금도 원단에 걱정은 없었고 국가도 별 큰 일 없을 때요, 고종 황제폐하께서 아국(俄國: 러시아)공사관에 파천(播遷: 피난)하시어 조정은 친로파(親露派) 독무대였었다.

그러다 갑진년(甲辰年: 1904)에 일아(日俄: 일본, 러시아)전쟁이 우리 국내에서 시작하였고 전과(戰果)는 러시아가 불리하였다. 우리나라는 부지중 일본에 가담하였던 것이다. 갑진년도 원단은 태평 속에 맞이했으나, 일아(일로)전쟁으로 좀 평화롭지 못했었다.

그다음 을사년(乙巳年: 1905) 원단은 서울 광교(廣橋)에서 맞이하였는데, 비록 일로전쟁은 있었으나 만주의 요양(遼陽)에서 상대(相對: 전쟁) 중이었고, 우리 가정은 여전히 전성시대였다. 그해 봄 사이에 내 선친께서 진도(珍島)군수로 외임(外任)하시어 관직으로는 좀 좌천(左遷)이었으나, 실권으로는 도리어 지방관(地方官)이 나은 때였다. 진도에서 내가 비로소 고(故) 정무정(鄭茂亭)2) 선생께 한학(漢學: 한문학)을 수학하였다. 그 해에 국가에서는 일로전쟁이 일본의 승리로 되고 우리나라가 일본과 소위 보호조약이라는 을사5조약이 체결되었고, 이 5조약에 선중부주3)가 참례되었다. 선친께서는 형제분 간에 서왕서래(書往書來:

---

2) 정만조(鄭萬朝: 1858~1936). 구한말의 학자. 헌종, 철종 당시의《국조보감(國朝寶鑑)》편찬위원이 되었다. 《이왕가실록》편찬위원을 맡아《고종실록》, 《순종실록》편찬을 주재하였다.

3) 옛날 형제의 서열을 말할 때에 삼형제일 경우 백(伯)·중(仲)·계(季), 사형제일 경우 백(伯)·중(仲)·숙(叔)·계(季)로 표현하였다. 선중부는 돌아가신 중부를 남에게 이르는 말이다. 주(主)가 붙는 호칭은 편지글에서 쓰는 높임이고, 생(生)은 편지글에서 쓰는 낮춤이다. 중부가 고위 관료였기에 관례상 주(主)를 붙이신 듯하다.

서신왕래)로 대의명분론(大義名分論)이 있었고 형제불목(兄弟不睦: 불화)이 시작되었다. 이때가 우리 가정의 최전성시대의 고개라는 것이다. 형제분 간에 필경 단의(斷義: 의를 끊음) 문제가 발생하였다.

그다음 해 병오(丙午: 1906년) 원단도 진도에서 맞이했다. 사실 가정적으로는 풍부한 생활을 한 시대이다. 그다음 해도 원단을 진도에서 맞이하였고, 이해에는 선친께서 능주(綾州: 화순)군수로 이임(移任)하시고 그해 7월에 고종 황제께서 순종 황제께 선위(禪位: 왕위를 물려줌)하시자, 선친께서 군욕신사(君辱臣死: 군왕이 욕보면 신하는 죽는다)라는 것이 당연한데, 자정(自靖: 자결) 못하고 이 자리에 있을 수 없다고 직(職)을 버리고 귀경(歸京)하시었다. 대소가(大小家)가 다 쇠운(衰運)이 들기 시작한 때요, 선중부주댁(先仲父主宅)만 아직 호운(好運)을 계속한 때였다.

그다음 해 무신(戊申: 1908년) 원단은 서울 고마(雇馬)⁴⁾ 역동(歷洞)에서 맞이하였다. 그해는 정병조(鄭丙朝: 1863~1945) 관계로 선친께서 곤란을 많이 받으시고 생활이 점점 쇠색(衰索: 쇠락?)해지던 시대요, 제학공(提學公) 산소를 돈암리로 면봉(緬奉: 면례, 조상묘소를 옮김)하였다.

그다음 해 기유(己酉: 1909년) 원단도 역시 고마역동에서 맞이하였다. 그해 김봉두 관계로 졸지에 패가(敗家)하고 선친께서 토혈증(吐血症)으로 위중(危重)하시었었다. 선서(仙書: 선도경전)인쇄에 전력을 다하시었다.

그다음 해(1910년)도 여전히 원단을 서울서 맞이하였고, 전년에 내가 벽진(碧珍) 이씨(李氏)를 친영(親迎: 결혼)해서 성가(成家: 가정을 이룸)한

---

4) 조선 때 지방 관아에서 백성으로부터 징발하던 말.

관계로 금년 원단부터는 작년보다는 좀 다른 기분으로 지냈다. 그해 국가는 7월에 (일본에) 합병이란 이름으로 망국(亡國)되고, 선친께서는 충북 영동으로 낙향하시었다.

그다음 해(1911년)부터는 망국(亡國) 민족의 원단 맞이라 무어라고 말할 수 없는 비애(悲哀) 속에서 맞이하였던 것이다.

임자년(壬子年: 1912)에 백부(伯父: 큰아버지)께서 하세(下世)하시고 실인(室人: 아내) 벽진 이씨가 조요(早夭: 일찍 죽음)하고 평해(平海) 황씨를 재영(再迎: 재혼)하였었다. 그해 묘난(墓難)으로 숙부인(淑夫人) 서씨 산소를 옥길리(玉吉里)로 면봉(면례)하였다.

갑인년(甲寅年: 1914) 원단을 맞이하자 가도(家道: 집안 살림)는 아주 패망하였고, 내가 소학교 졸업 후였다. 선친께서 병환이 위중하시었다가 이규신(李圭信)이라는 의사(醫士: 의술에 뛰어난 선비)의 처방으로 신효(神效)를 보았다.

병진년(丙辰年: 1916) 원단까지는 영동에서 맞이하였고, 그해가 선친 일화진(日華辰: ?)이었고 모두 지월(至月: 동짓달)에 공주로 이거(移居: 이주)하였다.

그다음 해(1917년) 윤2월에 선비상(先妣喪: 어머니가 돌아가심)을 당하고 정사년(丁巳年: 1917)부터 가도(家道: 집안 살림)는 아주 말할 수 없는 지경이다.

무오년(戊午年: 1918) 원단도 여전히 상신 협촌(峽村: 두메마을)에서 맞이하였다. 그해는 유명한 유행감기로 사망률이 상당수에 달하였었다. 그해 연말에 고종 황제께서 승하(昇遐: 서거)하시고 별별 기괴한 소문이 다 있었다.

그 이듬해 기미(己未: 1919년) 원단도 여전히 상신에서 맞이하였으나, 그해 3월 1일에 고종 황제 국장(國葬)이 손의암(孫義庵: 손병희)외 33인의 지사(志士)가 독립운동 시위행렬을 하고 망국민으로 다시 갱기(更起)할 여지가 없던 민족에게 일대 경종(警鐘)을 울리고 세계에 파문을 던진 것이다. 이것이 우리의 금일 독립운동이 있게 한 배태(胚胎)였다.

경신년(庚申年: 1920) 원단을 맞이하자 나는 우연한 신병으로 4, 5개월을 와석(臥席)하였다가 기적적으로 생명을 보전하였다. 그 병이 원인이 되어 자호(自號)를 봉우(鳳宇)라고 한 것이었다. 그해에 생명은 온전했으나, 재산은 아주 탕진하였다. 그래서 내가 방랑생활을 시작한 것이다. 이 유랑생활 중에서 많은 문식(聞識: 문견과 지식)이 생기고, 경험이 생긴 것이다. 그리고 인물도 많이 접촉하는 데서 고인(古人)의 말씀대로 "삼인행(三人行)이면 필유아사언(必有我師焉)"[5]이라고 배움이 많았다.

그다음 해 신유(辛酉: 1921년) 원단 맞이도 그래도 식생활까지는 별문제 없었으나, 내가 해외로 왕래하면서부터 가정생활은 말할 수 없이 곤란하였다.

임술년(壬戌年: 1922) 원단은 생활 곤란으로 어디까지 했는지 알 수 없을 정도였다. 내가 토혈증으로 좀 욕을 보던 것이었다. 우연히 신방(神方: 신효한 약방문)을 얻어서 쾌치(快治: 쾌유)를 하고 여전히 낭인(浪人)생활을 계속하였다. 계해년(癸亥年: 1923년) 원조도 여전히 낭인생활 중에 맞이하고 그해 ○○이가 조요(早夭: 일찍 죽음)하고 1년간을 내가

---

5) 《논어》〈술이(述而)〉편에 보임. 공자께서 말씀하시길, "세 사람이 함께 길을 가면 반드시 나의 스승이 있으니, 그중에 선(善)한 사람을 골라 따르고, 그중에 선하지 않은 사람을 보고서 나의 불선(不善)을 고쳐야 한다."라고 하셨다.

경과한 중에 제일 곤란으로 지냈다.

갑자년(甲子年: 1924) 원단도 역시 이 생활난 속에서 맞이하고 을유년(乙酉年: 1925)도 일반이었다. 그해는 내가 객지생활로 전라도 광주에 가서 병인년(1926년)까지 지내고, 정묘년(丁卯年: 1927)에 귀가해서 청년운동을 좀 하고 무진년(戊辰年: 1928)에 또 객지로 왕래하고 지냈다. 기사년(己巳年: 1929)에는 중국 왕래를 하며 벽수태(碧樹台)6)에게 출입하던 것이 곧 역학(易學) 연구의 시작이었다. 경오년(庚午年: 1930)부터 청년무리들의 정신연구를 권고하고 1년에 몇 달이라는 기간을 같이 정신수련을 하였다. 신미(辛未: 1931년), 임신(壬申: 1932년), 계유(癸酉: 1933년), 갑술(甲戌: 1934년)을 계속하였다.

갑술년에 선중부주께서 하세(下世)하시고 을해년(乙亥年: 1935) 원단을 맞이하였다. 내가 벌채(伐採: 나무를 베어냄)를 시작하고 이 벌채가 원인이 되어 청년들을 많이 접촉하였다. 그해 선친께서 팔순(八旬: 여든살)이시었다. 병자(丙子: 1936년) 원단을 맞이하자 내가 소성(小星)을 정하고 있게 되었다. 그해 12월에 선친께서 하세하시자 아주 말할 수 없는 곤란 중이라 치상범절(治喪凡節: 상을 치르는 법도)에 불비점이 많았다. 집상(執喪: 상을 집행함)을 예절대로 못하고 겨우 형식을 지킬 정도였다. 삼상(三喪: 초상, 소상, 대상)이 다 그 정도였다. 그리고 선친산소를 확정 못하고 생활난을 면치 못하고 있었다.

무인년(戊寅年: 1938)에 숙부주(叔父主: 작은 아버지)께서 하세하시고

---

6) 윤덕영(1873~1940). 영돈녕부사 윤철구의 아들. 해평 윤씨. 순종의 왕비(王妃)인 순정효황후(純貞孝皇后)의 백부(伯父)이다. 대한제국기에 비서원경, 시종원경 등을 역임하였고, 한일합병에 적극 가담해 '경술국적'으로 지탄받았다. 《주역》 연구를 깊이 하였다.

기묘년(己卯年: 1939)에 수십 년래에 희유(稀有)한 대한재(大旱災: 큰 가뭄)로 민생은 도탄(塗炭: 몹시 곤궁함)이었다. 내가 일본을 왕래하며 다시 생활을 안정시킬 준비를 하였다. 근근이 호구(糊口: 입에 풀칠)는 하였다. 임오년(壬午年: 1942)에 의열단(義烈團) 사건으로 7개월간 영어(囹圄: 감옥) 중에서 고초(苦楚: 고난)를 받고 있었다. 당시 대동아전쟁이라고 하는 미명하에 학병이라고 우리 청년들이 거의 다 (전쟁에) 나갔었다.

이것이 갑신(甲申: 1944년), 을유(乙酉: 1945년)를 경과하고 민생고(民生苦)는 극도로 참혹하였다. 그러다 을유 8.15에 일본의 패배로 우리는 36년 망국의 치욕을 겨우 면하고 국토는 38선이라는 국경 아닌 국경으로 양단되어 미·소 양군정하(兩軍政下)에 분열되고 민족은 좌우 2대 조류 하에 난투(亂鬪)하고 있었다.

이것이 무자년(戊子年: 1948)에 와서 남북이 각기 경계 내에서 독립이라는 명칭하에 미국, 소련의 위성국으로 출세한 것이다. 그런데 민족 간에 서로라도 자주독립정신이 있어야 할 것인데, 민족들은 좌우의 사상분열로부터 천(千)분열인지 만(萬)분열인지 알 수 없을 만큼 분열되어 다만 아는 것은 모리(謀利: 이익을 꾀함)요, 중상모략(中傷謀略)뿐이다. 여기서 개국(開國)이나 망국에 민족도탄은 일반일 것이다. 그래도 비록 명색만이라도 국가가 있으니 다행이다.

기축년(己丑年: 1949) 원단은 상신에서 맞이하고 곧 서울로 가서 있었다. 겨우 지반을 잡자 경인년(庚寅年: 1950) 6.25사변으로 상신으로 겨우 단신(單身) 피난하였다가, 또 인민군에게 체포되어 수개월간 사상교양장(思想敎養場) 신세를 지고 역시 기적적으로 생명을 보전했고, 신묘년(辛卯年: 1951) 원단도 분주한 속에서 맞이하고, 그해 봄에서야 비로소 권오훈, 한강현, 주형식 등 수십 인의 6.25사변 희생자가 난 것을 알게 되었다. 감개무량한 일이다.

신묘년을 지내고 임진(壬辰: 1952년) 원단은 별별 기대를 다 가지고 맞이하였다. 그러나 백사불여의(百事不如意: 모든 일이 뜻대로 안됨)하게 되고 선출은 여전히 민의(民意)대로가 아니었다. 전쟁은 아주 교착상태였다. 미국에서 대통령 선거에 공화당에서 아이젠하워 원수가 당선되고 정치가 일대 변환기를 맞았다. 이 신정책, 신병략(新兵略: 새로운 군사전략)이 계사(癸巳: 1953년) 원단을 맞이하고 전개될 것이다. 그러니 계사 원단을 맞이하는 우리의 기대가 무엇인가를 써 보자는 것이다.

전쟁은 춘기전(春期戰)에서 평원선(平元線: 평양-원산 라인)까지 단축될 것이요, 만주폭격으로 정치적 해결을 속히 볼 것이요, 또 이 전쟁이 완결되자면 부득불 결전 태세를 갖추지 않을 수 없는 것이다. 그러자면 국군도 당연히 각오해야 할 것이다. 평원선으로 상륙작전을 하고 중간 포위를 해놓으면 항복이냐, 산중 잠복이냐의 두 가지 길 외에는 다른 방법이 없을 것이요, 만약 산중으로 잠복한다면 단시일에는 해결이 안 될 것이다. 그리고 북한군도 평원선 이북만 견수(堅守: 고수)하는 것이 역시 득책(得策: 훌륭한 계책)일 것이다. 장개석 군(軍)의 본토상륙도 양자강 이남(以南)만은 다시 보전할 수 있는 것이다. 모택동 군을 만약 양자강 북쪽에 건재하게 놔둔다면 장차 제3차대전을 유발할 위험이 농후하다. 그러나 3차대전은 3차대전이요, 우리의 목전의 전쟁 해결은 해결이다.

그리고 국내적으로 보아서는 극도로 부패된 행정부문이 민생을 너무 도외시하고 자기네의 정상모리(政商謀利: 정치장사꾼, 모리배)만 옳은 일이라고 하니, 이것도 어느 정도지 너무 지나치니 자기 동류(同類)

중에서 필경 같은 이익을 서로 꾀하는 폐단이 있을 것이다. 이것이 겉으로 드러나면 하부층에서 뇌동(雷同: 함께 어울림)될 것이다. 이것이 정변(政變)이 되지 않을까 한다.[7] 게다가 맥작(麥作: 보리농사)이 흉작이 되고 식량문제가 난(難)문제가 생기면 해결책을 속히 구하지 못하면 사건이 확대될 것이다. 그다음은 참의원 선거 문제가 역시 압박적으로 민의에 반향되면 이것저것 악적(惡積: 나쁜 것이 쌓임)되어 계사년에 화제가 될 것이다. 계사 원단을 맞이하며 총총한 중 내 의사의 일부를 기록해보는 것이다. 시간만 있으면 계사년에 있을 듯한 일들을 기록하리라.

계사(癸巳: 1953년) 원단 봉우서우유신정사(鳳宇書于有莘精舍)

---

7) 이는 이승만 정권의 부패와 독재로 인하여 결국 4.19와 5.16이 일어남을 암시한 대목이라 여겨진다. 봉우 선생님은 1951년, 1952년 글들에서 수시로 8, 9년 후의 정치적 변화를 예견하셨다. 특히 이승만과 그 추종자들의 정치적 부패상과 부도덕함에 대해 매우 비판적이셨다.

수필: 선조 위하는 정성이 부족하여 생긴 몽사(夢事)

　내가 제학공(提學公) 산소에 성추(省楸: 성묘)를 못한지 이미 5개년이다. 그 원인은 가리지 못할 내 선조 위하는 정성이 부족한 연고요, 타언(他言)을 불허할 것이다. 그러나 내 심정으로는 이러한 생각이 있다. 제학공 산소가 서울 시가지 개발에 들고 그 산의 소유가 내 산이 못 되는 연고로 전후좌우에 가산(家産)이 신축되어서 차마 가서 볼 수 없을 만큼 된 관계로 그 후로는 아주 성묘를 중지하고 될 수 있으면 면례(이장)라도 할 예산이었으나 택지(擇地: 땅을 택함)도 못 하였고, 경제도 허락하지 않는 관계로 차년피년(此年彼年: 이 해, 저 해)하던 것이 6.25사변으로 다른 정신이 없었고 그 후로는 도강증(渡江證) 문제로 서울 갈 생각을 못하고 있는 것이 원인이 되었다. 심상(心上)에 항상 죄송한 마음을 금치 못하고 있었는데 의외에 몽침(夢寢: 꿈자리) 중에 성묘를 하니 산소가 다 파괴되어 형적(形跡)을 겨우 찾을 정도요, 인가 중에 있어 출입이 극히 곤란하였다. 그리고 내가 그 지주(地主: 땅주인)를 찾다가 못 찾고 몽각(夢覺: 꿈을 깸)하고 보니 죄송한 마음 무어라고 형용할 수 없다.

　내가 이 꿈을 꾸고 일어나서 감상이 백 가지로 드는 것을 억제할 수 없다. 하루라도 속히 면봉(면례)하는 외에는 타도가 없다. 면례하기 전에 죄송한 마음은 일시라도 그칠 새가 없다. 금년 중이라도 무슨 방법으로든지 안장(安葬)할 준비를 해야 내 정신의 고통이 적을 것 같다. 안장하기 전에는 하시든지 정신상으로 이 고통을 면할 수 없는 것이다. 금년 정월 초3일 새벽에 이 꿈을 꾸고 종일 정신상으로 불쾌를 느끼었다. 이 기몽(記夢: 꿈을 기록함)을 해서 하루라도 속히 안장(安葬: 편안히 장사지냄) 준비를 해야 이런 불쾌한 몽사(夢事: 꿈에 나타난 일)가 없을 것이다. 고향 선산으로라도 임시로 면례를 할까 그렇지 않으면 다른 곳에 땅을 정해서 빠른 시일 안에 실현을 할까 두 가지의 심산(心算)이 마음속에서 서로 다툰다. 이 정도로 붓을 그치노라.

계사(癸巳: 1953년) 원월(元月: 정월) 초삼일(初三日)
봉우근기(鳳宇謹記)

추기(追記)

증숙부인(贈淑夫人) 달성(達城) 서씨(徐氏) 묘소나 유인(孺人) 벽진 이씨 묘나 모두 안장을 못하였으나, 그래도 아주 실전(失傳)할 지경은 아니요, 1년에 1차는 금초(禁草: 벌초)라도 하는 중이다. 그러나 제학공 산소는 아주 궐석(闕席: 결석)하는 것이라 무어라고 형용 못 할 죄과를 범하는 것이다. 대체로 내가 위선성(爲先誠: 조상을 위하는 정성)이 부족한 것이 최대의 연고이다. 내 친산(親山: 부모 산소)도 아직 확정을 못하고 내 내심(內心)으로만 고령(高靈: 경남)에다 정했으나, 경제적으로 허락되지 않는 한, 어느 때에 실현될지 알 수 없는 일이요, 내가 경제적 여유가 있을 때에는 산주(山主)가 용이하게 말을 들을는지 알 수 없는 것이다. 친산도 비록 임시라도 큰 해는 없을 것이니 할 수 없이 있는 대

로 기다리는 외에 다른 도리가 없다. 도무지 한심한 일이다. - 봉우서

(鳳宇書).

수필: 계사년두(癸巳年頭)의 제반 현실을 기록함

계사년(癸巳年: 1953) 원단(元旦)을 맞이하고 내가 공적으로 금년 1년을 어떻게 지내는 것이 좋을까 하는 욕구와 또는 사적으로 금년 1년을 지내는 나의 욕구도 있었다. 그러나 무엇인지 알 수 없는 명랑치 못한 분위기가 나를 싸고 있어서 당연히 연두(年頭)소감을 기록할 것인데 20여 일간을 붓을 들지 못한 것이다. 계사 원단의 천상(天象: 천체 현상)이 무엇을 의미하는 것이냐는 천문 연구자들의 연구 재료가 될 것이요, 또는 예언자들의 시험장이 될 것이다. 내가 이 건에 대하여 좀 기록해 볼까 하다가 아무리 생각해 보아도 지혜가 있는 자들의 조소(嘲笑: 비웃음)가 있을 것 같아서 이를 중지하고 현실 그대로나마 기록해 보자.

계사년두(癸巳年頭: 계사년 벽두)에 통화정책이 대영단(大英斷: 크게 슬기로운 결단)적으로 시행되었다.8) 그런데 이 정책이 시행됨으로 그 효

---

8) 1953년 2월 14일 이승만 정부는 임시국무회의를 소집해 전격적으로 화폐개혁을 가결시키고, 다음날 대통령 긴급명령 13호를 발표하고 긴급통화조치령을 내렸다. 내용은 100원(圓)을 1환(圜)으로 바꾸는 것으로 구권과 신권의 교환 시기는 2월 17일이었다. 화폐 단위를 100대1로 절하하게 된 배경은 전쟁 기간 동안 발생한 막대한 인플레이션이 주원인이었다. 미국의 원조가 예상을 밑돌고 국채는 제대로 소화되지 않는 상황에서 정부는 한국은행을 통해 돈을 찍어 내고 있었다. 이로 인해 물가는 6.25 직전 대비 17배 상승했고 상인들은 쌀가마니에 돈을 담아 리어카로 싣고 다닐 정도였다. 이를 개선하겠다는 이승만의 이 통화개혁에 대한 평가는 엇갈린다. 어쨌든 이 조치로 시중에 풀린 돈이 회수되기는 했으나 시행 중 엄청난 혼란을 불러왔다. 마치 전쟁과 같은 소동이 일어났고 긴급조치 발표 불과 몇 시간 안에 전

과가 어떠한가. 이 정책이 극비밀리에 진전되었음에도 불구하고 위정자 측근들은 사전에 별별 수단을 다해서 음력 세전(歲前: 새해되기 전)에 물가의 앙등(昂騰: 많이 오름) 원인이 이 통화정책에 숨어 있다는 것을 미리 알아차리고 그에 대비한 조치들을 했음은 재언할 필요가 없고, 통화정책의 근본 방침인 적립(積立)이 없는 한에는 여전히 공표(空票: 공수표)임에 틀림없는 것이다.

그리고 피해 본 사람들은 대부분이 생산공장 혹은 사업체를 가진 회사들이니, 미미하고 부진한 생산공장이나 근근이 유지하는 사업체들의 타격은 말할 수 없을 것이요, 장래는 알 수 없으나 현상으로는 물가가 앙등 보조(步調: 걷는 속도)를 같이 하는 것 같고, 지방의 대중 소비자들만 피해를 보는 현상이요, 정상모리배(政商謀利輩)들은 금번에 졸부(猝富: 갑자기 된 부자)가 된 사람이 무수한 것 같다.

인플레 방지에는 하등 착안한 것 같지 않고 일시적으로 일본의 통화정책을 모방하는 것 같다. 일본은 생산공장이나 사업체에 중점을 두고 민간에도 균치(均治)되는 복리(福利)를 위해서 통화정책을 영단적으로 하는 것이나, 우리의 현상은 정상배의 모략으로 경제계를 무시하고 하는 일이다. 충남 보령 출신 김 의원의 질문이 타당하다고 본다. 그러나 철면피인 (정부)책임자들은 청이불문(聽而不聞: 들어도 못 들은 척)하는 것이다. 그 궁여지책으로 정부 소지불 불하(政府所持弗拂下: 정부가 지닌 달러를 민간에 팔다)라는 명목하에 이 이익을 볼 인물들은 아주

국 각지의 모든 거래가 정지되고 상점 문을 닫게 만들었다. 그럼에도 물가는 쉽게 잡히지 않았고 이후 예금인출금지 조치까지 동원하며 시중의 돈을 흡수하려 했지만 은행에 머문 돈은 25%에 그쳤다. 1952년 말에는 물가가 더 뛰어 통화개혁 직후 29환이던 목욕료는 연말에는 60환이 되었다.

판정(判定: 미리 결정되어 있음)되어 있고 국내 생산공장이나 사업체에는 장래를 알 수 없으니, 직면한 수난기(受難期)라 아니할 수 없다.

외국물자로 국내생산을 압도하면 당면해서 파괴가 있을 것이요, 장래에 다시 일어나는 것은 별문제일 것이다. 외국물자를 불화(弗貨: 미국 달러화)로 구입하더라도 소모품을 제외하고 생산공업에 필요한 기계부류나 원료품에 한(限)한다면 이것도 별문제이나 과거실적으로 보아서는 이런 부문을 택한 국제상인들은 한 사람도 있지 않았다. 그래서 장래 미국달러화를 불하받아서도 또 소모품 구입에 열중하지 않을까 하는 게 의문시된다. 이것이 전부 정부요인들의 무정견(無定見: 일정한 견해가 없음)한 연고 때문이라고밖에 볼 수 없다.

나는 경제 방면에는 아주 문외한이라 장래의 귀추를 알 수 없으나 대체로 걱정하는 것이요, 그다음 징집소집 등으로 청장년들이 아주 불안감을 가지고 있는 것 같다. 내 생각에는 전시하(戰時下) 국민으로 당연히 징집이나 소집에 응할 의무가 있고 동원에도 자진해서 응하는 것이 결전태세에 불가결한 일이라고 본다. 그런데 어떤 이유로 청장년들이 불안감을 가지고 있는가. 지방이나 도시를 물론하고 특권계급은 물론이요, 소소(小小)의 권력 있는 자들이라도 차탈피탈(此頉彼頉: 이런 탈, 저런 탈)하고 모두 이 징집과 소집동원에 불응하고도 어느 하나 법의 제재를 안받고 천연스럽게 지내고 있다. 이렇듯 징집소집은 권력이 없는 자에 국한된 의무같이 되어 있으니, 청장년들이 국가의 당연한 의무를 이행하기를 기피하는 현상이 생긴 것이다. 이것도 위정자들에 대한 실망이라고 본다. 이것이 전시하의 중대사건인 만큼, 정부요인들의 정신각성(精神覺醒: 정신을 깨달아 바로차림)을 바라는 바이다.

그다음 소련에서 스탈린 수상이 서거하였다고 각 신문지상에 대서

특필하고 별별 기대를 가지고 있는 것 같으나, 스탈린이 졸서(猝逝: 갑자기 죽음)한 것이 아니요, 구병(久病: 오랜 병)이 있던 것이라 자기 신후(身後: 사후死後) 책임에 만반의 준비를 다 하였을 것은 말할 필요조차 없는 것이다. 적국에야 불행한 일이 있든지 행복한 일이 있든지 불문하고 자국의 준비로 정신무장을 하고 조금이라도 소홀함이 없어야 당연한 일이다. 적국의 스탈린 한 사람의 사망이 우리에게는 하등의 파문이 있으리라고 생각해서는 큰 오해라고 본다. 그저 자력완비에 노력을 배진(倍進: 곱으로 전진)할 뿐이다.

국련군(유엔군)도 금년 중에는 결전태세를 갖추는 것 같다. 평택에 대비행장을 신설하기 위해서 경남선 철도를 본선과 같은 복선으로 만들려는 공사를 곧 시작하는 것 같고, 모종의 무기도 일선에서 사용하는 것 같다. 이것은 완전(緩戰: 전쟁을 완화시킴) 지구책(持久策: 오래 끌려는 방책)이 아니요, 급전(急戰) 결전책(決戰策)인 것 같다. 이러자면 우리 국민으로도 같이 결전태세를 갖추고 매진하는 것이 당연하다고 본다. 그다음 정계 동향은 어떠한가 하면 여당일색으로 제1당으로 만사가결(萬事可決)의 의도를 가지고 있다. 부패물에 여름 쉬파리 모이듯 민의원들이 여당이니 유리하거니 하고 불고체면하고 집합하는 것이다. 이것이 오합지중(烏合之衆)이 아니고 무엇일까. 한심한 일이다. 신년(新年), 신춘(新春)의 소견을 수필로 대강 기록해보는 것이다. 내 의견은 부첨(附添: 첨부)하지 않고 이 정도로 붓을 그친다.

계사(癸巳: 1953년) 정월(正月) 29일
봉우서우유신정사(鳳宇書于有莘精舍)

제4회 충청남도 교육위원회에 참석한 내 소감

　내가 도교육위원으로 회의에 참석한 것이 금번까지 4차인데, 지난 3차 회의는 유명무실하여 사실상 우리를 선출한 제현(諸賢)에게 미안한 감이 많았다. 그런데 금번은 도당국의 건의안이 금년도 문정(文政), 학무(學務)에 대한 예산안과 문제 많은 사친회(師親會: 육성회의 전신)안과 중학고등학교 신설안, 중학교 통합안과 중학고등학교 위치변경안 등이 있어서 제1차 예산심의가 당연히 교육위원회에 의결된 후에 도의(道議: 도의회)에 보내는 것인데 일시에 두 곳에 제출된 부당성을 적발해서 논쟁 후에 심의가 있기 전에 도당국의 사과로 의사(議事)가 진행되어 무수정(無修正) 통과를 보았다.

　사친회건은 문교부에서 준칙(準則)이 와서 위원들이 불유쾌하였으나 원안통과하였고, 제5호 의안(議案)인 학교신설, 통합, 위치변경 문제로 대논쟁이 있어서 신설문제는 공주중학 일교(一校) 신설은 위치문제로 내가 제건(諸件: 모든 안건)을 실지 답사 후에 표결하자고 주장했으나, 성립 못하고 토의 후 표결에 들어가서 성환(成歡)중학과 안면(安眠)중학은 원안가결이 되고 공주는 위치를 이인(利仁)으로 하기로 표결되었다.

　고등학교신설은 도안(道案)은 서천(舒川)에다 두기를 주장한 것인데 의외로 경쟁이 나서 면천(沔川), 주산(珠山), 서천으로 안(案)이 등장해서 실지(實地) 답사하기로 정하고, 통합문제는 내가 3일날 일부러 공주 유지들과 상봉하고 해결책을 구하였으나, 표결일까지 일언반사(一言半

辭: 일언반구, 한 마디 반 마디의 짧은 말)가 없어서 내 자신만은 부결(否決)에 가담을 하였으나 13대3으로 원안가결되고, 홍성 서부중학 폐교문제는 폐교를 말고 대전으로 전교(轉校)하자고 가결하였으나 이 결의는 우리가 보기에 홍성 출신 위원이 불참한 관계요, 정당성은 없다고 본다.

그다음 위치변경문제는 원안가결되고 부여고등학교 농과(農科)신설도 원안가결되고 다만 서천고등문제로 실사(實査)하게 되어 3일간 일정으로 서천, 주산, 면천을 다 답사하니 지방의 열의나, 학교증설이나, 기성회 기금준비가 막상막하하여 모두 고등학교 신설의 적지이다. 그런데 일장일단이 있다. 서천은 위치가 읍(邑)이요, 경제력으로도 혜택이 있으나 지방이 단합이 못 된 점이 결점이요, 주산은 장항고등학교와 보령고등학교의 중간위치요 경제적으로도 준비가 되고 교사도 충분하나, 인접지에 주산중학 외에는 타 중학이 없는 것이 결점이요, 면천은 지방의 열의나 경제적 준비나 교사(校舍)의 완비나 실습지의 적격이나 실습도구의 완비를 가졌으나, 당진이 3리요, 합덕이 2리 반이라 근거리에 고등학교가 있다는 것이 결점이 된다. 그러니 막상막하한 곳이요 세 지방이 다 고등학교 후보지임에 틀림없다고 본다.

그래서 선결문제로 금번에 한 학교만 우선적으로 표결하고 불참되는 두 지방을 중앙 문교부에 진정해서 신허가를 받도록 진력하자는 것이 위원일동의 의사였다. 8일 귀전(歸田: 대전으로 돌아옴)하여 9일 회의를 재개하고 표결한 결과가 면천으로 확정되고, 불참지(주산, 서천)를 문교부에 진정하기로 결정하였다. 그리고 이인(利仁) 위치문제로 탄천(灘川)에서 진정(陳情)이 왔다. 그래서 번안(飜案: 안건을 뒤집음) 동의(動議: 회의 중에 토의할 안건을 제기함)가 성립하여 위치는 관청에 일임하기로 하고 양면(兩面)의 선결문제가 단합하라는 조건하에 번안이 통과하였다. 그리하고 공주에 돌아와 보니 공주중학과 봉중(鳳中) 통합문제로 벽보가 붙고 여론이 많이 생겨서 내가 사실 그간의 경위(經緯: 과정)를 성명서라도 발표하여 해명해 볼까 공주읍에 들어왔던 것인데, 여러 인사들의 권고로 중지하고 다음 기회를 보는 것이다. 사실은 한 학교라도 새로 세우기가 극히 어려운 것인데, 통합문제가 나와도 지방인사들이 잠잠(潛潛: 조용함)이 있다가 확정된 뒤에야 미온적으로 반대의 사를 표현하는 것은 부당하다고 본다.

나도 공주교육위원으로 당일 발언을 못한 연고가 공주 인사들의 열성적 후원이 없는 관계라 각군 위원들 보기에도 미안막심(未安莫甚)하였다. 내 한 사람의 사견이야 없는 것이 아니나, 대변인으로서 지방에서 이렇다는 지시가 없는 한 할 수 없이 원안통과하는 외에 타도가 없는 것이다. 여기서 공주 인사들의 열성이 부족하다는 것을 지적하고 내 자신도 맹렬히 반대 못한 책임을 느끼는 것이다. 금번에 의회의 안건이 좀 그럴듯하게 되니 도교육위원들의 실력 여하를 타진할 수 있고, 이종태, 모호석, 최영선 등 여러 위원의 공정성을 찬성하고 장래에 휴수(携手: 함께 감)하기를 내 자결(自決: 스스로 결정)하고, 이 붓을 그치며 서천에서 불리한 조건이 다른 곳에 있지 않았고 모 특권층의 압력이 역효과를 냈다는 것을 명기(明記)하고 멀리 보는 안목으로 보면 주산이 면천보다 우수하였다는 것도 가리지 못할 일이요, 현상으로 경제적으로 좀 부족했던 것이 금번의 실책이며, 너무 자신하였던 것이 좀 실책이었다고 본다. 위원 중에서도 공정한 안목은 주산으로 많이 갔었다는 것도 부기(付記)하노라.

계사(癸巳: 1953년) 정월 29일 봉우서(鳳宇書)

[봉우 선생님의 공적인 삶을 들여다볼 수 있는 글입니다. 봉사직인 도교육위원으로서 최선을 다해 열심히 공무에 임하신 흔적들이 넘쳐납니다. 교육사업에 대한 자신감과 일을 추진하는 정성과 노력, 경의(敬意)가 도처에서 발견됩니다. 선생님은 참으로 성실하신 공인이셨다는 생각이 듭니다. 국가의 존망이 한없이 위태로웠던 6.25 전쟁 속에서도 우리 선조들은 후세의 교육을 위해 나름 정성과 노력을 쏟아 부었구나 하는 감동이 절로 듭니다. 이때의 경험을 바탕으로 선생님은 1980년대 초 공주시 반포면에 반포중학교를 설립하시고 부지와 건물, 학습재료 일체를 자비로 해결하신 뒤 국가에 기증하셨습니다. 1948년에 이미 상신초등학교 분교를 지어 기증하신 뒤 두 번 째의 학교신설 기증사업이셨습니다. 선생님은 천체현상을 관측하시고 그 천문현상이 인간현실에 미칠 영향을 전통천문학적으로 고찰하신 뒤, 이를 전무후무한 천체현상 스케치와 천문기록으로 남기신 대도인이셨지만 신통한 도술로서가 아니라 당신의 피땀으로 재원을 마련하는 고단한 삶 속에서도 가난한 주민들의 자녀교육을 위한 학교신설 및 증설, 장학사업에 그 돈을 아낌없이 사용하셨습니다. 95세로 환원하시기 1년 반 전까지도 오전에는 서울 세검정 만수한의원에서 환자들을 치료하시고 오후에는 정신수련단체인 연정원에 나오셔서 학인들을 지도하셨다는 사실만으로도 평생 얼마나 공익적인 삶을 사셨는지 알 수 있습니다. -역주자]

차기(주권자) 대상(對象) 인물평

대한민국 헌법이 1인(一人)으로 연속 3차 주권을 차지하지 못하게 되어 있으니, 차기는 물론 다른 인물이 나올 것인데 그렇다면 어떤 인물이 물망(物望)에 오르는가 여론을 수습하여 보자. 제1차 현 국회의장인 해공(海公)[9]을 평해 보자. 별 이렇다는 정치적 식견은 있는 것 같지 않으나, 각 방면으로 보아서 현재 인물 중에는 최고위를 점하게 된다. 신언서판(身言書判)이 다 거물급으로 낙제점에는 가지 않고 풍풍우우(風風雨雨: 세상의 시련)에 세련(洗練: 단련)될 만큼 세련된 인물이다. 백면인물(百面人物: 모든 면에 능한 인물)이라고 본다. 청백(淸白: 청렴결백)도 하고 덕망도 아주 없지 않고 포용력도 보통으로는 절대 따라가지 못할 만큼 수양이 되어 있다. 하도 경험이 많아 길한 결과가 정치인으로 제법 그럴듯하다. 그러나 결점은 확고부동한 의지가 없고 추리(趨利: 이익을 쫓음)적 행동이 혹 보인다. 인물이 귀한 현 정계에서 다각적으로 평해서 해공이 선발진에 입각(立脚: 다리를 세움)할 것이나 현 정계로 보아 여당, 야당 관계로 확평하기 곤란하고 민국당 최고위원만 아니면 당연히 등장할 인물이다.

그다음 장면(張勉) 씨는 먼저 번에도 대통령 입후보설이 있던 인물이다. 우리가 보기에는 순수 교인(敎人)으로 청렴개결(淸廉介潔: 성품이

---

9) 신익희(申翼熙, 1894~1956).

청렴하고 굳셈)한 인물이나, 정치적으로 보아서는 별 가치가 보이지 않는다. 정치적으로 투쟁한 관록(貫祿)이 있다든지 아니면 확고부동한 정견이 있다든지 또는 덕망이 개세(蓋世: 세상을 뒤덮음)할 만하다든지 또는 기성 정당의 무조건 후원을 받는다든지 비록 무력하나 국민전체의 갈망하는 인물이라면 별문제이나 이상의 제조건에 한 건도 해당하지 않고 미국계통에서 호의를 가졌다는 조건만으로는 도저히 그 대상이 되기 곤란하다는 것이다. 주권자로는 부적합하고 타방면에는 우수성을 가진 인물이라고 본다. 그저 외국사절단 정도면 불욕국명(不辱國命: 나라의 명령에 욕보이지 않음)할 인물이라고 본다.

그다음 조봉암(曺奉岩)10) 씨는 조직적 인물이요, 별 큰 장점도 보이지 않고 그 반면에 단점도 보이지 않으며 자기의 주장하는 정치의견이라는 것은 확고부동한 것이 있는 것 같다. 그러나 우리가 보기에는 정치인으로 당연히 가져야 할 주도자의 포용력이 부족한 것 같고 정치의견도 아주 즉판적(卽判的: 즉각 판단하는)이요, 변화막측(變化莫測: 변화무쌍하여 측량할 수 없음)할 신이감(神異感)이 없다는 것을 명언(明言: 분명히 말함)해 두며, 아직 (대통령) 대상인물로는 어디인지 좀 폭이 부족한 감을 금치 못하겠다는 말이다. 내가 정평하자면 국회에서 의장격으로 한 10년 계속해서 정치를 실제적으로 훈련하고 부지중에 양성되는 덕량(德量)이 생기면 내각수반쯤은 큰 실수 없을 인물이요, 또는 감찰위원장쯤은 언제든지 적격자라고 평해 본다.

그다음 이 자리를 엿보는 인물들이 누구인가 하면 음적, 양적으로 국

---

10) 정치가 · 독립운동가. 1898~1959. 호는 죽산(竹山). 제헌의원 · 초대 농림부장관이 되고 대통령에 출마하기도 했다. 1958년 1월 국가보안법 위반으로 체포되어 1959년에 처형되었다. 2011년 1월 20일 무죄로 복권되었다.

민들이 알게 운동을 전개하고 있는 인물들 중에 가장 맹렬한 욕구성을 가지고 있는 인물은 불문가지(不問可知: 묻지 않아도 알음)의 철기(鐵驥) 이범석(李範奭)11)장군이라고 누구든지 말할 것이다. 그런데 우리가 보기에는 치기복중(穉驥伏重: 어린 천리마 무게에 눌림)으로 보인다. 제1차 국무총리시대부터 행적이 인민(人民)을 안중(眼中)에 두지 않고 대통령의 명령에 유령시종(維令是從: 오직 명령만 옳다고 따름)할 정도요, 철기는 철기대로 조금의 정견도 보여 준 일이 없었고 족청(族靑)도 민족지상(民族至上), 국가지상의 정신을 표방하고 기실(其實)은 자기정치도구의 심복을 양성한 것 외에 다른 욕구가 없었다.

그다음 작년 6월 정치파동에 장택상과 합작하여 내무장관으로 비준법(非準法)정신으로 자유당 정권획득에 수단을 가리지 않고 인민에게 신망(信望)을 잃은 것이요, 부통령 입후보로 동간상투(同奸相鬪: 같은 간신과 서로 싸움)하여 함태영 씨에게 패배를 당하고 장택상과도 싸우다가 역시 패배하고 인욕자중(忍辱自重: 인내하며 스스로 신중함)하다가 그해 봄에 자유당 당세확충으로 국회에서 단연 반수 이상을 점령하고 제1당 당수로 양명(揚名: 이름을 드날림)하는 것이나, 민간인으로 보면 오로지 협천자이령제후(挾天子以令諸侯: 천자를 옆에 끼고 제후를 호령함)하는 행동에 불과한 것이라고 본다.

그의 대상인물로 자처하고자 하는 열정만은 고마우나 그의 행동, 행위는 아주 신사도가 아니요, 야비하다고 본다. 구시대 군벌독재가들의 음모적 수완을 그대로 사용하는 것이요, 민주국가에서 볼 수 없는 기현상이다. 내 생각에는 천리마의 용력(勇力)보다 덕이 너무나 부족하다

---

11) 이범석(李範奭, 1900~1972). 독립운동가 겸 군인이자 대한민국의 정치가 겸 저술가.

는 것이다. 만약 등장할 때에는 이 박사에 못지않는 독재자가 될 것이라는 것을 예언해두며, 아직은 대상인물로는 부족하다는 것도 확언하노라. 권력을 욕구하느니보다 덕을 양성하기를 빌며, 천리마가 아직 주인을 만나지 못해서 다 발육도 못하고 또는 훈련도 덜된 것을 못내 비애(悲哀: 슬픔과 설움)하노라.

그다음 이갑성 씨는 3.1운동 잔존조(殘存組) 1인이니 그의 애국열은 말할 것 없으나, 정치인으로서는 구비해야 할 자격이 어느 모로 보든지 부족하다. 그저 3.1운동 잔존조 중 최후의 1인이라는 명망(名望)을 확보하고 정계에서 용퇴(勇退)하는 것이 이갑성 씨를 위해서는 무상(無上)의 영광이라고 본다. 이 씨가 정권에 욕망[이후 원고 없습니다. 1953년 음력 1월 29일 쓰신 것으로 추정합니다. -역주자]

수필: 아무리 힘들어도 이념 완수의 길로 매진하자

국가도 다사(多事)하고 사가(私家: 개인집)도 다사하다. 나야말로 호구(糊口)에 분주하나, 일무소성(一無所成: 하나도 이룬 바 없음)이요, 도로무익(徒勞無益: 헛수고에 이익이 없음)이다. 우리의 현상으로 보아서 당연한 일이다. 근로대중들도 생활문제를 해결 못해서 우왕마왕(牛往馬往)[12]하는데 우리 같은 노동력이 없는 사람으로 생활고를 당하는 것은 면하지 못할 일이라고 본다. 그러나 이론은 당연하나 실제에 있어서는 어찌할 수 없는 일이다. 아무 일이 안 되어도 천연스럽게 안빈낙도(安貧樂道)할 수 없는 것이 현하 우리 실정이다. 그렇다고 고인(古人) 말씀이 궁시기소불위(窮視其所不爲: 빈궁하면 그 하지 않을 바를 생각함)라 하였는데 불고체면(不顧體面: 체면을 돌아보지 않음)하고 아무 일이나 할 수도 없고 또는 불고체면하고 해보아야 별 소득이 없는 법이다. 그러니 부지불각(不知不覺)중 분주히 노력해 보는 것이 우리 인생의 상사(常事)라고 본다.

내 생활이야말로 수지(收支)가 예산할 수 없는 현상이다. 가구(家口: 가족) 6인에 자식은 군인으로 일선에서 벌써 5년이나 되고 서모(庶母)는 당신 일신(一身) 생활은 90을 바라보는 소령(邵齡: 늙은이)임에 불구하고 자력으로 타개하고 소성도 자기 일신생활은 타개할 정도요, 그

---

12) 소나 말이 다니는 곳까지 다 다닌다는 뜻으로 온갖 곳을 다 쫓아다니는 것을 비유한 말.

다음 자력유지를 못하는 가구가 3인이다. 그리고 내가 연년(連年: 해를 이어) 부채가 구화(舊貨)로 천여 만 원이라 역시 이 부채만 없으면 진력하면 식생활쯤은 해결할 것 같다. 이 부채문제가 해결되지 못해서 생활고(生活苦)를 더 당하는 것이다. 그러니 선결문제는 부채정리라고 본다. 이 부채정리문제로 여념이 없어서 내가 생각하고 있는 이념(理念)13)이라는 것을 실현해 볼 귀중한 시간을 무의미하게 소비한다. 이것이 말하자면 주위 환경의 악조건이라는 것이다. 그러나 고인들도 무슨 일이든지 순풍괘범격(順風掛帆格: 순풍에 돛 단 격)으로 성공하는 일은 극소(極少: 아주 적음)한 것이다.

백절불굴(百折不屈: 백 번 꺾여도 굽히지 않음)하고 아무런 악조건이 있더라도 극복하고 나가서 성공하는 것이 우리가 항상 보는 경험이요, 고인(古人)들의 수범(垂範: 본보기가 됨)이다. 시기(時期)만 천재일우(千載一遇: 천 년에 한 번 만남)의 호기(好期)라고 본다. 이런 기회를 잃고는 우리의 이념을 실현할 수 없다고 본다. 이 좋은 시기를 잃지 말고 백난(百難: 백 가지 어려움)을 배제(排除: 물리쳐 제외함)하고 성공의 길로 나가는 것이 당연한 처사(處事)라고 본다. 그래서 내가 결심하기를 아무런 불운(不運)이 있더라도, 아무런 역경(逆境)이 있더라도, 아무런 악조건이 있더라도 다 배제하고 백난을 극복하고 나가리라는 자서(自誓: 스스로 맹세)를 해보는 것이다.

물론 동지들의 조력(助力)도 있어야 하고 대세(大勢)에 순응해서 나가며 이념을 실현으로 옮기는 것이 정로(正路)라고 본다. 이 정로를 걸어가는데 기다(幾多: 수많음)한 애로(隘路: 좁고 험한 길)가 있다는 것도

---

13) 대황조 한배검 님의 홍익인간 이념.

각오해야 하는 것이다. 내가 이 결심을 한 것이 오늘이 아니나, 붓을 들기는 금일(今日: 오늘)이 처음이다. 비록 6.25사변으로 (연정원) 동지들을 많이 잃었으나, 입지(立志)를 굴하지 말고 초지(初志)대로 나가자는 것이다. 부족한 것을 보충해 가며 규합동지(糾合同志)해 가지고 백사불관(百事不關: 어떤 일에도 상관없음)하고 우리의 이념실현에만 전력을 경주하자는 재인식을 동지 간에 시키라는 것이다. 나도 부채건 사생활이건 문제시 말고 이념완수의 길로 매진하자.

계사(癸巳: 1953년) 2월 15일 봉우서우유신정사(鳳宇書于有莘精舍)

불모고지(不毛高地)에서 후퇴의 보(報: 알림)를 듣고

불모고지14)는 철원과 서울 간에 전략적 가치가 있는 고지임에 틀림 없다. 오랫동안 우리가 장악하고 있던 것인데 언제 적군에게 침략을 당하였는지 알 수 없는 일이요, 미군(美軍)이 불모고지의 3분지 1인 사면(斜面: 비탈)을 장악하고 있었다는 것을 금번 보도로 보았다. 그래서 미군이 불모고지를 재탈환코자 3일간에 긍(亘: 걸친)한 맹렬한 전투가 벌어졌었다고 한다. 적군의 포탄이 미군진지에 2만 발 이상이나 퍼부어서 글자 그대로 포우(砲雨)가 되었다고 하고, 적진지에는 아군 항공군의 폭탄세례가 50만 파운드에 달하였다니 가위(可謂: 가히 이르자면) 성풍혈우(腥風血雨: 피비린내 나는 바람과 비처럼 쏟아지는 피)를 양성(醸成: 빚어 냄)하였다고 본다. 이 고전 끝에 미군진지가 점점 축소되어 4분지 1일을 확보하였다고 하더니, 제4일 보도에 보니 전략적 후퇴라고 한다.

---

14) 불모고지 전투는 1952년 6월부터 본격적으로 시작되었는데 '철의 삼각지대'인 연천 북방의 천덕산 일대에 방어진지를 구축하고 있던 미 제45사단이 방어종심을 확보하기 위하여 불모고지를 포함한 주저항선 전방의 11개 전초진지를 점령한 후 중공 제39군 소속의 3개 사단의 역습을 받게 되었을 때, 그 전초진지 중의 하나인 불모고지에서 미 제45사단과 미 제2사단이 차례로 이들의 역습을 저지해 낸 방어전투이다. 다음해인 1953년 3월 23일 전후 수일간 또다시 본격적 교전이 벌어졌다. 개전 초기에 美 45사단이 중공군과 3일 동안 교전해 중공군을 격퇴했으며 뒤를 이어 배치된 美 2사단은 2주일간 중공군과 치열한 전투를 벌였다. 이 전투는 아이젠하워 대통령까지 언급할 정도로 중요한 전투였다.

물론 부득이 후퇴한 것이나 이 고지가 중공군의 서울침략에 중대가 치를 가지고 있는 것은 사실이다. 이 고지를 재탈환함에 완전한 전략이 있다면 모르되, 부득이한 후퇴라면 아군의 중대한 손실이라고 본다. 여기서 미군이 이 고지의 재탈환전을 시작했다는 것이 자력(自力)을 알지 못한 원인이라고 본다. 비록 용감히 싸우나, 기계화 부대의 작전이 아니면 능력을 발휘 못하는 미군이 고지탈환전이라면 결사대가 아니고는 불가능한 곳에 스스로 가담하고 작전한 것은 미군의 실책이다. 혹 무슨 유도전술이라면 알 수 없는 일이나 그렇지 않다면 불모고지를 적군 장악에서 우리 국군이 탈환하자면 또 상당한 유혈극이 안 날 수 없다고 본다. 이 고지가 서울 수비에 중대관문인 만큼 물론 미군도 백방으로 선후책이 있을 것으로 예측되나 아무리 생각해도 임진강 이북으로 적군을 축출하고 완고(完固)한 진지에서 방어하며 원산이나 진남포, 용암포에 상륙작전을 시작하는 것이 정당한 전술이라고 본다.

　그리고 평원선(平元線: 평양, 원산 라인) 중단작전인 상륙작전도 그리 용이한 일이 아니라는 것도 각오해야 한다. 서부는 무이포, 해주에 동시 상륙하며 진남포작전에 호응하면 비록 해안방비에 만전하였다 하더라도 적군도 방비전(防備戰)이 물론 박약(薄弱: 얇아지고 약해짐)해질 것이다. 여기서 출기불의(出其不意: 불의에 나옴)하여 예정되지 않은 곳에 상륙하는 것이 득책(得策)일 것이다. 불모고지에서 유도전이 아니고 실제적으로 후퇴라면 후방에 있는 우리들도 걱정이 되어서 이 붓을 들어 보는 것이다. 우리가 참모라면 총역량을 중부와 동부에 두고 서부는 방위태세를 갖출 뿐이요, 중부에서 적진의 중앙을 돌파하고 황해도 후방에 돌입하며 상륙작전과 동시병행하면 서부전선의 적이 감히 전진할 생각을 못할 것이다.

전략이라는 것이 비록 간단한 것은 아니나, 현 작전이 동서를 일사면평선(一斜面平線)으로 방위태세로만 가지고 있다는 것이 적강(敵强: 적이 강해짐)에 기회를 주는 것이다. 변함없이 방위전이니 안심하고 적은 후방에서 작전할 것이 아닌가 하는 이런 작전에서 참모의 부족이 탄로(綻露: 감추던 사실이 드러남)나는 것이다. 전략의 신기(神機: 신묘한 계기)를 알지 못하게 하는 것이 주장지도(主將之道: 주된 장수의 도리)인데 현 작전은 누가 보든지 다 알게 한다. 남북이 다 일반이라고 본다. 달리 우수한 전략가는 없다고 나는 본다. 불모고지 후퇴를 보고 내 소감의 일부를 기록해 보는 것이다.

계사(癸巳: 1953년) 2월 15일 봉우소기(鳳宇笑記: 봉우는 웃으며 쓰다).

추기(追記)

전략적으로라면 불모고지 후퇴가 그리 중대성이 없으나, 부득이한 후퇴라면 적지 않은 손실이라서 이 붓을 든 것이며, 내가 현 참모들의 무모(無謀: 깊은 사려가 없음)함을 평해 보는 것이요, 또 미군의 독재성(獨裁性)을 평해 보는 것이다. − 기사일(己巳日) 봉우서(鳳宇書).

수필: 내가 군사참모였다면 - 6.25전략론

불모고지 후퇴를 쓰다가 전략론을 언급한 바 있었다. 그런데 6.25사변 당시의 진상을 보고 한국 국방상이던 신성모의 무재무능(無才無能)함과 당시 참모총장인 채병덕 군의 무지몰각(無知沒覺)한 행동을 보고 이런 인물을 기용한 주권자의 무자격함을 통감하고 다시 이 붓을 들어 보는 것이다. 대한민국이 통일된 정부가 수립되지 못하고 남북이 분립한 이상, 무슨 친선정책이 수립되지 못한 이상 물론 빙탄불상용(氷炭不相容: 얼음과 숯이 서로 용납하지 않음)할 것은 면하지 못할 현상이다. 그렇다면 주권자를 비롯한 위정자들이 전심전력을 다하여 내정과 국방과 외교를 병행해야 할 일인데, 실제를 보건대 내정은 민생을 도외시하고 파당적으로 미국에 의존하여 모리(謀利)하는 도구로 삼고 국방은 적국의 허실(虛實)을 부지(不知)하고 적국의 내정(內情)을 탐지할 기관부터 준비가 없고, 적국의 강약을 살피지 못하고 자국의 양병(養兵)과 군기(軍器: 병기)가 적국에게 손색이 있는 것을 알지 못하고 그나마 주장된 자가 정신통일도 못하고 파당적으로 주권자에게 아부하여 자리만 도득(圖得: 꾀하여 얻음)하려는 무리들뿐이요, 주권자의 신임만 받으면 무자격자도 그 자리를 얻을 수 있고 그 권력을 행할 수 있었다.

국방부와 참모부가 다 동일한 주권자의 권리 행사하는 도구요, 모리배들의 상매득리(商賣得利: 장사로 이윤을 얻음)하는 장소가 되고 말았다. 그러니 전국의 국방이 어느 정도라야 충분한지 알 도리가 없고 자기네의 모리(謀利)나 충분하면 국가흥망이야 알 바 없는 인물들이다. 주권자도 사람인 이상 만능하리라고는 못하나 그래도 정치의 기본방침이 있어야 하는 것인데, 정치라는 것이 무엇인지 알지를 못하는 행위가 십상팔구(十常八九)가 되니, 상하부정(上下不正)한 것이 정리(正理: 올바른 도리)다. 외교 역시 동일 보조로 말못된 현상이었다. 주권자의 총애를 받는 인물들은 100프로(퍼센트)가 정상모리배요, 한 사람도 사람 같은 인물이 없었다. 이런 중에 6.25사변이 나니, 무슨 정신에 내정이니, 국방이니, 외교니 할 새가 없어서 일패도지(一敗塗地: 여지없이 패해서 다시 일어날 수 없게 됨)하고만 것이다. 이 현상이라 미군도 아주 한국을 포기하려던 것이 사실이다. 그래도 국련(國聯:유엔)에서 그렇지 못해서 출병한 덕분에 9.28수복이 있었던 것이다. 그렇다면 주권자나 위정자들이나 국방관계자들도 당연히 백배 정신을 차리는 것이 원리인데, 의외에도 조금도 고치지 않고 국내정치는 말 못할 정도의 분쟁이 있으며, 국방부에서는 방위군 사건 같은 부정사건이 발생하고 국방정신을 몰각(沒覺)한 행동이 많았다.

9.28수복 후로 국련군에 의존해서 양서(兩西: 황해도와 평안도), 관북(關北: 함경도)까지 진군(進軍)하였다가 실패하고 1.4후퇴를 보게 된 것이다. 그러나 서울을 재수복한 뒤로는 이렇다는 진전을 못보고 오늘에 이르렀는데, 중앙 정치 파동을 국가위급존망지추(國家危急存亡之秋)임에 불구하고 조금도 변함이 없이 추태를 연출한다. 그런 중에 소소 개선된 것은 정치를 이탈해서 우리의 민족정신이 고유한 관계로 그 부족된 무기와 훈련을 가지고도 도처에서 혁혁한 무공을 수립하였다. 이것은 정부나 국방부에서 잘 하였다기보다 군인 자신들의 각오로 된 결정이라고 본다. 주권자나 위정자들이 정상모리(政商謀利) 행동을 말고 비

록 전시일망정 내정을 선치(善治)하고 외교에 치중하며 국방에 진력(盡力: 힘을 다함)한다면 군대만은 조금도 타국에 손색이 없는 것은 사실이 증명하는 것이다. 그러나 현상도 보면 백출하는 추태가 어느 날, 어느 때에 개선될지 알 수 없는 것이다. 그래도 주권자나 위정자들의 안중에 조금도 국가위급존망지추라는 감이 없고 어떻게 해야 정권을 장구히 잡으려는 야욕만 가득하니, 한심한 일이다. 우리 민간인으로는 일선에서 용전(勇戰: 용감히 싸움)하는 국군장병들에게는 경의를 표하나, 후방에서 정상모리를 일삼는 자들은 하루라도 빨리 소탕되기를 바라는 바이다. 이 정신이 우리 민간인에게는 누구에게든지 있는 것이다. 만약 장구하게 이 행동이 고쳐지지 않는다면 반드시 천벌(天罰)이 오리라는 것을 확언해 두노라.

그리고 6.25사변에 내가 참모(參謀)라면 비록 무기가 불비(不備: 갖추지 못함)한 국군이라도 물론 서울은 후퇴할 수밖에 다른 방도가 없으나, 한강 남안(南岸: 남쪽 기슭)에서 대오를 정제(整齊: 정돈)하여 적군의 도하(渡河)작전을 못 하게 하는 한편 금강선(錦江線) 역시 적군이 도하작전을 못하게 방공(防攻: 방어공격)을 충분히 했다면 적군이 한강도하작전으로 적어도 수개월을 소요했을 것이요, 동부전선은 산악전이라, 적군이 비록 전차대를 가졌으나 그리 용이하지 않았으리라고 본다. 여기서 적군을 한강과 금강 사이에서 반공(反攻: 반격)할 수 있고 그렇지 않으면 한강작전에서 지구전(持久戰)으로 국련군(유엔군)을 맞이할 수 있었다는 것을 자신 있게 말하는 것이요, 만약 제2방어선인 금강선까지 왔다면 얼마든지 방어할 수 있는 것이었다. 내가 참모라면 인민군이 필사력(必死力)을 다할지라도 금강선 이내에는 한 걸음도 허용치 않았을 것이라고 자신 있게 말하는 것이다.

내가 본 현상으로 인민군이 강해서 대구까지 간 것이 아니라, 국군이 무장지졸(無將之卒: 장수 없는 병사)이 되어서 마음대로 간 연고라고 본다. 그리고 9.28수복 후 축격(逐擊: 쫓아내며 반격함)이라는 것도 역시 무모(無謀: 깊은 사려가 없음)라고 본다. 거기서도 원산-평양선을 확보하고 전지(戰地: 싸울 곳)를 구성해 놓고 방어전을 하였다면 비록 중공군이 내침(來侵)하더라도 평양-원산라인 이남은 못 왔을 것이요, 거기서 서부는 청천강까지 진격할 수 있고, 북부는 함흥을 수중에 넣을 수 있는 것이다. 그렇다면 이북 북한군이 발악할 여지가 없고 장기전에 들어가도 완전히 황해도와 강원도를 점유하므로 평안도 반부(半部)가 수중에 들어오기 용이하고 함경남도가 역시 수중물건이 될 것이다. 이 정도면 우리가 퇴수(退守: 후퇴하며 지킴)하자면 수백만 적군이 와도 가수(可守: 지킬 수 있음)요, 진격하자면 하시든지 할 수 있게 된 태세인데 무모하게도 압록강선까지 진출하였다가 일기(一氣)로 한강 이남까지 후퇴를 하니, 이런 전략은 고금초견(古今初見: 예나 지금이나 처음 봄)한 새로운 전쟁이라고 하겠다.

그리고 내가 보기에는 적이 강해서가 아니라 아군이 약해서라고 본다. 무슨 이유인가 하면 내가 적의 참모였다면 일부(一部)로 서울을 침공하고, 면전에 한강이 개재함을 무관하게 못 할지라 총력을 중부에 집중하고, 춘천으로, 원주, 충주, 대전을 직충(直衝: 곧바로 침)하면 방어가 물론 쾌활하였을 것이라 3, 4일간이면 대전이 서울과 동시 입수되었을 것이요, 충주에서 상주로 대구를 직충하여도 역시 일자를 불요(不要)하였을 것이요, 동부에서는 강릉에서 일기로 포항까지 와서 부산까지 온대야 역시 일자가 일주일 이내일 것이다. 전격부대로 진격하면 대전, 대구, 부산이 동시에 입수되고 별 무비(武備: 방비)가 없는 전라도는 산병(散兵)으로 진무(鎭撫: 진정시키고 어루만져 달램)할 것인데, 서울에다 주력을 경주하고 서울서 대전까지가 일망(一望) 이상이 되어 거기서 대구까지가 또 상당한 일자가 걸리게 되어 낙동강선에서 후퇴를 시작한 것이다. 이것이 우리가 보기에는 적강(敵强)이 아니라 아약(我弱)이었다고 본다는 것이다. 이 정도로 전격전에 성공하였다면 국련에서도 착수하기가 곤란하고 착수한대야 상륙작전으로 하는 외에 타도가 없었을 것이다. 이것이 적군의 참모도 부족하였다는 것이다. 이런 실책이 있음에도 불구하고 여전히 4년간이나 승국(勝局: 승리의 국면)을 미결(未決)하고 있는 것은 다 부족한 참모들이 작전하는 연고라고 보는 외에 타도가 없다.

우리에게 유엔군이 가진 무기와 물자를 준다면 최장기라도 반년이요, 그렇지 않으면 석 달만이면 완전히 남북통일할 자신이 있다는 것이다. 그다음 만주와 몽골 일부까지는 어렵지 않은 일이라고 본다. 그러나 이것은 정치에 관계가 있는 것이라 군사 단독만으로는 못하는 일이나, 주권자나 위정자가 언청계용(言聽計用: 자신의 계책을 윗사람이 모두 들어줌)한다고 가정하고 말하는 것이다. 언불청계불종(言不聽計不從: 말도 안 듣고 계책도 따르지 않음)하면 일주막전(一籌莫展: 한 계책도 실행 못 함)하는 것이다. 이것이 내가 공상(空想)하는 것을 기록해 보는 것인데, 후인의 비소(誹笑: 비웃음)를 면치 못할 줄도 잘 아나 이것도 내 소견법이라 무슨 허물이 있을 것인가. 그리고 4년간 국군이 수립한 무공(武功)도 온전히 국군의 자력이요, 주권자나 위정자의 도움이 아니라는 것도 부언해 두는 것이다. 국군에서도 고급장교 중에는 두뇌가 명석한 분이 여러 사람이 있는 것은 사실인 것이다. 이 정도로 붓을 그치고 후일에 또 내 소회를 기록하리라.

계사(癸巳: 1953년) 2월 15일 봉우망담기우편중(鳳宇妄談記于編中: 봉우는 망령되이 말하며 일기책 속에 적음)하노라.

[봉우 선생님은 이 글에서 실로 경이로운 얘기를 하셨습니다. 6.25 전쟁 때 유엔군이 무기와 물자만 지원해 준다면 우리 한국군 단독으로 3개월에서 6개월이면 남북통일은 충분히 가능하고, 만주와 몽골의 일부도 가능하다는 자신에 찬 말씀이었습니다. 500년 전 임진왜란을 당해서 나라의 운명이 어디로 갈지 대혼란에 빠졌을 때, 송구봉 선생님이 군사(軍師)를 맡았으면 3개월 만에 전쟁을 승리로 이끌 수 있었다고 하신 봉우 선생님의 말씀과 같은 맥락인 듯합니다. 실로 패기만만한 영웅호걸의 기상이 하늘을 찌릅니다. -역주자]

전통 약방문 1

발운산(撥雲散) 15)

노감석(爐甘石)16)을 동변(童便)17)에 침(沉: 며칠씩 가라앉혀 씀)해서 7
차 화하(火煆: 불을 벌겋게 달궜다가 식힌 후 또 달궜다 식힘을 7번 함)한 뒤
사용함. 인유적우호(人乳滴尤好: 사람 젖을 조금 넣으면 더욱 좋음).

정황산(正黃散)

백복령(白茯苓) ················· 5돈

의이인(薏苡仁) ················· 5돈

인진(茵陳) ················· 3돈

산치자(山梔子) ················· 1돈

---

15) 《동의보감》에 나오는 고대 처방. 풍독(風毒)으로 눈이 잘 보이지 않고 예막(瞖膜: 붉거
나 희거나 푸른 막이 눈자위를 가리는 병)이 생기며 벌겋게 부으면서 가렵고 아프며 눈
물이 많이 흐르는 데 쓴다. 시호(柴胡) 80그램, 강활(羌活), 방풍(防風), 감초(甘草) 각
40그램을 가루 내어 한 번에 8그램씩 박하(薄荷) 달인 물에 타서 먹거나, 한 번에 20
그램씩 물에 달여서 먹는다. 봉우 선생님은 이런 전통적 발운산이 아니고 특이한 약재
를 처방하셨다.

16) 철, 칼슘, 마그네슘과 약간의 카드뮴 따위를 함유한 광석. 한방에서 안약으로 쓴다.

17) 한의학에서 12세 미만의 사내아이 오줌을 가리키며, 두통, 번갈(煩渴: 가슴이 답답하
고 목이 마른 상태), 해수(咳嗽: 기침), 골절상, 부기(浮氣) 등에 쓴다.

자초(紫草) ································ 1돈

치소아황달(治小兒黃疸: 소아의 황달18)을 치료함). 5첩 복용.

가미금출탕(加味芩朮湯)

황금(黃芩) ································ 3돈

백출(白朮) ································ 1돈 반(一錢半)

맥문동(麥門冬) ························ 1돈 반(一錢半)

당귀(當歸) ····························· 1돈 반(一錢半)

천궁(川芎) ····························· 1돈 반(一錢半)

백작약(白芍藥) ······················· 1돈 반(一錢半)

생지황(生地黃) ······················· 1돈 반(一錢半)

방풍(防風) ····························· 1돈

초용담(草龍膽) ······················· 1돈

천황련(川黃連) ······················· 1돈

승마(升麻) ····························· 1돈

사상자(蛇床子) ······················· 1돈

석결명(石決明) ······················· 1돈

청상자(靑箱子) ······················· 1돈

감초(甘草) ····························· 1돈

18) 간의 이상으로 쓸개의 색소가 피부에 옮아 누렇게 되는 병.

치안운예목인폐(治眼雲瞖目咽閉: 안운19), 예목20), 인폐21)를 치료함). 신효(神效: 신기할 정도로 효과가 있음)함.

소위 농촌운동이라는 것을 보고 내 소감

근년에 무슨 운동이니, 무슨 단체니 무슨 회니 하며 우후죽순격으로 수를 알지 못할 만큼 발기된다. 그저 유종의 미를 거두는 것은 별로 보지 못하였다. 또 근일 향간(鄕間: 시골)에 들썩하고 무슨 일이나 하는 것 같은 기분으로 부락에는 부락대표가 있고, 면에는 면대표가 있고, 군에는 군대표가 있고, 도에는 도대표를 선정해 가지고 농민운동이 전개된다고 한다. 중앙에도 물론 중앙대표가 있는 것이다. 측문(側聞: 곁에서 들음)한 바에 의하면 중앙대표문제로 대회가 사분오열한 현상인데 그 내용은 이전부터 농민운동을 하던 채규항 군이 대통령께 말씀하고 이 농민회를 발기한 것이다. 전국대표회 석상에서 관록이 있는 채 씨를 선정하자는 일파와 또 지방자유당 일파에서 인권을 가진 이 농민회를 자기네가 주권을 장악해야 하겠다는 2파로 대립되어 대회에서 회장제로 한다면 채 씨가 유리하니 최고위원제로 5명을 선출하자고 분쟁이 있었다. 그러면 민주주의 원칙하에 다수결하는 것이 당연한 일이요, 관에서는 불간섭하는 것이 원칙일 것이나 현상은 질서유지라는 명목하에 협천자이령제후격(挾天子以令諸侯格: 천자를 끼고 제후들에게 명령하는 격)을 감행하고 자유당 족청(族靑) 일파가 대권을 발동해서 대통령의 유시(諭示)라는 것으로 최고위원제를 주장하게 되었다.

유시 내용은 알 수 없으나, 이 유시를 농림장관에게서 대회에 발표하기 전에 채 씨가 차득(借得: 빌려 얻음)해 가지고 비행기로 서울로 직행하여 대통령회견을 도모하였고 족청일파는 무전으로 경무대에서 그 회견을 거절케 하고 자기들은 자기들대로 대회를 진행하고 귀향하였다. 유시의 전모는 알 수 없으나 대체는 순수 농민으로 조직해서 정당 이나에 관계없는 사람으로 농민의 복리를 위하라는 주지(主旨)인데, 구성조직을 자유당과 같이 하라고 하였다고 전한다. 말만은 근리(近理: 이치에 가까움)한 말이다. 자유당과 동일한 조직체를 가지라는 말이 최고위원제를 채택하라는 의미에 그치는가 그렇지 않으면 농민조직으로 자유당 산하에 두라는 것인가 알 수 없는 일이다. 현상을 보라. 채 씨 일파인 농회파나 자유파나 그 대표들이 280여 명에서 순수 농민이 한 사람이라도 있으며, 당 관계를 않는 인사가 그중에 1인이라도 있는가. 내 생각에는 이런 운동에까지 주권발동을 한다는 것은 너무 독재성을 발휘한다고 아니할 수 없다.

그리고 신성한 농민을 도구삼아 인권획득의 수단을 불택(不擇: 가리지 않음)하는 것은 아무리 후한 평을 해보아야 기만책(欺瞞策: 남을 속여 먹는 방법)이라 아니할 수 없다. 순수농민의 복리를 위하는 일이면 거국일치해야 할 일인데, 채 씨 일파나 자유당 족청계 일파의 전용물이 아니라고 본다. 지방에서 농업요원이니, 농민대표니 하는 인물들은 실상은 다 순수농민이라기보다도 순수유한신사급(純粹有閑紳士級)22)들이다. 부락에서도 징집을 면하기 위하여, 또는 신분을 보장하기 위한 일종의 무엇이라고밖에 못 보겠다. 여기서도 야당, 여당의 권리쟁탈이 보이며 여당에서도 족청파의 전횡이 보인다. 지방대표 선정에도 관권이 개재하였고 실상 순수농민으로 농민의 복리를 도모할 인사는 나오지

---

22) 시간과 재산이 많아 한가한 신사층, leisure class.

못하였다.

차기 선거를 앞두고 벌써부터 득표쟁탈전의 일부에 지나지 않는다. 농민회도 농민의 복리를 증진한다기보다 농민대중의 인권을 이용하여 자기네에 유리한 조건을 타개하자는 목표에 지나지 않는다고 본다. 여기서 협천자이령제후(挾天子以令諸侯)하니 일시적으로는 발족할 것이나, 유종의 미는 의문시된다. 내 소감의 일부를 솔직하게 기록한 것이다.

계사(癸巳: 1953년) 2월 16일 봉우서우유신정사(鳳宇書于有莘精舍)

가아(家兒) 영조(寧祖)의 귀가(歸家)를 보고

파가(破家: 집을 헒)차 공암(孔巖)을 가서 수실(樹實) 서해찬 동지와 공암, 봉곡, 원당 등지로 간산(看山)을 하고 석양에 귀가 도중 온천리를 경유하는데, 우연히 망견(望見: 멀리 바라봄)하니 가아(家兒: 자식)인 듯하여 속보(速步)로 와서 보니, 과연이다. 4월 말이나 5월 중에 오려니 하였는데 의외다. 그러나 약간 안색은 쇠약한 듯하나, 다각적으로 보아서 여전히 건강체요, 전쟁 일선소식을 물으니 여기서 풍설(風說: 풍문)로 전하는 바와는 정반대로 서부전선 일부를 제하고는 별 이상이 없는 것은 확실하다. 국군들이 용전(勇戰)하는 것은 어느 방면으로 전문(傳聞: 전해 들음)하든지 거의 동일한 보고요, 아무것으로 보아도 중공군 정도의 군력(軍力: 군사력)이라면 우리 국군의 대수(對手: 적수)가 못 될 지경으로 약하다고 다들 동일한 평을 한다.

다만 미군이 군권(軍權)을 지배하는 관계로 군세(軍勢)확장을 못한다고 말한다. 그리고 몇 번의 위험지대에 참전한 일이 있으나, 모두 무사하게 통과하였다고 말한다. 대체로 반가운 일이다. 전쟁에서는 용전(勇戰)해야 하는 것인데 자식도 그리 전쟁에 겁(怯: 두려워함)내지 않고 용전하는 것 같다. 이것으로 나는 안심이 된다. 금년 3월 1일부로 중위(中尉)에 승진되었다고 한다. 계급이 승차(陞差)할수록 그 임무가 중(重)해 가는 법이다. 그래서 그 책임완수가 어떨까 염려다.

부지자가지묘석(不知自家之苗碩: 자기 집에 심은 어린 벼가 그득함을 모른다)이라고 아무리 보아도 여전히 아해(兒孩: 어린 아이)인 것 같다. 부모마음이란 이러한 것이다. 빈궁(貧窮)이 백척간두(百尺竿頭)이나 가정의 화기(和氣)는 점점(霑霑: 두루 미침)하다. 이것이 우리 가정의 유일한 자랑거리다. (자식이) 귀가하는 도중에 오댁(五宅: 다섯째 댁)을 역방(歷訪: 지나다 방문함)하고 온 것도 당연한 일이요, 또 오댁에서 계부주(季父主: 아버지의 막내아우) 유해(遺骸)를 봉안하시고 만년유택(萬年幽宅: 묘소)을 나에게 선택하라시는 것 같다. 그 의사를 자식이 계모주(季母主: 아버지의 막내아우의 아내)에게 듣고 와서 전한다. 내 자신이 죄송한 일이다. 계부주 상사(喪事: 초상) 이후로 당연히 상경해야 할 일인데, 아직껏 못 갔다. 이것은 무엇보다도 내가 무성의한 연고다. 물론 이유는 있으나, 답변할 필요가 없다.

자식이 일주일간 휴가인 모양이니 그사이 시간을 보아서 주의나 시킬 예정이다. 반갑기도 하고 일방으로다 군인들 예를 보아서 조심되는 일도 있다. 이왕 군인 된 몸이니 아주 군인의 전형적 인물이 되기를 바라고 자식의 건강을 심축(心祝)하며 이 붓을 그치노라.

계사(癸巳: 1953년) 2월 20일 봉우서(鳳宇書)

도교육위원회 재소집의 보(報)를 듣고

3월 2일부로 충남도교육위원회가 개최되어 파문이 많았으나, 3월 9일날 유종의 미를 들고 폐회하였는데 또 4월 7일날 재소집한다는 전언을 들었다. 이것은 온전히 충청남도 도의회에서 회원들이 자기네 주장과 교육위원들의 관점이 상이하다는 데에서 반대건의를 한 관계인 듯하다. 그런데 우리가 표결한 것은 오로지 우리의 권한 내에서 한 것이요, 도의원들의 건의는 우리 권한을 침해하는 일이다. 여기서 자기네의 권한을 침해당하면서라도 선차표결을 번안(飜案: 안건을 뒤집음)할 것인가 또는 그렇지 않은가가 기로(岐路)에 서고 있다. 그런데 불행히도 우리 공주의 공중(公中)과 봉중(鳳中) 통합문제야말로 표결당시에 소소의 후원이라도 있었으면 물론 부결되었을 것을 당시는 일언반사(一言半辭)도 없다가 하필 도의(道議)와 교육위원 간에 권한 한계문제와 위신문제가 개재한 이때에 이 안의 번안을 동의안할 수도 없고 동의할 수도 없는 진퇴유곡의 현상이니, 과연 입장이 곤란막심하도다.

공중과 봉중 통합은 나는 당시부터 반대의사를 가졌으나, 공주에서 지방인사들의 열성이 부족하여 할 수 없이 원안을 통과시킨 것이다. 오는 7일 회의에서 이 안이 번안되는가 안 되는가가 큰 문제라고 본다. 내 입장도 이 이상 더 곤란할 수 없다. 비록 곤란할지라도 통합은 반대해야겠고 그렇다고 도의(道議)에서 건의안을 찬성하는 것은 아니다. 그다음 면천고등학교 건은 아무 소리를 하든지 번안되지 않을 것이다.

여기서 교육위원들이 좌우를 다 번안불능이라면 내 입장이 이 위원의 자리를 사표하는 외에 타도가 없다고 본다. 여러 가지 면으로 보아서 다단(多端)한 이 세로(世路: 세상)에 기적(寄跡: 자취를 남김)한 것이 실수라고 본다. 이것은 명예도 아니요, 재(財: 재물)도 아니요 또 내 역량이 부족한 데다가 내 소질에 맞지 않는 것이다. 봉중안(鳳中案)이 번안이 되어도 교육위원회의 위신이 없고, 안 되면 내 입장이 곤란하고 공주 인사들의 열성 여하가 이 문제를 좌우할 수 있는 것이다. 여기서 내 자신이 이 번안의 주동체가 되기는 퍽 곤란하고 내가 안 하면 또 위신문제가 있고 하다가 불성공하면 역시 위신문제라 이러기도 곤란하고 저러기도 곤란한 것이다.

내 금일 심정을 표명하기 위해서 이 붓을 든 것이요, 후일 이 문제를 운위하는 사람들이 역시 나의 역량을 운위할 것이나, 이것은 표결전의 일이라면 나도 자신만만한 일인데, 원안이 통과한 금일에 와서 '굿 뒤에 장구 치는 격'이라 일하기가 대단히 불편하다는 것이다. 나로서는 시기를 잃었다는 것이다. 이 기회를 잃게 한 것이 공주읍 모모 인사들일 것이요, 교육구에서부터 통합을 구성한 관계라고 본다. 나를 말 못하는 병신으로 되게 한 책임이 오로지 공주읍 인사들에게 있는 것이다. 이것이 상수요지(上樹搖枝: 나무 위에 올려 놓고 가지 흔들기)하는 격이라고 본다. 끝으로 도행정당국에서는 당연히 교육위원들이 합법적으로 표결한 것을 도의원들이 반대건의를 비준법적으로 한다고 이를 재고려하는 행사에 나와서는 교육위원들의 입장이 무어라고 할 것인가. 자기네는 도의(道議)들에게 입장을 유리하게 하기 위하여 교육위원들을 매장하는 것이라고밖에 볼 수 없다. 교육위 내에서도 물론 이 행사를 찬성할 사람도 있으나, 대체로 불합리한 조처라고 본다. 일전 도

지사 면회 시에는 교육위원의 권리를 왜 버리라는가 하고 반문이 있었으나 재소집하는 것이 무슨 연고인가. 아무리 생각해 보아도 알 수 없는 연고라고 본다. 여기서 대체가 불감당해서 이 붓을 드는 것이다.

계사(癸巳: 1953년) 2월 22일 청명(淸明)에 봉우서(鳳宇書)

추기(追記)

우리가 공주교육구에서도 건의안을 도지사와 도의회와 교육위에다 냈고 공주 인사들이 대략 3,000명이나 연판장을 역시 낸 것 같다. 그런데 여기서 공주논의를 들어보면 정반대 의사가 많으니 입장도 곤란하고 여론조사도 곤란한 것이다. - 봉우서(鳳宇書).

판문점회담이 재개된다는 소식을 듣고

1년 몇 개월을 두고 정전회담이 속개되었으니 하등 효과를 거두지 못하고 파기된 지도 벌써 기억이 새로울 지경이다. 그런데 소련에서 스탈린 수상이 서거하고, 말렌코프가 후임 수상으로 신임되고 미국에서 아이젠하워 원수가 등장하여 양신인(兩新人)의 신정책으로 금번에 회담이 재개된다니 그 효과 여하는 알 수 없으나, 대체로 보아서 전쟁을 정전해 보겠다는 의사만이라도 반가운 일이다. 아닌 게 아니라 백성들은 염전(厭戰) 병증이 아주 중태인 것 같다. 완전한 승리가 속히 오기 어려우면 일시적으로라도 전쟁이 정지되고 정치적으로 다시 해결을 토의하는 것도 아주 무리한 일은 아니다. 그러나 전례로 보아서 김일성 측에서는 당당하게 남일(南日)23)이 대표로 나와서 왈가왈부를 하는데 우리 측에서는 한 사람도 가지 못하고 국련(國聯: 유엔)대표만 참석하니, 사실은 창피막심한 일이다. 금번에도 또 그러리라고 본다, 사실만은 우리 국군이 완전히 훈련되고, 우수한 무기만 가졌다면 불필타구(不必他求: 다른 곳에서 구할 필요가 없음)로 완전한 남북통일이 있을 뿐인데 불행히도 백사불비(百事不備: 모든 일이 갖춰지지 않음)되고 있으

---

23) 1914~1976. 함경북도 경원 출생. 1930년대 스탈린의 강제이주정책에 따라 연해주에서 중앙아시아로 쫓겨 간 소련 국적의 재소한인들 중 하나다. 제2차 세계대전 당시 소련군 대위로 참전. 6.25전쟁 당시에는 인민군 총참모장으로, 휴전회담 당시에는 군사정전위원회 북한 측 수석대표로 활동하였다. 1953년 7월 미국, 중국, 북한의 3자대표들이 합의, 서명한 휴전협정의 북한 측 서면 당사자였다.

니, 수원수우(誰怨誰尤: 누구를 원망하고 누구를 걱정하리오)하리오. 소경이 개천 나무랄 수 없는 격24)이다. 혹이나 하고 또 정전회담에서 성과 있기를 빌고 일방으로는 내정(內政)이 말 못 되게 되었으니 내수인정(內修仁政: 안으로 어진 정치를 갖춤)이나 하고 현재의 복잡다단한 정당 문제들이나 완전히 귀결 짓고 전쟁이나 비록 임시일지라도 정전(停戰)이 되었으면 어찌 반갑지 않으리요. 그러나 어쩐지 불안감이 쾌청하지 못한 채 이 붓을 그치노라.

계사(1953년) 청명일(淸明日: 양력 4월 5일, 24절기 중 하나)
봉우서우유신정사(鳳宇書于有莘精舍: 봉우는 유신정사에서 쓰다)

---

24) 소경 개천 나무란다: 개천에 빠진 소경이 개천만 나무란다는 뜻으로, 자기 결함은 생각지 아니하고 애꿎은 사람이나 조건만 탓하는 경우를 비유적으로 이르는 말.

수필: 우리 동지들의 인물평

우연히 옛날 동지 중의 한 사람인 한인구(韓仁求) 군의 초청을 받아서 서천군 지교면(枝橋面)까지 심방(尋訪)행각을 일주일간이나 하였다. 언왕언래(言往言來: 말이 오고감) 간에 우리 동지의 규합되었던 인물평을 하였다. 수야모야(誰耶某耶: 누구냐, 아무개냐)가 다른 집단 인물에 비하여 무엇으로 보든지 우수하였었는데 운이 비색(否塞: 꽉막힘)하여서 중견(中堅: 간부급)이 10여 인 이상이 다 손실되고 보니 다시 갱기(更起)할 수 없다는 말을 듣고 내가 느낀 바 있어서 이 붓을 든 것이다. 물론 서로 친밀하던 동지로 손실을 본 것만은 유감이나, 그렇다고 "다시 일어나지 못하기까지는 안 될 것이다"라고 내가 자신을 가지고 득실평을 해보는 것이다. 아직 완전한 발족이나 또는 우리의 취지를 발표하지 않았으나, 준동지(準同志)격으로 발족에 같은 의사를 가지고 있는 동지를 성기상통(聲氣相通: 음성과 기운이 서로 통함)으로 수십 인 이상을 확보하고 있다. 시기만 되면 전격전술을 사용해서 신뢰(迅雷: 빠른 우레)에 불급엄이(不及掩耳: 귀를 막고 있는 사람에겐 들리지 않음)할 정도의 규합을 하고 유명무실(有名無實)한 허위(虛位: 빈자리)인 조직기구는 피할 예정이다.

우리가 손실한 중에 유룡(幼龍: 권오훈)이나 준마(駿馬: 한강현)나 치응(穉鷹: 주형식)이나 또 성신일관(誠信一貫: 정성과 믿음이 한결같음)인 담설(擔雪: 구영직)이나 현하(懸河: 강물을 거꾸로 세워 놓은 듯한 언변)인

일파(一波)25) 등은 십년일득(十年一得: 10년에 하나 얻음)한다기보다 백년간에도 다 귀한 인물들이다. 그러나 아직도 잔존조(殘存組) 중에 경고(經鼓)가 전승고(戰勝鼓)로26) 변질되려 하고, 헌학(軒鶴: 마루의 학)이 송령학(松嶺鶴: 솔재의 학)으로 승격27)하고 단정학(丹頂鶴)이 건재하고 28) 춘산미호(春山媚狐: 봄산의 아름다운 여우)가 양정(養精)하였고29) 남산표노유건(南山豹老猶健: 남산의 표범 외려 건재함)하였고30) 운학(雲鶴)은 한성자재(閒性自在: 한적한 품성대로 자유로움)하고31) 추응(秋鷹: 가을

25) 엄항섭(嚴恒燮, 1898년 10월 15일~1962년 7월 30일)은 한국의 독립운동가이자 대한민국의 정치인이다. 호는 일파(一波)이며, 가명은 아호를 따서 엄일파라 하였다. 임시정부 선전부장을 지냈고 광복 뒤에는 한국독립당의 간부로 활동하였고, 1930년부터는 백범 김구(金九)의 최측근으로 활동했다. 해방 이후 대한민국 임시정부 귀국 제1진으로 귀국, 한국독립당의 국내지부 건설과 김구를 도와 신탁통치 반대운동, 미소공위 반대운동 등에 참여하였으며 1948년 김구의 남북협상을 지지하였다. 1950년 한국전쟁 중 납북되었다. 안공근과 함께 김구의 최측근이었다.

26) '봉우일기4-84 다시 연정원 동지들 약평(略評)이나 해보자. 유일(遺逸)도 같이 해보자'라는 글에 나온 최승천을 의미. "그다음 최승천(崔乘千) 군을 거물급으로 평해 보자. 내가 전에 평하기를 경고(經鼓)라 하였었다. 고(鼓: 북)는 고다. 누구나 다 알아들을 고성(鼓聲: 북소리)이다. 그러나 독경(讀經: 경전을 읽음)할 때만 연계(連繫)하여 소리가 나고, 평시에는 아무 소리가 없는 것이 병이다. 이왕 고(鼓)가 되거든 일국의 전승고(戰勝鼓)나 일국의 신문고(申聞鼓)가 되어 달라는 말이다. 아무렇든지 우리 동지 중에서는 거물급이다."

27) 차종환, '봉우일기4-84 다시 연정원 동지들 약평(略評)이나 해보자. 유일(遺逸)도 같이 해보자' 참고.

28) 조경한, '봉우일기4-84 다시 연정원 동지들 약평(略評)이나 해보자. 유일(遺逸)도 같이 해보자' 참고.

29) 임지수, '봉우일기4-84 다시 연정원 동지들 약평(略評)이나 해보자. 유일(遺逸)도 같이 해보자' 참고.

30) 한의석, '봉우일기4-84 다시 연정원 동지들 약평(略評)이나 해보자. 유일(遺逸)도 같이 해보자' 참고.

31) 김일승, '봉우일기4-84 다시 연정원 동지들 약평(略評)이나 해보자. 유일(遺逸)도 같이 해보자' 참고.

매)은 함양정신(涵養精神: 정신을 기름)하고[32] 인원(人猿: 사람 원숭이)은 신통(神通)이 점숙(漸熟: 점차 익어감)하고 신봉(神鳳: 신령스런 봉황새)은 연기양정(鍊氣養精: 기운을 단련하고 정신을 기름)하고 대시잠적(待時潛跡: 때를 기다리며 자취를 감춤)하니, 수실원직[雖失元直: 비록 원직(서서徐庶)을 잃음]이나 와룡자재(臥龍自在: 제갈량은 자재함)로다. 하우지유(何憂之有: 어찌 근심할 리 있겠는가)리요.

신인(新人)은 인웅지암용(人熊之暗勇: 사람곰의 은밀한 용기)[33]이며 부암호지호령(負岩虎之號令: 바위를 지고 있는 호랑이의 호령)[34]이며, 치사지무적(穉獅之無敵: 어린 사자의 적 없음)이며, 황조지천전(黃鳥之千囀: 꾀꼬리의 천번 지저귐)[35]이며, 무수신인지예기(無數新人之銳氣: 무수한 신인의 날카로운 기세)가 불하어구일초규합지시(不下於舊日初糾合之時: 옛날 처음 동지 규합 때보다 낮지 않음)하나, 단소결자(但所缺者: 다만 모자라는 것)는 명주무식가관(明珠無飾可貫: 진주는 별다른 장식이 없어도 꿸 수 있음)이라. 개개명주(個個明珠: 낱낱의 구슬)는 전국전성지보(專國專城之寶: 오로지 나라와 성의 보배)이나 고무통솔자(姑無統率者: 잠깐 동안 통솔자가 없음) 고(故)로 시소결야(是所缺也: 모자라는 것이다)라. 대후일능관차주자(待後日能貫此珠者: 뒷날을 기다려 이 구슬을 꿸)하여 발호시령(發號施

---

32) 김장응, '봉우일기4-84 다시 연정원 동지들 약평(略評)이나 해보자. 유일(遺逸)도 같이 해보자' 참고.

33) 한상록, '봉우일기4-84 다시 연정원 동지들 약평(略評)이나 해보자. 유일(遺逸)도 같이 해보자' 참고.

34) 장이석, '봉우일기4-84 다시 연정원 동지들 약평(略評)이나 해보자. 유일(遺逸)도 같이 해보자' 참고.

35) 유화당, '봉우일기4-84 다시 연정원 동지들 약평(略評)이나 해보자. 유일(遺逸)도 같이 해보자' 참고.

슈: 호령을 발동함)이면 하환인물지부족(何患人物之不足: 어찌 인물의 부족함을 근심하리오)이리오. 비어하대(比於何代: 어느 시대에 비교함)라도 별무손색(別無損色: 별로 손색이 없음)아로다. 여오기물(如吾棄物: 나처럼 버려진 물건)은 벽상(壁上)에 관초전(觀楚戰)하고[36] 이소견법(以消遣法: 소견법으로) 으로 집차필(執此筆: 이 붓을 듬)하니 가소가괴(可笑可愧: 우습고 부끄럽다)로다.

계사(1953년) 3월 초2일 밤 봉우서우유신정사(鳳宇書于有莘精舍)

---

36) 성벽 위에서 초군의 전투를 구경만 한다는 뜻으로 항우의 거록 전투에서 나온 고사를 인용하신 듯하다. 싸움을 도와주러 온 제후군이 전투에는 참가하지 않고 구경만 하니 초왕 항우가 홀로 진나라 군대를 상대하여 대승하였다. 사마천의 《사기》 〈항우본기〉에 나온다.

수필: 1953년 3월 초하루의
불길한 해무리 천상(天象)

근일(近日)은 춘일(春日)이 점창(漸暢: 점점 화창해짐)한 관계인가 심신(心神: 마음과 정신)이 공피(共疲: 함께 지침)하여 아무 생각이 없다. 그런데 우연히 여행을 하였다가 여행 중 소견이 약간 있었다. 그래서 몇자 기록해 보는 것이다.

계사(癸巳: 1953년) 3월 초1일(初一日) 을미(乙未)이다. 오전 7시에서 8시까지 초승(初昇: 처음 떠오름)하는 일광(日光)이 아주 무색(無色)하고 전광(轉光: 빛이 회전함)을 하다가 낙광(落光: 빛이 없어짐)이 되어서 현저히 하수(下垂: 아래로 드리움)되고 — 육안으로 직접 해를 쳐다봄이 가능해짐 — 또 연속적으로 5~6차를 낙광이 되었다. 그 당시는 아주 청천(晴天: 맑게 갠 하늘)이었고 편운(片雲: 조각구름)도 없었다. 오후부터는 일훈(日暈: 해무리)이 되고, 백홍(白虹: 흰무지개)이 관일(貫日: 해를 관통함)하였으나, 백홍이 단홍(短虹: 짧은 무지개)이라 그 홍광(虹光: 무지갯빛)이 근근이 일훈(日暈)을 벗어날 정도요, 그 외는 무광(無光)하였다. 대체로 보아서 아마 일광이 낙지(落地: 땅에 떨어짐)하면 그 무엇을 의미한 것이 아닌가 한다.

그러나 이 무색(無色: 아무 빛깔이 없음)한 일광이 낙지되기를 5~6차나 되고 보니 알 수 없는 것이다. 일광이 전전무색(轉轉無色: 회전하며 빛깔이 없음)하고 육안으로 직시(直視)해도 무관할 정도라면 아무리 천기(天氣: 날씨)가 청명(晴明)한 듯하나, 사실은 희운(稀雲: 희미한 구름)이 있던 것 같다. 그러나 낙광(落光: 빛을 잃음)이라는 것이 의심된다. 일 (日)은 군상(君象: 군주의 상징)이니, 응(應: 조응照應)이 주재(主宰: 주권 자)에게 있는가 하면 그것도 그렇지 않은 것이 있다. 하고(何故: 무슨 까 닭)인가 하면 일광이 전전(轉轉)하며 무광(無光)하였으니 일(日)을 위요 (圍繞: 둘러쌈)한 부분 — 대통령 주위의 여러 정치인들 — 이 이 응(應) 을 받을 시절에는 동요(動搖)된다는 것인 것 같다.

또한 5~6차에 걸쳐 일광(日光)이 낙광되었으니 그 동요로 장삼이사 (張三李四)가 주권쟁탈극이 나와서 (정치) 거두(巨頭)가 몇 사람이 실세 (失勢)할 것 같다는 것이요, 또 나라 안의 거물급에서 낙광에 응할 인물 이 5~6인이 있지 않을까 한다. 아무리 호의적으로 해석을 하려야 이 정도 이상은 더 못 하겠다. 이 낙광은 내가 몇 차 경험해 보았으나, 그 분야에서 국한된 것이요, 다른 곳에는 무관한 일이다. 그래서 금번 일 광의 낙광은 오로지 우리나라에 국한된 것이라 마음이 안 놓이며 낙광 도 수삼차(數三次)는 여광(餘光: 해가 진 뒤의 은은히 남는 빛)을 표현하고 낙광하였고 2차는 아주 백기(白氣)가 직사(直射)하며 낙광한 것에 대하 여도 몇 차례는 여광(餘光)이 있는 순조(順調)로 거물을 상실할 것이요, 몇 차례는 급서(急逝: 돌연히 죽음)할 것이 아닌가 한다. 내가 이 붓을 들 어서 후일의 험(驗: 증험證驗)이 어디 있는가 보리라.37)

계사(癸巳: 1953년) 3월 초이일(初二日) 심야(深夜: 깊은 밤)

봉우기(鳳宇記)

---

37) 여기에 해당하는 이승만 정권의 정치인으로 신익희(申翼熙, 1894~1956), 조봉암(曹 奉岩, 1898~1959), 조병옥(趙炳玉, 1894~1960) 등이 있다.

[이 글은《천부경의 비밀과 백두산족 문화》290쪽에 실려 있음. 또
한 봉우사상연구소 홈페이지의 봉우선생님자료〈봉우사상을 찾아
서(75)〉—《천부경의 비밀과 백두산족 문화》대담(1989.01) — 천
문3 참조할 것. -역주자]

성재(省齋) 이시영(李始榮) 선생[38]을 경조(敬弔)함

　선생은 이조 말엽에 명문거족(名門巨族)으로 위(位)가 정경(正卿)[39]에 제(躋: 오름)하고 일찍이 기백(箕伯: 평안도 관찰사)으로 명성(名聲)이 높은 분이시다. 경술국치(庚戌國恥)를 당하자 선생은 곧 견가북천(擎家北遷: 집안을 끌고 북으로 옮김)하나, 만주(滿洲)에서 갖은 풍상(風霜)을 다 겪으시며 왕명유지(王命有志: 왕명을 받은 유력한 인사)들을 규합하시어 신민(新民)학교를 창립하시고 한국독립운동을 고취하시었다. 이래(以來) 수십 년간에 무수한 혁명투사를 양성하시고 우리 민족의 음적(陰的), 양적(陽的)으로 독립의 원로가 되시어서, 36년간 왜정하 압박임에도 불구하고 끊임없는 투쟁으로 을유(乙酉) 8.15(해방)를 맞이하게 됨은 선생의 공헌이 수훈(首勳: 첫째 가는 공훈)이라 아니할 수 없다.

---

38) 이시영(李始榮, 1868년 12월 3일~1953년 4월 17일)은 조선, 대한제국의 관료이자 대한민국의 독립운동가이며 교육자, 정치인이다. 1885년 사마시(司馬試)에 급제하고 여러 벼슬을 거쳐 1891년 증광문과(增廣文科)에 병과(丙科)로 급제, 부승지, 우승지(右承旨)에 올라 내의원 부제조, 상의원 부제조 등을 지냈다. 한일병합 조약 체결 이후 독립 운동에 투신, 일가족 40인과 함께 만주로 망명하였다. 1919년 4월 대한민국 임시정부 수립에 참여하였고, 1919년 9월 통합 임정 수립 이후 김구, 이동녕 등과 함께 임시정부를 수호하는 역할을 하였다. 광복 이후 귀국, 우익 정치인으로 활동하며 임정 요인이 단정론과 단정반대론으로 나뉘었을 때는 단정론에 참여하였다. 1948년 7월 24일부터 1951년 5월 9일까지 대한민국의 제1대 부통령을 역임하였다. 대한민국 제2대 대통령선거에 민주국민당 후보로 입후보하였으나 낙선했다. 우당 이회영이 그의 형이다.

39) 조선시대에 정2품 이상의 벼슬을 아경(亞卿)에 상대하여 이르던 말, 의정부 참찬, 육조(六曹)의 판서, 한성부 판윤, 홍문관 대제학 따위를 이른다.

중국에서 북으로 남으로 군정(軍政)계통이나, 정치계통이나를 막론하고 선생의 수택(手澤: 도움)을 입지 않은 투사는 별로 없었다. 아무리 선생을 악평하고자 하는 사람들도 그 당시까지는 감히 개구(開口: 입을 엶)를 못할 것이다. 임정(臨政)의 주석(主席)이시던 백범(白凡) 선생께서도 언제든지 선생을 사사(師事: 스승으로 섬김)하시던 것은 세인이 공지(共知: 다 앎)하는 바이다. 여기까지는 그 선생의 위대함과 고귀함이 어느 시대, 어느 때에 비하여도 우수하다고 할 것이다. 그후 무자년(戊子年: 1948년) 남한정부가 수립되자 선생이 부통령으로 취임하시었다. 내가 선생의 취임호외(號外)를 보고 소감을 기록하기를 선생이 부통령으로 취임하신 것은 선생의 청덕(淸德)의 흠(欠: 모자람)은 될지언정 영예(榮譽)는 되지 못하리라고 하였다. 과연이다. 이박사가 대통령으로 있는 한은 선생이 시위소찬(尸位素餐: 껍데기만 있는 자리)이 안 될 수 없는 것이다.

이것이 선생이 말년 진퇴의 흠(欠)이 되신 것이요, 그리고 백범 선생의 영결식에서 조사(弔辭)말씀을 하신 것이 우리로서는 요령부득(要領不得: 이해가 안 됨)이라고 보았었다.40) 이것도 선생이 부통령으로 재임하신 관계로 마음에 없는 말씀을 하신 것 같다. 그다음 임기 전에 결연히 사임하신 것은 한 때의 잘못을 뉘우치신 것이다. 그래서 독립운동의 원로로 환원하신 것이다. 그런데 작년 대통령 선거 당시에 출마하신 것은 그 의미를 모르겠다. 고귀하신 청덕(淸德: 맑은 덕행)으로 국가

---

40) 이시영의 조사 내용 중 "선생도 신이 아니요 사람인 이상 과오가 없을 수 없다. 선생을 통하여 닥쳐오는 난국에 이우보인(以友輔仁: 벗으로써 어질게 됨을 도와라)의 결핍을 스스로 느껴 왔던 것이다." 이 부분은 보기에 따라 고인에 대한 예가 아닌 것으로 여겨질 논란의 문장이다.

원로로 계시다 고요히 돌아가시면 지하의 무수한 선열(先烈)의 영혼들이 환영해서 다같이 유방백세(遺芳百世: 영원히 향기를 후세에 남기다)하고 청덕이 청사(靑史: 역사기록)를 장식할 것인데 이 박사와 조봉암과 신모와 대통령의 자리를 각축하였다는 것은 비록 본심이 아니시라도 청덕에 적지 않은 흠이 되시었다는 것은 부정 못할 일이다.

이것은 모모 정상배들이 선생을 이용한 것이나, 이런 이용을 당하신 것이 인자하신 성질에 감언이설(甘言利說)하는 정객들에게 거절 못하시고 비판력이 부족한 처사를 하신 것이다. 그래서 그 각축전으로 선생을 민국당의 매권물(買權物: 권력을 산 경우)로 선전을 하며, 선거 운동하는 것을 보았다. 여기서 그들이 선생의 청덕을 안중에 두었을 리 없고 한갓 정적(政敵)으로 취급된 것이다. 이 얼마나 선생의 청덕을 해치는 것인가. 물론 선생은 90소령(邵齡: 노인)이시니 그 자제(子弟)들이 불초(不肖: 못 남)하다고 정평(正評)하는 것 외에 타도가 없으나, 어느 모로 보든지 선생은 일국의 원로요, 독립운동의 아버지가 되시는 것이다. 금번 양력 3월 17일에 선생은 85세를 일기로 등천(登天: 승천)하신 데 대하여 그 일생을 망국(亡國)민족의 독립전취(獨立戰取: 독립을 싸워 얻음)에 헌신(獻身)하신 공헌을 영원히 우리 민족으로서 추억하며 본받을 각오를 가진다. 또한 선생이 우리 국가의 영원한 호국영신(護國靈神)이 되시기를 바라고 이다음에 선생의 청덕(淸德)을 만에 하나라도 따를 인물이 없음을 못내 슬퍼하며 이 붓을 그치노라.

계사(癸巳: 1953년) 3월 초7일(初七日) 후학(後學) 권태훈(權泰勳)
경조(敬弔: 존경하며 조의를 표함).

수필: 세계역사상 손색없는 우리나라 인물평

　역사적으로 보건대 동서를 물론하고 고금(古今)을 막론하고 각계각
층의 인물 한 분을 양성하자면 백난만난(百難萬難: 백 가지 만 가지 어려
움)을 겪어야 하는 것이다. 그런데 을유 8.15해방 후에 우리나라 인물
평을 보면 역사상으로 어느 나라, 어느 때에 비해서도 손색이 없었다.
해외파로나 국내파를 막론하고 세기(世紀)의 위인이신 백범(白凡) 김
구(金九, 1876~1949) 선생이며, 웅변정치가로 몽양(夢陽) 여운형(呂運
亨, 1886~1947) 선생이며, 이론적인 우사(尤史) 김규식(金奎植,
1881~1950) 선생이며, 열정적인 성재(省齋) 이시영(李始榮, 1869~1953)
선생이며 투쟁적인 고하(古下) 송진우(宋鎭禹, 1887~1945) 옹(翁)이며,
포용적인 조소앙(趙素昻, 1887~1958) 옹이며, 열변적인 일파(一波) 엄항
섭(嚴恒燮, 1898~1962) 동지며, 모략적인 설산(雪山) 장덕수(張德秀,
1894~1947)이며, 고수적(固守的)인 우천 옹(藕泉翁: 조완구)[41]이며, 응
변적(應變的)인 해공 옹(海公翁: 신익희)이며, 설계적(設計的)인 인촌 옹
(仁村翁: 김성수)이며, 저돌적(猪突的)인 철기 옹(鐵驥翁: 이범석)이며 그
외에도 무명, 유명의 인물이 많았다.

---

41) 조완구(趙琬九, 1881년 4월 18일~1954년 10월 27일)는 한국의 독립운동가, 정치인
　　이다. 임시정부와 임시의정원에서 활동하였으며 광복 후 한국독립당의 국내 초대 재정
　　부장을 거쳐 1949년 한국독립당의 총재를 역임하고 1950년 6.25전쟁 중 납북되었다.
　　자는 중엄(仲琰), 호는 우천(藕泉), 본관은 풍양(豊壤). 홍명희의 고모부이다.

그러나 이 인물들이 한 계통으로 합심합력(合心合力)하였다면 통일도, 독립도 별문제 없었을 것이요, 나아가서 세계 수준도 돌파하기 용이한 일인데 몇몇 개인의 음모로 이 인물들은 사분오열(四分五裂)하고 보니, 국내는 아주 분소장(奔擾場: 매우 어지러운 곳)이 되고 상호 중상모략(中傷謀略: 남을 해치려는 음모)의 희생이 되고, 남은 인물도 전전긍긍(戰戰兢兢)하는 중이라. 이것이 우리나라의 역사적 치욕이라고 아니할 수 없다. 인물이 없어서 일을 못하는 것이 아니라 음모가 무서워서 은신(隱身: 몸을 숨김)을 하는 현상이니 가석(可惜)한 일이로다. 현상 잔존인물이라도 합심해서 위국(爲國)사업으로만 매진하면 무엇이 타국에 비하여 부족하리요. 그러나 합심보다는 분열을 장기(長技: 능한 재주)로 아는 우리 민족이라 무슨 충동이 있어야 비로소 오월동주(吳越同舟)격의 합심이라도 있을까 한다. 이런 붓을 드는 것이 불가한 줄도 아나 부득이 든 것이다.

1953년 3월 10일 봉우서(鳳宇書)

[이 글을 읽으면서 당황한 독자도 계실 것 같다. 선생님 일기를 그동안 본 분이시라면 선생님께서 위 열거한 인물 중 몇몇 인물에 대해선 혹평을 하신 적도 있고 그중엔 독립운동을 가장한 이중스파이도 있었다. 심지어 동지들이 어떤 인사를 제거하려 하자 부당함을 설파하시어 말리신 적이 있는데 그 바람에 다음 차례로 대신 제거된 인물도 있다. 다음 차례로 누가 죽을지 모르실 리도 없고 그 사람이 죽을 짓을 한 죄상도 잘 알고 계시리라. 그럼에도 위와 같은

인물평을 하셨다. 그 사람에 대해 알 사람은 알되 너무 단처를 파서 공개적으로 깎아내리는 일을 하지 말라는 뜻이 아니실까. 가뜩이나 인물이 귀한 나라인데 작은 단점이라도 전부 파헤쳐서 공개하고 망신을 주고 매장하는 일을 지양하라는 말씀으로 새겨 들어야 할 것 같다. -역주자(이기욱)]

해공 옹(海公翁)의 시국강연을 듣고 내 소감

　모모 지인의 소개로 또 우편으로 정산(定山)[42] 공○원(公○院) 장고
봉하(長鼓峰下)의 면암(勉庵) 최 선생(최익현) 모덕사(慕德祠)[43] 춘기제
향(春期祭享)이 있다고 참석하라는 권고로 가는 도중에 공주에서 역시
그 제향에 초헌관(初獻官)으로 모덕사 봉찬회(奉讚會) 위원장인 신익희
(申翼熙) 씨의 시국(時局)강연이 공주 우시장(牛市場)에서 개최되었다.
별 준비는 못하였으나, 시일(市日: 장날)인 관계로 다수의 사람들이 청
강(聽講)하였다. 강연 요지는 이승만 대통령이 말씀하기를 국회에서만
의원들하고 상대하느니보다 지방에 가서 실지로 농촌 인민(人民)을 상
대로 계몽하여 달라는 요청이 있어서 백망중(百忙中: 백 가지 바쁜 가운
데)임에도 불구하고 이 행각(行脚)을 시작하였다고 말을 시작하고 농
촌을 실지로 답사해 본 경과를 말하되, 대중이 기아선상(飢餓線上: 굶어
죽을 지경)에서 방황하는 것이 아니라 현상은 다시 갱기(更起)할 수 없
는 사지(死地: 죽을 곳)에 빠졌는데, 이것은 주로 보면 일정(日政: 왜정)
시대에도 1년에 정미(正米: 현재 있는 거래되는 쌀) 800만 석 이상을 일
본으로 반입(搬入)하고도 그 지경은 안 된 것이 현상으로는 그런 대량
반출이 없는데 왜 사지에 빠졌는가. 이것은 6.25사변인 전쟁관계이다.

---

42) 충청남도 청양 지역의 옛 지명.
43) 모덕사(慕德祠)는 면암 최익현의 위패를 모신 사당이다. 1984년 5월 17일 충청남도의
　　문화재자료 제152호로 지정되었다.

그래서 우리나라는 남녀노소를 불문(不分: 나누지 않음)하고 현상은 아주 염전증(厭戰症: 전쟁을 싫어하는 증세)이 나서 누구더러 물어보든지 정전(停戰)이 되었으면 하고 기원(企願)한다. 그러나 우리나라는 5,000년 유구한 역사를 두고 보더라도 가장 평화를 좋아하는 민족이요, 전쟁을 좋아하는 민족이 아닌 것은 (스스로) 증명한다. 그러니 현재의 전쟁은 우리가 바라서 한 것이 아니요, 공산당이 침범해서 부득이 평화를 염원(念願)하는 민주우방(民主友邦)들이 조력(助力)해서 불법한 공산도배(共産徒輩)를 완전히 축출(逐出)하고 우리 삼천리 강토에 평화적 건설을 하려는 응전(應戰)일 것이다. 이 평화를 염원하여 전쟁하던 국군도 100만 명에 가까운 희생이 되고, 민간인도 수만 명이 직접 희생이 되고, 또 후방에서 이 전쟁으로 인하여 손실된 숫자도 100만 명을 헤아리게 된다. 이 땅에 뿌린 우리 민족의 보혈(寶血: 귀중한 피)로 우리의 기원(祈願)인 완전통일로 장구한 평화를 건설하는 것이 당연하다고 본다.

재작년부터 판문점 휴전회담은 1년 8개월이라는 장기간을 두고 공산당들이 상습적인 기만행위를 하다가 회담이 파괴되었는데, 금번에 또 판문점에서 휴전회담이 개최된다니 이는 우리가 잘 아는 적들의 상습적인 행위요, 만약 성립된다 하더라도 재침(再侵)을 각오해야 할 것이다. 그러니 비록 백사(百死: 백 번 죽음)가 있더라도 인내하고 완전통일로 평화건설을 목표하고 성공하기까지 전쟁을 해야 하겠고, 이 전쟁을 완수하자면 무엇으로 후방에서 해야 하느냐 하면 민주주의를 원칙적으로 실행해야 원망(怨望)이 없이 이 성전(聖戰)을 완수할 것이다. 이 민주주의라면 '평등'을 말하는 것인데, 오해하면 무조건 평등을 제창하기 쉬우나, 이는 아니다. 오로지 입법(立法) 아래 민주주의로 대중의 의

사대로 진행되어야 비로소 민주주의가 성립되는 것이다. 만약 어떤 일개인의 압력이나, 위력(威力)이나, 또는 어떤 일개인을 위하는 행위라면 이것은 민주주의가 아닌 것이다. 오로지 준법정신에서 민주주의가 완성되고 이 완성으로 우리의 성전(聖戰)이 완수될 것이다. 그리고 민주가 평등이라니 노소(老少)도 평등이요, 상하(上下)도 평등이라는 것이 아니다. 사람이 금수와 다르다는 것은 도덕이 있는 까닭이니, 윤상(倫常: 인륜의 변치 않는 도리)에 벗어나지 않는 한, 민주평등을 제창하는 것이다. 이상이 (신익희 씨의 오늘 공주 시국강연의) 요지이다.

내가 들은 바 소감은 은연 중 비준법행위를 공격하는 것이며 민주정신에서도 우리나라 미풍(美風)인 도덕정신이 이탈됨이 없이 실행하라는 것에 지나지 않는 것이다. 큰 웅변(雄辯)은 아니었으나 조리(條理) 있고 명석(明晳)한 정변(正辯: 올바른 말)임에는 틀림없다고 본다. 민의원의 화형(花形) 의장(議長)이라는 것도 이 명석한 두뇌에서 나오는 것 같다. 다만 여당, 야당 관계로 입장이 곤란한 듯하나 아무렇든 우리나라의 둘도 없는 거물임에는 반대 못할 것이다. 내가 전일(前日: 전날)에 해공(海公)을 평하기를 '음험간독(陰險奸毒)의 근세영웅(近世英雄)'이라고 하였다. 지금 다시 평하라 하여도 이 이상은 못하겠다. 해공의 명석함은 이를 단순화한 것이 아니요, 백면적(百面的) 역할을 다 한다. 여기서 영웅적인 음험(陰險)이 있으며, 또 간독(奸毒)도 없지 않다고 재인식하는 것이며, 그 외면(外面)은 사자우(獅子犹: 사자짐승) 같은 위풍(威風)이 있고, 대인접물(待人接物)에는 춘풍화기(春風和氣)가 있고, 처신범절(處身凡節)에는 수기응변(隨機應變: 기회를 좇아 변화에 응함)이 있고, 그 구각(口角: 입의 양쪽 구석)의 어느 모인지 감당하기 어려운 독기(毒氣)가 충만하다. 여기서 내가 바라는 바는 해공이 백면인물(百面人物)을

다 버리고 단일면적(單一面的)이라도 순수 도덕을 양성하면 머지않아
서 두각(頭角: 머리뿔, 뛰어난 재능과 학식)이 완성될 것이다. 인물이 귀한
우리나라에 해공의 장래를 위해서 바라는 바가 있노라.

계사(癸巳: 1953년) 양력 4월 26일 봉우서(鳳宇書)

수필: 우리가 탄 배가 나루에 멀지 않다

40여 일 한기(旱氣: 가뭄)에 농가의 고통은 말할 수도 없었다. 맥작(麥作: 보리농사)은 그 한독(旱毒: 가뭄으로 인한 병독)을 입어서 아주 발육이 안 되어 흉작은 물론이오, 장차 한기(旱氣: 가뭄)가 일순(一旬: 열흘)만 지속되었으면 아주 적지(赤地)44)가 될 뻔하였다. 그런데 의외로 3월 14일에 세우(細雨: 가랑비)가 와서 그래도 한묘(旱苗: 가문 어린 벼)에는 다소 영향이 있었을 것이다. 그리고 3월 15일, 16일 양일을 두고 아주 급시우(及時雨: 때맞춰 내린 비)가 흡족하였다. 비록 지난 한기에 피손(被損: 손해 봄)으로 감수(減收: 수확이 줆)는 볼지언정 맥작이 금번 희우(喜雨: 가뭄 끝에 내리는 반가운 비)로 소생된 것은 누구나 부인하지 못할 것이다.

그렇다면 우리의 일생경과(一生經過)도 이런 것이 아닌가 한다. 1년, 2년을 곤란으로 지내다가라도 일시일(一時日)에 성공이 있음으로 자기 일생의 무대를 고칠 수 있는 것이다. 이것은 한여희우(旱餘喜雨: 가뭄 끝에 반가운 비)와 같은 일이요, 근검저축으로 토대를 삼고 가급인족(家給人足)45)해서 후진들의 교육에 전력하여 출세하게 하면 이는 점진적으로 성공의 길을 밟는 것이다. 곧 농가의 우순풍조로 풍작을 당하는 것

---

44) 흉년이 들어 거둬들일 농작물이 아주 없게 된 땅.
45) 집집마다 생활형편이 풍족함.

이나 다름이 없다. 여기서는 효력은 물론 우순풍조(雨順風調)일 것이나, 백성들이 그 반가움을 알지 못하고 "제력(帝力)이 하유어아재(何有於我裁)아"[46] 할 것이나 한해(旱害: 가뭄의 피해)나 수해(水害)가 심하다가 구한(久旱: 오랜 가뭄)에 봉감우(逢甘雨: 단비를 만남)나 장림(長霖: 오랜 장마)에 봉청일(逢晴日: 개인 해를 만남)하면 누구나 반가워 않는 사람이 없다.

그러니 우리 민족도 무위이치(無爲而治: 하는 일 없이 다스림)하는 정치나, 우순풍조에 자라나는 식물이나 동물이 못되고 벌써부터 더 말할 나위 없이 한해(旱害: 가뭄피해)에 쪼들린 우리들이요, 한해뿐이랴 풍수해(風水害)도 겸해 받은 우리 민족들이다. 순경(順境)이라고는 맛을 보지 못한 우리 민족에게 급시우(及時雨)가 못될망정, 세우(細雨: 가랑비)라도 오면 반갑고 풍수해가 흔적도 안 남긴 재해지(災害地)나마 저 장림(長霖: 오랜 장마)에 쾌청(快晴)은 못 볼망정, 뇌운(雷雲)[47]과 폭풍이나 정지되고 상운(祥雲: 상서로운 구름)이 봉일(捧日: 해를 받듦)은 못하더라도 구름 속에서 햇빛이라도 보았으면 그 얼마나 반가울 것인가. 풍수한해(風水旱害)의 상흔(傷痕)은 상흔대로 있으나, 그래도 더 계속하지 않으면 이것이 불행 중 다행일 것이다.

여기서 세계무대에서 활동하는 정객(政客: 정치인)들도 우리 민족에게 완전 해결이 아직 나오지 못하니, 부득이 임시조처로 남한단정(南韓單政: 남한단독정부)을 수립한 것이요, 또 6.25사변이라는 폭풍우가 습

---

46) 임금의 힘이 나에게 무슨 소용이 있겠는가? 라는 뜻으로《십팔사략(十八史略)》〈제요편(帝堯篇: 요임금편)〉에 나온다. 내용은 "어떤 노인이 배불리 밥을 먹고 배를 두드리며, 땅을 두드리는 노래를 부르며 해가 뜨면 일하고, 해가 지면 일을 마치며, 우물 파서 물 마시고, 밭 갈아 밥 먹으니, 임금의 힘이 어찌 내게 미칠까?"하였다

47) 우레, 번개, 천둥 따위를 몰고 오는 구름.

래(襲來: 엄습해 옴)하므로 역시 임시조처로 폭풍우 중에 중요부분이나 구해 볼 방어공작으로 유엔군의 출동을 본 것이다. (전쟁)일선의 폭풍우는 더욱 강도를 보이고 방어도 사력을 다하나, 재해지는 여전히 면적을 확대할 뿐이다. 그뿐이랴? 후방에서는 장마의 혜택은 못 입는 큰 가뭄으로 말미암아 비록 농지의 농작이 아주 없는 것은 아니나, 농촌 실생활 면으로 보아서는 아주 적지연평(赤地連坪: 쓸모없는 땅이 늘어남)에 무유여지(無有餘地: 남은 땅이 없음)한 현상이다. 우리 위정자들은 연작(燕雀: 제비와 참새)이 안지당상지화(安知堂上之禍: 어찌 집 위의 불을 알랴)하는 격인지 혹은 어유부중(魚遊釜中)[48]인지 알 수 없으나, 국가의 근본인 민족에 치중하지 않고 아주 도외시하는 정책이 표현될 때마다 우리 민족은 정치인들에 대해 한심하다는 생각을 안 할 수 없다.

정객 자기들 중점주의로 민생의 사활(死活)이야 어떠하든지 무슨 장관, 무슨 처장, 무슨 국장이나, 유권급(有權級)들의 일군(一群: 한 무리)이 다 몇 백, 몇 십, 몇 억의 큰돈을 가지고 지상극락(地上極樂)을 꿈꾸고 있는 것 같다. 혹은 이 무리들 중에서도 양심배가 없으리라는 것은 아니나, 대개 이 물이 들어서 보통으로 알고 수치(羞恥: 부끄러움)로 알지 않는 것이다. 여기서 민간풍기(風紀: 풍속에 대한 기율)도 점점 닮아가는 것이다. 이것이 맹자 말씀에 상하교정리이위국의(上下交征利而危國矣)[49]한다는 실정이다. 이러하니 어떠한 결과를 초래할 것인가. 고대에도 7년 대한(大旱: 큰 가뭄)에 9년 대수(大水: 큰물)라는 장기의 한해

---

48) 솥 안에서 물고기가 논다는 뜻으로, 사람이 죽음이 임박한지도 모르고 사는 것을 비유함. 출전《후한서(後漢書)》
49)《맹자(孟子)》〈양혜왕상편〉에 나옴. 위아래에 있는 모든 사람들이 저마다 자기 자신의 이익만을 좇는다면 나라가 위태로워질 것이라는 뜻이다.

나 수해도 있었으나 이것은 예외로 하고, 가물면 언제든지 그 가뭄의 대가로 비가 있고 장마가 지면 언제든지 역시 그 대가로 (날씨의) 개임(晴)이 있는 것은 누구나 다 아는 일이요, 의심할 바가 아니다. 다만 이 재해지 인민으로 어찌해야 이 난관을 극복하느냐가 제일 큰 문제요, 치(治)와 란(亂)의 과도기에 있는 것은 지자(智者)를 기다림이 없이 아는 일이나, 그 도두(渡頭: 나루)가 어디쯤 되는가하는 중대 문제를 해결하지 못해서 중도(中途: 하던 일의 중간) 방황하는 것도 가리지 못할 사실이다.

여기서 내가 말하고자 하는 것은 우리의 항로(航路)가 무변대해(無邊大海: 끝없는 큰 바다)가 아니요, 어느 하구(河口)의 중류(中流)에 있다는 것을 확언해 두며, 아직 천색(天色)이 미명(微明: 희미하게 밝음)해서 원산(遠山: 멀리 있는 산)이 보이지 않아서 우리의 전두(前頭: 미래) 노정(路程)이 어디인가를 분별 못하는 현상일 것이다. 내가 지낸 경험으로 보아서 우리가 탄 배가 도두(渡頭: 나루)에 멀지 않다는 것을 역시 확언해 두는 것이며, 부대조건으로 나루 근처가 수심이 얕고 암초가 있어서 극히 주의하지 않으면 실수할 염려가 있다는 것도 확언해 두는 것이다. 우리의 항로는 순풍괘범(淳風掛帆: 순한 바람에 돛을 달음)이 아니요, 무변대해에서 풍랑을 만났던 일엽편주(一葉片舟: 한 척의 작은 배)가 우연히 무슨 바람에 밀려와서 하구로 오다 역시 나루가 멀지 않아진 것이다. 뱃사공의 정신이 좋아서가 아니요, 바람에 밀린 덕이라는 것을 알아야 한다. 동방(東方)에 미명(微明: 해가 조금 밝아옴)만 되면 사공이 아니라도 이 배는 나루에 닿을 것이다.

계사(癸巳: 1953년) 3월 18일 봉우서(鳳宇書)

충남 문정과(文政課) 문화계장 김재위 씨에게 제15회 올림픽기행문을 기증 받고 일람(一覽) 후 내 소감

 우리 민족은 전쟁에 쪼들려서 아무 다른 생각할 여지조차 없는 것은 사실이 증명하는 것이요, 세계에서 공인하는 바이다. 그래서 전번(前番: 지난번)에 제15회 올림픽대회에도 각종 선수가 고루 나가지 못하였고, 국내에서 충분한 연습을 못한 것도 사실이며 전투장병들 중에서도 상당한 선수가 많음도 사실이요, 또 사변으로 희생된 선수들도 얼마든지 있고, 또는 통일된 한국이라면 역량이 이 정도에 그치지 않을 것은 다 잘 아는 바이다. 그런 여러 가지 악조건이 있음에도 불구하고 출전한 선수들이 다 자기 역량껏 선전(善戰)해서 비록 우수한 성적은 못 얻었으나, 마라톤의 최윤칠 군의 4위라든지, 권투 밴텀급 강준호 군의 3위로 태극기를 날린 것을 비롯해서 플라이급의 한수안 군의 5위와 역기(力技: 역도)에 있어서 라이트급 김창희 군의 4위와 밴텀급 김해남 군의 4위와 미들급 김성집 군의 3위로 태극기를 날리게 되고, 민병선 군의 마술(馬術: 승마종목)도 대회에 알리게 되었다. 물론 득점으로 보아서는 이렇다고 할 점이 없으나, 전쟁에 쪼들린 우리나라가 이 정도라도 (했으면) 수확이 아주 없다고는 못 본다.

 선수 파견에도 기다(幾多: 수많음)한 애로가 개재한 것이다. 이것은 각 개인으로만도 안 될 일이요, 또는 직업적으로도 안 될 일이요, 물심이 합치되고 정신적 원조가 있어야 하는 것이다. 우리나라는 반도인데 수상(水上)선수가 아주 귀한 것은 유감이며, 다른 종목에도 선수가 고르지 못한 것이 이러한 원인은 있으나, 체육협회에서 주의를 할 일이라고 본다. 차기에는 각 종목에 다 같이 선수를 출전시킬 만한 준비 훈련이 필요하다고 보며, 내가 말하고자 하는 것은 내가 운동에 대한 상식은 없으나, 내가 경험한 바로 몇 가지를 제공해서 차기 출전선수 획득에 일조가 될 방안을 내보겠다. 무슨 종목인가하면 중·장거리로부터 마라톤과 역도와 권투와 도약(跳躍: 뛰어오르기)과 경보(競步)와 투포환(投砲丸), 투원반(投圓盤), 투창(投槍) 등 종목에는 2개만 전기(前期)해서 시간적 여유와 물질적 혜택만 있다면 혜택이 있는 선수로 직장을 가지고도 완전히 현 기록은 다 돌파시킬 수 있다고 확언해 두노라.

구체적으로 가서는 타일(他日)로 미루고, 이들 각 종목만 완전히 우승하여도 올림픽대회는 우리가 제압할 수 있는 것이다. 비록 운동정신은 제압에 있는 것은 아니나, 동가홍상(同價紅裳)이면 운동이 전국적으로 보급되고 나아가서 세계적으로 제패하는 것도 청년뿐만 아니라 전국적으로 기대하는 것이다. 이상 말한 각 종목만은 자신만만하게 우리 선수들이 가서 우승할 수 있게 양성시킬 수 있다는 결론이다. 이 결론을 지으며, 이것을 어떻게 실현하느냐에 있어서는 후일 동호자들에게 공개하기로 하고 이 붓을 그치며, 이 대회에 참석했던 여러 나라 중에서 이웃나라인 일본도 유수한 성적을 낸 것은 역시 같은 황인종으로서 감사하다는 것이다. 차기 올림픽에도 제승(制勝: 승리함)을 바라고 또 김재위 씨의 호의에 감사하고 이 붓을 그치노라.

계사(癸巳: 1953년) 5월 1일 봉우서(鳳宇書)

추기(追記)

    마라톤은 현 자토펙의 기록인 2시간 23분이 아무리 순조롭지 않아도 2개년을 계속 훈련하면 선수의 소질이 있다면 최소한 2시간까지는 기록을 단축할 수 있다. 5만 미터 경보는 동일 훈련이라면 역시 아무리 순조롭지 않더라도 4시간까지는 별문제 없게 단축할 수 있는 것이요, 역도나 권투부문도 역시 현 선수들을 가지고 또 보충훈련을 하면 신기록은 문제없다고 본다. 이것을 공개할 기회를 얻는 것이 일대문제라고 본다. 이것이 오로지 우리의 전래하는 법이요, 누가 새로운 방안을 말한 것이 아니다. 비장(秘藏)되었던 것을 공개한다는 것뿐이다. 알면 누구나 다 실천에 옮길 수 있는 것이요, 물론 연습상 난문제도 없다는 것은 아니나 충분히 준비하고 인내하고 나가면 2년만 완전히 계속함으로써 1인당의 선수자격을 얻을 것이다. 그 이상 하는 것은 각자의 성의 여하라는 것이다. 내가 목도하였고 또 일부 실천해 본 결과로 이 운동사(체육사)에 우리나라 민족을 빛낼 일을 알고 아무 말도 안할 수 없어서 이 붓을 들어 보는 것이며, 혹 기회가 올까 하고 언왕언래(言往言來: 설왕설래)에 이런 의사를 표시해 보는 것이나, 아직 동호자를 만나지 못한 관계로 실행에 옮기지 못함을 유감으로 생각해서 중언부언(重言復言: 말을 다시함)하는 것이다.

계사(癸巳: 1953년) 양력 5월 1일 봉우서(鳳宇書)

농촌생활고(農村生活苦)를 보고

　농촌에서 언제나 맥령(麥嶺: 보릿고개)이나 칠궁(七窮)[50]에 곤란을 당하지 않고 경과하는 사람이 어느 동네를 불구하고 몇 집씩 못 되는 것은 농촌현상이다. 우리나라 어느 곳에 가든지 일반이다. 그런데 더구나 근년에는 전쟁으로 인해서 보릿고개나 칠궁이 아니라도 농촌 경제상은 언제나 곤란한 중에 가일층 보릿고개나 칠궁을 (겪게 되니) 어떠하리요. 작년의 흉작으로 말미암아 식량고(食糧苦)는 농촌이나 도시를 막론하고 일반일 것이다. 그런데 옛날 같으면 빈농(貧農)들이 조반석죽(朝飯夕粥: 아침엔 밥, 저녁엔 죽)이라고 보통은 이 정도였는데 근년은 조반석죽은커녕 조죽석죽도 대체로 보아서 못하는 것 같다. 이것은 무슨 까닭인가 하면 사실은 과거에는 빈부(貧富)의 현수(懸殊: 현격함)한 차는 있으나, 그래도 세금이 별로 많지 않고 빈농가들은 노동력으로 생활을 일부 유지 하였었다.

　그러나 근년은 농촌과 도시를 막론하고 청년은 군인으로, 장년은 징집으로 지방의 잔존조에 연령이 해당하는 자는 일이 손에 잘 잡히지 않는 것 같고 노쇠급들은 노동력이 부족해서 생산에 대량부족을 보는 것이 사실이요, 또 명목을 다 셀 수 없는 잡세금으로 농촌의 생활고는 가일층 더한 것은 사실이다. 이것이 오로지 전쟁의 원인이다. 이 극심

---

50) 농가에서 음력 7월에 겪는 식량의 궁핍.

한 생활고도 우리가 인내안 하면 안 될 입장이다. 삼순구식(三旬九食: 한 달에 아홉 번 먹음, 빈곤한 삶)을 하더라도 이 전쟁을 승리로 완수해야 우리 민족의 장래가 희망이 있을 것이다. 그러니 농가의 현 잔존조들이라도 이 생활고를 타개할 대책을 수립해야 할 것이다. 예년에 농업 하던 식대로 해서는 노동력이 부족한 관계로 수확이 감소할 것은 원칙이다. 게다가 각종 물가는 천정을 부지하고 앙등하니, 일용필수품을 구입 안 할 수 없고 구입하자니 식량의 감축을 보는 것이다. 이 부족한 농가노동력도 또 균형이 안 되어서 자기의 분배된 토지가 소량인 사람은 자기의 잔여 노동력을 휴식 않고 노동할 만한 직장이 없고 또 농한기에는 누구나 다 휴면상태로 돌아가는 현상이요, 또 부녀자들은 극소수의 노동력을 발휘하는 외에는 전부가 가치 없는 노동보조 역할을 하는 것이 우리 농촌현상이요, 이것이 생활고를 면하지 못하게 하는 것이다.

내가 말하고자 하는 바는 우리가 살고 있는 공주군을 예로하고 농가 호수 2만 3,000호에서 도작(稻作: 벼농사)의 종자만 품질 좋은 것만 택해도 약 1할의 수확증대를 볼 수 있고, 보리농사도 심경(深耕: 깊이 땅을 갈음)과 입토균답(入土均踏: 보리밭을 고루 밟아줌)만 해도 2할 이상의 수확증대를 보는 것은 사실이 증명하는 것이다. 공주는 평야지대가 별로 없고 전부 산악지대이니, 일가구당 산전(山田)을 50평으로 평균하고 감자를 재배해도 1호당(一戶當) 5관의 수확은 보통이니 군 전체적으로 총계하면 그 숫자가 일상 필수품 구입으로 감축되는 것과 외국에서 구호미(救護米) 오는 식량보다는 훨씬 이상이 될 것이니 이런데 노동력을 경주하면 부녀자도 휴면할 이유가 없는 것이다. 또 농민 1가구에서 닭 한 쌍씩만 사육하여도 현재 한 마리 200원 평균하고 계란으로나, 양계로나 군 전체를 총합하면 1년 수입이 아무리 불경기라도 1,000만 원대

이상은 될 것이요, 양돈이나 우사육은 자본이 드는 관계로 가구마다 다할 수는 없으나, 될 수 있는 대로 보급할 것이다. 군 전체에 산림이 아주 전멸되었는데 여기도 조림(造林: 나무심기)한다면 장래에 전군(全郡)적으로 수십억 원대를 계상할 수 있는 재원(財源)이라는 것이다.

또 방적(紡績)이 공주군 유구, 신풍 등지는 보급된 것 같은데 전 군(郡)적으로 보급이 되면 부녀자뿐만 아니라 남자 실직자들도 얼마든지 이용할 수 있는 현상이요, 아직 전기 사정이 충분하지 못한 오늘에는 중소직물이 유리하다는 것은 잘 아는 바이다. 방직기가 군내(郡內)에 5,000대 이상만 보급되면 경기 강화도의 현상을 이루어 방직기 대당 평균 순이익 1년 1만 원씩만 하더라도 공주군 전체로 5,000만 원 이상은 될 것이다. 비록 전시하(戰時下)라도 못할 것이 없는 것이다. 이런 것으로 농촌생활고를 해소할 수 있으며 나아가 생활안정도 할 수 있는 것이다. 이것이 안 되는 것은 오로지 군(郡) 행정의 불비(不備)함이 아니요, 적어도 도(道)나 중앙(정부)에서 대책을 수립하지 못한 관계다. 농촌에서라도 자각하고 이 생활고를 우리의 손으로 해결할 방책을 강구하는 것이 제일 타당하다고 생각해서 이런 책임 없는 붓을 들어 본 것이다.

계사(癸巳)1953년) 5월 2일 봉우서(鳳宇書)

안빈낙도(安貧樂道)와
홍익인간(弘益人間) 이념의 실현

　연령에 비하여 내 건강상(健康狀)이 조로(早老)한 편이다. 금년이 54세인데, 내 신체는 아무리 호평(好評)해 보아도 60 이상 노인과 같다. 더욱이 신체가 건강상 부족이라느니보다 인내력이 쇠퇴한 것이다. 청장년 시대 같으면 매일 수백 리씩 행보(行步)하고도 밤이 깊도록 담화하여도 조금도 무리한 감이 없었다. 그런데 현상은 조금만 무리한 일을 하면 피곤을 인내할 도리가 없다. 여기서 내 신체 쇠약상을 잘 알 수 있는 것이다.

　그리고 몸이 항상 둔탁(鈍濁)한 것 같다. 또한 기억력이 아주 말할 수 없을 정도다. 이것이 물론 신체도 쇠약한 원인이나 제일 관련성 있는 것은 정신상 고통이 심한 관계가 아닌가 한다. 무항산(無恒産: 안정된 재산이 없음)이면 무항심(無恒心: 불변의 마음도 없음)하는 것은 누구나 다 같은 것이요, 무항산이유항심자(無恒産而有恒心者: 든든한 재산이 없으며 변치 않을 마음을 가진 사람)는 유사자능지(維士子能之: 오직 선비만이 그럴 수 있음)[51]라 하시었으나, 이 무항산이유항심(無恒産而有恒心)도 어느 정도를 말하는 것이다. 말할 수 없는 고난에 봉착하면 항심(恒心)이 있기가 그리 용이한 것이 아니다. 나도 이 무항산(無恒産) 중에서 백전노졸(百戰老卒)이 다 된 인물이나, 그래도 예상 이외에 봉착한 곤란은 졸

---

51)《맹자》〈양혜왕〉 상편에 나옴.

지에 해소하기가 극난(極難)한 것이다.

　이 극난한 처지를 잘 극복하고 나가는 것을 고인들이 말하기를 안빈(安貧)이라고 하였다. 그래도 마음은 안(安)할지언정 생리적으로 빈궁에 쪼들리는 신체라 어찌할 수 없이 쇠약해지는 것이 사실이다. 안자(顔子) 같으신 성현도 일단사(一簞食: 도시락 한 개에 담은 밥) 일표음(一瓢飮: 표주박 하나에 담긴 물)으로 불개기락(不改其樂: 그 즐거움을 고치지 않음)하신다고 공자께서 칭찬하시었으나,52) 안자께서 신체의 조로상(早老狀)을 막지 못한 것도 사실이다.

　덕윤신(德潤身: 덕은 몸을 기름지게 함)이요 부윤옥(富潤屋: 재물은 집을 기름지게 함)이라고 하였다. 덕윤신(德潤身)이라는 것은 심광체반(心廣體胖: 마음은 넓어지고 몸은 살찜)해진다는 것이나, 비록 단사표음(簞食瓢飮)일망정 궐(闕: 거름)함이 없어야 그럴 것이다. 마음이 아무리 안(安)하여도 생리적으로 보급이 부족하면 부족할수록 신체가 약해지는 것이 원리이다. 그래서 안빈(安貧)만으로는 비록 마음은 변함이 없을지언정 신체의 변함을 면하지 못한다. 여기서 일층 안빈(安貧)하는 마음을 굳게 하는 데는 마음을 도(道)에 부치어 낙도(樂道)를 해야 비로소 안빈낙도지사(安貧樂道之士)가 되는 것이다. 이 지경을 변함없이 꾸준하게 쉬지 않고 나가면 그 수양력(修養力)의 표현이 마지막에는 성인도 되고 현인도 되고 군자도 될 수 있는 것이다. 그래서 고성(古聖) 말씀에 작지불이(作之不已: 쉼 없이 노력함)면 내성군자(乃成君子: 곧 군자가 됨)라 하시었다. 이 말씀은 수양력의 계속적 노력으로 결정된 표현이라는 말씀이다.

---

52) 《논어》 〈옹야〉 편에 보임.

여기서 내가 회고하건대 30여 년이라는 긴 세월을 두고 빈궁이라기보다도 극빈 상태에서 조금도 벗어나지 못하고 쪼들리고 쪼들린 몸이 54세라는 반백지년(半百之年: 반백의 나이)이 되었다. 내가 처음 빈궁하였을 때는 재기할까 하고 역전(力戰)해 보았고, 그다음부터는 할 수 없는 일이니 되어가는 대로 가라고 방임해 두었고, 그다음은 동일 빈궁상(貧窮狀)에도 가지가지가 있는데 내 빈궁이 다른 빈궁상보다는 도리어 고급이라고 환언하면 자족(自足)인가 지족(知足)인가의 정도였다.

그러나 아직 안빈이라고는 지경(地境)이 미달하였고 또 낙도(樂道)라는 것은 나로서는 아주 문외한이다. 내가 우연히 빈궁해져서 이 빈궁이 오래감으로 관습이 되어 차차 계단적으로 빈궁을 원망하지 않을 정도의 고궁(固窮)은 되었을망정 아직 안빈(安貧)이라 자처는 못하겠고 더구나 낙도(樂道)라는 것은 내가 성리(性理)에 소양이 없는 인물로 어찌 낙도를 바라리요. 아직 도(道)가 무언가 하고 의심할 정도이언정 확실성을 가지고 도를 지(知)하지도 못하는 인물이 어찌 낙(樂)할 바를 알리오? 내가 도를 반대하는 것이 아니라, 아직 의심 없는 지도(知道)도 못하니 낙도야 아직 요원하다는 것이다.

내 몸은 늙었으나 마음만은 아직도 청장년들에게 지지 않을 만큼 나아갈 욕망을 가지고 있다. 주위 환경이 허락을 않아서 망동(妄動)을 안 할 정도이지 지금도 무슨 기회만 있으면 동(動)해볼까 하는 마음이 아주 없다는 것은 아니다. 그러면 나는 고목사회(枯木死灰: 마른 나무, 죽은 재)적으로 안정(安靜)된 인물이 아니요, 춘아배태(春芽胚胎: 봄싹이 배어 있음)가 포장(包藏: 안으로 싸여 감춰져 있음)된 상설(霜雪: 서리와 눈)중에 처한 화목(花木:꽃나무)이라는 자평(自評)을 하고 싶다. 이것이 내가 아직 고정된 지위를 가진 인물이 못되고 미지수의 인물이라고 자위(自

慰)하고 싶다. 이것으로 빈곤을 고수하며 마음을 수양하는데 일조(一助)를 얻고자 하는 것이다.

세인이 하평(下評)한다면 '시대에 낙오된 기물(棄物: 버린 물건)'이라고 평할 밖에는 타도가 없으나, 내 자신만은 이 평을 불복하고 이직은 기회를 못 얻어서 움직이지 않으나, 움직이면 내 자신 있는 포부를 실현하리라는 미지수의 인물로 자허(自許)하며 또한 자위하는 것이다. 이것이 내 근년의 조로쇠약상(早老衰弱狀)에서 다시 일어나려는 정신이요, 안빈낙도(安貧樂道)하려는 본의가 아니다.

고인들은 비록 빈궁(貧窮)에 처하여도 안분지족(安分知足: 분수를 알고 만족함)하고 낙도(樂道)하는 행적이 자타가 공인되는데, 나는 사실상으로 희망을 가지고 지족고궁(知足固窮: 분수를 알고 가난을 버팀)하는 것이요, 낙도를 위해서 안빈(安貧)하는 것이 아니라고 자인하며 이것이 고인에게 미치지 못하는 내 단처(短處)라고 인정하는 것이다. 아무리 생각해도 내가 도학(道學)적으로 최하 지위라도 갈 만한 희망이 없고 사업적이라면 조금의 도움이라도 있지 않을까 하는 욕망이다. 이것은 고인들은 취하지 않던 일인 줄 잘 알며, 인기아취(人棄我取: 남은 버리고 나는 취함)하니 이것이 내가 지족하는 것이요, 내 자격을 자인하는 것이다.

내가 아주 청장년시대에는 학문(學門: 학자의 문하)에 다녔고 또 일시는 문학방면에 취미를 가졌으며, 장년시대에는 협의(俠義)생활도 해보았고, 그다음은 아주 방랑생활로 풍풍우우(風風雨雨)에 남이야 무어라 하든지 할 일, 못할 일 가리지 않고 해보기도 하고 어느 시기에는 입산수도(入山修道)도 해보았다. 그리고 사업체에도 관계해 보고 말년에는 정당관계도 해보았다. 이것이 다 내 피면상(皮面相: 겉얼굴)이요 내 본심에는 풍풍우우(風風雨雨)적 존재였다. 다만 내가 바라는 바 때가 있다면 동(動)하고자 한다는 것은 무엇인가?

고인(古人)들과 같이 "약시지이행즉(若時至而行則: 만약 때가 이르러 행한즉) 능극인신지위(能極人臣之位: 능히 신하의 자리를 차지함)하고, 득기이동즉능성절대지공(得機而動則能成絶代之功: 기회를 얻어 움직인즉 능히 절대의 공적을 이룰 것임)"[53]하는데 목표를 둔 것인가. 아니다. 나는 이런 공명(功名)사업에 욕구를 가지고 백발이 되도록 시기를 고대하고 있는 인물이 아니다. 그러면 무슨 희망을 가지고 기회를 얻으면 동하고자 하는가 하면 나는 지낸 10년이나, 20년이나 또는 내가 이 마음을 가진 15세 당시부터 지금까지나 앞으로 내일, 내월(來月: 내달)은 물론이요, 10년이나, 20년이나, 30년이나 내 명(命)이 다 되도록 변함없이 지(志)를 세우고, 공(功)을 이루기 바라는 바는 오로지 이 나라, 이 민족의 갱기(更起: 다시 일어남)로 우리 대황조(大皇祖: 한배검)의 홍익인간하시는 이념을 실현해서 먼저 백두산을 중심으로 오족(五族)이 통일되고 다음 한중인(韓中印: 한국, 중국, 인도)이 합체(合體)해서 동반구(東半球) 제족(諸族: 모든 민족)의 만년평화책을 수립함으로써 서반구도 역시 이 이념을 실현해서 세계일가(世界一家)의 극락을 달성하는 이념을 구체적으로 발표할 기회를 얻었으면 하는 것이 내가 변함없이 희망하는 바요, 이것이 전성(前聖: 과거 성현)이 말씀하신 대동책(大同策)이라는 것임에 틀림없다는 것이다.

비록 몸은 점점 쇠약해서 지탱할 자신이 부족해지나, 내 마음은 일호반점(一毫半點) 변함없이 이 희구(希求)를 가지고 살며 이 희구를 가지

---

53) 《황석공소서(黃石公素書)》에 나옴.

고 죽을 것이라는 것을 명명백백하게 자서(自誓)하는 것이요, 이 이념이 실현될 가능성이 있는가, 없는가 하면 시기가 아직 안 왔다고는 할지언정 실현 못 될 리는 절대로 없으며, 이 발단(發端)이 틀림없이 우리 민족, 우리나라에서 발단될 것이요, 또 시기는 '그때'에 딱 맞추었다고 (적당기시適當其時했다고) 본다. 우리가 아주 가기 전에 이 발단이 될 것이라는 것을 확언해 두노라. 그리고 앞으로 황백세력의 환국(換局: 국면의 전환)이 멀지 않다는 것도 이 대동책의 부수조건이라는 것을 확실히 말해 둔다.

이 이념을 실현할 만한 능력이 어떠한가 하면 우리 민족에게 성공시킬 능력과 자격과 지반(地盤)이 구비했다는 것을 아주 확언해도 내가 허언(虛言)이 안 될 것을 (알기에) 자신만만하게 이 붓을 든 것이다. 그러면 이 발단의 책임이 네게 있느냐 하고 반문(反問)이 있을는지 알 수 없다. 그러나 백두산족으로는 누구나 다 이 책임이 있고 또 능력도 잠재하고 자격도 구비하니, 나라고 그 자격이 없으라는 법은 어디 있으며 하지 말라는 법은 어디 있는가 하고 답하리라.

그리고 이 일이 완전히 실현되는 데는 1인, 2인의 요하는 것이 아니요, 적어도 우리 민족의 반수(半數) 이상의 각오와 실행으로 비로소 우리 민족의 성공이며, 이 성공이 있음으로 완전히 동반구를 합동해서 실현시킬 수 있고 우리 황인종이 완전히 단합되어 이 이념을 실현함으로써 백인종도 동일 궤도에서 세계일가가 될 것이다. 내가 이 이념을 제창한 것이 벌써부터 하였다. 그러나 동일 이념을 가진 인물이 얼마나 되는지 알 수 없는 일이다. 동지를 규합하는 데에서 비로소 동일 이념을 발표할 수 있는 것이다. 이 이념 발단에 나도 이 민족의 한 사람인 자격도 있고, 능력도 있고, 책임도 균일하게 가졌다는 것을 표현하는 것이요, 아무도 모르는 것을 나 일개인이 제창하는 것은 아니라는 것도 확언해 두는 것이다.

이 이념을 실현하는 데는 우리 민족이 먼저 우리 대황조(大皇祖)가 가르치신 삼육병진법(三育幷進法)을 체득하지 않으면 무엇으로 이 물질문명이 극도에 달한 구미제국을 설복할 것이며, 무엇으로 한중인(韓中印: 한국, 중국, 인도)의 통일을 볼 것이며, 무엇으로 현하 우리 민족의 만인만당주의(萬人萬黨主義)를 타파하고 일심이 되어 애국애족의 이념 외에 타념(他念)이 없게 지도할 것인가. 이것이 말하기 용이하나 실행하기 극난한 것이다.

언행이 일치하게 되자면 신선실천(身先實踐: 몸이 먼저 실천)해서 수범을 해야 일인(一人)이 화십인(化十人: 열 사람을 교화함)하고 십인(十人)이 화백인(化百人)하면 점점 보급되어 화피초목(化被草木: 교화가 초목에까지 입음)에 뇌급만방(賴及萬邦: 힘입음이 만방에 미침)하게 될 것이다. 말하자면 질적 향상이 선결문제인데, 이 구체적 문제는 별도로 하고 이 붓을 이 정도로 그치노라.

계사(癸巳: 1953년) 3월 21일
봉우지죄근기(鳳宇知罪謹記: 봉우는 죄인 줄 알며 삼가 씀)하노라.

추기(追記)

대동정책(大同政策)과 소강정책(少康政策)을 공자께서 말씀하시었고 용화세존(龍華世尊)은 극락세계를 말씀하시고 야소(耶蘇)는 부활(復活)

을 말씀하시었다. 수운(水雲)은 명년춘삼월호시절(明年春三月好時節)에 다시 온다고 장래의 춘화세계(春和世界)를 말씀하였다. 김일부(金一夫)는 주야장단(晝夜長短)이 없고 춘하추동이 없는 세계가 된다고 하였다. 이 여러 가지 말씀이 다 세계일가(世界一家)의 태평성대를 의미한 말씀들이니 내가 초창적(初創的)으로 이런 말을 발단한 것이 아니라는 증거를 확립하는 것이다. 성인(聖人)들은 고금동서를 물론하고 다 같은 궤도에서 이 세계인류를 어떻게 하면 이 고해상(苦海相)에서 건져 볼까 하시는 것이다. 이 자비심이 하필 인류에 그치는 것이 아니라 글자 그대로 화피초목(化被草木)에 뇌급만방(賴及萬邦)이라고 하시었다. 화(化: 교화)가 초목에까지 피(被: 입음)한다면 동물이나 인종에게는 말을 더할 것 없다. 동서 각 성현들이 다 각기 그 요지를 설명하시었으니 재론할 필요가 없고, 그저 내 소회(所懷)를 기록해 볼 뿐이다. - 봉우추기(鳳宇追記)하노라.

수필: 역사에 가리워진 우리 고대문화

무슨 일이든지 표현된 일도 있고 그 반대도 많을 것이다. 그러나 표현된 일만으로도 알 수 없는 일이 많다. 우리나라 역사로 보자. 상고사(上古史)는 잘 알 수 없으니 그만두고 중고(中古)역사에서 을지문덕(乙支文德)이 수나라 병사 백만을 청천강에서 대파(大破)하였다. 당시 수(隋)라면 중국에서 천하를 호령하던 강국이요, 우문술(宇文述)이라면 상당한 장수다. 당시 우리나라는 삼국시대요, 병력이 태부족하였는데 청천강까지 유인해 가지고 와서 반격한 것이 성공의 원인이 되었는데, 야담으로 전하는 말을 들으면 수나라 병사가 청천강 북안(北岸: 북쪽 기슭)에 와서 도하(渡河)작전을 시작하고자 할 당시에 그 강수(江水: 강물)의 심천(深淺: 깊고 옅음)을 알지 못해서 정(正)히 주저하던 차에, 강변의 사미승(沙彌僧: 어린 중) 3명이 강을 건너는데 보니 강물이 무릎 아래에 닿는지라. 수나라 장수가 그 중들이 모두 건너감을 보고 곧 대군(大軍)에게 도강(渡江)하라는 명령을 내렸다. 수나라 대군이 강 중간에 와서 의외에 수심이 깊고 고구려군이 반격하는 바람에 수군이 거의 전부 몰살되었다. 그런데 그 중들이 사람이 아니라 청천강 남쪽 기슭에 봉안된 미륵불(彌勒佛) 세 분(三位)이었다고 한다.

비록 알 수 없는 일이나, 수나라 군사가 청천강을 건너다가 패망한 것은 사실이요, 이런 야담이 있으니 사실 여부는 알 수 없으나 야담으로 전해 두고 을지문덕이 무슨 병력으로 수나라의 대군을 전멸시켰는가 하는 데는 연구할 자료가 되는 것이다. 또 을지문덕이 수나라 장수와 대전(對戰: 맞서 싸움)해서 개인적으로 승리한 것도 아니었다. 그러면 반드시 병사 대 병사의 전술이었는데 만약 일시적으로 수나라 병사가 실수해서 패했다면 우리가 억측하는 것이라도 재기습래(再起襲來: 다시 일어나 습격해 옴)가 문제가 아닌데 그런 정도가 아니라 아주 치명상(致命傷)적인 손해를 주어서 육군으로 감히 다시는 돌아보지 못하게 했으니, 이 무슨 병법에 해당하는가? 병사(兵事: 군사) 연구하는 인사들은 충분히 연구할 필요가 있다. 우리가 훈련하던 방식은 무엇인가, 무기는 어떤 것인가, 을지문덕이 무슨 공부를 하던 사람인가, 각 방면으로 조사해야 하는 것이요, 역사를 볼 적에 주마간산(走馬看山: 말달리며 산을 봄)격으로 보아서는 아무 효과도 발생하기 극히 곤란한 것이다.

그다음 연개소문(淵蓋蘇文)이 당병(唐兵: 당나라 군사)을 파(破: 깨뜨림)할 때에 보면 이세민(李世民)이 중국을 평정하고 그 여위(餘威: 남은 위력)를 가지고 우리나라를 침범하였다. 당시 천하영재를 다 모아가지고 나온 것이다. 그러나 일패도지(一敗塗地: 여지없이 져서 다시 일어날 수 없게 됨)하였다. 그렇다면 우리나라에 무슨 전래하는 무예나 병법이 있는 것은 틀림없는 것이다. 개소문이의 용력이나 지혜는 감히 당나라에서 상대할 생각을 못하였다. 중국에서는 무예가 18반무기를 사용하였는데 우리나라에서는 무슨 무기를 사용하였으며, 당나라에서는 손오병법(孫吳兵法: 손자와 오자의 병법)을 사용하였는데, 우리나라에서는 무슨 병법을 사용하였으며, 또한 중국에서는 진법(陣法)을 팔문법(八門法)이 유행하였는데 우리나라에서는 무슨 진법을 사용하였는가 한 건도 역사에 전하는 것이 없다. 그저 개소문이 용맹하였다는 것이다. 이래서는 역사적 가치가 없다는 것이다. 역사가들이여, 연고학(研古學: 고

고학)을 좀 연구하고 역사를 쓰라는 말이다. 당시 민생의 풍속은 무엇이며, 국가정치는 무엇이라는 것도 현대 우리가 보는 국사(國史)로는 알 수가 없다.

신라에서도 화랑도(花郎徒)가 있었다. 그런데 이 화랑도의 편모(片貌: 한 면의 모습)는 혹시 바른 것인지 틀린 것인지 알 수 없고, (역사에) 기록된 바는 있으나 주문(主文: 주된 기록)은 도저히 알 길이 없다. 화랑도에서 나오는 국선(國仙)이라는 것은 무슨 수양(修養)을 해야 국선이 되는가 알 길이 없다. 그렇다면 삼국사는 온전한 피상만 남았을 뿐이다. 당시 예술이 세계 어느 나라보다도 우수하였던 것은 사실인데 역시 그 예술의 흔적은 있으나, 그 예술의 전래를 보지 못하겠다. 그래도 신라 말년 궁예나 견훤이나가 다 지용(智勇: 지혜와 용기)을 겸비했던 장수인데 무슨 전법이 있었는지 알 길이 없다.

그다음 고려사에 보면 초년(初年: 초기)에 서희(徐熙) 같은 명장이 있었고 중년에 강감찬 같은 명장이 있어서 종종 전설은 있으나, 역사로 보아서는 편모도 알 수 없다. (고려)자기(磁器)가 당시는 보통으로 알았으나, 그 공업예술을 다시 찾아보려야 볼 수 없을 정도다. 소중화(小中華)라고 자처하는 유학자(儒學者)들이 자국에 전래하는 인심이나 풍속을 기록한 일이 없다면 그 이유를 알 수 없는 일이다. 이조(李朝) 국초(國初)에 와서 문무(文武)가 다 겸비하였던 것 같다. 태조대왕의 용자(勇姿: 용감한 자태)나 이지란(李之蘭)[54]의 용자가 백중(伯仲: 맏이와 둘

---

54) 이지란(李之蘭, 1331년~1402년 음력 4월 9일)은 여진족 출신이며 고려 말 조선(朝鮮) 초의 무관 관료 겸 정치인이다. 여진족 이름은 퉁두란(佟豆蘭)으로서, 성씨(姓氏)는 퉁(佟, 동)이고, 이름은 두란(쿠란투란티무르, 古倫豆蘭帖木兒, 고륜두란첩목아)이다. 청해 이씨의 시조이다. 조선 왕조의 개창자인 이성계(李成桂)와는 의형제를 맺었으며, 그 인연으로 후에 이(李)씨 성을 사성 받아 개명했다. 이성계가 아직 왕이 되기 전

째)을 다투고 세종대왕의 문치(文治)는 역사적으로 세기의 위인이시고 당시 김절재(金節齋: 김종서) 같은 재상은 문무(文武)가 겸비하였고, 세조대왕도 역시 문무전재(文武全在)시었다. 그렇다면 국초에는 문이나 무를 사자(士子)가 다 공부한 것은 사실이다. 그다음에도 선조대왕 당시에 명현(名賢)이 배출되었는데 이 배출된 명현들이 그 연원을 보면 순유학으로 말하자면 주자종주파(朱子宗主派)가 있고, 또는 우리나라에 전래하는 성리학 —현묘지도玄妙之道, 선도학仙道學)— 을 종주하신 이도 있다. 이 방면에 속하신 이를 주자학파에서 '강절일파(康節一派)'라고 지칭하였으나, 사실은 우리나라 유교는 주자파뿐이요 강절파는 전래한 일이 없고 우리나라에 고대부터 전래하던 성리학(철학)을 연구하신 이들을 지명한데 불과하다.

주자학파는 교파(敎派: 교종)가 대부분인 것 같고 심파(心派: 심종心宗)는 별로 없는 것 같다. 여기서 우리나라의 학자님들이 우리나라에 전래하는 성리학을 연구하신 분은 주자학파의 대립이 무서워서 발표를 안 했다. 우리나라에도 화담, 북창, 남명, 구봉, 율곡, 고청, 미수 등 여러 선생이나, 박엽(朴燁), 허생(許生), 진묵(震黙), 서산(西山), 사명당(四溟堂) 같은 (옛부터 전래된) 성리학자들은 다 그 명가(名價: 명예나 평판)가 별로 나지 못하고 은군자(隱君子)에게서 무수한 위인이 많았다는 것도 사실이다. 그러나 여기서 율곡 선생 한 분만이 문묘(文廟: 공자사당)에 배향되고 다른 선생은 구두(口頭: 입으로 하는 말)에도 오르지 못한다. 이것이 오로지 주자종주파의 전횡이라고 본다. 그래서 우리가 회고할 때는 이조문화가 선조대왕시대까지는 그래도 전(傳)함이 있었으

고려의 무장으로 활약할 때부터 그를 따라 여러 전투에 참가했으며, 조선 개국에 동참해 개국공신 1등이 되었다. 독립군가(용진가)의 1절에도 이름이 나온다

나 그 후는 아주 흔적을 숨긴 것은 사실이다. 그래서 인물들은 인조대왕 때에 그치고 효종대왕 때에도 약간은 군자가 있었으나, 감히 출두를 못하였던 것이다. 그 후 200년간은 역사에 기록할 만한 자료가 없을 것이다.

그러니 금일 역사가들이 무엇을 참고로 붓을 드는가 의심된다. 우리나라 인물 전기부터 나는 왜곡되었다고 본다. 무슨 까닭인가 하면 전기(傳記)라 하는 것은 어떤 인물이고 자초자종까지 상세히 기록하는 것이 당연하다고 본다. 말하자면 임진란에 이충무공이 세기의 위인으로 성공한 이유가 자초지종까지 상세히 기록해야 다음에 제2의 충무공이 나올 수 있는 것이다. 이것이 역사의 가치라는 것인데 우리나라 사가(史家)들은 어떤 인물이고 그 성공 당시 업적만 기록해서 후인이 따라갈 노정(路程: 과정)이 없게 하는 '일단 거두절미(去頭截尾)문학'이라고 본다. 이충무공이 소년시대에 무슨 수양을 해서 어느 정도의 계단에 갔다가 관직에 나아가 (어떻게) 이것을 활용하였을까? 명량대해전 같은 것은 신비적이요, 절대로 상대성 전략이 못 되는 것이요, 노량대해전도 역시 보통으로는 상상도 못할 전과요. 10여 차 전쟁이 다 이런 종류이다. 후인은 말하기를 충무공은 구선(龜船: 거북선)으로 성공하였다고 한다. 그러면 이 구선을 만들게 된 원인과 그 방식이 명기(明記)되어야 할 것인데, 의외에도 구선에 대한 평면 외관도는 있으나, 입체도나 설명도와 해설이 없고 충무공이 구선을 만들게 된 자초설명이 보이지 않는다. 이것이 우리나라 인물지의 부족점이라는 것이다.

그리고 율곡 선생과 이충무공 선생 간에 야담이 많은데, 이 야담을 구체화해서 아주 충무공 실적(實蹟: 실제의 자취)으로 후인들이 나도 이런 위인이 되고 싶다면 이런 조건을 구비해야겠다고 준비할 만큼 명료하게 기록하지 않고 다만 출세 후에 세상에서 다 아는 행사로 그 인물의 칭찬이나 해서 외양으로 번지르르하게 써놓은 것뿐이다. 이조 인물 누구라도 다 보면 단처 없는 인물들로 기록되어 있다. 그러나 이 인물전만 가지고는 후인이 알 길이 없다. 내가 예를 이충무공을 들었으나, 위인 전기에 우리나라 인물 전기는 다 그렇다고 본다. 이것이 내가 말하는 역사가들의 단점이라는 것이다.

여기서 다시 말하고자 하는 것은 역사가들이 자기들 역량껏 고인들의 행적을 조사해서 후인의 모범이 될 만한 일이 있다면 이것을 잘 기록해서 교재를 만들든가 그렇지 않으면 전기로 출세하든지 해서 국가나 민족에게 유리하게 하라는 것이다. 현대 역사가들이 질적으로 좀 부족한 것은 가리지 못할 사실이다. 역사가들이 구고학(究古學: 고고학)부터 연구하라는 말이다. 고고학에 아무 소양이 없이 역사가로 출세하는 것은 부당하다고 본다. 문헌으로만 역사를 배우고 실지에 있어서 역사가가 될 자격이 없는 인물들이 책 저술이나 할 생각으로 역사가가 되는 것은 후인에게 죄인이 되는 것이다. 여기서 내가 중언부언하는 것은 우리나라에 전래하는 고대문화가 한 건도 보이지 않는다는 데에서 한심을 금치 못하고 이 붓을 드는 것이다.

우리 대황조의 《천부경(天符經)》도 전지우전(傳之又傳: 전하고 또 전함)해서 원문만 전해 오고, 《삼일신고(三一神誥)》 역시 원문뿐이니, 후인의 해석이 불일(不一: 하나가 아님)하다. 그러나 유불선 삼도(三道)가 다 우리 대황조의 가르치심으로 일기(一氣)로 화삼청(化三淸)하고 삼청이 화일기(化一氣)하여, 장래에 삼교가 통합되어 도로 일가(一家)가 된다는 말과 간(艮)의 도가 광명하여 성시성종(成始成終)한다는 것을 공자께서 미리 말씀하신 것이다. 모니불(牟尼佛)이 미륵교주(彌勒敎主) 출세를 말하였는데 이 용화(龍華)라는 것은 우리나라를 의미하는 것이다. 여러 방면으로 각양각색의 통합점을 보면 무엇으로 보든지 성인이 성시성종지도(成始成終之道)를 다할 곳이 우리 간방(艮方)이라고 한다.

내가 약간 이런 정도로 말하는 것이요, 사실에 있어서는 중국이나 인도나 구미(歐美: 유럽과 미국)나 고철(古哲: 옛 철인)들이 다 우리나라에 장래 구세주가 나온다고 말한 일이 있고 현 인도 요가성(聖: 성인)도 간방에 대성(大聖)이 나오신다고 말씀한 일이 있다. 이런 것은 종교가(宗教家)들은 잘 알고 있으리라고 본다. 구미에서 동양철학을 연구하는데 우리 현대 청년뿐만 아니라 유식층도 고대철학이라면 덮어 놓고 미신이거니 하고 반대하니, 현대인이 말하는 구미 선진국에서는 동양철학을 적극적으로 연구하고 있는데 동양에서는 고대철학을 미신이라고 반대하니 현대인들이 숭배하는 구미 선진 철학가들은 미신자로 인정하고 자기들은 판단력이 있는 것같이 생각하는가. 아무리 생각해도 현대인들이 여러 가지로 보아 미치지 못한 것 같다.

우리는 우리의 고대부터 전래하는 철학을 일층 더 연구하고 다시 청장년들을 수양시켜서 인재를 한 사람이라도 속히 양성하는 것이 우리의 책임이라는 것을 재삼 고하는 바이다. 우리의 고대철학 연구방식은 우리가 다 알게 경서(經書)에도 있고, 또는 우리의 구전심수(口傳心受: 입으로 전하고 마음으로 받음)하는 데도 있고, 다른 종교에도 이 법을 다 전하는 데가 있는데, 대동소이하여 어느 법으로든지 알기 용이하고 성공하기도 어렵지 않은 것이다. 역사가들이 피상적 역사를 저술하는 것을 반대하며 실질적으로 우리의 고전(古典: 고대문화: 화랑도)을 부활시켜 보라는 것이다.

계사(癸巳: 1953년) 3월 21일 봉우지죄근기(鳳宇知罪謹記)하노라.

추기(追記)

수련법(修鍊法)은 《용호결(龍虎訣)》도 있고 《대학(大學)》과 《중용(中庸)》도 있고, 《주역(周易)》도 있고, 다른 종교에도 수행법이 다 있는 고로 재기(再記) 않노라. - 봉우추기(鳳宇追記) -

[이 글은 1989년 간행된 선생님의 첫 수필집 《백두산족에게 고함》 134페이지에 실린 〈역사에 가리워진 우리 고대문화〉입니다. 원문에 맞춰 다시 글을 번역하고 빠졌던 〈추기〉를 새로 넣었습니다. 몇 천 년 전부터 전래해 오던 우리나라의 고대문화가 어찌해서 지금 1953년 현재 한 건도 보이지 않느냐고 탄식을 하시는 것이 이 글에서 가장 가슴 아픈 대목입니다. 이 글을 읽다 보면 우리가 정말로 얼마나 중요한 고대의 문화자산을 잃어버렸는지 상상도 할 수 없으리만치 수없이 잃어버린 걸 깨닫게 됩니다. -역주자]

판문점회담에서 새나오는 소식을
풍문(風聞: 바람결에 들음)하고

세상일이 하도 풍설(風說)이 많아서 알 수 없는 일이나, 근일(近日) 또 풍설이 유행된 것을 종합하건대 판문점의 휴전회담에서 양방이 다같이 양보하자는 말이 있는데 대한민국의 국토통일은 인정한다. 그러나 남북한 정부를 발전적 해소(解消: 해체)를 하고, 자유 분위기에서 총선거를 해서 총 민의로 통일된 국가를 건설하자는 조건이 있는 것 같다. 그러나 이것은 외양만은 번지르르한 조건이나, 무슨 이유로 세계에서 인정한 대한민국을 명칭 좋은 발전적 해소라는 것으로 독립성을 포기하고 북한과 대등성을 가지고 연립정부 형식을 취하고자 하는가. 이것은 북으로는 유리한 조건이나 대한민국으로서는 절대 불가한 일이다.

전국의 총 역량을 합하고 희생을 각오하고 무력으로 북진하여 통일을 획득해서 한국만년의 대계(大計)를 수립하는 것이 우리 대한민국 전체가 가질 책임이다. 이 대한민국은 국제연합에 가입한 여러 나라에게 정정당당하게 승낙을 얻은 나라요, 북한은 소련 위성국만이 인정할 수 있는 같은 공산 위성정권인 것이다. 우리는 추상(推想)하기를 판문점에서 새어 나오는 그런 불합리한 사실이 유엔에서 물론 문제화 안하리라고 믿으나, 우리로서는 혹 이 풍설이 사실화된다는 확보(確報: 확실한 보도)를 들을 때는 거족적으로 결사반대할 것이요, 정부에서도 외교진영을 강화해서 소련이 이런 불법한 구훼(口喙: 말, 주둥이)를 다시 열지 못하게 하는 것이 제일 타당하다고 본다.

우리의 현상인 대한민국도 유엔에서 기다(幾多)한 파란(波瀾: 어려움)을 경과하고 수립된 국가이다. 그러나 정부에서 아직 독립국가로서 이렇다고 할 만한 정치가 나오지 못한 것은 유감이나, 초창기에 있는 나라로 할 수 없는 일이다. 정부는 정부대로 진력할 일이요, 인민은 인민대로 수준을 향상해서 이 전쟁도 속히 해결하고 다시 나아가 완전통일로 매진하고 전부가 (너나) 없이 파괴된 강산(江山)은 재건(再建)으로 나가게 되는 것을 바라며, 이런 풍설이 다시 나오지 않기를 바라며 이 붓을 그치는 바이다.

계사(癸巳: 1953년) 3월 25일 봉우서(鳳宇書)

연정원 동지와 선배들의 금석(今昔: 지금과 옛날)

　연정원으로 발족한 것은 그리 장구한 시일이 아니나, 우리가 이 방면에 염적(染跡: 물든 자취)한 것은 벌써 반세기에 가깝다. 내가 아주 동년(童年: 아이 때)부터 친구를 좋아하였고 또 연상자(年上者)들과 교제를 좋아하였다. 내가 11세 때에 송우헌, 정도균, 성득환, 이상하 제군(諸君)과 우선(友善: 친구처럼 잘 지냄)하였고, 12세 때에 안명기, 이홍구, 정원기, 이용재 군과 친밀하였고, 13세 때에 이윤직, 강백희, 김용채, 박창화 선생과 우선하였고 14세 때에는 송철헌, 심영섭, 김복진, 김기진, 성백헌 군과 우선하였고, 15세 때에는 장세영, 이은우, 박정하, 최무호, 박희석, 송기헌, 권학현, 안상호, 박창하, 김극수, 김노수 군들과 우선하였었고, 16세 때에는 신병(身病)으로 출입을 않고 있었다. 그해 초추(初秋: 초가을)부터 이윤직 군과 삼추삼동(三秋三冬: 가을 석 달, 겨울 석 달)을 한학(漢學)을 전공하였었다.

　17세 때에는 역시 신병으로 출입이 없었다. 공주로 이거(移居)하여 김재선 군과 시교(始交: 처음 사귐)하였다. 18세 때에 내간상(內艱喪: 어머니 돌아가심)을 당하고 거상(居喪: 상중에 있음)하는 중에 권중환, 권중혁, 권중록, 권중희, 이종백, 이강섭, 이용옥, 서계원, 서기원, 서영원, 유덕영 제익(諸益: 여러분)과 교유가 빈빈(頻頻: 자주자주)하였고, 19세에는 박양래, 박동암(朴東庵), 윤신은(尹莘隱). 서직순, 서만순 제익과 친교하였고, 20세 때에는 윤보병, 조기하, 주회인, 박학래, 조석운, 김일창

제익과 친교하였고, 21세 때는 반년 이상을 와병(臥病: 병석에 누움)하다가 근근(僅僅: 겨우겨우)이 기두(起頭: 머리를 일으킴)해서 조훈, 김○한, 허일, 김철진, 김장렬 제군과 친교하였고, 22세 때에는 이래기, 이봉환, 이인식, 주기악(朱基岳), 이석당(李石堂), 김용초(金龍草) 제익과 친교하였고, 23세 때에는 조일운(趙一雲), 이화암(李華庵), 이화당(李華堂), 정수당(丁隨堂) 제위(諸位)와 친교하였고, 24세 때에는 신병(身病)으로 출입을 못하였었다.

그러나 이상덕, 서원순, 유시천, 유벽우 제위와 친교하였고, 25세 때에는 호남 여행으로 장구(長久)해서 별 소득이 없었으나 김봉두, 박호은(朴湖隱), 황기문, 제위와 우선하였고, 26세에는 이용련, 김창숙, 서몽암(徐夢庵), 김용필, 정희준, 손호, 이옥강, 김백인, 백락도, 김효백, 강태규, 문수암(文受庵), 안병태, 이효술, 김현국(金顯國), 이창술, 이채구, 현준석, 정락순, 박두산, 박봉주, 양기룡 제익과 친교하였고, 27세부터는 종래 취미를 가지고 있던 문학을 아주 전환해서 심리학으로 전공과목을 정하여, 풍풍우우 어느 곳에서나 이 방면 동지를 규합하여 함양(涵養: 정신 도덕을 기름)시키는 데 미력을 경주(傾注)하였던 것이라 별다른 교제가 없었고, 정신적 수양관계의 친붕(親朋: 친한 친구)이나 동호자와 왕래한 외에는 타방면으로 왕래하는 우도(友道)가 좀 한산해진 것은 사실이다. 여기서 여전히 불변하고 왕래되는 분은 민족운동자들뿐이었다.

신인(新人)으로 구성래, 보은 김씨, 벽송(碧松), 소소(笑笑) 김익표, 김규익, 서현근, 황기동, 차종환, 김연호, 한석봉, 김설초(金雪樵), 구담설(具擔雪: 구영직), 한강현, 홍대윤, 송옥석, 송○두, 최승천, 김일승, 주형식, 신훈, 오송사(吳松士: 오치옥), 한인구, 민계호, 이용순, 송덕삼, 김장웅, 한상록, 조철희, 최순익, 이송하, 윤창수, 여운삼, 임지수, 권오훈, 권기환, 양철식, 문홍범, 이계철, 장이석, 김도련, 김인경, 최치웅, 최웅갑, 박종원, 서해찬, 이헌규, 성이호, 조태술, 박하성, 김학수, 최재웅, 김진경, 진기섭, 신현달, 이무영, 이칠성, 신현대, 신동운 제위 외 유명(有名), 무명(無名) 무수(無數) 동지였다. 여기서 백강(白岡: 조경한)이나 그 외 동계(同系)는 기명(記名) 않는 것은 이유가 있는 것이요, 이 중에는 이미 환원(還元: 사망)한 이도 있고, 또는 주위 환경으로 중도개로(中途改路: 중간에 길을 바꿈)한 분도 있으며, 여전히 불휴(不休)의 노력을 하시는 분도 있고, 할까 말까 하는 기로(岐路)에 선 분도 있고, 아직도 변함없이 동진동퇴(同進同退: 같이 나가고 같이 물러남)를 목표로 나가는 분도 있다. 그래서 또 신규 규합된 동지도 아직 미지수이나 수십인은 되는 것 같다. 이 모임이 언제 정식으로 "우리도 이렇소"하고 세인의 이목(耳目)을 일신(一新)하게 만들어질지는 아직 알 수 없다. 연정원 동지나 선배들의 노력 여하가 확답을 할 것이다. 여기서 바라는 바는 유종(有終)의 미(美)를 얻기를 빌 뿐이요, 다른 바람은 없노라.

계사(癸巳: 1953년) 3월 25일 봉우서(鳳宇書)

수필: 자유당 제2차 전당대회에 참석하고

　금번 자유당 제2차 전당대회에서 편모(片貌: 어느 한 면의 모습)를 보니 확실한 동상이몽(同床異夢)격인 것 같다. 당의 기본정신이야 그럴 리 없으나, 사실적으로 보면 외양으로 천하의 공당(公黨)이라고 하나, 내용은 몇몇 개인의 중심분파 단결체인 것이 아무리 보아도 가리지 못할 사실이다. 대회 발언 중에 보건대 원내파에서 혹 무슨 (현상은 합동된 것) 발언을 하면 원외 지방파에서 반대가 속출하고 또 합동된 신애국단 단체들 중에서 발언하면 역시 지방파의 반대가 심한데 지방파에서는 무조건 하고 총재의 분부를 여율령(如律令: 그대로 함)하자는 것 같고 또 이 행동을 조장시키는 일파가 확실히 보이며, 이 행동이 완성됨으로 자기파의 성공이라는 것으로 인정하고 수단을 가리지 않고 대회에서 별별 이상한 상황을 다 보인다. 그리고 중앙파에서는 몇 개로 나뉜 당으로서 기본정신인 당헌(黨憲)에 기준해서 대회를 진행하려는 것 같다. 이것은 소위 중앙파 각자의 파당(派黨) 관계로 만약 비(非)준법정신이 당내에서도 시행되면 어떤 파는 유리할지 알 수 없으나, 자칫하면 무조건 명령복종에 지나지 못해서 자기들의 기대와 어그러질 우려가 잠재한 연고로 될 수 있으면 당헌에 기준해서 중앙집권제를 그대로 실행하려는 것은 정당인으로 무리가 아니라고 본다.

　또 이 대회에 참석한 민의원들의 대의원으로 자격이 있는가 하는 질문이 속출한다. 말하자면 민의원도 개인이지 무슨 당원 1,000명 이상의 대표인가 하는 견해 같다. 그러나 자유당이나 타당이나 모두 정부 행정을 상대하고 진출하는 것이요, 또 제1당을 목표하고 나아가는 것이다. 제1당이라는 것부터 당원 숫자를 보고 하는 것이 아니라 민의원의 좌석을 가지고 말하는 것이다. 보라! 작년에 자유당이 원내세력이 아주 부족하였을 때에는 민의원 소환문제로 국회를 해산하라고 정치파동55)을 만들어 내었고, 1년이 된 오늘이라고 민의원들이 다른 인물은 한 사람도 없으나, 자유당에서 105석이라는 것을 차지하고 있으니 자기 당이 제1당으로 만사가 다 유리하다. 그러니 민의원을 소환하느니 국회를 해산하느니 하는 행동이 나오지 않고 오로지 호헌론(護憲論)을 주장한다. 그러는 자유당으로 민의원의 수는 당의 생명이다. 그런데 철없는 지방대의원들이 민의원들의 대의원 자격 유무를 질문하는 것은 당의 정신을 알지 못하는 것이다. 그러니 작년의 정치파동이 이 민의원의 수가 제1당이 못된 연고로 만사가 불편해서 이 수를 확보하기 위한 강압적 행동이요, 또 무슨 교환조건이 있었다는 것도 명명백백한 사실이요, 백두진56) 인준문제 외에 무슨 일이든지 자유당 일색의 표결수를 얻게 된 이때에는 민의원(民議院)이 자유당의 발호시령(發號施令: 큰소리를 내며 명령을 시행함)하는 한 기관임을 나타내는 것이다.

이렇다면 작년 정치파동이 신성한가, 야비한가 하면 어느 부문에 속하였었다는 것을 잘 알 일이다. 그러니 성공자에게만 한하여 정의도

---

55) 1952년 5월 25일의 계엄령 선포로부터 같은 해 7월 7일의 제1차 개정헌법 공포에 이르기까지 전시 임시수도였던 부산에서 일어난 일련의 정치적 소요사건. 직선제 개헌안을 통하여 대통령 재선을 바라던 이승만이 국회를 통제하기 위해 벌인 일종의 친위 쿠데타나 다름없는 사건.

56) 백두진(白斗鎭, 1908년 10월 31일~1993년 9월 5일) 대한제국 황해도 신천 출생. 제1공화국 시절 임시 외자관리청장 직책을 지낸 대한민국 정치가 겸 경제 관료이다.

있고 자유도 있는 것이다. 실패한 때에는 모든 것이 다 인정되지 않는 것은 가리지 못할 일이다. 무엇이 한민당이 천하의 악당이며, 무엇이 자유당이 천하의 공당(公黨)인가. 오로지 성공자가 공당도 될 수 있고 실패자가 악당도 될 수 있는 것이다. 행동의 여하는 불관(不關: 상관 안 함)인 것 같다. 내가 이 말을 하는 것은 자유당을 비방하느라고 말하고 한민당을 예찬하느라고 하는 것이 아니다. 다만 우리는 민족정신으로 보아서 정평(正評)하자면 양당의 정권득실이 이폭역폭(以暴易暴: 난폭 함으로 난폭함을 바꿈)[57]에 지나지 않는다고 본다. 그렇다면 현명하기는 박사님(이승만)뿐이라고 본다. 강자(強者) 한 사람 수중에 두고, 약자를 축출하는 가장 현명한 수단이다. 만약 그 강자가 더 과한 듯하면 제2강 자로 제1강자를 타도하게 하고, 새로운 강자를 후원해서 내 수중에 넣 는다 하면 또 제2강자가 나올 우려가 아주 없다고는 단정할 수 없는 일 이니 금후로는 자유당으로서 발정시인(發政施仁: 정치를 하며 어질음을 베풂)하라는 부탁이다. 여전히 강자로 만년부동의 태세를 취하면 박사 님의 제2당 후원 또한 있지 않을까 하는 바이다.

대회 석상에서 이것저것 보았으나, 모두 다 정권획득의 야망이 만만 할 뿐이요, 전시하 민생의 도탄을 구제할 조건은 1건도 보지 못하였고 각파 간에 표현되지 않는 세력부식열과 이권획득열 외에 보이는 것이 없다. 이 전시하(戰時下) 정당으로 자책(自責)할 의도가 보이지 않고, 금년 참의원 의원선거나 명년 민의원 의원선거나를 100프로(퍼센트)로

---

57) 출전: 사마천의 《사기(史記)》〈백이열전(伯夷列傳)〉. 은나라의 현자 백이와 숙제의 고 사(故事)에 나오는 성어(成語). 주나라 무왕의 상나라 정벌에 반대하여 수양산에 들어 가 고사리를 캐먹다 굶어죽은 백이와 숙제가 채미가(採薇歌)를 지었는데 그 노래 안에 서 주무왕의 군사무력정벌 행위를 '이폭역폭(以暴易暴)'이라 표현하여 비판한 데서 유 래함.

성공하자는 백방(百方)책략이 내포한 복선(複線)공작의 외양(外樣: 겉모양) 전국전당대회에 무명무능(無名無能: 이름도 없고 능력도 없는)한 참석을 하였으나, 호감을 갖지 못하고 장래성을 비치면서 만강(滿腔: 마음속 가득)에 우려를 품고 장래 민족적으로 부담(負擔)된(짊어진) 남북통일, 평화, 재건(再建)과 한 걸음 나아가서 세계 수준을 민족적으로 돌파할 책임완수를 할 만한 지도자가 나오기를 빌며 이 붓을 이만 그치노라.58)

계사(癸巳: 1953년) 3월 29일 봉우서(鳳宇書)

---

58) 선생님께서 이토록 고대하신 '세계 수준을 민족적으로 돌파한 지도자의 출현'은 제3공화국 대통령 박정희였다.

부산여행 중 소견(所見), 소문(所聞)의 일단(一端)

　　고인이 말하기를 일일불재식즉기(一日不再食則飢: 하루에 두 번 먹지
못하면 굶주림)라고 하였다. 현하 우리 지역에서 만고미증유(萬古未曾有:
옛부터 지금까지 한 번도 일어난 적 없던)의 전란으로 민족 전체가 생사선
에서 길을 잡지 못하고 있는 이때에 보통 기한(飢寒: 굶주림과 추위)으로
는 문제시 할 수 없는 일이다. 그러나 이 몸이 금철(金鐵: 쇠붙이)이 아
닌 이상, 혈육근골(血肉筋骨)로 조성된 바에는 이 기한을 무기간으로
인내할 수 없는 것도 역시 상도(常道)이다. 여기서 고인의 말씀이 일단
사일표음(一簞食一瓢飮)59)으로도 불개기락(不改其樂)한다고 안자(顔
子)의 안빈낙도(安貧樂道)를 칭찬하신 것을 보건대 보통사람으로는 좀
인내하기 곤란한 것은 사실이다. 그래서 나도 역시 이 인내곤란한 길
속의 한 사람이나 강인하고 낙도는 못 하나 자수(自修)를 하고 있었다.
그러던 중에 동지 장낙도(張洛圖)가 작년에 역시 동지인 유화당(劉華
堂)을 대동하고 무슨 모사(謀事)가 있다고 부산으로 향하였다. 자부(資

---

59) 한 소쿠리의 밥과 한 표주박의 물. 가난한 살림을 뜻한다. 출전은《논어》〈옹야(雍也)〉
　　로 공자의 제자 안회(顔回)가 가난하게 살면서도 근심하지 않고 도를 즐겼다고 공자가
　　그 제자의 어짊을 칭찬하고 있다. 이 어질었던 제자 안회는 31세에 요절했으며, 이에
　　공자는 하늘이 자신을 죽였다며 대성통곡했다. 〈원문과 풀이〉一簞食 一瓢飮 在陋巷
　　人不堪其事 回也 不改其樂 賢哉回也.(한 소쿠리 밥과 한 표주박의 물로 더러운 거리에
　　사는 것을 사람들은 그 근심을 감당하지 못하는데 안회는 그 즐거움을 바꾸지 않으니
　　어질도다! 안회여.

斧: 여비)60)가 없어서 내가 저장하고 있던 약을 일부 제공하였다. 사실은 내가 무슨 영업적으로 제공한 것이 아니요, 동지 두 분의 여비로 제공하였던 것이다.

그런데 두 분이 경영하는 일이 여의하게 못 되고 여행 중 소비만 과하였던 것 같다. 그래서 재상(財上: 재물관계)에 견득사의(見得思義)61)라고 붙은 구절에 좀 생각이 덜 갔던 것 같다. 약간 의견대립이 되고 동심협력에 결여점이 생겼던 것 같다. 그런고로 내게 연락이 아주 없었다. 그러다가 장낙도 동지가 무슨 문제가 발생한 것 같이 암시를 주었고 이 해결을 내게 청하는 것 같은 의미의 서신이 6,~7차를 계속하였다. 종말에는 무조건하고 부산으로 내려오라고 또 수차의 통지가 있었다. 나로서는 별 취미를 갖지 못한 일이나 좌우간 일차 가서 볼까 하고 4월 초하루에 발정(發程: 길을 떠남)하였던 것이다. 급기야 부산을 가서 보니 별 목적이 있는 것이 아니요, 유화당의 실수로 장낙도도 입장이 좀 곤란하니 이 사건의 해결책을 부기(付記)하는 의미에 불과하였다. 나로서는 사실 무의미한 일이다. 그러나 나는 진퇴유곡의 형세가 되었다. 이 사건의 대상자가 내가 아주 유년시대 소학교 동창이요, 또 세의(世誼: 대대로 사귀어 온 정의)가 있는 친우로 현 민의원 의원이요, 또는 상당한 실업가다. 한 번의 대면모임으로 화당이나 낙도동지의 난문제는 해결하였고 내가 곧 귀로에 오르는 것이 당연하나 어쩐지 주저하게 되어 차일피일(此日彼日)한 것이 그 친우에게서 5월 초3일까지 두류(逗留: 체류)하고 있다가 귀정(歸程: 귀로)에 오른 것이다. 대체로는 금번 여행이 아무 계

---

60) 여행 중에 산이나 물가에서 잘 때, 가시나무를 제거할 때 사용하는 도끼. 여비(旅費)의 뜻으로 전용됨.

61) 이득을 보면 의로움을 생각하라. 《논어》〈계씨(季氏)〉편에서 공자가 한 말.

획이 서 있는 것이 아니요, 무심중(無心中) 행하고 역시 무심중 돌아온 것이다. 이 무심중에서 행해진 행각(行脚: 여행)) 도중에도 약간의 소견과 소문이 있었고, 또는 소득도 아주 없지는 않다. 이것을 앞으로 기록하고자 하는 관계로 머리에 이 말을 먼저 기록하는 것이다.

제1 성태경(成泰慶) 초대면(初對面) 인상기(印象記)
최단편(最短編)으로 쓰는 것이다.

총명예지(聰明叡智: 총명하고 지혜가 뛰어남)가 일견(一見)에 외현(外現: 밖으로 나타남)하고 임사생풍(臨事生風: 하는 일마다 생기가 남)하여 수기응변(隨機應變: 기회를 좇아 변화에 응함)에 장(長: 유능함)하겠고, 또 용단성(勇斷性)이 있는 인물이다. 말하자면 책사(策士)요, 겸하여 사무인이다. 백방면으로 분석해 보아도 양심적 인물이다. 민의원으로 나와서 활동하는 것이 제일 타당하다고 보며, 그다음으로는 행정 부문에 나와서 국처장으로 차관급으로 좀 지내다가 장관급에 가도 아무 손색이 없을 인물이요, 아무가 보든지 수재(秀才)임에 틀림없는 인물이다. 장래 촉망되는 산성(散星) 중 일인(一人)임에는 누가 긍정 안 할 것인가. 그런데 내가 이 성 동지에게 바라는 바 몇 가지가 있다.

제1로 행동거지(行動擧止)를 신중히 해서 누가 보든지 거물답게 해서 위엄이 있게 하라는 요청이요, 언어를 좀 적게 하고 좀 더디게 하였으면 하는 것이 제2의 요청이다. 동양도덕사를 좀 더 연구하였으면 하는 것이 제3요청이요, 좀 절주(節酒)를 하였으면 하는 것이 내가 최종인 제4의 요청이다. 이 점만 주의하면 장래에 내각수반이나 국회의장급에 손색이 없을 것이요, 이 점을 주의 않으면 일반 장관급에 그칠 것이라는 점을 확언해 두며, 동양도덕사를 더 연구하라는 것은 포용의 아량을 양성하여 태산교악(泰山喬嶽: 크고 높은 산)의 기상(氣像)을 겸하여 달라는 것이다. 요청이 완비됨으로 민족의 지주(支柱)가 될 수 있고, 못 됨으로 일시적 장관에 그치리라는 것을 확언해 두노라.

한순리지미풍(漢循吏之美風: 법을 잘 지키는 관리의 아름다운 풍속)은 있으나, 동강(桐江)[62]과 융중(隆中)[63]의 청표(淸標: 맑은 목표)가 부족하니, 이를 좀 더 양성해서 금상첨화(錦上添花)하라는 요청이요, 성 씨 일인을 위하는 것이 아니라 거족적으로 대표요청이라는 것이다. 백방으로 분석해 보아도 당시(當時: 때에 맞음)의 불이득지기보(不易得之奇寶: 쉬이 얻기 어려운 기이한 보배)라는 것이다. 여기서 내가 중언부언(重言復言: 거듭 말함)하는 것이다.

제2 김영선(金永善)[64] 초대면 인상기

청렴개결지사(淸廉介潔之士: 청렴하고 깨끗한 선비)요 주밀안상지재(周密安詳之材: 아주 주도면밀하고 자상한 인재)에 심사숙려지행(深思熟慮之

---

62) 중국 절강성 동려현애 있는 강으로 후한의 은사 엄광(嚴光: 엄자릉)이 이곳에 은둔하며 낚시하였다고 한다.

63) 후한말엽에 제갈공명이 은거하던 곳. 유비가 세 번 찾아왔다는 삼고초려(三顧草廬)의 고사가 있다.

64) 김영선(金永善, 1918년 4월 25일 보령~1987년 2월 17일)은 일제 강점기의 관료이며 대한민국의 제2·3·5대 민의원의원을 역임한 정치인이었다. 경성제대 법문학부를 나와 진도군수를 지냈다. 광복 후 국토통일원 장관, 주일본 대사, 대한상공회의소 전문위원 등을 지냈다. 제2공화국 출범 이후 1960년 8월 23일 재무부장관에 임명되었다. 그해 8월 장준하를 찾아 국토건설사업을 맡아줄 것을 강력하게 요청하였다. 1960년 10월부터 경제계획의 초안을 짜서 1961년 4월에 완성시키기도 했다. 장면 내각의 2인자라는 평가를 받기도 했으나 1961년 5·16 군사 정변으로 실각했다.

行: 깊이 생각하는 행동)을 겸하였다. 청렴개결하여 집안 살림에 곤경을 면치 못할 것이요, 이것으로 뒷날에 대한 걱정이 모두 사라지지 않을 것이니, 비록 청렴개결하나 집안 살림에 걱정이 없을 정도는 되어야, 그 청렴개결이 완성되고 주밀안상(周密安詳)하여 목전의 명주정금(明珠精金)은 선택할 것이나, 석중보석(石中寶石)과 도사거금(淘沙巨金: 모래를 일어 만든 큰 금덩어리)은 얻기 어려울 것이니, 일보(一步)를 나아가야 그 주밀안상이 석중보석이니, 도사거금을 예지(豫知)하는 데까지 미치기를 바라는 바요, 심사숙려가 전인미발(前人未發: 앞사람이 가지 않음)을 능히 발(發)할 것이나, 비록 심사숙려로 전인소미발(前人所未發)을 능발(能發: 능히 감)한다고 걸주(桀紂: 중국 상고시대 하나라와 은나라의 폭군)에게 인정(仁政: 어진 정치)을 권하며 손오(孫吳: 병법의 대가인 손자, 오자)에게 행병(行兵: 군사력을 행사함)을 (하지) 말라면 효과를 얻기 어려우니 심사숙려가 능히 음전기와 양전기를 만남과 물고기가 물을 만남과 같은 때에 비로소 전인소미발(前人所未發: 앞사람이 가지 않은 곳)을 발(發: 감)하여야 득기이동즉능성절대지공(得機而動則能成絶代之功: 기회를 얻어 움직여야 능히 절대의 공을 이룰 수 있음)이라는 것이다.

그 성격이 침착해서 심사숙려에 장(長: 능함)한 인물이기에 내가 요청하는 바는 좀 폭을 광대하게 하여 그 심사숙려로 하사불성(何事不成: 어떤 일이든 이루지 못하리요)이리요. 포용량을 양성하며 노봉(露鋒)[65]을 말고, 은봉(隱峯)[66]으로 잠양심성(潛養心性: 타고난 마음씨를 깊이 기름)하여 이대기시(以待其時: 그때를 기다리며)하면 하환호무주(何患乎無主:

---

65) 서예에서 붓끝의 흔적이 나타나도록 쓰는 필법.
66) 서예에서 해서(楷書)를 쓸 때 날카로운 모를 나타내지 않고 부드러운 형태로 쓰는 서법.

어찌 임자가 없음을 근심하리요)며, 하흔호양평(何欣乎良平: 어찌 양평을 기뻐하리요)67)아. 내가 그 침착성에 발견한 바는 양성하면 용(龍)도 되고 봉(鳳)도 될 수 있다고 보는 관계로 그 부족이라기보다 그의 선입견인 비기인불교(非其人不交: 그 사람됨이 옳지 않으면 사귀지 않음)라는 점을 고쳐서 삼인행(三人行: 세 사람이 다님)에 필유아사(必有我師: 반드시 나의 스승이 있음)라고 선악(善惡)이 개오사(皆吾師: 모두 나의 스승)이니, 광교(廣交: 널리 사귐)로 호문호찰이언(好問好察邇言: 묻기를 좋아하고 하찮은 말도 잘 살핌), 은오양선(隱惡揚善: 잘못된 것은 감추고 좋은 것은 드높여줌)68)의 미덕을 본받아 주기를 바라고 그 신체가 태약(太弱: 크게 약함)해서 내 못내 걱정되는 바라 내 하시든지 여유만 있다면 그의 건강을 책임지고 완전하게 해볼 각오를 가지고 있노라.

제3 성원경(成元慶) 씨 초대면 인상기

일견(一見)에 신언서판(身言書判)이 구비한 관후장자(寬厚長者)의 풍이 있다. 내 성씨의 성화(聲華: 명성)를 들은 지는 오래다. 그러나 초대면이다. 충남지사설의 인망(人望)이 높던 인물이나. 씨가 불긍(不肯: 원하지 않음)해서 타인에게로 된 것도 사실이요, 일정시대에 도의(道議)로 다년간 있어서 도정(道政)에 조력하며 조선의 민간대표로 양심적이었

---

67) 양평(良平)은 중국 한나라를 건국한유방의 책사인 장량(張良)과 진평(陳平)을 말한다.

68) 《중용(中庸)》 제6장에 나옴. 〈원문〉 子曰 舜其大知也與! 舜好問而好察邇言, 隱惡而揚善, 執其兩端, 用其中於民, 其斯以爲舜乎! 〈풀이〉 공자께서 말씀하시길 "순임금은 큰 지혜를 지닌 분이셨습니다. 순임금은 묻기를 좋아하셨는데, 통속적인 말도 잘 살피셨고, 잘못된 것은 숨겨 주시고 좋은 것은 널리 알리셨으며, 그 선악의 양끝을 잡으시고 백성들에게는 그 중도를 활용하셨으니, 이것이 순임금다운 행위셨습니다.

고, 중추원 지방참의(參議)로도 다년간 있어서 친일(親日) 잔재세력 중에는 유일한 충남대표의 전형적 인물이다. 그중에 양심적이요, 씨가 청년시대에는 애국행각도 하던 인물이다. 우연한 초대면인데 인상이 좋은 것 같다. 사창달월(紗窓達月: 비단 창에 비치는 달)의 외견(外見)에도 좋고 내용도 여실(如實)하다. 그러나 무엇인지 숨은 세력이 암장(暗藏: 숨겨 감춤)되어 하는 것인데 아무리 보아도 여전히 사창달월(紗窓達月)인 것임에 틀림없다. 물론 자기대로는 정견(政見)도 있고 또 포부도 있을 것이나 내가 보기에는 일정시대에서나 항시 보던 그 정견이 선입견이 되어 있지 않은가 의심이 있고 또 그가 말하는 바 자기가 무던하거니 하는 것 같은 기분이 있다. 물론 양심가요, 자기 포부도 민족을 위할 것으로 잘 아는 바이다.

그러나 이 비상시에 대처할 큰 인물로는 어딘가 부족점이 드러난다. 자기의 포부를 선입견으로 말고 공모첨의(共謀僉議: 여럿이 꾀하고 의논함)에서 합일점을 얻어서 주도면밀한 계획하에서 진행하는 것이 당연하며 또는 자기가 친일잔재의 중진 중 1인이라는 것을 자각하고 당연 신중하며 양공(讓恭: 공손함)하는 것이 대중을 대하는 도리라고 본다. 말하자면 외구심(畏懼心: 두려워하는 마음)이 있어야 영웅적 인물들을 포용할 것인데 이 점이 좀 부족하다는 것이다. 자기 생각에는 각도에 산재한 도의추의(道議樞議: 일제 때 도의회, 중추원 등 친일기관) 또는 일제 고문관급들을 망라하고 약간의 신인물과 절충하고 현 정계의 무력한 고립된 인물들을 합하면 인심이 부응될 것이라고 보는 것 같다. 그러나 내가 말하고자 하는 것은 이것이 아니다. 이 정도라면 임시안정책은 될지 모르나, 대국타개책이라든지 대외타개책이나, 만년대계에는 거리가 아주 멀다고 본다.

그러니 내가 성씨를 정평하자면 임시구급내각의 일(一) 장관석쯤은
혹 몰라도 장구한 무슨 정당원수나 의장급으로는 부족하다는 것이요,
일개 의원으로는 양심적이라 큰 실수는 없을 인물이라고 본다. 노쇠
인물이요, 기성 인물인 관계로 무엇을 요망할 수도 없고 주의를 환기
할 수도 없고 다만 그 기성 인물로의 평을 가할 뿐이다. 그러나 그 인물
이 자임(自任: 스스로 적임자라 여김)도 있고 역량도 있고 양심도 있으니,
다른 좋은 인물 중에 개재(介在: 사이에 끼어 있음)하면 큰 실수 없을 정
도요, 자기세력 부식(扶植: 심음)에 노력하다가는 반드시 실각하리라는
것을 확언해 두노라. 말하자면 비록 관후장자(寬厚長者: 너그럽고 후덕한
사람)의 기풍은 있으나 태산교악(泰山喬嶽)의 위엄이 없고 경운화풍(慶
雲和風)의 자애(慈愛)가 부족하고 항룡유회(亢龍有悔: 꼭대기에 오른 용은
뉘우침이 있다)의 겸공(謙恭: 자신을 낮추고 남을 높임)이 부족하다는 말이
다. 여기서 다시 평하자면 치세지일한재(治世之一閑宰: 평화 시의 한낱
벼슬아치)요, 비난세지양상(非亂世之良相: 난세의 어진 재상은 아니네)이라
는 말이다. 더구나 창업지주(創業之主: 새로이 나라를 여는 왕)를 도울 만
한 인격은 무슨 방면으로 보아도 찾을 수 없다는 것이다.

제4 호당(湖堂) 조경호(趙經鎬)[69] 씨 초대면 인상기

명랑쾌활한 성격과 여도할죽(如刀割竹: 칼로 대나무를 쪼갬)의 예리한

---

[69] 호당 조경호(湖堂 趙經鎬). 독립운동가, 서예가, 작가. 간도 용정에서 태어나 상해로
가서 독립운동을 하였다. 해방 후 서울에서 서예원을 운영하며 가난하게 지냈다. 저서
로 《일본에 여함》, 《조국 대한민국과 자유세계를 방위》, 《아이크에의 선물》 등이 있다.
1964년에 조경호서화전시회를 열기도 했다. 1968년 2월 29일 향년 62세로 별세하
였다.

필봉(筆鋒)을 가지고 현하지세(懸河之勢: 강물을 거꾸로 떨어뜨리는 기세)의 변재(辯才: 말재주)를 겸했다. 아무리 악평하고자 해도 가용지재(可用之材: 쓸 만한 인재)요, 가용지기(可用之器)다. 선천하이우기우(先天下而憂其憂: 먼저 천하의 근심거리를 근심함)하고 후천하이낙기락(後天下而樂其樂: 그 뒤에야 천하의 즐거움을 즐김)하려는 금도(襟度: 포용력 있는 도량)가 보인다. 다방면으로 비판해 보아도 양심적 투사임에 틀림없다. 그런데 명랑쾌활하다고 반드시 침착하라는 법도 없고 모사주밀(謀事周密: 일을 꾀함에 치밀함)하라는 법도 없을 것이다. 여기서 지금까지 많은 고배를 마셨으리라고 본다. 환언하면 무슨 일이든지 우물쭈물하고 지연하지 않는 관계로 사람들이 다 알게 착수하고 보면 상대방에게 선수를 당하기가 십상팔구(十常八九)요, 모사주밀 못 하기도 상사(常事: 보통일)이다. 이것이 성공에 얼마나 난관을 초래하는 것이요, 여도할죽의 예리한 필봉이 춘추필법일 것이나, 상대방의 암전(暗箭: 숨은 화살)을 막기에는 너무나 미약하다. 이 필봉이 상당한 시일을 요한 후에야 충분한 완성사단이나 군단이 되어 아무런 외적이 있더라도 방어라기보다 감히 침범할 생각조차 못하게 될 것이요, 현하(懸河)의 변재(辯才)는 비록 청중을 설복(說服)시키는 데는 족하나 자기로서 언행이 일치하기 극난(極難)한 것이다.

고어(古語)에 행고언(行顧言: 행동은 말을 돌아봄)하며 언고행(言顧行: 말은 행동을 돌아봄)이라는 말씀이 언행일치(言行一致)하라는 말씀이다. 이것도 다언(多言)을 할 필요가 없고 묵언실행(默言實行: 말 없이 실제 행함)으로 누가 보든지 아무개는 실천가라고 평(評)이 될 때까지 노력하고 변재를 농(弄: 희롱)하는 것이 당연하다고 본다. 비록 ○○○○이나 선천하이우기우(先天下而憂其憂)하고 후천하이낙기락(後天下而樂其樂)

이라고 해서 자기를 돌아보지 않고 주사(做事: 일을 경영함)하라는 것이 아니다. 자기가 천하의 근심할 바를 먼저 근심할 만한 자격을 양성하고 자기가 비록 천하의 최후적 존재일지라도 그 즐거움에 참여할 만한 가를 자가비판을 먼저 해야 하는 것이다. 그 금도만은 훌륭하나 제1차 선결문제가 자기라는 것을 확립한 후의 문제요, 자기가 없이는 아무것도 없는 것이니 대아(大我)를 살리기 위해서 자아의 자격을 좀 더 양성하라고 요망하는 것이다. 명랑(明朗: 밝고 환함)한 경면(鏡面: 거울면)이 될지나 자조(自照: 자신을 비춰 봄, 반성함)는 어쩌면 예리한 필봉이 될지나 필봉자의 기술이 문제이며, 현하의 웅변이 될지나 웅변의 원문이 문제라는 말이다. 환언하면 백사구비(百事具備: 모든 일을 다 갖춤)하나 지결동남풍(只缺東南風: 다만 동남풍이 모자라네)이라고 제일 요소가 되는 골자(骨子)를 더욱 양성해 주기를 바란다는 것이다. 호당은 아무리 보아도 천심지연(千尋之淵: 천 길 깊은 연못)의 유룡(幼龍: 어린 용)이 두각(頭角: 머릿뿔)이 아직 완성이 안 된 것 같다. 함양신주(涵養神珠: 신령스런 여의주를 품어 기름)에 변화막측(變化莫測)할 인물이라고 본다.

이상이 인물로 본 나의 부산 소견이요, 다음은 여러 정치인에 대한 평론들이다.

해공(海公: 신익희)에 대한 평론

잘했든 못했든 국회의장 6년에 명의장이라는 평을 듣는 인물이요, 별로 결점이 없다고 호평이 있다. 그런데 해공이 작년 정치파동 때에만 퇴일보(退一步), 진이보(進二步)설만 주장하지 않았더라면 물론 약간의 단평(短評: 단점을 비평함)도 있으나 무엇으로 보든지 장래 (대통령) 대상인물 중에 최고 권위자라고 자타가 공인할 것인데 애석하게도 퇴일보, 진이보설에 인기가 땅에 떨어져서 장래가 미지수에 속한 감이 있다고 본다. 그러나 좌우간 해공만은 대상인물 중 당연히 권내인물이라는 것은 다 말하는 것이다. 다만 민국계에서 인촌이 와병하고 유석(維石)이 용기(勇起: 용기를 냄)코자 하는 감이 있어서 혹 대립이 안 될까 하는 의심이 있으나 자당의 유리를 택하기 위해서는 해공에게 양보하리라고 예측이 된다. 혹 당선권이 의심시 될 때는 의외의 작전이 나오지 않을까 한다. 이 정도에서 평을 가해 보자.

장면(張勉)에 대한 평론

청렴한 양심적 인물이라고 누구든지 호평은 하나 장은 또 누구나 다 같이 말하는 정치적 역량이 부족하다는 것이다. 종교인으로서는 우수하나 정치인으로는 무자격하다는 공통된 평이 도는데 지인지감(知人之鑑)이 부족하고 포용량도 역시 부족하고 완력도 부족하나 다만 양심적이요 호현(好賢)할 심사(心思)는 있는 인물이라고 해서 모모 단체에서 (대통령) 대상인물이 부족한 한국에서 양심이나마 있는 인물을 추대해 놓고 장본인이 능력이 부족하니 자기들의 독무대 정치를 해볼까 하는 우수한 세력을 가진 파당(派黨)과 또는 인물로 규합된 어느 계통에서 말하자면 우상(偶像)식으로 주도권을 장(張)에게 차기 추대를 모략하는 이파(二派)가 있는 것은 현연(顯然: 드러나 있음)하고, 타파에서도 장이 대상적 존재라는 것도 자타가 공인하는 바이다. 그러나 만약 장이 당선된다면 제2의 이 박사로 환원하리라고들 본다. 말하자면 미국계 정객의 독무대라는 말이다. 그러나 당자(當者)가 약한 관계로 이용가치를 보고 장을 후원하려는 파가 많은 것은 사실이요, 장본인이 약한 반면에 이용하려는 파당들이 강한 것도 불가불 참고해야 할 것이요, 해공(海公) 대 장면으로 보면 물론 해공이 개인적이나 정치적으로 우수하나, 배후로는 도리어 장이 강하지 않은가 한다. 우리가 보기에는 오십 보로 소백 보(笑百步: 백보를 비웃음)적 인물들이라고 본다.

철기(鐵翼)에 대한 평론

철기(이범석)는 어느 모로 보든지 혁명가라고 보는 이보다 음모가(陰謀家)요, 독재성을 가진 영웅주의자이다. 환언하면 독일 히틀러를 몽상하는 인물이다. 그리고 양심적인가 아닌가는 문제 외로 하고 승리를 장악하는 데는 선악의 수단을 가리지 않는 인물이다. 작년의 정치파동으로 비록 자파의 세력은 장악하였으나, 국가적으로 보아서는 아주 위신이 땅에 떨어져서 금년 정전(停戰)문제에 영향이 직접으로 얼마든지 보인다. 도덕에는 결여되어 있고 영웅심리와 독재심리에만 장(長)해서 장래를 예측 못하고 목전만 타개하려는 강정(强政: 강한 정치) 발동자이다.

그러다가 소장지변(蕭墻之變)70)으로 작년 부통령의 지위를 못 얻고 그다음 별별 수단을 다해서 실권을 장악하고 협천자이령제후(挾天子以令諸侯: 천자의 위세로 제후를 부림)하는 인물이다. 정계에서는 또 암중강적(暗中强敵: 어두운 가운데 강적)도 있는 것 같으나, 지방에서는 무조건하고 강압적으로 조직력을 가지고 있어 장래에 무슨 큰 변동이 날지 알 수 없고 세평(世評: 세상의 평판)만은 심복 않는 것은 사실이다. 임정

---

70) 내부에서 일어난 변란으로 인한 소란. 형제들 사이의 싸움. 출전《논어(論語)》〈계씨(季氏)〉편.

(臨政)일파로 호평을 못 듣는 것이 애석하나 할 수 없는 일이요, 차기에도 강력한 탄압으로 득표하면 모르되 정식으로는 절대 다수를 못 얻을 것을 확언하며 철기가 정치식견이 아주 부족해서 인심수습(人心收拾)을 못하는 것이 덕(德)이 부족한 연고라고 본다. 현 정부 실정(失政)의 총 책임을 무슨 관계로 철기 일인이 차지하고 있는가 의심시 되며, 소위 족청계(族靑係)의 권력남용 행위가 세인의 질시(嫉視)를 끌어 오는 것을 철기가 모르고 탄압으로 권세를 장악하려는 수단 외에는 아무 것도 보이지 않는다. 이것이 이력복인(以力服人: 힘으로 남을 복종시킴)71) 이라는 것이다.

내가 여러 인사들의 말을 종합해서 보고 이 붓을 들었다. 그 무지몰각(無知沒覺: 지각이 없음)한 영웅숭배 정신이 이 착오를 낸 것이라고 본다. 철기로서는 당연히 뒤돌아보고 그 비행을 개과(改過)하고 덕을 닦음이 아니면 성공의 길이 요원하다는 것을 말하노라. 혹 불행히도 성공한다면 천추에 유취(遺臭: 나쁜 냄새를 남김)하기 필연(必然)이라고 본다. 내가 철기를 평하기를 '유기복중(幼驥服重: 어린 천리마가 무거운 짐을 실음)'이라 하였다. 환언하면 천리마는 틀림없으나 아직 나이 어려서 다 크지 못하고 게다가 천리마라고 짐은 보통말보다 몇십 배 져 놓으니 한 걸음도 옮기지 못하고 몸은 점점 눌리는 격이라고 하였다. 철기로서는 이 중태(重駄: 무거운 짐)를 얼른 벗어 놓고 자가수양(自家修養: 스스로 덕을 닦음)으로 완전한 몸이 되면 천리마로서 손색이 없을 것이

---

71) 출전《맹자》〈공손축(公孫丑)〉상(上)3-2. [원문] 以力服人者 非心服也. 力不贍也. 以德服人者 中心悅而誠服也. 如七十子之服孔子也. [풀이] 힘으로써 남을 복종시키면 마음으로 복종하는 것이 아니라 힘이 모자라기 때문이다. 덕으로 남을 복종시킴은 마음 속으로 기쁘게 정성으로 복종함이라. 공자의 칠십 제자가 그에게 복종함이 그와 같았다.

라고 본다. 무조건하고 내가 천리마려니 하고 그 무거운 짐을 그대로 지고 있다가는 실패를 면치 못할 것이요, 실패에만 그치지 않고 다시 일어나지 못할 지경을 당하리라는 것을 예고하노라.

죽산(竹山: 조봉암)에 대한 평론

작년 대통령 입후보로 죽산에게 대하여 시시비비론(是是非非論)이 세상에 많은 것은 사실이다. 그런데 죽산이 전일(前日) 공산대학을 졸업하였고 다년간 공산당으로 활동하던 인물이라 물론 아주 습관이 된 그의 조직력은 현 정계에서 누구보다도 우선한 것은 자타가 공인하는 바이요, 또 비록 공산당을 배반하고 나왔다 하더라도 선거에서 강압만 없었다면 공산계통은 호응할 것도 사실이다. 그리고 또 작년 출마가 복선(複線)이 있지 않은가도 의심시된다. 죽산 자신도 물론 당선권에 못들 것을 예료(豫料: 예측)하였을 것인데 그 조직적 인간이 허영심으로 출마하였을 리 없으리라고 본다. 죽산의 말에는 성재옹(省齋翁)이 출마 않는다고 해서 출마하였다고 하나, 내가 의심하는 바는 모종의 밀약이 있어서 성재옹의 산표(散票: 표를 흩어지게 함)작전이 아니었나 하는 의심이 농후하다. 아무리 보아도 죽산은 단면(單面) 인물이 아니다. 작년 이 박사가 재선된 후로 죽산의 정부에 대한 추파(秋波)가 아주 없지 않은 것 같다.

백두진 내각 인준 시에도 죽산이 노력한 것은 기분(幾分: 어느 정도) 사실이라고 한다. 그리고 이 대통령이 죽산에게 별다른 반감행동이 보이지 않는다. 이 박사가 포용력이 있는 인물이라면 별문제다. 절대 부족한 분이 그럴 리가 없다고 본다. 이것이 (조봉암의) 작년 출마가 모종의 밀약하의 산표작전이며 차기의 대상을 예측하고 자기능력이나 발표해 본 것이 아닌가 한다. 현상으로 보아서 지방에 산재한 은사(隱士)들을 죽산이 자기 역량껏 포용하려 하는 것은 성심성의가 아니요, 일시적 이용가치를 보고 손을 사방으로 뻗치는 것 같다. 말하자면 죽산은 유물론에 입각한 분이라 계산기 같은 조직적으로는 능하나 동양의 도덕적으로는 좀 부족하다는 것이다. 그리고 지방 인물들의 이용가치는 인정하나, 인물적으로는 무가치하게 보는 관계라고 본다. 가치 여하를 불계하고 성심껏 상대할 아량이 있어 보이지 않는다. 말하자면 폭이 그리 넓지 않다는 것이다. 그리고 그가 집정(執政: 정권을 잡음)한다면 민족공산 정도는 포부가 있을지 알 수 없으나 동양의 도덕정치에 부족하리라고 예고하노라. 차기 (대통령) 선거에 차점자 내지 3위의 득점이 있지 않을까 한다. 만약 백권불기(百勸不起: 백 번 권해도 안 일어남)하는 모 거물이 차기에 출마한다면 누구누구가 무조건 몰락일 것이나, 그렇지 않다면 죽산도 2~3위에서 점수를 다투리라고 본다. 기성 인물 중에서는 조직력만은 우수하고 계획정책에 있어서도 (남에게) 양보 안할 인물인데, 동양의 도덕관념이 부족하고 추현양능(推賢讓能: 어질고 유능한 사람에게 양보함)하는 아량(雅量)과 겸공대상(謙恭待上: 겸손히 위를 기다림)하고 자애급하(慈愛及下: 자애로움이 아래까지 미침)하는 성의(誠意)가 부족하다는 정평(正評)을 내리는 것이다.

이갑성(李甲成)에 대한 평론

작년 부통령 출마 시에도 내가 이갑성 씨는 이 부통령이라는 지위를 얻느니보다 도리어 33인의 1인으로, 최후 잔존으로 있는 것이 명예가 되리라고 하였었다. 이갑성 씨가 33인의 1인이라고 반드시 정치식견이 탁월하라는 법도 없고 또 탁월치 말라는 법도 없을 것이나, 씨는 다각도로 보아서 정치역량이 별 이렇다는 식견이 보이지 않고 말하자면 평범한 일(一) 애국자임에 틀림없다고 본다. 그렇다면 이갑성 씨로서 애국자연(愛國者然)하게 정치는 유능한 인사에게 양보하고 애국정신이나 민족계몽하는 사업이나 일생을 통해서 불휴(不休)하면 일시의 대통령이나 부통령 지위보다는 뒤에 오는 청년의 목표가 될 것이다. 대통령 출마라는 망상을 버리고 민족의 애국정신 선양사업으로 종생(終生: 終身, 생을 마침)하여 33인의 숭고한 이념을 살리기를 바라는 바이다. 차기에 출마해도 별 인기 없다는 것을 아주 확언해 두고 이갑성 씨를 위해서 정치 지위를 하루라도 속히 떠나기를 비노라.

유석(維石: 조병옥)에 대한 평론

유석은 유아(儒雅: 선비처럼 우아함)한 사림(士林: 유림)이 아니요 호방(豪放)한 남아(男兒)이다. 소절(小節: 작은 예절)에 구애됨이 없고 대의(大義)에는 그래도 양심적이다. 경제면에 있어서도 청렴개결(淸廉介潔)하다고는 못하나 아주 탐관오리(貪官汚吏)라고도 못한다. 사생활도 아주 안보는 인물은 아니나, 또 사생활에만 전력을 경주하는 인물도 아니다. 사람이 그 과오를 말하면 흔연(欣然: 기뻐함)히 납득하고 타인의 선행(善行)을 들으면 그리 홀략(忽略: 소홀히 없애버림)하지 않는다. 이것이 유석의 장점이다. 호걸남아(豪傑男兒)로는 좀 부족하고 그저 호방한 남아다. 그리고 내가 그 경제면을 떠나서 인재를 사용하는 것을 볼 때 제법 양심적으로 한다. 세인이 그의 호재(好財: 재물을 좋아함), 호색

(好色: 여색을 좋아함)을 악평하나, 이것이 그의 전모가 아니다. 남아의 일시적 행사에 지나지 않는다. 그래도 자기대로 복력(腹力: 뱃심)이 있고 또 정치역량도 있고 또 약골이 아니요, 강골(强骨)이다. 그리고 이 사람 저 사람에게 많은 의견을 듣고자 하는 것이 유석에게 장래가 있다고 본다. 다만 민국당이라는 당적이 유석을 불리하게 빠뜨리는 것이다. 차기에도 민국당에서 해공을 추대하느냐, 유석을 추대하느냐의 기로일 것이나 유석이 해공에게 양보하는 것이 당연하다고 본다. 좌우간 유석도 정치적으로 아주 생맥(生脈: 힘차게 뛰는 맥)이 있는 인물임에는 틀림없다. 그 단점을 버리고 그 장점을 취하면 우수한 정객 중의 1인임에 자타가 공인할 것이다. 유석의 배후인물이 없는 관계로 간간이 그 실수가 있다는 것을 말하고자 한다. 양심적인 선배가 지도를 하면 후일에는 성공의 길이 있을 것이다.

신흥우(申興雨)에 대한 평론

작년 대통령 입후보자 때에도 내가 평한 바이나 신이 지금까지 정치 방면에 나서지 않던 인물로 졸연 대통령 입후보자라는 것은 망상임에 지나지 않는다. 물론 초반에는 애국운동도 한 것은 사실이나 입국 후 이렇다는 업적이 없고 또 왜정시대에도 동화책(同和策: 친일)이 혼류(混流: 뒤섞여 흐름)하던 무정견(無定見)한 인물이요, 을유 해방 이후도 여전히 미군정에서 아부하여 전심전력을 경제적으로 모리(謀利: 이익만 꾀함)에 경주하던 인물로 인심동향을 모르고 출마하던 것이 장관(壯觀: 볼 만한 풍경)이요, 차기에도 또 신의 추대파가 있는 것은 사실인 것 같다. 정평하자면 선거 부랑자(浮浪者)들이 조출(造出: 만들어 냄)한 재력

소비를 목표로 인출한 대통령 입후보자 중의 한 사람임에 불과할 것이다. 신이 이런 생각이 있거든 정치가다운 행동을 하며, 인민에게 신망을 얻도록 하는 것이 당연한 일이다. 신이 인민의 동향을 모르는 것과 동일하게 인민도 신흥우라는 인물이 무엇인지 알지 못한다. 당연한 일이다. 이런 난립(亂立)이 차기에는 없기를 바라는 바이다.

백두진(白斗鎭)에 대한 평론

점점 커가는 백두진 국무총리까지 갔다. 그러니 그 산하 인물들이 백두진이를 차기 대통령으로 추대하고자 하는 것도 별 무리는 아니라고 본다. 그런데 백두진 재정책이라는 것은 권위자라고 평하나, 우리가 보기에는 소극책의 권위일지는 모르나 적극책에는 맞지 않는 인물이다. 재정의 혼란기에 들어서 이 혼란을 타개할 책은 없고 이 혼란을 이용해서 민생을 착취하는 외에 다른 도리가 없었다면 이 재정책이 현 정부에서는 선대(善待: 좋은 대우)를 받을 것이나, 민생으로서는 물론 반대 안 할 수 없다. 그리고 이 재정책으로 말미암아서 백두진 일신(一身)이 수백억의 수확이 있다는 점, 그리 양심적이라고 누가 긍정하랴. 백을 선봉으로 한 정치모리배 일군(一群: 한 무리)들이 차기에 백을 입후보시키려는 것도 자기들로는 현명한 책이나, 민족적으로는 절대 반대가 없을 수 없다. 만약 또 정권을 잡는다면 정부는 모리배 소굴로 변하고 말 것이다. 그러나 정상모리배들이 암동(暗動: 어두움 속에 움직임)하는 것은 백을 추대할 조짐이 현연(顯然: 드러남)이 보인다. 가통(可痛: 마음 아픔)할 일이다. 민족성의 부패가 이 이상 더할 수 없는 것이다.

백성욱(白性郁)에 대한 평론

이 대통령 정부의 사이비적, 괴물적 존재인 백성욱[72]이가 장량, 제갈량으로 자처한다. 정계인사들은 백의 박람박식(博覽博識: 책을 많이 보고 매우 유식함)에 감복하고 그 이론에 상대가 되지 않아서 유유청강(唯唯聽講: 오로지 강의를 들음)할 정도요, 청년학생들은 역시 그 체계가 있는 강설(講說: 강의)을 숭배한다. 이것이 백의 이 대통령 정부에 있어서의 지위다. 그러나 공자 말씀에 향원(鄕愿)은 덕지적(德之敵)[73]이라는 말씀을 잘 알아야 한다. 이 괴물적 존재인 백성욱이 그 평시 소행이 무엇이며, 그 양심이 어떠한가를 회고해 보며, 대의명분에 이탈함으로 당연히 민족적 죄인이라고 하평(下評)하는 것이 옳은 일이다.

6.25사변에 내무장관으로 있을 때 부하가 기밀서류를 가지고 월북하였고 또 대북(對北)정찰에 하등의 실정을 알지 못하고 6.25사변을 당하고 또 선후책인 치안유지도 못하고 자기 일신만 피난하는 행위를 하고도 이 대통령이 백에게 진 은덕[74]을 갚지 못해서 백성욱이 (다섯 달 만에) 내무장관은 사임했으나, (백을) 실리(實利)가 풍족한 광업진흥공사 사장으로 취임시켜서 막대한 자금을 가지고 작년에 부통령출마를 하였고 차기에 대통령 출마설이 농후하다. 이야말로 백두진 이상의 민족적 죄인이다. 또 자기 1인을 위해서 국가고 민족이고 다 없는 인물들

---

72) 1897~1981. 승려. 정치인, 교육자. 해방 후 이승만을 지지하는 정치활동으로 내무부 장관이 되었고 동국대 총장도 역임하였다.

73) 출전 《논어》〈양화편〉에 나옴. 이후 《맹자(孟子)》〈진심(盡心)장 하편14-37〉에 더 상세하게 나온다. 향원은 시골의 교활한 사람인데, 겉으로는 성실하고 강직하며 선량함을 가장하여 자신의 본성을 숨기므로 공자님께서 덕의 적이며 덕을 해친다 하였다.

74) 백성욱이 해방 후 정치조직을 결성하여 이승만을 대통령으로 추대하며 활동한 것.

이다. 가위 주출망량(晝出魍魎: 낮에 나온 도깨비)이다. 그래도 이 인물을
추진하는 자들도 아주 없지 않은 것은 한심한 일이다.

김대우(金大羽)에 대한 평론

김대우75)는 왜정시대에 도지사요 군수시절에는 일본신사를 창설한
명인이며 또 황국신민서사(皇國臣民誓詞)의 초안자이다. 그러나 친일거
두이면서도 또한 민족적으로 정신이 좀 있었다고 하는 인물이다. 이범
익(李範益)76)에 다음가는 거물이며, 또 민족정신도 심장 어느 부분에
좀 있었다는 것이 역시 이범익의 친일파 거두 중의 차위를 점할 자는
김대우다. 을유 8.15를 경북도지사로 당해서 일본군의 무장해제를 감
행하려 하고 몽양 여운형과 합류해서 건준(建準: 건국준비위원회)도 해
볼까 하던 인물이다. 반민특위(反民特委) 시에 다행히 중죄(重罪)를 안
받고 그 후도 계속해서 자기 동지규합에 노력하던 것은 사실이며, 자
기 동지를 현 정계에 침투시켜서 암약(暗躍: 속으로 활동함)을 꿈꾸는 것
도 사실임에 틀림없다. 장래가 유수한 청장년급 정치인물들이나 관리
들을 김대우가 별별 수완을 다해서 자기 권내로 끌어들이는 것은 가리
지 못할 일이요, 그 중견급들이 김대우를 숭배하는 것도 사실이다. 정
치적 역량이나 포부나 음모나 또 세력이 그리 표현된 바는 없으나, 기

---

75) 1900~1976. 평안남도 강동 출신. 일본 구주제국대학 응용지질학과 졸업. 박천군수,
총독부 학무국 사회교육과장으로 있을 때 대표적 민족말살정책인 '황국신민서사'를 제
정하는 계획을 수립하고 집행했다. 1943년 전북지사로 승진하는 등 악질적인 친일반
민족 행위에 앞장섰다.

76) 1883년~?. 대한제국 정부에서 일제의 통역관으로 활동하고 일제 강점기에 군수, 도지
사 등 친일 행정관료를 역임하였으며, 만주국의 간도성장을 지냈다. 친일파의 거물.

성세력으로는 필적할 만한 세력이 없다고 정평을 한다.

현상으로 합세를 안 하였으나 김대우의 세력이라는 것은 아주 견고한 분산세력이라 하시(何時)라도 합치명령이 한번 내려오면 상당한 세력을 가졌다고 본다. 현 정부 내부에도 김대우(金大羽) 숭배조(崇拜組)가 얼마든지 있고 또 군인계통으로도 개인적으로 장성(將星), 영관(領官)급에서는 김대우 숭배자들이 있고 일본계 학부 출신들이 많이 김대우를 숭배한다. 그리고 이북파의 과반수 이상이 역시 김대우를 숭배하는 것 같다. 이것이 음적으로 별별 수완을 다한 소득일 줄로 믿는다. 그러나 외면으로는 일보도 진출 않고 있다. 여러 가지로 보아 일정시대 지사급(知事級)이라면 현 장관급보다 좀 우수하다는 것은 자타가 공인하는 것이다. 거기서 김대우라는 인물이 은퇴하려는 인물이 아니요, 장래를 희망하고 있는 인물임에 틀림없는 것이다. 그러나 김대우라는 인간이 결코 경거망동을 안 하리라고 본다. 족지다모(足智多謀: 지식과 꾀가 많음)한 인물이다. 지방색이 있고, 관료색이 있고, 또 일정색(日政色)이 아주 소멸되지 않았고 음모성과 영웅심리도 있는 인물이다. 그래서 백사(百思: 백 번 생각함)한 후에 자기에게 유리(有利)라기보다 확실성이 없으면 자기 권역을 인솔하고 누구인지 거물을 추대하고 정권을 자기가 잡거나 그렇지 않으면 장면 같은 인물을 추대하고 협천자이령제후(挾天子以令諸侯)[77]를 하는 행동이 나오지 않을까 염려되며, 이도저도 불합(不合)하고 자기 승산이 있다면 차기에 혜성적 출현으로 질풍신뢰(疾風迅雷: 몹시 빠른 바람과 우레)적으로 출마할 것이다.

우리가 보기에는 좀 양적(陽的)이면 하는 감도 있고 또 유유상종(類

---

77) 천자를 끼고 제후에게 명령함. 권력에 기대어 권위를 남용함을 이르는 말. 출전 《소학(小學)》.

類相從)이라고 친일파들로 정당조직이 되면 우리 장래가 아무래도 또 걱정거리라고 본다. 이 세력이 철기(이범석)와 백중(伯仲: 맏이와 둘째)을 상쟁할 것 아닌가 의심한다. 이범석과 김대우가 다 암적(癌的) 존재요, 위대한 영도(領導)인물이라고는 못하겠다. 세인들은 아직 김대우의 인식이 덜된 것 같으나, 거물은 거물이요 역시 사이비적 존재가 아닌가 하며, 기성 인물 중에서는 이 김대우를 압도할 인물이 있는가 의심되고 만약 당선이 된다면 위대한 신정권이 못 나오고 일정시대 관록(官祿)을 가진 그 수완이 그대로 나오며 부지불각 중 친일로 돌아갈 것을 의미하는 것이다.

이상이 부산에서 들은 바요, 이외에도 5~6인의 지명론이 있으나 이 정도로 기록하는 것은 후일을 보기로 하는 관계다. 5~6인 중에는 다 세인이 아는 인물이요, 별 신기한 인물들은 아니다. 이 인물들이 차기 대상 인물들인 것 같다. 실제에는 차기에 출마할지 안 할지는 알 수 없으나 세인들 구두(口頭)에 오른 사람들이다.

계사(癸巳: 1953년) 5월 8일 봉우서우유신정사(鳳宇書于有莘精舍)

부산에서 단편적으로 들은 이야기를 종합해서 본 것
– 순서 없이 생각나는 대로 종합해 보는 것

　백두진 국무총리 인준(認准)운동 당시에 운동원이 민의원 김영선 군을 찾아보고 수표 10만 원을 제시하고 백두진의 인준을 청하였다. 김영선 군이 한마디로 거절하였다. 그는 "나는 백 씨 인준에 찬성하지 않는 사람이니 그 수표는 나와는 관계가 없다."고 거절해 버렸다. 그후 백두진이 국무총리로 인준되어 답례금으로 또 수표를 수교(手交: 손으로 직접 주고받음)하는 것을 여전히 거절하니, 운동원이 말하기를 운동금이 아니요 답례금인데 무슨 상관인가 하고 간곡히 청하니 김영선 군이 수표를 받아 가지고 와서 이 사유를 자기들이 모이는 구락부에 와서 설명하고 구락부 공용으로 제공하였다고 한다. 청렴한 인사다. 그다음 김영선 군의 생일에 친구들이 찾아가니, 김군이 고주(沽酒: 술을 삼)할 공방형(孔方兄: 엽전, 돈)이 없어서 쩔쩔 매더라고 신문에 보도하였다. 이 혼란한 정계에서도 양심 인물이 아주 없는 것은 아니다.

　김영선 군의 장래를 기대하고 이다음은 국회에서 국보 전시라는 명목 하에 국외반출을 표결하기 위해서 민의원 1인에게 최신 유행형 자동차 한 대씩 예약하였던 것인데 급기야 표결한 결과가 아주 대다수로 부결되어 민의원들이 자동차는 못 타도 매국행동은 못 하겠다고 반대한 것은 그래도 양심적이요, 구왕궁 재산을 준적산화(準敵産化)하자는 건의안도 역시 부결하였으니 당연한 일이요, 내무장관 불신안에 100

표의 찬성표가 있었으니 53인의 반대표가 있었으나 민의원은 대체로 보아서 양심적이라고 보겠다. 그리고 살인 민의원사건인 피고 서민호 (徐民濠)[78])에 대한 무죄판결도 역시 압력하에서도 준법정신의 발로라 고 보겠고, 정전(停戰)반대시위운동에서 공대학생 2명이 관통총상을 당하였으니 유감천만이라고 본다. 그리고 영국이 한국전선에 출병하 고 또 중공을 승인하며 중공에게 물자와 병기공급으로 모리(謀利: 부정 한 이익만 꾀함)행위를 하니 한국에 있는 영국군도 무슨 모략적 복선행 위가 있는지 알 수 없는 일이다. 더구나 금번에 영미군(英美軍)이 담당 한 서부전선이 제일 먼저 후퇴하였고 국군들도 연락이 부족한 관계로 후퇴를 부득이 행하게 되니, 이것이 모두 영미의 복선공작이라고 본다. 국민들의 각오 있기를 바랄 뿐이다.

전(全) 전선에 긍(亘: 걸침)하여 치열한 난투극이 전개되어 양방 공히 다대(多大)한 희생이 난 것은 사실인 듯하니 애석한 바이다. 또 충남, 충북, 전북, 전남을 통하여 구호미(救護米) 부정소비량이 수십만 석에 달한다 하니 방임(放任)못할 일이라고 본다. 6.25사변에 서울서 말없이 부산으로 남하한 정부가 역시 말없이 서울로 환도(還都)하는 모양이 각양각색의 일은 다 알 수 없고 선치자기신(先治自己身: 먼저 자기 몸을

---

78) 거창 사건 · 국민 방위군 사건 등을 통해 대정부 공격에 앞장서고 내각책임제 개헌에도 앞장서던 반이승만파 서민호 의원이 4월 24일 지방의회선거 감시차 전남 순천에 갔다 숙소에서 술 취한 서창선 대위와 시비가 벌어졌는데 서 대위가 먼저 권총 6발을 쏜 뒤 서 의원이 응사했지만, 서 의원은 살인 혐의로 구속됐다. 국회는 서 의원의 살인이 정 당방위인데도 그를 구속한 것은 내각책임제 개헌을 방해하기 위한 것이라고 판단, 서 의원 석방결의안을 의결했다. 서 의원이 5월 19일 석방되자 부산 거리에는 이를 항의 한다는 구실로 민족자결단 · 백골단 · 땃벌떼 등 정체 모를 집단들이 출몰하며 야당의 원들에게 공공연하게 테러를 가했다. 서 의원은 결국 5월 26일에 계엄이 선포된 날 바 로 다시 구속됐다. 이 사건은 여야의 대립을 더욱 날카롭게 만들었다.

다스림)하고 후치타인(後治他人: 뒤에 타인을 다스림)이 가(可: 옳음)할 줄로 바라는 바이다.

　부산은 전에 듣던 부산이 아니요, 아주 미국화를 꿈꾸는 도시다. 여성들의 양공주화(洋公主化)는 말할 것도 없고 수백만 명의 끊이지 않고 왕래하는 시민 중에서 미국을 배후에 둔 사람들은 다 풍윤(豐潤: 풍요)하고, 그렇지 못한 사람들은 다 극도의 빈곤을 당하고 있고, 소위 정계 요인들의 가족은 거의 다 일본으로 하시(何時)든지 도망할 준비를 하고 있는 관계로 민족의 사활을 생각할 여지가 없고 자기네 일신의 생명과 일가(一家)의 보장(保障)에 급급한 모양이 아주 외면에 표현된다. 그래서 중견 청장년급들의 사상이 아주 급각도로 변하여 머지않은 장래에 정계의 파동이 있을 것을 의미하는 것 같다. 그리고 이북, 이남의 대립이 좀 현저하여 현상의 정계, 경제계, 군계(軍界)를 통하여 90프로(퍼센트)가 이북계통인데 될 수 있으면 이남에서도 단 1프로(퍼센트)씩이라도 복구하려는 것은 아주 표현되는 것이다. 여기서 남북조류가 또 대립할 우려가 있다고 본다. 차기 대상 인물 중에서도 추진방식이 아주 다르다는 것도 주의할 일이다. 단편적으로 이 정도에 그친다.

　계사(癸巳: 1953년) 5월 8일 봉우서우유신정사(鳳宇書于有莘精舍)

부산에서 귀가하며 첫 소식이 가아(家兒: 아들)의
전상(戰傷)의 보(報)를 듣고

근일 전쟁이 극히 치열화하여 마음이 안 놓이던 중에 부산에서 귀가하여 첫 소식이 영조가 부상하여 여수병원으로 입원 중이라는 통지를 보았다. 중상인지 경상인지도 알 수 없는 정도다. 사적으로는 염려가 되고 공적으로는 후방 대대본부에 있는 장교가 부상할 정도라면 그 전쟁의 극렬성을 추측할 수 있었다. 정전조인을 앞두고 정전문제와 또 6.25기념 전에 1보라도 서로 진출하자는 데서 서로 최후 결전기에 들어가는 것이다. 가족들의 마음을 안정하게 위안해 놓고 소성을 대행하게 하였었다. 그리고 5일간이나 왕래 일정이 되어서 마음이 사실 불안하였다. 그러던 중에 소성이 금일 귀가하여 보고하기를 부상은 파편상으로 배부(背部: 등 부위)와 우완(右腕: 오른팔)에 미미한 경상으로 거의 완치에 가깝고 부상 입은 경로를 듣건대 연대본부에서 일선의 피로를 위문하는 음식물이 고지(高地) 진지(陣地)로 와서 부하장병들과 같이 몇 잔의 음주가 있었다고 한다. 그러자 의외로 적군의 기습이 있었고 인해전(人海戰)으로 고지를 포위하고 수류탄으로 백병전이 나서 본디 중과부적으로 전군이 포로가 되거나 전사하였다. 이때 영조도 분투하였으나 인해전술에 할 수 없이 포로가 되어 가는 도중에서 적군을 타도(打倒: 때려눕힘)하고 도주하여 생명을 보전하고 본대로 복귀하였다가 재격퇴하고 그 고지에 가서 보니, 부하는 전부 포로가 되거나 전사를 당하였었다고 한다.

다행히 기밀문서는 신변에 갖고 있었고 가아가 계급장을 안 달고 있었던 관계로 적군들이 주의를 안 했기에 도귀(逃歸: 도주하여 돌아옴)한 것이라고 한다. 전군(全軍)을 못하고 단신만 생환(生還)한 것은 상관이나 부하들에게 퍽이나 미안한 일이다. 그러나 이야말로 중과부적(衆寡不敵: 아군이 너무 적어 대적할 수 없음)으로 할 수 없었던 관계인가 보다. 그러나 무장(武將: 무인, 장수)은 백전임위(百戰臨危: 수없이 싸우며 위험에 맞닥뜨림)라야 방득봉사금시(方得封俟金市?: 바야흐로 …을 얻음)하는 것이다. 이번의 부상이 두 번째요, 상처부위가 다섯 군데나 된다. 속히 전쟁이 승리로 종결을 짓고 수양(修養)에 수양을 거듭해서 후일에 성공이 있기를 바라고 이 붓을 그치노라.

계사(癸巳: 1953년) 5월 초8일 봉우서우유신정사(鳳宇書于有莘精舍)

유석(維石: 조병옥)의 피습(被襲)의 보(報)를 듣고

서울 계부주(季父主: 막내 작은아버지) 소상(小祥)79)에 참례(參禮)할 차로 상경하였다가 신문에서 유석이 피습당했다는 보(報)를 보았다. 유석은 나와 면분(面分: 얼굴이나 아는 정도)은 있으나 친한 분은 아니다. 그러나 유석이 한민계(韓民係)라고 해서 정치상으로 아주 정견(定見: 자기 주장)이 없다고도 못할 것이다. 그가 비록 한민계열이나 강장(剛腸)80)임에는 틀림없다. 그래서 우남 옹(雩南翁: 이승만)의 실정을 혹은 의견을 진술하는 ○○가 없지 않다. 그래서 금번에도 유석의 의사(意思)만은 우남옹이 정치적으로, 외교적으로 유엔(國聯: 국제연합)과 협조해가며 국민, 국가의 복리를 도모할 일이지 외교에 치중하지 않고, 정치적으로 해결하지 않고 국련과 협조성이 없이 독단적으로 행동을 취하는 것은 동일한 목적으로 동일한 사태를 대비함에도 정치적으로 불리하며 외교적 입장이 역시 불리하다는 논법이었다.

또 반공포로 석방문제도 정정당당하게 국련에게 정치적으로나 외교적으로나 한국에 주장을 하고, 여론을 환기한 후에 행하는 것이 당연한 일이다. 그런데 정치문제에나 외교문제에 언급이 없이 돌발사태를 이룬 것은 국가적 입장으로 보아서 불리하다고 기자회견 석상에 담화

---

79) 사람이 죽은 지 1년 만에 지내는 제사.

80) 굳센 창자. 굳세고 굽히지 않는 마음을 비유적으로 이르는 말.

한 것이 기자들이 증연부익(增衍附益: 늘리고 덧붙임)해서 필경(畢竟) 반
대파에게 습격을 당하였고 또 신변보장 의미로 경찰에 체포까지 당했
다는 보도를 듣고 내 감상은 이러하다. 유석 1인을 국내에서 말살함으
로 감노이불감언(敢怒而不敢言: 감히 분노하지만 감히 말하지 않음)할 인
사도 많을 것이나, 이것도 외교나 정치적 향응(響應: 메아리에 응함)이
그리 만점이 못 됐다는 것도 사실이요, 이런 청년들을 조종해서 정치
적으로 사용하는 것은 여러 가지 의미로 보아서 독재성 영웅주의에 적
당할지 모르나, 민주주의 현대에는 아무리 보아도 불통(不通)한 행동이
라고 본다. 멀지않은 장래에 이런 암류(暗流: 어두운 흐름)가 청천백일하
(靑天白日下)에 드러날 것이라고 확언해 두노라.

계사(癸巳: 1953년) 5월 20일 봉우서우유신정사(鳳宇書于有莘精舍)

최주남(崔周南) 선생 초대면(初對面) 인상기(印象記)

　장이석(張履奭) 동지에게 상시(常時)로 최 선생의 포부나 인격을 들었었으나, 내가 실지로 대면하기는 금번이 처음이었다. 세우(細雨: 가랑비) 중에 한상록 군과 같이 선생 댁을 방문하였다. 선생은 비록 초대면이나 서로 풍기상통(風期相通)[81]해서 일견상친(一見相親: 한번 보자 바로 친해짐)하였고 격의 없는 토론이 단(短)시간 되었으며, 낙도(洛圖) 선생에게 대한 공동전선도 아주 결정적으로 합의되었다. 일중(一中) 선생의 증기자(憎己者: 자신을 미워하는 자)와 동모(同謀: 같이 일을 꾀함)한다는 논법(論法)이나, 내(나)의 침투작전을 말한 것이다. 다 동일한 귀결점이요, 좌우간 부산에 내려가서 일차 동정을 살펴보겠다는 의사도 합치되었었다. 우리가 보기에는 정적(靜的)인 구식(舊式)의 전형적(典型的) 학자(學者)가 아니요, 도리어 영웅 심리를 내포한 능동적 인물이었다. 우리가 보기에는 용봉구린(龍鳳龜麟: 용과 봉황, 거북과 기린)이 아니요, 영응천년(靈鷹千年: 신령스런 매가 천년을)에 잠양조탁(潛養爪啄: 숨어 발톱을 쪼며 수련함)하는 것이 아닌가 한다. 그 덕(德)보다는 재능이 더 있을 것 같다.

　아직 구체적으로는 합의를 못하였으나, 잠거포도(潛居抱道: 숨어 살매 도를 품음)하는 은군자(隱君子)라기 보다 때를 만나지 못한 호사자류(豪

---

81) 임금과 신하사이처럼 서로 잘 통함.

士者流: 호방한 선비 부류)인 것 같다. 주사(做事: 일을 만듦), 모사(謀事)도
해보려는 인사요, 안빈낙도로 도성덕립(道成德立: 수양하여 도덕을 이룸)
을 기하는 학자가 아니라는 점은 무엇으로 보든지 가리지 못할 일이다.
낙도가 생각하기에는 주공(周公)82)이나 이윤(伊尹)83)으로 아는 것 같
으나, 우리가 보기에는 김류(金瑬)84)나 이귀(李貴)85) 자류(者流)인 것
같다고 평한다. 그러니 주사모사(做事謀事)의 능(能)은 있으나, 대인군
자(大人君子)의 덕이 아무리 보아도 의심시 된다는 말이다. 낙도는 그
덕을 사모하는 것 같은데 나는 그 능간(能幹: 일 잘하는 솜씨)을 아끼는
것이다. 제갈공명 시절 같으면 촉(蜀)나라에서는 비교할 자가 없고 전풍
(田豊)86) 등대(等待)의 인물이라고 본다. 삼교구류(三敎九流)87)에 박람
(博覽: 널리 읽음)은 있으나, 정온(精蘊: 정밀하게 쌓음)한 미옥(美玉)이라
고는 못하겠다. 환언하면 아난(阿難)88)의 여시아문(如是我聞: 이와 같이
들었음)은 능하나, 가섭(迦葉)89)의 심통(心通)이 부족하고 증자(曾子)90)

---

82) 중국 주(周)왕조를 세운 문왕(文王)의 아들이며 정치가. 예악과 법도를 제정해 제도문
   물을 창시했다.
83) 중국 고대국가 은(殷)나라 탕왕(湯王)의 명재상.
84) 1571~1648. 조선 중기의 문산. 인조반정의 공신이 되어 정국을 주도함.
85) 1557~1633. 인조반정에 가담해 공신이 됨.
86) 기원?~200, 중국 후한(後漢) 말엽의 인물. 자(字)는 원호(元皓), 기주(冀州) 거록군(鉅
   鹿郡) 일설에는 발해군 출신으로 원소를 섬긴 원소군의 대표적 책사.
87) 유교, 불교, 도교의 3교를 포함한 전반적인 동양사상.
88) 석가의 10대 제자 중 한 사람. 석가를 항시 모시며, 견문이 많고 기억력이 좋아 석가 입
   적 후에 불경의 대부분은 아난의 기억에 의해 결집되었다고 함.
89) 마하가섭. 석가의 10대 제자 중 한 사람. 석가가 죽은 뒤 제자들의 집단을 이끄는 영도
   자 역할을 해냄으로써 '두타(頭陀: 수행)제일'이라 불린다.
90) 중국 춘추시대의 유학자. 공자의 수제자 중 한 사람으로 그의 가르침은 공자의 손자 자
   사(子思)를 거쳐 맹자에게 전해져 유교사상사에서 중요 지위를 차지한다. 유교 오성
   (五聖: 다섯 성인)의 한 사람이다.

의 강도(講道: 도를 강의함)에는 족하나, 안자(顔子)[91]의 종일좌여우(終日坐如愚: 종일 바보처럼 앉아서 수행함)라는 데는 부족하다는 말이다. 비록 동적 인물이나 형이하(形以下)의 동(動)이요, 형이상(形以上)의 동(動)이 못 된다고 보는 것이다. 그러니 "양금(良禽)은 택수이소(擇樹而巢)"[92]라 하는데 이 택(擇)이라는 것을 진정으로 잘할 것인가, 아닌가가 의문시된다는 말이다. 그리고 우리가 보기에는 불교나 유교보다도 유사 종교의 역학(易學)해설 같은 것에 능한 사람이며, 또 대경대법(大經大法: 큰 원리와 법칙)인 용학(庸學: 중용, 대학)을 위주로 정치부문을 확립하고자 왕도대의(王道大義)를 주장하나, 자기의 두뇌 일부를 점령한 그 무엇이 있어서 선입감(先入感)이 되는 것도 사실이요, 우리 대황조(大皇祖: 큰할배)에 대한 숭배감은 농후(濃厚)하나 대황조의 당시 치적이나 만세수훈(萬歲垂訓: 영원히 후대에 전하는 교훈)에는 좀 어떤 (부족함?) 점이 있던 것이다. 성문(聲聞: 명성)이 합일하다고는 못하겠다.

그러나 일세지귀재(一世之奇才: 일세의 아주 뛰어난 사람)임에는 틀림없다고 보며 역시 백산운화(白山運化)의 한 조력군(助力軍)임에는 다언(多言)을 불요하는 관계로 나는 나대로 주남 선생을 평해 보는 것이요, 낙도는 낙도대로 기대를 가지고 있는 것이다. 주남 선생이 말하는 중에 순(舜)[93]이 경가도어(耕稼陶漁: 농사짓고 도자기 굽고 물고기 잡음) 중

---

91) 안회(顔回: 기원전 521~?). 자(字)는 연(淵)이다. 공자가 가장 신임 하였던 제자. 학문과 덕행이 뛰어난 사람으로 후세에 높이 평가되었다.

92) 좋은 새는 나무를 가려서 둥지를 튼다는 뜻으로 《춘추좌씨전(春秋左氏傳)》에 나오는 공자님의 말씀이다. 현명한 사람은 자기 재능을 키워 줄 훌륭한 사람을 가려서 섬긴다는 비유.

93) 고대 중국의 임금. 이름은 중화(重華).

에서 요(堯)94)의 선위(禪位: 양위, 왕위를 물려줌)할 자격이 양성되었고 부열(傅說)95)이 판축(版築: 성벽 공사) 중에서 배상(拜相: 정승으로 임명받음)할 징조가 보였다고 한다. 내가 보기에는 순의 경가도어나 부열의 판축은 모두 피상(皮相: 겉모습)이요, 진상(眞相)은 아니다. 자아(子牙: 강태공)의 조위(釣渭: 위수가에서 낚시함)나, 공명(孔明)의 융중(隆中)이다 대시(待時: 때를 기다림)하는 자리요, 거기서 무엇을 양성한 것은 아니라고 본다. 그들이 무엇을 했던지 상관할 바가 아니나, 현시(現時: 현재)에는 민족이 국가를 구성하는 것이요, 군왕이 국가를 좌우하는 것이 아닌 관계로 어떤 주재인물이 어떤 보좌인물을 자의대로 못하는 현상이니 먼저 심판을 민족 전체에게 받은 후라야 주재자도 될 수 있고 보좌역도 될 수 있는 것이다. 여기서 주남 선생을 초대면하고 이 점에 자진(自進)해서 6.25사변 전에도 정부와 연락해 가지고 무엇을 간행해 보겠다고 진언(進言)하였고 수락했다고 한다. 그러나 진언할 자리를 택할 필요가 있지 않는가 한다. 이 점이 공명이나 자아가 못 된다는 것이다. 출처(出處)를 잘하라는 것이다. 초대면이라 이 정도로 기록하고 그친다.

계사(癸巳: 1953년) 5월 20일 봉우서우유신정사(鳳宇書于有莘精舍: 봉우는 유신정사에서 쓰다)

---

94) 고대 중국의 천자, 임금. 아들에게 제위를 넘기지 않고 초애에 있던 현인 순을 발탁하여 왕위를 물려줌.

95) 중국 은상(殷商)나라의 명재상. 현인, 무정(武丁)임금의 꿈에 나타나 산서성 부험의 죄수공사장 인부 중에서 찾아내 재상으로 발탁했다는 일화가《사기》〈오제본기 · 은본기〉에 전한다.

수필: 미소(美蘇)가 우리를 자립 못하게 하나 민족의 자각이 제일 필요하다

예(例)의 판문점 휴전회담은 한국의 절대반대에도 불구하고 일절(一節) 축조(逐條: 한 조목 한 조목씩 차례로 좇음)회의를 거듭하여 거의 합치점을 본 것 같다. 합치라면 호상(互相: 서로) 주장당(主張黨)의 상이(相異: 서로 다름)를 말하는 것이나, 이것이 아니요, 오로지 적의 청구의 95프로(퍼센트)를 다 수락하고 그 작은 부분의 5프로(퍼센트) 정도의 양보를 구하는 회담이라 물론 일사천리(一瀉千里: 한번 흘러 천리에 다다른다) 격으로 진행되는 것은 사실이다. 말하자면 처칠의 배신행위가 아이젠하워 원수의 외교를 약하게 한 것이요, 제2는 한국외교가 유엔에서 실패한 것이요, 제3 비쇼스키 외교가 성공한 것이라고 본다.

그렇다면 한국의 장래는 어떠할 것인가 하면 유엔에서 영국계통들과 적색벌(赤色筏: 공산당계열)들이 합류함으로써 6.25참전 각국에서 염전증(厭戰症: 전쟁을 싫어하는 증세)이 일어난 것이요, 또한 한국 내정(內政)의 유엔에 대한 성의가 보이지 않는 관계라고 본다. 이 정도로 나아가면 대한민국은 완전히 실패라고 아니할 수 없다. 영국계통이 중공을 승인하고 시장을 독득(獨得: 독점)하려는 심리를 미국계통도 파악하고 이 (중공) 시장을 잃지 않겠다는 심산으로 영국에 뒤지지 않게 중공에게 호의를 보이고 나오니 도무지 대국민(大國民)적 금도(襟度: 남을 포용할 만한 도량)라고는 못 보겠고 이는 산판상인(算板商人: 주판을 두드리는 장사꾼)의 불고체면(不顧體面: 체면을 돌아보지 않음)하는 행동이다. 그리고 유화정책이 성공을 하는가 하면 그렇지도 않고 적의 장계취계(將計就計)96)에 지나지 않아서 이 유화책으로 말미암아 간격(間隔: 틈)을 얻어서 사상전(思想戰)으로 별별 기괴한 수단을 다 농(弄: 희롱)할 것이다. 이러는 중에 대한민국은 다시 일어나지 못할 참화(慘禍)를 입을 것은 너무나 명명백백한 사실이다.

그 외에도 이웃나라인 일본은 전쟁패배의 상흔(傷痕)이 눈 씻고 보려야 볼 수 없을 만큼 부흥하고 동아시아에서 다시 패권을 암도(暗圖: 비밀리에 도모함)하고 있는 것은 누가 부인할 것인가. 그렇다면 대한민국 자체가 각성(覺醒)해서 외우내환(外憂內患: 안팎의 근심)을 대비해야 할 일인데 소위 집정자들이 연작(燕雀: 제비와 참새)이 안지당상지화(安知堂上之禍: 어찌 집 위에 불난 것을 알랴)라고 거국적 수난기(受難期)임에도 불구하고 각자 수당쟁권(樹黨爭權: 당을 만들고 권력을 다툼)하는 추태를 연출하여 소위 지도인물들이 양심이라고는 보이지 않고 모리(謀利: 부정한 이익만 꾀함)행각 외에는 아무것도 모르니 우리 민족의 대수난기임에는 틀림없다.

한국의 내각을 일관(一觀: 한 번 봄)하면 외국에서 국과장급도 부족한 인물들이 장관의자에서 의기당당(意氣堂堂)하게 안좌(安坐: 편히 앉아 있음)하니, 백성이 무슨 죄인가. 혹 한 두 사람의 양심분자가 섞여 들어와도 그 역량을 발휘할 수 없게 되는 것은 사실이다. 고인이 말하기를 일폭십한(一曝十寒: 하루는 덥고 열흘은 추움)이라는 것이 이런 데 두고 하는 말이다.

---

96) 상대의 계략을 미리 알아서 그것을 역이용하는 계책.

한국의 군벌(軍筏: 군대계통)들은 정치객들보다는 좀 양심적이나 역시 정부와 관련성이 있는 관계로 나라를 신뢰하게 못해서 (국방력의) 강화(强化)를 못하는 것도 사실이다. 물론 이 책임이 위정자에게 있는 것도 사실이요, 그다음은 (위정자를) 선출한 우리 국민들의 공동책임도 있는 것이나, 그 외에 제일 큰 책임을 지지 않으면 안 될 데는 자타가 공인하는 미소(美蘇) 양대(兩大) 악질국가라고 본다. 그런데 우리 대한민국의 흥망성쇠의 총 관건(關鍵)은 이 미소가 가진 것이나, 우리 민족도 자각해서 자주성(自主性) 있는 독립노선을 택해서 매진하면 누가 이를 나가지 못하게 할 것인가. 민족의 자각(自覺)이 제일 필요한 일이요, 이를 각성(覺醒)하고 보면 미소가 아무리 악질적 행위를 한다 하더라도 우리 민족이 스스로 해결할 수 있을 것이다. 이 미소 양국이 고집하는 정책이 우리를 자립 못하게 하는 것이나 이 시련을 많이 받고 자각적으로 자주독립되는 날에는 어느 나라보다도 우수한 국민이 될 자격이 충분하다는 것을 스스로 인정하며 이 붓을 그치노라.

계사(癸巳: 1953년) 5월 20일 봉우서우유신정사(鳳宇書于有莘精舍)

신태영(申泰英)[97] 국방장관의 사임(辭任)을 보고

　신장관은 전일 참모총장 당시에도 청백(淸白: 청렴)하다고 명성이 있던 인물이다. 전 국방장관 이기붕 씨의 기용으로 다시 국방장관이 되어 외우내환이 그치지 않는 이때 더구나 국가의 존망과 민족의 성쇠의 관건인 우리 국군의 승부로 결정되는 이때에 비록 역량이 약하나, 자기 자력껏은 노력을 다해서 만 가지 부족한 우리 국군진영을 그래도 백선엽(白善燁)[98] 중장과 국군의 쌍견(雙肩: 양어깨)이 되어 현상을 유

---

97) 4대 국방부 장관 신태영(申泰英, 1891년 2월 1일~1959년 4월 8일)은 일제 강점기의 군인이자 대한민국 육군 장성 및 정치인이다. 1949년 10월 소장 진급과 함께 제3대 대한민국 육군 참모총장이 되었으나 남침 대비를 주장하던 그는 정세를 낙관하던 군 수뇌부 및 미 고문단과 마찰을 빚어 재임 기간 7개월 만인 1950년 4월에 물러났다. 한국 전쟁이 발발하자 육군 전라북도 편성관구사령관으로서 이 지역의 방어에 임하였으나 이때도 당시의 국방장관 신성모(2대 국방부 장관)와 작전상의 의견충돌을 빚었으며 이에 따라 1950년 7월 해임되었다. 1952년 1월 복직되면서 곧 중장으로 승진하였으며, 2개월 후 1952년 3월, 육군 중장 예편과 동시에 국방부 장관이 되었다. 봉우 선생님께서는 '참모나 병사(兵事: 군대, 전쟁에 관한 일)에 상당한 지위를 가진 청백(淸白)한 인물'이라고 평하신 바 있다.(《봉우사상을 찾아서》-179)

98) 백선엽(白善燁, 1920년 11월 23일(음력 10월 13일)~2020년 7월 10일)은 대한민국의 육군참모총장 · 합동참모의장 등을 지낸 군인이자 교통부 장관 등을 지낸 관료이다. 만주국 육군군관학교 제9기로 졸업하여 간도특설대에서 장교로 복무하였다. 1945년 만주군 중위로 있을 때 광복을 맞아 평양에 돌아왔고, 독립운동가 조만식의 비서로 활동하다가 소련이 이북 지역에 진주하자 그해 12월 월남했다. 1946년 군정기 남조선국방경비대 제5연대 중대장을 맡았고, 1949년 제5사단장이 되었으며, 1950년 개성 제1사단장으로 승진한 이후 한국 전쟁에 참전하였다. 전쟁 초기 인민군에 패퇴하여 수도 서울이 조기 함락되는 원인을 제공하였으나 미군과 함께 다부동 전투 등에서 전공을 세우며 32세에 대한민국 국군 최초의 대장에 올랐고, 태극무공훈장과 미국 은성무공

지하고 나가던 길이라 군이나 민이나 다 신뢰하고 지내던 길인데 금번 대통령께서 단독 북진의 가능성을 하문(下問: 윗사람이 아랫사람에게 물음)하신 데 대해 신 씨가 불가능하다고 답변한 것이 원인이 되어 필경 사임을 하지 않으면 안 될 입장이 되어 직(職)을 면(免: 사임)한 것이다. 군사상으로는 단독 북진은 절대로 현상가지고 불가능한 사실인데 대통령의 의사에 맞지 않아서 북진의 위업을 달성할 수 있다는 손원일(孫元一)99) 중장에게 양보하게 되니 신임 국방장관이 당연히 이 난문제를 해결할 것이나 사실상 실현성이 박약하다고 본다.

그러면 그나마 청백하다는 신하는 퇴장하고 아부하는 자들만 승진하면 장래가 한심한 일이다. 비록 신 장관이 별 이렇다는 업적은 없으나, 또 고의로 알고 범할 인물도 아니다. 그러니 양심적 인물이라는 말이다. 손 장군의 장래는 알 수 없으나, 나가는 신 장군을 보내기 애석해서 이 붓을 든 것이다. 따라서 현 참모총장인 백선엽 장군도 역시 해임되리라는 설이 전하니 백 장군은 비록 미계(米係: 미국계통)라는 지목을 받으나 장군의 전공(前功: 전에 세운 공로)이 부대장으로 혁혁하였던 것은 사실이요, 부하를 사랑하는 것과 군령(軍令)이 엄한 것과 선전(善戰: 잘싸움)하는 것은 세인이 다 아는 바이다. 비록 (시대) 조류에 부득이해서 미계(米係)의 지목을 받으나 현하 한국 장성 중에서는 신 장군과 공

훈장을 받았다. 1952년 휴전 회담 때 한국 측 대표단의 한 사람으로 휴전 문서 조인식에 참석했다. 예편 후에는 교통부 장관을 역임하고, 중화민국 · 프랑스 · 캐나다 대사 등을 지냈으며, 한국종합화학 · 한국에타놀 사장도 역임하였다. 동생 백인엽과 인천대학교 등 선인재단을 설립했다. 2020년 7월 10일에 99세의 나이로 별세하여 국립대전현충원에 안장되었다.

99) 손원일(孫元一, 1909년 음력 5월 5일~1980년 2월 15일)은 대한민국 제5대 국방부 장관, 초대 서독 주재 대한민국 대사 등을 지낸 대한민국 독립운동가 및 예비역 대한민국 해군 중장 출신이자, 군인, 정치가, 외교관, 관료이다.

히 퇴장해서는 안 될 인물들이다. 은군자(隱君子)들로는 알 수 없으나 기성인물 중 장성에서는 다 유수(有數)한 인물들이요, 더구나 백 장군은 아주 소년 장성이라 장래가 촉망되는 인물이며 신 장군은 일사조(日士組: 일본육사 출신들)에서 아주 강골(强骨)인 노장군으로 병술학(兵術學)의 권위자이다. 무엇으로 보든지 손원일 장군의 비견(比肩: 어깨를 나란히 함)이 아니라는 말이다. 통수(統帥: 대통령)의 임현사능(任賢使能: 어질고 유능한 인재를 임명함)의 아량이 부족함을 한탄하고 이 붓을 그치노라.

계사(癸巳: 1953년) 5월 26일
봉우서우유신정사(鳳宇書于有莘精舍)하노라.

〈추기〉 신 장군은 선종형(先從兄: 사촌형) 태헌 씨(泰憲氏)와 유년(幼年: 어린 시절) 학교동창이요, 우리집들과는 세의(世誼: 대대로 사귐)가 있는 사람이며, 개인적으로도 무던히 청백성을 가지고 있는 인물이라 그가 좀 재(才: 재능)가 부족할지언정 양심은 족한 인물이었다.

수필: 충남지사에게 고적(古蹟) 보존을 요청하다

우연한 기회에 대전을 나갔다가 도청에서 도지사(道知事)를 방문하고 공주 고적(古蹟: 고대유적)문제를 언급해 보았다. 지사가 흔연히 호의를 표하고 문교사회국장과 문정(文政)과장을 불러서 상세히 상의한 뒤에 추가예산에 상정(上程)하도록 확답을 들었다. 그런데 국장의 의사는 별 필요성을 느끼지 못하는 것 같고 지사나 과장은 십분 유의한다. 추가 예산에 상정할 자재를 지급(至急: 매우 급함)히 공주에서 도(道)로 진달(陳達: 사정을 진술하여 알림)하라는 청구였다. 대체로 감사하다고 본다. 문교행정이라 해도 순전히 새로운 인물이면 고적 존폐에 그리 관심을 두지 않을 것인데, 지사도 동주(東洲)100)후손이요 국장이나 과장이나 모모의 자손이라는 소목(昭穆)101)이 있는 관계로 고적보존의 중요성을 말하는 것만도 현 시대사조에는 뒤진 일이나 실지로는 당연한 일이다. 나도 그럴듯해서 무조건하고 지사에게 청구해 본 결과가 상대의 호의적 반응을 얻게 되었다.

그리고 지사가 직접 처리하는 일이 못 되어서 도의회 관계는 공주출신 도의원들에게 부탁하라고 하고 또 일의 성공 여부의 관건을 가진 지방과장에게 상세한 말을 하라고 부탁하는데 내 생각에는 지방과장

---

100) 조선의 학자 성제원(成悌元, 1504~1559)의 호(號). 본관은 창녕. 도학자로서 이름이 높았으며 공주에 살았다.

101) 종묘나 사당에 조상의 신주를 모시는 차례.

은 나는 초대면이라 공주군수를 시켜서 교제하게 하기로 하고 공주교
육구나 군수에게 전달할까 하는 것이다. 그리고 그 석상(席上)에서 부
여 사자루(泗泚樓) 102)건도 말하였고, 김지산장(金知山丈) 연보간행의
적자 400만 원건도 알려서 될 수 있으면 이 적자는 도에서 보충해 주
기로 합의되는 것 같다. 그래도 대의명분의 일루서망(一縷緒望: 한 가닥
실마리 희망)이 있는 것 같다. 여기서 내가 수필에다 내 경과를 몇 자 적
어 보는 것이다. 곡상(曲上)에 무직하(無直下) 103)라고 하나, 그래도 가
정문견(家庭聞見: 집안에서 듣고 봄)이 있는 인물들은 행동이 다른 사람
들과는 판이(判異)하다는 것을 기록해 두는 것이다.

계사(癸巳: 1953년) 5월 26일
鳳宇書于有莘精舍(봉우는 유신정사에서 씀)하노라.

---

102) 충청남도 부여군 부여읍 쌍북리에 있는 조선시대 누각. 충남문화재 제99호.

103) 《황석공소서(黃石公素書)》의 다음 구절에서 인용하신 것으로 보인다. "枉士無正
友(왕사무정우) 그릇된 선비는 바른 벗이 없고, 曲上無直下(곡상무직하) 바르지
못한 윗사람은 곧은 부하가 없으며, 危國無賢人(위국무현인) 위태로운 나라에는
현인이 없고, 亂政無善人(난정무선인) 어지러운 정치에는 선한 사람이 없다." 《황
석공소서》는 진나라의 숨은 군자인 황석공이 이교에서 장량(張良)에게 전수한 병
서兵書이다. 장량 사후 500년 후 장량의 무덤에서 도굴되어 세상에 다시 나왔다.

가아(家兒) 영조를 병원으로 보내며

가아가 일선에서 부상을 당하여 여수육군 제15병원에 입원 중이라는 것은 앞서 기록한 바 있다. 그런데 가인(家人: 아내)이 가서 보고 그 부상이 중상이 아니라는 것은 들어서 안심하고 있던 것이다. 서울 계부주(季父主: 아버지의 막내아우) 소상(小祥: 일주기一周忌)에 다녀와서 보니, 가아가 휴가를 얻어서 귀가하였었다. 그 부상 시 경과를 들으니 일선 수색대장이 희생이 되고 후임을 물색하는데, 자원자가 없어서 부대장이 매우 입장이 곤란한 것 같아서 가아가 자진해서 출전하였던 것이다. 최일선 고지에 삼봉(三峯)이 있는데 아군이 매 봉우리마다 소대병력이 있었다고 한다. 그런데 당일 적의 전차부대가 눈앞에 출현해서 직사포로 3개 고지에 맹공격해 온 것이 가아가 본대에 전화로 금일에 아마 습격이 있을 것 같다고 현상 보고를 하였던 것이다. 그러다 전차부대는 적진 중으로 가고 각종 포의 맹공격이 이 소고지(小高地)에 6,000발 이상으로 천지를 움직이고, 포연으로 지적을 불변(不辨: 분별 못함)할 정도라 부하들에게 적군이 필연적으로 포격의 엄호하에 습격인 것 같다고 육박전 대비를 하고 있자, 포성이 그치며 바로 눈앞에 연대병력의 대부대가 출현해서 아군의 먼저 공격으로 적의 선봉부대는 전멸하였으나, 적의 인해전(人海戰)으로 점점 아군은 곤경에 빠졌다.

그러나 후원부대는 아니 오고 옥쇄(玉碎: 끝까지 싸우다 죽음)하는 외에 별 도리가 없었다. 그러나 생존자 몇 사람과 같이 백병전(白兵戰)을 하고 있는데 의외에도 후방에서 기습한 적군의 총구가 몸 위쪽을 범하면서 거수(擧手)를 명하니 부득이 거수하는 외에는 다른 도리가 없었다. 당시 가아가 우완(右腕: 오른팔)에 시계를 가지고 있었다. 적군이 그 시계를 탈취해서 자기가 갖는 시간을 이용해서 집총(執銃: 총을 집음)해서 도주하니, 후방에서 맹렬히 사격하고 또 수류탄으로 난투(亂投: 어지러이 던짐)하는 고로 먼저 도달한 수류탄은 다시 던졌으나, 다음에 오는 수류탄은 시간이 늦어서 받지 못하고 호(壕: 참호塹壕)에서 초약(超躍: 뛰어 넘음)해서 산으로 비등(飛騰: 날아오름)하자, 전방에 있던 아군은 몇 사람이 희생되고 가아도 파편상을 당하고 원대복귀 도중에 대포탄의 맹파(猛破: 맹렬히 터짐)로 아군 일인과 같이 흙속에 생매장되었다가 근근이 생명을 보존하고 본부 대대에 와서 후원을 버리고 재차 그 고지를 탈환하니, 사체(死體)와 생존자가 합해서 그 고지에서 13명이요, 47명은 실종되고 말았다. 복귀할 아군이 몇 명이나 될는지는 의문이요, 적군의 사체도 무려 수백 인이다.

아군도 3개 고지에서 거의 전멸상태가 되고 다시 탈환을 보고 야전병원에서 치료하라고 부대장이 명령하는 것을 후방병원으로 이송해 달라고 청구해서 여수로 온 것이라고 경과보고를 한다. 사실은 우완(右腕)에 파편상과 배부(背部: 등 부분)에 파편상과 우고(右股: 오른쪽 넓적다리)에는 파편상이 수십 군데나 되나, 좀 흔적이 남을 곳이 세 군데였다. 아무렇거나 무장(武將: 장수)은 백전임위(百戰臨危: 백 번 싸워 위험에 처함)해야 바야흐로 성공의 길을 얻는 것이다. 가아는 비록 독신이나 일선에 일선으로 벌써 6년간이라는 세월을 경과했다. 그간 위험한 일을 당한 것은 수를 셀 수 없을 만큼 되었고 제1차에도 적탄의 관통상으로 수개월 만에 완치하였고, 금번은 지난번보다는 경상이다. 비록 위험은 백 배나 더하였으나, 상처로는 중상은 아니니 안심이 된다. 또 여수 병원으로 가게 되어 대전 와서 보내고 귀가해서 이 붓을 드는 것이다. 장래에 가아의 성공이 있기를 심축하고 이 붓을 그치노라.

계사(癸巳: 1953년) 5월 26일 봉우서우유신정사(鳳宇書于有莘精舍)

국산장려회의 발족을 보고 내 소감

어느 나라를 물론하고 자기 나라의 생산만 가지고 국민이 충분히 살아가기는 도저히 곤란한 것이다. 지광인다(地廣人多: 땅은 넓고 사람은 많음)한 나라는 예외로 하고 세계의 통례(通例)가 자기 나라의 소산(所産: 생산한 것)으로 여유가 있는 것을 가지고 자기 나라의 부족한 물자와 타국과 교환하는 것이 이것이 통상(通商)이요, 이것이 국제무역인 것이다. 그래서 수출품이 많고 수입품이 적으면 그 나라는 부유해지는 것이요, 그 반대로 되면 그 나라는 부지불식중 경제적으로 패망하는 것이 상례다. 그런 관계로 어느 나라라고 국책이 자기 나라의 물산(物産: 생산물)을 증산(增産)시켜서 여유가 있는 물산으로 자기 나라에 부족한 물산과 교환하고자 하는 것이 당연한 일이다.

그래서 이웃나라인 일본도 명치유신 이후로 구미의 문명을 수입해서 일본이 본래 농산국인데 물론 농산도 개량해서 증산시키고 수산의 생산과 공업국화해서 중국을 상품시장의 본거지로 하고 동남아세아와 한국에 교역해서 농공상국으로 국부민강(國富民强)하니 여기서 한국을 병탄(倂呑)하였고 만주로 진출하고 청일전쟁, 러일전쟁과 독일(獨日)전쟁을 승리하고, 세계에서 국명도 알지 못하던 나라가 일약 5대강국에 참례하게 되었다. 이것이 다 국산장려에서 원인된 것이다. 그런데 우리나라는 왜정하에서는 일본물품의 소비시장화한 식민지정책이라 국산을 장려할 수 없는 것이 도리어 당연한 일이나, 을유 8.15해방을 맞이해서는 소위 지도인물이 있었다면 무엇보다는 국산장려에 치중할 것인데 회고하건대 8.15해방이 벌써 9년이라는 긴 세월이 되었으나 국산장려라고는 한 건도 한 일이 없고 하나에서 백까지 외래물품이 아니면 의지를 못하고 소위 정상모리배들은 무역이라는 미명에서 저가의 원료품을 제공하고 고가에 기성품을 구입하는 가장 졸렬한 방법으로 개인의 경제적 여유만 생각하고 국가의 멸망은 조금도 생각 않는다. 그래서 이미 을유해방이 9년이나 되었으나, 국내에 수력발전소 한 곳도 충분한 곳이 없고 왜정시대에 있던 공장 한 곳 그대로 도는 곳이 없다.

우리나라는 천혜지택(天惠之澤: 하늘이 내려준 혜택)으로 5대강의 어느 곳이나 다 수력발전 안 될 곳이 없고 3면이 해면(海面)이라 수산물도 풍족하고 각종 광물도 세계적으로 유수하게 매장되어 있고 농촌도 얼마든지 개량, 증산(增産)할 여유가 있고 산림천택(山林川澤: 산과 숲, 내와 못)이 다 국산을 증산함에 유리한 조건이 많은 것은 지자(智者: 슬기로운 사람)를 기다리지 않고서도 세인이 모두 아는 바이다. 그러나 위정자들이 백년대계를 생각하지 않고 한갓 목전의 호화만 생각해서 외래물자도 소비품만 수입해서 국가경제가 9년 만에 어찌 되었나 보라.

을유 8.15 당시 미화 1불에 한국화폐 60원이던 것이 점점 화폐가치가 저락(低落: 떨어짐)되어 현상은 미회 1불에 당시 한화 2만 3,000원이라는 경제공황(恐慌: 놀랍고 두려워 어찌할 바를 모름)시대가 되었다. 물론 전쟁도 이 경제에 직접 관련성이 있는 것이나, 대체가 외래물자만 수입되고 국산이 외국으로 나가지 못하는 것이요, 혹 국산이 나간다 하더라도 외래물자의 몇 프로(퍼센트)에 불과하는 관계이다. 현상을 보면 국산이 물론 외래품보다 품질이 손색이 많은 관계이나, 정부의 시정방책부터 국산애용이나 국산장려가 없다. 비록 국산의 품질이 손색이 있다 하더라도 국산애용 견지에서 당연히 우선 사용해야 할 일인데 외래품이 경제적이 된다는 이유로 외래품을 애용하고 국산을 등외품(等外品: 저질 상품)으로 간주하니 이것이 위정자들의 실책이라고 본다.

본국에서 생산이 안 되고 만부득이 사용할 물품만 사용하고 기타는 우리 국산으로 사용한다면 1년 통계가 상당한 숫자에 도달할 것이요, 또 정부대책으로 국산을 장려해야 옳은 것이다. 이 장려로 외래품보다 우수품이나 적어도 대등품이라도 나오면 부지중 외화방지가 되고 물품의 질도 역시 향상할 것이다. 그렇다면 우리나라에서 사용되지 않는 각종 광물과 해산품이 얼마든지 외화획득에 유리한 조건이요, 경제적으로 수출초과를 보게 되면 머지않아서 한화 대 미화 시세가 180도 전환이 될 것이다. 국산장려와 애용으로 우리나라가 재건될 수도 있고, 부흥할 수도 있고 평화(平和)할 수도 있을 것이다. 뜻이 있는 사람들은 누구나 이것을 생각 않는 사람이 없으나, 국가 시정(施政: 정책을 시행함)이 정상모리배들의 손에서 나오니 국산이 장려되어 외자(外資: 외국 자본)가 들어오지 않으면 자기네가 이익을 꾀할 길이 없어서 백방으로 방해하는 것도 사실이다. 현상으로 국산장려회라는 명목이 있으나, 그 간부 진영들부터 자두지족(自頭至足: 머리에서 발끝까지, 온몸)으로 사용하고 있는 것이 외래품이요, 국산이라고는 눈에 보이지 않는다. 이것은 지상공문(紙上空文: 종이 위의 빈 글, 아무 효력 없는 글)이요, 실현이 없는 일이다. 우리가 보건대 국가에서 국산장려의 실정(實政: 실효성 있는 정책)만 있다면 외래품에 지지 않을 국산을 제조할 기술자들이 얼마든지 세간(世間: 세상)에 있다. 공장이 없고 전기사정이 말할 수 없고 대기업체가 없고 해서 기술자들이 다 실직하고 호구(糊口: 입에 풀칠)에 정신들이 없다. 이것이 위정자들의 실책이라고 본다.

미화 시세가 1불(弗) 대 2만 3,000원이라면 이것은 화폐가치가 아니라 저물대(低物代: 낮은 물가)에 불과한 것이다. 그래도 위정자들은 모씨의 재정정책은 국내의 권위자라고 칭도(稱道: 늘 칭찬함)한다. 참으로 한심한 일이다. 국가는 경제적으로 패망하더라도 국민은 껍질만 남더라도 그 재정책이 국내의 권위라는 말인가. 이런 종류의 인물들이 만조(滿朝: 조정, 정부에 그득함)하니 국산장려가 될 것인가. 전쟁도 전쟁이려니와 경제적으로는 패망한 지 오래다. 이 패망을 부흥하자면 국민이 각오해야 할 것이요, 유지자(有志者)가 있어서 희생적 지도를 해야 하는 것이다. 정말(丁末: 덴마크)이 역시 경제적으로 패망하였을 때에 어느 목사가 국산장려와 농촌개량을 창도(唱導: 앞장서 부르짖고 이끎)해서 수십 년 만에 정말의 지금은 세계의 낙원이라고 한다. 우리나라는 정말의 비교가 아니다. 농산어공(農山漁工: 농업, 임산업, 어업. 공업)에 모두 천부적 혜택이 있고 광물은 세계에 유수하며, 기후도 세계에서 우리나라와 필적할 만한 좋은 기후를 가진 나라가 없는 것이다. 그렇다면 우리나라가 국민적 각오와 국가적 시정방책이 확립된다면 국산장려로 국부민강(國富民强)해서 교육, 경제정책의 균형을 얻어서 머지않은 장래에 세계의 모범이 될 수도 있는 것이다. 현 위정자들의 과거 잘못을 쾌히 고치고, 발정시인(發政施仁)104)하기를 국산장려에서 시작하기를 바라기에 이 붓을 든 것이다.

계사(癸巳: 1953년) 5월 29일 봉우서우유신정사(鳳宇書于有莘精舍)

---

104) 《맹자》〈양혜왕 상편〉에 나옴. 정치를 쇄신하고 어진 정치를 베푼다는 뜻.

추기(追記)

　국산장려라는 글을 쓰다가 추억되는 것은 상고(上古)시대에 우리나라가 어찌 생활을 해왔나 하는 것과 또 우리나라에서 생활필수품을 무엇으로 공급해 왔나 하는 것과 또는 삼국시대에 고구려가 수병(隋兵: 수나라 군대)이나 당병(唐兵: 당나라 군사)을 무슨 병기로 격퇴하였나 하는 것이다. 물론 상고시대는 초의○처(艸衣○處: 풀로 옷을 입고 삶)하였을 것이니 별로 생활필수품이 필요가 없으나 삼국시대는 여러 가지로 보아서 상당히 호화생활을 하였고 예술가치도 상당한 것이 있었다. 그러면 외래품이 별로 없더라도 순전한 국산으로 국민생활을 한 것은 가리지 못할 사실이요, 또 수병이나 당병을 격퇴할 때도 우리나라 무기로 격퇴한 것도 사실이다. 그렇다면 물론 국산이 장려됨으로 일국이 부강한 것도 사실이다. 그런데 소위 삼국통일이 된 후부터 모당풍이 유행되어 국산보다는 당나라 물건을 좋아해서 국산이 점점 쇠퇴해진 것도 역사가 여실히 증명하는 것이요, 그후로 수백 년간은 아주 모당풍(慕唐風: 당나라를 사모하는 유행)으로 국산이 쇠퇴되어 국가적으로 물산장려라고는 해본 일이 없었다. 그다음 고려에 와서도 삼국에서 유래하는 예술가치 있는 국산이 많았으나, 별 장려가 없어서 쇠퇴일로를 걷고 있었다. 따라서 국세도 쇠약해지고 국산도 아주 열등품으로 변해졌다.

　그러다 이조(李朝)에 와서는 국산장려에는 아주 생각이 없었다. 500년간에 산업이라고는 농업뿐이요, 일부에 세공업(細工業)이 있었으나 관부(官府: 조정, 정부)의 착취에 진보할 날이 없었다. 말하자면 상험(尚險: 오히려 위험함)하였다고 볼 수밖에 없다. 그리고 아주 쇄국주의로 문호를 긴폐(緊閉: 굳게 잠금)하고 있다가 한말(韓末: 대한제국말기)에 와서 문호를 개방하니 백성이 국산과 외화와의 (시세를) 비교하고 국산을 애용할 정도 문제가 아니라 할 수 없는 사람은 모르되, 조금이라도 여력이 있는 사람은 외화를 사용 안 할 수가 없게 되었다. 일용 생필품이 다 국산이라고는 없는 관계다. 이러니 머지않아서 국가경제적으로 패망하고 다음 정치적으로 패망하였던 것이다. 그다음에는 왜정 36년간의 식민지정책이라 무슨 국산장려에 눈을 뜰 리가 없으나, 왜정에서 이용하려고 산업방면에 가르친 것과 또 왜정하에 고용살이 하면서 배운 산업기술자가 우리나라에도 상당수가 되는데 을유 8.15 후에 집정자들 역시 국산장려가 국가창립의 근거가 된다는 것을 생각하지 못하고 또 이 산재(散在: 흩어져 있음)한 기술자들을 수용해서 국산의 우수제작으로 외래품을 방지할 계획조차 보이지 않는다. 가급인족(家給人足: 집집마다 생활이 풍족함)이라 국부민강(國富民强:나라가 부유해야 국민이 강성해짐)한 것을 아지 못하는 위정자들이다. 그런데 왜정시대부터 유명무실하던 국산장려회가 또다시 발족해서 나온 것은 감사의 뜻을 표하는 것이나 유종(有終)의 미(美)를 거두기를 바라며 이 〈추기〉를 다시 쓰는 것이다.

계사(癸巳: 1953년) 6월 초1일(初一日)
봉우서우유신정사(鳳宇書于有莘精舍)

내가 본 농촌
─ 금석상(今昔狀: 지금과 옛날의 모습)의 실정(實情)

수천 년을 내려오는 우리 농촌, 언제나 다름없이 평화롭다. 그리고 근검(勤儉)하며 땀의 결정으로 가족이 다 생활하고 지낸다. 아무리 보아도 성(聖)스러운 일이다. 그래서 고인(古人)이 말하기를 농자(農者)는 천하지대본(天下之大本)이라 하고 이 농민을 국가의 근본으로 삼아서 민내방본(民乃邦本: 백성이 곧 나라의 근본)이니 본고(本固: 근본이 튼튼)라야 방녕(邦寧: 나라가 안녕함)이라고 농촌의 안정이 국가의 안정과 태평으로 화(化)하는 것이다. 옛날에 농촌이라면 춘하추동 사서(四序)에서 춘경추수(春耕秋收)로 동삼삭(冬三朔: 겨울 석달)은 아주 농한기로 아는 것이 보통상식이 되고 또 세금도 수확기에 다소(多少)를 불구하고 일차만 지불하면 족하였다. 그래서 국가 위정자들도 불분기시(不奮其時: 바쁘지 않은 시기)에 주력(主力)을 해서 농산물 작성(作成: 만들어 이뤄 냄)에 방해를 하지 않고 추동(秋冬)의 국세수입으로 국가를 유지하던 것이요 제반(諸般: 모든 것)이 다 여기서 경영되는 것이었다.

그런데 아무리 중세(重稅: 부담이 큰 징세)라도 수확의 일할(一割)되는 것이 없었다. 그래서 농촌생활은 대야(大野: 큰 들판)를 제해 놓고는 보통 수전(水田: 논) 20두락(斗落)[105]의 경작자이면 대농자(大農者: 큰 농

---

105) 두락은 마지기. 한 마지기는 대략 150~200평 정도의 면적으로 쌀 3가마의 생산이 가능함.

사꾼)로 간주하는 것이다. 보라. 물론 상중하의 구별과 농가인구 다소의 차는 있으나, 보통 중간을 대표해서 예를 드는 것이다. 답(畓: 논) 20 두락이라면 벼 생산이 보통은 40석(石: 섬, 열 말, 한 가마)이 되고, 맥작(麥作: 보리농사)이 적어도 10석(十石: 열 섬, 열 가마)은 될 것이다. 여기서 국세를 일할로 간주하고 벼 36석과 맥(보리) 9석이 수확이다. 가족을 팔구(八口: 여덟 명)로 하고 노약(老弱: 노인과 어린이)이 있다고 보고, 1년 식량이 1인당 2석이라면 보통은 되는 것이다. (가족 식량이) 16석은 소요되고 영농자금으로 10석이면 되는 것이다. 순여(純餘: 순전히 남는 것) 19석에서 일용품을 매입하고 또 부업으로 축산이나 양잠 같은 것에서 조금씩이라도 부담되면 1년 순여(純餘) 10석은 된다. 근검(勤儉: 부지런하고 검소함)한 집은 이것이 자본이 되어 점점 부유해지고 좀 부지런하지 않은 집은 남은 돈이 없이 지내다가 의외에 흉년을 당하면 패가(敗家: 재산을 모두 써 집안이 망함)하는 것이 예라고 본다. 이것이 농촌 중농(中農)들의 지난날 현상일 것이다.

물론 토지의 호불호(好不好)와 가족의 다소(多少) 구별로 생활 수준이 다를 것은 정리(定理: 정해진 원리)요, 또 식생활도 아주 말 못 되게 하는 농가가 많아서 1년 1인당 소요 식량이 쌀 1석(一石: 한 섬: 144킬로그램) 정도면 충분한 줄로 아는 농가도 많은 것은 사실이나, 내가 말하는 것은 보통을 두고 말하는 것이다. 농업 외에 부업도 없는 것은 아니다. 그러나 별다른 부업이 없다고 가정해두고 말이다. 그런데 현상은 이상과 같은 20두락의 농가면 각종 세금만 10석 가지고는 못할 것이요, 일상생활 필수품도 최소한 10석으로 타산하고 영농자금이 15석 이상일 것이다. 그렇다면 식량이 겨우 되는 현상이다. 그런데 20두락 작농가(作農家)가 한 면에서 몇 호씩이나 되는가 하면 역시 극소수이다.

그러니 현상으로 농촌을 안정시킬 도리가 어디 있는가. 그래도 위정자들은 농촌만 착취할 정책을 뒤돌아보지 않고 사용하고 있다. 한심한 일이다. 그러니 내가 말하고자 하는 것은 농촌의 농업도 개량해야 하고, 생활도 개량해야 하고, 부업도 증진해야 한다는 것이다. 농업개량으로 20두락이면 성적이 불량하지 않으면 벼 60석과 보리 20석은 무난하고, 또 부업으로도 목축(牧畜)이나 방적(紡績)이나 양잠(養蠶) 같은 것 가지고도 일부 영농자금에 충당할 수 있고, 가족이 모두 일함으로 순수여유자금이 생길 수 있어서 비록 백 가지 잡세(雜稅)가 인민들을 괴롭게 하더라도 내 수입만 충분하면 안심하고 생활할 수도 있고, 자손의 교육도 시킬 수 있는 것이다. 그러나 농촌도 대야부(大野部: 큰 벌판 쪽)를 제외하고는 한 가구에 평균 10두락도 분배 못하였으니, 농촌의 생활고는 말할 수 없는 것이다. 그러나 전인구에서 8할이나 이 장래성이 부족한 농업에 투신하지 말고 순수 농업인들에 한해서 충분히 농업으로 생활을 유지할 만한 정도를 인정해서 농업가로 하고 될 수 있으면 전업(轉業)해서 공업으로나 수산업으로나, 광업으로나 그렇지 않으면 공장에서 노동이라도 해서 국민이 다 생활안정이 되도록 국가에서 계획정책을 쓰라는 것이다.106)

현상은 소위 토지분배라고 소작답(小作畓: 소작하는 논)이든 수삼(數三) 두락만 가지고도 농촌에서 농업을 하고 있어서 농업생산이 1, 2개월 식량도 부족하고 또 농촌에 일가(日稼: 매일 농사함)할 일거리도 없

---

106) 여기서는 10년 뒤 박정희의 집권이 이루어진 후 박정희가 국가재건과 발전을 위해 착상한 '경제개발 5개년 계획' 정책을 미리 아시고 예언하신 것 같다. 주지하다시피 이 '경제개발 5개년 계획'은 박정희의 가장 성공적인 정책으로 실현되었으며 불후의 업적으로 역사에 기록되었다.

고 그나마 분배된 토지를 전매(轉賣: 팔아넘김)하기 무엇하고 해서 몇몇
은 죽을 지경에 이른 농가들이 얼마든지 있다. 그리고 대농가들은 또
그 약소농가의 분배토지를 겸병(兼倂: 합쳐 소유함)하기 시작한다. 이것
이 정부대책이 부당하다는 것이다. 농촌의 협지(陜地: 좁은 땅)나 광지
(廣地)를 막론하고 농업능력조사로 정당분배권을 갖게 하든지 그렇지
않으면 최저농업인으로 생활을 유지 못할 사람은 전업을 시키든지 해
야, 농촌이 패망하지 않을 것이다. 그러니 무엇보다도 우수한 농업개량
지도원을 많이 양성해서 소면적을 가지고도 농산물을 많이 내서 생활
고를 안 받게 할 일이요, 부득이한 인물들은 다른 업종으로 전업시킬
기구를 만들어야 할 것이다. 정치인들이 아주 이런 생각이 드는 것 같
지 않다. 그저 농촌만 착취할 정책을 수립해 가지고 세금액수나 배로
늘리는 것이 위대한 정치인이요, 또 경제계의 권위자로 인정되니 한심
한 일이다. 하루라도 빨리 농촌에도 계획경제가 실시되기를 바라기에
이 붓을 드노라.107)

계사(癸巳: 1953년) 6월 초1일(初一日)
봉우서우유신정사(鳳宇書于有莘精舍)

---

107) 봉우 선생님께서 그토록 바라셨던 농촌의 '계획경제'는 박정희의 새마을운동 추
   진으로 그 결실을 맺었다.

수필: 나의 독서기(讀書記)

6월 초1일부터 6일까지 우연히 독서를 해본 것이 일기(一氣)로 시종 여일하게 낮과 밤을 가리지 않고 독파하느라고 다른 정신이 없어서 붓을 들지 못하였다. 그간 일주일에 가까운 시일을 요한 것은 하고(何故: 무슨 까닭)인가 하면 《중용(中庸)》, 《대학(大學)》을 시독(始讀: 읽기 시작함)하고 그 다음은 불경(佛經)을 좀 보고, 또 그다음 선가서(仙家書)를 보았다. 그다음은 근일(近日) 유사(類似) 종교의 저서를 보았다. 무엇으로 보든지 다 선(善)해야 하고, 불선(不善)해서는 안 된다는 것이요, 그 편법은 비록 다를망정 목적은 동일한 것 같다.

그리고 성인(聖人)의 말씀은 아무리 보아도 이간(易簡: 쉽고 간단함)을 주로 하였고, 그다음 되는 현군자(賢君子: 현인, 군자)의 말씀은 세인을 상대로 자상하게 하느라고 중언부언(重言復言: 한 말을 다시 함)하다 보니 도리어 상세한 것이 병이 되어 잘 알 수가 없다. 성인은 말씀의 주목적을 바로 노골적으로 말씀하신 데 비해 현군자의 말씀은 아무래도 지엽적인 상세를 말하기 위하여 주목적이 무엇인지 잘 알 수가 없다. 그러나 얼른 보면 성인의 말씀은 너무 쉽고 간단하여 도리어 그밖에 무엇이 있나 하고 심오한 것을 찾다가 본의를 잃어버리고 그다음의 군자의 말씀은 일견 명료한 것 같으나, 너무 자세하여 어느 것이 본의요, 어느 것이 설명인지 얼른 알아보지 못하게 되어서 역시 본의를 잃어버리게 된다. 그러니 성현군자의 말씀은 본의가 분명히 있어도 알 길이 없고 그다음 범인들이 한 말씀은 외견(外見)으로는 성경현전(聖經賢傳: 성현의 경전)의 어느 구절, 구절 같으나 아무리 보아도 그 주된 목적이 무엇인지 알 길이 없다. 말하자면 백화점에 가서 물건 구경하는 감이 있다. 그러니 우리로서는 무슨 책자를 보든지 작자가 누구인 것부터 알아보고 독서하면 이 책자 원저자의 본의가 어디 있다는 것을 알 수가 있는 것이다.

내가 6일간에 100여 권의 책자를 독파하고 성경현전은 하시(何時: 언제)든지 성경현전이요, 범인의 저술은 좀 우수하대야 오십보(五十步)로 소백보(笑百步)이다. 그러나 성경현전이나 범인들이 저술한 것이나 거의 다 선행을 하라고 한 것이요, 악행을 하라 한 것은 없을 것이, 말하자면 대국(大國)에서 국빈(國賓)을 초대하는 음식이나 빈궁가(貧窮家: 가난한 집)에서 삼순구식(三旬九食: 삼십 일에 아홉 번 먹음)하는 음식이나 다 같은 음식의 본 목적은 동일하나, 정추(精麤: 에센스와 거침)와 후박(厚薄: 두터움과 얄팍함)이 다를 뿐이다. 그리고 동일한 음식이라도 기자감식(飢者甘食: 굶주린 자는 달게 먹음)하고 갈자감음(渴者甘飮: 목마른 자 달게 마심)하는 것이요, 아무리 팔진미(八珍味)가 있더라도 비록 악식(惡食: 맛없고 거친 음식)이라도 포식한 자는 먹을 생각을 않는 것과 동일하여 아무리 성경현전의 좋은 말씀이 많더라도 무슨 책자고 선입견이 있는 사람들은 다시 더 성경현전을 볼 생각이 없고, 혹 독서한대야 자기 선입견된 생각의 참고건으로 볼 정도지, 성경현전의 본의를 탐구코자 하는 것이 아니다. 누구든지 자기선입견을 검토해 보고 개과천선(改過遷善: 잘못을 고쳐 착해짐)하는 사람이 극히 귀한 것이다.

우리가 보기에는 동서고금(東西古今)에 성현은 비록 그 시대와 거지(居地)의 상이점은 있으나, 그 주목적은 거의 동일하다고 본다. 기갈(飢

渴: 굶주림과 목마름)은 음식으로 구할 수 있고, 무식(無識)은 독서로 구할 수 있는 것이다. 또 음식으로 기갈을 면하고, 독서로 무식을 면하였다고 충분한 인류(人類)가 되는 것이 아니라 행실(行實: 행동으로 맺은 선한 결실)이 있어야 비로소 사람이 되는 것이다. 행실은 성경현전에서 본 바 도덕을 자기 자신이 실천궁행(實踐躬行)함으로써 비로소 얻음이 있는 것이요, 누가 억지로 시킬 수 없는 것이다. 그 노정을 가자면 제일 필수조건이 무식해서는 안 되는 것이요, 이 무식을 면하자면 독서(讀書)를 안 할 수 없다는 것을 재강조하는 것이다. 독서를 한다고 음풍영월(吟風詠月: 풍월을 읊음)하는 글귀나 지어서는 소득이 없는 것이다. 또 이 독서를 많이 한 사람들 중에 선악(善惡)이 개오사(皆吾師: 모두 나의 스승)이라고 고인(古人)의 악행(惡行)을 많이 보고 이 악행을 그대로 이용하는 사람도 아주 없다고는 못 한다. 이것은 자기가 인간(人間: 세상)의 죄인이라는 것도 물론 잘 알 것이나, 그 독서에서 오해한 점은 악행을 하고도 수백 년의 종사(宗社: 종묘사직宗廟社稷, 왕실과 나라)를 보전하느라 역취순수(逆取順守)[108]하면 그만이라는 견해에서 악행을 알며 하는 자도 있고 독서로 무식만 면하여 지능(知能)만 생겨서 행하는 일이 자기의 소양(素養)이 되는 도덕이 없는 고로 부지중 선행보다 악행이 많은 사람도 있고, 아주 지능만 양성해서 갖은 악질적 행위를 택해 가며 하는 인간도 많다. 복선화음(福善禍淫)[109]이라기보다도 이런 인간은 자연적으로 신(神)의 죄나 벌보다도 인류의 심판을 먼저 받는 것

---

108) 중국 고대국가 은상(殷商)의 탕왕(湯王)과 주(周)나라 무왕(武王)이 그들이 섬기던 임금을 내쫓고 천하를 얻었으나, 인의(仁義)로써 나라를 다스렸다는 것. 출전: 《사기(史記)》〈육가전(陸價傳)〉

109) 하늘이 착한 자에게 복을 주고, 악한 자에게 화(禍: 재앙)을 준다(天道福善禍淫)는 뜻으로 《서경(書經)》〈탕고(湯誥)〉가 그 출전이다.

이 우리가 보면 실례(實例)다.

이것이 독서 중에 소연(昭然: 밝음)히 나오는 동서고금의 예(例)요, 어느 나라, 어느 민족에게는 그렇지 않다는 데가 없다. 그러니 독서로 지식도 늘리려니와 제일 조건이 도덕의 진리를 연구해서 비록 성현군자는 못 되더라도 죽기 전까지는 그 길을 걷는 것이 당연하다고 본다. 불휴(不休)의 노력으로 죽기 전까지 가보면 부지불각(不知不覺) 중이나 노정(路程: 목적지)까지도 갈 수 있다고 본다. 여기서 옛사람이나 현대인들이 자기도 무던하거니 하는 데에서 각자의 의견을 기록해 본 것이 오거서(五車書)가 되고, 이 많은 의견이 도리어 어목혼주(魚目混珠: 물고기 눈을 옥구슬로 혼동함)의 과오도 되는 것이다. 사도(師道)에서 제일 먼저 그 어목혼주가 안 될 정도의 분변력(分辨力: 분별력)부터 가르치는 것이 사도(師道)의 중대책임이라고 본다. 여기 이 사도가 없는 사람이라도 자각해서 이 어목혼주를 분변할 정도까지는 전력하는 것이 당연하다. 이 분변을 못하고 독서를 하다가 도리어 성경현전보다 기괴한 책자가 많아서 사자(士子: 선비)들이 그 기절괴절(奇絶怪絶: 기괴하기 짝이 없는)한 책자로 전력(專力)하다가 우리 본연의 천성인 선(善)이라는 것을 도외시하고 지능으로 범한 바가 인생의 죄과를 양성(釀成: 빚어냄)하는 일이 얼마든지 있고, 또 이 죄과를 범하면서도 죄과인 줄 모르고 태연자약(泰然自若)한 사람이 많다. 이것이 사실이니 의외가 아니다. 그것은 죄를 범한 사람의 책임보다도 이것을 분변 못 하게 한 국가교육에 책임이 있다고 본다.

여기서 국가에서 문교부 장관을 특별 선발하여 국민의 기본교육부터 아주 완전하게 교과서부터 개정해서 학과를 졸업하면 선(善)은 무엇인지 악(惡)은 무엇인지를 분변할 기본을 가르치라는 것이다. 현 교육계를 회고해 보면 문교부 이하 각도(各道), 각군(各郡)의 책임자가 한 사람도 선악(善惡)의 분기점부터 경계를 아는 사람이 보이지 않는다. 이런 교육진영으로 국민교육을 담당하고 있으니, 한심한 일이 아닌가? 그래서 내 이 붓을 들어 본 것이다.

계사(癸巳: 1953년) 6월 초7일(初七日)
봉우서우유신정사(鳳宇書于有莘精舍)

['우리는 왜 독서를 하는가'에 대한 봉우 선생님의 깊이 있는 답변 서입니다. 원래 글 제목은 〈수필〉이었고, 1989년에 나온《백두산족 에게 고함》에 〈수행자의 책읽기〉란 제목으로 실린 글인데 이번에 다시 역주하여 글 원래의 뜻을 다시 바로잡고 누락된 부분을 보충 하였습니다. -역주자]

공주읍에서 장이석(張履奭) 씨[110]를 만나고 내 소감

부산에서 (장이석 씨와) 상별(相別: 서로 헤어짐)한 지 벌써 한 달이나 되었다. 내가 수차의 발신(發信: 소식을 보냄)이 있었으나, 한 차례도 답신을 못 받았다. 물론 객지 사정이라 통신료도 마음대로 못될 것은 사실이다. 아닌 게 아니라 좀 궁금하였다. 최, 한 양씨가 부산엘 간다고 해서 기대하였더니, 가지 않았고 내가 우연히 공주를 가서 보니 최일중 씨의 전언(傳言)으로 장 씨가 4~5일 전에 공주에 왔다는 것을 알았다. 그래서 내가 불계(不計: 연락 없이)하고 심방(尋訪: 방문)한 것이다. 상봉하고 한 달간의 경과를 대강 대강 들어 보았다.

방범협회에서 경 씨는 아직 일이 다 되지 않아서 장 씨가 기대했던 것과 같은 호(好)성적이라기보다도 아주 역경(逆境)에 있는 중이니, 경 씨 자신부터 자고(自顧: 스스로 돌아봄)할 여가가 없어 타고(他顧: 남을 돌아봄)할 정신이 없는 중이라 말할 필요조차 없고, 죽산 조봉암에게나 장면 씨에게는 의복관계로 왕래를 못하였고, 전업(電業)에 있는 최 씨

110) 장이석(張履奭)은 1963년에 창당되었던 정당인 신흥당의 총재를 역임하였으며 신흥당은 창당 이후 제5대 대통령 선거와 제6대 국회의원 선거에 참여하였다. 장이석은 1963년 10월 15일에 있었던 5대 대통령 선거에 계룡산 산신의 계시를 받았다며 대선에 출마하였다. 이 선거에서 박정희가 윤보선을 15만 표 차이로 가까스로 이기고 당선되었다. 장이석은 19만 8,000표를 획득하였다. 선생님께서 '다시 연정원 동지들 약평(略評)이나 해보자. 유일(遺逸)도 같이 해보자 4-84' 편에서 그를 준거물로 대우하시면서 용맹이 있으나 미지수에 속한다고 평하신 바 있다.

에게 새로운 기대를 갖고 서울로 가는 도중이라고 한다. 호당(湖堂)도 내가 편지한 책자청구에 대해서 입장이 극히 곤란하다고 한다. 책자가 1,700권이 있는데 책자 있는 집에서 집세 관계로 책자를 출급(出給: 내어줌)않는다고 한다. 이것이 다 문인 생활이 경제관념이 부족한 관계다. 피차일반이다. 그리고 장이석 씨가 말하는 최 씨는 나도 아는 인물이다. 그런데 그 형이 상공부 건설과장으로 있어 우리 한국에서 무슨 건설이고 설계가 다 이 사람 손에서 나오는 관계로 토목업을 상대로 소개하면 상당한 수입을 예산하는 것 같고, 또 이 토목업이라면 장 씨가 평시에 신임하는 서 씨라는 청년이 토목업자와 서로 친하다고 수십억 자금을 조달해서 토목회사를 조직하고 장 씨를 사장으로 추대하고, 최 씨와 연락하겠다고 해서 장 씨가 이것을 목표로 서울을 가는 것이요, 또 최 씨가 장 씨 개인 생활은 무엇으로나 부담하겠다고 한다고 이를 신용하고 가는 것이며, 또 최 씨가 전업에서 경리과장인 관계로 전업에도 인사 관계가 있어서 청년들을 채용할 수 있다는 조건 등이다.

그러나 세상에서는 일편적(一片的)으로 혜택을 받는 일은 절대로 없는 것이다. 혹 구세주가 있다면 별문제나 상리(常理: 상식적인 이치)로 보면 일하는 사람이 고임(雇賃: 고용된 임금)을 받는 것이 정리(正理: 올바른 도리)요, 상리(常理)다. 그렇다면 호혜(互惠: 서로 주고받는 혜택)라는 말이다. 최 씨가 장 씨에게 무슨 조건으로 초면에 이런 혜택을 베풀려고 하며, 장 씨는 또 초면에 최 씨에게 혜택을 받으려고 하는가? 무조건이라면 최 씨가 그 조건을 장 씨에게 이행 안 하더라도 하등의 책임감이 없는 것이요, 장 씨가 이 일을 서 씨에게 주선하여 움직이게 한 사람이 만약 실패한다면 그 책임은 물론 장 씨에게 있고 장 씨로서는 최 씨의 책임이행을 청구할 권리가 없는 것이다. 물론 일견 숙친(熟親:

아주 가까운 사이)이 되어서 무슨 불가분할 결사(結社)가 되었다면 그것도 알 수 없는 일이나, 그것도 그렇지 않다. 장 씨가 무슨 방대한 포부를 말했는지도 알 수 없다. 그러니 혹 최 씨가 장래에 혹 유망할까 하고 결교(結交: 서로 사귐)하는지 알 수 없으나, 이것은 일시적일 것이다. 서로 이용하려는 것이다. 일건(一件: 한 가지), 이건(二件)이 마음대로 안 되면 서로 거리가 생길 것이다. 내가 장 씨가 이 최 씨를 상대해서 일을 하는 것보다는 무엇보다도 죽산이나 장면 씨 같은 인물들이나 혹 같은 고향인 김모 같은 인물들과 상대하는 것이 당연한 일이라고 본다.

그럼에도 불구하고 서 씨라는 미지수의 인물과 신결합체를 조성하는 것은 아무리 보아도 모사불밀(謀事不密: 일을 꾀함이 치밀하지 않음)이라고 본다. 이런 것이 내가 장 씨를 평하기를 "입주(立柱: 기둥을 세움)만한 가옥(家屋)"이라고 한 것이다. 입주(立柱)만으로는 가옥 대우를 못 받는 것이다. 비록 거주(巨柱: 거대한 기둥)이라도 수장(修粧: 손질하고 꾸밈)이 부족하면 그 가옥은 완전한 집이 못되는 것이니, 장 씨는 무엇보다 이 점을 유의해야 장래가 있을 것이다. 최일중 선생도 이번 서울 가는 일을 그리 찬성하지 않는 것 같다. 당연한 일이다. 우리가 보기에는 비록 노쇠하나 최일중 선생편이 전고박식(典故博識: 고전에 해박함)하고 그 주견이 정당하다고 본다. 우리들이 우도(友道)에 있어 이를 교정하지 못하고 방관적으로 평론을 가하는 것은 우리 자신의 단점이나, 장 씨가 최 씨에게 큰 기대를 가지고 있는 것을 중지시킬 대상(代償)조건이 없는 한 할 수 없는 일이다. 여기서 고인의 말씀에 "붕우책선(朋友責善)"111)이라는 말씀을 생각하며 우도(友道: 친구와 사귀는 도리)의 당연

---

111) 벗에게 정당함을 밝혀 줌은 벗에게 어짐을 주는 것이다. 출전《사자소학(四字小學)》.

성을 보고도 아무 말 못하는 우리의 입장도 역시 무어라 못할 곤란하고 미묘난측(微妙難測: 미묘하여 헤아리기 어려운)한 입장이 있다는 것을 자서(自敍: 스스로 서술함)하는 것이다.

장이석 씨가 유화당(劉華堂)과 부산을 갈 때에도 물론 성공이 없으려니 하고도 부득이 보냈던 것이요, 내가 부산에 가서 보니, 죽산 조봉암이나 장면 씨에게 절적(絶迹: 발길을 끊음)하고 있는 것이 부당함을 알면서도 의복문제를 앞세우는 바람에 함구(緘口: 입을 봉함)하고 있었고, 방범협회 건에도 경 씨(景氏)를 과대평가하는 것이 부당하다고 보면서도 또 지방색채가 있어서 말 못한 것이다. 그리고 또 그 여파로 약간의 부족을 보충할 우도(友道)였는데, 풍자는 했으나, 진면(眞面)으로는 말한 일이 없고 평(評)이라고 해서 그 성질의 단점을 내가 수차례 직설거(直說去: 직접 얘기함)한 일이 있을 뿐이나, 책선(責善: 친구끼리 옳은 일을 하도록 권함)적으로 못한 것은 사실이다. 내가 공주에서 장 씨를 만나고 내 소감의 일부를 기록해 보는 것이요, 우리의 우도적(友道的) 입장에서 우리의 할 일을 못하고 장 씨 자신의 기대와 우리가 보는 관점의 상위(相違: 서로 틀림)가 있어도 교정을 못하고 그저 풍자적으로는 아주 안 한 것은 아니나, 최일중 씨나 나나 모두 방관적으로 그 행동을 주시(注視: 주의해서 봄)할 정도요, 직접 책임을 가지고 책선을 하지는 못할 입장이라는 것을 확실히 표명하며 이다음 최일중 선생과 동일 보조를 취해서 또 나는 나대로 진로를 찾는 것이 당연하다고 보기에 이 붓을 든 것이며, 그렇다고 장 씨를 권외(圈外) 동지로 제외한다는 것이 아니요, 당분간은 자기대로 걸어가라는 임시 방종책(放縱策: 자기 맘대로 행하는 방책)이다. 여기서 물론 다시 돌아올 것을 바라고 이 정도로 그치노라.

계사(癸巳: 1953년) 6월 초7일(初七日)
봉우서우유신정사(鳳宇書于有莘精舍)

최일중(崔一中) 선생을
재오(再晤: 다시 만남)하고 내 소감

최씨는 전고박식(典故博識)하는 한학자(漢學者)요, 또 우리 민족으로
당연히 숭봉(崇奉: 존숭하고 받듦)해야 옳은 우리 대황조(大皇祖) 숭봉자
의 1인(一人)이다. 또 현재 사용하는 단군기원(檀君紀元) 4286년(1953
년)이라는 것은 후세에서 (만든) 신기원이요, 그 전부터 단군이 계시었
다는 주장을 편다. 이 점은 나와 동일한 논점이며, 그 시대에 글이 있었
다는 것도 나와 동일론이다.《천부경》이나《삼일신고》라는 것이 그 시
대의 글이라는 것을 주장하고 그 시대 글은 팔괘의 획으로 시행(始行:
처음 시작함)하는 한자(漢字)와는 좀 상이(相異)하지 않았느냐 하는 점
도 거의 동일 보조인데 말하자면 한자의 자원, 즉 자원(字源)이 우리나
라 글이라는 것에 동감된다.

그리고 강릉 최씨가 사색(四色)112)으로는 오인(午人: 남인南人)인데
그의 주장은 당파론(黨派論)을 떠나서 중립론을 주장하고 유불선(儒佛
仙) 합치를 주장한다. 한학자라도 순수 주자학파(朱子學派)가 아니요,
강절일파(康節一派)인 것 같다. 그리고 시세(時勢)를 교정하자면 문학
으로 해야 한다는 입론(立論: 논리를 세움)을 하며, 또 주사자노득사(做
事者勞得事: 일을 만드는 자는 힘써 일을 얻어야 함)해야 한다고 모사불밀

---

112) 조선시대의 네 당파. 동인, 서인, 남인, 북인.

(謀事不密: 일을 꾀함이 정밀하지 않음)하면 일을 성공한 예가 없다고 한다. 내가 이 사람에 대해 "추응교목(秋鷹喬木: 큰 나무에 깃들인 가을 매)의 부시범조(俯視凡鳥: 뭇 새를 내려다봄)"라고 했다. 이 최일중 선생이 세간의 범조(凡鳥: 뭇 새)를 안광(眼眶: 눈자위)에도 차게 보지 않는 것도 사실이다. 순수학술파라 저보다는 탈속(脫俗)한 책사(策士)라고 보는 것이 더 적당하다고 본다.

그리고 실리주의를 말하며 '언고행(言顧行: 말은 행동을 돌아봄)하며 행고언(行顧言: 행하며 말을 돌아봄)[113]' 해서 언행일치(言行一致)가 되어야 한다는 논법이다. 신구(新舊)합동식이라 실제면으로 가용지재(可用之材: 쓸 수 있는 인재)이며, 가용지기(可用之器: 쓸 만한 그릇)이다. 계군학립(鷄群鶴立: 닭들 속에 학이 서 있음)의 청수상(淸秀狀: 맑고 수려한 모습)이 아니요, 양정(養精: 정기를 기름)하고 또 조탁(爪啄: 매가 발톱을 쪼음)을 선마(善磨: 잘 연마)해서 예리한 조탁으로 그 잠양(潛養: 열심히 키움)한 정신하(精神下)에 행동을 개시하려는 응양적(鷹揚的: 매가 하늘을 나르는) 인물이 아닌가 한다. 아무리 보아도 '풍상교목(風霜喬木: 온갖 바람과 서릿발에도 꿋꿋한 거목)에 노응정채(老鷹精彩: 늙은 매의 정묘한 광채)'인 듯하다. 이것이 내가 초대면 때나, 다시 만났을 때나, 불변하는 내 감상이다. 앞으로 백산운화(白山運化)의 일꾼으로 서로 악수하고 나갈 것을 자결(自決: 스스로 결의함)하고 후일을 기약하며 이 정도로 그치노라.

계사(癸巳: 1953년) 6월 초7일(初七日) 봉우서(鳳宇書)

---

113) 출전《중용(中庸)》.

[짧은 글이지만 봉우 선생님의 관심관물(觀心觀物)의 정채(精彩)가 오롯이 드러나는 명문(名文)입니다. "추응교목에 부시범조", "풍상 교목에 노응정채"! 이 얼마나 아름다운 문학예술적 서사입니까. 한 폭의 그림처럼 그 인물의 상징적 정경이 눈앞에 펼쳐집니다. 선생님의 인물론은 진정 압권입니다. 대상 인물들은 늘 이 우주 대자연의 일원으로서, 자연 속의 한 부분으로서 한 자리를 차지하고 있습니다. 선생님은 마치 우주의 주재자처럼 우주 안에 그들의 자리를 주어 배정합니다. -역주자]

붕구(朋舊: 벗)들의 소식이 상조(相阻: 서로 멀어짐)되어 시시(時時: 때때)로 정○의의지회(停○依依之懷: ○을 멈추고 헤어져 서운한 심회)를 불금(不禁: 금치 못함)하며

경인사변(庚寅事變: 6.25전쟁) 후로 물론 거주지가 변한 친구들이 많다. 그러나 그전에도 아주 소식이 묘연한 분도 있었다. 내가 두서(頭緖) 없이 추억되는 대로 소회(素懷)를 기록해 볼까 한다. 지역적으로 서울서부터 순서 없이 기록하리라. 가장 어렸을 때 동창(同窓: 충북 영동보통학교)이던 김구경(金九經), 남주희(南冑熙), 남충현(南忠鉉) 3인에서는 남주희 군은 이미 다른 세상 사람이 되었고, 김구경 군은 일본 대곡(大谷)대학교 동양문학과를 졸업하고 북경대학에서 교편(敎鞭)을 잡고 있다가 - 교수가 되었다가 - 을유사변(1945년 해방) 후로부터 소식이 돈절(頓絶: 아주 끊어짐)하고 남충현 군은 서울 상업회사에서 공장장으로 있었던 것만 알지 그후는 아주 돈절되고 또 남상일 군도 아주 소식을 부지(不知)요, 아시(兒時: 어렸을 때) 죽마고우이던 이석주 군은 서로 장성해서는 아주 소식부지(不知)의 동일감을 가지고 있고, 이○봉 군은 계해년(癸亥年)까지는 상통(相通)했으나 그후 무소식이요, 임병직(林炳稷)114) 군과 임병설 군은 소년시대 친교는 있으나, 수십 년간 상통 못했다.

---

114) 1893~1976. 충남 부여 출생. 한국의 외교관, 독립운동가. 1949년 외무부장관, 1951년 유엔대사, 1961년 재건국민운동본부장 등을 역임.

김복진(金復鎭)115), 김기진(金基鎭)116)과는 비록 후배와 동창으로 친밀하던 사이인데 복진 군은 환원(還元: 죽음)하고 기진 군은 문단에서 양명(揚名: 이름을 날림)하는 것만 알지 서로 무소식이요, 박창화(朴昌和)117) 선생은 우리 소년시대에 우리들을 지도하던 인물인데 그저 생존했다는 것만 알지 아직 상봉 못 하였고, 정낙현(鄭洛鉉) 선생도 우리의 소학교 선생으로 우리에게 친절하던 선생인데 역시 소식을 알지 못하고, 이윤직 군은 나와 교정(交情: 사귀어 온 정)이 제일 친밀하던 친우인데 사상이 상이(相異)해서 교정은 우정(友情)이요, 사상은 사상이니 우리 사이에는 사상만은 서로 (얘기) 말자고 약속하고 일생을 친절했는데 경인년(庚寅年: 1950년) 후로 생사존몰(生死存沒: 살았는지 죽었는지)을 알 수 없다.

이홍구는 소년시대 친우로 중년까지 불변하였는데 고인(故人: 죽은 사람)이 되었고, 안명기 역시 친절하였으나 장성 후 소식이 상절(相絶: 서로 끊어짐)되고 송철헌과는 동창이요, 동좌(同坐: 같은 자리)에서 동학(同學)하던 친우인데, 근년 소식이 아주 없고, 송우헌 삼형제도 다 같은

---

115) 김복진(金復鎭, 1901년 11월 3일~1940년 8월 18일)은 일제 강점기의 조각가로 우리나라 근대 조각의 개척자이다. 사회주의 계파의 진보 성향 문예운동을 이끈 독립운동가로 1993년 건국훈장 애국장이 추서되었다. 소설가 김기진(金基鎭)의 형이다.

116) 김기진(金基鎭, 1903년 음력 6월 29일~1985년 5월 8일)은 대한민국의 문학평론가이며, 시인이자 소설가이다. 호가 팔봉(八峰)이라 김팔봉(金八峰)으로 불리었다. 조선 프롤레타리아 예술가 동맹(KAPF)의 실질적 지도자로 활동했다. 일제말기 친일 행보를 보이다 해방 후엔 반공문인으로 활동하였다.

117) 봉우 선생님 소학교(小學校: 충북 영동보통학교) 시절 지도하던 소학교 선생님이다. 박창화 선생과 영동에 있는 천마산 삼봉에 등반하여 나눈 대화가 봉우일기1에 '연정원의 연혁'이란 제목으로 실려 있다. http://www.bongwoo.org/xe/12813

입장이요, 이상하, 이상로는 다 친절하던 친우로 이상하는 고인이 되고 상로는 고등법원 판사로 작년에도 상봉하였고, 김○수, 김두수, 김용채, 김용관 4인은 모두 친교였는데, ○수형제와 용채는 경인사변(6.25 사변)에 고인이 된 것 같고, 용관은 소식두절이 7~8년이요, 김황수는 소학교 선생이었는데 고인이 되었고, 송기헌은 수년래 무소식이요, 배석준, 배석민은 간간 상봉하였으나, 근년은 무소식이며, 강백희, 강석희는 수년간 소식이 돈절되고, 정원기는 친우였는데 사변 후로는 생사 존몰을 부지요, 강회원, 강달원은 다 친우였으나 회원은 고인이 되고, 달원은 무소식이요, 권학현, 권우현은 다 고인이 되었고, 송재일, 송재삼도 다 무소식이니 생사를 알 수 없고, 이용재는 친우였는데 소식상절(相絶)이 10년이나 되고, 황영모는 상대 못한지 벌써 8~9년이 되고 그 외에도 수가 없을 정도이다.

충북에서는 이백하와 연전(年前)까지 서신왕복이 있었다. 그런데 사변후로 무소식이요, 김규익은 광주(光州)에서 1년 간이나 그 신세를 많이 진 사람인데 소식부지요, 동일 입장인 광주 이채구도 역시 무소식이요, 우이도(牛耳島)118) 김익○, 김은균 형제는 친절하였고 내가 그 신세를 많이 진 인물인데 근년 무소식이요, 김장렬은 완도(莞島)인물로 친절하던 인물인데 무소식이 되고, 손광순은 장수(長水)인물로 소년시대의 동고(同苦: 함께 고생함)를 한 인물인데 무소식이요, 이봉환은 진천(鎭川)사람으로 친절하던 인물인데 무소식이요, 백선○는 광주에서 친절했으나 무소식이다.

김경두(金京斗)는 우리가 선배로 대접했던 술객(術客)으로 대가(大

---

118) 전남 신안군 도초면 우이리에 속하는 섬. 예전에는 진도군에 속했음.

붕구(朋舊: 벗)들의 소식이 상조(相阻: 서로 멀어짐)되어 시시(時時: 때때)로…

家)인데, 근년에는 덕유산에서 은둔생활 한다는 말만 들었고 소식불통이요, 정수당(丁隨堂), 이수당(李隨堂), 이석당(李石堂), 윤신거(尹莘居), 김용초(金龍草), 손야옹(孫冶翁), 서몽암(徐夢庵) 모두 나의 선배였으나 근년(近年: 지난 몇 해) 무소식하다.

김소소(金笑笑), 이창강(李滄江) 역시 생사존몰을 부지요, 이형우(李烱宇)는 술서(術書: 술법책)에 유능한 분인데, 근년 생사부지요, 경상도에서 김익수(金益洙), 신대진(申大鎭), 김명규(金命圭), 최병훈(崔秉勳), 김백련(金百鍊) 다 유위(有爲: 유능함)한 인물로 서로 친하던 사이인데, 생사존몰을 부지요, 그 외 노인으로는 거의 환원되었으리라고 기록하지 않으며, 이화당(李華堂), 이화암(李華庵), 박동암(朴東庵)은 다 술객으로 거장(巨匠: 대가)들인데 아마 환원하였을 것이요, 이옥강(李玉崗)도 역시 연고(年高: 나이 많음)해서 환원하였으리라 보고, 그 외에 연정원 동지들은 기록할 필요가 없다.

산일(散逸: 흩어진 인물)로 여운삼(呂運三)[119]이나, 이창섭(李昌燮)이나 등의 생사가 의심된다. 물론 여기서 내가 기록해 본 것은 백불존일(百不存一: 백에 하나도 살아 있지 않음)이라고 본다. 생각나는 대로 추억해 본 것이요, 이다음 또 생각나면 다시 기록하리라.

계사(癸巳: 1953년) 6월 초7일(初七日)
봉우서우유신정사(鳳宇書于有莘精舍)

---

119) 1941년 의열단 사건으로 대전경찰서에 7개월간 투옥되었을 때 만난 애국지사.

사적으로 내가 금년 내에 준비할 제조건(諸條件)

이것은 오로지 내 사적인 생활을 운위(云謂: 일러 말함)하는 것이요, 다른 데는 무관한 일이며, 또 동지 간에도 무관한 일이요, 내 개인의 사생활에 한(限)한 것이다. 생활이라면 의식주 3건인데, 가족들이 사변으로 인해서 전부 적신(赤身: 벌거숭이)이 되어 3조건에서

의(衣: 옷)도 중대문제요, 춘하추동의 절서(節序: 계절의 차례)를 가리는 의복은 말고라도, 엄신(掩身: 몸만 가림)할 정도가 못 된다. 더구나 나는 출입이라고 하니 더 창피(猖披)한 때가 많다. 그러나 할 수 없는 것이요, 최소한이라도 보충하자면 몇 만 원은 필요조건이요,

식(食)이라는 것은 상반년(上半年: 한 해의 상반기)은 경과를 몽중에서 했는데 또 하반년(下半年)에 가구 5인에서 자식이 출정 중(出征中: 전쟁터에 나가있는 중)이라 4인의 가구이니, 정곡(精穀: 찧은 곡식) 6표(俵: 가마니)만 갖으면 최저 조건은 될 것인데, 가아(家兒: 자식)의 배급이 3두(三斗: 서 말) 반(半)의 정곡은 되나, 매달 6두(여섯 말) 반이니 하반기에 4표(四俵: 네 가마) 정곡이면 구명(救命: 목숨을 구함)은 될 것이요,

주(住)는 비록 타인 가옥이나 아직 차거(借居: 빌려 거주)하고 있으니 별문제는 없으나, 승옥(乘屋: 지붕을 갈음)할 점초(苫草: 이엉풀)가 최소한 만 원 정도는 되어야 비바람은 면할 것이요, 시정(柴政: 땔감 상황)은 역시 연내 수천 원이면 될 것 같다. 그러고 보면 생활문제의 최저를 보전하자면 현재 시가로 5~6만 원이면 해결될 것이요, 그다음으로

부채인데 서모(庶母)의 우(牛) 조건이 2만 원이요, 이원(伊院) 조건이 만 원이요, 서울 조건이 5,000원이다. 그러면 3만 5,000원이면 부채로 문제가 될 것은 없을 것이요, 그 외의 부채는 내년으로 미루고 금년 내에 10만 원 내외의 수입을 보아야 모두 해결될 것인데, 금년내 수입 예정이 도군(道郡) 교육위원으로 5,000원 정도요, 전곡(田穀: 밭곡식)과 논에서 수입이 만 원은 될 것이요, 또 대전 배급조건이 6개월 15라면 6,000~7,000원대는 될 것이요, 또 소성의 방직고금(紡織雇金: 방직 품삯)이 알 수 없으나, 양곡 10두(斗: 말)는 될 것이니 4,000원 환산은 될 것이요, 합하면 2만 5,000원의 수입은 보는 것이니 실제로 7만여 원이 못 될 것이다. 내가 이 7만여 원을 수입하자면 복약인(服藥人: 약 먹는 사람) 7~8인이면 충분하게 될 것인데 이것은 역시 재수(운)에 달렸다. 마음대로 예산할 수 없는 일이다. 복약인이 7~8인이면 제약하는 중에 내가 준비한 약품이 한 제에 7,000~8,000원의 가치는 되고 또 내 수수료가 3,000원은 될 것이니, 합해서 한 제(劑)에 만 원 수입을 보는 것이다. 그래서 현상이 어떠하냐면 3~4인은 가을에 제약할 조(兆: 조짐)가 있다. 그런데 3~4인이 안 된다면 급한 문제는 해결인데, 현상으로는 아무래도 금년 내에 7만여 원의 부족이 생하겠다. 내가 부산과 서울 두 곳에서 이 보충을 해볼까 한다. 그 외에 내년 예산은 별외(別外)로 한다. 이것은 내 사생활의 불가결할 조건이다. 금년 내에 이 정도의 수입을 목표로 경제건은 진력(盡力: 노력을 다함)해 보겠다.

계사(癸巳: 1953년) 6월 초7일(初七日)

봉우서우유신정사(鳳宇書于有莘精舍)

가아(家兒: 아들)의 서신을 받고

　가아(家兒)가 일선에서 부상하고 여수병원에서 치료 중 휴가를 얻어서 귀가하였다가 다시 병원으로 간 후에 17일간을 소식이 없어서 궁금하던 차에 금일 비로소 편지를 보았다. 무사히 병원으로 가고 여기서 부친 서류도 잘 받았다고 한다. 그리고 가아의 친구로 대전 갔던 사람도 잘 다녀왔고, 거기서 보는 일도 잘 추진되어서 그 사람과 같이 대구를 일차 휴가 얻어 가지고 갔었다고 하고 내가 언제쯤 부산에 가는가 하는 탐문이었다. 그리 6사단에서 금번에 가아가 혁혁한 무공(武功)을 수립하였다고 표창장과 훈장의 전달식이 있었다고 한다. 그래서 현품을 서울 갈월동 종제허(從弟許: 사촌아우 사는 곳)로 보낼 듯하니, 나더러 서울 가는 길이 있거든 찾아다 집에 두라는 부탁이다. 가아가 훈장을 받은 것이 금번이 아마 5차가 되는가 보다. 비록 부상하였으나 불견자(不見者: 볼품없는 사람)는 면하고 무훈(武勳)을 세워서 훈장을 받고 한 것은 감개무량한 일이다. 앞으로도 신명(神明: 하늘과 땅의 신령)께 심축(心祝)하고 무언(無言)으로 감사의 뜻을 표하며 이 붓을 그치노라.

계사(癸巳: 1953년) 6월 초8일(初八日: 초복일)
봉우서우유신정사(鳳宇書于有莘精舍)

부산여행을 임시 중지하고

　삼복증염(三伏蒸炎: 삼복 무더위)에 팔자 좋은 사람 같으면 피서(避暑) 여행이나 할 것인데, 나는 여행하고자 하는 목적이 정반대였었다. 부산은 남방이라 더위도 공주보다 훨씬 더하고, 거처도 객지라 입문(入門: 들어서는 문)에 막아귀(莫我貴: 나를 귀하게 여기지 않음)라고 내 고향만 못할 것은 기정사실이다. 그런데 왜 이 증염(蒸炎: 무더위)에 부산을 찾아 가고자 하는가 하면 의식주 삼건사(三件事)에 하나도 마음이 안 써지는 곳이 없고 또 한 푼도 정기 수입이 없는 내 사정이라 선번(先番: 먼저번)에 부산 행각에서 공행(空行: 헛걸음)은 아니어서 급한 문제는 몇 건을 해결했으니, 혹 운이 좋으면 무슨 소득이나 얻지 않을까 하는 희미한 기대를 가지고 아무 임무 없이 문화사 충남지국이나 가서 계약해 볼까 하는 마음으로 부산여행을 해볼까 하던 것이라 마음이 어쩐지 어느 부분의 쾌치 못한 감이 있어서 출발일은 초9일(初九日)이나 해볼까 한 것이 사소한 핑계만 있으면 연기가 된다. 면(面)국회개편이니, 면 초등학교의 모모 사건이나, 또는 농민회 간부조직의 지도니 또 군인가족에 배급문제니 하며, 차일피일한 것이 어느덧 10일이 지나가고 몸은 그대로 시원한 계룡산에서 시발(始發)하는 용수천(龍秀川)가인 공암(孔巖)에서 머물고 있었다.

　어제까지도 부산을 가볼까 하고 있던 것인데 오늘 생각해 보니, 또 내일 학교일도 있고 부산을 가도 무슨 이렇다는 볼 일도 없고 하니, 임시 중지하고 고향에서 볼 일이나 다 보고 부산을 가더라도 확실한 예정을 수립하고 갈 각오로 오늘 오염(午炎: 낮더위)에 대풍(帶風: 바람을 탐)하고 다시 유신정사(有莘精舍)를 찾아오니, 다정수석(多情水石: 눈에 익어 친근한 산속의 풍광), 울창(鬱蒼)한 수음(樹蔭: 나무그늘) 속에 선성(蟬聲: 매미소리)만 날 가는 줄 모르고, 가족들은 편전(片田: 조각밭)이나마 운고(耘雇: 김매는 일꾼)와 동행해서 한출성계(汗出成溪: 땀이 흘러 시내가 됨)를 불고(不顧: 돌아보지 않음)하고, 계견(鷄犬: 닭과 개)은 만원(滿園: 정원에 가득참)하고, 채소는 순진한 향미를 가지고, 빙수(氷水)에 못 지않은 열천(洌泉: 차고 맑은 샘)은 하위(夏威: 여름의 위세)를 전혀 모르겠도다. 이것이 내 고향의 향미(香味)였다. 번화한 부산보다는 내 정신 상으로는 이 궁벽한 산촌인 신야(莘野: 공주군 반포면 상신리)가 무엇으로 보든지 내게는 적당한 곳이었다. 그러나 나를 이곳에 오래 머물지 못하게 하는 것은 이 의식주 삼건(三件)이었다. 부득이 호구관계로 이 고향을 출발해서 한 달, 두 달 혹은 반년이라는 마음에 없는 시일을 도시에서 소비하게 된다. 이것이 나의 불순(不純)한 생활이다.

내가 마음대로 하지 못하고 부득이 1년에 1차나, 2차나 혹은 2년, 3년에 1차라도 해야, 임시로 경제문제가 해결되는 연고다. 참으로 불쾌한 일이다. 이번에도 부산행각을 임시 중지하고 경제적으로는 막대한 곤란을 당하나 정신으로는 상쾌하다는 말이다. 내가 이 붓을 들고 도시에서 맛볼 수 없는 청고(淸高)한 매미소리에 소나무 그늘에서 간간이 불어오는 바람이 삼복 무더위가 있는지 없는지 알지 못하고 공가(空家: 빈집)에서 홀로 탈건(脫巾: 머리에 쓴 두건 등을 벗음), 탈의(脫衣)하고 자유롭게 기좌(起坐: 사람을 맞을 때 예의로 한 번 일어났다가 다시 앉는 것)하여 이 붓을 드는 맛이 부산 가느라고 한출점배(汗出霑背: 땀이 나와

등을 적심)하고 호흡이 불통할 지경의 욕(辱)을 면한 내 기분이 쾌활하
도다.

계사(癸巳: 1953년) 6월 15일

봉우서우유신정사(鳳宇書于有莘精舍)

약간의 식량을 준비하고

식생활고(食生活苦)의 진미(眞味)를 맛본 것이 수십 년을 두고 변함 없었다. 그러다 작년 하반기에서 금년 상반기라는 거의 1년 세월은 진정한 식생활의 고미(苦味: 쓴맛)를 맛본 것이었다. 여기서 무엇보다도 이 식생활문제를 치중하지 않을 수 없다고 본다. 그래서 금번에도 약간의 경제적 준비로 이것을 이용해서 여름 환약(丸藥)이나 제조해 볼까 하다가, 환약을 제조하면 물론 이윤이야 있는 것이다. 그러나 이것보다 수개월이라도 안심할 식량이 필요하다고 생각하고 환약 제조할 공작을 아주 중지하고, 수개월 보충식량을 확보하였다. 이 준비로 말미암아 상신리 본가에서는 가아(家兒: 아들)의 군인가족배급이 1개월에 소평두(小平斗) 사두(四斗: 네 말)는 되니, 농산물로 부족을 보충하면 내년 늦은 봄까지는 굶주림은 없을 것 같고, 공암에서는 대전배급이 비록 부정기(不定期) 수입이나, 월평균 세 말은 되었으니 그 예(例)대로만 준다면 역시 내년 봄까지는 식량 확보라고 보는 것이 당연하다. 그렇다면 수개월간의 식생활문제는 해결되는 셈이다. 이것은 환약을 제조해서 수입을 본다면 주판적으로 보아서 몇 배의 이익이 확실하다고 본다. 그러나 성공하기 전까지는 마음이 놓이지 않을 것은 역시 예정해야 한다. 그러니 몇 달간 마음 놓고 다른 사업으로 성공하는 것이 도리어 나을 것 같다.

여기서 불계하고 내가 활용한다는 의미의 환약 제조를 중지하고 직접으로 매량(買糧: 식량을 사다)에 착수한 것이다.

이것은 경제적으로 보면 극소수의 가치가 있는 것이나, 직접 생활면에 있어서는 막대한 영향을 초래하는 관계로 내년 봄까지는 의식주 3건(三件)에서 1건인 식생활문제는 해결 보충된 셈이다. 차후로 1건, 1건씩 비록 소소한 문제라도 계단적으로 해결할 예정이다. 물론 내가 말하는 해결이라는 것은 최저생활을 목표로 말하는 것이다. 만약 조금의 여유를 두고 생활한다면 또 태부족이 날 것은 명약관화(明若觀火: 밝기가 불을 보는 것과 같음)한 일이다. 내가 여러 가지로 곤란을 당해 가면 착착 이 최저 수준이나마 확보해 볼까 하는 심산이다. 이다음 부산을 가서 문화사나 계약되면 이것으로 각 지방 왕래 여비나 보충해 볼까 하는 정도의 기대요 또 부산 가서 모모 동지들 중에서 보는 일이 된다면 혹 예산 외의 성과가 있을지 알 수 없는 일이다. 사불가역도(事不可逆睹: 일은 미리 알 수 없다)라고 그저 수인사(修人事: 사람의 일을 마침)하고 대천명(待天命: 하늘의 명을 기다림)하라는 것이다. 수무분전(手無分錢: 수중에 푼돈도 없음)해서 좀 곤란은 하나, 역시 극복해야 하는 것이다. 이 와중에 비료 2가마니를 외상으로 구입해서 시비(施肥: 논밭에 거름주기)를 하니, 물론 시비는 대가(代價: 대금) 이상의 효과가 있는 것이다. 대금준비가 난문제(難問題)라는 말이다. 이 정도로 내 실생활 면을 그려 보는 것이다.

계사(癸巳: 1953년) 6월 15일

봉우서우유신정사(鳳宇書于有莘精舍)

송덕삼(宋德三) 동지의 답서(答書)를 받고

송 동지는 평안인사(平安人士)로 연희전문 출신으로 수십 년간을 미인(米人: 미국인)과 구주인(歐洲人: 유럽인)들과 상종하며 외교진영에서도 있던 수재(秀才)다. 그래서 10여 개국 어학을 능통하며, 한학(漢學: 전통 한문학)에도 상당한 포부를 가지고 있었다. 내가 6~7년 전에 서울 태평가(太平街: 태평로) 이용순 씨 댁에서 있을 때에 친우가 되어 비록 만교(晚交: 늙어서 사귐)이나, 허심(許心: 마음을 허락함)하고 지내던 것이다. 그 당시는 미군정시대라 친미파들의 독무대였는데 미군정에서 수삼차에 걸쳐 계속한 (송동지에 대한) 국장급 위촉이 있었다. 그러나 번번이 반대한다. 유능한 인재를 사용하라고 한다. 내가 송 씨에게 물어보았다. 국장급이 과연 우리나라 사람으로 고급(직위)인데 왜 사절하는가 하니,

"현 정계 당시 미군정계에 나온 인물들이 거의 모리배(謀利輩: 이익만 꾀하는 무리)들인데 나라고 나가서 범하지 말라는 법이 어디 있소? 착수하지 않는 것이 최상이라고 내가 않는 것이 상책(上策)이요, 친일이나 친미나 민족의 정당성은 아닌 바에는 하필 내가 어학이나 좀 한다고 국장으로 기용될 것이 무엇 있소? 그저 양심적으로 영문 번역이나 해가며 생활하는 것이 당연하다."

고 하며 좌선법(坐禪法)을 전심전력을 다해서 공부하는 관계로 내가 그 공부하는 데 참고될 것을 수삼차 제공한 일이 있고 부지중 지기지

우(知己之友: 서로 마음이 잘 통하는 벗)가 되었었다. 그러던 중 몇 년을 적조(積阻: 오랫동안 소식이 막힘)하였고, 또 경인사변(庚寅事變: 6.25사변) 후로는 아주 생사조차 부지하다가 이용순 씨 편에 이 씨가 제주도에 있다는 소식을 듣고 역시 주소를 알지 못해서 2년간이나 서신도 못 했던 것이다. 그러다 금번 서울에서 이용순 씨 편에 그 주소를 알고 내가 몇 자 평안(平安)을 탐(探: 찾음)한 것이다. 그리고 그가 아는 인도 유가교(瑜伽敎)[120] 호흡법과 미국 수도원에서 행하는 호흡법의 책자를 청해 본 것이었다. 그런데 송 씨에게서 만지장서(滿紙長書: 사연을 가득 담은 편지)가 답서로 오고, 한 군(韓君)의 불행을 조(弔: 조상함)하며, 자기는 완전한 평화가 오기 전까지는 제주도에서 세월을 보내겠다고 확고부동한 심지(心志)를 표현하고 피난민 고등학교에서 교편을 잡고 있다고 하며 서책은 모두 서울에서 소실되고 그 주소만은 기록한다고 했다. 이 송 씨는 어느 모로 보든지 유지자(有志者)이다. 그리고 현장에서 유유하게 그 부귀(富貴: 재산과 지위가 높음)를 받지 않는 사람이 그리 용이한 것이 아니라는 것을 재인식하라는 것이다. 견리불탐(見利不貪: 이익을 보고서도 탐하지 않음)이 그리 용이한 일이 아니다. 그 인격의 청수(淸秀)함을 내가 못내 모앙(慕仰: 그리워 우러름)하며, 이런 인사들을 기용(起用)할 인물이 속히 등장하기를 빌며 이 붓을 그치노라.

계사(癸巳: 1953년) 6월 15일

---

120) 불교의 밀교(密敎)를 달리 이르는 말. 삼밀(三密)의 유가(瑜伽: 주관, 객관의 모든 사물이 상응하여 융합함)를 종지로 삼는 데서 나온 말이다. 여기서 삼밀은 밀교에서 중생의 행(行)이 본질적으로 부처의 신비하고 미묘한 작용과 같다고 하는 이념에 바탕을 두고 행하는 몸, 입, 뜻의 삼업(三業) 즉 신밀(身密), 구밀(口密). 의밀(意密)을 이른다.

봉우서우유신정사(鳳宇書于有莘精舍)하노라.

추기(追記)

송덕삼 동지가 자기가 말하는 것과 같이 외국어학이 관리등용의 자격이 아니라고 관리는 관리될 소양이 있어야 하는 것인데, 자기는 전문학부를 졸업했으나, 관리될 소양이 부족한 사람이라고 말하며, 미군정 당시 정부요인들이 우리가 보기에는 이도(吏道: 공직자의 규범)에 숙수(熟手: 능숙한 사람)가 없으니 답안이 불합격으로 낙제할 것은 당연한 일이다. 그렇다면 비록 내 한 사람이 자격이 있더라도 전체적으로 불합격될 때는 나라고 급제할 도리가 없는 것은 명약관화한 일이니, 사실은 내가 자격도 부족하고 또 그 직장도 위험성이 농후한 자격에 합치하지 않는 곳이니 '아주 소승(小僧: 승려가 자신을 낮추는 말)은 벼루로 도는 것이 당연하다'고 그 곤궁한 생활을 자감(自甘: 스스로 달게 받음)한다. 이것이 그가 안분(安分: 편안히 분수를 지킴)하는 것이요, 지피지기(知彼知己: 남을 알고 자신을 앎)하는 것이다. 이것이 내가 송동지를 항상 앙모(仰慕: 우러러 그리워함)하는 이유이다. 그만 못한 자격자들도 취직에 열중하는 데 비해서 천양지판(天壤之判: 하늘과 땅 차이)이라는 말이다. 여기서 봉우추기하노라.

6.25 정전조인(停戰調印) 소서(小敍)

3년이란 장구(長久)한 세월을 두고 판문점 회담이 세인의 신경을 둔 하게 하더니, 필경 인내성 부족한 미국이 적국의 청구조건을 전적으로 수락함으로, 우리가 기억해야 할 이 정전조인식이 단기 4286년(1953년) 양력으로는 7월 27일 오전 10시요, 음력으로는 계사(癸巳)년 6월 17일이 역사에 남을 날이다. 국치(國恥)라고 아니할 수 없는 날이다.

무단(無斷: 갑자기)히 신체의 피로가 심하다

근일(近日: 요즘) 삼복염천(三伏炎天: 삼복더위)이다. 농사일하는 사람들은 그래도 삼복증염(三伏蒸炎: 삼복 무더위) 시절이 농시(農時: 농사 때)라 이때를 놓치지 않고 일하는 것이다. 그러나 우리 같은 불농불상(不農不商: 농사도 안 짓고 장사도 안 함)인 인물들은 이런 염천에는 피서 행각이나 하였으면 염위(炎威: 복중의 심한 더위 기세)에게 괴로움을 면할 것이나, 나는 불농불상한다고 무슨 여유가 있어서 그런 것이 아니라 부득이 해서 실직자로 불농불상인 관계로 생활이 극도로 곤란하다. 그러니 부지불식중 이런 염천에는 농사일꾼보다도 내가 더 피로를 느끼게 되는 것이다. 그래서 음식도 무미(無味: 맛이 없음)하고 수면도 부족하고 낮에는 더위로 땀이 흘러 옷을 적시고 밤에는 모기들이 잠을 못 자게 하니, 그 신체가 편할 리가 없고 이것이 하루 또 하루, 한 달 또 한 달이니 신체가 아주 쇠약해지는 것도 무리가 아니다. 그렇다면 영양가치나 있는 음식물이나 제공된다면 이것도 혹 회복될 가능성이 있으나, 역시 무미건조한 음식물로 생명을 유지할 정도니 어찌 이 신체가 노곤(勞困)하지 않을 것인가. 사정이 할 수 없는 일이다.

비록 추곡기(秋穀期: 가을 곡식 수확기)가 되어도 나 같은 인물들은 춘추(春秋)가 일반이다. 혹 순조로이 무슨 일이나 잘 되어서 이 역경을 면하면 모르되, 평시에는 변할 수 없는 내 몸의 쇠약상이다. 다만 내 자신의 심력(心力: 정신력)과 체력으로 이 물질의 환경을 배제하고 건강을 유지하고 나가나 할 수 없는 것이 물질이라 아무래도 신체의 약점이 점점 심해 가는데, 한심한 일이다. 내가 금년 54세의 중로(中老: 중늙은이)요, 아직 장년 부럽지 않은 마음이 있으나 마음만 갖고는 할 수 없는 것이다. 그래도 음식물을 될 수 있는 대로 가려 먹어야 하겠는데 가인(家人: 아내)에게 내가 쇠약해지니 음식물을 가리라고 할 수 없는 것이다. 되어 가는 대로 지내는 도리 외에는 다른 방도가 없는 것이다. 그렇다고 내가 구복(口腹: 먹고 배 채움)만 일삼을 수도 없고 또는 이 정도로 신체가 쇠약해서는 60도 못 되어서 아주 노인될 염려도 있으나 어찌하리요. 물질적으로 할 수 없는 일이니 정신적으로나 수양해서 그 부족을 보충해볼까 하는 것이다. 물질적이거나 정신적이거나 무관심하고 방치해서는 이 몸의 건강회복이 곤란하니, 하루라도 속히 주의를 환기해야 할 일이다. 그래서 이 몸이 완전한 몸으로 됨으로 보는 일도 또 성공의 길이 가까울 것이다. 이것으로 붓을 그치노라.

계사(癸巳: 1953년) 음력 6월 27일
봉우서우유신정사(鳳宇書于有莘精舍)

최승천(崔乘千) 동지의
구검(拘檢: 구속)의 보(報: 소식)을 듣고

　최승천 동지는 을유 8.15해방 후 초대면한 분인데 이후의 일은 미지 (未知)로 하고 초대면 인상이 유병유약(有病有藥: 병도 있고 약도 있음)한 가용지재(可用之材: 쓸 만한 재목)의 인물로 보았기에 내가 연방사지우 (聯芳社之友)로 추천하였고, 그후 동지회(同志會) 창설 시에 한의석(韓 義錫) 동지와 같이 발기하였었고 그후 한독당 계룡산특별당부 결성에 산파역(産婆役)을 하고, 그후 계룡산특별당부 부위원장으로 있어서 당 무에 진력하였었다. 사람은 영재이나, 좀 결점은 가정문견(家庭聞見: 집 안교육으로 듣고 봄)이 부족하여 자행자지(自行自止: 맘대로 행동함)하는 것과 경험이 부족하여 모사(謀事)에 소홀하고 무슨 일이든지 하면 되 거니 하지, 침착성이 부족하다. 그러나 변재(辯才: 말재주)가 있고 복력 (腹力: 뱃심)이 있고 변력(辨力: 분별력)이 있어서 대중 앞에서 인기를 끄 는 것이 보통이었다. 그러나 심사숙려(深思熟慮)를 못하는 관계로 일 시, 일시에 수기응변(隨機應變)하는 관계로 확고한 이념이 부족한 것이 초대면하던 인상과 점점 변해지는 것이다. 또 그리고 연소(年少)한 관 계로 행동거지가 합법적이지 않는 일이 많았다.

　그후 모 사건으로 서대문형무소에서 1년 반이나 복역하고 또 그후에 서울에서 해군특무대 대장으로 6.25사변 전까지 있었다. 그 당시에 대 원이라는 인물들이 이북사람으로 서북청년들 중 간부진이었다. 그러다 5.30선거 때에 자기 고향인 강원도 정선에서 출마하였다가 차점으로 고배를 마시고 서울 와서 있다가 6.25사변 후 대전에 와서 국제연합 한국협회 충남지부 대표이사로 지금까지 3년간이라는 세월을 경과하였다.

그중에 해군특무대 대원들이 점점 집합해서 한협 충남지부 사무를 장악하고 있었다. 그러는 중에 세간 풍설(風說: 떠도는 말)이 별별 말이 다 많았으나 우리가 보기에는 최는 여전히 호방(豪放)한 인물이요, 규칙적인 인물이 아닌고로 세간에 선전이 무어라 되든지 자기 마음만 별일이 없으면 관계없다는 심산으로 충남지사 이영진과 서로 대립해서 유엔 한국협회 사무에 지장이 많았고 그다음 다시 발족하여 성적이 조금씩 나아지고 있는 중인데, 인사문제로 먼저번 사무국장이던 김 씨와 불평(不平: 잘 못 지냄)하였고, 그다음 자기 부하이던 신임 사무국장과도 내용이 불화하였던 것이다.

명(明) 씨는 4~5년을 두고 최의 부하로 일하던 서북청년단 간부였다. 금번에 사소한 경제관계로 명 씨가 최를 검찰청과 충남경찰국 수사과에 구두로 고발하여 최가 필경 구속되고 말았다. 물론 죄가 있다면 구속도 좋고 복역도 좋으나, 우리가 보기에는 충남 한협의 제반 지장은 명씨 일파 서청(西靑)들의 부정사건이 전액을 차지한 것은 세인이 모두 아는 사실이다. 최가 대표이사인 관계로 총 책임을 지는 것은 당연한 일이나, 명 씨 일파가 소위 후생사업을 한다고 별별 수단을 다 하던 것은 가리지 못할 일인데 사소한 경제관계로 법에 구두고발을 한다는 것은 명 씨의 양심이라는 것보다도 소양이 없는 동지들을 규합해 가진 인물들이 극주의 할 일이다. 사실은 이 명 씨라는 성자(姓字)는 좋으나, 양심은 명자인 성과 같이 밝지 못한 것이 확실한 것 같다. 최도 이런 부하들을 인솔하고 그래도 동지려니 하고 무소기탄(無所忌憚: 아무것도 꺼리는 바가 없음)하고 일한 것이 잘못이라는 말이다. 아무렇든지 이번 일이 최악에 이르지 않기를 바라고 이 붓을 그치며 또 우리도 동지 규합하는 때에 이런 배신 행위자를 소양조사를 잘해야 할 일이다.

계사(癸巳: 1953년) 7월 초1일(初一日)
봉우서우유신정사(鳳宇書于有莘精舍)

추기(追記)

최동지 건에 대하여 물론 명 씨의 배신행위라고밖에 못하겠으나, 원인은 최의 지인불명(知人不明: 아는 사람이 분명하지 않음)과 포용 못하는 것이 관계다. 비록 최가 좀 불합치하는 일이 있더라도 같은 일 하던 인물들이 고발하는 것은 명 씨의 양심이 있을 것이다. 이 양심이 없다면 인간이 아니다. 인간이 아닌 인물들을 규합해서 일한 것이 최의 지인불명인 관계다. 임사불밀(臨事不密: 일하는 것이 치밀하지 않음)하고 그저 호방한 심정으로 일을 하면 경제를 목표로 하는 인물들이야 의리(義理)의 소재를 알 까닭이 없는 것이다. 내가 기축년(己丑年: 1949년)의 치안국 사건도 역시 명 씨라는 한(韓)의 부하청년이 한과 불화해서 고발한 것이다. 이 사람들은 배신행위를 보통으로 아는 사람들이다. 가여동고(可與同苦: 같이 고생은 가능함)요, 불가여동락(不可與同樂: 같이 즐거움은 불가능함)할 인물들이다. 일할 때 주의를 소홀히 해서는 언제든지 실수할 것이다. 주의를 환기(喚起: 관심을 불러일으킴)하노라. - 봉우추기(鳳宇追記)

한의석(韓義錫) 동지를 억(憶: 생각함)하며

을유 8.15해방 후에 육자단찰(六字短札: 여섯 자로 된 짧은 편지)로 상봉의 기회를 얻은 것이다. 육자단찰이라는 원문은 하시(何時)인가 내가 상신정사(上莘精舍)에서 한거(閑居)하고 있자니, 어떤 사람이 육자단찰을 전한다. 원문은 '심동지요허부(尋同志要許否: 동지를 찾으오니 생사 여부를 알려 주시압)'의 여섯 글자다. 즉시 수답(酬答: 묻는 말에 대답함)하였다. 원문은 '치점상조(嗤點相照: 웃으며 서로 대조함) 원무조격지소탑대야(元無阻隔只掃榻待也: 원래 격조함은 없었으니 다만 평상을 깨끗이 하고 기다릴 뿐이네)'의 13자였다. 그다음 날 상오(相晤: 서로 만남)하여 1년 반 유여(有餘: 남짓)를 원원상종(源源相從: 계속 만나며 사귐)하였으나, 그 후 각분동서(各分東西: 각자 동서로 나뉨)하여 서로 합좌(合坐: 같이 모임)를 별로 못하였다. 그러나 우리의 심서(心緖: 마음의 실마리)는 불변하는 중이다.

한 동지는 경제적으로 타격을 받아서 별별 곤란을 다 받고 있다가 병마(病魔)로 양의사들에게 불치진단을 받고 자신의 심령(心靈)치료법으로 1년여를 추가 치료하여 완치하고 자기의 정신수양에 곤란을 많이 받았다는 사실을 누구나 증명한다. 그리고 자기가 자기의 병을 완치한 경험으로 타인의 병도 치료해 준다고 한다. 근년에는 심령연구자의 1인으로 자처하고 있다. 그런데 한 동지는 사람됨이 주밀자상(周密仔詳: 치밀하고 자세함)하고 아주 양심적인 인물이다. 그리고 무슨 설계나 모책(謀策: 일의 방책)에 능한 인물이라, 좀 원원상종하면서 난문(難問: 어려운 질문)을 당할 때에 해결책이나 그렇지 않더라도 무슨 창설계획이나 보고, 아무 말 안할 리가 없는 사람이라 현 단계에 더욱 자주 왕래해야 할 인물들이 적적무문(寂寂無聞: 고요하여 들림이 없음)하게 1년에 1차도 서로 토론할 여가가 없으니, 홀로 내 마음만 괴롭도다. 독좌(獨坐: 홀로 앉음)하여 무엇을 생각하다가는 한 동지의 임사민첩(臨事敏捷: 일함에 재빠름)의 회상이 일층 더 난다. 동지는 사무인으로도 가감(可堪: 감당할 만함)할 인물이요, 또는 책사(策士)로도 자격이 있는 인물인데, 좀 창작력의 폭이 좁은 점은 있으나, 그만한 양심적 인물도 그리 용이한 것은 아니다.

이 사람은 우리 일의 발기인 중 1인이 되었던 사람이요, 또 장래에도 같이 나가야 할 인물이다. 거물급으로는 좀 부족하나, 고참(高參)으로는 족족(足足)한 사람이기에 사무도 능하고 자결(自決: 스스로 해결함)도 역시 능하다는 말이나 아주 판국(判局)이 정해져서 유아(儒雅: 풍치가 있고 아담함)한 인물이요, 영웅호걸의 기개(氣槪)가 부족해서 대중의 인기를 집중시키는 데는 부족하니, 내무(內務)관직에서 사무감독의 한 자리는 당연히 맡을 인물이라고 생각한다. 그리고 그 머리가 명민(明敏: 밝고 민첩함)해서 민의원(民議員: 현 국회의원) 정도로 등장하면 양심인물의 1인으로 충당할 수 있는 인물이나, 입선(入選: 당선)이 문제라는 말이다.

관계(官界: 공직자)에 나가면 중앙 국장급이나 지방 지사급으로는 족족한 인물이요, 장관급으로는 거물내각에는 좀 부족하고 평(平: 평균)내각이면 임무를 수행할 정도라고 본다. 친지(親知: 서로 잘 아는 사람)로서 이 사람의 육성에 조금도 도움이 되지 못하고 내 독자적으로 생

각만 하고 있으니, 내 자신의 미력함을 느끼며 기회만 있으면 이 동지
들의 육성보다도 완전규합을 확립할 방책을 수립하여 우리가 희망하
는 이상을 실현할 날이 있을 줄로 믿고 이 사람을 생각하며 이 붓을 그
치노라.

계사(癸巳: 1953년) 7월 초1일(初一日) 계사(癸巳)

봉우서(鳳宇書)

무의(無意)한 근일(近日) 내 생애

　무엇을 목표로 나가는지 알 수가 없는 내 근일 생애야말로 가소로운 일이다. 이것이 무슨 연고로 내 사생활이 이 현상으로 변해지는가 스스로 의심할 때가 야심무인(夜深無人: 깊은 밤 사람 없음)의 때에 독좌묵상(獨坐默想: 홀로 앉아 묵묵히 생각함)하면 다만 웃음밖에 나오지 않는다. 인생의 1기(一期: 한평생)를 100년이라고 하나, 누가 다 100년을 완전히 지낸단 말인가? 80만 살아도 수(壽: 오래 삶)요, 90이면 상수(上壽: 아주 오래 삶)다. 100세(百歲)라면 만 명 중에 1인씩도 못 된다. 그러니 나도 벌써 인생 일생(一生)의 반을 지낸 인물인데, 아직 사람다운 일이라고는 한 건도 확평(確評) 얻을 만한 일이 없고, 더구나 세계의 사조(思潮)나 우리나라의 현상이 무엇을 불구(不久: 머지않음)에 탄생시킬 조짐이 보이는데 맹안(盲眼: 맹인의 눈)과 같이 불구자처럼 멍하니 세상이 돌아가는 것만 보고 아무 일도 하지 못하고 있는 나의 요즘 생애야말로 아무리 호평을 하더라도 무의미한 것이다.

　무의미하게 지내면 세상에서 유의(有意: 의미 있음)하고 일하는 인물들이 일보, 일보씩 전진하는 정반대로 이 생애를 계속하는 나는 일보, 일보씩 퇴각하는 것은 이치가 분명하게 증명하는 것이다. 그리고 다시 돌아오기 어려운 시간이 무의미한 이 생애로 소비되는데 사실 기가 막히는 일이다. 청소년 시대에 웅심(雄心)이 미소(未消: 아직 사라지지 않음)할 때에는 마음만은 나도 아무 일이라도 하려니 하던 것이 사실은 백발(白髮)은 3,000장(三千丈)이요[121], 신체는 노쇠해서 무슨 일이든지 감내할 수 없고 또 사업적 기반도 닦아 놓지 못하고 또는 달굴(?) 준비도 못 되는데 기회는 나를 번번이 기다릴 리가 어디 있는가. 이런 시기에 더구나 맹성(猛省: 매우 반성함)해서 활동을 하지 못하고 뻔히 보고 병신 노릇을 하는 것은 별 연고가 아니요, 내가 경제적으로 역경에 있는 관계다. 그러니 이 경제적 역경을 타개는 못하더라도 그래도 주위 환경을 호전시킬 수가 있지 않은가. 여기서 무엇으로 보든지 내가 미력하다는 것이다.

이 무의미한 생활을 계속하며 이 경제적 역경에게 정복을 당하면서도 이 정복자를 격퇴시킬 양책(良策: 좋은 방법)이 없고 아주 쌍수(雙手: 두 손)를 들고 아무 저항도 못하고 있으니, 이것이 내가 피정복자의 고배(苦杯: 쓴 술잔)를 맛보고 있는 것이다. 월왕(越王)[122]은 십년상담(十年嘗膽: 10년 쓸개를 맛봄)하고 적국(敵國)을 반격하고 중흥을 성공하였는데, 나는 적국이 오왕(吳王) 부차(夫差)[123]같이 강적도 아닌 별 수 없

---

121) 중국 당나라 시인 이백(李白: 701~762, 자는 太白, 호는 靑蓮居士)의 시 〈추포가(秋浦歌)〉15수 중 열다섯 번째 작품에서 나온 구절. 〈원문〉白髮三千丈 緣愁似箇長 不知明鏡裏 何處得秋霜 (하얀 머리 삼천 길, 시름 때문에 이처럼 자랐네. 알 수 없구나. 밝은 거울 속 그대, 어디서 가을 서리 맞았는고.) 여기서 추포는 현 중국 안휘성 남부지방이며 이백이 반란사건에 연루되어 유배당한 곳이다. 이 시를 지은 뒤 몇 년 뒤에 이백도 생을 마감했다. 인생의 애수가 서린 글이다.

122) 구천(句踐). 중국(中國) 춘추시대(春秋時代) 말기(末期)의 월(越)나라의 임금. 오왕 부차(夫差)에게 패(敗)하여 회계산(會稽山)에서 항복(降伏). 그 후(後) 명신(名臣)인 범여와 와신상담(臥薪嘗膽)하기 20년, 마침내 부차를 죽여 회계(會稽)의 치욕(恥辱)을 씻어 패자(霸者)가 됨.

123) 중국(中國) 춘추시대(春秋時代)의 오(吳)나라 왕(王). 오패(五霸)의 한 사람으로 월왕(越王) 구천(久踐)을 회계(會稽)에서 항복(降伏)시키고 기원전(紀元前) 482년에 황지(潢池)에서 제후(諸侯)들과 회맹(會盟)했음. 후(後)에 월(越)나라 구천에게 패(敗)하여 자살(自殺).

는 적에게 정복을 당하고 갱기(更起: 다시 일으킴)할 여지가 없이 있으니, 아무리 보아도 약자이다. 성현군자는 이 경제적 역경쯤은 안심하고 네 아무리 습격을 강하게 한들 내 몸에, 내 마음에 일호반점의 상흔(傷痕)이 있을 것인가? 네 마음대로, 네 역량대로 공격해 보라고 태연자약하게 정신의 무장으로 대비하고 반공(反攻: 반격)을 하는데 우리는 정반대로 1차 공세에 아주 갱기를 못하니, 이것이 내가 역량이 부족한 것이라는 말이다.

내 마음만은 이 역경에게 항복한 것이 아니나, 주위 사정은 반공할 여력이 없는 데는 할 수 없는 일이다. 그래서 내가 도성덕립(道成德立: 수양하여 도와 덕을 이룸)이 못 된 때라. 사업이라도 해볼까 하고 세상일을 해볼까 하는 관계로 이 역경의 고배를 더 맛보는 것이다. 내가 이 세상의 사업에 무관심하자면 빈(貧)이고 부(富)가 무슨 관계 있으랴마는 일을 해볼까 하는 관계로 경제적 역경에 인내하기 사실이 곤란하다는 말이다. 그렇다고 양심적이 아닌 경제적 혜택은 받고 싶지 않다. 이것이 내가 더 곤란한 원인이다. 심사숙려(深思熟慮: 곰곰이 잘 생각함)해서 이 역경을 무슨 좋은 방책으로 전환시켜서 장래 사업에 호조(好調)를

(패권 야욕으로 이미 초나라를 쳤던 경력이 있던 오왕 합려는 다음으로 월나라를 공격하지만 월나라의 화살을 맞고 죽는다. 합려는 죽기 전에 부차에게 복수를 부탁한다. 부차는 이 일을 잊지 않기 위해 침실에 들어서도 합려의 유언을 반복하게 하고, 잘 때는 방바닥에 장작을 쌓아 놓고 그 위에서 잠을 잤다. 여기에서 와신상담(臥薪嘗膽)이라는 고사가 생겨났다. 오자서의 도움으로 국력을 충실히 키운 오나라는 그 힘을 착착 쌓아 갔다. 후환을 두려워 한 월나라 구천이 침략을 단행했지만, 반격하여 구천을 몰아붙인다. 구천이 항복을 하자, 오자서는 구천을 죽여 후환을 없애야 한다고 주장했지만, 월나라 범려는 빼어난 미인 서시를 바치면서 항복을 구걸하였고, 월나라의 뇌물을 먹은 재상 백비의 권유로 월왕 구천을 살려 두게 된다. 결국 월나라의 책략으로 목숨을 건진 구천은 거짓된 충성심을 보여 주고 월나라로 귀환하고 다시 복수를 하게 된다.)

초래해 볼까 하는 것이다. 무의미한 내 생애를 스스로 위안하며 속히 무슨 방법을 수립해서 이 역경을 퇴치(退治)할 결심으로 이 붓을 그치는 것이다.

계사(癸巳: 1953년) 7월 초1일(初一日)

봉우서우유신초당(鳳宇書于有莘草堂)

고우(故友: 세상 떠난 벗) 남주희(南冑熙) 군을 추억하며

남 군은 지금부터 45년 전 기유(己酉: 1909년) 서울 합동(蛤洞)에서 감세황(甘世黃) 선생 문하에서 동창(同窓)이며, 또는 주인이었다. 남 군의 선친 송호태(松湖台)는 구한국 시종원(侍從院)124) 부경(副卿: 부책임자)을 지내고 당시 백만장자였다. 남 군의 조부는 강화도에 세거(世居: 대대로 삶)하며, 선부(船夫: 뱃사공)로 세전(世傳: 대대로 전해 줌)하던 가정이다. 남 군의 조부가 형제였는데 그 계씨(季氏: 남동생)되는 이도 역시 선부였다. 그런데 남 군의 조부가 고선(雇船: 뱃사공으로 배에 고용됨) 관계로 동월(冬月: 동짓달)에 강경(江景)포구까지 왔다가 익사(溺死)하여 시신(屍身: 송장)은 찾았다는 소식을 접하였다. 남 군의 선친이 20여 세 노총각이었다. 그 숙부에게 자기 선친의 시신을 운반하기 위해 강경으로 가자고 청하였다.

그러나 고선(雇船)이라는 것은 삼동(三冬: 겨울)에 대동조(大同租: 대동법 세금)나 혹 지방에서 오는 정미(精米: 도정한 쌀)와 도조벼(賭租벼: 남의 논을 빌려 농사짓고 세금으로 내는 벼)를 운반해서 그 고임(雇賃: 품삯)으로 1년을 지내는 것이 보통례가 되는 고로, 남 군의 종조부도 그 관계로 기왕(旣往) 시신은 강경포에 가장(假葬: 임시 묻음)했으니, 겨울은 고선생활을 하고 내년 봄 선한기(船閑期)에 운반하자고 즉시 운반하

---

124) 조선조 말 1895년에 궁내부관제를 개정하여 시종업무 즉 비서, 어복, 어물 등의 일을 따로 맡게 한 부서

는 것을 반대하였다. 역시 빈궁인(貧窮人: 가난한 사람)의 상정(常情)이었다. 그후 하루는 남 군의 종조부가 집에 있자니 해변에서 무슨 소리가 울려오는 고로 무슨 소린가 하고 해변으로 가서 보니, 자기의 선박을 남 군의 선친이 도끼로 파괴하는 것이었다. 남 군의 종조부가 급해서 자기 조카에게 "너 무슨 짓이냐" 하고 꾸짖으니, 남 군의 선친이 말하기를 "형제의 의리도 알지 못하는 배가 무슨 일이 있는가" 하고 여전히 파괴하는 고로 남 군의 종조부가 조카에게 사과하고 곧 같이 강경포로 와 시신을 운반해 가지고 강화로 오는 도중에 칠산(七山)바다에서 때 아닌 대무(大霧: 짙게 낀 안개)로 운행하던 선척(船隻: 배)이 다 정지하고, 있었다.

그런데 밤이 깊어 남씨 숙질(叔姪: 아저씨와 조카)이 있는 배 앞에 무슨 광선이 사래(射來: 발사되어 오는데)하는데 수십 칸 밖에서 달빛같이 앞길이 광명하다. 그 숙질이 모두 이상하게 여기고 곧 그 광선을 따라간 것이 부지불각 중 순풍괘범(順風掛帆: 순한 바람에 돛을 닮)과 같이 가게 되어 그리 장시간이 안 되어서 강화 고향에 도달하자 그 광선이 해변 어느 곳에 와서 장시간을 정지하고 있는데 그 지점을 확실히 아는 곳이라 그다음 날 그곳에다 장례를 지냈다. 그후 남 군의 선친 숙질이 선부생활을 하다가 혼인을 지내고 곧 남 군의 선친은 인천으로 와서 일고(日雇: 날품)생활을 하였다. 그러다 어느 서양인의 고인(雇人: 고용인)으로 취직하였다. 그가 아주 근실(勤實: 성실)하게 일을 하니, 그 주인이 사랑해서 어학을 가르쳐 주었다. 그러하기 반년 만에 하급고용인에서 가정소제부로 되어서 어학을 좀 더 배우니, 아주 그곳의 통역으로 지내게 되었다. 그래서 월급도 상당히 받았다. 그러는 중에 강화본가에 1차 가서 내외가 잠시 면회하고 돌아왔다. 그후 장녀(長女)

가 생기게 되고 그다음 해에 또 1차 다녀와서 차녀(次女)가 생겼다. 그래서 남 군의 선친은 몇 년 만에 완전한 통역으로 서양 외교사절단의 수행원이 되어 당시 고종 황제 어사(御事: 황제와의 업무)에 통역으로 있었다.

그러며 제3차로 강화본가에 가서 제3녀(第3女: 셋째 딸)가 생겼다. 그래서 남 군의 모친은 강화도 뱃사공의 처(妻: 아내)로 예사로 하는 젓(새우젓 등 젓갈)장사로 6~7년 만에 생활의 여유가 있게 지냈다. 그러는 중 남 군의 선친은 종2품 시종원 부경(副卿)까지 되었고 백만장자가 되었다. 그래서 강화본가로 가서 남 군의 자당(慈堂: 어머니)과 같이 서울로 왔다. 실상은 남 군의 선친이 소실(小室: 첩)을 얻어서 자기 본실(本室: 본처)이 와서 있을 가정을 준비하였던 것이다. 그리고 남 군의 선친이 독학으로 한문에도 보통은 넘었다. 내가 그 댁에서 공부할 때에도 남 군의 선친은 수불석권(手不釋卷: 손에서 책을 놓지 않음)125)하였다. 그래서 남 군이 서울에서 무술년생이라 아명(兒名)이 무경(戊慶)이었다. 남 군의 선친이 비록 빈천중(貧賤中)에서 기신(起身: 입신)하였으나, 아주 공검(恭儉: 공손하고 검소함)하고 자애(慈愛)하며 친척에게 화목해서 팔각정(八閣亭)에 남씨들이 지친(至親: 부모형제)같이 대우하는 것이었다.

그러다 남 군의 선친이 중풍으로 수년간 신음 끝에 서거하니, 세인들은 남 군이 아직 나이가 약관(弱冠: 20세)이고 세평이 그리 총명하지 않고 우둔하다고 하였다. 당시 부랑자들이 남 군을 자기네 이용물로 확정하고 세인들도 역시 그러려니 하던 것이다. 의외에도 남 군이 친상

---

125) 출전 《삼국지》 〈오지(吳志)〉. 오나라 손권이 대장 여몽(呂蒙)에게 독서를 권하며 후한 광무제가 전쟁 중에도 책을 놓지 않고 공부했다는 사례를 들어 줌.

(親喪: 부모상)을 당하자, 지극히 효성(孝誠)을 다하고 장례도 1년이나 당국과 타합(打合: 타협)해 가며 공동묘지를 면하고 자가에 가장(假葬)해 두고 당국의 허가를 얻어서 묘지를 얻었으며, 3년 집상(執喪)을 예(禮)대로 하니 부랑자들이 손댈 곳이 없어서 부지불각 중 퇴거하고 집상 중에 한학을 자습하고 탈상 후에는 실업방면으로 진출하여, 제사(製絲)회사, 상사(商事)회사, 방직(紡織)회사 등 수십 개의 회사중역으로 우리민족에 이바지함이 많았다.

또한 남미(南美)와 구주(歐洲: 유럽)에 공업과 농업을 시찰하고 이에 대한 소개 책을 내서 우리민족의 자각을 환기하였던 것이다. 이런 점으로 보아서 일정(日政) 당시는 김성수(金性洙: 인촌仁村)나 남 군이나 다 민족을 위한 사업가요, (민족에게) 신용을 받던 인사들이다. 그러다 남 군이 불행히 50이 못 되어서 요서(夭逝: 요절)하고 그 후손이 계승하는지, 못 하는지도 알 수 없어서 항상 소년 동창 중 1인(一人)으로 남 군의 업종과 그 위인의 근실(勤實), 충성(忠誠)함을 추모하는 바요, 나 같이 아무 일도 못하고 남은 것이 간 사람에게 부끄럼이 되는 것을 알며 이 붓을 기록하는 것은 현하 우리나라에 남 군같이 무조건하고 실업확충(實業擴充: 경제 산업을 확대하고 부족함을 채움)으로 보국(報國: 나라에 충성함)코자 하는 지사(志士)가 없는 데에서 더욱 간 사람을 추억하는 것이요, 또 내가 그 동창이면서도 천양지판(天壤之判: 하늘과 땅 차이)이 있는 것을 자각하고 이 붓을 그치노라.

계사(癸巳: 1953년) 7월 초2일(初二日) 갑오(甲午)
봉우서우유신정사(鳳宇書于有莘精舍)

수필: 내가 8세 때에 부모님이 하시던 말씀

내가 6세 되던 을사년(乙巳年: 1905)에 선친께서 진도(珍島)군수로 중추원(中樞院)126) 칙임의관(勅任議官)127)에 외배(外拜: 외직으로 임명됨)되시었다. 수로(水路: 물길)로 인천에서 목포까지 와서 또 수로로 녹진(綠津)까지 와서 진도읍까지 30리를 육행(陸行)으로 지구좋게(?) 신연행차(新延行次: 관리가 새로 부임하는 행차)를 한 것이었다. 거기서 도중유림(島中儒林: 진도안의 선비사회)인 당시 향장(鄕長: 지역의 정신적 어른)이던 곽진권(郭鎭權) 선생과 박진원(朴晉遠) 선생에게 수학(受學: 배움을 받음)을 하고, 또 무정(茂亭: 정만조鄭萬朝) 선생에게 수학하였다. 내가 8세 되던 신춘(新春)에 만 2개년(1907년)에 별 연고 없이 다시 내 선친께서 능주(綾州: 전남 화순)군수로 이배(移拜: 다른 곳으로 벼슬이 바뀜)하시었다.

두 군(郡)의 이속(吏屬: 아전의 무리)들은 신구(新舊) 교체(交替)의 마지막이라고 최고 성장(盛裝: 화려한 장식)으로 신연행차를 하고 또 진도에서도 능주까지 환송을 하였다. 능주로 선친께서 오시며 정치적으로 신구 교체가 되어 사실은 군수의 권리가 점점 약해 가는 시절이었다. 능주는 진도보다는 지역은 좀 적으나 목사읍(牧使邑)이라 여러 가지가

---

126) 대한제국 때 의정부에 딸린 관아 '내각(內閣)'의 명칭.

127) 1895년 3월 고종이 설치한 중추원의 의관으로 1897년 대한제국이 되면서 황제인 고종이 직접 선발, 임명했다하여 칙임의관이라 하였다.

다 호화롭고 기생(妓生)이 일류가 많았다. 그리고 유림들도 상당한 세력을 가지고 있는 데였다. 정의림(鄭義林)이라는 학자는 노사(蘆沙) 기정진(奇正鎭)[128] 선생의 고족(高足)[129] 제자로 도내에서 유명한 학자였다. 그래서 내 선친이 도임(到任: 근무지에 도착함)하시며 능주에 문풍(文風)이 대흥(大興)하였다. 백일장(白日場)[130]을 뵈었고, 유림들을 우대하였다. 그래서 이속(吏屬)이나 유림이나 다 합치하였었다. 그러나 때는 고종 광무(光武) 11년 하간(夏間: 여름 동안)이라 정국이 미묘하게 변해가는 시절이었다. 나는 신병(身病)으로 반년이나 독서를 못하고 있었다.

그런데 그해 새로 부임하신 지 10여 일 만에 당시 의병(義兵)이 능주읍을 습격해 온다는 정보가 왔다. 그래서 무기고에 있는 무기를 가지고 수성군(守城軍: 성을 지키는 군사) 100여 명을 연습시킨 것이었다. 그런데 어느 날 밤 삼경이 못 되어서 총성이 났다. 이 총성이 수성군이 쏜 포성인가 하였더니, 계속해서 나는 총성이 바로 의병들의 습격인가 하여 내 선친께서 이속들과 방위책을 말씀하시는 중 민중들이 피난차로 우—하고 몰려오는 바람에 이속들은 다 도망하고 한 사람도 없었다. 내 선친이 단신으로 내아(內衙: 관아의 안채)에 오시어 사유를 말씀하시고 곧 월장(越墻: 담을 넘음)하시어 읍의 앞산인 연주산(連珠山)으로 피난하시었고, 나는 수성군 방포(放砲: 사격)연습 구경 갔다가 이 난을 당

128) 1798-1879. 전북 순창 출신. 성리학자.
129) 제자들 가운데서 학식과 품행이 특히 뛰어난 제자.
130) 조선시대 유생들의 학문을 장려하기 위해 각 지방마다 관에서 베풀었던 글짓기 대회.

하여 통인(通引)131)과 같이 뒷산 비봉산(飛鳳山)으로 피난하는 중에 통인이 급하니 혼자 도망하고 나도 나대로 도망한 것이 비봉산 중부까지 가서 포탄이 비처럼 쏟아지는 고로 나는 큰 돌 뒤에 앉아서 읍 광경을 보고 있다가 의병들이 화순 쪽으로 후퇴함을 보고 곧 내아로 와서 보니, 선비(先妣: 어머니)께서는 피난 안 가시고 내아에서 계신 것이었다. 이속 부녀들이 전하는 말을 들으면, 내 선친께서 피신하시며 내아에 오실 때는 벌써 이속 부녀(婦女)들이 수십 명 내아에 와서 있었다.

내 선비께 피난하시기를 권하니 절대로 반대하신다. "내가 이 직장인 임소(任所)에서 1보(一步)라도 피하다 우해(遇害: 해를 입음)하면 이는 난민(亂民)으로 우해한 것이요, 내 임소에서 우해하면 이는 순직(殉職)이라." 하고 비수(匕首: 단도)를 손에 가지시고 조금도 동념(動念: 생각을 움직이지 않음)하지 않으시니, 의병들이 동헌(東軒)에 들어와 군수를 찾다가 안 계시고 내아에서 이렇게 말씀하신다는 소식을 듣고 의병대장이 절대로 보호하라고 내아를 파수(把守)하고 외인들 출입을 못 하게 하고 그곳 이속들을 찾다가 이속이 없으니 후퇴한 것이었다. 그러다 내 선친께서 돌아오셨다. 진도에서도 해적사건이 2~3차나 있어도 번번이 다 읍인(邑人)이 단합하여 격퇴하였는데 능주에서는 방어할 능력이 아주 없고 방어하려고도 않았다. 그것은 진도는 옛날 무반(武班: 무인양반)들이 있던 곳이요, 능주는 문반(文班)이 있던 곳이며 진도는 도중(島中: 섬 속)이라 단합되기 용이하고 능주는 육지라 피하면 살 수 있는 관계로 싸우려는 의사가 없다. 이 일이 있은 후에 내 선비(어머니)의 위덕(威德: 위엄과 덕망)이 원근에 알려졌다. 나는 8세 때라 천진(天眞)

---

131) 조선시대에 관아에서 잔심부름하던 아전무리.

하였을 뿐이다. 무엇을 알 리가 없었다. 그런데 어느 날 밤에 내가 외출하였다가 내아에 들어오니 부모님께서 무슨 연고인지 통곡(痛哭)을 하신다. 그러시고 나더러 말씀하시기를

"군욕신사(君辱臣死: 임금이 욕을 보면 신하는 죽음으로 보답함)가 당연한 일인데 광무 황제께서 일본 놈의 세력에 본의 아니신 선위(禪位: 아들 순종에게 왕위를 물려줌)를 하시고 새로운 황제 앞에 있는 대신들은 거의 난신(亂臣)들이라 내가 광무 황제(고종)의 황은(皇恩)을 많이 입고 당연히 자정(自靖: 자결)하는 것이 도리에 지당한 일인데 내가 아직 천지를 분별 못 하는 너를 두고 차마 자정을 못하니, 후일에 금일 내 심정을 알지라."

하시어서 나는 무슨 말씀인지도 잘 알지 못하며, 종야(終夜: 밤새도록) 통곡을 같이 하였다. 그리고 그다음 날 직(職)을 사(辭: 사임)하시고 표연(飄然: 회오리바람처럼)히 돌아가는 행장을 정리하시고 서울 본가로 오시어 세월을 보내시는 중에 진주관찰사니, 내무협판이니, 한성부윤설이 있었고 법무대신설도 있었으나 일체 사절하시고 있다가 경술합병(庚戌合倂: 1910년 한일합방)의 국치(國恥)를 당하자 곧 낙향(落鄕)하신 것이다. 강개비가(慷慨悲歌: 불의를 보고 의기가 복받치어 원통하고 슬픈 노래)로 세월을 보내고 불평(不平)을 시부(詩賦)에 맡기시니, 수십 년에 50권의 유고(遺稿)를 두시고 선비께서는 일찍 정사년(丁巳年: 1917) 윤 2월 초3일 하세(下世: 돌아가심)하시고 선친께서는 81세이신 병자년(병자년: 1936) 겨울 12월 14일에 하세하시었다. 불초자(不肖子)는 선친의 유지(遺志)를 만에 하나도 받지 못하고 백발이 성성(星星)하니, 어느 때나 내 8세 때에 내 부모님이 하시던 말씀이 생각된다. 이 정도로 약초(略草: 대략 적음)해 보고 수필로 이 붓을 그치노라.

계사(癸巳: 1953년) 7월 초2일(初二日) 갑오(甲午)

봉우서우유신초당(鳳宇書于有莘草堂)

계사년(癸巳年: 1953년) 음력 6월의 대소(大小)를 서로 주장하는 것을 보고

역법(曆法)이라는 것은 간단명료(簡單明瞭)한 것으로 역법대로 운주(運籌: 주판을 놓음)하면 별 착오가 없는 것인데, 천세력(千歲曆)에 간혹 오산(誤算: 잘못 계산함)으로 된 것이 있어서 이런 때에 민간인으로는 잠시 혼란을 이룬다. 금년 6월도 천세력이나 월력(月曆)의 전부가 소월(小月)로 되었으나, 6월 합삭(合朔)[132]의 수(數)를 놓아 보면 중앙관측소 말이 정당하다. 무엇보다도 민간인으로 합삭이 어느 시간인지 알 수 없으니, 초3일(初三日) 월색(月色: 달빛)을 보면 잘 알 일이다. 민간인들은 무엇보다도 선결문제인 초3일 월색이나 잘 조사, 관찰하고 그다음 위태한 직장을 말○고(?) 실천궁행(實踐躬行)으로 모범이 되게 해주기를 바라노라. 이 한(限: 한계)이 있는 국립기상대에서 발표한 것을 옳으니 그르니 논의할 필요가 없다고 본다. 시비를 판정할 것은 오늘밤의 초승달이 있나 없나 보라는 것이다. 무엇보다 정론(正論)일 것이다.

계사(癸巳: 1953년) 7월 초2일(初二日) 갑오(甲午) 봉우서(鳳宇書)

---

132) 달과 태양의 황경(黃經)이 같아지는 때. 삭(朔)이라고도 하며, 달의 위상을 말할 때는 신월(新月: 초승달)이라고 한다. 이때 달은 태양과 함께 뜨고 지며, 지구에서 보았을 때 달의 뒷면만 햇빛을 받으므로 지구에서는 보이지 않는다.

속보법(速步法)을 실천해 보겠다고 온 청년을 보고

인권식 씨 소개로 충남대학생 성주영 외(成周榮外) 1인이 와서 속보법을 실천해 보겠다고 왔었다. 이론보다는 실천이 제일이다. 수삼일 후에 와서 시작해 보겠다고 확약하고 갔다. 무엇이나 시작이 어려웁고 또 시작이 어려운 것이 아니라, 종결이 더 어려운 것이다. 속보법을 구두로만 강연하려면 1시간이면 충분하나 실천에 옮겨서 방식이라도 알자면 적어도 1개월 이상이 필요하다. 금번에 오는 사람들도 10일 내지 15일을 기한부로 해본다면 방식도 일부에 지나지 못하겠다. 만약 이 단시일이 전부를 강설(講說)하자면 불충분할 것 같다. 아주 이론은 이론을 하고 실천은 일부만 하기로 확정해야겠다. 그리고 이 사람들은 30리 거리에서 매일 통학하는 사람들이라니, 속보에는 직접적 필요성을 가지고 있어서 혹시 열성을 가질는지 알 수 없다. 이것이 첫번 나가는 화살이니 극주의하기로 하고 양인의 성공을 바라고 이 붓을 그치노라.

계사(癸巳: 1953년) 7월 초2일(初二日) 봉우서(鳳宇書)

4-57
대인(待人: 기다리는 사람)은 아니오고
한객(閑客)이 내방(來訪)

세상일이 마음과 같이 되는 일이 없는 것은 이것이 도리어 상리(常理: 당연한 이치)다. 오늘은 누가 오려니 하고 고대(苦待: 몹시 기다림), 고대하던 것인데, 석양이 재산(在山)하되 대객은 오지 않고 생각도 않던 별로 긴요치 않은 손님이 내방하여 시간을 보냈다. 고대하는 사람은 내가 생각하기에 좀 성의가 부족하여 일자(日字)를 지연하는 것 같다. 일자가 확정된 것이 아니라 며칠 지연되어도 말할 수는 없겠으나, 사실은 일각(一刻: 15분, 아주 짧은 시간)이 여삼추(如三秋: 3년과 같음)다. 그런데 오지 않으려니 하는 육감이 있어서 더 고대되고 있었다. 그 사람은 내가 이렇게 고대하는 줄이야 알 까닭이 없고 자기 일 되어 가는 대로 올 예정이다. 그러니 사실 내 한 사람이 고대한다 해도 별문제 되지 않는 것이다. 상대방은 이곳을 올 생각도 않고 있는데 내가 편사(片思: 일방적 생각)로 왔으면 하는 것이 가소로운 일이요, 또는 나는 오려니도 생각 안 하던 사람이 그 사람은 나를 와서 보고 싶은 것은 그 사람의 편사(片思)다. 세상일은 다 이런 일이 많다.

그러나 오고 싶은 사람도 주위 환경이 오지를 못하게 되고 오기를 바라는 사람도 가서 보지를 못하는 일도 있고, 또는 불원천리(不遠千里: 천리를 멀다않고)하고 일부러 가서 보면 때마침 어디를 가서 만나지 못하고 공행(空行: 헛걸음)하는 수도 있다. 내 경험으로도 꼭 봐야 할 사람을 400~500리 밖에서 3~4차 나갔다가 시간적 관계로 상좌(相左: 서로 어긋남)해서 만나지 못한 일이 얼마든지 있다. 이것이 세상의 상리(常理)요 또 이러해야 기연(奇緣: 기이한 인연), 기적이 생기는 것이다. 생각도 안 하던 곳을 가서 일생의 지기(知己: 아주 친한 벗)를 만날 수도 있고, 의외의 자리에서 규합된 사람으로 불세지위훈(不世之偉勳: 세상에 없을 큰 공훈)을 세울 수도 있다. 그 반면에 실패하는 것도 이와 같다. 이것이 내가 54년이나 경험한 바요, 또한 사학(史學)이나 패사(稗史: 이야기꾼이 지은 역사소설)나 소설로도 많이 본 것이 이 연법(緣法)이라는 것이다.

여기서 운이 어떠니, 성공을 하겠느니 못하겠느니 하는 것이다. 이 인연법을 운위(云謂)하는 것이다. 그러니 내가 말하고자 하는 것은 수인사대천명(修人事待天命)이라고 지신근신(持身勤愼: 몸가짐은 부지런하고 신중함)하고 언충신(言忠信: 말은 충성스럽고 믿음이 있음), 행독경(行篤敬: 행동은 독실하고 공경스러움)이면 상대방에서도 부지중 언충신, 행독경해지는 것이라 소기(所期: 기약한 바)에 별로 실수 없이 성공하리라는 것을 주장하는 것이다. 비록 운이 좋지 못하여 만점으로 성공 못하더라도 이런 사람은 큰 실수 없는 것도 역시 역사가 확실히 증명하는 바이다. 내가 오늘 임사소홀(臨事疎忽)해서 별 준비를 못하고 있다가 일을 오는 사람에게 성부(成否: 성불성)를 맡기고 있다가 기다리는 사람이 오지 않음으로 실패하고 이 붓을 드는 것이다. 실패라는 것은 비록 큰 실패는 아니나, 일시적이나마 일에는 실패되었기에 재삼 경계하는 것이다.

계사(癸巳: 1953년) 7월 초4일(初四日)
봉우서우유신초당(鳳宇書于有莘草堂)

영조를 보내며

일선에서 부상으로 인해서 여수 제15육군병원에 자식이 입원하고 있다 월전(月前: 달포 전)에 휴가를 얻어 (귀가하고) 10여 일 만에 (다시) 병원으로 가서 있었다. 그러던 중 대구육군본부에 가서 만날 사람이 있다고 다소 경비를 청한 서신이 오자, 그다음 날에 영조가 귀가하였다. 물론 대구 갈 경비 조달관계인 듯한데 달포 전에 왔을 때보다는 아주 수척해지고 좀 불건강한 것 같다. 병원이라 기거(起居)나 음식이 부대만 못한 연고도 있고 또는 운동이 부족한 관계도 있는 것 같다. 그리고 사려증(思慮症)[133]이 아주 없지는 않을 것이다. 사실은 가정의 요사이 형편이 자식의 대구 갈 여비보다도 가족생활의 유지도 큰 문제다. 그런데 자식에게 이 사정을 말할 수도 없고 또는 아무 말 안 할 수도 없는 것이다. 말을 안 하면 기대가 있을 것이요, 말을 하자니 자식의 기분이 좋지 않을 것이다.

그러다 할 수 없이 가족들에게 그 의사를 자식의 기분이 과히 상하지 않을 정도로 말하였다. 그러나 자식이 희망하고 온 본의와는 배치된 것이다. 할 수 없는 일이다. 장래에 내가 무슨 일이든지 되면 자식이 희망하는 일을 해주마 하고 확답을 하고 여비 2,000원을 빌려서 오늘 보내게 되었다. 그러나 장래에 내가 볼 일이 아직 미지수의 일이요, 될

---

133) 부질없이 늘 무엇을 생각하고 염려하여 생기는 병증.

는지, 안 될는지 알 수 없는 일이다. 이것이 아비 된 책임문제다. 자식은 일선에서 잘 복무하고 후방에서 볼 일은 내가 다 주선해 주는 것이 당연한 일이다. 그런데 어디 마음대로 일이 되는가 걱정이다. 세상일이 되어가는 대로 하는 수밖에 없다. 아무래도 자식을 보내며 이 일, 저 일 궁금해서 이 붓을 든 것이다.

계사(癸巳: 1953년) 7월 초5일(初五日) 봉우서(鳳宇書)

박헌영(朴憲永) 외 10여 명에게
김일성이 사형을 선고하였다는 신문기사를 보고

김일성에게는 둘도 없는 남한에서의 충신(忠臣)이었던 박헌영[134]을 이적(利敵)행위라고 휴전이 조인되며 김일성이가 박헌영을 사형선고 하였다는 신문기사를 보았다. 사실은 북한에서 한 일을 남한에서 알 수 없고 더구나 노동당 비밀을 세인이 알 바가 아니다. 그러나 이 숙청 (肅淸)이라는 것은 공산당의 상투(常套: 보통으로 하는 투)수단이니 6.25 사변 후로 박헌영이 월북해서 만약 인기를 얻어 가지고 있었다면 용혹 무괴(容或無怪: 혹시 그럴 수도 있으므로 괴이할 것 없음)한 일이다. 박헌영 이 이남 공산당의 절대 지지를 받고 있고 이북에서도 또 인기가 집중 된다면 이는 김일성에게 위험인물이라 숙청하려는 것이 김일성으로는 당연한 일이다. 공산당으로는 도덕이니, 신의(信義)니 하는 것은 몽상 (夢想: 꿈속 생각)에도 없는 것이니, 다만 이권을 잡기 위해서는 수단을 가리지 않는 그 사람들로 박헌영이가 같은 공산당에서도 남로당이니, 북로당 일부에서도 인기가 집중되었다면 물론 김일성에게 차기 선거 를 앞두고 위험시되는 고로 명목이야 무어라 하든 제거하면 공산당들

---

134) 박헌영(朴憲永, 1900년 5월 28일 대한제국 충청남도 예산 출생~1956년 12월 5일 조선민주주의인민공화국 평양에서 사형 집행)은 일제 강점기 공산주의자, 독립운동가, 언론인, 노동운동가였으며 해방 이후 북한에서 남조선노동당 부위원 장, 북한 정권 부수상, 외상 등을 역임했다.

이 타인을 투표할 리 없고 김일성이 유리하리라는 견해에서 도덕이니 신의를 생각할 여지없이 직접 제거하는 것이 김일성으로서는 가장 안전하다고 생각하였으리라.

그러나 세상일은 자기가 사람을 잘 죽이면 다른 사람도 그것을 본받을 것은 불변의 철칙이 되었으니, 김일성 부하 중에서 세력이 있고 장래 인기도 있는 자이면 당연히 김일성을 제거해야 자기에게 유리할 것이라고 착수할 것도 역시 당연한 일이다. 그러니 우리가 보기에는 북한 김일성의 운명도 머지않은 장래에 박헌영으로 화할 날이 있다는 것을 자타가 공인하는 바이다. 이것이 출호이자반호이(出乎爾者反乎爾: 네게서 나간 것은 네게로 돌아옴)[135]라는 철칙인 것이다. 이것이 도덕이나 신의(信義)가 없고 인정(人情)이 없이 약육강식하는 금수(禽獸: 모든 짐승)생활을 하는 도당(徒黨: 떼를 지어 일을 꾸미는 무리)들로 무슨 인간의 생활미를 알 길이 없어서 금수생활을 계속할 뿐이니, 역사에 어디 금수 노릇하는 인간이 장구(長久: 오래감)한 데를 보았는가. 이것이 역사적 확증이다. 이 역사적 증거를 가지고 우리가 말하는 것이 적중 안 될 리가 없다고 확언하는 것이요, 이 기사가 사실인지 아닌지는 나는 알 수 없는 일이라 그 기사만 보고 사실이 이러니 하고 내 소감을 기록하는 것이다.

계사(癸巳: 1953년) 7월 초5일(初五日)
봉우서우유신정사(鳳宇書于有莘精舍)하노라

---

135)《맹자》〈양혜왕(梁惠王) 하편〉에 나오는 증자(曾子)의 말씀.

차종환(車宗煥) 동지를 평해 보자

차종환 동지는 내가 20여 년 전부터 친교한 분이다. 위인이 총혜(聰慧: 총명하고 슬기로움)하고 또 근학(勤學: 학문에 부지런함)하며, 박람(博覽: 널리 독서함)하는 벽(癖: 버릇)이 있다. 그리고 호변(好辯: 훌륭한 말솜씨)하는 편이다. 청년들을 대하여 행동으로 숭배를 받는다느니 보다 유창한 이론에 열복(悅服: 기쁘게 복종함)하는 편이 많다. 말하자면 다언(多言)하는 편이다. 그래서 변론(辯論: 어떤 사실을 논하여 밝힘)이라는 것이 곧 실제만 가지고 하는 것이 아니라 가공적(架空的) 언론을 많이 하나, 미언호변(美言好辯: 아름다운 말솜씨)으로 그럴듯하게 하는고로 청중이 싫어하지 않는 것이 보통이요, 차 동지가 없을 때에 청년들이 그를 '대포(大砲)'라고 별명을 짓고 '차대포'라고 부른다. 보통 총을 놓는 것이 아니라 아주 대포를 놓는다는 말이다. 이 정도로 청년들의 신망이 있었고, 혹 우리와 이론투쟁을 하다가도 강변(强辯)을 피하고 말단(末端)에 가 어두(語頭: 말머리)를 돌리어 내 주장을 찬성하며 자기 주장도 말살시키지 않는 양호론(兩好論)을 묘하게 얼버무린다. 여기서 나도 강력하게 추궁하지 않는 관계로 청년들이 우리 둘의 이론이 시작되면 또 어디까지나 차대포가 자기 주장하다가 필경은 합치론으로 두미(頭尾: 처음과 끝)가 바뀔 것이라고 예정한다. 번번이 그렇게 되고 만다. 이것이 차 동지의 처세술이다. 승부가 나는 데에서 자기의 입장이 불리하다는 주의(主意: 주된 요지)인 듯하다, 말하자면 평화론이며 강론(强

論)은 아니다.

그러며 타인과 이론이 대립되면 상대방이 좀 약하다고 보면 일격하(一擊下)에 갱기 못할 상처를 주어 대중 앞에서 누가 보든지 승부를 알게 하는 호승지벽(好勝之癖: 이기기 좋아하는 습관)도 있는 사람이다. 그리고 자기의 소양이 부족한 데서 이론(理論: 논쟁)이 시작하면 어물어물 경과하고 귀가(歸家)해서 참고서류를 완전히 보고 와서 다시 그 이론을 시작하는 사람이라 그것을 알지 못하는 사람이 이에 응하다가는 제2차 공세에 후퇴를 당하는 것이다. 상대방도 충분한 준비를 하지 않으면 실수할 때가 많다. 이것이 차 동지의 독특한 장기(長技)이다. 그래서 우리와는 이론상대를 피하고 다른 사람들하고는 이론을 좋아하는 편이다. 그래서 시간만 있으면 수불석권(手不釋卷)하는 성벽(性癖: 몸에 밴 성격)이다. 이것이 차 동지가 비록 노령(老齡)이나 전진성(前進性)이 많다는 것이다. 그러나 차 동지의 유일한 결점이라는 것은 확고부동한 의지가 좀 약하다는 것이다. 앵소유지(鶯巢柳枝: 꾀꼬리집 버드나무가지) 수풍요동(隨風搖動: 바람 따라 흔들림)하는 점이 있어서 그 관점이 약한 것 같다고 본다.

나는 이 동지를 물 중(物中: 동물 속)에서 본다면 학(鶴)은 학이나 고령노송(高嶺老松: 높은 고개의 늙은 소나무)에서 서식하는 단정학(丹頂鶴)이 아니요, 동물원 속의 철망 안에 있는 학이라고 평했던 것이다. 비록 학의 품성은 있으나, 그 청고성(淸高性)이 부족한 연고로 내가 이 평(評)을 했던 것이다. 그러나 아무렇든지 학은 학이요, 다른 새는 아니다. 그 철망을 벗어나서 유유하게 청송(靑松)으로 벗을 삼고 심산궁곡(深山窮谷: 깊은 산골)으로 가서 있으면 그 본성이 다시 나올 것이라고 본다. 그래서 내가 차 동지를 못 본 지 10여 년이다. 그래 그 후에 얼마나 양성(養成)되었는지 사별삼일(士別三日: 선비가 헤어진 지 사흘)에 당 괄목상대(當刮目相對: 의당 눈을 비비고 서로 대함)여든 10여 년이라는 장시일을 상봉 못 하였으니 어느 정도에 양성되었는지가 의심시된다.

내 연정원 동지 중에서 차 동지를 거물급으로 추천한 것이 이유가 있는 것이다. 그 야속성(野俗性: 거칠고 속된 품성)만 고쳤다면 당연히 거물급에 손색이 없는 인물이다. 그리고 독자적으로 행동한다는 것보다 단체적으로 한다면 아무 기관이고 선전책임쯤은 별문제 없고 좀 연습되면 입법부나 행정부의 수반(首班)으로도 큰 손색이 없을 인물이다. 10여 년 수양 여하가 그 인격을 좌우할 것이다. 그 최대 결점인 학(鶴)으로서의 야속성을 아주 버렸다면 우리 장래에 중진 역할을 맡겨도 실수 없을 것이요, 그 야속성이 그저 있다면 천성만은 좋으나 실용이 못된다고 평을 하는 것이다. 내가 바라는 바는 차 동지의 청고성(淸高性)이 양성되었기를 심축(心祝)하며 이 붓을 그치노라.

계사(癸巳: 1953년) 7월 초5일(初五日) 정유(丁酉)
봉우서우유신정사(鳳宇書于有莘精舍)

4-61

단순한 농촌 생애(生涯)

무엇보다도 우리가 사는 농촌이야말로 이 복잡다단한 세월에도 아무리 혹평을 해보아도 단순하다고 할 밖에는 타도(他道: 다른 도리)가 무(無)하다. 각자의 분배된 토지를 각자가 농업해서 그 생산물로 각종 세액을 제하고는 잉여액이 각자의 수확이다. 그런데 이 수확이 좀 많은 사람은 생애(生涯: 생계)가 족족하고 부족한 사람은 곤란하다. 그러나 우리가 사는 이 상신리(上莘里)에서는 비농가(非農家: 농사 안 짓는 집)를 제하고는 농가라는 명칭을 듣는 사람은 최고에서 최저가 그리 큰 차가 없다. 최고가 답(畓: 논) 25두락(斗落)136)과 밭 1,000여 평 정도인데 동네에 2~3인밖에 안 되고 그저 논 10여 두락과 밭 1,000평 내외의 중농(中農)이 반수(半數)는 되고 그 이하가 역시 반수에 근(近: 가까움)하다. 그러나 농업이 부족한 사람들은 일가(日稼: 날품 농사)로 수입이 있다. 대농가 2~3인을 제하고는 완전한 자기 수확조(收穫租: 수확세금) 20석(石: 섬)137) 이내가 제일 많다. 금전으로 환산하면 10만 원 이상이나 식량으로 제하고 일용사물로 제하면 연순여액(年純餘額: 해마다 순수 남는 금액)이 별로 없는 것이요, 이 생애에서 여유금액이 있는 사

---

136) 논 한 두락은 한 마지기로, 지역마다 편차가 있으나 대략 200평 정도이며, 쌀 생산량은 약 4가마 정도이다.

137) 80킬로그램 쌀가마니로 약 40가마 분량. 예전엔 모두 한 섬, 두 섬으로 곡식의 단위를 매겼으나, 일제 때 들어온 '가마니'로 바뀌면서 한 말이 16킬로그램이요, 열 말이 한 섬이었던 것이 한 말 8킬로그램, 한 가마니 80킬로그램이 되었다.

람은 가구가 얼마 안 되고 토지가 우량한 사람들이며, 겸하여 검소한 사람들일 것이다.

그러나 그들 생애는 도시인 생애에 비하여 아주 말할 수 없는 저급 생애를 하고 있다. 이것이 농촌에서 자작자급(自作自給: 자신이 농사지어 먹을 것을 마련함)하는 재미로 악의악식(惡衣惡食: 아주 저열하게 입고 먹음)을 해도 보통으로 아는 것이다. 그러다가 흉년이나 지면 별 수 없이 부채를 진다. 이것이 농촌 실정이다. 금년, 명년 계속해서 내가 40년이라는 세월을 이 동네에 거주하나, 생활수준이 변하는 정도가 아주 단순해서 흉년에 부채가 적축(積蓄: 모여 쌓임)해서 산업의 일부씩을 감축하는 외에는 또 근검으로 조금씩 저축해서 조금씩 증산하는 외에는 40년간 재산변동이라고는 별 이상이 없다. 부지런한 사람의 살림이 늘고, 좀 게으른 사람의 살림이 주는 아주 단순한 방식의 우리 농촌 생애다.

그러나 사위(四圍)가 청산(靑山)이라 시정(柴政: 땔감 구하기)에 천혜(天惠)가 있고 산이 거의 동산(洞山: 동네 산)이라 동민(洞民)으로 아무나 산전(山田)이라도 할 권리가 있고, 수리(水利)가 좋아서 한재(旱災: 가뭄으로 인한 피해)가 별로 없고, 시장의 교통이 좀 불편하나 유성, 탄동(炭洞), 공주, 대평리, 신도안, 경천(敬天), 이인(利仁) 등 7시장의 중심지로 당일 왕래가 가능한 30리 거리요, 우마(牛馬)나 자동차편으로는 유성, 대전을 매일 출입하는 곳이라 다른 산촌보다는 유리한 점이 많고 비록 분교일망정 (초등학교) 6학년까지 통학할 수 있는 학교가 주변에 있고, 면사무소나 파출지서도 불근불원(不近不遠: 멀지도 가깝지도 않음)한 10리 거리다. 농사나 자작농으로 20두락만 농사짓고 우마차나 있고 하면 산촌 생애는 족족하다고 본다. 아동 중학 입학 정도는 부채 안 지고라도 시킬 수 있는 것이다. 공기 좋고, 식수 좋고 한적하고 별 말썽거리 없는 이 동네 생애도 아주 단순한 곳이다. 여기도 개량식으로 내년부터라도 곡물수확이나 선전하는 대로 되면 이 현상이 변해질 것이다. 황산식(黃山式)138)이라는 방법으로 답작(畓作: 논농사)이 좋은 성적을 얻는다면 현상의 배액(倍額: 두 배의 값)은 될 것 같다. 이 정도만 되면 우리 농촌도 부유해지고 생애도 좀 나을 것 같다. 현상으로는 우리 대한민국의 평균점은 겨우 되나, 나은 편은 못 된다. 말하자면 빈농촌(貧農村: 가난한 농촌)이다.

야(野: 들)가 평야나 대야부(大野部: 큰 들판) 같은 곳은 농가 일가(一家)에서 무엇하면 농작물이 40~50만 원의 수확이 있는데, 우리 동네는 2~3가(家)의 대농가도 20만 원 수확은 절대로 못 된다. 10만 원 이상 정도다. 그러니 극빈자와 차가 그리 많지 않다는 것이다. 불농가(不農家: 농사 안 짓는 집)들도 나를 제외하고는 일가 생애(日稼生涯: 날품 생활)로 1년에 수만 원은 되는 것 같으나, 최저 생애 유지가 되는 것이다. 아무리 보아도 단순한 우리 농촌 생애다. 이 단순한 생애를 누가 새로 지도해서 개량시켰으면 하는 것이다. 40년이 하루같이 변동이 별로 없고 장차 변동될 집도 동네사람들이 다 아는 것이다. 미지수라고는 한 집도 없다. 이것이 다 방정식이 되어 있는 것이다. 내가 취미를 가지고 우리 동네 장래를 보며 이 붓을 그치노라.

---

138) 황산식 수도재배법(黃山式水稻栽培法)은 1949년에 보급되기 시작한 새로운 벼 농사 법이다. 이 방법은 전라남도 해남군의 황산면에서 이재훈(李載勳)이 온상에 건묘육성(乾苗育成)을 하여 조기 이앙함으로써 10a당 벼 8석을 올려 한때 선풍을 일으켰다. 그러나 단점으로 일찍이 모내기를 한 결과 농약이 없던 당시에 이화명충(二化螟虫)의 피해가 컸다. 그 뒤 중앙농업기술원(지금의 농촌진흥청)장인 채병석(蔡丙錫)이 1955년경 일본에서 벼의 보온절충식 육묘법(保溫折衷式育苗法)에 의한 조기 재배기술을 도입하였다.

계사(癸巳: 1953년) 7월 초5일(初五日) 정유(丁酉)

봉우서우유신정사(鳳宇書于有莘精舍)

휴전조인이 되고 정치회담이 앞으로 어찌 되는가

휴전에 대하여는 물론 우리로서는 완전한 승리를 못하고 휴전한다는 것을 찬성할 수 없는 것이다. 그러나 국련군(國聯軍: 유엔군)의 전술이 적극책으로 나오지 않고 아주 소극책으로 나오는 이상에는 아무리 국군이 승리한대야 39선까지 진출 못할 것이요, 무의미하게 희생만 되는 것이다. 휴전을 반대하는 1개월이 못 되는 기간에 국군의 총 손해가 과거 36개월보다도 많았다는 것이 이를 여실히 증명하는 것이다. 금번 책임이 누구인가 회사(回思: 회상)해 보라. 물론 국련군의 무성의라고 보겠으나, 국련(유엔)에서는 휴전을 목표로 나가는데 이 정책을 순응하지 못하고 반대하다가 큰 손해를 당한 것은 또한 우리 수뇌부의 무모함이라고 아니할 수 없는 것이다. 국군이 하죄(何罪: 무슨 죄)라고 무모한 진격으로 촌토(寸土: 손가락 한 마디의 작은 땅)도 얻지 못하고 수십만 생령(生靈: 생명)만 손실하는가. 이것이 누구를 위한 정책인가 알 수 없는 일이다.

혹자는 수뇌부(首腦部: 지도부)의 과단성을 예찬하나, 단시일에 희생된 수십만 국군의 대상(代價: 대가)이 무엇인가. 첫 번부터 휴전의 조건부로 하였으면 국련에서도 불청(不聽: 듣지 않음)할 리도 없고 상대방에서도 타협이 있었을 것이다. 이것이 위정자로는 민생을 안중(眼中: 눈안)에 두지 않는 정책은 해서는 안 되는 법이다. 국련 안중(眼中)에 우리 한국의 존재는 있는 것 같지 않다. 자기네의 이해득실이나 조상(組

上: 도마 위)에서 논의할 것이지 우리 한국의 이해득실을 논의하는 것이 아닌 것은 너무나 분명하지 않은가. 우리가 바라는 바는 휴전이 되더라도 평원선(平元線: 평양·원산선)까지나 진출하고 휴전이 되면 그간 문제는 다 취소하고 우리에게 기분(幾分: 어느 정도)의 유리한 점에서 휴전조인이 될 수 있는 것이다. 양강선(兩江線: 압록강과 두만강)까지라도 갔으면 하는 희망이야 있으나, 완전 평화가 못 되는 날에는 국경 삼천리의 방어도 대문제인 관계로 평원선에서 휴전하면 이 공방전에 큰 용력(用力)이 아니라도 할 수 있는 지역이므로 이곳을 희망하였던 것이다.

현 전선은 북한군이 선전(善戰: 잘 싸움)해서 얻은 것이 아니라, 국련군에게 휴전을 청하기 위해서 한국의 발언을 못 하게 할 약점을 만든 것이다. 서(西)해안에 한강수구(漢江水口)라는 것은 서울 출입구를 봉쇄당한 것이요, 김포월안(金浦越岸: 김포 넘어 해안)까지 국련군이 철수한 것은 한국이 이 정도라도 감히 대북독전(對北獨戰: 북한에 맞서 홀로 싸움)을 할 것인가 하여 위협한 것에 불과하다. 또 동서해안에서 50여 도서(島嶼: 크고 작은 섬들)를 포기한 것은 이북에만 유리한 것이요, 이남에 하등 대상이 없는 것이 아닌가. 아무리 호평을 한 대야 미군 자기네의 포로교환에 치중한 휴전조인이요, 대한민국 정부야 무슨 굴욕이 있더라도 상관 안 한 것인데 우리 정부에서 외교를 이 정도로 하였으면 성공인지 실패인지를 자각할 일이다. 외무장관[139]이 사람 같다면

---

139) 당시 외무장관은 변영태였는데 실상은 변영태는 뒷전에서 성명 발표나 할 뿐 휴전회담과 대미외교의 전부를 이승만이 직접 지휘했다. 이승만은 내정보다도 외교에 더 큰 관심을 보였는데 이승만의 강경한 휴전반대와 북진통일 주장으로 한·미 간엔 긴장과 대치의 국면이 자주 발생했다.

일본인들 같으면 할복하고도 남을 것인데 우리 외무장관은 유유자재(悠悠自在)하니, 도량이 광대해서 그런 것인가 알 수 없다. 또 그리고 이 외무장관이 뻔뻔하게 이번 정치회담에 한국대표로 나간다니, 또 무슨 성과를 얻을 것인가. (한국) 수뇌진영들의 반성을 바라는 바이다. 미국에서는 포로교환의 종막만 지으면 물론 정치회담이 분열되어도 무관하게 생각할 것이나 교환완료 전까지는 아무 굴욕이 있더라도 다 청종(聽從: 잘 들어 좇음)하리라고 본다.

이것은 미국의 수뇌부들이 불기살인(不嗜殺人)[140]하는 인정(仁政: 어진 정치)을 주장하는 관계라고 보나, 우리나라는 국민의 살상(殺傷: 죽이거나 상처를 입힘)은 얼마든지 되고 득리(得利: 이득)는 아무것도 없어도 뻔뻔하게 그 자리에 앉아서 호언대담(豪言大談: 허황하고 큰소리)을 하니 한심한 일이요, 국민들도 신경이 아주 마비되어서 휴전이 되거나 정치회담이 되거나, 오불관언격(吾不關焉格: 나는 상관 않는다는 격)으로 상하(上下)가 다 교정리(交征利: 서로 이익만 다툼)만 하니, 무슨 방법으로 우리나라에 평화가 올 것인가.

그러나 우리가 보는 바에는 대한민국 정부로서 이롭지 못할 것이나, 우리 민족에게는 불구한 장래에 통태(通泰: 크게 통함)[141]가 올 것이니, 금번 정치회담으로 무엇이 배태되지 않았나 하고 은근히 기대되는 것

---

140) 《맹자》양혜왕장구(梁惠王章句) 제6 불기살인장(不嗜殺人章)에 나옴. 사람을 죽이는 것을 달갑게 여기지 않는다는 뜻. 양혜왕이 맹자에게 "누가 천하를 통일시킬 수 있겠는가"라고 묻자 사람 죽이기를 달게 여기지 않는 사람이 통일을 시킬 수 있다고 대답하였다.(不嗜殺人者能一之)

141) 진(鎭) 이름. 고려 예종 때에 윤관(尹瓘)이 여진 정벌을 한 뒤에 설치한 진. 예종 3년(1108)에 설치했다가 이듬해에 다시 여진에게 돌려주었다. 지금의 함경남도 함흥군 운전면 운상리와 운중리 지역에 비정된다. 《고려사》58권 지리지(地理志) 출전.

이다.

예언자들이 수백 년 전에 말해 놓은 것이 을유(乙酉: 1945년) 8.15가 적중되고 계사(癸巳: 1953년) 6월 재신일(再辛日)이 또 의외에도 적중되고 보니, 진사(辰巳)에 성인출(聖人出)하여 오미(午未)에 낙당당(樂堂堂)이라는 것도 혹 이런 의미에서 금년에 전쟁이 휴전되고 내년에 통일조건이 나와서 민족적으로 다행한 일이 나오지 않을까 한다. 이 조건이 이 전쟁으로 말미암아서 휴전조약에 정치회담으로 신불지(神不知: 신도 모름)하게 민간이나 정부가 알지도 못하고 성립 될는지 알 수 없는 일이다. 아무렇건 우리 국사(國事)는 위급존망지추(危急存亡之秋: 매우 위급한 상황)인 것은 재언(再言)할 필요도 없고 또 이 기회에 우리나라의 만년태평(萬年太平: 영원한 평화)이 올지도 알 수 없는 일이다. 그런데 우리 민족들은 아무 관심이 없이 있는 것은 한심한 일이다. 앞으로 이 정치회담에서 서로 악화되지 말고 순조로이 완전통일이 되어 평화로 만년기업을 반석같이 수립하기를 바라고 이 붓을 그치노라.

계사(癸巳: 1953년) 7월 초5일(初五日) 정유(丁酉) 봉우서(鳳宇書)

8.15 광복절 기념식에 참석하고

8.15 광복절 기념식에 참석하라는 통지를 접하고 공암까지 가서 참례한 것이다. 실상은 총 인수(總人數)가 수십 명에 지나지 못하는 소집회였다. 초등학교 전원이 참석해서 좀 성황을 이루었다. 대체 우리가 기념해야 옳은 것이 무엇인가? 을유(乙酉: 1945년) 8.15인가, 무자(戊子: 1948년) 8.15인가, 임진(壬辰: 1952년) 8.15인가, 그렇지 않으면 계사(癸巳: 1953년) 8.15인가? 의미가 불통이다. 을유 8.15를 기념하자면 왜적에게 36년간이나 압박을 당하던 망국민족이었던 고배(苦杯: 쓴잔, 쓰라린 경험)를 회상해야 할 일인데 을유년을 지낸 오늘까지 9년간에 일본에게 아부하던 것보다 아주 10배 이상의 야비한 수단을 다해서 미국과 소련에게 아부하니, 을유 8.15를 생각하는 정신이 없다고 보는 것이요, 또 민족들이 도리어 왜정시대를 계연(係戀: 이어서 사모함)을 가지고 회상하는 자들이 많으니, 을유 8.15의 광복을 그리 반가워하는 것 같지 않고 또 그렇다면 무자(戊子: 1948년) 8.15의 대한민국 수립을 기념하는 것인가 하면 이것도 알 수 없다. 국토는 여전히 양단되고 민생은 날로 도탄에 들어서 사선(死線: 죽을 고비)에서 방황하고 정부는 부패할 대로 부패해서 정부는 인민을 도외시하는 정책이 날로 나오고, 인민은 정부를 신뢰 못하는 기색이 농후하고 이 나라가 수립된 후로 역사에 처음 보는 전쟁으로 민족의 삼분의 일에 해당하는 1,000만 인구가 감축되고 5,000년 역사에 남은 유적이 모조리 파괴되고 근래 100년간에

신건설하였던 것은 모조리 없어지고 남북이 다 물 끓듯 하니, 백성이 8.15를 기념할 생각이 있을 것인가 의심이다.

또 임진 8.15에 이 대통령의 재선을 기념하는가 하면 선거 당시 별 기괴망측한 일이 다 많았고, 국가의 위기는 날로 심하며 민생을 들들 볶는 중에 국가의 입법을 무시하고 비준법정신으로 일부 정상모리배는 이 정부라는 신성한 신기(神器)를 자기들 몇 사람의 이용도구화하여 갖은 악행이 다 나오니 무슨 성덕(聖德: 성스러운 덕행)을 기념할 것인가. 이것도 아닌 것 같다, 이런 것도 아니요, 저런 것도 아니다. 그렇다면 무엇인가? 우리 민족들은 을유 8.15거나 무자 8.15거나 임진 8.15거나 그때그때 지낸 것이요, 금년 8.15는 6.25사변이 37개월 만에 휴전이 되고, 정치적으로 해결을 볼 서광이 있는 것 같으니, 금년 8.15 이후로 이 정치회담이나 잘 경과해서 내년 8.15에는 남북이 통일되고, 정치는 해결하고, 국가는 태평하고, 파괴는 재건하고, 사업은 부흥하였으면 하는 내년 8.15의 희망의 기대를 가지고 이 정치회담이 열리고 이 참혹했던 전쟁이 휴전됨을 계기로 금년 8.15를 기념하는 것이라는 것을 명시하는 것이요, 내년 8.15에는 3,000만 민족과 3,000리 근역(槿域: 무궁화 땅, 우리나라)에서 동일한 8.15 기념행사가 있기를 바라고 금년 8.15에, 내년 8.15에 호조(好兆: 좋은 조짐)가 있으려니 하는 기대의 식전(式典: 의식)을 거행하는 것이다.

계사(癸巳: 1953년) 양력 8월 15일(음력 7월 초6일)

봉우서(鳳宇書)하노라.

개헌추진 면민(面民)대회에 참석하고

계사(癸巳: 1953년) 8.15 기념식전이 있다고 공암(孔巖)지서에서 성화(星火: 매우 다급함) 같은 독촉 통지가 있어서 서염(暑炎: 타는 듯한 더위)을 무릅쓰고 공암학교까지 가서 그 식전에 참석하였었다. 총총히 이 식전이 종결되자 비밀히 지서장과 형사가 이 자리를 이용해서 면민대회를 개최하겠다는 말과 겸해서 개헌추진이라는 명목이 붙는다는 말을 하며 개회사를 나더러 청하는 것이었다. 그 내용을 물으니 개헌안은 조 의원이 낭독할 것이니, 개회만 하여 주고 경찰에서 간섭한다는 것을 절대 비밀로 해달라고 한다. 그래서 8.15식전을 마치고 곧 부면장을 시켜서 이어서 면민대회가 있다는 말을 하고 나더러 개회사를 청한다. 그래서 내가 단상에 나가서 수어(數語: 몇 마디 말)로 개헌추진을 말했다. 현 입법기관과 정부가 서로 주장하는 헌법의 차이가 많아서 작년에 발췌개헌안[142]이라는 것은 입법부안도 아니요, 정부안도 아닌 중간안이며, 우리 민족에 해당하는 안이 아닌 것은 입법부나 행정부가 서로 불평하는 것을 보면 무엇인지 부당성이 있는 것 같으니, 우리 민족의 의사에 적합한 개헌이어든 우리 면민대회에서 추진찬성을 하실

---

142) 임시 수도 부산의 제2대 국회에 제안되어 공포된 첫 개정 헌법안이며 대한민국 헌정사상 첫 번째 친위 쿠데타이기도 하다. 대통령 직선제와 국회 양원제를 골자로 하는 정부의 안과, 의원내각제와 국회 단원제를 골자로 하는 국회의 안을 절충해 발췌해서 통과시켰다고 하여 발췌 개헌이라는 이름을 얻었다. 그러나 실상은 이승만의 대통령 재선을 위하여 실시된 헌법을 위반한 개헌이었다.

것이요, 부당성이 있다면 불찬성하는 것도 무방하다고 개회사를 그치었다.

그다음 개헌 낭독하는 것을 들으니 또 작년 정치파동143)을 연상하게 한다. 무엇인가 그 조문이 종두지미(從頭至尾: 머리에서 꼬리까지)가 다 입법정신과는 배치되는 것이었다. 내 정신이 부족해서 원문대로는 못 외우나 의사만은 이러하다. 순서도 기억 못 하겠다.

참의원 선거를 곧 하계 국회에서 개헌하라.

6.25사변에 이북으로 납치된 민의원의 보궐선거를 곧 하계 개헌하라.

민의원의 소환을 인정 않는 국회에서 파행적인 국무위원 불신임안을 못 하게 개헌하라.

헌법을 개헌하려면 국민의 3분의 2 이상의 신임투표로 결정하라.

헌법 55조144)의 단조(但條)를 폐기하라.

비상시에는 대통령에게 대권을 줄 개헌을 국회는 못 하게 하라.

등인 것 같다. 내 생각에는 참의원 선거 운운은 그리 개헌까지 운위할 문제가 아니요, 국회에서 적당한 시기에 상정 통과하면 될 것이라고 생각되고, 2조는 정치회담이 되는 도중이니 납치된 민의원들도 귀

---

143) 부산 정치파동은 1952년 5월 25일의 계엄령 선포로부터 같은 해 7월 7일의 제1차 개정헌법 공포에 이르기까지 전시 임시수도였던 부산에서 일어난 일련의 정치적 소요사건. 이승만이 자신의 재선을 확실히 하고, 독재정권 기반을 굳히기 위해 한국전쟁 중에 임시 수도인 부산에서 폭력을 동원하여 강제로 국회의원을 연행하고 구속하는 등의 일이 벌어졌다.

144) 대통령의 임기는 4년으로, 1회 중임이 가능하다(헌법 제2호: 55조). 참고로 대한민국 헌법 제2호는 부산 정치파동을 통해 1952년 7월 7일 일부 조항이 개정된 헌법이다. 대한민국 제헌 헌법 이래로 첫 번째로 개정된 헌법으로 '발췌개헌'이라고도 한다.

환하도록 노력할 일이지, 납치된 의석을 기화(奇貨: 뜻밖의 보화를 얻을 수 있는 기회)로 보궐선거가 그리 급할 필요가 없다고 본다. 그리고 3조는 국무위원들의 비행(非行)이 연이어 나오는데, 개과(改過: 잘못을 뉘우침)할 생각은 없고 또 하야할 아량은 없고 자기 직권을 남용해서 작년 정치파동과 유사한 비준법정신으로 민의원들에게 함구령을 내리자는 악질 정상배들이 철면피를 무릅쓰고 이런 조건을 내어서 개헌을 청하는 것은 용서 못할 일이요, 또 경찰권으로 민의를 표방하고 민주주의 원칙을 무시하는 것은 그자들의 장래에 올 천벌도 머지않다는 것을 확언해 둔다.

4조는 경찰권으로 민의라고 민족의 3분의 2 이상을 동원해 가지고 입법부의 권한을 침해하려는 악행이 잠재하였고, 5조는 장래에 독재하고자 하는 야망을 여실히 표현한 것이니, 이것이 누구를 위해서 제안하는 것인가 알 수 없는 일이요, 6조는 현재도 대통령이 세계 만방에 유례가 없는 대권을 가지고 독재로 민주 우방에 치욕을 당하고 있는데, 이 이상 무슨 대권을 요청하는 것인가 알 수 없는 일이다. 이것이 제국주의에서 황제도 그 나라 헌법에는 준하는 것인데 이런 개헌안을 요청하는 자들의 심리는 무엇을 의미하는 것인가? 이것을 감히 국민 앞에 내놓고 또 관권(官權)으로 압박해 가며 개헌을 추진하려는 자들, 아무리 생각해 봐도 가련한 자들이다.

천추(千秋: 오랜 세월)의 역사가 무어라 춘추필법(春秋筆法: 《춘추》를 지은 공자의 사서史書 집필 방식으로 비판적이고 엄정한 필법을 이른다. 대의를 밝혀 세우는 역사서술)이나 되며, 그보다 먼저 우리 애국 선령(先靈: 선열의 영혼)들과 우리나라를 수호하시는 5,000년 두고두고 내려오시는 천상지하(天上地下: 하늘 위 땅 아래)의 영신(靈神: 신령)들이 이런 무리들의 판정을 무어라 할 것인가? 또 그러고 아무리 우매하나 우리 민족 3,000만이 이런 비행을 묵과하리라고 생각하는 것인가? 아무리 생각해도 가련한 인생들이다. 죄악이 영과(盈科: 과정에 가득참)하면 천벌(天罰: 하늘의 벌)이 곧 오시는 것이다. 이 자들의 주구(走狗: 달리는 개) 노릇하는 자들은 실상 가석(可惜: 가여움)한 인생이요, 개과할 여지가 얼마든지 있는 것이다. 책재원수(責在元帥: 책임은 가장 윗자리에 있는 사람에게 있음)라고 이런 악행을 감행하며 주사(做事), 모사(謀事)하는 자들만 곧 천벌이 올 것이라는 것은 시간문제로 하고, 확언해 두는 것이다. 동천(東天: 동녘하늘)에 조일(朝日: 아침 해)이 아직 오기 전에 계명성(啓明星: 샛별, 금성)도 아직 안 왔으니, 날이 샐 줄 알지 못하고 장야불서(長夜不曙: 긴 밤에 날이 새지 않음)할 줄 알고 마음대로 추행(醜行), 악행(惡行)을 하는 자여. 불구(不久)해서 동천에 조일이 빛날 때에 그대들 몸을 어디다 둘 것인가. 천추에 죄인을 불면(不免: 면치 못함)할 것이니, 어찌 가련치 않은가. 이것으로 붓을 그치노라.

계사(癸巳: 1953년) 8.15 봉우서(鳳宇書)

국민회(國民會) 도지부장 선거차로 대전을 가라는 통지를 받고

8.15 기념행사에 참석하였다가 생각 안 한 개헌추진 면민대회를 하고 기분이 불호(不好: 좋지 않음)해서 집에 와서 있는데, 또 의외에 국민회 충청남도 지부장 선거차로 대전을 가라는 경찰의 통지를 받고는 사실 알지 못하고는 참석하겠으나 누가 알고 갈 것인가? 연속적으로 3~4차의 독촉통지가 왔다. 종말에는 여비준비는 다 되었으니, 지급(至急: 매우 급함) 출두(出頭)하라는 것이었다. 사실로 한심한 일이다. 이것이 민주주의인가? 강압이라도 이 이상 더할 수 있는가? 그래서 내가 못 갈 사정이 있다고 거절하고 안 간 것이다. 누구를 또 지명할는지는 알 수 없으나, 현재는 성낙서 동지가 도지부장이었다. 그런데 또 자기네에게 유령시종(維令是從: 오직 명하는 대로 좇음)할 인물을 택하는가 보다. 그렇다고 내 마음에 없는 일을 할 수야 있는 것인가. 그러하니 아주 안 가는 편이 무방하다. 이것으로 총 민의를 가장하고 무슨 일을 할 것인지는 알 수 없으나. 우리가 생각하는 육감으로는 별 수 없이 협천자이령제후(挾天子以令諸侯: 권력에 기대어 권위를 남용함)라고 또 민의라는 좋은 간판을 가지고 입법부를 습격할 태세인 것 같다.

이 주요 인물들부터 무슨 방식이고 양심적으로 자기네 자책(自責)도 있으려니와 반드시 신책(神責: 신의 꾸지람)이 있을 것이라고 확정해 보는 것이다. 이런 일을 꾀하기 위하여 각 지방에서 다수 인사를 대전으로 집합시키는 것은 이것이 대전 여관업자에게 유리한 조건이요, 교통업자에게도 유리한 조건이요, 우리 지방 인사들은 별 수 없이 이용거리밖에 안 되는 것이다. 그 주동체가 무엇이며, 그들의 양심상으로는 어떻다고 생각하는가? 당연한 행사라고 보는가? 부당하기는 하나 권리를 획득코자 부득이한 행사라고 보는가? 또는 우리들이 이렇게 하면 인민들이야 아무런 줄 모르고 유령시종하려니 하고 행사하는 것인가? 대체로 그 본의를 알지 못하겠다. 이런 인물들이 행정부 고위층이라면 인민들은 아무래도 가련한 일이다.

내 일인의 거취(去就)가 무슨 중대하랴마는 참으로 내 양심에 이런 일 하라는 명령은 받을 수 없어서 가기를 중지한 것이다. 아무 것이나 다 안 해도 역시 무방하다. 자기들이 보기에 명령불복종이면 이다음은 반드시 또 무슨 민의를 조작해서 개선(改選: 다시 뽑음)할 것이다. 그러면 사실은 내게는 고소원(固所願: 본디 바라던 바)이다. 참으로 그 인물들이 아무리 생각해 보아도 철면피들이다. 선성(蟬聲: 매미소리)이 청량(淸凉)한 초추(初秋: 초가을)에 만염(晚炎: 늦더위)이 상초(尙峭: 오히려 기승을 부림)하야 청계변(淸溪邊: 맑은 시냇가)에서 탁족(濯足: 발을 담금)하며, 석양에 그늘을 찾아 앉아 이 붓을 든 것이다. 신임 도국민회지부장이 누가 선임되었든지 나는 불관(不關: 관여 안 함)이요, 이런 관선(官選)이 앞으로 없기를 바라며 이 붓을 그치노라.

계사(癸巳: 1953년) 7월 초9일 봉우서(鳳宇書)

민심계도자(民心啓導者) 대회에 참석하라는
통지를 받고

쉴 새 없는 집회였다. 민심계도자 대회라는 명목으로 강사는 도경찰
국장 황 씨가 도내 각 지방에서 사자후(獅子吼: 열변을 토함)를 하는 중
에 양력 8월 19일이 공주 차례다. 그리고 군내(郡內) 각 기관책임자들
과 이장, 반장, 지방 유지들이 다 참석하게 되었다. 황 씨는 일제하의
서울대학(경성제대)을 졸업하였고 재학 중에 고등문관시험을 합격한
수재라고 하며, 아주 평민적으로 평이 좋다고 한다. 그러나 민심계도자
대회의 강사로는 나는 알 수 없다. 이 제목으로는 행정부에 직을 둔 사
람으로는 양심상 말하기 곤란하리라고 믿는다. 양심적 인물이라면 행
정부의 왜곡을 말 안 할 수 없고 민족에게 동정을 안 할 수 없는 것이
다. 그런데 더구나 도경찰국장이라면 행정부에서도 더욱 민관(民官)과
관계가 많은 곳이요, 행정부에서 왜곡한 갖은 행동이 민생에 미치는
곳은 직접 행동자가 이 경찰이다. 그러니 이것을 무어라고 증명할 것
인가? 상부의 명령이라 나는 마음이 없으나, 할 수 없이 시행하였소 할
것인가? 외면으로 모르는 체 하고 행정부에서 하는 일이 가장 당연하
다고 비상시에 있는 국민으로는 어떻든지 행정부를 믿고 통일할 전조
로 나가라고 말할 것인가? 그렇지 않으면 자기의 직장이야 어디든지
솔직하게 아주 민심계도에 적당한 말을 할 것인가? 아무리 생각해 보
아도 황국장도 자기 마음에 없는 어리벙벙한 행정부에 순응하라는 민

심계도 강연일 것 같다.

이 강연은 강사 자신부터 자신 없는 강연이니, 아무 소리를 하든지 자기 양심은 있을 것이다. 이 표리가 있는 강연을 삼복 증염(蒸炎: 찌는 더위)에 더구나 공주 중동초등학교 광장에서 한출점배(汗出霑背: 땀이 나와 등을 적심)하며 들으러 갈 용기가 나지 않는다. 민심계도라니 우리가 생각해 볼 것이 아닌가. 무슨 말을 해서 민심계도를 할 것인가. 물론 양심 있는 사람으로 솔직하게 말하자면 남북통일이나 오족(五族: 다섯 겨레, 세계인류)통일을 앞두고 우리 민족으로 당연히 있을 수난기에 6.25사변도 그 계단적 일부인가 하니 비록 이 비상시를 대처해서 100가지 우리 마음에 없는 일이 있더라도 이것은 우리의 수난기려니 하고 인내하고 민심이 통일을 정신상으로부터 해서 실지면의 경제로, 외교로 옮겨서 계급적으로 국토통일도 할 수 있고, 오족통일도 할 수 있으니, 어떤 행정부니 입법부에 왜곡이 있더라도 우리는 먼 정신상 통일로 수난기를 극복하자는 외에 타도가 없을 것이다.

우리가 이 수난기에서 무슨 행정부나 입법부를 왜곡한다고 원망하는 것이 아니라 과도기인 현재에 어찌 만사구비(萬事具備: 모든 것을 다 갖춤)한 인물이 나오기를 바라리요. 할 수 없이 인내하라는 것이다. 황 국장의 강연을 듣든지, 안 듣든지 우리는 우리대로의 민심계도할 책임이 있는 관계로 이런 자기 양심대로 못하는 강연을 듣고 싶지 않아서 나는 이 강연회에 불참하고 수석(水石) 좋은 내 고향에서 신추(新秋: 첫가을) 잔염(殘炎: 잔서殘暑, 남은 더위)을 축(逐: 물리침)하며 수음(樹蔭: 나무그늘) 아래서 오수(午睡: 낮잠)를 신각(新覺: 새로 깸)하고 이 붓을 든 것이다.

계사(癸巳: 1953년) 7월 10일 (음력 8월 19일)

봉우서우상신초당(鳳宇書于上莘草堂)

속보법(速步法) 경험을 설명하며 내 소감

　속보라 하면 평보(平步)보다 속(速: 빠름)한 것을 말하는 것이다. 그리고 세인들이 보통 평보에 하루 100리요, 그 이상으로 150리만 걸어도 속보라고 한다. 그런데 현 세계 경보(競步)[145] 기록을 보면 50킬로미터에 4시간 36분이다. 분수(分數)로 276분에 1킬로미터당 5.52분이니, 4킬로미터를 10리로 계산한다면 10리 소요시간이 21분이 된다. 그래서 내 경험으로 보면 1시간 10리 보행이 평보요, 좀 속보라면 20리는 용이하고 좀 연습하면 현 세계기록쯤은 돌파할 수 있다고 본다. 1시간에 30리 내지 40리가 그리 난관이 아니라고 보면 이 속보가 현 세계의 마라톤 신기록인 자토펙[146] 씨의 말과 경험과 상이점(相異點: 서로 다른 점)이 있는 것이다.

　내가 소시(少時: 젊을 때)에 최고기록을 낸 당시의 보법이라는 것은 역시 점진적 인내로 훈련된 것이요, 결코 졸지에 얻은 것이 아니다. 연

---

145) 육상경기의 하나. 한쪽의 발이 항상 지면에서 떨어지지 않게 하는 경기. 종목은 5,000미터, 1만 미터, 20킬로미터, 50킬로미터가 있는데, 올림픽대회 및 세계선수권대회 등에서는 20킬로미터와 50킬로미터가 정식 종목으로 채택되어 있다.

146) 에밀 자토펙(1922.9.19~2000.11.22.)은 체코슬로바키아의 육상 영웅이다. 1948 런던 올림픽과 1952 헬싱키 올림픽의 장거리 종목에서 금메달 4개와 은메달 1개를 수상했다. 20세기 최고의 육상선수 중 한 명으로 꼽힌다. "새는 날고 물고기는 헤엄치고 사람은 달린다."라는 명언을 남겼다.

습에 연습을 거듭해서 내 기록이라는 것이 10리 평균 12분 정도면 종일 출행(出行: 나가 다님)해도 별 곤란 없이 지냈던 것이다. 이것을 내가 노쇠해져서 현상으로 실현을 못 하고 말로만 그렇다고 하니, 아무래도 효과가 발생하기 용이치 않다. 더구나 이것을 성공하자면 호흡법이 필요한데 역시 동일한 이유로 실현되기가 곤란해서 내가 좀 노쇠하기 전에 실지로 보이며 설명하였으면 하는 감이 든다. 이것이 교역반(教亦半: 가르침 또한 반)이라는 책임이다. 금번에 청강(聽講: 강의를 들음)하는 대전에서 오신 3인이 소호라도 기록이 났으면 하는 내 기대요, 내가 지도하는 데도 소시(少時: 젊었을 때)와는 내 근력의 피로를 불감(不堪: 감당하지 못함)하는 관계로 계속적으로 실행하기가 극히 곤란하다. 이것이 소감(所感: 느낀 바)이다.

계사(癸巳: 1953년) 7월 11일 봉우서(鳳宇書)

신현달 군과 이무영(李務榮) 군의 내방(來訪)을 보고

거의 1년이라는 긴 세월을 서로 상봉 못 하였기 전자(前者: 지난번)에 내가 방문하였으나 역시 양군(兩君: 두 사람)의 외출로 만나지 못하고 돌아왔다. 신 군이나 이 군이 다 금년 초에 경제적으로 손실을 자기 역량으로는 과중히 보았다는 풍설을 듣고 항상 우려하던 것인데, 금번에 양군이 동반하여 내방하였는데 내가 생각하던 바와는 비교적 호조였던 것 같다. 신 군은 좀 경제공황의 느낌이 있는 것 같으나, 심하지는 않은 것 같고 이 군은 도리어 다각도로 보아서 나은 것 같다. 직접 내가 그들의 경제상을 물어 보니 사실이 그러하다. 신 군은 작년보다 좀 경제적으로 저위(低位: 낮은 위치)가 된 것은 사실이요, 이 군만은 수전(水田: 논) 농사는 과거에 못하고 전작(田作: 밭농사)만 하였는데 가옥은 좀 줄였고 답(畓: 논) 10두락(斗落)을 작농(作農: 농사지음)하여 현상으로는 풍작이라고 전작(田作: 밭농사)도 양호하다는 사실담을 들으니, 비록 경제면이라도 나아진 것은 동지들이 1인이라도 이 곤란을 좀 덜 받았으면 하는 내 평시 소원에 부합되는 것이요, 신 군 역시 비록 작년만은 못하나 역시 극곤란은 면하는 것 같으니 풍설과는 상부되지 않은 것이 다행한 일이다.

양군의 래의(來意: 찾아온 뜻)는 물론 상봉한 지 오래된 관계도 있거니와 그보다도 명년 내 거취문제로 의사를 탐지코자 온 것이요, 타인들의 정보도 전하는 것이었다. 모○간의 갑사행이 약속되었다는 것과 정경모 군의 명년 출마준비라는 것과 공주읍 청년들은 김영옥 군을 많이 지지한다는 것과 이인(利仁) 만리천 노인층들은 기분(幾分: 어느 정도) 나에게 호의를 가지고 있으며, 계룡산 아래 팔리(八里: 여덟 개 리)에서는 내 득표가 부족하여 수완 있는 운동원이 있다면 역시 상당한 점을 얻을 수 있다는 것과 계룡 양구(兩區: 두 구역)에서는 우연만큼 선전과 실지로 병행하면 다수를 얻을 수 있다는 것과 이인, 탄천도 중간파 청년층은 내가 접촉만 자주 되면 상당 득표될 예선지(豫選地: 예상 당선지)라고 말하고, 제일 선전원과 부락 책임자 선정에 유의하라고 권한다.

사실은 내가 출마 여부는 연내(年內) 경제 여부가 좌우하는 것이라 현상으로는 수무분전(手無分錢: 수중에 돈 한 푼 없음)한 사람이 출마운운은 도리어 망상이라 아니할 수 없다. 작년 입후보가 도리어 불리하였다는 점도 말한다. 나야 출마하든 못하든 동지들이 염려하여 주는 것은 감사한 일이다. 신 군이나 이 군이 다 내 일이라면 전심전력을 다해 주는 사람들이다. 그들의 권고내용은 이것저것 해야 경제적으로만 소소의 혜택이 있다면 물론 성공하리라는 귀결점이었다. 사실이다. 적수공권(赤手空拳: 맨손, 맨주먹)으로는 할 수 없는 일이다. 명년의 일이라 아직 좌우를 쾌언(快言)할 수 없으나, 현상으로는 극곤란한 것 같다. 이 기록을 남기는 것은 신군이나 이군의 성의에 감사의 뜻을 표하는 것이다.

계사(癸巳: 1953년) 7월 14일 봉우서우유신초당(鳳宇書于有莘草堂)

6.25사변 후 생사존몰(生死存沒)을 부지(不知)하는 정 동지(鄭同志)를 추억하며

우연한 기회로 김동파(金東波) 석상(席上: 여럿이 모인 자리)에서 인사하고 언왕언래간(言往言來間: 말이 오가는 사이)에 내가 무슨 일을 하는데 경제적으로 주선력이 부족해서 착수를 못한다 하니, 정 동지가 그 일의 대체(大體)를 물어 보고 곧 그 정도는 자기가 주선해 주마고 쾌락(快諾: 쾌히 허락)하였다. 사실은 초면인사라 실현성에 있어서 믿기가 어려웠다. 그러던 중에 정 동지가 광주여행 중 예기(豫期: 예상기일)보다 10여 일이나 지연되고 아무 소식이 없어서 보통 그러려니 했던 것이다. 얼마 만에 귀경해서 정 동지가 내방하고 먼저 광주여행에 의외의 사고로 일자가 지연되었는데 그간에 실신(失信: 신용을 잃음)이 되어서, 미안하다고 말하며 아직 그 일이 착수 못 되었는가 하는 고로 아직 주선이 안 되어서 착수 못했다고 대답하니, 정 동지가 곧 소요량의 전액을 지불하며 착수해 보라고 하였다. 그 후 이것이 인연이 되어서 원원상종(源源相從: 끊이지 않고 서로 만남)했다. 그래서 서로 부지중 본의(本意)를 토해보고 장래 목적에 약간 상이점이 있었던 것인데 점진적으로 접근해져서 아주 자기 사상과는 180도로 전환되었었다.

그리고 우리의 공동목적을 위해서 막대한 금액을 자기 자신도 없는 것을 전력 주선해서 희생적으로 제공하고 공동전선을 펴고 전심전력을 다하고 성공되기를 바라던 중에 일이 극히 순조로이 되고, 예상보다 10배 이상의 수확이 있을 확실성이 보이어서 다만 성공이라는 것은 시간문제뿐이었다. 그래서 내두 성공을 앞두고 조금의 사심이라도 있어서는 안 된다고 오로지 민족의 장래를 위해서 헌신하자고 맹서하고 반가운 소식을 고대하고 있던 차에, 소속 관청에서 수속이 다 되고 많아야 5~6일이면 완전히 사건이 종결될 계단에 갔었다. 정 동지나 나나 그간에 이 희망을 가지고 백 가지 고통을 인내해 가며 성공의 날을 기대하던 중에 의외에도 6.25사변이 발발해서 만사를 실패하고 피난코자 하나, 설마 대서울이 3~4일 만에 함락하리라고는 몽중에도 생각 안 했던 것이요, 또는 수무분전(手無分錢: 수중에 푼돈도 없음)해서 어찌할 수 없던 길이었다. 정 동지 역시 매일 전과(戰果)의 불리 보도만 듣고 선후책이 없어서 역시 적수공권(赤手空拳: 맨주먹, 아무것도 가진 게 없음)인 관계였다.

새삼스러이 추억되는 것은 6월 27일 오후는 피난민과 관리(官吏)층이 말할 것 없이 용산도로가 막힐 만큼 내려간다. 게다가 대우경주(大雨傾注: 큰비가 쏟아져 내림)하여 촌보(寸步: 짧은 거리)를 내놀 수 없는 현상이었다. 보다 못해서 가족 중 2인이 석양에 출발하고 정 동지와도 하회(下回: 다음 차례)를 보자고 상약(相約: 서로 약조함)하고 있던 중이다. 밤 12시를 전후해서는 피난민보다 길에 행오(行伍: 걷는 대오)가 없이 후퇴하는 국군이었다. 우리도 이 이상 더 인내할 수 없다고 28일 오전 0시경에 4인 가족이 출발해서 용산까지 오는 시간이 상당히 걸려서 막 인도교를 오자마자 대폭음과 동시에 인도교가 폭궤(爆潰:폭발하여 무너짐)되어 피난민은 대혼란을 이루었으나, 또 기차철교의 폭파가 연첩(連疊: 연이어 겹침)하니 때는 오전 2시 반이나 되었고 다시 집으로 오지도 못하고 중간에서 왕래하다가 4시가 되어서 효창공원 정 동지에게 가 조반을 하고 정 동지가 비밀히 현금도 만 원을 가지고 자기와 나와 자기 계씨(季氏: 남동생)와 만 원씩 분배하고 피난 시에 서로 분리할지 알 수 없으니, 서로 분배해 가지고 비록 부족하더라도 이걸로 피난 여비를 하자고 현금 만 원을 지불한다. 그때 내 심정이야말로 감개무량했었다.

정 동지와 같이 내 집에 막 와서 앉자, 전차대 2대가 내습(來襲: 습격함)해서 포탄 파편이 양인(兩人: 두 사람) 신변에 낙하하니, 양인이 다 계부주댁(季父主宅: 아버지의 막내아우님 집) 지하실에서 대피하고 다시 정 동지에게 가서 가족을 데려오고 정 동지는 문안으로 들어갔다. 이것이 우리와 최후의 작별인가 보다. 그 후에 정규명(丁奎明) 동지가 와서 피난하려면 도강할 수 있다고 하는 말을 듣고 용산까지 가서 현상을 보니, 슬금슬금 도강하는데 별 조사가 없어서 가족 일동 5인이 정 동지 댁으로 다녀서 동행코자 했었다. 문 안에서 아직 귀댁하지 않았다. 부득이 곧 도강해서 공주로 귀향 피난하였고 그 중간에 정 동지가 준 만 원으로 큰 고생 않고 공주까지 도착한 것이다. 그 후 소식이 영절(永絶: 영원히 끊어짐)해서 탐문할 바를 알지 못하였는데 의외에 김동파 편으로 대강 전하는 말이 정 동지가 본디 철도학교 교수로 있다가 좌익관계로 파면되었던 관계로 나와 동행해서 피난 못하고 다시 좌익들의 추천으로 철도학교 교장으로 평양에 가서 훈련까지 받고 와서 교장으로 있었다가 9.28수복 후에 서울서 피신 중에 있는데 모인(某人: 어떤 사람)의 밀고로 1.4후퇴 직전에 피체(被逮: 남에게 잡힘)되었다고 한다. 그 후 정 동지의 본댁으로 통기(通奇: 통지)해 보았으나, 생사존몰을 부지라고 한다. 그 후로 알 만한 곳에 알아보니, 아주 무소식이다. 감개무량한 일이다.

정 동지가 본 사상이 좌였으나, 나와 접근으로 확실히 민족주의로 사상전환을 했었고 또 동일 목표로 나가자고 맹서하였었다. 내가 피난 시에만 상봉하였으면 물론 피난하였을 것이요, 또 좌익진영으로 가서 이런 사고를 낼 리가 없다고 본다. 내가 만나지 못하고 온 것이 후회되며 동지들 중에서 정 동지처럼 희생적으로 노력하는 동지를 못 보았다. 그리고 자기도 극곤란한 중에 동고(同苦: 함께 고생함)를 의미하는 분량분전(分糧分錢: 아주 적은 식량과 푼돈)의 실적이 얼마든지 있었고 또 정신수양도 전력을 경주하려고 노력하던 인사이다. 주위 환경으로 자기가 개과(改過)한 곳에서 다시 이 명목으로 범법하게 된 것은 정 동지의 본의가 아니요, 구출 못 한 것이 후회된다. 그리고 정 동지의 성의껏 일보는 것과 동지애(同志愛)라기 보다도 민족애를 가진 동지였다. 추모를 마지않는 바이다.

계사(癸巳: 1953년) 7월 17일 봉우서(鳳宇書)

추우(秋雨: 가을비)

하림(夏霖: 여름장마)이 장기간 불제(不霽: 개지 않음)하여 농작의 손해
가 적지 않았는데, 근일(近日: 요즘)은 좀 한기(旱氣: 가뭄)가 있어서 채
종(菜種: 채소 씨앗)이 잘 나지 않는다고 걱정을 하더니 백중절(百中
節)147)을 중심으로 무일불우(無日不雨: 해도 안 나고 비도 안 옴)였고 또
풍세(風勢: 바람세기)를 가미해서 강우량이 상당히 많은 관계로, 도리어
파손이 있고 일전까지도 노염(老炎: 늦더위)을 불감(不堪: 견디지 못함)해
서 야간이면 천변(川邊: 냇가) 반석(盤石: 넓고 편편한 돌) 위에서 노숙(露
宿: 한데서 잠)하던 사람들이 많았는데, 금번에 비가 옴으로 일기가 졸
냉(猝冷: 갑자기 추워짐)해서 누구든지 더운 방으로 찾아오는 것이 보통
이니, 천시(天時)나 인사(人事)가 다 일반일 것이다. 노염과 같이 우리
가 괴롭던 일기도 하룻밤의 비바람으로 어느 곳으로 갔는지 알 수 없
고 청량한 맛이 교허(郊墟: 교외)로 돌아드니 이것이 고인들이 말하던
"신량(新涼: 초가을의 서늘한 기운)이 입교허(入郊墟: 교외에 들어옴)하니,
등화(燈火: 등잔불)를 초가친(稍可親: 더욱 가까이 함)이라"던 '신량(新
涼)'이 아니고 무엇일까?

우리도 노염에 흐리멍텅하던 정신을 이 신량(新涼)과 같이 시원하게

---

147) 음력 7월 15일. 세벌 김매기가 끝난 후 여름철 휴한기에 휴식을 취하는 날. 농민
들의 여름철 축제로 음식과 술을 나눠 먹으며, 백중놀이를 즐기면서 하루를 보내
던 농민 명절.

변하고 내 정신으로 각기 자기 직장에서 자기 역량껏 노력을 아끼지 말고 자기 운로(運路)도 개척하며 따라서 우리 민족적 대진로(大進路: 크게 나갈 길)도 쾌히 개척해서 이 고해(苦海) 중에서 청량세계로 나가는 일에 진력할 것이다. 가을비 부슬부슬, 가을바람 우수수, 우수수 어제 오늘 잇따라 이 추우(秋雨), 추풍(秋風)이 (불고 내려) 온 세계를 덮혀 씌우던 염서(炎暑: 더위)의 위엄이 어느 곳으로인지 알지도 못하게 자취를 감추고 말았도다. 이것이 하늘이며, 이것이 신(神)이며, 이것이 또 인간이라는 것이다. 춘하추동의 차례가 순서를 잃지 않고 오는 것인데 그래도 사람들은 춘(春)이면 장춘(長春: 늘 봄)이 될 줄 알고 하(夏)면 역시 장하(長夏: 늘 여름)가 될 줄 안다. 춘하추동이 어느 것이고 다 그 극(極)에 가면 변하는 것은 천지인사(天地人事)가 다 일반이다. 무엇이 다르리요? 추우신량(秋雨新凉)에 노염(老炎: 늦더위)이 은흔(隱痕: 자취를 숨김)함을 보고 인간들이 신량미(新凉味)에 정신들이 나서 으스스하고 있는 것을 보고, 세계사도 머지않아 노염이 이 신량으로 변할 날이 머지않다는 것을 알라고 이 추우(秋雨)라는 제목을 쓰는 것이다.

계사(癸巳: 1953년) 7월 17일 봉우서우유신정사(鳳宇書于有莘精舍)

[이 글은 1989년 나온 《백두산족에게 고함》 42~43페이지에 실린 선생님의 수필 〈이 가을비에 생각한다〉의 원문입니다. 가을비 하나에도 늘 민족사와 세계사를 염두에 두십니다. -역주자]

당동이불능동(當動而不能動: 마땅히 움직여야 하나 움직일 수 없는)인 내 근일 입장

내가 근 40년이나 살고 있는 이 산이 아주 무릉도원 같은 곳이다. 세상사를 피해서 은거생활을 하자는 인사는 가장 적당한 곳이다. 산중수복의무로(山重水複疑無路: 산과 물이 중복되어 길이 없는 줄 의심함)하니, 유암화명우일촌(柳暗花明又一村: 버드나무 어둡고 꽃은 밝으니 또 한 마을)이라고 —육유(陸遊)의 시구—대로에서 그리 멀지도 않고 또는 가깝지도 않고 거마(車馬: 수레와 말)를 탄 사람은 왕래 못할 곳이요, 보행(步行: 걸어 다님)이라면 왕래할 만한 곳이요, 또는 통로가 경과로(經過路: 지나가는 길)가 아니요, 일부러 이곳까지 오는 길이 아니면 별로 올 필요가 없는 곳이요, 이곳에서 거주하는 사람은 사위(四圍)가 다 청산(靑山)이라 전답이 부족해서 농사만으로는 생계가 부족하여 산에서 나무장사나 하고 싸리나 베어서 광우리(광주리의 충청도 사투리)나 하고 부녀자들은 고사리나 꺾어서 이걸로 생애(生涯: 살림을 살아 나갈 방도, 한평생)에 한 도움을 삼는 것이 이곳 사는 상사(常事: 예상사)요, 이곳에서 나무장사 잘하면 아들 잘 두었다고 하고, 고사리 잘 꺾으면 딸 잘 두었다고 하는 데라 다른 곳에서 생애를 취해서 올 사람은 없고 혹 무릉도원인 줄 알고 온 사람이나 와서 거주하다가 자손들을 가르치지 못하고 필경은 이곳 사람과 같이 자손들이 나무장사, 고사리장사가 되고 말아서 자기 조상이 무엇하러 이곳에 왔던지 알 길이 없고 다만 나무장사, 고사리장사 잘

할 궁리만 한다.

　그리고 광우리장사로 용돈이나 쓰는 것이 이곳 거주하는 사람들의 상례이다. 이곳에서 사는 김 씨도 이 씨도 거의 그런 사람이요, 그 외에도 그 사람을 따라온 사람들 자손들이 다 이런 관계로 인걸(人傑)은 지령(地靈)이라고 이 땅에서는 이런 인물이 나는 것이 당연하지 별 인물이 안 나는 것이 상례다. 이 상례를 벗어난다면 특례일 것이다. 나도 이곳에 거주한 지도 38년간이다. 양친 산소가 이곳에 계시고 나도 5남매를 이곳에서 잃고 약관(弱冠: 20세) 전에 와서 어언간 백두옹(白頭翁)이 되었다. 이곳에 내가 길게 살면 내 자손이라고 이곳 사람들과 같이 나무장사, 고사리장사, 광우리장사 말라는 법이 어디 있는가. 내가 말하고자 하는 바는 이런 장사가 업이 천하다는 말이 아니다. 배우지 못해서 출세를 못하고 주위 환경으로 산골사람 노릇을 하는 것이 애석하다는 말이다. 그러니 자식이 이곳을 나가서 내가 따라 가느니보다는 내가 알고 있으니, 당연히 동(動)해야겠는데 동하고자 하나 동해지지 않는다. 왜정시대에는 일부러 동하지 않고 있었고 을유해방 이후에는 동하고자 하나 마음대로 안 되고 6.25사변 후에는 이곳에서 난도 당하고 피난하고 하였고 그 후에는 동부동(動不動)이 모두 자유롭지 않았고, 그저 무슨 기회나 있으면 하고 있는 중이다.

　무슨 일이든지 수인사대천명(修人事待天命)하는 것인데, 아무 일도 닦지 않고 무슨 일이 저절로 되려니 하고 있으니, 무슨 기회가 절로 올 리가 있는가. 이 애로를 타개할 의무가 자손을 위해서 당연히 내게 있는 것이다. 그래서 무슨 일이든지 해서 이곳에서 동(動)하고자 하는 내 심정이 아무리 하여도 마음대로 안 되고 진퇴유곡(進退維谷)인 입장에서 내 스스로가 고통을 받는 것이다. 그러나 고인(古人)들도 다 전선고

(多錢善賈)148)라고 적수공권(赤手空拳)인 내가 무슨 일을 하든지 궁인

모사(窮人謀事: 운수 나쁜 사람이 일을 꾸민다는 뜻으로 일이 잘 안 됨을 의

미)가 되어서 마음대로 되는 일이 없다는 것이다. 그렇다고 난동(亂動)

을 해서는 안 되는 것이다. 장래의 확실성을 보고 동하지 않으면 안 되

겠다. 고인의 말씀에 근피호리(僅避狐狸: 겨우 여우나 살쾡이를 피함)에

우답호미(又踏虎尾: 또 호랑이 꼬리를 밟음)라는 말씀도 있다. 동하고자

하는 곳이 호랑이 꼬리 아닌 줄 누가 예측할 것인가. 이것이 제일 속단

을 불허하는 것이다. 장래 자손의 입장도 보아야 할 것이요, 당장의 입

장도 생각해야 할 것이다. 이런 중선(重線), 복선(複線)의 사정이 있어

서 내가 근년에 동하고자 하나, 동하지 못하고 진퇴유곡인 내 입장을

그대로 써보는 것이다. 동부동이 될 수 있으면 고인의 규구(規矩: 규구

준승, 잣대)에 벗어나지 않게 하였으면 하는 것이 내가 항상 스스로 생

각하는 바이요, 이것이 현실화되기는 또 많은 시일이 걸릴 것이다. 이

것으로 이 붓을 그치노라.

　　　계사(癸巳: 1953년) 7월 18일 봉우서우유신정사(鳳宇書于有莘精舍)

추기(追記)

　　내가 이윤(伊尹)149) 전설의 경신판축(耕莘版築: 신야에서 밭 갈고 흙을

---

148) 밑천이 많으면 마음대로 장사를 잘할 수 있음. 출전《한비자(韓非子)》.

149) 은나라의 이름난 재상으로 탕왕을 도와 하나라의 걸왕을 멸망시키고 선정을 베풀
　　었다.

다짐)의 은퇴할 자질이 있거나 자아(子牙: 강태공)의 조위(釣渭: 위수가에서 낚시함)나, 엄자능(嚴子能)150)의 조우동강(釣于桐江: 동강에서 낚시함)이나의 자임(自任: 스스로 맡은 임무)이 있거나, 제갈공명(孔明)의 궁경남양(躬耕南陽: 남양에서 몸소 밭 갈음)하여 구전성명어난세(苟全性命於亂世: 진실로 난세에 성명을 보전함)하고 불구문달어제후(不求聞達於諸侯: 제후들에게 명성을 구하지 않음)하던 위인들 같으면 이곳도 고인들이 있던 곳만 못지않은 곳이라 이런 곳을 얻지 못함을 도리어 탄식할 일이나, 나는 일개 포의(布衣: 벼슬 없는 선비)로 아무 닦음이 없는 한사(寒士: 가난한 선비)라 봄이 와도 꽃이나 잎이 필 자격이 없고, 여름이 와도 장양(長養)될 근간(根幹)이 없고 가을이 와도 맺은 여름이 없으니 겨울이 왔다고 무엇을 감추리요. 그러니 이런 곳을 내 거주지로 하고도 마음이 항상 동하고자 하며 또는 아니 동하고도 견디지 못하겠으니 아무리 생각하여도 고인이 부끄럽도다. 자신의 얻음이 없는 것을 후회할 뿐 무엇을 한(恨)하리요? - 봉우추기(鳳宇追記)하노라.

---

150) 후한 광무제의 친구로 광무제가 즉위하자 이름을 바꾸고 부춘산에 은거했다. 광무제가 그를 아껴 백방으로 찾았는데, 제나라 사람이 이렇게 보고하길 "어떤 남자가 양 갓옷을 입고 연못에서 낚시하고 있습니다." 광무제는 바로 엄자릉임을 알고 사람을 보내 그를 궁으로 불러들여 관직을 제의하였으나 엄자릉은 사양하고 다시 초야로 돌아가 은거하였다. 그가 낚시하던 곳을 엄릉뢰(嚴陵瀨) 또는 엄릉조대(嚴陵釣臺)라 한다.

〈고우(故友) 문수암(文受庵)을 추억한다〉 추기(追記)

수암(受庵)과 상봉한 시일은 을축년(乙丑年: 1925년)이요, 동반하던 친구는 이윤직(李允稙), 백락도(白樂濤) 3인이었는데, 백락도는 벌써 환원(還元: 죽음)하고 이윤직은 이번에 생사존몰을 부지하고 문은 서천(西天: 극락, 불교에서 죽은 뒤 가는 천국)으로 간지 벌써 여러 해가 되는 것 같으니, 홀로 앉아 생각하면 부생(浮生: 덧없는 인생)이 공자망(空自忙: 공연히 스스로 바쁨)이로다. 벌써 간 사람은 많고, 지인(知人) 중에 남은 사람은 점차 줄어가는도다. 이 세상에 남은 내 생각은 내두(來頭: 앞날)가 길고 길 것 같으나, 벌써 백수(白首)에 안혼(眼昏: 시력이 흐림)함을 볼 때에 아마 나도 석양이 가까움을 알아지는도다.

내야 석양이건 조양(朝陽: 아침볕)이건 상관할 바 아니요, 가는 날은 가더라도 당한 일은 해내고 보는 것이 내 마음이며, 내 마음은 아직 반생(半生)이 못 되었거니 하고 여러 선거동지(先去同志: 먼저 간 동지)가 못 하고 간 일이나 다 해놓고 갈까 하는 것이 유일한 희망이다. 이래서 더욱이 먼저 소식이 없이 가는 동지들을 추억하는 것이다. 그렇다고 내가 천년이나 살고자 하는 것이 아니라, 우리들이 입두(立頭: 맨 앞에 세움)하던 일이나 초석(礎石: 주춧돌)을 확고하게 세우고 우리 후래(後來: 뒤에 옴) 동지에게 계승시키는 것이 내 책임이다. 수암(受庵)뿐 아니라 여러 동지가 다 동일하도다. - 봉우(鳳宇)추기

[이 글은《봉우일기》1권 366페이지에 실린〈고우 문수암을 추억하며〉의 추기(追記)입니다. 1998년 발간 당시에 누락된 추기원문을 발견하여 다시 실었습니다. 아울러〈고우 문수암을 추억하며〉본문에서도 366페이지 위에서 13줄, 14줄의 내용이 누락됨을 발견하여 다시 실었음을 밝힙니다.

누락된 글 ― 해보고 백아산(白鵝山: 거위산) 황혼에 김경칠(金京七)을 찾다가 창평(昌平: 전남 담양군) 나상사(羅上舍: 나생원, 진사)에게서 고인(古人)들이 흔히 하던 과객극(過客劇: 나그네놀이)도 해보고 ―

또 하나 그간 문병옥 선생의 호를 수암(殊庵), 다를 수자로 표기했으나, 이번에 봉우 선생님의 원문 글씨를《서예자전》을 통해 분석해 보니 '받을 수(受)'자로 판명이 되었으므로 이번 추기글부터 '수암(受庵)'으로 표기하였습니다.

문수암은 박산주와 더불어 봉우 선생님의 절친(切親: 아주 친한 벗)으로서 일제하 민족운동사에 아주 특별한 자취를 남기신 분이며, 봉우 선생님의 기록에서 드러나듯이 당대의 도인들인 삼비팔주처럼 대황조 이래 수천 년간 구한말까지 전해져 온 우리 백두산 겨레의 정신수련법을 고스란히 닦아 선인(仙人)의 반열에 오른 분입니다. 봉우 선생님의 문수암 관련 글들은 참으로 중요한 우리의 정신문화에 대한 증언이자 보고(寶庫)라 할 수 있습니다. ―역주자]

수필: 진퇴(進退)의 분기점에서 산란한 내 마음

근일 내 심서(心緖: 마음의 실마리)가 무슨 연고인지 알 수 없을 정도
의 산란(散亂)을 보고 있다. 물적이나 심적이나 공히 안정이 되지 않는
다. 육체는 야간에는 무어라 형언할 수 없을 만큼 피로하다기보다 인
내하기 어려울 정도의 고통이 있고, 주간(晝間: 낮)이면 그저 뇌가 명랑
치 못할 정도요, 정신상으로는 안전(眼前: 눈앞)에 개재한 공적(公的),
사적(私的) 공히 중대한 문제가 연거푸 있는데 아무리 생각해 보아도
취서지망(就緒之望: 실마리를 풀 희망)이 보이지 않고 여전히 난사(亂絲:
얽힌 실)와 같고, 수인사대천명(修人事待天命: 사람의 할 바를 다하고 천명
을 기다림)이라고 무슨 일을 해보면 의외의 일이 횡출(橫出: 빗나감)해서
성공의 길을 얻지 못하니, 이것은 물론 사불밀(事不密: 일이 치밀하지 못
함)한 연고도 있으려니와 대체로 운이 부족한 관계다. 속담에 장님도
길 바로 들 날이 있다는데, 어찌 무슨 일이든지 하면 다 실패할 일만 골
라가며 하는 것인가. 이것이 운이 부족하다는 말이다.

고인(古人)의 염우말풍(鹽雨末風: 소금비 끝에 바람?)하던 일도 있고,
또는 오취탕오취걸(五就湯五就桀: 탕에게 다섯 번 나아가고, 걸에게 다섯 번
나아감)151)한 일도 있다. 그것으로 보면 무슨 일이 순풍괘범식(順風掛

---

151) 《맹자(孟子)》〈고자(告子)〉 하편 제6장 출전. [학문에는 위인(爲人)과 위기(爲己)
의 학문이 있는데 공자는 상경에 있으면서 아무 업적도 없이 떠났다고 비난하는
순우곤에 대하여] 맹자가 말하기를 "아랫자리에 있으면서 어진데도 어질지 못한

帆式: 순풍에 돛 달 듯)으로 마음대로 되는 일은 없는 것도 같다. 그저 고배(苦杯: 쓴 술잔)를 많이 마신 사람이 순경(順境: 순탄한 상황)으로만 지낸 사람보다는 도리어 일을 성공에 실패 없이 하는 것이 상리(常理)다. 그러나 자기의 역량을 알지 못해서 그런지 알 수 없으나, 그동안 고배도 마실 만큼 마셔 보고 시련도 될 만큼 되지 않았나 하는 주제넘은 생각이 가끔 나는 때가 있다. 고인도 이 정도였으리라고 자기를 과대평가해 보다가도 이 일 저 일을 고인들과 아주 비교적으로 공식을 내보면 아무리 아전인수(我田引水: 내 논에 물 끌어댐)적 고사(考査)를 해봐도 아직 성공권 내에 들 자격이 못 되는 것은 가리지 못할 일이다.

여기서 간간이 일어나는 무명업화(無明業火: 깨우치지 못하고 번뇌에 얽혀 짓는 악업을 불에 비유함)를 자소(自消: 스스로 불을 끔)하는 것이며, 자위(自慰: 스스로 위로함)도 하고 안심도 하고, 또 더욱 전진하려는 마음도 생긴다. 그래서 이 마음이 생길 때에 더욱더욱 이 몸이 약해짐을 느끼며, 정신도 겸해서 전진하는 데 지장이 있음을 자각하는 것이다. 그래서 몸이나 정신이나 공히 쇠약할수록 무슨 일을 당하면 더 일층 그 약점이 보여지는 것이다. 그럴수록 내 몸이나 내 정신을 건강하게 하며, 수양하게 해서 전두(前頭: 미래)에 해나갈 일에 지장이 없게 하는 것이 내가 당연히 질 책임임에도 불구하고 금년은 아주 탄력이 없어서 물적, 심적 공히 아주 후퇴를 당하고 있으니 대면(對面)에 있는 강적을

사람을 섬기지 않는 이는 백이(伯夷)이고, 성군(聖君: 성스러운 임금) 탕왕(湯王)에게 다섯 번 나아가 벼슬하고 폭군 걸(桀: 하나라의 마지막 임금)에게도 다섯 차례 나아가 벼슬한 이는 이윤(伊尹)이고, 더러운 임금을 싫어하지 않으며 작은 벼슬을 사양하지 않는 이는 유하혜(柳下惠)이다. 이 세 사람이 처신하는 방도는 같지 않으나 그 나아가는 바는 한 가지이니, 이 한 가지란 무엇인가 하면 인(仁)이다. 군자는 또한 인(仁)이면 될 따름이니, 어찌 반드시 나아가고 물러나는 것이 같아야 되겠는가." 하였다.

무엇으로 격퇴할 것인가. 점점 이것이 불안심되어서 사려망상이 더하므로 신체가 점점 더 약해지는 것 같다.

고인(古人)인들 무슨 완전한 경제와 토대를 가지고서 비로소 일을 한 것이 아니다. 공중에 ○루(○樓) 짓는 격으로 공상으로 구상해 보다가 완전한 입안(立案)이 되면 실지로 착수해 보는 것이요, 먼저 이 입안이 되기 전에는 그런 일의 자격이나 양성하던 것이 예가 되고 목적하는 입안이 있다면 동성상응(同聲相應: 같은 소리는 서로 응함)이라고 동지를 규합하는 것도 상례요, 이 규합동지하는 데에서 족지다모(足智多謀: 지혜가 풍부하고 꾀가 많음)한 참모가 규합되면 그 일이 속히 실현화하는 것이다. 그런데 우리가 공상하고 있는 일도 그리 소사(小事)가 아니요, 또 규합된 동지들도 그리 자격이 부족하지도 않으나, 다만 어찌해야 이 동지들이 완전한 발족을 보게 하며, 이 발족이 어느 때쯤 성공의 길로 가게 되는가가 항상 심려되는 바이요, 이 발족도 시일문제인데 아직 완전결합을 못한 것이 유감이다.

고대나 현대를 막론하고 그 시기가 있는 것이다. 그 시기를 잃으면 비록 경천동지(驚天動地)할 대재대덕(大才大德: 큰 재능과 덕성)이 있더라도 소용이 없게 되는 것이다. 그렇다면 현상 주위 환경이 무엇으로 보든지 그 시기가 문제라고 본다. 그 시기를 잃지 말라는 말이다. 두뇌가 둔한 사람은 무슨 일이든지 되어 가는 대로 해가지 하고 마음이 유들유들해서 육체나 정신의 피로를 덜 받는데, 우리같이 신경과민한 사람은 아주 마음이 불편해서 이런 때는 침식(寢食: 먹고 잠)이 불안한 관계로 육신이나 정신이 소모될 대로 소모된다. 그렇다고 무슨 일이 절로 되는 것도 아니다. 금년은 아무래도 내게는 이 괴로움이 없지 못할 불운의 해요, 또 명년에 이런 일, 저런 일 맞이하기 위해서 금년부터 노력 안 하면 안 될 입장이라 공적으로나 사적이 다 준비기요, 명년이 실행기인 관계로 내 일거수일투족이 명년의 내 일에 공사를 막론하고 호운(好運)을 전래(轉來: 굴러옴)하는가 그렇지 않은가를 판정하는 예심(豫審: 예비심사)일 것이다. 55세로부터 58세까지 4년간이라는 (시기가) 내게 과연 일이 바쁜 때이다. 내가 방향을 바꿔서 아주 안정으로 변하느냐, 그렇지 않으며 목적대로 돌진하느냐가 내게 대한 중대 관심처이다. 이 나가느냐, 물러서느냐의 분기점에 방황하는 내 심경이야말로 무어라 형언할 수 없다. 명년 조춘(早春: 이른 봄)까지면 진퇴가 결정될 것이요, 나로서는 앞으로 나아가는 것보다도 물러나서 수양하는 것이 당연한 일이다. 진부득퇴부득(進不得退不得: 나가지도 물러서지도 못함)이라고 과연 심서(心緖)의 산란함과 진퇴의 분기점에서 이 붓을 들어보는 것이다.

계사(癸巳: 1953년) 7월 21일 봉우서(鳳宇書)

습유(拾遺: 보충함):
답하동인군(答河東仁君: 하동인군에 답함)

-초본(草本: 원본)이 재어휴지중고이초우차(在於休紙中故移草于此: 휴지 속에 있는 고로 여기에 옮겨 놓노라.)

오래 소식을 전하지 못하여 궁금하던 차에 군의 서신을 받으니, 반가운 마음 측량 없소. 이때 초목군생(草木群生: 초목과 뭇 생명)이 상설몽(霜雪夢: 서리눈의 추운 꿈)을 찢치고(떨치고) 각자의 환희계(歡喜界)인 양춘(陽春: 따뜻한 봄)을 만나서 다 자연계의 화락(和樂)을 맛보고, 각기 장래를 전개코자 맹동(萌動: 싹이 움직임)하는 이때에 주위의 환경이 이 자연과 합류를 허락하지 않는 군(君)이 번뇌 중에서 감상을 그대로 내게 가림 없이 전하니 감사하오.

냇들 아주 군의 역경을 아지 못하는 것이 아니나, 자주 서왕서래(書往書來: 서신왕래)하면 더욱 진실무의(眞實無疑: 진실하고 의심 없음)한 합치를 볼 수 있게 되는 것이요, 대체로 옛적의 위인전기를 보면 백이면 백이 다 수많은 역경을 당하고 백절불굴(百折不屈: 백 번 꺾여도 굽히지 않음)의 노력과 정신으로 건투(健鬪)하여 대역경을 당하여 대노력으로 순경(順境)을 전개한 자가 대위인이 되고, 동일한 역경이라도 노력이 부족한 것을 불휴(不休)투쟁한 자가 그다음 위인이 되고, 역경을 당하여 정복할 용감성이 없이 진퇴방황한 자가 실패자가 되었을 뿐이요,

순경에서 순조로 일생을 일점 노력 없이 경과하고도 위인 된 사람은 역사상이나 전기 중에서 1인(一人)도 못 보았으니 오등(吾等: 우리들)의 제일 요점은 백절불굴의 정신으로 비상한 노력을 양성하면 이왕 당한 역경을 개척하고 또 앞으로 100년간 기다(幾多: 아주 많음)히 당할 난관과 역경을 개척하기 어렵지 않은 것은 명약관화(明若觀火: 불 보듯 환함)한 일이요.

또 보통으로 논하면 학적(學籍)이 최고학부 아니면 세상에서 인정을 못 받는 것도 당연한 일이나, 고금 위인을 막론하고 반드시 최고학부 출신은 아닌 이상 별로 문제시할 필요 없이 독자 노력으로 순경(順境)에서 순조로 진행하는 사람보다 100배, 1,000배의 비상한 정신을 가지고 인격을 양성하며, 사물을 상대하면 어찌 하군이라고 후일에 역사상 일위인이 되지 말라는 조건이 어디 있소. 백절불굴의 정신수양이 제일 요점이요, 고인이나 금인이나 사람인 이상에 1로부터 100까지 전부가 신성적(神聖的)이라고는 할 수 없는 것이요, 그러하니 역경을 당하여 비읍(悲泣: 슬피 욺)하는 것도 당연하고 자포자기심(自暴自棄心)이 생기는 것도 당연하여 장래 희망 여부를 돌아보지 않고 임시 순경만 있다면 방향 전환하는 것도 무리는 아니나, 내 기대는 하군(河君)이 역경에서 비읍하고 자포자기하여 일시 향락(享樂)에 취할 사람이 아니리라고 확신하고 있으니, 불휴부지(不休不止: 쉬지도 멈추지도 않음)의 노력으로 장래 거대한 성공이 있기를 충심(衷心: 참된 마음)으로 비는 바요, 하군도 일시의 풍수감(風樹感: 바람에 흔들리는 나무 같은 감상)을 느끼지 말고 후일 대성공으로 지하의 선령(先靈: 선조의 영혼)을 위안하는 것이 효도에 당연한 일이요, 군의 나라에 충성하는 도이니 군은 마땅히 신체를 건강히 가져 비상한 정신력을 양성하여 대성공을 목표로 진행하는 것이 사람의 당연한 도리이며, 이것이 나라와 민족에 대한 충성이자 어버이에게 효가 되는 것이요. 군이 어련히 알 것이 아니로되 나로서는 주마가편(走馬加鞭: 달리는 말에 채찍을 가함)이라는 고어(古語)를 본받아서 충고하는 것이요,

　*추고(追告): 어실선후(語失先後: 말이 앞뒤를 잃음)하였소, 자당문안안분(慈堂間安安分: 어머님 안부는 편안하심)하시고 영제매씨(令娣妹氏: 여동생들)와 계씨(季氏: 남동생)들도 다 균안(均安: 두루 편안함)들 하신지 알고자 하며, 훈(勳)은 근일삭(近一朔: 한 달 가까이)이나 우연히 병상(病牀)에 누워서 있는 중인데 현재는 대세(大勢)는 차도가 있고 가중(家中: 집안)은 무방하나 가아영조(家兒寧祖: 아들 영조)가 경성중학시험에 불합격이었소. 종종 서신이라도 하소. 이만.

　　　　계미춘(癸未春: 1943년 봄) 훈답서(勳答書: 훈은 편지에 답함)

추기(追記)

　하군이 당시 역경으로 경북중학을 졸업하고 상급학교에 갈 준비는 못 되고 정신이 산란해서 그 입장을 명기한 편지가 있었고 또 무슨 경제 방면에 취직이라도 해서 이 곤란한 역경에 비읍(悲泣)하는 것을 타개(打開)해 볼까 한다는 내서(來書: 내신來信, 온 편지)를 보고 내 의사대로 그 입지(立志)를 상하지 말라고 한 것이었고 독학이라도 하며 초지를 관철하라는 권고사였다. 하 군이 꾸준히 전진하고 있어서 6.25사변 후에 경북중학교원으로, 경주여중교원으로 있으며 독학하다가 사변

으로 군문(軍門: 군대)에 투신해서 현재 통신학교 교원장교로 있는 중이다.

계사(癸巳: 1953년) 7월 21일 봉우추기(鳳宇追記)

심인경(心印經) 편독(便讀: 집중해 읽음. 遍讀, 偏讀)

上藥三品 (상약삼품) 가장 좋은 약 세 가지가 있으니
神與氣精 (신여기정) 신과 기와 정이다.

恍恍惚惚 (황황홀홀) 그것은 매우 황홀하고
杳杳冥冥 (묘묘명명) 아득하며 깜깜하지만

存無守有 (존무수유) 무를 보존하고 유를 지키면
頃刻而成 (경각이성) 순식간에 이루어지네.

廻風混合 (회풍혼합) 바람을 돌려 뒤섞으면(호흡수련을 해나가면)
百日功靈 (백일공령) 100일이면 공력이 신령스러워지고

默朝上帝 (묵조상제) 잠잠히 상제에게 조회하여
一紀飛昇 (일기비승) 일기(12년)면 하늘로 솟구쳐 오르네.

知者易悟 (지자이오) 아는 이는 쉽게 깨닫고,
昧者難行 (매자난행) 어두운 이는 행하기 어렵네.

履踐天光 (이천천광) 하늘의 빛을 밟아서

呼吸育淸 (호흡육청) 호흡으로 맑음을 기르니,

出玄入牝 (출현입빈) 단전을 출입하는 기운은
若亡若存 (약망약존) 있는 듯 없는 듯 미미하게 하고

綿綿不絶 (면면부절) 끊어지지 않게 가늘게 쉬면
固蔕深根 (고체심근) 꼭지는 단단해지고 뿌리는 깊어지네.

人各有精 (인각유정) 사람에게 각기 정이 있으니
精合其神 (정합기신) 정은 신에 합하고

神合其氣 (신합기기) 신은 기에 합하여
氣合體眞 (기합체진) 기는 몸의 참된 것에 합하는 것이라.

不得其眞 (부득기진) 그 참된 것을 얻지 못하면
皆是强名 (개시강명) 모두 다 헛된 이름뿐이네.

神能入石 (신능입석) 신은 능히 바위에도 들어갈 수 있고
神能飛形 (신능비형) 신은 능히 형체를 날릴 수도 있으며

入水不溺 (입수불익) 물에 들어가도 빠지지 않고
入火不焚 (입화불분) 불에 들어가도 타지 않는 것이다.

神依形生 (신의형생) 신은 형체에 의지하여 살고

精依氣盈 (정의기영) 정은 기에 의지하여 가득 차게 되는 것이니

不殘不凋 (부잔부조) 쇠잔하지도 않고 시들지도 않으므로
松栢靑靑 (송백청청) 소나무와 잣나무처럼 푸르리라.

三品一理 (삼품일리) 삼품이 한 가지 이치인데
妙不可聽 (묘불가청) 그 묘한 것을 가히 들을 수가 없네.

其聚則有 (기취즉유) 그것이 모였으므로 있고
其散則無 (기산즉무) 그것이 흩어졌으므로 없으니

七竅相通 (칠규상통) 일곱 구멍이 서로 통하면
竅竅光明 (규규광명) 구멍마다 빛이 밝게 빛나고

聖日聖月 (성일성월) 성스러운 해와 성스러운 달이
照耀金庭 (조요금정) 금빛 뜰에 환하게 비치리라.

一得永得 (일득영득) 한 번 얻으면 영원히 얻게 되고
自然身輕 (자연신경) 자연히 몸은 가벼워지며

太和充溢 (태화충일) 크게 화창한 기운이 넘쳐흐르게 되면
骨散寒瓊 (골산한경) 뼈는 흩어지고 찬 구슬이 만들어지니

得丹則靈 (득단즉영) 단을 얻었으므로 신령스러워지고

不得則傾 (부득즉경) 얻지 못하면 기울어지네.

丹在身中 (단재신중) 단은 몸 가운데 있어서
非白非靑 (비백비청) 희지도 푸르지도 않으니

誦之萬遍 (송지만편) 여러 번 거듭 읽고 수련하면
妙理自明 (묘리자명) 신묘한 이치가 저절로 밝혀지리라.

－《민족비전 정신수련법》317페이지에 실려 있음.

《심인경(心印經)》사의(私意)

이《심인경》은 선친께서 거금(距今: 지금으로부터) 46년 전인 무신년 (戊申年: 1908)에 국사일비(國事日非: 나랏일이 날로 어그러짐)하고 가운 (家運)이 건둔(蹇屯: 운수가 침체함)한 때라 선서(善書: 좋은 책)를 많이 간행하시는 중에《옥황심인경(玉皇心印經)》도 100부를 간행하시어 유 지(有志) 제위(諸位)에게 선포하신 것이다.

선친께서는 유불선(儒佛仙) 제선서(諸善書)에서 가장 긴요하다는 경 서(經書)를 종신송독(終身誦讀: 평생토록 소리 내어 읽음)하시고, 선비(先 妣: 어머니)께서도 정성이 배타(倍他: 남보다 곱절)하시어 범인으로서 따 르지 못할 정근(精勤)을 많이 하신 것은 불초(不肖)가 목도한 바요, 또 양위분(兩位分: 두 분)의 정성으로 불가사의한 기적이 이루 기록할 수 없었다. 선비(先妣)께서는 일찍 하세(下世)하시고 선친께서는 81세에

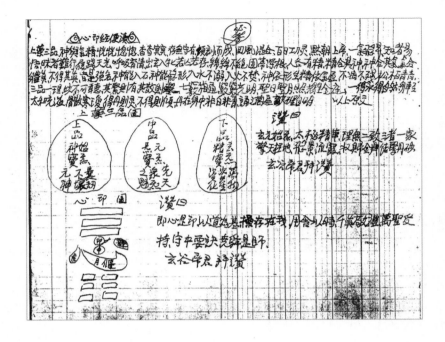

환원(還元)하시었는데, 환원하시기 전 3일에 선친께서 불초(不肖: 봉우
선생 자신)와 제자(弟子) 제인(諸人: 여럿)을 대하시어 천상(天上)에서 첩
지(帖紙: 임명서)가 왔는데 너희들에게 뵈이려 하였더니 그 첩지가 보이
지 않는다고 찾으시는 것을 보았다. 그 당시에 선친께서는 기력이나
정신이 조금도 쇠하심이 없었고 환원 당시에도 여상(如常: 평상과 같음)
하시었다. 장례가 5일이었으나 여전히 수면(睡眠)하시는 것 같았다.

　내 선친께서 과화존신(過化存神: 죽음을 지나도 정신을 보존함)에 치중
하시어 이 성서(聖書)를 봉행(奉行)하시기를 50여 년이시었으나 불초는
계승을 못하고 풍풍우우(風風雨雨)에 백수(白首)가 되었다. 그러나 불초
는 청년 시부터 《용호결(龍虎訣)》에 유의(有意)하고 호흡법을 연구해 보
았다. 아주 소년시대부터 선비(先妣)께서 지도하시던 것이었다. 후에

《심인경(心印經)》을 봉독(奉讀)하여 보니 이《심인경》은 단가(丹家)의 종지(宗旨)요, 무엇보다도 최긴최요절목(最緊最要節目: 가장 긴요한 대목)이다. 그래서 내가 실행해본 지 오래요, 또한 후인을 위해서 이《심인경》을 시간만 있으면 간행하고 내가 통속적으로 주석(註釋)해 볼 예정으로 선차(先次) 이 원문(原文)을 쓰는 것이다. 이것이 모두 천진만성(千眞萬聖)의 종지(宗旨)가 여기에 불과하다는 것을 중언(重言)하노라.

계사(癸巳:1953년) 7월 21일 여해봉서(如海奉書:여해는 받들어 씀)

-《봉우일기》1권 370~371페이지에 실려 있음.

기회와 운명

　기회라는 것은 무슨 일을 하든지 생각하지 않은 사람이 참례(參禮)해서 그 일을 성공시키는 일이었다. 그 사람이 아니라도 할 수 있는 일에 우연한 기회로 이 자리에 참례하게 되어서 그 일을 성공하였다고 하는 일도 있고 정반대로 항상 동모(同謀)하던 사람이 우연한 기회에 다른 곳을 갔다가 성사하는 자리에 참례 못 하고 권외(圈外) 사람과 같이 되는 것이 다 기회를 잘 탄 사람과 기회를 잘못해서 실기(失機)한 사람의 구분이나 이것을 잘못 이해하면 운명이라고 할는지도 알 수 없으나, 이것은 오로지 기회요, 운명은 아니다. 운명이란 형용하기 곤란하다.

　조단호부부(造端乎夫婦)[152]라고 혼사(婚事)부터 말해 보자. 내가 유시(幼時: 어렸을 때) 약혼하였던 곳이 있었는데 내가 항상 다녀 보아도 여러 가지로 불만점이 보이지 않고, 내심(內心)에 부족함이 없었고, 당자간(當者間: 당사자 사이)에도 아무 불평이 없었다. 비록 연유(年幼: 나이 어림)하나 나는 이 신붓감이 내 장래에 내외(內外: 부부)가 될 사람이어니 했었다. 그 여아(女兒)는 아직 연유(年幼: 나이 어림)해서 무엇이 무엇인지 알지 못하였던 것이다. 그러던 중에 내 선친과 그 여자의 부친과 사소한 이론(理論) 차이로 파약(破約: 약혼을 깸)하고 만 것이다.

---

152)《중용(中庸)》12장 출전. …군자의 도는 부부에서부터 그 단초가 시작되었으나, 그 지극한 것에 이르면 하늘과 땅에 밝게 드러난다.(君子之道 造端乎夫婦 及其至也 察乎天地.)

그래서 내가 벽진(碧珍) 이씨(李氏)를 취(娶: 장가듦, 아내를 취함)한 것인데, 13세에 상처(喪妻)하였다. 또 재취(再娶: 두 번째 장가듦)할 때에 정단산(鄭丹山)이라는 이가 간랑(看郎: 신랑을 봄)을 와서 합의(合意: 뜻이 맞음)하다고 극력 청혼하는 것을 보류하고 있는 중에, 졸지에 내 선친이 중풍(中風: 뇌일혈) 불어증(不語症: 실어증)으로 정신이 혼미하셨을 때였다. 이때에 노준덕과 황성모라는 사람이 간랑차(看郎次)로 왔었다. 당시 선친 환우(患憂: 병환)가 위중(危重)하시었으므로, 선중부주(先仲父主: 돌아가신 둘째아버님)가 주장하시어 정혼(定婚: 혼인을 정함)하셨다. 내가 불평을 갖고 불응하였으나, 재하자유구무언(在下者有口無言: 아랫사람은 입이 있어도 말이 없음)이라고 말 못하고 부득이 응하였었다.

그다음 날 선친의 병환이 쾌차하시고 정단산이 와서 청혼하는데, 어제 정혼했다 하니 자기가 그곳 파혼은 담당하겠으니 불계하고 응락하라 하나 체면상 부득이 응하지 못하였다. 그 후 차중(車中)에서 정단산을 만났고 그 여식(女息: 딸)도 만났는데 유한정정(幽閒貞靜)[153]한 덕(德)이 외현(外現: 밖으로 들어남)하고 안여만월(顔如滿月: 얼굴이 둥근 달 같음) 같은 인물이었다. 이 단산의 여식이 출가 후 7자3녀(七子三女)의 후진(後進: 자녀)을 두고 덕이 있다는 평을 듣는다. 나도 그 후 별별 역경을 다 지내고 일자(一子: 아들 하나)를 두었을 뿐이다. 내 선친이 병환이 위중하지 않으시고 또 중풍불어증이 아니었다면 이 혼인이 단산집으로 정해질 것은 확실한 사실이요, 또 간랑(看郎)하러 온 사람들도 불선불후(不先不後)하게 그때를 당해서 내 선중부가 주장하시게 되어 속락(速諾: 속히 허락함)된 것이지 신부간선(新婦看選: 신부를 보고 뽑음)도

---

153) 부녀의 태도나 마음씨가 얌전하고 정조가 바름.

않고 정혼했을 리가 없다. 이것이 그 사람들은 기회를 탄 것이요, 나는 운명이 이러하였던 것이다. 이것이 내가 당한 예를 한 건 들어보는 것이다.

이 운명의 작희(作戲: 남의 일에 훼방을 놓음)야말로 무엇으로 형언할 수 없는 것이 또 그리고 일례(一例)를 들면 소학교를 졸업하고 선거생(選擧生: 선발학생)으로 당시 일고(一高: 경성제일고보)에 입학하게 되었는데, 가정경제도 풍유(豐裕: 풍요로움)함에도 불구하고 선비(先妣: 어머니)께서는 찬성하셨으나, 선친께서 반대하시어 정원기가 대신 선발생으로 일고에 가고, 법전(法專: 법률전문대학)을 가고, 일본대학을 가게 된 것이요, 나는 그 기회를 잃어서 낭인(浪人)생활을 하게 된 것이다. 이것이 내 운명이요, 다른 것이 아니다. 나도 일고에 갔으면 물론 우수한 성적이었을 것이요, 일본유학쯤은 별문제 아니었을 것이다. 그렇다고 반드시 출세한다는 것이 아니라 운이 부족하면 이 기회를 실(失)한다는 말이다. 내가 당한 예가 얼마든지 있다. 이것이 운명이라고 아니할 수 없다. 그러나 무슨 일이든지 임사(臨事)해서 심사숙려(深思熟慮)하고 행사하면 기회도 만들 수 있고 운명도 타개할 수 있는 것이라. 그런고로 고인이 말하기를 수인사대천명이라 하고 대인은 무명(無命: 운명이 없음)이라 하였다. 대인은 운명을 타개할 수 있다는 말씀이다. 그러나 대인이 못된 보통사람으로는 일을 지내고 보면 이 기회도 있고 또 이 운명도 있다 하신 것이다.

미래를 알지 못하는 우리라 기회설도 해보고 운명론도 해보는 것이다. 이것을 타개하기 위해서는 무엇보다 먼저 자기의 혜력(慧力: 지혜의 힘)을 양성해 가지고 일에 임하면 운주유악지중(運籌帷幄之中)하여 결승천리지외(決勝千里之外)154)라는 사람도 될 수 있고 요사여신(料事如

神: 일처리에 귀신같음)이라고 지○(智○)소리도 들을 수 있고 천지도래일장중(天地都來一掌中: 천지가 모두 한 손바닥 안에 와 있음)이라고 무슨 일이든지 더 알 수 있다는 사람도 될 수 있다. 이렇다면 운명이 하관(何關: 무슨 상관)이며 기회가 무슨 일이 있을 것인가. 우리같이 100가지로 부족한 사람들이라 이 기회니 운명이니를 말하게 되는 것이다. 내가 지난 일에 이 운명의 작희가 아주 없었던 것도 아니요, 이 운명을 타개(打開)하려고 나대로 노력도 해보고 또는 타개라기보다 지명안분(知命安分: 운명을 알고 분수에 맞게 삶)도 해보았다. 그래서 이 기회설(機會說)이나 운명설(運命說)을 써 보는 것이며 예를 들어 본 것이다. 지명안분하고 있으며 경과를 생각해 보면 지나간 일이 알진알진한 일이 많은 것이다. 그러나 수인사(修人事: 사람으로서 할 일을 다함)하는 사람이 보면 다 자력부족이요, 누구를 원우(怨尤: 원망함)할 것이 없다는 말이다. 이것으로 이 기회와 운명이라는 붓을 그치노라.

계사(癸巳: 1953년) 7월 22일 봉우서(鳳宇書)

추기(追記)

  연(緣)과 인(因)과 과(果)라는 것을 알지 못하였을 때에는 아닌 게 아니라 운명의 작희(作戱)를 많이 원망해 보았다. 그런데 내가 당한 과가

---

154)《사기(史記)》〈고조본기(高祖本紀)〉 출전. 한고조 유방이 천하를 얻은 이유를 말하며 제일 큰 공로자로 책사 장량(張良)을 지목하고 그의 역할을 설명한 내용이다. 즉 "군막 안에서 계책을 세워 천 리 밖에서 승리할 것을 결정하였다."는 것이다.

무슨 인으로 연하여 이렇거니 하면 누구를 원망하고 누구를 칭찬할까 알 리 없으나, 그래도 사람이란 신(神)이 아니라 일일이 이 인과만 생각할 길이 없어서 대사생심(對事生心: 일이 생기면 여러 생각이 남)하니 가소로운 일이 다 많도다. 그렇다고 내가 이 인과를 다 알아서 그렇다는 것은 아니다. 내가 당한 일을 심구(深究: 깊이 연구)해 보면 이것은 이런 인(因)이요, 저것은 저런 과(果)라고 묵상(默想)으로 독자 판정 해 본 것이다.

이 인과설(因果說)이 나오면 대인(大人)은 무명(無命: 운명이 없음)이니, 대인은 조시(造時: 시운을 만듦)니 하는 것도 또 이상하게 생각되는 때도 있다. 어찌해서 공자께서 위편(韋編: 가죽끈)이 삼절(三絶: 세 번 끊어짐)하되 오히려 가아수년지탄(加我數年之歎: 내가 몇 년만 더 있었으면 하는 탄식)[155]이 계시고, 모니불(牟尼佛)은 설산6년(雪山六年)과 49년설법(四十九年說法)으로 천상천하(天上天下)에 유아독존(唯我獨尊)이라 하시고도 계세말법(季世末法: 말세의 불법)이 부진(不振)할 것을 걱정했으니, 이것이 모두 연법(緣法)에는 할 수 없다고 본다. 문태사(聞太師)의 각행(各行)이 강태공(姜太公)보다 우수하나 상운(商運: 상나라의 운)이 다된 때라 오뢰(五雷)의 액(厄)을 면치 못하였으니, 범인(凡人)이야 일러 무삼하리요.

계사(癸巳: 1953년) 7월 22일 봉우추기(鳳宇追記)

[추기는《봉우일기》1권 405페이지에서 전재(轉載)함 —역주자]

---

155)《논어》술이(述而)장에 보임. "子曰 加我數年 五十以學易 可以無大過矣".(공자 가라사대, 몇 해를 더하여 쉰에라도 역을 공부하게 되면 큰 허물은 없게 되련만!)

장차 성진(聖眞)이 출세(出世)하실 것 같다

　무슨 일이든 징조(徵兆)가 있는 것이다. 이 세상에서는 동서양을 막론하고 20세기에 성인(聖人)이 출세(出世)한다고 해온 지가 오래요, 그 연대가 거진(거의) 동일한 20세기 현세임에 틀림없는 것이다. 불교에서도 모니불(牟尼佛)이 3,000년 주세(住世: 세상에 머묾)하고 그다음 용화교주(龍華敎主)가 출세한다고 하였고, 야소교(耶蘇敎: 기독교)에는 2,000년 만에 야소(耶蘇: 예수)가 출세해서 재심판한다고 하고, 단군(檀君)도 4286년(1953년)에 (보통사람으로) 재강(再降: 다시 세상에 나옴)하신다고 하고, 수운(水雲: 최제우崔濟愚1824~1864의 호)156)도 명년(明年) 춘삼월 호시절에 출세한다 하였다. 그 외에도 순(舜)임금의 4200년 만에 중화(重華: 다시 꽃핀다, 출세함)하신다는 묵시(默示: 예언, 하늘의 계시)도 있다. 그런데 현금 우리나라 실정을 보면 소위 유사종교(類似宗敎)들에서 각자 교주가 다 성인이라고 자칭하고 또 100년 내로 협태생(脇胎生: 엽구리에서 태어남)을 했느니, 신선이 와서 신생아를 데려갔느니 하는 일이 수백 곳이나 된다. 이것이 무슨 일인가 알 수 없도다.

　삼경(三更: 밤 11시~1시), 사경(四更: 밤 1시~3시)이 지나면 만뢰구적(萬籟俱寂: 모든 소리가 그쳐 아주 고요해짐)하고 월성(月星: 달과 별)이 조

---

156) 조선 말기의 종교사상가. 민족고유의 경천(敬天)사상을 바탕으로 유교, 불교, 선교와 도참사상, 후천개벽사상 등의 민중사상을 융합하여 동학(東學)을 창시하였다. 주요 저서: 《용담유사(龍潭遺詞)》, 《동경대전(東經大全)》 등.

광(照光: 밝게 비춤)한 오경천기(五更天氣: 새벽 3시~5시의 하늘)에 점점 광망(光芒: 빛줄기)이 부족한 성진(星辰: 별들)은 은광(隱光: 빛을 숨김)하고 광대한 벽공(碧空: 푸른 하늘)에 조요(照耀: 밝게 빛남)하는 성진이 불과 얼마 안 된다. 그러다가 금계삼창(金鷄三唱: 금닭이 세 번 울음)하고 동방이 욕서(欲曙: 날이 밝으려 함)할 때에는 계명성광(啟明星光: 샛별, 금성)이 몇 점 잔성(殘星: 새벽녘의 별들)과 조요(照耀: 밝게 비춤)할 뿐이다. 소언(少焉: 잠시 후, 얼마 안 되어)에 동천조일(東天朝日: 동녘의 아침해)이 상승하면 삼라만상이든 벽락성수(碧落星宿: 푸른 하늘의 별들)가 어디로인지 은형(隱形: 모습을 감춤)하고 말았다. 이것이 성인출세(聖人出世)가 아닌가 한다.

현재 수많은 자칭 성인들이 효성천말(曉星天末: 새벽별 하늘 끝)에 조요(照耀)하는 성수(星宿)격이 아닌가 한다. 글로 보아서 머지않아 계명성이 비치고 또 머지않아 동천조일이 상승할 것 같다. 성인이 난다, 성인이 났다, 내가 성인이다, 석가모니불은 소승(小乘)이요, 나는 대승(大乘)이다. 요순(堯舜)은 극기(極氣)를 못 떠른(?) 성인이요, 내가 출세하면 만년(萬年) 장춘(長春)세계로 극락세계를 만들겠다, 때만 오면 물질문명이 하룻밤 만에 못쓰게 된다, 공맹(孔孟: 공자와 맹자)은 겨우 학인(學人)으로 성현을 말할 정도라고 하며, 만국일가(萬國一家)로 영세태평(永世太平)하리라는 것이 공통된 근일 새 성인댁(聖人宅)들에서 나오는 방송이다. 우리가 보기에 이 군성(群聖: 성인무리)들이 주출망량(晝出魍魎: 낮에 나온 도깨비)은 아니요, 효성천말(曉星天末)에 타성(他星)의 광휘(光輝)는 은광(隱光: 빛을 숨김)하고 잔성(殘星) 수점(數點)이 명몰(明沒: 명멸)하는 것으로 본다. 장래에 동천조일(東天朝日)이 상승할 것은 모르고 자가(自家)의 미미광휘(微微光輝: 미미한 빛)에 도취해서 난동

을 하는 것 같다. 이것이 계명성이 오고 또 동천욱일(東天旭日: 동녘하늘
의 아침 해)이 올 징조라고 보아서 머지않아 우리나라에 성진(聖眞: 성
인, 진인)이 출세하리라고 확언하는 것이요, 예언을 하는 것이 아니다.

춘아(春芽: 봄 새싹)가 점장(漸長: 점차 자람)하면 만수화개(萬樹花開:
온 초목이 꽃을 핌)할 징조요, 이 화개(花開)로 결실을 하는 것은 어려운
일이 아니라고 믿는 관계로 이 붓을 든 것이요, 하필 성인이 우리나라
에서 나는가 하면 타국에서는 이런 조짐이 없는 관계로 반드시 우리나
라에 응할 조짐이라 재언(再言)하는 것이다.

계사(癸巳: 1953년) 7월 22일 봉우기(鳳宇記)

구일(舊日: 옛날) 우리들의 가정(家庭)

　물론 국가 창립 초에는 국책이 민내방본(民乃邦本: 백성이 나라의 근본)이니 본고(本固: 근본이 단단함)라야 방녕(邦寧: 나라가 안녕함)이라고 민생안정문제에 치중하였을 것은 당연한 일이라. 그렇다면 사자(士子: 선비)도 무엇으로 생활을 정착하게 하는가 하는 입책(立策: 입안)이 있을 것이다. 사자(士子)라고 농공상(農工商)을 말라는 법도 없을 것도 당연한 일이다. 그저 농업을 역작(力作: 힘써 지음)하며 자손에 소년으로부터 청년까지 나라에서 불탈기시(不奪其時: 그때를 빼앗지 않음)하면 농한기를 이용해서 전문적으로 학업에 종사하라는 말이다. 신량(新涼: 초가을의 서늘한 기운)이 입교허(入郊墟: 교외의 들판으로 들어옴)하니 등화(燈火: 등잔불)를 초가친(稍可親: 점점 가까이 할 만함)[157]이라는 것도 하간(夏間: 여름 동안)은 농번기라 학문에 전력할 수 없으니 농한기를 이용해서 야간까지 계속한다는 것으로 본다. 그런데 말류지폐(末流之弊: 일의 끝판에 생기는 폐단)는 소위 반가자제(班家子弟: 양반의 자식)로는 학문 외에는 농공상(農工商: 농업, 공업, 상업)은 천업(賤業: 천한 직업)이라고 종사를 않고 부조(父祖: 아버지와 할배)의 적축(積蓄: 저축)이 있는 사람들은 안한자족(安閑自足: 편안하고 만족함)할 것이나, 좀 곤란한 인사는 별별 고생을 다한다. 삼순구식(三旬九食: 30일에 아홉 번 먹음)을 사자

---

157)《고문진보(古文眞寶)》〈전집(前集)〉에 실린 당(唐)나라 시인 한유(韓愈: 768~824)의 시 〈부독서성남(符讀書城南)〉의 구절.

(士子)의 본분으로 안다. 이것이 국가의 입책이 아닐 것이다. 비록 농공상을 종사하더라도 시간을 이용해서 공부하며 생활문제는 최저생활로 검소하게 하라는 것이 입책인 듯하다.

그래서 남경여직(男耕女織: 남자는 밭 갈고 여자는 베를 짬, 즉 농업)으로 민생문제를 해결하며 부족한 때는 공업, 상업이라도 해가며 학문을 하라는 것이다. 그래서 내가 듣건대 율곡 선생께서 석담(石潭)가서 계실적에 친히 농업도 해보시고 목공이니 철공이니를 다 손수 해보시더라는 말씀을 선사(先師: 돌아가신 스승)께 들었던 일이 있고,《사소절(士小節)》158)에도 이 절목(節目)에 아주 치중해서 말했다. 내가 본 옛날 사환가(仕宦家: 벼슬 살던 집안) 자제들은 부조(父祖)의 여음(餘蔭: 조상의 공덕으로 자손이 받는 복)으로 토지나 있든지 그렇지 않으면 벼슬을 하든 하는 사람은 문제 밖으로 하고 곤란한 사람은 목불인견(目不忍見: 눈으로 차마 볼 수 없음)의 참상(慘狀: 비참한 상황)을 당하면서도 농공상으로 갈 생각도 없고 또 갈 자격도 사실은 없다. 이 사자(士子)라는 인간들은 잘하든지 못하든지 학문뿐이요, 실질 면에 있어서는 아주 인간취급을 못 받는다. 이것이 옛날 우리들의 가정이다. 말하자면 유의유식(游衣游食: 놀고먹음)하는 불허(不許)하는 부류에 속한다.

여기서 이 사람들이 사자(士子)로 곤란해서 농상공업을 하는 사람을 보면 도리어 비소(誹笑: 비웃음)하는 것을 얼마든지 보았다. 그중에서도 양심분자(良心分子)는 삼순구식(三旬九食)을 달게 여기고 학문을 전공하며 입신양명(立身揚名)을 목표로 나가나, 그렇지 않은 인물들은 사자(士子)라는 간판으로 별별 입에 담지도 못할 일을 다 하는 것이다.

---

158) 조선 후기의 실학자이며 문신인 이덕무(李德懋: 1741~1793)가 후진 선비들을 위해 만든 수양서.

이것이 토호(土豪: 지방세력가)도 되고 이것이 부랑자도 된다. 그리고 자기의 학문전공에 힘쓰는 것이 아니라 자기 자격의 여하를 불구하고 출세할 운동이나 하러 경성에 가서 있는 것이 아주 행세(行勢)거리로 알고, 그것도 못하는 인사들은 아주 유경(游京: 서울에서 놀음)하고 있는 사자(士子)들을 부러워하고 있는 것이 상례다. 여기서 느끼는 것은 문장이나 도덕이 아니라 인간의 처세술이나 교제술이 늘 뿐이다. 근대에 와서 과거(科擧)가 그리 용이치 않으니, 양반의 자식으로 자격이 불충분한 자는 소위 굴슬(屈膝: 남에게 굽혀 복종함)을 시킨다. 이야말로 학문에 전공해서 자연 성예(聲譽: 명성과 명예)가 있고 덕망(德望)이 있어서 산림(山林)159)으로 천(遷: 천거)을 하는 것이 아니라 인조(人造: 인위적 조작)로 된 산림이 얼마든지 있다. 또 무과(武科)는 물론 병학(兵學)에 능통하고 무예가 정통한 사람이 응거(應擧: 과거에 응시함)해야 하는 것인데, 문과(文科)를 보기 어려우니 무과로나 해야지 정도의 무과가 얼마든지 있다.

문과도 역시 길이 좋은 사람이면 당자(當者)야 좀 부족해도 별 문제 없이 된다. 내 선친께서 과장(科場: 과거 보이던 곳)에서 내 선친 저술로 초시(初試: 과거의 첫 번째 시험에 합격한 사람)가 40여 인이요, 진사(進士: 소과, 진사과에 합격한 사람)가 20여 인이요, 생원(生員: 소과 종장終場에 합격한 사람)이 10여 인이요, 대과(大科) 급제가 10여 인이나 났다. 그러나 선친께서는 소성(小成: 소과 가운데 초시初試나 종시終試에 합격함)도 못하시었다. 이것은 물론 저술이 부족하다느니보다 교제술이 부족하신 것이다. 그래서 내 선친께서 일찍이 과장을 중지하시고 산중에서

---

159) 조선 중기 민간에서의 학문적 권위와 세력을 바탕으로 과거를 보지 않고 정치에 참여한 인물들.

은퇴하셨던 것이다. 남행(南行: 과거를 보지 않고 조상의 공덕으로 맡은 벼슬)도 역시 길 부족한 사자(士子)가 자격을 잇고 문무과에 참할 도리는 없고 하면 부득이 남행(南行)으로라도 출사(出仕)하는 것이다.

도리어 이런 중에 자격자가 많다. 우리가 보기에 향토에 있는 사자로는 근실(勤實: 부지런하고 성실함)한 분이 많았다. 함경도에서 유경(游京)하는 사자들은 아주 별명이 있는 물장수로 천역(賤役: 비천한 일)임에도 불구하고 자감(自甘)하는 것이요, 영남 사자들은 착관(着冠: 관을 착용함)하고 사업하는 것을 당연히 생각하고, 전라도도 영남과 근사한 점이 많이 보인다. 양서(兩西: 황해도와 평안도)야 물론 사자들도 근간(勤幹: 부지런하고 성실함)하였다. 오직 사자의 풍기(風紀)가 농상공에 취업 않는 곳은 기호(畿湖: 경기도와 충청도)뿐이다. 더욱 경유(京儒: 서울 선비)라는 것이 제일 심하였다.

우리도 17대를 하루같이 서울서 거주하고 있던 족벌(族閥)이라 낙향한다면 양주(楊州), 고양(高陽), 광주(廣州), 과천(果川)을 중심으로 매일 서울을 왕래하게 되는 향사(鄕士: 시골 선비)정도요, 좀 나으면 도로 서울로 와서 거주하던 우리 선조들이시다. 그런 연고로 지방에 이렇다는 지반이 없고 또한 가전(家傳)하는 가범(家範: 집안의 법)이 없고 그저 서울 사조(思潮)를 따라서 장구한 세월을 지내었을 뿐이다. 이것이 아주 천성으로 변해서 하루, 이틀에 고칠 수가 없다. 또 서울 사자(士子)들은 처세술에 비교적 능하여 사환(仕宦: 벼슬살이함)으로도 양극적 행동이 별로 없고 관망적(觀望的)이면서도 비평적(批評的)이요, 이론적이면서 실질적은 아니다. 그래서 내 자신의 입책(立策: 입안)보다는 남의 여론을 무서워하는 것이 우리 서울 사자들의 통병(通病)이요 또 우리 조선(祖先: 조상)도 이 통병 속에 동일하였던 것 같다.

그래서 아주 거주지를 삼남(三南) 어디로 확정하지 못하고 항상 중립 태세를 취해서 여러 번 사화(史禍)에도 별로 참례한 일이 없다. 남에게 혐의(嫌疑)는 받지 않으나, 그 대신 칭찬도 못 받아왔다. 그래서 서인(西人)이면서도 남소(南少: 남인南人과 소론少論)들과도 혼로(婚路: 혼인길)가 막히지 않았다. 이것이 우리 조선의 장점이며, 단점일 것이다. 우리뿐만 아니라 서울 본거인(本居人)들은 거의 이런 병통이 많다. 현세야 다 무관한 일이다. 그래도 이 혈통들이 잠재성이 있지 않은가 한다.

비록 자기 목적은 어떤 과목에 두었든지 먼저 가족생활을 안정시킬 정도의 직업을 가족이 가져야 하는 것이요, 최악의 경우라도 가족의 최저생활 확보는 되어야 앞으로 무슨 일이든지 할 수 있을 것이다. 이 생활문제를 도외시하고는 이 생활관계로 자손들 학문도 마음대로 안 되고 자기의 전로(前路: 앞길) 타개도 할 용기가 안 나오고 더구나 단체니, 민족이니, 국가이니 하는 관념이 박약해지는 것이다. 고인(古人)들이 말하기를 의식족이지예절(衣食足而知禮節: 먹고사는 것이 족해야 예절을 앎)이라고 경제적으로 부족을 초래하면 아무리 정신적이라고 하더라도 일해 나가는 데 지장이 있는 것은 사실이다. 그러니 내가 말하고자 하는 것은 이 생활개선이라는 것이다. 옛날에 남경여직(男耕女織)이라는 것도 가족개로(家族皆勞: 가족 모두 일함)를 목표하고 말한 것이다. 그러니 현상도 우리 가정에서 가족개로제를 채택하고 아무 부업이라도 정해서 자기의 생활이 안정되어서 여유가 있도록 하는 것이 제일 해결조건이라는 것이다.

내가 "구일(舊日) 우리 가정"이라는 제목을 쓰기는 내가 이문목격(耳聞目擊: 직접 귀로 듣고 눈으로 봄)한 일을 그대로 쓰는 것이요, 이것을 고치자면 그리 큰 일이 아니라는 것도 아주 부언해두는 것이다. 그러면 국가에 가가유족(家家裕足)하면 자연히 부강해질 것이요, 국가가 부강해짐으로 세계 수준에 도달하고 또 일보전진해서 수준을 돌파할 수 있는 것이다. 현재 우리나라는 전 민족적 수난기요 이 수난기에서 비상간고(備嘗艱苦: 고생을 고루고루 맛봄)하다 못해서 무엇으로 이것을 극복하느냐 하고 거족적으로 이 문제해결에 노력하는 중이요, 이 해결책이 나올 듯 나올 듯한 희망이 보이는 중이라 우리의 옛날 가정적으로 당연히 고쳐야 할 조건을 가림 없이 쓰는 것이요, 우리들 자신부터 이 착오를 범하고 있는 것을 하루라도 속히 개선해야 할 일이다.

나는 그간 54년이라는 긴 세월에 별별 풍풍우우(風風雨雨)를 다 지내보았으나, 세상일이 마음과 같이 순조로이 되지 않아서 이 일도 해볼까, 저 일도 해볼까 덥적덥적 해서 사람들에게 모사불밀(謀事不密: 일을 꾀함이 치밀하지 못함)하고 호사자(好事者: 일 벌리기 좋아하는 자)라는 말도 들었으나, 사실은 내가 전문적 지식이 부족한 연고로 계획을 완전히 하지 못한 것이 대체로 원인이 되고 또 왜정시대에는 나는 왜경에게 요시찰인물이라 해서 행주좌와(行住坐臥: 온갖 행동)를 내 마음대로 못하고 무슨 일이든지 설계하고 경영코자 하면 경찰의 간섭에 상대자가 피해 가는 현상이라 마음 놓고 일을 못한 것이요, 을유 8.15 해방에는 반가운 마음으로 내 자신의 자격부족을 생각할 여가도 없이 정당이니, 애국단체니 하는 데 헌신하느라고 5~6년을 매두몰신(埋頭沒身: 머리 박고 온몸을 빠뜨림, 일에 집중함)하였던 것이다. 그래서 세상은 또 역류로 흐른다. 음모가와 정상모리배(政商牟利輩: 정치인과 결탁하여 이익만 취하는 장사꾼들)의 전횡(專橫)시대요, 아직 애국운동자들이 출세할 시대가 못 된다. 여기서 나도 실질 면으로나 가볼까 하니, 무슨 일이든지 다 광족자선득(廣足者先得: 발이 넓은 사람이 먼저 얻음)이지 우리 같은 촌민(村民: 시골사람)은 발붙일 곳이 없다. 그리고 우리는 경제적으로 아주 파탄(破綻: 찢어져 터짐)된 사람이다.

그러니 다시 재건(再建)에 실력이 부족하고 자립도 역시 곤란한 입장이라 고려를 할대로 해보았으나, 양책(良策: 좋은 방책)이 나오지 않고 그저 인내하며 안분(安分)하고 비록 미미(微微)하나마, 을유년(乙酉年: 1945년)부터 규합된 계몽운동에 가담하던 동지들을 다시 규합해서 변함없는 정화분자(精華分子: 정수요원)들로 민족계몽사업에 새출발하는 것이 당연하다. 부대조건으로 자기 자신의 자격양성을 시간만 있거든 하는 것이 제일 요건이라고 결정적으로 입안이 되고 비록 삼순구식(三旬九食)하더라도 정상모리배에게 이용이 되어서는 안 된다는 자오(自悟: 스스로 깨침)가 일층 더 견고해진 것이다.

동지를 규합하자면 제일 조건이 가족부터 통일되어야 하는 것이다. 우리 가족은 말하자면 아주 통일이 잘되었다고도 못하고, 아주 불통일이라고도 못할 정도의 중간 입장이다. 이런 일을 가족들이 이해는 하나, 경제적으로 너무나 곤란을 당해서 여념이 없는 것 같다. 속히 무슨 대책을 수립해 경제안정을 시키고 우리의 가정문제를 해결할까 하는 것이다. 이것이 나에게는 중대문제요, 최급(最急)을 요하는 것이다. 말하자면 근고엽무(根固葉茂: 뿌리가 튼튼하면 잎이 무성함)라는 것이다. 항상 진루(塵樓: 티끌 누각) 같은 공작을 하니 마음대로 성공을 못하는 것도 당연하다고 본다. 인생은 60으로부터 시출발(始出發: 비로소 출발함)이라고 그 이전에 별별 경험을 다 해보고 완전무결한 입책(立策: 대책을 세움)으로 말년에 성공한다는 말이다. 나도 60에 가깝고 경험도 할 만큼 하였으니, 기초준비를 해보자는 것이다. 이 정도로 붓을 그친다.

계사(癸巳: 1953년) 7월 23일
봉우서우유신정사(鳳宇書于有莘精舍)하노라.

사면초가(四面楚歌)

하간(夏間: 여름 동안)에 어찌어찌 하다가 우연히 적수공권(赤手空拳: 빈털터리)이 되고 또 부지중에 부채가 산적(山積: 산처럼 쌓임)하게 되었다. 무엇이 되려니 하고 한 곳, 두 곳 차용한 것이 어언 10여 군데에서 부채가 있었고, 이 부채에도 완급(緩急: 느림과 빠름)이 있는데 대단히 급한 것도 서너 군데나 되어 성화(星火: 유성이 떨어질 때의 불빛처럼 매우 빠름)같이 독채(督債: 빚 독촉)를 당한다. 비록 완급이 있다 하여도 갚기는 다 갚을 것인데 현상으로는 속수무책(束手無策: 어쩔 도리가 없음)이다. 그러니 신용문제도 되고 위신(威信: 위엄과 신망)문제도 된다. 그중에도 물가(物價: 물건값)로 예금된 것을 내가 사용한 것이 있는데 그 물건이 하시(何時: 언제)나 매입(買入: 사들임)할 수 있는 것이라 관계없는데 며칠간만 지나면 또 실기(失期: 시기를 놓침)를 할 것이라 내 신용관계도 있고 낭패(狼狽: 일이 실패로 돌아감)되는 일이 적지 않다. 그런데 실상은 내게도 이런 사정이 있다. 내가 외상으로 준 약가(藥價: 약값)가 5만 8,000원이 있으니, 이것만 수입된다면 전부를 청산은 못하더라도 6~7할은 완전히 청산할 것인데 한 사람의 실신(失信: 신용을 잃음)으로 나도 아주 사면초가를 당하니, 사실 곤란한 일이로다.

아무 일이고 속히 착수해서 이 애로를 타개해야 또 그다음 나오는 문제를 당하겠는데 아무렇거나 근일(近日)은 일주난전(一籌難展: 한 번 셈을 하기 어려움)이니, 장차 어찌될 것인가 두고 볼 것이다. 그렇고 이 달에는 아무 일도 착수하기가 심령적(心靈的)으로 싫어서 무슨 일이 될 듯 될 듯한 것을 내가 아주 신야(莘野: 상신리)로 와서 누워 있으며 아무것도 않고 이 사면초가를 감수하니 장차 어찌할 것인가. 이 달이 지나거든 곧 무슨 일이고 착수할 예정으로 인내를 하고 있는 것이다. 실상은 이 물건 값이라도 준비되었으면 일간(日間: 하룻새)이라도 이 한 문제만 해결하면 족족한 것이다. 다른 일은 하늘이 두 쪽 나도 할 수 없이 인내하는 수밖에 타도(他道)가 없다. 이 지경은 안 될 것인데 의외로 자식이 부상되어서 계산이 변경된 연고다. 이것이 다 내 일시 곤란한 신수(身數: 사람의 운수)이다. 수원수우(誰怨誰尤: 누구를 원망하고 누구를 탓하랴)하리요. 되어 가는 대로 보리라.

계사(癸巳: 1953년) 7월 23일 봉우서(鳳宇書)

양 장관(兩長官) 파면의 보(報)를 듣고

때마침 도교육위원회에 참석하였다가 9월 10일 오후였다. 유성농고 시찰차로 온 중에 무전으로 내무장관과 농림장관과 지방국장의 파면의 보(報: 알림)가 왔다.160) 양 장관 중에서도 내무장관은 어제까지도 충천(沖天: 하늘로 솟아오름)의 세력을 행사하던 사람이 대한민국으로서 파면이라는 처분을 당한 일은 이번이 최초일 것이다. 그리고 내무장관으로 역대 장관에 비하여 세력행사도 제일 강하던 진헌식 장관이 망신(亡身)도 유달리 파면이라는 좋은 명사(名辭)를 붙인 것이다. 그다음 날 신문지(新聞紙)에 대통령 담화를 보면 당연히 파면할 이유가 충분한 것이다. 이 당시에 대한조선 사장이던 신성모도 동시 파면된 듯하다. 농림장관 신 씨(愼氏)는 내가 자세한 행적을 알지 못하나, 대통령 담화만

---

160) 진헌식 내무장관과 신중목 농림장관의 파면. 정부 수립 이래 70여 명의 장관이 경질되었으나 파면은 처음이었다. 진헌식은 사전에 사표를 제출했지만 받아들여지지 않았다. 이승만은 파면 이유의 담화를 내었는데 "…정부 관공리가 민간에 나가서 재산이나 물자를 토색하는 것은 우리나라에서 유래로 다스리는 것이오. 더욱이 민국에 있어서는 이를 엄금하는 법률이 자재하고 당국에서 엄절히 집행해 나가는 중인데 근래에 와서는 정령이 해이해져서 지방에서 토색하는 것이 50~60종에 이른다는 것은 실로 놀랄만한 일이다.…" 표면적 이유는 이처럼 농민에게 세금을 과다 부과했다는 것이었으나 속내는 족청계를 숙청하기 위한 밑작업이었다. 이범석의 족청계인 조선민족청년단 소속 두 장관은 겉으로는 부인하면서도 족청계를 위해 일을 해왔고 특히 지방행정권을 손에 쥔 진 내무장관은 다른 파의 집회를 불허하고 족청계를 적극 옹호해 왔다. 두 장관의 파면을 시작으로 족청계 숙청 작업이 시작되었고, 이후 이승만의 재선을 위해 큰 역할을 했던 족청계는 완전히 거세되었다.

으로도 당연한 일이라고 본다. 상세한 것은 줄이기로 하고 나는 진 장관에 대한 청천벽력(靑天霹靂: 푸른 하늘에 날벼락)적인 대통령의 처분이야말로 무엇보다도 당연하다고 본다.

징일려백(懲一勵百: 한 사람을 징계하여 여럿을 격려함)일지는 알 수 없으나, 대한민국이 민주공화국인 이상 당연히 법치국가로 세계우방에 나아가야 할 것인데, 작년 정치파동 이후로 별별 비준법(非準法) 행동을 다한 것은 철기(鐵驥: 이범석)의 뒤를 이어 진헌식이가 이 나라를 망친 것은 사실이다. 경찰권 만능을 주장해서 별별 기괴망측한 행사가 다 많은 것은 가리지 못할 일이요, 농촌에 수(數)를 알지 못하는 잡종금(雜種金: 각종 세금들)이 거의 내무장관의 책임이라는 것과 내무장관이라는 자리로 경제적으로 국부(國富)가 되려는 심산이 졸부귀불상(猝富貴不祥: 갑자기 얻은 부귀는 상서롭지 못함)이라고 당연히 이번 처분을 당할 조짐이 있었다는 것이다. 또는 이 진헌식을 선진(先陣: 앞에 세운 부대)에 세우고 별별 행동을 다 하던 인물들도 일시에 천벌을 당할 것이다. 내가 일언반사(一言半辭)도 진 장관이 범한 사실을 입증코자 하는 것이 아니라 세인이 공지(共知: 다 앎)하는 것이니, 악적죄래(惡積罪來: 악행이 쌓이면 죄를 부른다)라고밖에 안 본다. 그리고 대통령이 대영단(大英斷: 큰 결단)을 내리셨으니 오늘 이후 후임 장관 문제가 파면보다도 더 영단이 있기를 바란다.

만약 이폭역폭(以暴易暴: 난폭함으로 난폭함을 바꿈)한다면 이번의 대영단의 가치가 없는 것이다. 금번 처분에 농림장관 신 씨나 지방국장 권대일 같은 것은 내무장관 진헌식이와 동일하게 죄를 논할 죄상(罪狀)이 아니라고 보며, 진 씨 죄상에 비해 조족지혈(鳥足之血: 새발의 피)의 죄상으로 동시 파면된 것은 역시 죄인으로서 영광이라고 본다. 진헌식 같은 부류가 만조정(滿朝庭: 정부에 그득함)하다. 일성벽력(一聲霹靂: 벼락같은 한 소리)에 축두반미(縮頭盤尾: 무서워 머리를 쭈그리고 꼬리를 바닥에 붙임)할 것이다. 세상에서 진 씨를 가리켜 "청지기(廳直)의 개"라고 하니 견(犬: 개)이 뇌문일격(雷門一擊: 우뢰신, 耳神의 일격)을 당하였으면 개의 주인도 죄상이 그 이상이 되어야 당연하다고 본다. 노(老)대통령(이승만)이 의외에 대영단을 내리시어 백성이 환호작약(歡呼雀躍: 크게 기뻐 소리지르고 날뜀)하는 바이나 이다음 또 양장관 후임선발에 대영단이 나리기를 바라고 이 붓을 그치노라.

계사(癸巳: 1953년) 음력 8월 초4일(初四日) 봉우서(鳳宇書)

추기(追記)

진 장관의 범죄상(犯罪狀)은 파면에 그칠 정도가 아니나 지방국장은 장관의 명령에 유령시종(維令是從: 오직 명령만 좇음)한 죄요, 또 배후의 무엇이 지령하는 대로 한 죄일 것이다. 농림장관은 농민회 문제에 별별 활약을 다하다가 또는 모당(某黨: 어느 당)의 지령대로 움직인 죄이며, 지방농촌의 잡종금뿐만 아니라고 본다. 금번이 족청계 자유당이 패배한 것을 확실히 표현하는 것이나 승리가 누구라는 것을 확정할 수 없다. 내가 말하고자 하는 바는 주자(走者), 축자(逐者: 쫓는 자)가 거의 같은 궤도 인물들이라 이다음 양 장관 선임으로 대통령의 대영단이 표현되실 것이라는 말이다. 만약 대한민국이 엄연한 헌법이 준법적으로 양 장관을 파면하게 되었다면 만강(滿腔: 마음속에 꽉참)의 열루(熱淚: 뜨거운 눈물)로 축하할 일이나 의외에도 승리가 같은 궤도 인물들의 음모나 정권쟁탈에 있다면 이것은 이폭역폭(以暴易暴)밖에 안 되는 관계로 내가 중언(重言: 거듭 얘기함)하는 것은 노(老)대통령의 인재등용에 대영단이 나오시기를 바라며 이 붓을 든 것이다. - 계사(癸巳: 1953년) 8월 초5일(初五日) 봉우추기(鳳宇追記)

감원(減員) 선풍(旋風: 회오리바람)

요즘은 어디를 가든지 감원 선풍이 불어서 공직자로는 누구나 다 일이 손에 걸리지 않는 것 같다. 국가로 보아서는 당연히 있을 일이다. 전시(戰時)니 비상시니 하는 명목하에 사무의 간소화를 주로 하지 못하고 얼마든지 복잡하였었다. 말초기관인 면에도 일면(一面: 한 면)에 면장, 부면장, 주사(主事). 서기(書記), 기사(技士), 고소사(雇小使: 고용인 소사) 해서 우리 면은 평균으로 보아서 공주에서 12분, 면에서 10위(十位: 열 분)에 상당한 곳인데 20여 명의 직원과 이 면의 행정을 보좌하는 이장, 반장, 농업요원, 구청서기 등 합해서 150여 명과 면의회 의원이 12인이나 있고, 또 교육위원과 산림계 주재원이 있다. 이것이 면행정을 말하는 것이요, 경찰지서에도 주임과 순경, 형사와 소방대와 방공단원(防共團員)이 합해서 60~70인이다. 이것이 근일 행정과 치안유지다.

그런데 구시대의 면행정이라면 면에는 면장회계, 호적계, 권업계(勸業係: 산업을 권장하는 부서) 고원(雇員: 고용직 공무원)과 각 이장(里長)의 보좌와 지서에는 주임과 순사(巡査: 일제강점기 때 경찰의 최하위 계급, 지금의 순경) 2인이면 충분하였고, 또 그 이전에는 풍헌집강(風憲執綱)161) 수인(數人: 두서너 사람)과 존위(尊位)162), 동장(洞長)으로 면행정이 다

---

161) 조선시대 면이나 리(里)의 일을 맡아보던 향소(鄕所)의 관리.
162) 예전에 한 면, 리의 어른이 되는 사람

잘되었다. 현금(現今: 이제) 이 직장에서 감원선풍이 아무리 불어온대야 2할 내지 3할 감원일 것이다. 그래도 사무 간소화(簡素化)라고는 못 본 다. 이 예(例)로 군(郡), 도(道)와 중앙까지 다 일반이다. 옛날 우리나라 에서 '내삼천외팔백(內三千外八白)'[163]이라고 직원 관리수의 개산(槪 算: 어림셈, 대략 계산)이다. 현상은 중앙이나 지방을 합하여 50만 명 이 상의 공무원이 있는 것이요, 이것이 오로지 민(民: 백성) 부담인 것이다. 그렇다고 구시대보다 일을 잘하는 것도 아니요, 형식적으로 만들어 놓 는 것이다. 그러나 이 정도의 (공무원) 감원도 대통령이 영단(英斷: 슬기 롭고 용기 있는 결단)을 내린 것이다.

금번이 1회로, 제2회, 제3회로 행정을 간소화하게 근본적으로 개선 하였으면 하는 바람이요, 또 민간인으로도 국민 된 의무를 각자가 이 행해야, 위정자로도 가일층 노력할 것은 자연스런 일이다. 현 정부에서 의외에 이도숙청(吏道肅淸: 공무원 기강을 깨끗이 함)을 의미하는 ○색(○ 索)하는 자를 파면하고 번폐(煩弊: 번거로운 폐단)한 이원(吏員: 공무원) 을 감(減)해 버리는 영단을 내리는 행사가 있는 것은 국민으로 하여금 자숙(自肅: 스스로 조심함)하도록 하는 처사라고 본다. 이다음 시종(始 終)이 여일(如一)한 정치가 나오기를 바라고 이 붓을 그치노라.

계사(癸巳: 1953년) 8월 초10일(初十日) 봉우서(鳳宇書)

---

163) 경관(京官)이 삼천, 외관(外官)이 800명, 문무백관(文武百官)이 의장을 갖추고 일당(一堂: 한 자리)에 모임. 경관은 조선조 외관직에 대해 서울에 있던 각 관아 의 관직을 통틀어 이르는 말. 외관은 지방의 관직이나 관원을 통틀어 이르는 말. 감영(監營: 관찰사 관아), 부(府: 부사가 있던 관아), 목(牧: 목사관아), 군(郡), 현(縣)의 병영(兵營: 병마절도사가 있던 영문)과 수영(水營: 수군절도사의 군영) 에 딸린 지방관과 문관, 무관.

백한성 씨의 내무장관 임명을 듣고

진헌식 군의 내무장관 파면을 듣고 내가 기록한 건에 "죄 있는 자를 파면하기는 도리어 용이하나, 새로운 인물을 선발함이 더욱 어려운 일이다"라고 하였었다. 새 장관이 속히 임명되지 않으리라고 풍설(風說)이 많았고 또 하마평(下馬評)이 있다고 얘기하는 인물들이 이기붕, 이윤영, 윤치영, 김태선, 신태악 등 여러 얘기가 많았다. 그래서 내가 생각한 바에는 이기붕 씨는 세리분화(勢利紛華: 권세와 영리로 번잡하고 화려함)를 그리 좋아하는 인물이 아니라 필연코 피하리라 생각되었고, 이윤영 씨는 비록 정권욕은 있으나, 총리 층으로 인정되는 인물이라 곧 대답 못할 것이요, 윤치영 씨는 내무장관을 증경(曾經: 일찌기 지냄)한 분이요, 비록 재능은 있으나 이 난국을 요리하기에는 곤란할 것이니, 감수(甘受)할 리 없고 김태선 씨는 역시 증경(曾經) 내무장관이요, 이 자리가 자주자주 갈리는 곳이라 서울시장을 버리고 이 위태한 장관자리를 오려고 안 할 것이요, 또 이 김 씨는 대통령 명령이라면 유령시종(維令是從: 오직 명령이 옳다고 따름)할 정도의 인물이라 바라지도 않을 것이요, 신 씨는 비록 새로운 인물이나 여러 가지로 그중에서 제일 부족한 인물이라 우리로서는 하마평 있는 인물들을 아무리 검토해 보아야 진 씨에 비해서 등장코자 하는 마음이 있을 듯한 인물들 중에서는 오십보(五十步)로 소백보(笑百步: 100보를 비웃음)의 인물이지 별 큰 반대적 차이라고는 못할 인물들이다.

나는 그저 백지(白紙)로 아무 기대가 없었다. 혹 유능한 신인물이 나왔으면 하는 묘연한 정도였다. 그런 오늘 공주읍에 갔다가 신문지상 보도로 보니, 대법관으로 있는 백한성 씨가 내무장관으로 새로 임명되었다고 기재된 것을 보았다. 백 씨는 30년간을 법조계 인물이요 또 청렴개결(淸廉介潔: 청렴하고 향동이 바름)한 선비라고 한다. 우리가 백 씨에게 바라는 바는 내무가 법조계 인물만으로는 적소(適所: 적당한 곳)라고 못하나, 준법관념이 농후할 것이니 혹 비법(非法)한 일이 있다면 용서할 리도 없고 또 맹종할 리도 없을 것이요, 청렴하다면 정권야욕이 없다는 확증이니 불편부당(不偏不黨: 치우치지도 무리를 짓지도 않음)하면 몇 분간이라도 공정성이 있을 것은 가리지 못할 일이라. 인재등용에 자기 자신의 역량이 부족할지언정 왜곡은 없으리라고 본다. 그러고 보면 하마평을 전하는 제씨(諸氏)보다는 무슨 점으로든지 적재적소라고 본다. 바라는 바는 이도쇄신(吏道刷新: 공무원 기강을 새롭게 함)하고 정실(情實: 사사로움에 끌림)을 떠나서 인물과 자격 본위로 등용하라는 기대뿐이나, 이 장관의 수명이 내년도 선거까지 계속되느냐가 문제이다. 만약 오래 버틴다면 내년 선거에 공정히 임장(臨場: 현장에 나옴)해서 새로운 인물을 당선시키면 어느 장관보다도 공적이 있을 것이다. 이 점으로 보아서 금번 대통령의 진헌식 파면과 백한성 임명이 다 그 의(宜: 마땅함)를 득(得: 얻음)하였다고 하겠다. 이다음 지방관 임면(任免: 임명과 해임)으로 제1성(第一聲)을 엿볼 수 있다. 이 정도로 붓을 그치노라.

계사(癸巳: 1953년) 8월 14일
봉우서우유신정사(鳳宇書于有莘精舍)

김선태(金善太) 씨 대면(對面) 인상기(印象記)

우연한 기회에 자동차 안에서 첫인사를 하고 그 후 별로 상종이 없는 관계로 노상에서 수삼 차 인사 정도였었다. 그러던 중 또 우연한 기회로 수차 합석하고 서로 가림 없는 토론이 있었다. 김 씨는 전라남도 완도사람으로 일제 강점기 고문조(高文組)164)의 한 사람으로 다년간 판검사를 역임한 인물이라 내가 먼저 번에 인상기를 쓴 김영선 씨와 아주 지기간(知己間: 막역한 친구사이)이다. 그리고 윤길중(尹吉重)165) 씨와도 다 막상막하의 자신을 가진 인물들이요, 우리가 보기에 고문조라 물론 재능만으로도 현 정부 국장급들에게 양보 안 할 자신만만한 사람들이다. 두뇌 명석하고 대의명분을 주장하고 현직은 변호사로 있으며, 협의성(俠義性: 사회정의를 표방하는 성향) 있게 사무취급을 하는 것 같다. 다만 내가 보기에는 춘풍화기(春風和氣)가 아니요, 어느 모로 보든지 금풍취엽(金風吹葉: 가을바람 잎에 불다) 같다. 의기(義氣)는 좋으

---

164) 일제가 시행한 고등문관시험에 합격해 관료로 등용된 조선인들.

165) 1916~2001, 함경북도 북청 출신. 1939년 일본대학 전문부 법과 졸업. 같은 해 일본 고등문관시험 행정과와 사법과 각각 합격함. 1941년 전남 강진군수, 1943년 전남 무안군수, 1945년 조선총독부 학무국 사무관으로 재직. 해방 후 남조선 과도입법의 원 총무과장 겸 법률기초과장, 국회 법제조사국장 등을 역임. 1950년 무소속으로 강 원도 원주에서 제2대 민의원에 당선됨. 1956년 조봉암이 주도한 진보당 창당에 참 여, 1961년 5.16군사혁명 이후 투옥되어 1968년까지 7년간 복역했다. 출소 후 박정 희정권에 맞서 삼선개헌 반대운동을 전개함. 1971년 신민당 소속으로 서울 영등포에 서 국회의원 당선됨, 1980년 국보위 입법위원이 되며 민정당 발기인으로 여당정치인 으로 변신함.

나 화기(和氣: 따스하고 화창한 기운)가 문제다.

사무적으로 명석하나 통솔적으로 어떨까가 좀 의문이다. 국회의원 단상에서 논리에는 장점이 있을 것이나 창의적인 신규 사업이나 왕도(王道: 인덕을 베푸는 정치)정책에는 어떨까 역시 의문이다. 선봉(先鋒)의 논장(論將)으로 추대하면 모르나, 그 예기(銳氣: 날카로운 기운)가 은봉(隱鋒: 숨은 칼끝)이 아니므로, 후방의 모사(謀事)나 중화책(中和策에)는 아무래도 적당한 인재가 아닐 것이다. 우리들 가운데 한의석(韓義錫)의 조리 있는 논리와 한강현의 하려는 협기(俠氣: 호협한 기상)는 있으나, 김일승, 최승천, 차종환, 권오훈에 비하여 일장일단(一長一短)이 있는 준거물급이나 그렇지 않으면 정당한 고참 동지로 본다. 예인선현(銳刃先現: 날카로운 칼날 먼저 드러나니)하니 필유적국지음전(必有敵國之陰箭: 반드시 적의 숨은 화살을 맞으리)하리니 이것이 가외(可畏: 두려워할 만함)라는 말이다. 아무렇든지 맹장(猛將: 용맹한 장수) 일원이 우리 동지 중에 새로 들어온 것만은 자축(自祝)하는 것이다. 이다음 상세 조사하기로 하고 이만 붓을 그친다.

계사(癸巳: 1953년) 8월 14일 봉우서우유신초당(鳳宇書于有莘草堂)

추기(追記)

이 분은 용봉구린(龍鳳龜麟: 용, 봉황, 거북, 기린)의 질(質: 바탕)이 아니요, 호표응취(虎豹鷹鷲: 호랑이, 표범, 매, 독수리)의 성격이 많은 분이다. 말하자면 그 성격을 함양하기를 섭세술(涉世術: 처세술)에서 순하고 겸

손하며 공경하는 작(作: 지음)이 작고 잘아서 아주 자연적에 가까운 행동을 한다. 이것이 고대 성인의 말씀에 작지불이(作之不已: 지음을 그치지 않음)면 내성군자(乃成君子: 곧 군자가 됨)라고 하신 것이 그대로 된 것이다. 이 동지도 외양으로 보기에는 아무리 초면이라도 맹호(猛虎: 사나운 호랑이) 같다고 할 것인데 접촉해 보면 어느 정도의 화기가 보인다. 이것이 섭세술에서 생긴 작(作)이라는 말이다. 작이건 아니건 좀 더 함양되었으면 전부(前部: 앞부분)의 선봉일원으로 손색이 없는 분이다. 풍상(風霜)을 많이 겪은 관계로 임사소홀하지 않을 것이다. 상지하(上之下: 상등 가운데 셋째급)요 중지상(中之上: 중길 가운데 상등)임에 틀림없다.

최주남(崔周南) 일중(一中) 선생 인상기

선생은 창해인(滄海人: 강릉사람, 강릉 최씨)이라. 그 선조가 그 땅에 세거(世居: 대대로 삶)하고 영동에서는 혁혁한 문벌(門閥: 큰 집안)이다. 내가 그 앞의 일은 잘 알지 못하나, 처음에 대략 장낙도(張洛圖)166) 선생에게 그분에 대한 칭찬을 들었고, 뒤에는 석산(石山: 한상록?) 의제(義弟: 의리로 맺은 아우)의 구전(口傳: 말로 전함)으로 인하여 대략 그 높은 행실과 덕을 숭상함을 알았으나, 대개 대롱으로 보는 것처럼 좁은 식견뿐이요, 전체적으로 잘 알기는 어려웠다. 나는 늦게 최 선생을 만나 뵈었다. 선생은 박람강기(博覽强記: 많은 책을 읽고 기억을 잘함)하고 집견공정(執見公正: 공정함에 대한 일관된 견해)은 실로 현세에서 보기 힘든 인재이나, 내 사견으로 돌아보면 옛 고전에 크게 집착하여 시구(蓍龜: 예전에 점치는 풀이나 거북뼈)는 될지언정 활룡(活龍·살아있는 용)은 되기 어려울 것이다. 높은 집 위에 앉아서 유능한 인재로 하여금 때때로 어렵게 행할 일을 물어 본 즉 모두 잘못됨이 없었다. 고로 내가 늘 평하기를 "신응천년(神鷹千年: 신령한 매가 천년 동안)에 한양탁조(閒養啄爪: 한가히 정양하매 부리로 발톱을 쪼음)"라 하였었다.

명경(明鏡: 맑은 거울)이 조인조물즉족의(照人照物則足矣: 사람과 사물을 비추인즉 만족함)나, 난어자조(難於自照: 스스로를 자신을 비추기는 어려

---

166) 장이석

움)하리니, 내가 선생께 기대하는 것은 거울을 갈고 닦아 사람과 사물을 비추이는 능력을 잠시 자기 자신을 밝게 비추이는 데 돌리는 것이다. 그런 뒤에 신응(神鷹)의 발톱 쪼음이 예리해지면 일노(一怒: 한 번 성냄)에 백금(百禽: 온갖 새들)이 모두 놀랠 것이다. 만약 그렇지 않다면 비록 신응(神鷹)의 자질이 있어도 이기(利器: 날카로운 병기)가 지둔(遲鈍: 더디고 무딤)한즉, 원금(遠禽: 멀리 있는 새)은 비거(飛去: 날아감)하고 근금(近禽: 가까운 새)은 불외(不畏: 두려워 않음)하리라. 박람강기(博覽强記)한 능력을 속히 자신을 밝히는 데 옮기지 않으면 칠층보탑(七層寶塔)에 지결정(只缺頂: 단지 머리 꼭대기만 빠짐)을 하환호(何患乎: 어찌 근심할까)아.

최 선생이 스스로 호(號)를 일중(一中)이라 하니, 요순(堯舜)에 뜻을 세움을 알 수 있으나, 순임금께서 호문(好問: 묻기를 좋아함)하시며, 호찰이언(好察邇言: 일상의 가까운 말들을 살피기를 좋아함)하사대, 은악이양선(隱惡而揚善: 악함은 숨기고 선함은 드러냄)하신 것은[167] 섭세행정(涉世行程: 세상을 건너는 과정)을 말씀하신 것이나, 유정유일(惟精惟一: 오로지 정신을 하나로 모음)이오사 윤집궐중(允執厥中: 진실로 그 가운데를 잡음)이라 하신[168] 심법(心法)이 박람강기로만 되는 것이 아니요, 작지불이(作之不已: 그치지 않고 계속 지어감)라고 역작(力作: 힘들여 지음)으로만 되는 것이 아니라는 것을 감히 말하고자 하는 것이다. 이 일중(一中)이라는 글자는 두 자(字)가 아니요, 한 자로 '串'[169]이란 글자라는 것을

---

167) 《중용(中庸)》제6장 출전
168) 《서경(書經)》〈대우모(大禹謨)〉에 나옴. 순임금이 우(禹)임금에게 왕위를 물려주며 전해주신 말씀
169) 일중(一中)의 합체자

덧붙여 말해 두며, 고인(古人)은 '〼(위아래로 끝에 '二' 꼬리표를 붙임)'170)
자(字)로 일중(一中)이라는 글자를 표시한 일이 있으나, 본디 '〼'171)자
는 구사이사(口四耳四: 입이 넷, 귀가 넷)요 오행구족(五行具足: 오행을 온
전히 갖춤)하며 상생상극(相生相克)에 변화무상(變化無常: 변화하여 일정
함이 없음)이라는 글자이다. 일중 선생이 입지(立志)인지 자기(自期: 스
스로 기약함)인지 또는 표현인지는 후생으로도 알 길이 없으나, 공자(孔
子)님도 불거(不居: 사용하지 않으심)하신 일중(一中)인지라 자기(自期)
나 입지인 정도리라고 본다. 비록 글자 그대로라도 자기 표현을 일중
(一中)이라고는 안 하리라고 본다. 행동으로 보아서 극겸(極謙: 극히 겸
손함)한 인사로 설마 일중이라고 자기표현은 아니리라고 보는 내 의견
을 기록해 보노라.

계사(癸巳: 1953년) 8월 중추일(仲秋日: 음력8월 보름날)

봉우서우초당(鳳宇書于草堂)

추기(追記)

　　최 선생을 장낙도 선생에게 전문(傳聞: 전해 들음)하였을 때에 옛날의
이윤(伊尹) 전설이나 강자아(姜子牙: 강태공), 장자방(張子房), 엄자릉(嚴
子陵), 제갈량에 많이 비교하는 것을 보고 듣고 하였었다. 그런데 내가

---

170) 〼
171) 〼

보기에는 박람강기는 비류(比類: 견주어 비교할 만한 대상)가 귀할 만하나, 은군자의 처세라기보다 때를 못 만난 학자의 언동(言動)이 아닌가 한다. 그 박학으로 위인사표(爲人師表: 남의 모범이 됨)하였으면 집심(執心: 단단히 먹은 마음)도 공정하니 후진에게 성공의 길을 열어 주는 것이나, 자진(自進: 스스로 나섬)하려면 아무리 보아도 좀 부족하다고 본다. 장량과 제갈량의 비교가 아닐 것 같다. 좀 더 명명(明明)하면 알 수 없으되 아직은 장 선생이 말하는 그 정도는 아니라고 본다. 아무렇든 우리 권내에 이런 석덕(碩德: 덕이 높은 사람)이 가담된 것은 다행한 일이다. 동지적으로 보아서 거물급이니, 고참격이니를 떠나서 우리들의 고문격으로 추대함이 제일 적격이라고 본다. 그 본 성질은 아무리 보아도 정(靜)코자 하는 것이 아니요, 동(動)코자 한다. 비록 최일선에서 동하지 않더라도 현세의 잠든 사림(士林: 선비들, 유림儒林)에서 정문일침(頂門一針: 정수리에 침 한 방)을 가하려는 사업을 생각하고 있는 것 같다. 그러나 이보다는 우리 고문격으로 활동하는 것이 도리어 유리하리라고 본다. 이 정도로 추기하는 것이다. - 봉우추기(鳳宇追記) 계사중추(癸巳中秋: 1954년 음력 8월 15일)

석산(石山)의 호설(號說)을 보고

　호(號)라는 것은 자기의 성명(姓名)을 대신하는, 또 자기의 입지를 대신하는 중요한 명칭이다. 내가 석산호설(石山號說: 석산의 호에 관한 얘기)을 보고 감동한 바 있었다. 팔괘(八卦)의 간(艮)이 산(山)에 속하고 이 산은 토(土)요, 이 토는 오행(五行)의 중앙이요, 이 토에서도 흑토(黑土)와 황토(黃土)가 있는데 흑토는 곤(坤)이라 음토(陰土)며, 습토(濕土)요, 황토는 간(艮)인데 양토(陽土)며, 조토(燥土: 마른 흙)다. 이 석(石)도 같은 양토에 속한 것이다. 그러니 석산(石山)이라면 간(艮)을 의미한 것이요, 간(艮)은 광명(光明)한 것이며, 성시성종(成始成終: 시작과 끝을 이룸)하는 책임이 있고 그 행(行)은 지(止: 멈춤)며 정(靜: 고요함)이 있다. 간(艮) 중에서도 석(石)은 더욱 견실(堅實: 굳게 맺은 열매)한 것이며, 산(山)은 인자요산(仁者樂山)이라고 화기(火氣)를 받은 양토(陽土)로 견리불궤(堅利不潰: 단단하고 날카로우며 부서지지 않음)의 성질을 가지고 더구나 석산(石山)이라면 비록 재양생물(載養生物: 생물을 담고 키움)의 덕은 부족하나, 고치기봉(高峙起峰: 높은 고개와 일으켜 세운 봉우리)하고 올연독립(兀然獨立: 홀로 우뚝 섬)의 의지가 있는 것이다.

　이 호(號)를 최주남 일중 선생이 '호설(號說)'을 작지서지(作之書之: 짓고 글씨 씀)하고 겸하여 석호(錫號: 호를 하사함)까지 한 것이다. 우리가 보기에는 석산(한상록 동지)은 정(靜)에는 장(長: 장점)이 있으나, 동(動)에는 부족하다. 의지가 견실하나 동작이 쾌활하지 못한 점이 있고 신의는 있으나 재능은 부족한 점이 있다. 일중 선생의 석호(錫號)는 간도광명(艮道光明: 간방의 도는 광명함)과 유시유종(有始有終: 시작과 끝이 있음)을 말하는 것이 아니라 이 세상이 아직 평정(平定)하지 못한 때이니, 망동하지 말고 휴퇴(休退: 물러나 쉼)해서 정양(靜養)하라는 우의(寓意: 어떤 사실을 빗대어 풍자함)인 것 같다. 그러나 석산은 움직이려고도 안하고 일부러 고요히 있으려고도 안 하나, 움직일 힘도 없고 가만있는 것이 도리어 자연일 것이다. 석산이 초년(初年: 인생의 초기)에는 일을 여(旅: 군사, 군대)에 참여해서 행동하다가 영어(囹圄: 감옥)의 몸으로 수차에 견굴(見屈: 남에게 굽힘을 당함)하였으나, 항상 그 즐거움을 못 고치고 중년에도 나와 같이 근 1년(7개월)이나 의열단(義烈團) 관계로 영어(囹圄)생활을 한 분이다. 일중 선생의 우의(寓意)를 내가 다시 밝히고자 이 붓을 든 것이다. 석산(石山)은 위수(爲誰: 누구인가)요, 한군(韓君) 상록보(相錄甫)[172]러라.

계사(癸巳: 1953년) 중추(中秋: 8월 보름)
봉우서우유신초당(鳳宇書于有莘草堂)

---

172) 여기서 보(甫)는 사나이를 뜻하는 남자의 미칭(美稱)이다.

중추월(中秋月)

작년은 병상에서 중추월을 맞이하고 붕중백감(晡中百感: 마음속 온갖 생각)이 일어나서 횡설수설한 것이 장편(長篇)이 되었었다. 일거월저 (日居月諸: 쉬지 않고 가는 세월)가 덧없이도 계사년(癸巳年: 1953년) 중추월을 여전히 계룡산 유신야(有莘野)에서 맞이하게 되니, 추억되는 것은 이 중추월이라는 제목 아래 작년 병상에서 쓰던 생각이다. 작년은 민족이 위급존망지추(危急存亡之秋: 위급하여 생사가 달린 고비)의 가을이니, 이 명월이 비록 광명하다 하나 사람, 사람이 다 마음속에 광명이 없는 시대라 중추월이고 무엇이고 정신 차릴 새가 없었다. 그러나 금년 중추월은 장구(長久)인지 임시가 될 것인지는 알 수 없으나 국토에서 성풍혈우(腥風血雨: 피비린내 바람과 피 같은 비)로 강산을 물들이던 전쟁은 휴전이 되고 비록 전부 귀향은 못 하였으나, 일선 장병의 다수가 순서적으로 휴가를 얻어서 이 중추월을 고향에 와서 반가이 맞는 사람들도 많고 일선 장병들도 휴전 중이라 마음 놓고 이 중추월을 바라보며 고향을 그려 볼 것이다. 그리고 금년 농작(農作)이 병○(病○)으로 좀 감소한다 하나, 그래도 근년에 없는 풍작이니 식생활은 문제없을 것이요, 또 정치회담이 귀추(歸趨)를 알 수 없으나, 그래도 호전(好轉)하기를 희망하는 이 중추월이다.

정계(政界)도 혼란을 계속하던 것이 변태적으로 정권을 농락하던 족청(族青) 일파를 일소하고 파당을 일삼던 진헌식 내무장관과 신 농림장관을 파면하고 가장 청직(淸直)하다는 백한성을 기용하며, 각 당파에도 권리를 부식(扶植: 뿌리박게 함)하려는 일파를 다 숙청하는 공작이 있는 이 중추월이야말로 이것이 무슨 조짐인가. 반가운 희망의 중추월이다. 비록 내 가정에는 노처(老妻: 늙은 아내)가 수인(數仞: 몇 길)이나 되는 시목(柿木: 감나무)에서 낙상(落傷)해서 기거동작(起居動作)을 못하는 위중 상태에 빠져 있고, 가아(家兒: 자식)는 병원에서 퇴원하여 보충대도 없는 중이나, 우리 민족 전체에 희망이 있는 이 중추월이니 낸들 어찌 이 중추월을 반가이 맞이 않겠는가. 경인년(庚寅年: 1950년) 중추월은 내 일생을 통해서 추억이 새로운 중추월이라 금번 중추월에도 이 추억이 아니 날 수 없고, 내년 중추월에는 집안과 나라가 다 평화롭게 희망하는 대로 신기록을 낼 중추월이 되었으면 하는 심축(心祝)을 가지고 마음속 만감을 억제하며 야심(夜深: 밤이 깊음)토록 이 유정(有情)한지 무정(無情)한지 표정이 없는 천상일륜월(天上一輪月: 하늘 위의 수레바퀴 같은 둥근 달)을 바라보고 무심중 내년 중추월을 기약하고 이 두어 자를 붓을 드는 것이다.

계사(癸巳: 1953년) 중추월(中秋月)
여해서우유신초당(如海書于有莘草堂)

추기(追記)

고종 황제 중년(中年: 마흔 살 안팎)인 것 같다. 운양(雲養) 김윤식(金

允植, 1835~1922) 옹(翁)173)과 영재(寧齋) 이건창(李建昌, 1852~1898) 옹(翁)174)이 다 같이 수의(繡衣: 수놓은 옷, 암행어사)로 한 분은 영남(嶺南), 한 분은 호남에서 마침 중추월을 맞이해서 불기이작(不期而作: 기약을 안 하고 지음)으로 '중추절'이라는 제목의 고시장편(古詩長篇)이 있었는데 시인(詩人)의 의사가 일반동(一般同: 마찬가지로 같음)이라고 민정(民情: 백성들 사정)의 간난상(艱難狀: 고생스런 상황)을 그대로 그려 냈다고 하였다.175) 두 분이 다 청렴하였고 그 문장도 백중(伯仲: 맞이와 둘

───

173) 대한제국기의 관료·학자·문장가이다. 1908년 중추원 의장을 역임했고 한일병합 조약 체결 당시 불가불가(不可不可)라는 표현으로 반대를 표명했고, 1910년 10월 1일부터 1912년 8월 9일까지 조선총독부 중추원 부의장을 역임했고 1916년 박제순에 이어 경학원 대제학을 지냈다. 1910년 10월 16일 일본 정부로부터 자작 작위를 받았으나 1919년 3·1 운동에 참여한 혐의로 박탈당하였다. 당시 이용직과 함께 독립 청원서인 대일본장서(對日本長書)를 작성해 보냈다가 1919년 7월 17일에 모든 작위를 박탈당하고 2개월간 투옥되었고 징역 2년형을 선고받았으나 85세의 고령임을 이유로 집행유예 석방되었다. 온건개혁파로 갑오개혁 이후 외무대신을 지냈으며 김가진과 함께 흥사단을 조직하였다. 그의 시·서(序)·기·서독 등을 수록한 시문집인 《운양집》을 남겼다.

174) 조선 후기의 문신, 대문장가(麗韓九大家: 고려와 조선을 합친 9명의 문장가)이며, 교육자 · 양명학자 · 사상가 · 민족보수주의자이고 강화학파의 계승자이며, 구한말시대 지식인들의 정신적 지주였다. 고종 14년(1877, 26세) 암행어사가 되어 활약했는데 불의와 타협하지 않는 청렴하고 단호한 일처리로 고종의 신뢰를 얻었다. 저서로는 《명미당집 (明美堂集)》과 《당의통략(黨議通略)》 등이 있으며 《당의통략(黨議通略)》을 통해 조선후기사회 당쟁의 폐단을 지적한 몇 안 되는 지식인이다. 그의 민족자주이념은 후에 위당 정인보 등에게 계승되어 현대 한국학의 뿌리가 되었다.

175) 이건창이 1878년 충청우도 암행어사 때에 목도한 추석을 맞은 농가의 참상을 표현한 전가추석(田家秋夕)에 잘 표현되어 있다. "京師富貴地 四時多佳節 鄕里貧賤人 莫如仲秋日…(중략)…抱兒向靈語 氣絶久不續 忽驚吏打門 叫呼覓稅粟 한성(서울) 부호 집은 항상 좋은 시절이지만, 가난한 농촌사람에겐 추석만이 좋은 때라네…(중략)…남편은 굶주림을 참으며 작은 논에 모내기를 하고 여름을 넘기지 못하고 굶어 죽었다. 남편이 심은 벼를 수확한 추석날에…(중략)…유복자 안고 죽은 남편을 향해 오열하다가, 기절한 지 오래지 않아, 돌연히 아전들이 사립문을 부수며, 세금 내놓으라고 소리 지른다." –《명미당집》 권2, 직지행권(直指行卷):

제)을 다투는 당시의 문장가로 동일한 입장에서 민생고를 목견(目見: 목격)하고 그대로 그려 보니 거의 동일한 시귀(詩句)가 나올 것도 사실이다. 그러고 보면 이 중추월에 선천하지우(先天下之憂: 먼저 천하의 걱정)하고 후천하지락(後天下之樂: 뒤에 천하의 즐거움)할 인물이 몇 분이나 되는지 궁금한 일이다. 비록 한말(韓末: 대한제국 말기)이라 하더라도 양 옹(兩翁: 두 노인)은 명망(名望: 명성과 인망)이 있는 재상들이요, 또 문장가들이다. 내가 무식해서 시(詩) 중추월을, 전편(全篇)을 다 기록 못하는 것은 유감이다. 중추월의 민생고야 고금이 일반이다. 아동은 많고 제사는 어찌할 수 없고, 아이들이 조르는 소리에 빈궁한 집 내외(內外: 부부)의 탄식을 그리는 장면이야 고금이 다르지 않으리라고 본다. 이것이 더구나 우리나라 수많은 희생자가 나고 6.25사변에는 이 중추월을 이용해서 남한 일대에서 생명을 공산도배에게 바친 숫자가 수십만인지 알 수 없을 정도요, 총 인구의 감수(減數)가 남북을 통해서 1,000만을 계산하니 이런 가정에서야 무슨 이 중추월이 반가울 리가 없는 것이다. 이것이 천태만상이요, 중추월은 천고(千古: 아주 먼 옛적), 만고(萬古)를 두고 하토(下土: 아래 나쁜 땅)에서야 무슨 일이 있든지 항상 그 광명을 발휘하는 것이다. 이것이 중추월의 본색(本色)이요, 우리가 반가이 생각하는 것도 그 불변하는 것을 사랑하는 것이다. - 봉우추기(鳳宇追記)

전가추석(田家秋夕).

수필: 사불가역도(事不可逆睹)라, 삼가고 조심하라.

사불가역도(事不可逆睹: 세상일은 돌이킬 수 없음)라는 글을 천고에 철인(哲人)으로 자타가 공인하는 공명 선생이 후주(後主: 유비 뒤를 이은 군주)에게 상소하는 데 쓰였다. 그러면 그 본인이 누구며 또 군신간이니 허언(虛言)을 하였을 리가 없다. 그런데 우리들은 흔히 무슨 일이고 예료(豫料: 예측)를 하다가 실패를 보는 때가 많다. 이것이 근신(謹愼: 언행을 삼가고 조심함)하지 않는 관계다. 지난번 공주교육구에 위원으로 가 있었는데, 예비비로 맥류(麥類: 보리, 호밀, 참밀, 귀리 등)를 매치(買置: 사둠)하면 손해는 없을 것이니, 위원들의 의사는 어떠하냐고 협의사항으로 제출한 것이 거의 만장일치로 찬의(贊意)를 표한 것이다. 그중 1인이 혹 여론이 불호(不好)할지 모른다고 말했으나, 손해문제에는 이의(異意)가 없었다. 그래서 실행한 것이 의외에 대맥가(大麥價: 보리가격)가 대폭락으로 교육구에서 처분이 극히 곤란하다. 그런 금번 위원회에 와서 내 생각에는 위원회에서 무슨 대책이나 하라 하였더니, 의외에도 모모 위원들이 책임회피로 대논쟁을 하니 인심이 가탄(可歎: 탄식할 만함)이로다. 반드시 서로 분우(分憂: 걱정을 나눔)를 하고 해결책이나 상의하는 것이 당연하지 않은가. 이것으로 언쟁을 해서 외방에서 여론이 있고 관력(官力: 관청이나 관리의 권력)까지 차용해서 (벌이는) 일부 위원층의 모략 같으니 가석(可惜)한 일이라고 본다. 물론 사필귀정(事必歸正: 일은 반드시 바르게 돌아감)할 일이나, 이런 인물들이 모략(謀略)을 좋아하는 부류들이다. 그래도 우리들이 좀 심사숙려(深思熟慮: 깊이 생각함)했어야 할 것인데, 사불가역도라는 것을 생각 안 한 까닭에 이번 일이 있는 것이라고 생각한다. 후일을 계(戒: 경계)하기 위해서 이 붓을 드노라.

계사(癸巳: 1953년) 중추(中秋: 음력 8월 보름) 봉우서(鳳宇書)

내가 부산을 가고자 하는 이유

무슨 연고로 부산여행을 하려는가 하면 그 대답할 자료가 그리 충분하지 못하다. 그러나 이유를 진술하라면 이 정도다. 조 씨가 말하는 중석광(重石鑛)에 대한 구체적 타진이 아직 되지 않았었고 또 횡성 금산(金山: 금광)도 조건만 확실하다면 착수할 수 있는 것이요, 염전에는 내가 하등 관계가 없으나, 송무백열(松茂栢悅: 소나무가 무성하니 잣나무도 기쁨) 정도로 그 건에 대한 진의(眞意) 타진이 주조건이요, 혹 부수조건이라면 민 씨도 일차 상봉하고 혹 무슨 유리한 조건이 있을까 하는 것도 있고, 또는 조 씨에게서 문화사(文化社)를 갱신시킬 대책을 토의할 수도 있고, 또 오는 길에 대구도 다녀올까 해서 별로 긴요하지 않은 여행이나 역시 할 수 없어서 하는 것이요, 혹 중간에서라도 무슨 일이 될까 하고 희망을 바라고 여행하는 공중누각(空中樓閣)격이다. 이반에 조 씨와 중석광이나 금광 건만은 타합(打合: 타협) 가능한 것이나 그 외 건에 대해서는 다 의문 부전(附箋: 덧붙이는 쪽지)을 붙이고 타진을 겸해서 가보는 것이다. 귀로(歸路)에 대구 또는 영동을 역방(歷訪: 찾아감)할 예정이나, 아직 확정안은 아니다. 영동은 정 씨와 김학수를 다 찾아볼 예정이다. 그러나 주조건이 순조로이 된다면 부수조건은 다 공치기 쉽다. 이것이 확고한 신념 없는 여행이라고 답하는 외에 다른 도리가 없다. 혹 그런 희망이 박약한 데서 성공하기도 용이한 것이요, 또 내가 조 씨에게는 서로 신의를 조건으로 가보는 것이지 무슨 바람이 있어서 가는 것은 아니다. 그리고 김일승 동지와도 일차 상봉해 보았으면 하는 미미한 바람이 있는 관계로 이번 부산행을 하고자 하는 것이다.

계사(癸巳: 1953년) 중추월(中秋月) 봉우소(鳳宇書)하노라.

부채정리가 신용복구에 중대문제

부채종류가 여러 가지다. 정신적 부채나 도의적 부채를 말하는 것이 아니요, 또 구채(舊債: 묵은 빚)를 말하는 것도 아니다. 다만 신채(新債: 새로 빌린 돈) 중에서 가장 문제화하여 내 양심적으로도 아주 빨리 갚아야 할 책임을 느끼는 몇 건을 말하고자 한다. 제1건이 이원(伊院)의 박하영, 박하중, 박하성 씨 건이다. 그중에도 박하영, 박하중 건은 최급(最急)을 요하는 것이요, 그다음이 내 서모(庶母)의 가축우(家畜牛: 집에서 키우는 소) 건도 매일같이 불평하는 중이니 역시 급한 것이요, 서울 전 씨 건과 옥천 전 씨 건도 역시 다음 순서적으로 갚을 의무가 있고, 부채가 보상됨으로 부지중 신용이 복구될 수 있는 것이다. 그리고 김극인 씨에게 진 부채 건도 김 씨가 독촉은 않으나 당연한 책임이 있고 또 김보영 씨에게도 동일하다. 정 씨에게는 도의적으로 불가불 후일 기회만 있다면 보상할 의무가 있다고 본다. 이것이 다 새로운 채무도 구건(舊件: 옛날 건)이 아니며, 차제적으로 내 경제가 돌아서는 대로 보상하는 것이 당연하다고 본다. 여기에 대하여 내가 보상자로서의 입장은 어떠한가 하면 물론 액면만은 내가 많을 것이나, 이것은 다 취소하는 것이 옳다고 본다. 그러고 보면 하시(何時: 어느 때)에야 무상인(無償人: 갚을 게 없는 사람)이 되는가 하면 그리 용이한 일이 아니다. 궁인모사(窮人謀事: 운수 나쁜 사람이 일을 꾸밈. 재수 없음)라니 신구채(新舊債)가 명목만 고칠 따름이지 아주 경제적으로 여유가 있기는 곤란한 것이다. 청양이헌규 씨에게 막대한 부채가 있으나, 현실로는 보상하기 불가능이요, 무슨 사업으로든지 보상을 각오하는 것이다. 내가 생각하고 있던 사업이 성공한다면 이상의 부채쯤은 별로 큰 문제가 아니라고 본다. 이것이 나의 신채(新債) 정리요건이다. 명심하고 잊지 않으리라. 앞으로 또 막대한 부채거리가 내년 중에 있는데 이것은 경제가 허락하면 부채를 질 것이요, 아주 할 수 없다면 내년 신채는 안 질지도 모른다는 말이다.

계사(癸巳: 1953년) 중추야(中秋夜: 음력8월 보름날 밤)

봉우서(鳳宇書)

수필: 대전, 부산, 정읍여행

중추절을 경과하고 그다음 날은 반포학교 운동회라 참석하였었고 그다음 날인 음력 17일에 출발해서 대전 가서 1박(一泊: 하룻밤 묵음)하고 18일 부산행을 하는 중에 박하성, 김학수 군을 대전서 만나서 그간 여러 가지 실언(失言)된 것을 말하고, 곧 작별한 후에 복잡한 경부선으로 부산까지 가서 여관에서 일박하고 19일에 호당(湖堂)을 만나서 경과를 다 들었고 호당과 동행해서 박성순(朴誠淳) 군을 심방(尋訪)하고 초인사(初人事)를 하였다. 그 인물이 신병(身病)으로 기거를 자유로 못하나, 침착하고 명철한 두뇌를 가진 것 같고 남성답게 쩝은쩝은(저븐저븐, 저분저분: 성질이나 태도가 부드럽고 조용하고 찬찬한 모양)한 미(味)가 있다. 교제장 인물보다 사무인이었으면 하는 소감이 많다. 그다음 호당과 같이 취원(翠苑)다방에서 김영호 씨를 상봉하고 염전(鹽田)건을 상약(相約: 서로 약속함)하는데, 내 생각에는 별 자금력이 없는 일이라 자신이 없었으나 호당이 좌우간 상대하자고 하는 관계로 상대해 보니, 어느 정도 의심처가 있으나 호당에게 일임하고 계약을 하니, 서로 계약하는 조건이 대단히 촉박하고 아무래도 무슨 이유가 있는 것 같았다. 중간에 있는 김영호 씨는 일만 성립되면 자기 부분이 있는 관계로 성립되게만 주장한다. 그래서 방관태세로 보고만 있었다. 실은 계약성립만 목표로 하는 것 같은 감이 있었다. 이 계약은 20일이었다. 나도이 계약에 참례하게 된 것이다. 그다음 날이라도 내가 정읍이나 목포

출장을 가서 자금조달을 해야 할 일인데, 내게 자신이 없는 것이요, 혹 된다 하여도 미지수에 속한 일이다. 여비관계로 호당이 마산을 갔으나 3일 만에 와서 일자가 경과되었다. 그다음 날인 10월 1일에 정읍착이 되어 모사해 보았으나, 일자관계로 충분한 실력을 발휘하지 못하고 실패하였고 여비만 3,000~4,000원이나 소비하였다.

무슨 일이든지 모사시(謀事時: 일을 꾀할 때) 완성할 자신을 가지고도 실패가 십상팔구(十常八九: 열 번이면 여덟, 아홉)인데, 이번 일은 시초부터 십상팔구의 실패를 자기(自期: 스스로 기약함)하고 한 일이라 모사불밀(謀事不密: 모사가 치밀하지 못함)이라고밖에는 타도가 없다. 공비(空費: 헛돈)만 전후 합해서 7,000원(1953년 쌀 80kg이 484원) 이상이 나고 소득은 문화사 충남지사 계약 건이요, 또는 금광일에 자금조달권이 있을 뿐이요, 다른 것은 없다. 그리고 친족심방이니, 친구심방은 다 도외사(度外事: 계획에 없던 일)이다. 금번 여행의 소비가 과다하고 소득이 없다는 것과 도중에 약간의 상식이 생긴 것이 있을 뿐이요, 또는 장래에 의문 정도를 붙이고 희망을 가지고 온 것이며 혹 자금이 조달된다면 하는 장래를 바라고 있는 것뿐이다.

그리고 김일승 동지가 서울로 간 것을 확지(確知: 확실히 앎)하였고 성득환 군도 가족적으로 상경하였으며, 종매(從妹: 사촌누이동생)도 내가 부산 도착하는 날에 상경하는 중이라 부산역에서 만났고 민계호 군만 아직 할 수 없어서 부산에 있는 것 같고 그 외에 여러 동지들이 다 상경하였고 ○질(○姪: ○조카?)도 서울로 갔다는 소식을 접하였다. 그다음 정읍 와서는 곡가(穀價: 곡식가격)에 격층(格層)이 있는 것을 발견하였고 부산과 대전의 여관에서 청년들의 여행주의를 요하지 않으면 안 될 점을 발견하였다. 이런 점이 득실상반(得失相半: 얻은 점과 잃은 점이 반반임)이요, 서울 갈월동 종제(從弟: 사촌아우)가 생남(生男: 아들을 낳음)한 희보(喜報: 기쁜 소식)도 금번에 시문(始聞: 처음 들음)이었다. 두서없이 여행 중 경과이나, 들은 바를 기록해 보는 것이요, 내 의견을 첨부하는 것은 아니다. 정읍 ○제(○弟)도 금번 감원선풍에 실직하였다가 복직한 소식을 알았고 김철진 군이 목포 창동에 없다는 것도 잘 알았다. 이상이 수필이다.

계사(癸巳: 1953년) 음력 8월 회일(晦日: 그믐날)

봉우서우상신초당(鳳宇書于上莘草堂)

수필: 난장(亂場) 소감

　금번 여행 중 소견에서 '난장(亂場)'이라는 것을 보고 내 소감이 있다. 아주 옛날에 지방에서 그 지방발전을 위해서, 사람을 모으기 위하여, 광고하기 위해서 시장을 처음 창립하며, 혹은 시장이 이미 있는 곳도 사람이 잘 모이지 않는 때에 그 지방에서 관청의 암묵적인 허락으로 단시일간이라도 난장을 허용하는 것이다. 이것은 절대로 합법적이 아닌 것이요, 부득이한 편법이었다. 그런데 현재 난장을 허가한 곳을 보건대, 시장이 처음 열린 곳도 아니요, 아니면 이미 열린 시장 가운데 사람이 잘 모이지 않는 곳도 아니다. 다만 모모 단체의 영리사업으로 유력 단체들이 관(官)과 타합(打合: 타협)해서 방대한 자금을 풀어서 난장을 세우는 것이다. 이 난장을 세우는 데에서 민중의 소득이 무엇인가 하면 일호반점(一毫半點) 유리할 일 없고 다만 막대한 소모가 있을 뿐이요, 또 관에서 묵인하는 도박장이라 패가망신자가 수천 명씩 발생하는지 알 수 없을 정도이다.

　이 난장을 핑계해서 이를 묵인하는 관청에서는 별별 명목으로다 이 난장을 경영하는 사람들을 착취하는 것이 모처에 이 난장 개시 후 일주일에 설립비니 다른 종류는 다 그만두고 관○에 대한 접대비만 30여만 원이 들었다고 한다. 매일 정식 입장료만 5만~6만 원이라고 한다. 이 사람들의 매일 다른 소비가 100만 원 이상일 것이나 그렇다면 2주일간 총 손해는 수천만 원이 될 것이요, 민중이 이 소비로 소득이 무엇인가 하면 아무 소득이 없는 것이다. 이 난장을 경영코자 하는 인사들이 무지몰각(無知沒覺: 앎도, 깨달음도 없음)한 데서 이런 착오가 생긴다고 본다. 그리고 관에서도 이를 설득시켜서 중지하지 못하고 자기네에 얼마만큼 유리한 점이 있다고 묵인한다면 이는 양비(兩非: 둘 다 틀림)라고 본다. 내 감상(感想)대로 몇 자 기록하는 것이다.

계사(癸巳: 1953년) 8월 30일 봉우서(鳳宇書)

가아(家兒)의 보직 받은 소식을 듣고 내 소감

　　가아 영조(寧祖)가 19세 시(時)에 국방경비대에 입대하여 대한민국
이 성립되자 국군으로 편입되어 그 후 6년간이라는 세월을 하루같이
군대생활을 하였다. 공주에서 입대를 시작하여 대전으로, 제주도로, 인
천으로, 옹진(甕津)으로 가서 은파산(銀波山)전쟁176)에서 관통상을 3군
데나 입었으나, 부산병원에서 치료한 결과 다행히 불구를 면하고 다시
서울 수도사단으로 왔다가 수원보충대로 갔다가, 수도사단 부평대대
에서 재무계에 속하였다가 6.25사변으로 후퇴 당시에 공주까지 와서
낙오되어서 피신하다가 인민군에게 피체(被逮: 남에게 잡힘)되었다. 그
때 부자(父子)가 같은 장소에서 한 달간이나 별별 말 못할 역경을 다
당하고 있다가 공주에 가서 임시석방을 받고 귀가하였다가 내가 다음
귀가한 후에 음력 8월 14일 밤에 공산당들의 내습정보를 엄홍섭 군에
게 듣고 부자가 가족도 알지 못하게 피신한 것이 제2차의 활로를 얻은
것이었다. 이 위기를 면하고 9.28수복을 맞이하고 반포면 공암에 가서
있다가 원대복귀 차 서울로 가서 엄정한 심사를 받고 원대복귀 도중에
사선을 10여 차 넘은 것이었다. 그리고 함북선(咸北線: 함경북도선)으로

---

176) 제주지구전투사령부 2연대는 1949년 8월 13일을 기해 수송선을 타고 제주를 떠
　　나 인천을 거쳐 황해도 옹진으로 배치되었다. 1949년 10월 14일 새벽을 기해 북
　　한인민군 소대병력이 녹달산과 그곳에 인접한 은파산을 공격하였다. 이것을 제3
　　차 옹진전투(1949.10.14.~11.15)라고 한다.

국경선까지 가서 다시 후퇴 도중에 별별 고생을 다한 것이었다. 거의 사경(死境: 죽을 지경)에 도달했던 것이다. 그래서 강릉까지 와서야 수세(守勢)를 지키고 거기 와서 이등상사(二等上士)로 수도사단 대전차공격대 정보계 선임하사로 있으며, 실전경험을 맞이한 모양이다. 여기서 근 1년이나 있다가 갑종간부후보생에 응시해서 합격한 것이었다.

그래서 부산보충대에 와서 있는 동안 내가 수차(數次)나 왔다가 공교롭게도 상봉하지 못하고 대구로 와서 광주 상무대 보병학교에 와서 6개월간을 수업하고 작년 5월에 대구로 가서 임관되어 6사단에 속한 것이 몇 개월 후에 또 대구정보학교를 졸업하고 정보관으로 있었다. 그러다 5월전쟁에서 위기일발의 명예부상을 또 당하고 여수육군병원에 와서 3개월이나 치료하다가 금번에 대구로 가서 보직 받은 것이 의외에도 육군본부 작전교육국3과 교재계에 집무하게 되었다. 실상은 자식으로서는 연치(年齒: 연령)가 아직 24세에 구상유취(口尙乳臭: 입에서 아직 젖내가 남, 아직 어림)의 소아(小兒)이다. 그런데 육군본부에서 임관(任官: 장교로 임명됨)이 된 것은 선배들이 많을 것인데 도리어 황공(惶恐: 두려워 함)한 일이다. 아비 된 나로서 주야로 걱정이 더 된다. 그 책임이나 의무를 잘 할까가 의문이다. 이 육군본부라면 일거수일투족이 전 육군에 수범(垂範: 본보기가 됨)이 되어야 하는 것이다. 마음이 아무래도 조마조마한 것이다. 한편으로는 자식이 안전지대에 온 것은 반가우나, 사무상으로 책임이행을 잘 할까가 걱정이라는 말이다. 일희일려(一喜一慮: 한 번의 기쁨에 한 번의 근심)라고 내 소감을 그려 보고 끝으로 자식의 무운장구(武運長久)를 빌며 이 붓을 그치노라.

계사(癸巳: 1953년) 9월 초5일(初五日) 야(夜)

봉우서우유신정사(鳳宇書于有莘精舍)하노라.

민족분열의 요소(要素)인물들을 규정(規正)해서
〈정경신보(政經新報)〉에 보도함을 보고

한때는 경천동지(驚天動地: 하늘과 땅을 놀래킴)적 기세로 대한민국의
전권을 장악하고 호령하던 족청계(族靑系)177) 자유당들을 청천벽력(靑
天霹靂: 맑은 하늘에 날벼락)격으로 이 대통령의 유시(諭示: 국민에게 발표
한 내용)로 진 내무장관과 신 농림장관과 권대일 지방국장의 파면을 위
시해서 질풍신뢰적(疾風迅雷的: 빠른 바람과 우레, 천둥) 행사가 있었고,
또 국민회 개편문제로 아주 족청파의 파쟁(派爭: 파벌다툼)을 일삼는 자
는 지방조직에도 참례를 불허하게 되었다. 그리고 그들 지방 유력 간
부들을 아주 민족분열자로 규정을 내리니 이다음은 누가 출세할 것인
가 하는 감이 또 크다고 본다.

이 대통령의 유시로 보아서는 주자(走者: 달아나는 자), 축자(逐者: 쫓
는 자)를 다 제외하라고 하였으나 이것은 중앙문제요, 지방에서 보면

---

177) 1946년 10월 이범석·안호상·양우정 등이 미군정의 후원을 받아 만든 우익단
체 '족청(조선민족청년단)'은 해방 공간에서 민족주의에 바탕을 두고 급격히 세를
불려 이승만의 정치적 파트너로 성장했다. 족청은 이범석의 정치활동 기반이 되
었으며 1949년 이승만의 지시로 해산되었지만, 그 뒤에도 '족청계'라는 형태로
남아 자유당 창당 과정 등에서 큰 역할을 했다. 이승만 초기 정권에 큰 영향력을
행사한 족청계는 파시즘과 연관이 있고 대의제 민주주의와는 다른 포퓰리즘적
대중민주주의를 추구했다는 평가를 받고 있다. 이러한 족청계는 1953년 이승만
을 추종하는 자유당이 의회정당으로 거듭나는 과정에서 권력 중추부로부터 축출
됐다.

족청에게 밀려난 일파들이 대두하는 것 같다. 그러고 보면 주축(走逐: 달아남과 쫓아감)이 일반이라고 본다. 순진한 애국자로만 지도자가 되기는 곤란한 일이나 그래도 지방에서라도 양심인물이 나와서 일을 하였으면 하겠는데 사실은 애국자들이나 순수 양심인물들은 대기(待期) 중으로 나오지 않고 이권이나 세력쟁탈전에서 족청에게 일시적으로 패배한 인물들이 다시 등장하는 것은 가리지 못할 일이다. 이것이 아직도 민의를 그대로 발양(發揚: 떨쳐 일으킴)한다고는 못할 일이다. 이폭역폭(以暴易暴: 사나움으로 사나움을 바꿈)으로 조금씩 변해 가는 중이다.

대통령 유시가 그래도 정치를 시정하려는 것 같으니 이대로 개과해서 나가면 용인(用人: 사람을 씀)하는 데나, 위정(爲政: 정치를 함)하는 데 하필 족청, 비족청을 논하느니보다 될 수 있는 대로 유능한 인재를 선발해서 일부, 일부씩 개체(改遞: 교체)하며 그 질적으로 부족한 점을 보충하면 될 것이요, 현상의 족청계를 축방(逐放: 쫓아냄)하는 일파들도 벌써 말하는 것을 들으면 족청이 가지고 있던 이권과 세력을 배제하고 자기네가 가지고 행사할 예비공작을 하는 것 같으니, 좌우가 다 한심한 일이다. 이것이 고어(古語: 옛말)에 '조양지부귀(趙良之富貴: 조양의 부귀)를 조양이 능탈지(能奪之: 능히 빼앗음)'라는 말이다.

족청도 이 대통령의 신임을 받아서 권리를 행사하다가 또 불신임을 받으니 그 권리를 박탈(剝奪)할 수 있다는 것이다. 이것이 다 민주주의 국가에서는 볼 수 없는 일이요, 준법정신을 가진 법치국가에서도 이런 일이 있을 수 없는 것이다. 현재 국민회 계통이나 문구를 보더라도 순수한 민의라고는 못 보겠다. 정비위원이 중앙에서는 절대한 권리를 가지고 도에 임하고 도에서도 3인의 정비위원이 절대성을 가지고 시·군에 임하고, 시·군에서도 3인의 정비위원이 읍·면에 절대성을 가지고 임하며, 읍 · 면에서도 역시 정비위원이 동 · 리에 절대성을 가지고 임하게 되었다. 이것이 하향(下向)하는 것이요, 순진(純眞: 순수하고 진실함) 민주주의가 아니라는 말이다. 정비위원이란 조직하기까지 유효하다고 하나, 실력은 정비위원이 조직인선 당시에 하부층 인물망라가 제일 주조건이 된 것이다. 이 말초조직으로부터 상향해서 동리대표가 읍면조직선출을 하고 읍면대표가 시도조직을 선출하고 시도대표가 도를 조직선출 할 수 있고 각도 대표가 중앙을 조직선출 할 수 있을 것이다. 그러나 이 원칙에서 정비위원이라는 기초가 정당성을 가져야 한다는 말이다. 이것이 족청에서도 동일 방법으로 조직하였으나, 이 정비위원들의 권리행사가 현재 족청계의 천하를 만든 것이요, 또는 이 족청계들이 전권을 잡는 것이 신용이 타지(墮地: 땅에 떨어짐)하게 된 것이다. 그러니 전철을 밟아서는 안 되겠다는 말이다. 이다음에는 또 무엇을 제외하라고 규정이 나올지 알 수 없는 것이다. 우리나라 현재 정치가 미묘난측(微妙難測: 미묘하여 헤아리기 어려움)하게 변해 가는 것을 보고 현상대로 몇 자 기록해 보는 것이다.

계사(癸巳: 1953년) 9월 6일
봉우서우유신정사(鳳宇書于有莘精舍)하노라.

수필: 무사분주(無事奔走)한 1953년

금년은 조춘(早春: 이른 봄)부터 현시(現時: 현재의 때) 9월인 만추(晚 秋: 늦가을)까지 무사분주(無事奔走: 하는 일 없이 공연히 바쁨)하여 일일 재가안한(一日在家安閑: 하루를 집에서 편히 쉼)한 날이 없고, 지동지서 (之東之西: 동으로 서로 감)로 가위 무사분주하다. 학사(學事)시찰이라고 서천, 보령, 당진을 일순(一巡: 한 바퀴 돎)하였고 내 사행(私行)으로 홍 성을 2차 왕반(往返: 왕복)하고 예산도 수차 왕래하였고 부산을 2차 왕 반하고 서울을 1차요, 정읍을 1차요, 또 근지(近地: 가까운 곳)는 무수히 왕래하였으며, 보행(步行)도 근년 처음 많이 하였다. 그러나 장재여정 (長在旅程: 긴 여정)에 백사불성(百事不成: 모든 일이 이루어지지 않음)이 다. 이것은 경제를 주로 한 말이다.

대인접물(待人接物: 사람을 만나고 사물을 접함)에는 금년의 소득이 불 소(不少: 적지 않음)하다. 신규로 동지급이 5~6인이요, 고문격이 수인 (數人: 두서너 사람)이요, 고참급이 3~4인 있고, 거물급이 2인쯤 되고 준 동지급이 2~3인 된다. 이 정도면 소득이 있다고 해야 옳은 것이다. 그 다음 내가 실수한 것은 여성에게 2건이 있는데 1건은 신용문제요, 1건 은 위신문제요, 또 동지 간에 위인모충(爲人謀忠: 남을 위해 꾀를 냄)에 불진력(不盡力: 사력을 다 내지 않음)한 점이 있고, 또 대변인으로 일에 효과를 못낸 건이 2건 있다. 1건은 학교신설문제요, 1건은 학교병합문 제도 있었는데, 내가 당연히 열변으로 반대해 볼 것을 내 내심으로는 좌우지심(左右之心)이 있었으나, 묵지불언(黙之不言: 침묵하며 말 안 함) 하였던 것이 실수다. 그러나 내가 양심상으로는 죄 될 것이 없는 것이었다.

그리고 좀 절약하였으면 경제적으로 현재의 곤란을 면할 것인데 좀 체면을 보다가 극히 곤란한 상태에 있으니, 이것은 허비(虛費)한 관계요, 또 계색(戒色: 여색을 삼감)하는 마음이 부족해서 견물생심(見物生心)하는 것이 자신의 노쇠를 알지 못하고 망상(妄想)이라고 자료(自料: 스스로 평가함)한다. 이것이 다 자각해야 할 일이다. 그리고 시간만 있으면 비록 노쇠했으나, 정신수양을 해서 소모를 보충해야 할 일인데 별 시간이 없었으나 아주 정신수양을 하지 못하였으니, 이것이 부족점이요, 또 독서도 금년에는 아주 최단시간밖에 못했으니 여러 가지로 불충분한 점이다. 그리고 부채정리를 하지 못하였으니. 내 비록 사정이 그렇다고 하나, 실력이 부족한 관계이다. 지이불행(知而不行: 알면서 행하지 않음)은 반불여부지(反不如不知: 외려 알지 못하는 것만 못함)라고 자성(自省)할 필요가 있다. 이 붓을 그치노라.

계사(癸巳: 1953년) 9월 초6일(初六日) 밤 봉우서(鳳宇書)

가색(稼穡: 곡식을 심고 거두는 일)에 분망한 농촌

　고인(古人)의 시귀(詩句)에 농인(農人: 농민)이 고여이춘급(告余以春及: 농부가 찾아와 봄이 왔다 일러 주니)하니 장유사호서주(將有事乎西疇: 서쪽 밭 갈러 나가야겠네)라고 한 글이 있었다.[178] 이와 연결성을 가진 농가(農家)의 서성기(西成期)인 9월이다. 천고마비(天高馬肥)하고 금풍옥로(金風玉露: 가을바람과 이슬)에 충성(蟲聲: 벌레소리)이 낭랑(朗朗: 또랑또랑)한 이때에 사자(士子: 선비)는 등화가친(燈火可親)이나, 농인은 반년 업농(業農: 농사)이 모두 이때의 가색(稼穡)에 달려 있다. 춘경추수(春耕秋收: 봄갈이와 가을걷이)가 민생(民生)의 본분(本分)이다. 오곡이 풍등(豐登: 농사가 썩 잘됨)하고 부업인 잡곡도 다 풍작이다. 비록 풍한

---

178) 도연명(陶淵明, 365~427)의 〈귀거래사(歸去來辭)〉 마지막 연에 나옴. "돌아왔노라, 세상과 사귀지 않고 속세와도 단절했네. 세상과 나 이제 멀어졌으니, 다시 벼슬에 나서 뭣을 구하겠는가? 친척들과 정담을 나누며 즐거워 하고, 거문고 타고 책 읽으며 시름을 달래리. 농부가 찾아와 내게 봄이 왔다 알려 주니, 서쪽 밭 갈러 나가야겠네. 이따금 수레를 타고 혹은 홀로 배를 저어, 깊은 계곡, 맑은 물을 찾아 나서고, 험한 산을 넘거나, 언덕을 가볍게 지나기도 하네. 초목은 즐거운 듯 생기 있게 자라고, 샘물은 퐁퐁 솟아 흐르는구나. 만물이 때를 만나 부럽기는 하지만, 나의 생 머지않아 쉬어야 함을 느끼네. 아, 이제 어쩔 수 없구나! 이 세상에 있을 날 얼마일까? 가고 머무는 건 내 뜻대로 되는 게 아니니, 무엇을 위해 어디로 그리 서둘러 가려 하는가? 살아서 부귀영화는 내 바라던 바도 아니요, 죽어 제향(帝鄕: 신선나라)에 나기를 기대하지도 않을지니. 날씨 좋으면 혼자 거닐고 때로는 지팡이 세워 놓고 김을 매기도 하고, 동쪽 언덕에 올라 휘파람 불다가, 맑은 시냇가에서 시를 짓기도 하리라. 인생은 잠시 조화의 수레를 탔다가 돌아가는 것, 천명을 즐기면 됐지, 망설일 게 무엇인가!"

재는 있다고 하지만 그래도 농가 9월은 가가(家家: 집집마다) 유족(裕足: 넉넉함)하다. 고인의 말씀에 일년지계(一年之計)는 재어춘(在於春: 봄에 달려 있음)이라고 하였다. 춘시종추가색(春蒔種秋稼穡: 봄에는 모내기하고 가을엔 농사지은 걸 거둬들임)하는 것이 일목요연(一目瞭然)한 일이다. 누가 부정할 사람이 있는가.

근업(勤業: 부지런히 농사지음)한 사람은 수확이 풍족하고 불근(不勤: 부지런하지 않음)한 사람은 수확이 부족한 것은 누구나 다 명료하게 아는 일이다. 이 추수에 분망한 농촌에서 우리가 보고 있는 중에 소감이 무엇인가. 사자(士子: 선비, 사대부, 지식인)라는 인간들도 우리가 일상 보는 이 농가생활을 보면서도 근학(勤學: 열심히 공부함) 않고 성공을 바라는 사람이 많은 것 같다. 농가에서 춘불경(春不耕: 봄에 밭 갈지 않음)하고 추가색(秋稼穡: 가을에 수확함)을 바라는 것과 소호도 다를 것이 없다. 소장불학(少壯不學: 젊고 힘찰 때 배우지 않음)하고 노이무성(老而無成: 늙으매 이룬 게 없음)은 당연한 일이다. 조금도 이상할 것이 없다. 목도(目睹: 목격)하는 농촌 실정을 보고 이 실정에 비추어 우리 사자(士子)들도 춘경추수(春耕秋收)라는 불변의 철칙을 지키라는 것이다. 대(大)농가가 추수가 많고 세(細: 작은)농가가 추수가 적은 것은 누구나 다 아는 바이다. 그렇다면 젊고 힘 있을 때 공부를 많이 한 사람이 말년에 성공이 클 것이요, 젊을 때 공부 못한 사람이 성공이 잘 안 될 것은 자연 원칙이다. 이 원칙을 잘 지키자는 말이다. 내가 가색에 분망한 농촌에서 그 실정을 보고 여기서 소감되는 것이 사자(士子)들의 공부도 이와 같다는 것을 재인식하고 이 붓을 든 것이다. 사자들이 당연히 자경(自警: 스스로 경계함)해야 할 일이다.

계사(癸巳: 1953년) 9월 초6일(初六日) 봉우서(鳳宇書)

양우정(梁又正)[179] 군의
피검(被檢: 수사기관에 구속됨)을 듣고

자유당이 발족하며 대한민국의 정계는 일국일당주의(一國一堂主義)라는 간판을 가지고 원내, 원외의 양파(兩派)에서 이 대통령의 의사대로 복종하겠다는 무기를 가지고 각당, 각파를 제압하며 천하의 공당(公黨)이라고 일국을 호령하듯 총 지휘는 물론 협천자이령제후(挾天子以令諸侯: 천자를 끼고 제후에게 명령함)격으로 철기(鐵驥: 이범석) 장군이었으나, 이 모사(謀事), 주사(做事)를 총 참모격으로 한 인물은 양우정 군임에 틀림없는 것이다. 권불십년(權不十年: 권력은 10년을 못 감)이라고 이 추상 같은 권세의 위엄도 일조(一朝)에 철기장군의 방축(放逐: 쫓아냄)과 아울러 자유당을 간판삼아 자가세력을 부식(扶植: 힘이나 영향을 미치어 사상이나 세력 따위를 뿌리박게 함)하고 차기 정권을 위에서 아래

---

179) 양우정(梁又正, 1907년 11월 15일 경남 함안군~1975년 11월 11일)은 일제 강점기의 시인이며 대한민국의 언론인, 정치인이다. 광복 후 우익 언론인으로 정치에 뛰어들었고 일민주의의 사상가로 활동하며 조선민족청년단에 참여하였다. 1949년 〈연합신문〉을 창간하였고, 1952년 〈동양통신〉을 창설하였으며 같은 해 국회외무위원장으로 선출되었다. 대한독립촉성국민회 선전부장으로 반탁 운동에 참여했고, 이승만의 독립운동 경력과 정치 이념을 홍보하는 저서를 남겼다. 고향인 함안에서 무소속으로 제2대 국회의원에 당선된 뒤 자유당의 2인자로 부상하였다. 1953년 연합신문 주필인 정국은이 간첩혐의로 체포된 사건에 연루되어 당시 국회에서 역대 최초로 체포동의안을 통과시킴으로써 구속되어 범인은닉 등으로 징역 7년의 유죄판결을 받았다. 1954년 대통령 특사로 풀려난 뒤 7년간 칩거하였다.

까지 모조리 자기네가 잡으려던 족청계의 음모가 백일하에 폭로되면서 땅에 떨어졌다. 자유당 간부진영에서 족청계열이 전부 제외된 개편을 시작하고 일부 족청계에 아부하여 관권을 농락하던 모모 장관 이하는 파면처분이 되고, 또 민족분열의 책임을 족청간부에게도 규정짓고 또 정모(鄭某) 사건에 관련되어 양우정 군의 검속동의를 국회에 청한 바, 재석(在席) 140여 인에서 부(否)가 18표와 기권이 기인(幾人: 몇 사람)이 있을 뿐 120여 인의 찬성표가 나왔다.

양군의 평시 협천자이영제후(挾天子以令諸侯)하던 시절에 이력복인(以力服人: 힘으로 남을 복종시킴)하였던 표현을 잘 알게 되었다. 사실의 유무(有無)에는 우리는 문외한(門外漢)이라 시비곡직을 알 수 없으나, 명칭만이라도 정(鄭)180)이 국제스파이로 공산당 오열(五列)이었다는 것은 아마 사실인 것 같은데 이런 인물을 양 군이 애국자라고 성명까지 발표하였으니, 책임 안 질 수 없는 것이요, 또 민의원 제씨 중에서도 양이 통공(通共: 공산당과 내통함) 사실이 있다면 비록 개인적 친분이 있더라도 18인의 반대표는 역시 통공자란 말인가? 혹은 여하간에 양만 피검 않도록 반대표를 던진 것인가? 알 수 없는 일이다. 양으로

---

180) 정국은(鄭國殷, 1919년 1월 31일~1954년 2월 19일)은 일제 강점기의 언론인이며 친일 공산주의 행적자이다. 해방 후 반민특위에 체포되었다가 병보석으로 풀려나온 바 있고 이후 연합신문과 동양통신의 주필을 겸임하는 등 언론계에서 계속 활동하다가, 일본을 드나들며 암약한 국제간첩 사건의 주범으로 1953년 8월 31일 체포되었다. 이 사건은 한국전쟁 후 대한민국에서 발생한 첫 간첩 사건이었다. 정국은의 혐의는 북한의 조선로동당 예하 간첩으로서 대한민국 국방부를 출입하면서 군 관련 기밀을 빼냈고, 일부 정치인들과 결탁하여 이승만 정부의 전복을 꾀했다는 것이었다. 그는 군법회의를 거쳐 사형 선고를 받고 이듬해 2월 총살형에 처해졌다. 이 사건은 정국은과 연루되었다는 이유로 양우정 등을 비롯하여 이범석의 족청 계열 정치인들이 숙청되는 결과를 낳았고, 이기붕이 이승만의 뒤를 잇는 2인자에 올라서게 되었다.

도 시비곡직은 사필귀정이니 만약 관(官)에서 검속코자 할 때에 남자답게 자진할 일이지, 피신, 은신하다가 수사망에 걸리고 보니, 그 인격도 자연 알 일이다. 진현식 군도 동시에 문초(問招: 심문)를 받는다니 이것이 군자는 득지고공(得志固功: 뜻을 얻으면 공을 단단히 쌓음)하고 소인은 득지경명(得志輕命: 뜻을 얻으면 천명을 가벼이 함)이라고 본다. 소인은 득지에 무소기탄(無所忌憚: 꺼리는 바가 없음)하다가 경조형상(竟遭刑傷: 필경 형벌로 인한 상처를 입음)하는 것이다. 양 군의 당하는 일이 군자의 일시적 액(厄: 불행)이 아니요, 소인(小人)의 무소기탄한 소식이 아닌가 한다.

그러나 사직(司直: 법관)들도 일의 시비곡직을 공명정대하게 처리할 일이요, 양이 강자라고 아주 시비를 불문하고 형(刑: 형벌)을 가해서는 안 될 일이라고 본다. 우리가 말하고자 하는 바는 족청이건 비족청이건 그 인물 본위로 취급하는 것이 정당하다고 보는 관계로 양군의 평시 소행으로 보아서는 당연히 올 심판이요, 금번 일에는 우리는 시비곡직을 알지 못하는 관계로 소감에 있어서 무어라고 말할 수 없다. 신문 보도와 같다면 무슨 용서를 바랄 조건이 없으나, 사직당국에서 상세히 조사해서 원망이 없게 하기를 바라는 바이다. 법적 근거로 족청, 비족청을 떠나서 공정하게 심판한다면 이것이 양군으로도 자연 심복할 것이다. 이어 진현식 군의 문초도 이런 일이 사실이라면 징일려백(懲一勵百: 하나를 징계해서 백을 격려함)의 원리를 그대로 쓰지 않으면 안 된다는 말이다. 세상 일이 도시(都是: 모두) 한심한 일이다. 일국의 대관(大官: 대신)이나 일국의 선량(選良: 국회의원)이나가 거액의 금전이면 다 움직이고 있으니, 장차 언제나 정치가 안정되어 국태민안(國泰民安: 나라가 태평하고 국민이 평안함)될 것인가? 양 군의 일로 여러 가

지 걱정이 그치지 않아서 이 붓을 든 것이요, 이 정도로 붓을 그친 것
이다.

계사(癸巳: 1953년) 9월 14일 봉우서(鳳宇書)

수필: 호사위루(好事爲累)

호사위루(好事爲累: 일을 좋아하면 누가 됨)라고 교육구에서 맥류(麥類: 보리 종류)의 예비비로 무맥(貿麥: 보리를 사둠)했던 것이 맥류 가격의 폭락으로 손해가 적지 않아서 문제가 발생하는 것을 보고 마음에 불안하던 중에 마침 정읍을 여행 중에 종맥가(種麥價)가 등귀(騰貴: 뛰어오름)한 것을 보고 교육구에 와서 그 경위를 전한 것이 원인이 되어서 10여 일 후에 나맥(裸麥: 쌀보리) 41 입(叺: 가마니, 섬, 열 말)을 가지고 정읍까지 간 것이 의외에도 소매는 적어도 일두(一斗: 한 말) 200원 이상인데 도매는 150원이라는 대차(大差)가 있어서 공주서 매매하느니보다 100여 만 원(구화舊貨)의 손실을 보겠고 또 이 도매 시세라는 것이 압매(壓買)하려는 시세임에를 임업는(?) 것이요, 더구나 노모(盧某)라는 위인(爲人: 사람됨)은 공주 고향사람으로 종제(從弟: 사촌동생)와 동서(同壻: 자매의 남편끼리, 형제의 아내끼리 부르는 호칭)간인데 상매(商買: 장사로 사는 것)에 있어서는 한 손을 더 뜨는 것 같아서 이불리(利不利)를 따지지 않고 처분할 일이나, 기분 상 그럴 수 없어서 보관시키고 돌아오는 내 심리야말로 말할 수 없는 일이다. 내가 무슨 이익이나 손해 관계가 있어서 한 일도 아니요, 다만 교육구에서 곤란한 입장에 있는 것을 조금이라도 유리하게 할까 한 것이 도리어 100여 만 원의 손실을 더 보게 했으니, 선후책이 문제라는 말이다.

나도 교육구에서야 어떻게 처분하거나 신경이 둔한 사람이었으면 관계할 필요가 없었는데, 나는 동정한다는 것이 도리어 손해를 보게 했으니, 이 손실은 내가 무슨 짓을 하든지 처분해야 옳은 일인데 역시 이것도 용이한 일이 아니라 내내 걱정이다. 그러나 공주에서 매매한 것보다는 더 손실은 없도록 해야 내 책임이 면해질 것이다. 이것이 모두 호사(好事)하는 탓이다. 이후로는 이런 일을 경계해야겠다. 더구나 출발 당시에도 상인들이 주의시키는 것을 납득 못 한 것이 내 불찰이라는 말이다. 상인들 말에 논산서 무곡(貿穀: 장사하려고 많은 곡식을 사들임)하러 온 사람들이 정읍 시세가 그만큼 좋으면 가지고 안 갈 리가 없다고 시세라는 것은 조석으로 변하는 것이니, 주의하라는 것을 이외청지(耳外聽之: 귀 밖으로 들음)하고 내가 절대로 유리하다고 주장은 안 했으나, 반대를 못 하고 출발한 것이 내 책임이라는 말이다. 내일 교육구에 가서 타협하고 이 처분문제를 확정해야 내 마음이 편하겠다. 정읍에 있는 정맥(精麥: 깨끗이 쓿은 보리쌀)을 처분되는 대로 처분하고 이 손실을 보충할 무슨 대책을 수립하든지 그렇지 않으면 교육구에서 처분하라든지 두 가지 중에서 한 건을 택하는 외에는 다른 방도가 없다. 아무렇거나 기분이 불쾌하다. 이후 주의차(注意次)로 이 붓을 든 것이다.

계사(癸巳: 1953년) 9월 14일 봉우서(鳳宇書)

경제문제를 어찌 해결할 것인가

고인의 말씀에 작지자중(作之者衆: 만드는 이는 많고)하고 용지자과(用之者寡: 쓰는 이는 적음)하면 재용(財用: 재물의 사용)이 항족(恒足: 늘 풍족함)하고, 작지자과(作之者寡: 만드는 이는 적고)하고 용지자중(用之者衆: 쓰는 이가 많음)하면 재용이 항부족(恒不足: 늘 부족함)하다고 하셨다.181) 무슨 일이든지 경과하고 보면 경제방면으로는 이것이 원칙되는 것이다. 국가경제나 개인경제나 일반이다. 세칙에는 물론 기다한 층절(層節: 곡절, 변화)이 있을 것도 자연한 일이나, 원칙은 이에서 벗어나지 않을 것이다. 국가적이라 국제경제가 좌우할 것이요, 개인적이라면 국가경제가 좌우할 것이나, 원칙은 원칙이요 변태는 변태일 것이다. 현상과 같이 우리나라나 또는 동일 사정을 가진 국가에서는 무엇보다도 국가존망문제가 우선적인 관계로 경제도 전시(戰時)경제가 아니면 말할 재료가 못 되는 것이다. 그러나 내가 말하고자 하는 것은 전시라도 평상시 경제를 주로 말하고자 하는 것이다. 우리나라는 농업국이니, 농업생산을 무슨 연구로든지 증산해야 할 일이요, 현상대로는 생산이 부족하다는 것이 아니라 우리나라 농업은 수지가 덜 맞는다는 것이다. 농업

---

181) 출전 《대학(大學)》 제17장. 생재유대도(生財有大道: 재물을 만듦에 큰 도가 있음), 생지자과(生之者衆: 만드는 사람은 많고), 식지자과(食之者寡: 먹는 사람은 적음), 위지자질(爲之者疾: 일하는 데에 빠르고), 용지자서(用之者舒: 쓰는 데에 느리면), 즉재항족의(則財恒足矣: 재물은 늘 넉넉하리라).

시설이나 농업방식이나, 농구(農具)나 농가 생활수준이나, 수리(水利) 관계나 비료관계가 다 다른 선진국가 농업에 비하여 아주 수준이 저열해서 농민이라면 최저생활을 확보 못 하게 되는 것이 우리나라 실정이다. 국가에서나 개인으로나 우선 우리 농촌의 농업방식을 개량하고 시설을 완전히 해주는 데서 농촌경제가 해결될 것이라고 본다.

우리나라는 농업이 균일화되지 않아서 농가에서도 좀 수준이 나은 곳은 보통 농가로 논 2정보(町步: 1정보는 약 3,000평), 밭 1정보를 농사 진다면 도작(稻作: 벼농사)이 150석(石: 한글로 '섬', 한 말의 10배, 약 180 리터로 쌀 144킬로그램) 이상 200석이 생산되고, 밭에서 평당 100원 이상 200원 정도의 수입을 보니, 세수입(細收入: 세부수입) 총액이 30만 원 이상 60만 원의 수입이 있고 축산으로 소, 돼지, 닭, 개 합해서 잡수입이 있다. 총액수입이 벼가 45만 원 이상 60만 원으로 환산하면 전답 부업(田畓副業: 밭과 논, 부업) 합해서 연수입 75만 원 이상으로 100만 원 이상의 수입을 보게 되는데, 수준이 아주 저하되고 시설이 없는 데 와 또 경험이 재래식으로만 하는 농촌에서 동일 면적의 수입이 어떠한 가 하면 논 2정보에 벼 60석이면 평균 수입이요, 밭 1정보에 보리농사 가 15석과 대두(大豆) 30두(斗: 말)면 역시 평균수입일 것이다. 총액이 논 수입이 18만 원이요, 밭 수입이 2만여 원이면 총수입이 20만 원이 다. 완전한 대농가를 표본으로 해보는 것이다. 평야지대에서는 논농사 가 호당 5~6정보 이상을 하는 사람도 있으니, 이것을 표준 하는 것이 아니요, 우리나라 보통농가의 대농(大農: 대규모 농업)을 표준한 것이다. 동일 면적에서 80만 원의 수입차액을 보게 되니, 국가에서 농촌경제를 해결시키자면 이런 문제부터 완전히 해결하라는 것이다.

물론 지출에 있어서도 수입만 편(便)이 좀 더 드는 것도 사실이나, 수입차액같이 차가 많은 것은 아니다. 그 농한기에 부업이 있어서 가족개로제(家族皆勞制: 가족 모두가 일하는 제도)를 써야 하는 것이다. 이것이 (국가에서) 농촌증산의 지도를 잘하라는 것이다. 그리고 비료생산과 전기시설이 병진(並進: 함께 진전)해야 수준이 속히 오른다는 것이다. 수리조합이나 저수지를 각 방면에 시설하고 수력전기 발전을 각지에 시설하면 우리나라는 산의 나라라 조림(造林)이 잘될 것이요, 연료가 절약되고 이것이 목재로 나오게 되면 여러 가지로 용도가 있을 것이요, 축산도 증산할 수 있는 것이다. 여기서 전력을 이용해서 공장시설이 완비됨으로, 이공화학(理工化學)의 발전도 장족(長足)의 진보를 보게 될 것이다. 여기서 농업인이 공업으로 전출(轉出: 바뀌어 나감)해서 현재 전국인구의 85%가 농업인데 공업으로 전업(轉業: 직업을 바꿈)하면 50% 내지 40%로 우리나라 농지를 충분히 경작할 수 있고 이 전업으로 농가의 경지(耕地)면적이 증대하여 전업(專業: 전문직업)적으로 농업을 할 수 있는 것이다. 그렇다면 물론 농가생활의 수준도 향상될 것이요, 공업도 발전되어 공업으로의 수입이 역시 농업시대보다 배증(倍增: 갑절로 늘음)될 것은 자연한 일이다. 이렇게 되어야 경제적 문제가 해결될 것이라고 본다. 이 문제가 해결됨으로써 교육문제도 수반(隨伴: 붙좇아서 따름)해서 해결되고 정치문제도 자연적으로 수준이 향상되어 열강과 병렬할 수 있고, 한 걸음 나아가서 제패(制霸: 패권을 잡음)할 수도 있는 것이다.

이외에도 천혜적 지리(地利)로 3면이 해면(海面)이라 부유한 해산물을 잘 이용하면 우리나라 경제문제는 안심(安心: 안정)될 것이다. 이 밖에 우리나라의 보고(寶庫)격인 광물(鑛物), 이것을 개발함으로써 우리 국가경제가 얼마나 향상할까 예측할 수 있는 것이다. 비록 국토는 광대하지 않으나, 영국, 프랑스, 이태리, 독일, 일본 등에는 절대로 손색이 없다고 본다. 이것이 우리 경제문제 해결의 근본방침인 것이다.

소위 백두진 경제182)라는 것은 민족을 도외시하는 경제라 우리는 찬성할 수 없고 이 역량으로는 절대로 경제문제를 해결이라기보다 혼란하기 용이하다고 본다. 현상의 경제대책이나 농림지도를 보면 일시, 일시적으로 정책을 펴는 것이요, 근본적으로 하는 것 같지 않다. 이 정도의 역량으로 위정(爲政: 정치를 행함)한다면 10년을 가도 농촌이고 도시고 경제문제가 해결될 희망이 없다고 본다. 내년이라도 다른 선량들이 나와서 근본적인 농촌경제를 완전히 해결할 정책이 수립되어야 비로소 국가대계가 설 수 있는 것이다. 현상으로는 동족방뇨식(凍足放尿式: 언 발에 오줌 누기 식)인 정책으로밖에 볼 수 없다. 국가에서 경제시책을 그렇게 하는 관계로 개인들도 근본적인 영구시설에 착수코자 하지 않고 일시적인 폭리나 투기사업에 착수하는 것을 예사로 생각한다. 개인들도 회사처럼 수력발전 같은 것을 얼마든지 할 수 있는 것인데 우리나라에서 한 사람도 여기 착수한 사람이 없고 광업도 개인이나 회

---

182) 백두진은 통제·계획경제를 지양하고 미국의 요구에 따라 자유경제로 나아가야 한다고 말하며 원조경제에 의한 자립모델을 주장했다. 재무장관으로서 재임하면서 1951년 9월 9일 '임시토지수득세법'을 국회에서 통과시켰고 한국전쟁 이후 급격한 통화팽창을 수습하기 위해 1953년 2월 화폐개혁을 하였다. 이는 선생님 말씀대로 부작용만 많은 '언 발에 오줌 누기' 식의 정책으로 비판받았다. 이후 1953년 8월 국무총리 시절, 백두진은 미국 경제조정관인 우드(C. T. Wood)와 한국의 재정적자 보전과 경제재건을 위한 회담을 시작하였다. 환율, 소비재와 자본재의 비율, 경제안정 정책 등 한국 경제의 복구 방향과 관련하여 4개월에 걸쳐 교섭하였다. 이때 미국은 원조 운영 전반에 대한 통제를 강화하려 하였다. 이 회담은 12월 14일 '백·우드 협약'의 체결을 통하여 매듭 짓게 되었다. 이 협약은 한국 경제재건이 국제연합과 미국의 막대한 원조 없이는 이루어질 수 없음을 인정한 것이었다.

사로라도 얼마든지 충분한 시설을 할 수 있는 것인데 아직 제련소 한 곳 충분한 곳이 없고 그저 일시적으로 적재(的財: 꼭 필요한 돈)에 광산에서 그전 시설했던 것을 채광(採鑛: 광석을 캐냄)할 정도요, 신규시설로 광산을 경영하는 사람을 보지 못하였다. 임업에도 처처에서 벌채는 하나, 한 곳도 조림계획을 수립하고 20년이고 30년 내지 50년 조림설계로 순환식 벌채경영자는 없고 모조리 무슨 방식으로든지 산마다 발갛게 벌채한 곳뿐이다. 그렇고 공장이라고는 거의 휴면상태요, 중소(衆少: 여러 적은) 세공(細工: 정밀 세공업)으로 휴면하는 그 공장을 대신 하자니, 인력은 10배, 100배 더 필요한 것이요, 생산은 마음대로 안 되는 것이다. 이것이 외화를 가져오지 못하는 원인이요, 외화를 구입해서라도 국가와 민족을 구할 본의로 한다면 원료품을 구입해서 저가로 생산을 시켜야 물가가 저회(低回: 낮게 돌아감)하고 경제가 안정되는 것인데 국가에서 외화를 고리로 방출하고 이 방출에서 장관이니, 국장이니, 모모 요인들이 다 막대한 이윤을 분배하고 도매상의 손에 들어온 것을 또 무거운 이자에 복리(複利)로 중소 공장에 들어오니, 그 생산품이 외화와 대항할 수 없을 것이요, 부지불각 중 물가는 등귀(騰貴: 뛰어오름) 외에는 다른 도리가 없는 것이다.

농촌에서 생산하는 곡물만 저가를 지속하지 다른 물가는 다 고회(高回: 높게 돌아감)하고 보니, 개인이라기보다도 농촌경제는 날로 패망하는 외에 다른 수가 없다. 그러니 농촌에서 무슨 여가에 농업을 개량해볼 생각이 나지 않고 상인들이나 그 업가(業家)들도 현상유지가 급해서 10년이나 100년을 목표로 건설사업에 착수할 생각은 꿈에도 날 새가 없다고 본다. 이것이 민족의 책임이 아니요, 위정자들의 총 책임이라고 본다. 예를 들면 농촌에서 농업하는 것도 다 일시적으로 구급책에서 나오는 것이다. 연구도 해보고 시험도 해보며, 농업할 여유가 없는 관계다. 도작(稻作: 벼농사)이라면 황산식(黃山式)[183]으로 경작하면 일반보(一反步? 0.5정보?)에 평균 10석(石)의 수확을 보는 것을 차차 아는 것이나, 이 황산식 농업을 하자면 인건비가 더 들고 비료도 더 들어서 물론 경험도 부족하나 이 선지출이 문제가 되어서 이 황산을 착수 못 하는 것이요, 전작(田作: 밭농사)도 고구마 농작 같은 것도 김성제(金聖濟)방식으로 하면 평당 10관 이상 17관까지 수입이 있다면 현 재래식에 비하여 5~6배 내지 10배 수입이 되나, 역시 기술문제도 있거니와 인부나 비료의 선지출문제로 감히 마음을 내지 못하게 된다. 금년에 보니 농촌에 농량(農糧: 농사기간에 먹을 양식) 대부(貸付)라고 1호당(一 戶當) 5,000원까지 대부하였는데, 면에서 이것을 동리(洞里)에 주지시키지 않아서 면사무소를 왕래하는 유지급에서나 약간의 혜택이 있을 뿐이다. 정부에서 대출하려는 액수에서 기간 안에 대출된 것이 20프로(퍼센트) 정도라고 하니, 80프로(퍼센트) 남은 액수는 어찌할 것인가. 이것이 소위 관에서 형식으로만 한다는 것이다. 성심(誠心)으로 한 일이라면 기간은 충분히 주고 농촌에서 고루 그 혜택을 입게 하는 것이 당연한 일이다. 그른 것도 이 정도에 탁상공문(卓上空文: 탁상행정)이다.

내가 말하고자 하는 것은 전국적으로 5년이고 10년이고 아주 계획경제책을 수립해서 농가는 농가대로, 공업은 공업대로, 상업은 상업대로의 계획경제를 수립해서 부업은 어느 집을 물론하고 자유선택으로 다

---

183) 황산식 수도재배법(黃山式水稻栽培法)은 1949년에 보급되기 시작한 새로운 벼농사 법이다. 이 방법은 전라남도 해남군의 황산면에서 이재훈(李載勳)이 온상에 건묘육성(乾苗育成)을 하여 조기 이앙함으로써 10a당 벼 8석을 올려 한때 선풍을 일으켰다.

있게 하고 아무 직장에 있는 사람이라도 시간만 있으면 부업을 가정에서라도 하고 공장에서라도 자유로 할 수 있게 해서 유한(有閑: 여유 있어 한가함) 인민이 없게 하면 부지불각 중 경제문제는 국가나 개인을 막론하고 해결될 것이요, 만약 현상대로 두고 위정자들이 자유경제를 표방하고 나간다면 10년을 가도 우리나라가 타국 수준에 가기는 하늘의 별따기보다도 우간(尤艱: 더욱 어려움)한 일이다. 국가에서 속히 하지 못하면 유지자(有志者: 뜻있는 사람)들이라도 희생적으로 나와서 지도해서 덴마크 농촌과 같이 개량하면 우리나라도 천혜(天惠: 자연의 혜택)가 많은 나라라 덴마크와 비교가 아니요, 한층 더 수준이 향상될 것을 자신하고 있는 것이다. 현재 우리가 보기에 국산장려회라고 명칭만은 좋은 일인데 그 내막을 보면 역시 양질호피(羊質虎皮: 속은 양인데 겉은 호랑이 가죽, 본바탕은 아름답지 않다는 뜻)격이 아닌가 한다. 이 좋은 이름으로 신분증이나 팔고 이권이나 도득(圖得: 꾀하여 얻음)하고 간부진영의 생활이나 보장한다는 조건이 아닌가 한다. 일국의 명사가 집합했으니, 그럴 리가 있는가 하겠지만 목도(目睹: 목격)한 바가 이런 실례(實例)를 보고 한심(寒心) 안 할 수가 없다.

　내가 있는 이 마을도 인다지협(人多地狹: 사람은 많고 땅은 좁음)한 곳이라, 답(畓: 논)이 인구 1인당 1두락(一斗落: 한 마지기) 정도요, 밭도 역시 그 정도이다. 그런 관계로 불농가(不農家: 농사 짓지 않는 집)가 반수(半數)나 된다. 그래서 생활이 말 못 되는 동네다. 그러나 이곳도 산이 500정(町: 150만 평, 1정보는 3,000평)이나 있는 곳이니, 시장(柴場: 땔나무 장소)으로 100정보만 두고 10년 계획으로 400정보를 조림(造林)하고 1년 평균 40정보씩 벌채한다면 현재가격으로 시탄(柴炭: 땔나무와 숯) 합해서 40만~50만 원의 생산이 될 것인데, 조림은 하지 않고 질족자선득(疾足者先得: 발 빠른 자가 먼저 차지함)으로 전산판(全山坂: 모든 산비탈)을 여유 없이 벌채해서 몇 개인의 충복(充腹: 배를 채움)에 불과하고 전체 동네에는 아무 영향이 없는 것이다. 그리고 또 이 산판을 이용해서 약초를 모든 동네 차원에서 재배하면 1년에 평균 수백만 원의 수입이 족족하고 성적이 양호하다면 몇 천만 원도 될 수 있는 것이다. 이것도 합심하면 한 가구 평균수입이 5만~6만 원 이상으로 수십만 원까지도 갈 수 있는 것인데. 지도인물도 없고 합심이 안 되어서 설계를 할 수 없는 것이다. 다두동민(多頭洞民: 우두머리가 많은 동네사람들)이라 구왈여성(俱曰余聖: 함께 말하기를 내가 성인임)이라는 관계로 이런 좋은 자원을 보고도 시작을 못하는 것이다. 이것도 정치나 동일한 것이다. 이 면(面: 반포면)이 빈면(貧面: 가난한 면)이요, 빈면 중에서도 이 동리가 빈동(貧洞: 가난한 동네)이다. 이 원인은 (주민들이) 합심 안 되는 관계요 지도인물이 없는 관계다. 이것이 실례 중의 하나이다. 경제문제 해결이 지도인물과 또 계획경제에서 발단한다는 것을 재인식하라는 말이다. 비록 전시라도 우리의 경제는 재건하지 않으면 패망의 날이 머지않다는 것을 역설하는 것이다.

소위 인플레라고 구화(舊貨: 예전 돈) 500원에 계란 1개요, 광목(廣木: 무명실로 짠 베) 한 마(碼: 1야드 91.44센티미터)에 1만 1,000원이요, 차 한 잔에 4,000원이요, 양복 한 벌에 100여 만 원이요, 도시에서 하루 시가(柴價: 땔감가격)가 1만 원 정도요, 양곡(糧穀: 식량으로 쓰는 곡식)이 제일 저렴하다 하나, 백미(白米: 흰쌀) 한 말에 3만 5,000원이니, 좀 고급생활을 하는 사람은 한 달에 1,000만 원 이상을 소비하고 최저생활이라도 50만~60만 원을 가지고 겨우 지내게 되니, 우리 어릴 때에 비해서 격세지감(隔世之感)이 있다. (그때에는) 백미 한 말에 20전이요, 광목 한 마에 10전이요, 땔감 한 짐에 15전이요, 계란 1개에 5리(釐: 厘, 푼, 돈 단위)요, 논 한 두락(마지기)에 4원 내외요, 황소 상농우(上農牛: 상등 농사용 소)가 15원이요, 중등우는 10원이요, 순금이 한 냥(37.5그램)에 20원이었다. 현재에 비해서 보통 10만 분지 1이나 20만 분지 일에 해당하였다. 나사(羅紗)[184] 같은 것은 양복지로 상품은 한 마에 1원까지 갔는데, 현재의 30만 분지 일에 해당하였다. 세계에서 우리나라가 경제혼란이 제2위라고 아래에서 역수(逆數: 거슬러 셈)해서 그렇다고 하니 이 경제안정이 어느 때에 될 것인가? 민족적으로 자결(自決)할 필요가 있다고 본다. 다시 갱기(更起)할 여지가 없다면 모르되, 우리나라는 위정자의 신정책이 나오거나 또는 민족자결로 합력(合力)이 되거나 하여, 이 경제혼란은 곧 안정으로 환원할 수 있고 폐허가 된 국토는 다시 건설로 환원할 수 있는 것이요, 파괴된 시설은 다시 부흥으로 환원할 수 있을 것이요, 성풍혈우(腥風血雨: 피비린내와 비처럼 쏟아지는 피)로 물들인 이 강산은 다시 평화로 환원될 것이다. 이것이 오로지 위정자만 바라볼 것 없이 민족정기를 바로잡고 이 삼천만 배달민족을 구출할 지도자가 나와야 될 것이며, 민족적으로는 무엇보다도 먼저 경제가 해결되어서 가급인족(家給人足: 집집마다 생활이 풍족함)해야 무슨 사업이든지 경영할 수 있는 것이다. 내가 우연히 이 경제문제 해결이라는 제목을 쓰다가 내가 가장 상식이 부족한 경제에 대한 제목이라 요령을 잡지 못하고 횡설수설한 것이 자연 말이 길어졌음을 깨닫지 못하였도다.

계사(癸巳: 1953년) 9월 14일 밤 봉우서우유신초당(鳳宇書于有莘草堂)

---

184) 양털이나 거기에 무명, 명주, 인조견사 따위를 섞어서 짠 모직물.

[1953년 당시 우리 경제의 혼란상이 극에 달하여 세계 2위의 경제 혼란국가라는 불명예를 차지하자, 봉우 선생님께서 총체적인 경제 진단을 하신 뒤 내놓은 경제해결책입니다. 요점은 지도인물의 부상과 계획경제의 실현으로 공업화를 주도함이 선결책이라 주장하셨습니다. 10년 후 나타나는 지도자 박정희의 몇 차에 걸친 5개년 경제계획·공업화정책 추진을 눈앞에 훤히 보고 계신 듯합니다. "경제 문제를 어찌 해결할 것인가?" 참 매력적인 논설이자 70년 전 당시의 비참했던 우리네 삶의 진상을 적시하고 선생님만의 뛰어난 현실진단과 해법이 돋보이는 명문입니다. ‑역주자]

내 생활 상태는 현상이 어떠한가

을유(乙酉: 1945년) 8.15 후로 내 생활은 최저유지가 곤란하였다. 그래서 아주 곤궁한 것이다. 가족들도 별 이의(異意) 신입(申込: 신청)은 없이 동일 보조로 가족 모두 일하며 별로 이렇다는 여유가 있을 리 만무하나 그렇다고 아주 삼순구식(三旬九食: 30일 동안 아홉 번 먹음, 매우 가난함)할 정도는 아니었다. 가족이 모두 일했다고 하나, 나는 사실 노동능력이 없는 사람이다. 그저 정신노동이나 할 정도이다. 그래서 가족 6인 중 가아(家兒)가 군인으로 나아가고 5인이 평화로운 가정을 형성하고 있으며, 부업으로 내가 한약방을 틈틈이 착수한 것이 서울로 가서 약간의 여유가 있었던 것이다. 그래서 가산(家産)이 비록 동산(動産)이라도 좀 준비되고 약재도 준비했었다. 그러자니 부채도 있었으나, 약재가 부채보다는 많았다. 그리고 모모 사업이 거의 될 뻔하던 차에 6.25사변으로 또 서울과 상신의 두 집이 다 적수공권(赤手空拳: 빈털터리)이 되고 말았다. 그 후 4년간의 곤란이야 말할 수 없을 만큼 지냈다. 그중에 또 재향군인회 문제로 막대한 부채를 지고 청산을 하지 못하였다. 그래서 작년 1년 생활이야말로 계해년(癸亥年: 1923년) 이후에 처음 겪는 역경(逆境)이었다. 그러다 인고하며 다 정리하고 남은 부채액은 장차로 미루고 현상은 소강상태를 보(保: 지킴)하고 있다. 최저생활이라고 하나, 나보다도 더 고통을 받는 사람도 많은 것이다. 나는 비록 악의악식(惡衣惡食: 맛없는 음식을 먹고 허름한 옷을 입음)으로 지내나, 아주 궐식(闕食: 끼니를 거름)한 일은 없다. 가족들이 합력해서 별 노동력은 없으나 그저 유의유식(遊衣遊食: 하는 일 없이 놀면서 입고 먹음) 않는다는 말이다. 그래서 금년도 부산 가서 몇 만 원 수입은 가아(家兒) 병원 입원 시 그대로 소비되고 나머지가 약간의 식량이 되고 또 시정(柴政: 땔감거리)도 보충했다.

현상으로 보면 가아(家兒)배급이 가족식량의 반은 되고 식량준비가 정곡(精穀: 정미한 곡식)으로 30두(斗: 말)는 되니, 보충해 가며 앞으로 6~7삭은 경과하겠으니 내년 봄까지는 안심하겠고 고구마 경작이 10입(叺: 가마니)는 되니 이것도 두세 달의 보충식량은 된다. 아무렇든지 내년 3~4월경까지는 그저 식량은 별문제 없을 것 같다. 그러고 보면 의차(衣次: 옷감)문제인데 이것은 6.25사변에 단의단신(單衣單身: 홑옷, 홑몸)으로 생명만 보전했으니, 의복준비가 아주 전 가족이 없어서 고생 중이나, 의복문제까지는 더 인내하지 않으면 할 수 없는 것이다. 그런데 약품이 수만 원 가치가 준비되어서 이것이 처분되면 옷감도 좀 준비할까 하는 중이다. 그런데 우연히 실인(室人: 아내)이 낙목중상(落木重傷: 나무에서 떨어져 심하게 다침)을 입고 한 달여를 자리에 누워 있어 아직 동작을 못하고 있으며, 금년은 감 생산이 가용건(家用件: 집에서 쓸 분량)도 못 되어서 예산이 아주 틀린다. 평년 같으면 감나무에서 곡물처럼 몇 석(石: 섬, 약 180리터) 이상을 할 수 있었는데 금년은 아주 공을 치고 보니, 가용에도 돈이 들겠다. 또 홍성 혼사가 있고 서울 장례식이 있고, 가아나 ○○○에 2차 혼인준비가 목전에 있는데, 이 준비는 아직 한 건도 못했고, 또 내년이 민의원 선거년도인데 이것도 역시 결정기가 되었고 좌우를 연말 연초까지는 확정해야 할 것이요, 이것이 무슨 명예욕으로 그런 것은 아니지만 아주 단념하기도 무슨 다른 취미를 붙이기 전에는 역시 어렵다는 것이다. 이것이 내 근일 생애를 적나라하게 노골적으로 말하는 것이다. 문화사(文化社) 조건은 금전이 준비되지 않으면 못할 것이요, 방범협회 건은 그리 생각이 없고 금광이나 중석 광산 건은 전주(錢主)를 만나서 착수할 예정이요, 아직 확정이라고는 못하겠다. 이것이 전모(全貌)다. 이 정도로 붓을 그치고 후일을 기다려서 다시 정정(訂正: 고쳐 바로잡음)하기로 하자.

계사(癸巳: 1953년) 9월 14일 밤 봉우서(鳳宇書)

충현서원 내 모현계(慕賢契) 부계장(副契長)의
망점(望佔: 추천)을 받고

내가 이 공주로 반이(搬移: 이사)한 지가 벌써 38년이라는 긴 세월이다. 나의 반생(半生)이 이 공주에서 기록을 남기게 되었다. 그러나 내 족적이 우리나라에서는 별로 안 가본 데가 없고 겸해서 중국, 일본, 소련도 대강 다녀 보았다. 말하자면 방랑아(放浪兒)였다. 그래서 재가무일(在家無日: 집에 하루도 없음)로 반평생을 지냈으나, 내가 본디 예절에는 아주 문외한이다. 그런 연고로 이 족적이 안 다니는 데가 없어도 무슨 예절에 관한 곳에는 회피했던 것은 사실이다. 아주 소년시대에 문묘석전(文廟釋奠)[185]에 수삼차 참배하였고, 서원(書院)의 제향(祭享: 제사)에도 수차 참례하였던 일이 있으나, 공주에 와서는 공주문묘석전에 일차 참례한 외에는 본면(本面: 반포면)에서 숙모전(肅慕殿), 삼은각(三隱閣)의 춘추향사(享祀: 제사)나 충현서원[186] 제향에 일차도 참배한 일이 없었다. 이것은 내가 항시 분망한 연고이나, 대체로 내가 예절관계에 문외한이므로 사림(士林: 유림)들과 추축(追逐: 서로 사귐)이 안 되고 내가 사림의 자격이 없는 관계로 오근피지(吾謹避之: 내가 삼가고 피함)

---

185) 음력 2월과 8월의 상정일(上丁日)에 문묘에서 공자를 비롯하여 신위(神位)를 모시고 있는 4성(聖), 10철(哲), 18현(賢)을 제사지내는 의식.
186) 충청남도 공주시 반포면 공암리에 있는 조선 중기 충청도에 처음 세워진 사액서원. 임진왜란 전후의 선비인 고청(孤靑) 서기(徐起)에 의해 건립됨.

한 원인이다. 아직도 내가 공주 와서는 문묘석전 일차 외에는 다른 데에는 불참하였었다.

그러던 중에 금년 9월 15일에 충현서원 제향일이라 오후에 참배나 할까 하고 갔던 것이 시간관계로 또 참배를 못하였다. 그리고 마침 사림들이 집합해서 충현서원 모현계(慕賢契) 임원을 재선하는 중이었다. 의외에 내게 부계장(副契長) 추천을 하고 만장일치로 가결되었다. 내가 고사(固辭)했으나, 결정되고 말았다. 그러나 내가 사림으로는 자격이 없는 사람으로 모현계 부계장이라는 것은 불감(不堪: 감당치 못함)한 일이다. 기회만 있으면 재차 고사할 결심이다. 내가 모현(慕賢: 성현을 숭모함)하고자 않아서 그런 것이 아니라, 사림이 집합하는 계에서 80 이상 노인의 학행(學行)이 있는 성학자(成學者)가 계장(契長)으로 있는데, 내가 부계장으로 안연(安然: 편안함)히 있는 것은 내 체면이 안 되는 일이다. 내가 사림으로 예절관계에 문외한으로 예절을 시사(是事: 일을 바로잡음)하는 충현서원 모현계 임원에는 부당하다는 말이다. 나는 유림으로는 예절관계로 자격이 없고 문학 방면에나 아주 문외한은 아니라고 부족하나마 평정(評定: 평가해서 결정함)할 것이요, 일이야 했든지 안 했든지 민족운동자로는 타인이 인정 않더라도 내 자신이 자인(自認)이라도 할 정도라 내가 금번 모현계 부계장 추천을 받는 것은 내게 부당하다는 것을 확정적으로 심결(心決)하고 이것을 입증하기 위해서 이 붓을 드는 것이다. 내가 무슨 민족운동에 관한 임명이라면 부족할지라도 자임(自任)하겠노라.

계사(癸巳: 1953년) 9월 18일

봉우서우유신정사(鳳宇書于有莘精舍)

4-101

곡앵(谷鶯: 골짜기 꾀꼬리)의 감원처분 당함을 듣고

곡앵187)이 우리 원우(院友) 청년층 가운데 가장 유망한 사람의 하나로서 내가 뜻하는 바는 공무원으로 나가기보다 그의 학식을 증익(增益)할 수 있는 데가 있으면 했던 것이라 학부(대학)를 가지 않으면 자습이라도 하라고 하였으나, 자기 사정상 부득이하다고 공무원으로 들어갔던 것이다. 대전시청에서 봉직하고 있다가 성적이 양호하다는 말을

---

187)《봉우일기》4-84 (2) 다시 연정원 동지들 약평(略評)이나 해보자. 유일(遺逸)도 같이 해보자. 편에서 곡앵에 대한 평을 다음과 같이 하신 바 있다.

"…그다음 곡앵(谷鶯: 골짜기의 꾀꼬리)을 평해 보자. 그가 곡앵으로 호(號)할 때부터 앵천교목(鶯遷喬木: 꾀꼬리가 큰 나무로 옮김)할 예조(豫兆: 조짐)를 말한 것이다. 그러나 학우등사(學優登仕: 배움이 넉넉하면 벼슬길에 나섬)가 불변의 철칙(鐵則)이다. 비록 곡앵이 총혜(聰慧: 총명하고 슬기로움)하나, 공부가 완성되기 전에 사도(仕途: 벼슬길)에 오른 것이 곡앵을 위하여 소결(小缺: 작은 결함)이다. 대인접물(待人接物)에 아직은 별무난사(別無難事: 달리 어려운 일은 없음)로되, 해가 갈수록 지위가 나아갈수록 임사(臨事: 일에 임함)하여 유족(裕足: 넉넉함)한 태(態)가 부족하기 쉽다. 사무인으로 자처하지 말고, 아직 학인이거니 하고 불휴의 노력으로 자습하면 등동산이소노(登東山而小魯: 동산에 오르면 노나라가 작음)하고, 등태산이소천하(登太山而小天下: 태산에 오르면 천하가 작도다)하신 성훈(聖訓: 성인의 교훈)을 맛볼 것이라는 말이다. 오직 부탁은 일생을 마음 놓지 말고 학인이거니 하고 작지불이(作之不已: 끊임없이 노력함)하라는 말이다. 그리고 재덕(才德: 재능과 선한 품성)이 겸비해야 한다는 것을 일시라도 잊지 말라는 것이다. 소년 동지로 연정원 동고(同苦: 함께 고생함)와 내 이념 달성에만은 공헌을 한 동지다. 미래를 촉망(囑望: 잘되기를 바람)하기에 그의 완성을 비노라. 대금물(大禁物)은 중지자족(中止自足: 중단하고 스스로 만족함)이라는 것이다. 사업에는 자족도 좋으나 학인으로서는 자족을 잘못 이해하면 자포자기(自暴自棄)가 되는 것이다. 각별주의(恪別注意) 해주기를 바라노라.…"

듣고 있었다. 그러나 그 책임이 사회과 원호계(援護係)라 다른 사무와 달라서 물자를 항상 만지는 임무라 십목소시(十目所視: 열 눈이 보는 곳)요, 십수소지(十手所指: 열손이 가리키는 곳)라 우연한 연고로 1개월 정직을 당하였었다. 복직한 후에 또 감원풍이 불어 왔고 관리들의 자격시험이 있었다. 곡앵도 자신하기를 자격시험이라니 별문제 없이 통과하려니 하고 근일 유행되는 운동을 하지 않았다가 불주선(不周旋)의 답안이 감원이 되어 목전이 곤란한 모양이다. 이 공무원이라는 것은 언제나 이런 것이다. 그 연고로 내가 그 부당성을 말한 것인데 곡앵이 이 원인을 알지 못하고 공직으로 나가서 발신(發身: 가난한 처지를 벗어나 출세함)코자 한 것이다.

이 공무원이라는 것은 풍파가 많아서 하급에서는 상관에게 아부를 못하는 사람은 그 직(職)을 장구(長久: 오래도록)히 지키기 곤란하고, 또 염결(廉潔: 청렴결백)한 공무원으로는 자립생활이 문제요, 이 자활을 안정시키려면 범칙(犯則: 구칙을 어김)을 안 할 수 없고, 김지이지(金之李之)가 다 범칙하고 생활안정하는 것을 자기 한 사람만 안 하고 곤란할 수 없어서 오래 다니는 공무원들이 이런 일을 보통으로 알고 혹 범칙하다가 무사하면 무관하나, 한 번이라도 괘인안목(掛人眼目: 남의 눈에 걸림)하면 오점(汚點: 결점)을 내고 십년공부 아미타불이 되고 마는 것이 상리(常理: 당연한 이치)가 되는 것이다.

이것이 상리인 관계로 곡앵을 권해서 이 공무원 생활을 부당하다고 하던 것이 곡앵이 금번에 고배를 마신 것이다. 그러나 곡앵이 이 기회에 전업을 했으면 이다음 고배는 없을 것이나, 또 무슨 주선(일이 잘 되도록 중간에서 여러 가지 방법으로 두루 힘을 씀)이라도 해서 공무원으로 재발족을 한다면 할 수 없이 또 이런 일을 당할 것은 자연스런 일이요, 곡앵의 장래가 장족진보하기는 곤란할 것이라는 말이다. 새옹득실(塞翁得失: 새옹지마)로 이 기회에 충분히 한양(閑養: 휴양)하고 풍파가 없는 직장을 택해서 취직하는 것이 곡앵의 장래를 대망(待望: 기다리고 바람)하는 일이다. 만약 양금(良禽: 좋은 날짐승)은 택서(擇棲: 보금자리를 고름)라는데 이번에 택직(擇職: 직업을 고름)을 못하고 또 급한 생각으로 아무 곳이나 취직하면 후일지계(後日之戒: 뒷날에 경계함)가 있을까 염려라는 말이다. 자습이라도 하고 또 택직이라 해서 자가(自家) 자격양성이 제일 주조건이라고 보는 관계로 곡앵의 감원이 도리어 장래에 유망한 일이 아닌가 하고 곡앵의 집심공정(執心公正)하기를 빌며 그치노라.

계사(癸巳: 1953년) 9월 18일
봉우서우유신정사(鳳宇書于有莘精舍)

순국열사(殉國烈士)의 이름

　내 문하의 청년인 하동인 군이 군문(軍門: 군대)에 들어가 광주 상무대 육군통신학교 유선과 교관으로 있으며 종종 서신이 왕복되는데 금번에도 서신 중에 모 서책의 일부에서 순국열사의 이름이라는 제목을 그대로 동봉해서 보냈다. 내가 이 민족정신에 대하여 유의하는 것을 아는 연고이다. 그 보낸 의사를 가상히 여기는 바요, 이다음 그 보낸 대로 원문을 기록하는 것이다.

〈선정된 순국열사 명단 1: 단기 4284년(1951년) 〉[188]

　김좌진(金佐鎭), 김학소(金學韶), 채기중(蔡基中), 민영환(閔泳煥), 김석진(金奭鎭), 이화영(李會英), 박상진(朴尙鎭), 서창(徐昌), 김지섭(金祉燮), 한징(韓澄), 손병희(孫秉熙), 신팔균(申八均), 윤봉길(尹奉吉), 윤준희(尹俊熙), 최수봉(崔壽鳳), 김창환(金昌煥), 이민호(李敏浩), 허위(許蔿), 송학선(宋學善), 신채호(申采浩), 유원희(柳元熙), 김재화(金在華), 장덕준(張德俊), 이애라(李愛羅), 이시영(李始榮), 김도현(金道鉉), 현익철(玄益哲), 이중각(李重珏), 안상익(安相益), 유원희(柳元熙)의 처(妻), 이준(李儁), 고원덕(高元德), 서귀덕(徐貴德), 안중근(安重根), 장진홍(張鎭弘),

---

188) 2019년 기준으로 국가보훈처가 서훈한 독립유공자는 1만 5,511명이다.

김상옥(金相玉), 최명수(崔明洙), 이장녕(李章寧), 최익현(崔益鉉), 이봉창(李奉昌), 안희제(安熙濟), 서인봉(徐寅鳳), 김동삼(金東三), 이강년(李康年), 백정기(白貞基), 고광순(高光洵), 여준(呂準), 한기학(韓起鶴), 홍만식(洪萬植), 나석주(羅錫疇), 편강렬(片康烈), 손일민(孫一民), 민긍호(閔肯鎬), 이석대(李奭大), 이강하(李康夏), 김학준(金學俊), 김한종(金漢鍾), 이진룡(李震龍), 남자혜(南慈惠), 김용준(金龍俊), 최재형(崔在亨), 조진탁(曺振鐸), 전해산(全海山), 고제량(高濟亮), 임국화(林國禍), 안병준(安秉濬), 이기○(李起○), 오동진(吳東振), 정병주(鄭秉周), 박성환(朴星煥), 채응언(蔡應彦), 최익송(崔益松), 이수택(李壽澤), 정한목(鄭漢穆), 최윤호(崔允鎬), 남하일(南河日), 이태희(李兌熙), 이형준(李亨俊), 박의암(朴毅庵), 김태완(金泰完), 장참판(張參判), 김죽봉(金竹峯), 조동세(趙東世), 이만수(李晚壽), 정신(鄭信), 김근영(金瑾榮), 이한응(李漢膺), 이윤재(李允宰), 조상연(趙相淵), 이민화(李敏華), 이치용(李致鎔), 허영진(許永鎭), 유완무(柳完茂), 박상규(朴相奎), 정창선(鄭昌善), 주기철(朱基徹), 윤상일(尹相逸), 박재혁(朴在赫), 황현(黃玹), 안창호(安昌鎬), 홍범상(洪範相), 김규식(金奎植), 남상덕(南相德), 김봉학(金奉學), 유관순(柳寬順), 공진원(公震遠), 장석회(張錫會), 김도원(金道源), 양승우(楊承雨), 오영진(許永鎭)의 제(弟: 아우), 강우규(姜宇奎), 지홍윤(池弘允), 최능찬(崔能贊), 김소래(金笑來), 이성룡(李成龍), 기삼연(奇參衍), 이재명(李在明), 서일(徐一), 백초월(白初月), 이상철(李相哲), 박치의(朴致毅), 백광운(白狂雲), 이범진(李範晉), 신돌석(申乭錫), 김영란(金永蘭), 이병호(李炳浩), 최상림(崔尙林), 유민계(兪民桂), 김종민(金宗敏), 반학수(潘學洙), 서영석(徐永錫), 김용철(金容喆), 이남규(李南珪) 이상 133명.

〈순국열사 명단 2: 단기 4285년(1952년)〉

강기동(姜基東), 안봉순(安鳳淳), 이귀선(李貴善), 이유복(李裕福), 김지수(金志洙), 박승환(朴昇煥), 이종암(李鍾岩), 김병조(金秉祚), 이학순(李學淳), 김낙용(金洛用), 승치현(承致賢), 안기원(安基元), 김만수(金萬秀), 안봉순(安鳳淳), 최종화(崔宗和), 이성도(李聖道), 서기환(徐基煥), 이주환(李柱煥), 장윤덕(張胤德), 김순원(金順元), 박세화(朴世和), 최석준(崔錫俊), 박병익(朴炳翼), 김원조(金遠祚), 이기응(李基應), 김덕용(金德用), 임근수(林根洙), 조희덕(趙喜德), 전태진(田泰鎭), 오면식(吳冕植), 허빈(許斌), 신홍신(申弘新), 장학주(張學珠), 홍식(洪植), 안종락(安鍾樂), 안종엽(安鍾燁), 차진하(車眞夏), 임용우(林容雨), 강태영(姜泰榮), 김계환(金啟煥), 성재한(成載翰), 최형구(崔亨球), 권기일(權奇鎰), 구연영(具然英), 김재원(金載原), 홍낙표(洪洛杓), 홍성익(洪成益), 안상순(安相淳), 안진순(安珍淳), 최홍식(崔鴻植), 이양섭(李陽燮), 장동열(張東烈), 백인수(白麟洙), 김익상(金益相), 김찬규(金燦奎), 조장하(趙章夏), 백운한(白雲翰), 홍성순(洪性舜), 강종근(姜宗根), 안경순(安慶淳) 이상 60명.

더욱 이들 193명 순국열사의 유가족에게는 여러 가지 생활원조 물자를 지급하여 따뜻한 보호를 가하고 있다 한다. 이상 (하동인 군 서신) 그대로 기록한 것이다. 여기서 내가 말하고자 하는 것은 물론 순국선열 심사위원회에서 어련히 조사하고 심사하였으랴마는 우리가 보기에 그 순국열사 심사규정을 잘 알 수 없다고 본다. 물론 이 공고에 의한 순국열사들이야 그 심사에 입선될 만한 실적이 있을 것은 불문가지(不問可知: 묻지 않아도 알 수 있음)이다. 그런데 이 공고에 누탈(漏脫: 빠져 달아남)된 사람이 얼마든지 있는 것 같다. 이 순국선열조사위원회라는 것을 대한민국 설립 이후로 형식은 있었으나, 6.25사변 당시에도 내가 보기에 이 방면에 별 상식이 없는 청년들 7~8명이 집합해서 각 사회단체를 심방하고 탐문한 바를 조사라고 하는 것 같다. 물론 안 그럴 수도 없으나, 무슨 체계를 세우고 이 계통으로 조사를 하는 것이 아니요, 도청도설(道聽途說: 길거리의 뜬소문)을 중심 삼아서 조사에 착수하고 여기서 입수된 자료를 심사한다면 너무나 묘연한 일이다.

대한제국 말엽 광무(光武: 고종 황제의 연호), 융희(隆熙: 순종 황제의 연호) 양조(兩朝: 두 임금의 시대)의 정계풍운에서 순국열사는 조사하기도 용이하고 몇몇 개인이 못 되는 관계로 알기도 역시 용이한 일이나, 정계관계가 아닌 민간사회에 대한 여론이 공정한가 안 한가가 의문이요, 비록 단종조에 생사육신이 있는 것과 동일하게 한말 풍운에 일생을 은퇴하고 배일지도(排日指導: 항일을 지도함)를 주로 하던 은사(隱士)가 얼마든지 있었는데, 현 공고에는 한 사람도 명자(名字: 널리 알려진 이름)를 볼 수 없고, 또 그다음 한말풍운에 의병장으로 성가(聲價: 좋은 평판과 가치)가 있다가 희생된 인물들이 역시 상당수인데, 내가 아는 인물들에서도 누탈된 인물이 얼마든지 있다. 또는 왜정 당시에 국내에서 모모 사건으로 이름이 있는 인물들은 알기 용이하나, 노령(露領: 러시아 영토), 만주(滿洲), 몽골, 중국, 남양(南洋: 남태평양) 등지로 민족운동에 헌신한 인물들이 얼마인지 알 수 없는 것이다. 현재 공고된 인물이라면 모모 체계에서 아전인수로 자파계는 극히 정세하게 조사되었으나, 타파에서는 두령급이나 부득이 열명(列名: 이름을 열거함)한 정도요, 백불습일(百不拾一: 백에 하나도 줍지 않음)한 감이 있고 계통이 없이 분투하던 인물들은 아주 이름조차 없다. 이것이 우리가 보기에 이 공고의 불비점(不備點: 갖춰지지 않은 점)이라는 말이다.

어떤 시대든지 공벌(功罰: 공적과 벌)이라는 것이 그리 공정하기 어려운 것이니, 금번 이 공고를 보면 국가에서 이 심사, 이 조사를 형식적이지 진정 중요하게 다루지 않는 것이 사실이다. 내가 여기서 말하고자 하는 것은 국가에서 좀 더 이 사업에 치중하여 지하의 선령(先靈: 선조의 영혼)들로 유감이 없도록 하라는 것이다. 그리고 어느 계통은 비록 순국열사라도 그 명단이 아주 오르지도 않은 것을 보면 이 심사가 무슨 협의(狹義: 좁은 뜻)가 있는 것 같다. 광의(廣義)로 순국열사를 심사해야 하는 것이다. 그렇든지 혹 그렇지 않다면 아주 종별(種別)을 명확히 구분하라는 말이다. 충(忠)이냐, 의(義)냐, 순(殉)이냐의 심사를 잘하라는 말이다. 그리고 연대도 단정해서 어느 때부터 이전, 이후의 한계를 선명히 하라는 말이다. 우리나라 임진난의 공신(功臣)들도 야사(野史)로 보면 그 공적의 정당성을 얻지 못하여 후세에 별별 소리가 많고, 또 누탈된 공신도 많았다. 이것이 후일에 신자(臣子: 신하)들의 공을 수립하느니 보다 세력에 추종하는 편이 유리하다고 왜곡한 해석이 나오게 된 배경이요, 인조대왕 반정공신들 행공(行功: 공적을 행함)이 그 정당성을 얻지 못해서 '이괄의 난'을 양성(釀成: 조성)했던 이유인 것이다. 비록 현 한국에서는 이 순국열사들이 누구에게 공훈을 받고자 각계각층에서 이신순국(以身殉國: 나라를 위해 몸을 바침)하며 일을 한 것이 아니요, 민족적 정의감으로 이 몸을 바치고 나서서 일한 것이라, 누가 공을 준다고 지하의 영(靈)이 반가워 할 일도 아니요, 공을 알지도 못한다고 원망할 리도 없이 다 지하에서 이 나라, 이 민족에게 독립의 날이 온 줄 아시면 인간세계에서 공과 벌이 불평등하거나 말거나간에 유감없이 영(靈)들은 각자 생전의 소원이 달성된 것만 반가워하실 것이다. 우리로서는 나라가 창립되고 이 역군들의 공을 소중하게 여기지 않고 자기네 운이 좋아서 그 자리에 갔거니 하여서는 도리가 아니라는 말이다.

현상으로 보아서 주권자가 순국선열에게 표창하는 것을 아직 보지 못하였다. 사회부에 공고 정도로 그 공을 대가(代價: 대금)하는 것이 아니라는 말이다. 비록 선령(先靈)이라도 존현예사(尊賢禮士: 성현을 존경하고 선비를 예우함)하는 도리가 지하에까지 미치어 가야 하는 것이다. 순국선열에게 국가에서 대하는 예의가 너무 소홀하여 순국열사들의 후손들이 심복 안 할 것도 당연하다고 본다. 그리고 그 열사들과 추종하던 인물들도 원망이 없지 않다는 것을 국가에서 알아야 할 일이요, 주권자가 당연히 명찰(明察: 분명히 살핌)해야 할 일이라고 중언부언(重言復言: 말을 반복해서함)하는 것이다. 우리가 보아도 조사와 심사의 불비점이 보이니 만약 그 후손이나 같은 일 하던 생존자들이 보면 그 얼마나 불쾌할 것인가? 불문가지(不問可知)의 일이다. 한편으로는 아주 아무 말도 없던 순국열사심사위원회라는 명목이라도 잊지 않고 둔 것만도 불감(不敢: 감히 하지 않음)한 말일지 알 수 없으나, 가상(嘉尙: 착하고 기특함)한 일이라고 본다, 그 혼란 중에서 이 명목이라도 있는 것이 다행하다고 본다.

지하의 선령들이시여! 머지않아 모두 시정되리라고 믿으소서! 남북이 통일되고 우리의 생활무대(舞臺)이던 만주(滿洲), 노령(露領: 러시아 영토), 몽고(蒙古: 몽골)가 우리의 손으로 들어와서 과거 공적을 실지로 조사하기 좋을 시대가 멀지 않아서 올 것이라고 지하의 선령(先靈)들은 미리 반기소서! 이것을 우리는 맹세하고 내 몸, 내 마음을 동지들과 같이 바치고 선령들의 뒤를 따르며 이 순국열사명단 공고를 보고 아직 유치한 마음으로 불평이 있어서 이 두어 자를 적사오니. 선령들은 과히 책망을 마시기 바라고 이 붓을 그치옵니다.

계사(癸巳: 1953년) 9월 18일 봉우서우유신정사(鳳宇書于有莘精舍)

추기(追記)

하동인 군이 내게 이 명단을 보내고 편지 말미(末尾)에 원문대로 추신(追伸). 무명용사(無名勇士)들 위에 동인이는 다음과 같은 글을 지어 보았습니다.

까시밭이건 돌밭이건
그야 슬퍼 말어라!
내 나라 위해
그대의 행복 위해
내 청춘 이곳에서 바쳤나니

까시밭이면 찔레꽃
돌밭이면 석죽화
그도 조국의 꽃이길래
나를 저버리지는 않으리

물리치지 못한 원수
내 못 이룬 소원
나의 사랑하는 그대여!

우리의 청춘 위해
원수를 물리쳐라
원수를 무찌르라

(이상 원문)

하동인 군의 보내 준 의사를 존중히 여겨서 그대로 적어 두는 것이다. 고금을 통해서 영웅 일인(一人)이 성공하는 데 무명용사가 몇 십, 몇만 명의 희생이 요구되는지 알 수 없는 것이다. 그러나 그 영웅을 위해서가 아니요, 우리들이나 고인들이나 다 각기 자기의 책임과 의무를 다한 것이요, 어느 누구를 위해서 그런 것은 아니다. 유명(有名), 무명이 관계없는 일이요, 오로지 어느 시대든지 자기가 가진 의무나 책임을 완수함으로써 각자의 성공이라고 보며, 이 의무나 책임을 이행하지 않고 무리한 이권(利權)을 향유하고 있는 자가 있다면 이것은 어떤 한 사람, 어떤 한 시대의 죄인이 아니라 아주 우주의 죄인이 되는 것이다. 한때의 무리한 부당이득(不當利得)을 꿈꾸지 말고 오직 정의인도감(正義人道感)을 가지고 섭세(涉世: 처세)할 따름이다.

열사건 용사건 그 이름이 있건 없건을 분별할 것 없이 내게 당한 책임과 의무를 완수함으로써 우리의 지상명예(至上名譽: 지극히 높은 명예)

로 알고 일을 하면 우리의 목적달성이 그리 멀지 않을 것이요, 우리가 지하에 가서 선열들의 영(靈)을 뵈어도 부끄러울 것이 없다고 본다. 이 것으로 추기를 끝마치노라. - 9월 18일 봉우추기(鳳宇追記)

수필: 알면서 행하지 않음을 스스로 경계하고 조심함

경제면에 있어서는 나는 언제든지 문외한이다. 더구나 이 추수기에 있어서는 불농불상(不農不商: 농업도 상업도 아님)인 나로서는 일층 더 곤란감을 갖게 한다. 농촌이라 가가호호(家家戶戶: 한 집 한 집)에 다 수확이 있는데 나는 불농가(不農家: 농사를 짓지 않는 집)라 아무 수입이 없으니, 도리어 다른 때만 못하다는 것이요, 더구나 금년은 백사불성(百事不成: 모든 일이 이뤄짐이 없음)으로 아무 일이 되지 않아서 곤란, 곤란 중이다. 그런데 일은 계속적으로 생겨서 몸을 휴식시킬 도리가 없다. 남들은 농사로 곡물을 수확하니 나는 무슨 일으로라도 수입이 있어야 할 일인데 도리어 추간(秋間)에는 더 일이 안 되어서 쓰임은 여전하고 수중은 아주 공허한데, 경조상문(慶弔相問: 축하하고 슬퍼할 일로 서로 물음)하지 않으면 안 될 일이 이곳저곳에서 생기고 또 내 체면상 불참할 수도 없는 것이라 그야말로 입장이 곤란하다. 일이라고는 모두 지주사격(蜘蛛絲格: 거미줄 모양)으로 혹 될까 하는 정도요, 한 건도 이러하면 되려나 할 일은 없다. 이것이 내 근일 입장이다. 나보다 더 곤란한 사람을 생각해서 나는 그보다는 나으려니 하고 안심하며, 안빈(安貧: 가난 속에서도 평안한 마음을 가짐)하는 것이지 실상은 백사불여의(百事不如意: 모든 일이 뜻대로 안 됨)하니 장래가 걱정이다. 수인사대천명(修人事待天命)이라는데 내가 인사(人事)를 못 닦고 천명만 바라고 있으니, 가

소로운 일이다.

불사가인생산작업(不事家人生産作業: 집안의 일들을 돌보지 않음)[189] 하고 내가 하는 일이 무엇인가. 충어군(忠於君: 임금에게 충성), 효어친(孝於親: 부모에게 효도함)이라 하니 내가 충효가 다 부족한 사람이요, 부부유별(夫婦有別)이라는데 역시 그 정도의 부족이요, 또 경장지도(敬長之道: 윗사람을 존경하는 법도)에 내가 그리 성의가 없는 사람이요, 붕우유신(朋友有信: 친구 사이엔 신의가 있어야 함)이라 하는데 내가 백번 생각해 보아도 신용이 그리 충분하다고는 못 할 정도다. 오륜(五倫)이 다 부족하니 사림(士林)의 자격이 부족한 것을 자인하는 것이요, 또 학문을 하였으나 문학인으로 아무 자격이 없고 연무(硏武: 무예를 닦음)를 하였으나 무예다운 자격이 역시 없다. 비문비무(非文非武: 문학도 아니고 무예도 아님)의 한 산인(散人: 세상일을 버리고 한가히 보내는 사람)이라는 것이 정평(定評)일 것 같다. 그러고 보면 민족운동에 노력을 했다면 무슨 효과를 냈는가 하면 대답할 조건이 없고 그저 미온적(微溫的)으로 불사신(不死身: 죽지 않는 몸)인 것뿐이다. 이러하며 불사가인생산작업(不事家人生産作業)하니, 이것이 가위(可謂: 그야말로) 기물(棄物: 버린 물건)이라는 말이다. 내가 내 비판을 공정히 하는 것이다.

다만 정신계의 연구인으로는 좀 노력했다고 자인하나, 역시 최고수준을 돌파 못 한 금일에는 범인(凡人)이나 다를 것이 없다고 자평(自評)하는 것이 정당하다. 정신연구 방면에는 내가 누구보다도 조금 전두(前頭: 머리의 앞쪽)에 있다고 생각하는 바요, 약간의 경험도 있는 것은 사

189)《사기(史記)》본기(本紀) 권8 고조본기(高祖本紀) 출전. 한고조 유방의 성격에 대한 설명에서 나왔다. "(유방은) 어질고 다른 사람을 좋아했으며, 베풀기를 즐겨하며 도량이 넓었다. 늘 큰 뜻을 갖고 있어 집안의 생산 작업을 돌보지 않았다."

실이나, 이것을 표현하기 위해 문헌화시키는 것이 당연하며, 또는 실제로 모범될 현실을 보이는 것이 당연한데, 그 조건을 다 않고 있으면 그 무엇으로 내가 정신연구에 실적이 있다고 자인할 것인가? 이 정도로 불사가인생산작업했다면 그 대가가 좀 약하다고 본다. 내가 소년시대에 문학에 좀 재예(才藝)가 있었으니, 이로 전문했다면 물론 보통 문학인은 되었을 것이요, 또 수학의 천재소리를 소년시대부터 들었으니 전문했으면 역시 성가(成家: 성공)했을 것이다. 이럼에도 불구하고 이것도 않고 저것도 않고 박이부정(博而不精: 널리 알지만 정밀하지는 못함)한 내 일생 일이다. 이로 표현할 수 있으니 가소로운 일이다. 그리고 의학 방면이나 역리(易理: 주역의 이론) 방면의 심오(深奧)함은 알 수 없으나, 보통으로는 누구에게도 양보 안 할 정도였다. 좀 더 연구할 필요성이 있는 것을 치지도외(置之度外: 내버려두고 문제 삼지 않음)하니, 이것이 내 불찰(不察)이다. 이 정도로 전문적으로 용력(用力: 힘을 씀) 않는 것이 내 과실(過失)이다.

내가 경제적으로 곤란한 것도 역시 이 전문적으로 용력 않는 것이 내가 경제적 성공이라기보다 아주 실패하는 원인이다. 내가 사실은 경제적으로 아주 타산(打算)이 없는 것은 아니나, 내가 이 경제 방면에 너무나 등한시하는 관계로 계획경제책을 수립하지 않는 것이 내가 부족한 관계이다. 그러나 내가 경제적 실패는 그리 억울할 것 없으나 정신계나 오륜계(五倫界: 유림계儒林界)에서 부족한 것을 보충 못하는 것은 사실상 유감이라고 생각된다. 무슨 일이든지 지이불행(知而不行: 알면서 행하지 못함)하는 편이 많아서 이 지이불행하는 것이 도리어 부지(不知: 알지 못함)해서 불행(不行: 행하지 못함)하는 것만 못하다는 것이다. 이로서 자경(自警: 스스로 경계하며 조심함)하며 이 붓을 그치고 다만 무엇이든지 전공(專攻)할 것을 주의하며, 경제적으로는 다만 최저 생활 보존 정도로 그칠 것을 약조(約條: 조건을 붙여 약속함)하고 이 수필을 그치노라.

계사(癸巳: 1953년) 9월 18일 봉우서우유신정사(鳳宇書于有莘精舍)

가정부업으로
방적(紡績: 섬유를 가공하여 실을 뽑는 것)을 경영하자면

내 가정에서는 방적을 부업으로 한 것이 벌써 수십 년이다. 그러나 글자 그대로 일시일시(一時一時: 한때 또 한때)적 부업으로 경영하였지 본업에 가까운 연중 계속적인 부업으로는 경영해 보지 않았다. 그래서 경영한 연한(年限)은 장구(長久)해도 계획적 수지를 맞춰 보지를 못했다. 비록 기대(機臺: 기계를 올려놓는 받침) 일대(一臺)를 가지고라도 소창직(小倉織)[190]을 생산하자면 홍장미표 면사(綿絲: 무명실) 20수(手) 1궤(樻)에 800만 원이라면 생산마수(碼數)[191]가 총액이 얼마인가 하면 면사 1관(貫)에 70마요, 1궤(樻)가 48관이니 3,360마(碼)요, 이 면사는 최고품이다. 마당(碼當) 2,381원의 원사(原絲)가격이요, 현재 시장가격은 1만 1,000원 정도다. 1궤 면사를 방직(紡織: 기계로 실을 뽑아 피륙을 짬)으로 생산한 차액이 2,845만 9,840원이요, 1궤를 방직하는 시간은 수직기(手織機)로 하루 평균 40마(碼)씩이라면 84일이요, 여외(餘外: 그 이외) 수속(手續)이 약 1인의 조수가 필요하니, 6개월 생산량으로 보면 된다. 1년 수입이 5,691만 9,680원에서 금리(金利) ○본합(○本合)해서

---

190) 이불의 안감이나 기저귓감 따위로 쓰는 피륙. 교복이나 양복 등에도 사용될 만큼 일상과 밀접해 있으며 공업용 등 다양한 분야에서도 사용된다.

191) '마(碼)'는 길이의 단위로 야드(yard)의 한자어다. 1야드(1마)는 3피트(feet)로 약 91.44센티미터이다.

2,400만 원과 잡비를 1,200만 원으로 가정하고 제한다면 순익이 2,000만 원 이상에 달하는 것은 주판상으로 분명한 것이다.

　문제는 일시에 면사 일궤(一樻)를 구입할 자본이 문제요, 이 정도로 한다면 아주 가족의 부업으로 하는 말이요, 직공을 사용한다면 공임(工賃: 품삯)을 또 제해야 되는 것이다. 일정 공임이 1만 원이라면 약 250만 원을 제해야 하는 것이요, 또 다른 비용으로 150만 원 정도를 제하면 1,600만 원의 순익을 보는 것은 명확한 일이다. 이것이 선내사(鮮內絲)라면 일궤에 660만 원이니, 이 비례로 이익이 70프로(퍼센트)가 된다. 직공을 사용해도 연수입 8,100만 원을 계산할 수 있는 것이요, 인견사(人絹絲: 인조비단실)는 일궤 530만 원인데 이것은 소창직보다 생산이나 이익이 150프로(퍼센트)를 계산할 수 있고 순익도 이 비례로 되는 것이다. 생사(生絲: 삶지 않은 명주실)는 한 관에 93만 원이니 생초(生綃: 생사로 얇고 성기게 짠 옷감) 이외에는 타직(他織)으로는 수지가 안 맞는 것이다. 다만 일시적으로 면사 일궤를 수입할 자본이 문제다. 가정부업으로 1년에 1,000만 원 이상이면 보통 가정이면 족족하다고 본다. 이 부업을 전문적으로 한다면 족답기(足踏機: 발로 밟는 베틀)로 하면 생산이 배로 증액(增額)됨은 문제없고, 기대(機臺) 2개만 가지고 지내면 연리(年利) 3,000~4,000만 원의 수입을 볼 것이다. 이것은 내가 견적(見積)의 차이로 말하는 것이 아니요, 도리어 현상으로는 충분한 여유를 두고 말한 것이다. 이런 부업을 내 가정에서 기술도 있으며 시작 못하는 것은 자본문제라는 말이다. 한마디로 말해서 자본문제가 제일 필요하다고 본다. 일차 시험할 예정이다.

계사(癸巳: 1953년) 9월 19일 봉우서(鳳宇書)

추기(追記)

물론 이 사업을 하자면 제일 주모인물이 이 사업에 경험이 있어야 하고 또 기대(機臺)에 대한 기술이 있어야 하는 것이요, 또는 기술자를 초청한다 해도 충분한 이해를 하는 주인공이 되어야 하는 것이다. 그리고 직공이나 감독의 인선도 보통으로 알아서는 이 사업에 실패가 되는 것이다. 경솔히 해서는 안 되는 것인 고로 이런 사업이라도 착수하려면 기초지식을 얻어야 하는 것이다. 이 외에도 이 사업에 대한 부대사업이 얼마든지 있는 것이라 이루 다 말 못하나, 이만한 정도의 난관이 있다는 것을 상식적으로 알아야 한다는 말이다. 이 사업은 내가 수십 년 가정부업으로 경험이 있는 관계로 충분한 설계라도 내가 할 수 있고, 또는 이 사업이라면 별 기술자 아니라도 잘 아는 관계로 이 붓을 든 것이다.

[선생님께서 방적사업에 이토록 깊은 견해와 전문성을 보유하셨었는지 전혀 몰랐다가 이 글을 보고서야 알게 되었습니다. 새삼 선생님의 앎의 부피가 궁금해지는 대목입니다. -역주자]

송덕삼(宋德三) 동지의 서신(書信)을 보고

송덕삼[192] 동지가 제주도에서 피난을 하고 있었다. 6.25 전란 중 인민의 도탄이야 이루 말할 필요가 없지마는 그래도 말자면 또 되풀이하게 되는 것이다. 적수공권(赤手空拳: 맨손과 맨주먹)으로 타향에 사고무친(四顧無親: 사방을 돌아봐도 친척이 없음)한 곳에서 피난생활을 하자니, 송 동지나 우리나 또 다른 피난민이나 다 일반의 입장일 것이다. 거기서 좀 다른 바는 평시에 영리를 목적하고 다니던 사람이나, 또는 육신노동이나 정신노동이나 늘 따지지 않고 일함으로 의식주 문제를 해결하던 인물들은 비록 피난 중이라도 역시 육신노동이나 정신노동이나를 불구하고 비록 직장은 맞지 않더라도 구직하는 것이 자연스런 일로 되어 있으나, 송 동지나 우리나 다 산일(散逸: 재야의 아웃사이더)들이다. 육신이나 정신이나를 불구하고 별로 노동의 대가를 구해 본 일이 없는 사람들이다. 그래서 다른 사람보다 더 곤란을 당하는 것이 가리지 못할 사실이다. 6.25사변으로 송 동지도 남하(南下)해서 제주에서 송(宋)이 말하지 안 하더라도 자연 다른 사람들이 수긍하는 것이다. 별별 곤란을 다 당하며 시국이 좀 안정되기를 기대해서 다시 나와 보겠다고

---

192) '봉우사상을 찾아서(359) 송덕삼 동지의 답서(答書)를 받고' 참고. '봉우사상을 찾아서(338) - 연정원 동지와 선배들의 금석'에도 이름이 나오고, '봉우사상을 찾아서(38) - 1992.09.26 봉우 선생님 특강'에서는 인도에서 요가를 배운 고수로도 언급되어 있다.

내게 사신(私信: 개인편지)이 있었다. 그러던 중 수일(數日: 며칠) 전에 송 동지에게서 피난 생활미(生活味: 사는 맛)가 너무나 신산(辛酸: 맵고 심)해서 제주살림을 중지하고 대전으로 왔는데 새살림이라 모두가 없는 것뿐이요, 있는 것이라고는 육신밖에 없다는 것이다. 사실이다. 송 동지의 입장을 동정하는 것이다.

다른 사람들과 동일한 의식주를 하지 않으면 이 생활을 할 수 없는 것은 불문가지(不問可知: 안 물어도 앎)의 일이나, 송 동지나 우리는 역시 동일 사정이 있다. 이 불가결할 의식주 3건을 준비할 만한 역량이라기보다 그 점에 착력(着力: 힘을 붙임)하는 정신이 부족해서 우리들의 생애는 전란 시가 아닌 평화 시에도 역시 곤란하던 것이 더구나 이 사활을 앞두고 경제전(經濟戰)으로 의식주를 준비하는 사람들도 별별 곤란을 다 받고 지내는 현지의 혼란상에서 본디 그 방면에 역량이 부족한 송 동지나 우리 같은 인물들이야 백불일비(百不一備: 백에 하나도 갖추지 못함)한 생애야말로 그 고해(苦海: 괴로운 세상)의 진미(眞味: 참 맛)를 알게 되며 여기서 인간상(人間狀)의 진정(眞情)을 맛볼 수 있는 것이다.

그렇다고 지금까지 인고(忍苦: 고통을 견딤)하며 지내던 심정이 졸지에 변절할 수도 없고 또는 변절한다고 만사가 다 유족(裕足: 넉넉함)한 것도 아니다. 그러니 동가홍상(同價紅裳: 같은 값이면 다홍치마)이라고 이왕 별 이익 없는 바에는 그대로 초지(初志) 관철하며 인내하는 밖에는 타도가 없다는 말이다. 송 동지뿐만 아니다. 우리 동지 중에는 거의 이런 동지가 많고 이런 동지 중에 경제적으로는 다 영점이기 때문에 서로 마음만은 동정하나, 물질적으로 가고 올만한 것이 부족해서 그 고해상을 보며 견디지 못하는 동일한 처지에 있다는 말이다. 무슨 조건이라도 혹 경제면의 수입이 있으면 다소(多少)를 가리지 않고 동정할 예정이기에 이 붓을 든 것이다.

계사(癸巳: 1953년) 9월 21일 봉우서우유신정사(鳳宇書于有莘精舍)

이용환(李勇桓)의 내신(來信: 온 편지)을 보고

　이 군은 연정원에서 반년이라는 시일을 정신수련이라는 명목을 가지고 당시의 원우(院友) 10여 인 중에서 남자부에서 당당히 2위를 점유하고 당시 수석이던 주형식(朱亨植) 군과 갑을(甲乙: 1, 2위)을 경쟁하며 암중(暗中: 속으로) 전심전력을 다해서 수련을 하던 청소년이다. 당시(1948년) 연정원 풍파(風波)로 강경경찰서에서 좌익 일파에게 매수되어 우리 연정원의 검거에 착수하는 관계로 다 같이 산거(散去: 흩어져 감)하고 나니 집합하지 못한 지가 어언 5년이라는 세월이다. 연초에 이 군이 일차 와서 잠시 다녀가고 그다음 부산에서 고등학교에 입학했다고 통지가 있었고, 그다음 서울로 학교에 복귀한 후에 다시 통지가 있어서 통신으로 연락을 하는 중이다. 그런데 이 군의 외숙(外叔: 외삼촌)인 신옥(申玉) 군도 연정원 당시에 정신수련을 참가했으나, 별효과가 없었고 그후에는 또 김모라는 술객(術客)과 동사(同事: 동업) 약국을 한다는 말을 들었으나, 아직 상대하지 못하였다.

　그러던 중 신옥 군의 부친인 신훈(申塤) 선생이 설초(雪樵: 김용기)를 수삼차나 청해서 신옥 군이 서울에서 체술(體術)공부할 청년들을 모집했으니 와서 교수(敎授: 가르쳐 줌)해 달라는 조건으로 통지가 왔으나, 설초가 불응(不應)하는 것을 보았다. 그래서 내가 이 군에게 신옥 군에게 상세한 말을 문의해서 통지하라 하였더니 이 군의 서신으로 보아서 신옥 군이 한방약국을 경영하는데 사실은 선전술이 부족해서 설초를 청하는 것이요, 또는 이 약업으로 경제가 여유 있으면 입산수도(入山修道)할 예정이라고 간판 좋은 말은 신옥 군과 상의해서 하는 것이라고 통신이 왔다. 기실(其實)은 신옥 군은 정신수련보다는 경제적 성공이 더 급한 인물이다. 그래서 설초에게 통지하니, 역시 불응한다.

내 생각에는 이 군은 이왕 숭문고등학교에 입학했으니 졸업연한이나 경과한 후에 무엇을 하든지 하는 것이 당연하다고 본다. 신옥 군의 갈팡질팡하는 주심(主心: 일정한 마음)이 부족한 행동에 구남간(舅男間: 외삼촌 사이)이라고 근접하는 것은 이 군을 위해서, 이 군의 장래를 위해서 이롭지 못하다고 본다. 시간만 있으면 이 군은 정신수련을 1년 내지 2년의 전공을 한다면 틀림없는 중단 이상의 자격을 향유할 인간이기에 내 항상 애석해 하는 바이다. 이 군과 동시에 수련하며 수위(首位: 첫째 자리)에 있던 주형식 군은 6.25사변으로 고인(故人: 죽은 사람)이 되고, 남자부로서는 이 군이 현재 당시 일파에서는 수위인 것이다. 전기(前期) 인물들과 동일론(同一論)을 말하는 것이 아니라, 당시 동창 중(1948년 계룡산연정원의 수련결사원들)에서 말하는 것이다. (이용환은) 남녀를 합해서 원우 20인 중 3위를 확보하였던 것이다. 당시의 수련열성을 가지면 앞으로 어느 시기나 2년간만 원우생활을 하면 책임지고 중단(中段)에는 도달할 자격이 있다고 부언(附言: 덧붙여 말함)해 두노라. 비록 타인의 별 말이 다 있더라도 정평(定評)을 가리지 못하는 것이다. 이 군의 장래를 촉망(囑望: 잘되기를 바람)하고 또 연정원 재건(再建)을 꿈꾸며 이 붓을 그치노라.

계사(癸巳: 1953년) 9월 21일 봉우서우유신정사(鳳宇書于有莘精舍)

'유엔 데이'를 객중(客中)[193]에서 맞이하고 내 소감의 일부를 추기(追記)함

양력 10월 24일은 '유엔 데이(UN day)'이다. 마침 대전을 갔다가 원동국민학교 운동장에서 식전이 거행되어 나도 참석하였었다. 이 유엔이라는 명칭은 국제연합(國際聯合)이라는 말이다. 이 국제연합이 창립한 이래 8년간 이 세간(世間)에 많은 업적을 남기었고, 또 장래의 기대를 많이 가지고 이 식전에 참례하였었다. 이 식전이 충남도청 소재지요, 사회 측이 충남국련지부와 대전시청의 주최로 하는 것이라 충남국련지부 대표 최승천[194] 군의 개회사가 있고 기념사로는 대전시장 임지석 군의 열변과 충남지사 성락서 씨의 온건한 언사(言辭)와 대전지방법원장의 내용이 풍부한 설명적 언사와 대전검찰청장의 조리 있는 축사와 CAC[195]충남사령관의 축사 겸 요지설명과 우리 한국민에게 기대하는 몇 구절이 있었고, 충남경찰고문관 미국인 소령의 간단명료한 축의(祝意)가 있었다.

---

193) 객지에 있는 동안

194) '봉우사상을 찾아서(262) – 한협(韓協) 충남지부 재발족을 보고' 참고

195) 한국민사원조사령부(Korean Civil Assistance Command). 한국전쟁 중 발생한 전재민을 구호하기 위해 성립된 국제연합민사원조사령부(UNCAC)의 임무가 휴전 후 CAC로 이관되었다. 국제연합한국재건단(UNKRA)이 전쟁으로 폐허가 된 한국의 복구와 재건에서 주로 거시적이고 장기적인 계획들을 추진하였다면, 국제연합민사원조사령부는 상대적으로 단기적이고 응급적인 구호정책을 추진하였다.

유엔의 8년간 업적이라든지, 창립 시 제반 경로라든지는 세인이 다 아는 바이다. 내가 중언부언(重言復言: 말을 중복해서 함)할 필요가 없고, 이 국제연합에서 우리 대한민국에 대하여 어떤 행사를 하고 있는가 하면 유엔총회에서 무자년(戊子年: 1948년)에 남북통일을 완전히 시키지 못하고 가능한 지역에서 선거한다는 명목으로 남북한의 분립(分立)이 되었고, 미국에서 대한민국을 태평양방위권 외로 둔다는 발표로 6.25 사변이 발발(勃發: 갑자기 일어남)해서 우리민족의 총 손해가 인적으로 1,000만 명대요, 물적으로 파괴된 것은 필설(筆舌: 글과 말)로 말할 수 없는, 우주에 드문 대손실을 보고 있다. 이 사변을 해결하기 위해서 16 국의 출병으로 대란(大亂)을 구출하는 것이나, 우리나라의 자유무장을 허락하는 것이 아니요, 유엔군 지휘감독하의 작전으로 대한민국 국군의 용자(勇姿: 용감한 모습)를 마음대로 내보이지 못하고 유엔군에게 일동일정(一動一靜)을 품(稟: 사뢰다)하고 명령이 있어야 전쟁을 하게 되니, 유엔군으로도 물론 이럴 이유가 있을 것이나 우리 국군에서는 유엔의 처리를 불공평하게 생각하는 일이 많다. 국군이 담당하고 있는 동부, 중부전선에서는 따로 38선 이북을 고수하고 있었는데 유엔군은 서부전선에서 한강 북안(北岸: 북쪽 언덕)까지 후퇴해 가지고 대한민국에 불리한 휴전을 (하도록 만든) 인도안(印度案)을 유엔에서 그대로 통과시켜서, 휴전이 성립되는 때에 한국에서 불긍(不肯: 긍정하지 않음)한다고 유엔군의 불협력으로 우리 국군이 휴전 직전에 막대한 손실을 보게 하고 별별 이유로 위협하고 휴전을 시켰다. (또한) 영국에서는 유엔총회에서 하시(何時: 언제)든지 영국 위성국가들을 인솔하고 중간입장으로 중공승인이니, 또는 중공에 유리한 조건으로 한국에 불리한 조건만 주장하였다. 금번 휴전도 유엔에서 중공에 유리한 조건으로 대한민국에서는 불리한 입장에서 부득이 우리 정부가 수락한 것이다. 그리고 유엔에서 소위 중립국이라는 선정이 전부 중공에 유리한 국가만 선정한 것이 역시 공정한 중립국이 아니라는 말이다, 유엔은 세계를 평화로 전쟁 없고 인류의 자유권리를 보장하기 위해서 어떤 한 나라에게만 유리하게 하고, 어떤 한 나라에게 불리하게 하는 헌장(憲章: 헌법의 전장典章)이 아닌 관계로 우리도 양보시키고 중공도 양보시킨다는 조건하에 금번 전쟁의 휴전도 상호양보라고 하나, 실상은 대한민국의 총 퇴진으로 이 휴전이 시작되었다.

그러고 보면 유엔총회에서 중공 측은 소련이 직접 이손(利損: 이익과 손해)을 같이 하고 있는 나라가 대국에 한 나라로 거부권을 행사하고 있으나, 우리나라는 다만 유엔 여러 나라에서 해주는 대로 처분만 바라고 있어서 우리나라 외교진영은 방청석에서 있을 정도니, 우리가 유엔에서 출병해 줘서 사변 당시에 북한에게 곧 멸망당하지 않은 것만 감사하다는 것이지 또 사변 후 지금까지 구호(救護)해 준 것도 감사하나 될 수 있거든 생산공장을 살리는 시설공장이나 건설을 주로 하는 원호(援護)를 바라는 것이다. 현상과 같이 기민(飢民: 굶주린 백성)에게 주는 방식으로 막대한 원호물자는 다 소모품으로 한 건도 생산공장으로 갈 것은 없는 정도이니 이 현상이라면 남의 신세 안 지고 있을 빈민(貧民)이지 자력갱생할 장래가 보이지 않는다는 말이다. 대한민국에서 너무 유엔을 믿고 자력갱생으로 건설을 할 예산을 세우지 못하는 것이 여전히 의존정신이 있는 관계라는 말이다. 유엔 데이에 임하여 어느 모로는 우리나라로 감사의 뜻도 표해야 할 것이요, 어느 모로는 유엔의 행사를 주의해서 우리 민족의 자각을 촉구해야 하는 것이다. 무조건하고 유엔, 유엔하고 평화재건, 부흥이 모두 유엔의 힘으로 되는지 알아서는 절대 불가능하다는 말이다. 한 가지 일에서 백 가지 일까지가 모두 자생(自生: 스스로 나서 자람)을 목표로 나가라고 중언부언하는 바이다.

계사(癸巳: 1953년) 9월 21일 봉우추기(鳳宇追記)

가정정리를 하자면

　내 가정상태가 혼란을 극(極: 다할 극)한 중이다. 6.25사변 후로 아직 정신이 가정정리에까지 갈 여가가 없었다. 그저 되어 가는 대로의 내 일상생활이다. 일왈(一曰: 첫째로 말함) 의식주(衣食住) 삼건사(三件事: 세 종류 일)가 가정을 구성하고 있는 사람의 선차(先次: 먼저 차례) 문제 인데, 이 세 건을 도외시하는 내 가정이다. 의(衣)는 몸을 가릴 정도와 외출에 체면을 손상 안 할 정도라야 하는데 내게는 이 정도가 못 되고 그저 춘하추동을 가리지 않고 그전에 입던 것을 수선하여 몸을 가릴 정도로 체면은 염두에 둘 새가 없고, 가인(家人)들도 폐의파관(敝衣破 冠: 헤진 옷과 부서진 갓, 궁색한 차림새)으로 출입을 못하는 현상이다. 식 (食)이라는 것도 고인(古人) 말씀과 같이 정전백무(井田百畝)로 팔구지 가(八口之家: 여덟 가구)에[196] 식량은 된다고 한 것인데, 나는 농사를 짓 지 않는 사람이라 그야말로 돈이 있으면 매량(買糧: 양식을 삼)도 할 수 있고 찬(饌: 반찬)도 살 수 있으나, 경제적으로 항상 곤란한 사람이라 식량을 항상 대용식을 많이 하고 또는 이 식량문제로 관심이 늘 되니, 어느 날 어느 때에 이 식량문제가 관심이 안 될까 알 수 없는 정도이다.

---

196) 이른바 '정전법(井田法)'으로 중국 고대국가 하(夏), 은(殷), 주(周)에 있던 토지 제도로서 맹자(孟子)가 설파한 것이 최초이다. 내용은 1리(里) 4방(1리는 400미 터)의 토지를 우물 정(井)자 모양으로 9등분하여, 주위의 8구획은 8호(戶)의 집 에서 각기 사전(私田)으로 경작하고, 중심의 1구획은 공전(公田)으로 8호가 공동 으로 경작하여 정부에 바치는 조세로 할당하였다.

이 식(食)이라는 것도 나로서는 해결 못 한 사람이다. 주(住)라는 것도 하필 고대광실(高大廣室)을 의미하는 것이 아니라 가족이 기거(起居)하기에 족할 만하면 되는 것인데 나는 수십 평생을 아직 내 소유라고는 가옥이 없으니, 천지무가객(天地無家客: 천지에 집 없는 나그네)이다. 비록 현주(現住: 현주소)는 있으나 타인 가옥이지 내 집은 아니다. 그러니 주(住)라는 것도 나로서는 해결 못한 사람이다. 그리고 보면 나는 의식주 삼건사가 인간의 필요조건인데 한 건도 해결 못한 사람이요, 말하자면 임시생활이라고 본다. 54세 백발이 되도록 가정은 가졌으나 완전한 형성을 보지 못하게 되었고, 겨우 목전구급(目前救急: 눈앞의 급한 것만 해결함)을 하는 중이니 이것을 누구 탓을 하리요? 내 부족한 연고다.

그러면 이 삼건사를 해결할 수 있는가 하면 최선의 노력을 하면 혹할 수도 있다고 본다. 그 방식론(方式論: 방법론)에 있어서는 가정정리가 필요하다고 본다. 내가 이 가정을 정리하고 이 삼건사를 해결하자면 내가 이 고금류(高衿流: 화이트칼라, 선비류)생활을 꿈꾸지 말고 아주 최저생활을 하기로 하며, 이 가정에서 현상대로 있으며, 가족이 단결해서 밭농사라도 전력하며, 부업이라도 총력을 다하고, 축산이라도 하며, 나도 고금류(高衿流) 출입을 중지하고, 아주 결심하고 3년만 속진(續進: 계속 나아감)한다면 가정적으로 이 삼건사는 문제없이 해결은 되겠다. 최저생활일망정 해결은 될 것이라고 본다.

내가 현재 소유라는 것은 산판(山坂: 벌목장)이 수십 정보(町步: 1정보는 약 3,000평)있는데 불계하고 처분해서 부업자금을 삼아서 1년만 전심전력을 다하면 가옥 하나쯤은 별문제 없을 것이요, 또 1년만 계속한다면 식생활문제도 해결될 농지를 구할 수 있고, 또 1년만 계속하면 의복문제도 해결할 것이다. 3년만 인내하면 해결되고 그 후에는 다시 고금류 출입을 하더라도 가족은 이 의식주문제로는 별걱정 없을 것이다. 이것을 생각하고도 벌써 15년 전부터 시작해 볼까 하다가, 혹 운이 돌아오면 한 것이 아직 여전하게 곤란하게 지내고 내가 비록 고금류 출입을 해서도 아무 소득이 없이 백발이 성성할 뿐이다. 이 가정정리에도 가족단결이 필요하다고 본다. ○○나 혼사하고 ○○나 성관(成冠: 관례를 행함)한 후엔 (체면) 불구하고 가정정리에 착수해 볼 예정이다. 이 가정정리에도 별 근거가 없는 사람도 착수하고 성공하는 사람이 많은데, 나는 그래도 부업에 각자의 기술이 있고 또 약간의 근거될 산판이라도 있으니 총액이 현금으로 10만 원 정도는 될 것이다. 이것도 없는 사람도 의식주 삼건사를 무난히 해결하는 데 비하여 나는 너무 무능한 탓이라고 본다. 그리고 아무 조건으로 보든지 내가 경제면으로는 아주 영점인 관계로 이런 일에는 생각조차 안 한 관계로 다 가정정리에 별 큰 문제없고 그저 결심하고 발족하면 족한 것이다. 그러나 고금류 출입중지가 무엇보다도 곤란하며 가족 총 결합도 가족이 몇 사람이 안 되니, 역시 큰일은 없으리라고 본다. 이 정도로 그치노라.

계사(癸巳: 1953년) 9월 21일 봉우서우유신초당(鳳宇書于有莘草堂)

택불처인언득지(擇不處仁焉得知)[197]

거지(居地: 거주지)라는 것이 자기 일생에도 관계되려니와 자손만대에 지내는 동안 적지 않은 영향을 주는 것이다. 이런 관계로 고성(古聖: 옛 성인) 말씀에 택불처인(擇不處仁)이면 언득지(焉得知)리요 하시었다. 내가 지내고 보니 절대적 사실이다. 거주지에서 무슨 모범될 인물이 있다면 부지불각중(不知不覺中) 거주민이 그 행동을 배우는 것은 누구나 잘 아는 바요, 또 악질이 있는 동리에 그 유사인물이 많이 나는 법이다. 상업하는 동리 사람은 비록 상업을 안 하더라도 상업경로를 잘 알고, 농업 하는 동리에서는 자기가 농업을 안 하더라도 농업 하는 경로를 잘 알고, 공업 하는 동리에는 누구나 그 공업을 배우고, 광산이 있는 동리에서는 광산상식을 다 아는 것이다. 이와 같이 학원이 가까우면 공부 못 시킬 아동들도 다 공부하는 것이요, 교당(教堂: 종교 목적의 건물)근처에는 교인이 자연 많아지는 것이요, 각종이 다 이 원칙을 벗어나지 않는 것이다. 이 예(例)를 벗어나서 다른 행동을 한다면 이것은 특례라고 본다.

그러고 보니 고성 말씀에 무우불여기자(毋友不如己者)[198]라고 하시

---

197) 《논어(論語)》〈이인(里仁)편〉 첫머리에 나오는 공자님의 말씀. "사람답게 살 집을 골라 잠을 잘 줄 모르면 뉘라서 지혜롭다 하겠는가?"의 뜻이다. 여기서 인(仁)은 사람들이 편안히 쉴 수 있는 집으로 맹자의 해석[《맹자》〈이루장(離婁章)상편〉]을 따랐고, 이(里)는 마을이나 동리가 아니라 "산다"는 동사로 해석했다.

198) 덕이 나만 못한 사람을 벗하지 말라. 출전《논어(論語)》.

었다. 어느 동리를 가든지 자신이 모범이 될 지경이면 동리사람에게는 유리할지 모르나 자기 일신으로는 실패라고 아니 볼 수 없다. 더 배울 문견(聞見: 견문, 지식)이 없다는 것이다. 맹모(孟母: 맹자 어머니)의 삼천지교(三遷之敎: 세 번 옮긴 가르침)라는 것이 이 연고가 있는 것이다. 이것이 이언(俚言: 항간에 떠도는 말)에 "자식은 낳거든 서울로 보내고, 망아지를 낳거든 제주로 보내라"는 말이 절실한 말이다. 서울이라면 한 나라의 가장 우수한 인물들의 집합소이니, 무슨 방면으로 보든지 문견할 바가 많을 것이요 자기 역량껏은 나갈 수가 있다는 말이다. 그러나 벽항궁촌(僻巷窮村: 가난하고 외따로 떨어진 촌 동네)에서 아무리 뜻이 있는 사람이라도 문견 할 바가 없고 자기가 혹 수신(修身: 홀로 공부함)한 인사라면 그 동리에서 모범인물 노릇은 할지나, 자기는 더 배울 것이 없는 것이다. 이것은 아무에게 이 경험을 물어 보아도 부정할 사람은 한 사람도 없는 것이다. 예를 내 자신으로 들어 보자.

내가 서울에서 있었다면 소학, 중학, 전문대학을 면부득(免不得: 아무리 애를 써도 면할 수 없음) 친구들과 같이 다녀야 할 것이요, 또 졸업 후에는 남에게 지지 않고 무슨 전문연구라도 하고 내 소년시대에 같이 알던 친구들에게 지지 않을 일부문의 학자나 사업가나로 출세하였을 것이다. 또는 북촌 친구들하고 상종(相從: 서로 친하게 지냄)이 부지불각중 친근해져서 문견이 늘 것도 자연한 일이다. 이 정도는 내 처지로 면부득하였을 것이다. 그런데 내가 영동으로 낙향해서 소학교 졸업을 하고 중학을 가는데도 서울에서 사는 것과는 아주 다르다. 내 처지에도 가는 사람도 있고 안 가는 사람도 있었다. 그러니 중학쯤 안 가도 별로 망신될 것은 아니요, 더구나 전문대학이야 말할 것도 없다. 그러니 전공해서 학자나 사업가가 되기에는 근본적으로 실패요, 그러나 영동에서도 오래 있었다면 향학열에 서울, 일본으로 유학쯤은 했으리라고 본다. 그리고 영동에서 있었으면 민족운동이나 청년운동은 현 영동 누구들에게 지지 않고 하였을 것이다. 내 입장이 그렇게 안 할 수가 없는 현상이었다. 서울 거주지만은 못 해도 그래도 영동은 다른 향토보다는 나은 곳이었다. 그런데 의외로 선친께서 상신(上莘)으로 은거하시었다. 내 선친께서는 세사불관(世事不關: 세상일은 관여 안 함)하시고, 은거하실 의사이시니, 이 신소(莘沼)가 가위 무릉도원(武陵桃源)같은 곳이라고 보셔도 무관하시나, 내 나이 17세 시대이다.

18세에는 비상(妣喪: 어머니께서 돌아가심)을 당하고 서모(庶母)가 들어오자, 서모 성질이 아무리 선평(善評: 좋은 평가)을 하여도 여범인동(與凡人同: 보통사람과 같음)이 아닌 이상한 음험간독(陰險奸毒: 음습하고 험악하며, 간사하고 독함)한 성질의 소유자임에 틀림없었다. 내 18세 청소년으로는 사실 당하기 곤란한 일이 많았다. 해서 가정풍파가 일파재식일파기(一波纔息一波起: 한 파도가 겨우 멈추면 한 파도가 다시 몰려옴)로 그칠 줄을 알지 못한다. 또 동리는 오백년 벽항궁촌이다. 우리가 이 동네 모범은 될지언정 동네에서 문견(聞見)할 것이야 무엇이 있을 리가 없다. 내 선친께서는 은둔적지(隱遁適地: 은둔하기 적당한 곳)로 말년을 보내시었으나, 나는 여기서 17세를 일기(一期: 한평생)로 학식이 중단되었으며, 동리에서 문견할 바 없으니 출입이라는 것이 공주읍내 왕래요 또 촌에 거주하는 관계로 읍에도 친구를 많이 사귈 수 없는 것이다. 또한 가정풍파로 마음이 방랑생활로 들어가서 장기여행을 하니, 무슨 문견할 바 있으리요?

여기서 패가(敗家: 재산을 탕진하여 집안을 망침)의 조짐이 되고, 파락호(破落戶)가 되어서 다시 일어나지 못할 치명상을 받아서 내 일생의 결점인 학식부족이 되어 내가 이것을 보충할까 하고 내대로 박람강기(博覽强記: 널리 책을 읽고 기억을 잘함)하였으나, 어찌 선배들에게 문견한 바와 같을 수 있으리요? 그리고 경제적으로 실패해서 다시 일어나지 못하는 연고로 호구(糊口: 입에 풀칠함)에 분망해서 아무 정신이 없을 지경이요, 이 근처에서 친교도 별 사람 없었다. 이러다 37세 때 선친상(先親喪: 아버님이 돌아가심)을 당하여 내가 당가(當家: 집안 살림을 맡음)하니, 적수공권(赤手空拳: 돈 한 푼 없음)이라 이 산촌을 낙지(樂地: 편안하고 즐겁게 살 수 있는 곳)로 알고 있는 수밖에 다른 도리가 없었다.

3년상을 마친 후 만부득이 일본출입을 하며 호구하는 것이었다. 비록 마음이 있으나 동지가 그리 용이한 것이 아니다. 이곳이 벽촌이라 일거수일투족이 세인 이목에 걸려서 왜정 당시 경찰들이 색안경을 쓰고 보는 관계로 민족운동도 중간에 좌절을 당해서 영어(囹圄: 감옥)생활을 하고 나오니, 동리 사람들은 상대를 무서워한다. 친구들도 내가 찾는 것을 그리 좋아하지 않는 것 같다. 그래서 폐호(閉戶: 문을 닫음)하고 서책이나 보고 있다가 을유(乙酉: 1945년) 8.15광복이 되자 내가 동지회를 발족해서 동지를 규합했으나, 거주지가 좀 교통만 편리해도 배(倍)이상 성적이 되었을 것이다. 그런데 이 산촌 교통이 불편하여 전적으로 오는 동지 외에는 오는 동지가 귀했고 관(官)에서도 또 별별 이론이 다 많았다. 그래서 내 본지(本志: 본뜻)가 아닌 정당운동을 해본 것이다. 만약 거주지가 다른 곳이라면 내가 발족한 동지회로 당연히 성공했을 것이다. 그리고 동지들도 보통 인물 이상이 많았으나 토대를 이 산촌에 두고는 아무것도 할 수 없었다. 기거동작(起居動作: 살며 움직임)이 모두 자유롭지 않았다. 정당(政黨: 김구 선생의 한독당 계룡산특별당부) 활동 또한 이 산촌으로는 교통관계로 진보가 안 되었다.

그러다가 무자년(戊子年: 1948) 5.10 선거를 맞이해서 불량력(不量力: 힘을 헤아리지 않음)하고 출마를 해본 것이다. 물론 내 자격이 부족한 연고이나, 내가 읍이나 다른 좀 큰 지역에서 있었다면 이만한 노력을 하였다면 입선권에 들었을 것은 의심 없는 일이다. 내가 경제적으로도 불비점(不備點: 갖추지 못한 점)이 있으나, 제일 조건이 내가 있는 이 거주지가 무슨 단체나, 무슨 규합 동지나에는 아주 불리한 처지라고 본다. 동지들의 왕래가 괘인이목(掛人耳目: 사람의 귀와 눈에 걸림)하는 관계다. 그리고 이 산촌이라 무슨 선전이나 조직 방면에도 대외적으로 부족한 점이 많은 것이다. 그리고 내가 자식 교육에도 이 거주지의 피해를 많이 입었다고 본다. 현재 내가 경제적으로 진퇴유곡(進退維谷: 나아갈 수도 물러설 수도 없는 상황)이 되어서 어찌할 수 없으니, 조금이라도 여유가 있으면 이 거주지를 변해볼까 하는 내 심산이다. 무슨 일을 하든지 도시로나 혹 지방이라도 교제할 수 있으며 교통이 좀 편한 곳이라야 내 일도 일이요, 자손의 장래도 있을 것이라고 본다.

이 상신리에서는 오래만 살면 고급(직업)이 벌채(伐採: 벌목)요, 또는 조탄(造炭: 숯 만듦)인부, 할목(割木: 나무 자르는 것)인부로 출세 안 할 수 없다는 것이다. 내가 말하는 것은 무슨 직업이 등분(等分)이 있어서 그런 것이 아니라 벽항궁촌에서 호구지책으로 이런 것 외에는 별다른 벌이가 없는 관계로 할 수 없이 하는 것이라 상식이 있는 사람이라면 무엇을 하여도 결점될 것이 없으나, 대체로 무식해서 이런 사업 이외에는 현상으로도 별다른 벌이가 없는 곳이다. 백 가지로 검토해 봐도 우리가 사는 이 상신리는 공성신퇴(功成身退: 성공하고 물러남)코자 하는 인사들에게 은둔 장소는 될지언정 자손을 위하거나 또는 자신이 청년인 시대에는 절대로 적지(適地)가 못 된다고 말하고자 하며, 고성(古聖)

이 택불처인(擇不處仁)이면 언득지(焉得知)리요 하신 말씀을 거듭 읽어 보는 것이다. 참으로 고성인(古聖人) 말씀이 일언반구(一言半句: 한 마디 말과 반 구절, 일언반사)가 다 후세인의 금언(金言: 금쪽같이 귀한 말씀)이 되는 것이라는 말이다.

계사(癸巳: 1953년) 9월 21일 봉우서우유신초당(鳳宇書于有莘草堂)

추기(追記)

내가 이곳에 온 지가 벌써 38년이라는 긴 세월이요, 또는 구묘지향(丘墓之鄕: 선산이 있는 고향)이다. 그러니 내가 회화토(懷花土: 고향을 그리워함)할지언정 이곳을 비방하는 것은 도리가 아닌 줄도 아는 바이나, 이런 곳인 줄 아지 못하고는 혹 거주지로 할지언정 자손을 위한 방법으로는 솔직한 고백인데 절대로 불가하고, 자위신모(自爲身謀: 스스로 자신을 위하는 계획)하는 것도 역시 이런 곳에서는 실패할 것이라고 부언(附言: 말을 붙임)한다.

하필 이 동네만 두고 말하는 것이 아니라 거주지 선택은 여러 가지로 최선을 다해야 할 것이라고 (강조)하는 것이며, 만약 자손을 위한 계획으로 거주지를 구한다면 절대로 교통 불편하고 아동교육 불편한 데는 아주 금물이며 경제적으로도 보아야 하고 지리적으로도 보아야 하며 과거 경험도 대조해서 각양각색으로 손색이 없는 곳을 택해야 후일 자손에게 복리(福利: 행복과 이익)가 된다는 것을 가림 없이 말하는 것이다. - 계사년(癸巳年) 9월 21일 봉우추기(鳳宇追記)

우리가 살고 있는 이 상신리에는 무엇을 해서 농촌경제를 확보할까?

이 상신부락은 100호나 되는 산중 거촌(巨村: 큰 마을)이다. 그러나 토지가 극소해서 전답(田畓: 논과 밭) 총합(總合)이 60정보(町步: 1정보는 약 3,000평) 이내(以內)에 밭이라고는 아주 산전(山田: 산밭)으로 하급이나, 5정보 이상이라 별 수입 없는 것이요, 경작 가능한 밭이 10여 정보와 논이 30여 정보에 역시 천수답(天水畓: 물길이 없이 강우만 의존하는 논)이 10정보 이상이니, 이 정도라면 내가 여기로 이거(移居: 옮겨 삶)한 지도 38년간 체험으로 보아 평년작이라도 매번 식량난이 있다. 이 연고(緣故: 까닭)는 농지가 평년작이 아닌 관계로 산중이라 대농(大農)은 30두락(斗落)이나 하고 불농가(不農家: 농사 안 짓는 집)는 말할 것 없고 세농가(細農家: 소규모 농가)는 2~3두락으로 항상 식량부족을 느끼는 것이라, 경천(敬天), 유성시에서 매년 식량대금으로 나가는 돈도 상당수가 되는 것이다. 그리고 농한기에는 부업이 없어서 나무장사나 해서 식량보탬을 하는 것이다. 100호에서 자기 식량으로 마음 놓고 지내는 사람이 10여 호 외에는 다 식량난을 당하는 것은 춘궁기(春窮期: 봄의 보릿고개)나 칠궁(七窮)[199]에 있으면 자연히 아는 것이다. 연년(年年: 해마다)히 동일 보조요 조금도 나아질 것이 없다. 그렇다면 이 상신리 식

---

199) 음력 칠월 시기 농가의 궁핍. 농가에서 묵은 곡식은 떨어지고 햇곡식은 아직 안 나온 상태의 어려운 식량보급을 말함.

량뿐만 아니라 농촌경제가 말할 수 없는 것이다.

본동(本洞: 이 동네) 영세농가나 비농가(非農家)들의 단경기(端境期: 철이 바뀌어 햇것이 나오는 시기) 곤란상태를 필설로 다 기록 못할 만큼 해마다 부황(浮黃)²⁰⁰)난 사람이 없는 때가 없을 정도다. 그러나 여기서 사는 자미(滋味)는 비록 일시일망정 없는 사람이 산이라도 뜯어먹고 사는 자미와 다른 동리는 자기 소유 없으면 고초(苦草) 한 포기 못 심 는데 이곳은 누구고 저만 부지런하면 비록 산전(山田)일망정 몇 백 평 쯤은 할 수 있고 지계(支械: 지게)만 지면 산에 가서 나무해 가지고 비 록 많지 않은 돈일망정 입수(入手)되는 자미요, 또 7~8월이면 산과(山 果: 산과일)를 따서 용돈을 보태는 것과 상실(橡實: 상수리)을 많이 따서 식량대용으로 하는 것과 시장이 비록 거리가 사방 30리나 되나, 우마 차의 편이 있고 물건매매가 좀 편리해서 부녀자들도 시장출입은 보통 으로 아는 것과, 조금 여유만 있으면 우마차를 두어서 이것으로 부수 입이 되어 생활보장을 하는 것이 이 동네의 특권이라고 보겠다. 이래 서 저만 근면하면 그저 굶지는 않는다는 관계로 영세농가나 불농가(不 農家)들이 별 이렇다는 수입이 없이 지내는 것이다. 그러나 매년 변함 없는 춘궁(春窮), 칠궁기(七窮期)에는 다른 동네에서 보기 드문 부황이 가끔 난다. 할 수 없는 일이요, 또 해마다 나는 사람이 잘 난다. 이것도 호구에 바빠서 단경기(端境期) 준비를 못 해 놓고 이 지경을 당하는 것 같다. 비록 이 지경에는 안 간다 하더라도 극빈궁(極貧窮)을 차마 볼 수 없는 일이 많다.

그러나 이 동네 유지로 이 현상을 해마다 보고도 무엇을 해야 이 농

---

200) 오래 굶어서 살가죽이 들떠서 붓고 누렇게 되는 병.

촌경제를 해결시킬까 하고 걱정하는 사람이 있는 것 같지 않다. 내 배만 부르면 종이 굶는 것은 알 필요 없다는 옛말과 같다. 내가 말하고자 하는 바는 이 상신리는 천혜가 있는 곳이라고 본다. 동민들이 해마다 지내는 현상을 인식하고 10년 계획으로 이 난관을 극복하려면 얼마든지 있다고 본다. 이 계획을 수립하면 완성된 후는 절대로 춘추(春秋: 봄가을) 단경기(端境期)가 아무 관계없이 지내리라고 본다. 그보다도 가가(家家: 집집마다) 유족(裕足: 넉넉함)할 수 있다고 본다. 이 계획을 완성하는 데에는 동민(洞民: 동네사람)이 단결해야 되는 것이요, 또 규약을 세우고 그 규약대로 해야 완성될 것이다. 이 계획의 상세는 다음으로 미루고 대강만 말하고자 한다.

제1로 이 동네는 시(柿: 감)의 생산지이다. 그리고 감의 적지(適地: 알맞은 곳)인 것 같다. 그러나 근년(近年: 지나간 몇 해 사이)에는 시목(柿木: 감나무)이 노목(老木)이 되어 생산이 불량하다. 그러니 감 묘목을 양성(養成)해서 접목(接木: 나무를 접붙임)을 공동으로 하여 아주 어느 지역에다 매(每) 호당(戶當: 가구당) 50주(株: 그루)씩만 배양하면 접목배양 후 4년부터 수입이 있으나, 5~6년부터로 추정하고 10년까지 수입이 있은 후, 5년 내에 연평균 매 그루당 200개씩만 해도 매 호당 100접(1접은 감 100개)이라면 현 시세로 하더라도 매 접 200~300원의 최저계산을 해도 평균 1만 원 이상이니. 가구당 평균으로 백미 2석(石: 한 석은 쌀 2가마)의 해당량(該當量)을 보유할 수 있고 이 수입에서 비황(備荒: 흉년이나 재난에 대비함)저축으로 공동적립해 두면 춘추 단경기가 무슨 난관이 없을 것이다.

또 호두나무도 본동(本洞: 상신리)이 적지인 듯하니 공한지에 가구당 50본씩만 배양한다면 10년 안에 매주(每株: 매 그루)에서 2~3두(斗: 말)

이상의 수입이 있을 것이니, 가구당 최저 수확으로 줄이고 또 줄이더라도 50말은 될 것이고 이것이 한 말 평균 300원씩만 계산해도 역시 1만 원 이상의 가구당 수입을 볼 것이다.

또한 상신리의 산상(山上: 산위)은 고지대 약초재배의 적지라 공동경영하면 숙근(宿根: 여러해살이 뿌리)으로 당귀(當歸), 강활(羌活), 천궁(川芎), 목향(木香), 생지황(生地黃), 천문동(天門冬), 맥문동(麥門冬), 백지(白芷) 등이 다 잘될 곳이다. 이것은 경영만 하면 막대한 수입이 있을 것이요, 또 산림에도 20년 연차(年次: 해마다)계획으로 조림(造林)을 하면 매년 자원이 나올 것이요, 또 신식(新式) 고구마 재배로 산밭을 이용하면 가구당 약 300평 정도는 가능하고 평당 최저라도 5~6관은 되는 것 같으니, 호당(戶當) 1,000관 이상이라면 이것도 호당 수입이 8만 원 이상이다. 이외에도 방적기를 공동구매하여 공주에서도 유구(維鳩), 신풍(新豊)의 예(例)를 보아 매 호당 1대씩 만 놓으면 연 수입 최저라도 5~6만 원은 무려(無慮: 걱정 없음)201)하다. 이것은 기술문제라고 하나, 공동경영이라면 1년, 2년의 고배만 마시면 성공은 별문제 없는 것이다.

이런 것으로 10년 계획이나 20년, 30년을 계획하고 공동설계를 하면 우리 상신이 경제적으로나 무엇으로나 수준이 향상할 수 있는 것인데 이것을 지도하는 인물이 없어서 각자각심(各自各心)인 관계로 발족을 못하는 것이다. 이 외에도 우리 동리에서 할 만한 사업이 얼마든지 있다. 방적에는 천류(川流: 하천의 흐름)가 좋아서 표백(漂白: 희게 함)에도 아주 적지다. 여러 가지 할 만한 일이 많으나, 발족이 어려운 것이요

---

201) 어떤 수를 말할 때 그 수가 예상보다 상당히 많음을 나타내는 용어.

감나무 재배나 호두나무 재배 같은 것은 아무 기술이 필요 없는 것이요, 별 큰 자본도 필요 없는 것이다. 전 동리가 일심(一心)만 되면 천혜의 산판(山坂)이 있고 또 이런 재배의 아주 적지라 무슨 실패가 있으리요? 그리고 약초재배는 약간 기술이 필요하나, 기술자를 초빙하여도 별문제 없는 것이요, 방적은 이익이 막대하나 자본이 필요할 것이라 일시에 매 호당 1대씩은 좀 곤란한 일이나 일차에 한 10대만 갖다 발족하면 1년 안에 100대쯤은 문제없이 증설될 것이라고 본다. 그리고 조림경영을 연차적으로 하라는 것은 동리단합만 되면 역시 별 비용이 필요 없고 성공함으로 막대한 자본이 되는 것이요, 이것이 완성되면 한 동네의 경제가 아니라 이것으로 무엇이고 될 수 있다. 한 건, 한건씩 계획을 내어서 실행단계를 밟으면 비록 작은 일일망정 성공의 취미는 일반일 줄로 믿는다. 상세는 후일로 미루고 이만 붓을 그친다. 이외에도 우리 동네에 적합한 사업이 얼마든지 있고 하면 다 성공할 수 있는 것이며, 한 건씩이라도 성공하면 이 동리 빈궁상(貧窮狀)은 해소되는 것이라. 그래서 내가 이 붓을 든 것이다.

계사(癸巳: 1953년) 9월 21일 야(夜)
봉우서우유신초당(鳳宇書于有莘草堂)

종질(從姪: 사촌형제의 아들, 오촌) 혼사(婚事)에 참석하고 내 소감

음력 9월 25일이 종질 ○○군의 혼사다. 근일에는 30세 이상의 낭재 (郎材: 신랑감)가 혹 볼 수 있으나, 구일(舊日: 옛날) 같으면 아주 노총각 이라고 할 30세였다. 그래서 금번 혼인의 중매가 내가 된 것이다. 종제 (從弟: 사촌아우)가 수차의 부탁이 있었다. 그래서 내가 제1차로 노씨 낭 재를 중매한 것이 실패되고 제2차는 정장신(鄭將臣)의 증손녀에게 중 매하다가 또 성사를 못 하였고 금번이 제3차였다. 금년 춘간(春間: 봄 사이)부터 말이 있던 것이 반년 이상 중매가 완전한 타협이 성립되지 않아서 내가 최종적으로 조건, 조건을 들어서 내 종제(從弟)에게 서신 을 했던 것이다. 물론 이유가 있는 것이다. 누구나 자기 자식의 결점을 알고 양보하며 혼처를 구하는 사람은 귀한 일이다. 될 수 있으면 상대 방을 기만(欺瞞: 속임)하고라도 내편이 여하튼 상대방의 만점을 구하는 것이나, 상대방도 역시 이런 정당방위책이 없으라는 법이 어디 있는 가? 그러니 상호 구전책비(求全責備: 남에게 모든 일을 완전하게 갖추어 다 잘하기를 요구함)하다가 자연 혼인이 지연되어 37년이라는 노총각이 된 것이요, 또 종질(從姪)의 채점을 제3자가 한다면 제1 당사자의 신언서 판(身言書判)이 일견(一見: 한 번 봄)으로 아무리 호평하는 사람이라도 50프로(퍼센트) 이상은 못 볼 것이요, 또 학벌이 없고 그저 소학교원이 라면 그리 출세한 것이 아니요, 또는 경제적으로 역시 근거가 없는 회사원의 가정이요, 또 낭가(娘家: 여자집)에서 제일로 하는 시누이가 5인이나 되는 것도 호조건이라고 못할 것이요, 또 시어머니가 계모라는 것도 호조건이라고는 못할 것이다. 이럼에도 불구하고 고르고 또 고르면 점점 불리한 조건만 더 나오게 될 것이 아닌가? 고의로 자식의 혼인을 지연시킨다는 오해도 있을 수 있는 것이라 사실이야기를 기록하고 금번에도 가서 보고 낙제점만 아니거든 결정을 하든지 안하든지 속히 결정하라고 장서(長書: 긴 편지)를 했다.

이것이 내 생각에는 누구를 방해하기 위해서 그런 것이 아니라 사귀신속(事貴迅速: 일은 중요할수록 빨라야 함)이라고 한 일이 있으니, 각자의 일거수일투족(一擧手一投足)이 다 타향에서의 감상(感想)이 백출(百出: 여러 가지로 나옴)한다. 그래서 이 서신이 아마 종제보다 종제부(從弟婦: 사촌아우의 아내)가 먼저 본 것 같다. 금번에 중매한 면천 유○○ 동지의 매씨(妹氏: 손아래누이)에게로 정혼(定婚)이 되었는데 결혼일 전에 내 내외가 갔었다 이르니, 내정(內庭)에서는 좀 오해하는 것 같다. 그리고 별별 소리가 다 많았고 면천 유 씨 댁이 아주 협착(狹窄: 좁음)해서 잠시도 앉기가 곤란하더라는 말도 있고, 촌사람으로 그렇지 하는 말도 있었다. 부득이 내 말로 혼인하는 것 같은 표정이 많았다. 그래서 결혼일에 예식이 신식이라 가족이 전부 가자고 한 것이 일이 분망하다고 불긍(不肯: 즐겨하지 않음)해서 우리 삼종형제(三從兄弟: 팔촌형제)와 정읍 종제부(從弟婦)와 질녀(姪女: 조카딸)들과 같이 갔었다. 촌이라 예식장은 교회가 협소하였다. 그러나 성황을 이루고 신인(新人: 새색시)도 여범인동(與凡人同: 보통사람과 똑같음)은 되는 것 같다. 그리고 피로연(披露宴)을 유씨 댁에서 거행하였는데, 유 씨 자택이 시골집으로는 거가사(居家舍: 큰집)였고 원근(遠近) 빈객(賓客: 손님)이 500~600명 이상이나 되고 유 씨는 아주 번족(繁族: 번성한 가족)이었다. 그래서 종제형제가 다 만족해 하는 것 같다. 정읍 종제부께서도 사실을 목도하고 전언(前言: 전에 한 말)이 사실 아님을 잘 알았다. 그러나 홍성에 와서 보면 내정(內庭)에서 물질적으로는 만반을 준비에 노력했으나, 정신적으로는 좀 부족점이 있었고 또 무엇인가 불평감을 가지고 있었다. 금번에 이 불평감이라는 것은 내가 종제에게 솔직히 계모가 전실자식(前室子息: 전처자식)에게 대한 입장을 오해 없이 하라는 데에서 발단된 것 같다. 내가 무슨 오해가 있어서 그런 것은 아니었으나, 대체적으로 한 말이요, 정읍종제의 의사표시를 보고 내가 부득이 묵과(默過)할 수 없어서 우리 오가(五家) 중에서 내가 최연장(最年長: 가장 나이가 많음)인 관계로 말한 것인데, 아마 이것을 오해하는 것 같다. 그러나 내 생각에는 당연한 처사였고 절대로 부당한 행동이라는 반성되지 않는 할 말을 면(面: 체면)을 보아서 못 할 수야 있는가? 혼인은 인간대사(人間大事: 사람의 큰일)라. 비록 조금의 혐의가 있더라도 정당성을 가지고 나가야 하는 것이다. 내가 금번 혼인예식에 참석하고 앞으로 종질내외의 장래를 축하하고 또 가정의 영구평화를 바라며 이다음이라도 내가 비록 입장이 곤란하더라도 할 말은 할 심산을 가지고 기회만 있으면 가족들을 모이게 해서 대의명분(大義名分)에 입각할 것을 설득할 각오로 이 붓을 그치노라.

계사(癸巳: 1953년) 9월 28일 야(夜)
봉우서우유신정사(鳳宇書于有莘精舍)

하동인 군의 내방(來訪: 찾아옴)을 제(際: 접함)하여

　하동인 군이 군적(軍籍: 군인의 신분)을 둔 몸으로 휴가의 극(隙: 틈)을 타서 자기 본가보다 먼저 상신리를 내방하였다. 물론 노정이 대구보다 상신리가 먼저인 관계도 있으나, 그래도 군이 신의를 불망(不忘: 잊지 않음)하는 연고다. 하 군은 비록 청년이나 무슨 일이든지 사고력이나 비판력이 있고 심사숙려로 침착성이 있는 것 같다. 금년 초하(初夏: 초여름)에도 내가 등산여행 중에 내방해서 3일간이나 두류(逗留: 객지에 한동안 머물러 있음, 체류)하다가 상봉치 못하고 귀가한 일이 있었다. 금번은 내가 서울여행 예정일자였는데 신병(身病)이 나서 못 가고 있는 중에 마침 와서 상봉하였다. 서로 문답하던 중에서 몇 건의 요령(要領: 요점)만 기록해 보는 것이다.

　하 군이 제일 염려하는 것은 군인들이 장기 재직을 희망하는 자보다 제대를 희망하는 자의 비율이 더 많으니 이것은 대한민국의 국방상 중대 문제라고 생각한다는 것과, 또는 군교육 문제에도 현상유지 상태를 가지고 있지, 진보될 무엇이 있어 보이지 않는다는 것과 또는 장교들이 충분한 훈련을 못한 관계로 사병지휘에 난점(難點)이 있다는 것과 또는 군생활이라는 것이 갑(甲)부대에서 을(乙)부대로나 또는 병(丙)부대로나 병과만 같으면 거국(擧國: 온 나라)이 동일해야 하는데 각 부대에서 상위점(相違點: 서로 배치되는 점)을 볼 수 있어서 곤란하다는 말과 미국에 유학 가는 장교가 얼마만한 효과를 가지고 오는지 알 수 없다는 말과 우리나라 국방군으로서는 기갑부대의 불비점이 말할 수 없을 만큼 되었다는 말과 하 군이 담당한 통신과도 우리나라에서 한 건도 생산 못하고 타국을 그저 ○성(○成)하는 중간역이니 온전한 의존이라고 걱정하고 우리의 참모 진영만을 책망할 수 없는 것은 국가의 기본적 국방방침이 수립되지 않은 관계로 육군본부나 해공군이나가 다 완전한 각자의 입장을 견고히 할 수 없는 연고로 교육총감부에서도 근본적인 군사 교육을 다 못하는 것 같은 감이 든다고 솔직하게 언급하였다.

하 군도 군인이 된 이상에는 군인답게 생활을 해야겠는데 아무리 마음을 가다듬어도 별 도리가 없고, 세상 풍조에 따를 따름이라고 개탄(慨歎: 걱정스레 여겨 탄식함)을 마지않는다. 그렇다고 다른 방향으로 전환하기는 본의가 아니라고 말한다. 그래서 내 의사로는 국가의 기본 방침이 확립되기까지 꾸준히 군인으로서 탈선하지 말고 본 목적대로 매진하라고 권고하였을 뿐이다. 하 군은 정직한 성격에 확고부동한, 굳센 의지를 가지고 있으나, 좀 침울한 편이 있어서 명랑한 쾌활미(快活味)가 부족한 것은 아마 하 군의 주위 환경의 소사(所使: 영향)인가 보다. 하 군의 장래를 축(祝)하며 이 붓을 그치노라.

계사(癸巳: 1953년) 10월 1일 봉우서(鳳宇書)

서울여행 중 소견(所見) 가지가지

우연한 기회로 서울여행을 하였었다. 출발 시부터 여비가 부족해서 대전으로 갈 일인데 혹 경제나 될까 하고 공주로 가서 친구 댁에서 일숙(一宿: 하루 묵음)하고 천안으로 자동차를 타고 가서 천안서 서울까지 도착하니 여행은 기차로 가는 것보다는 아주 편하였고 비용은 소소(小小: 조금) 더 들었으나, 복잡하지 않아서 제일 유리하다. 그리고 오후 2시경에 서울 도착이 되면 대강 급한 볼 일은 그날로 보게 되었다. 종제가(從弟家: 사촌아우 집)에 가서 계부주(季父主: 아버지의 막내아우) 영연(靈筵: 혼백이나 신위를 모신 자리)에 일곡(一哭: 한 번 곡을 함)하고 곧 신옥(申玉) 군을 방문하고, 경과사를 청취하여 보았다. 한약업으로 생활은 하고 지내나 충분한 수입은 볼 수 없고 또 의술이 부족한 관계로 신용을 얻을 수 없다는 점이 설초(雪樵)를 청해서 동사(同事: 동업)를 하겠다는 것이요, 이 약업을 하며 시간을 이용해서 정좌(靜坐)도 해보고 체술(體術)도 해보겠다는 것이었다. 사실에 있어서 여의(如意)할는지는 문제지만 의사만은 좋다고 본다.

그리고 이용환 군도 만났다. 용환이는 학교를 중지하고 수양(修養)을 해보겠다는 것이다. 이 이유는 고등학교만 졸업하면 곧 혼인시킬 듯하다고 혼인한 후에는 영점이 아닌가 하는 결론이다. 사실은 그렇다고 보는 것이 당연하다. 그러나 용환이 수련문제에 잘못하면 득담(得談: 비난을 받음)하기 용이한 것이라 여러 가지로 생각해서 하라고 부탁하고 될 수 있으면 고등학교를 졸업하고 수양을 시작해 보라고 하였다. 신옥 군도 여기에 찬성하였다. 그리고 설초 건에 대해서는 될 수 있으면 설초의 왕래노비(往來路費: 오고가는 여비)와 가족의 환심(歡心)을 살 정도는 준비하라고 결정했었다. 그러나 신옥 군의 준비가 못 되어서 이는 중지하고 나더러 배후에서 지도하라는 요청이었다. 그러나 내가 쾌락할 수는 없는 일이다. 그래서 이 건은 응락은 못하였고 반대도 안 하였다. 수시(隨時: 때를 따름)해서 하자고 대답하였다. 그 사이라도 수입이 무엇 하거든 설초를 청해 가라고 말하였다.

이것으로 제1건을 처리하고 제2건인 제약(製藥)건은 상대자가 윤담202) 민의원이었다. 윤 의원 말에는 사람의 사상(四象)203)이 다르니, 제약에 일방으로만은 효과가 동일하게 발하지 않을 것이 아닌가 하고 문의한다. 사실이 그렇다고 시인하고 내가 가진 방문에도 사상을 각기 본 방문도 있고, 또는 한 방문으로 보급하는 것도 있는데 이번 방문은 사상인(四象人)에게 보급하는 방문이라고 말하였더니 결정은 후일로 기약하고 작별하였었다. 그 후 성○○ 군을 통해서 대금을 전불(全拂: 전액 지불) 못하겠다고 일부만 선불하고 잔액은 후불하겠다는 조건이다. 내가 쾌락하고 그후 약품을 일부 대금과 교환하고 잔액은 양력 연

---

202) 윤담(尹潭, 1900년~1973년 8월 30일)은 대한민국의 국회의원이었다. 공주잠업강습소를 수료하고 양조업을 경영, 제2대·제4대·제5대 국회의원, 민주당 당무위원 겸 충청남도 논산을 지구당위원장 등을 역임하였다.

203) 《주역》의 복희 팔괘와 64괘가 형성되는 과정에서 음과 양이 처음 중첩되어 이루어지는 네 가지 형상 또는 이 네 가지 형상이 상징하는 자연의 네 가지 원소 또는 그 변화 상태를 가리키는 유교용어. 이를 바탕으로 이제마가 《동의수세보원(東醫壽世保元)》에서 사상의학을 창안·발표하였다. 태양인(太陽人), 소양인(少陽人), 태음인(太陰人), 소음인(少陰人)의 네 가지 체질을 설정하여 각기 체질에 따라 성격, 심리상태, 내장의 기능과 이에 따른 병리, 생리, 약리, 양생법과 음식의 성분까지 분류하였다.

말이나 음력 연말에 지불하겠다고 결정하였다.

그리고 제3건인 계부주 장례건은 동기(冬期)라 여러 가지 불편이 있다고 내년 한식(寒食)에 불복일(不卜日: 혼인이나 장사를 급히 치르느라 날을 가리지 않고 함)하고 지내는 것이 좋을 듯하다고 의사(意思) 말씀을 계모주(季母主: 아버지 막내아우의 아내)께서 하시어 그대로 확정하였고,

제4건인 성태경204) 군 심방(尋訪: 찾아봄) 건은 수차례나 사택 방문 차로 능(陵) 안까지 갔었으나, 주택을 찾지 못하고 또 민의원 농림위원실까지 갔었으나, 수삼차에 긍(亘: 걸침)하여도 일차도 상봉하지 못하고 공로(空勞: 헛된 노력)만 하였고,

제5건인 이용순 씨 심방 건은 여의하게 심방하고 원잠아(原蠶蛾) 건도 보상하였고 앞으로 서로 일할 것도 서로 약속해 두고 호조(好調)로 진행하고 작별하였으며,

제6건인 동파(東坡) 심방 건은 여의하게 심방하여 좌상(座上: 좌중)에서 전학봉, 백운학, 이기호 제 선생을 다 상봉하였고 또 김보영 씨도 상봉하여 후일 약품을 진정(進呈: 물건을 자진하여 드림)하겠다고 언약하였고,

제7건인 이칠성 심방 건은 이군이 수차나 갈월동으로 내방하였었다는 것을 태현이에게 듣고 시간관계로 못가서 보고 후기(後期: 후일로 기약함)하였고 김덕규 군 심방 건도 역시 갈월동을 수차나 내방하였더라고 태현 군에게 들었다. 역시 시간관계로 심방 못했다. 이다음 양군은 찾기로 하고,

---

204) '봉우사상을 찾아서(340) - 부산여행 중 소견(所見), 소문(所聞)의 일단(一端) 〈봉우일기4-166〉' 중 성태경 초대면 인상기 참고.

제8건은 박충식[205] 군이 수차나 내방해 달라고 청하였으나, 내가 분주무가(奔走無暇: 바빠서 겨를이 없음)해서 못 가보았고, 또는 공주인사가 40~50인이 왔었다고 하니 내년 출마준비인 것 같은데 혹 방해될까 해서 가지 않은 것이요,

제9건은 이용순 씨의 전언(傳言: 전하는 말)으로 박영만 동지의 내가 왔다는 말을 듣고 곧 내방하자고 하는 것을 주소가 자세치 못해서 못 왔다고 꼭 상봉하자는 것인데 역시 시간관계로 후기하고 못 심방하였고,

제10건은 이용순 씨에게서 한 선생이 제자 함 씨를 단식수행을 시켰는데 한 선생만 믿고 단식하면 무사하거니 한 것이 일망(一望: 한 보름, 15일) 만에 함씨가 아사(餓死: 굶어 죽음)하고 다시 회생 못 하였는데, 한 선생은 자기만 믿으면 회생한다고 말하나, 사자(死者)가 불가부생(不可復生: 다시 살아나지 못함)이라 제자들이 의심하는 사람이 많다고 하는 소리를 들었다. 그리고 예언이 불중(不中: 적중하지 않음)한 일이 많아서 아마 노망(老妄)한 것이 아닌가 하다고 말하는 것을 들었고,

제11건은 미국인의 휴전장래관(休戰將來觀)을 어떻게 보는가 하고 물으니 사방이 다 전쟁을 구하는 것이 아니라, 무슨 조건이라도 아주 휴전이 되리라고 본다고 말하고 또는 미군이 왜 북진을 안 하는가 하고 질문하니, 미군으로서는 북진이 막부(莫府: 모스크바)까지 가야 그치지 한국에서는 좀 더 가나, 덜 가나 일반이라고 말하고 소련에서도 독일 과학자들을 많이 데려다 연구에 연구를 하는 중이니 무슨 병기가 신발명되는지 알 수 없고 또는 먼저 발견된 접시비행기가 난(날아간)

205) 박충식(朴忠植, 1903년~1966년 4월 5일)은 대한민국의 제2대(민주국민당)·4대(자유당)·5대(무소속) 국회의원이었다.

후에 과학들이 신파문(新波紋: 새로이 이는 물결)이 난 것 같은데, 이것이 어느 나라의 소위(所爲: 하는 짓) 하는 것도 아직 알지 못하는 관계로 서로 경계하고 있다고 말한다.

이상이 순서 없이 서울에서 들은 소리요, 또 미국 부통령206)이 내가 서울에 있을 때 왔었는데 아주 민주주의적이라고 하였다. 자신을 환영하는 사람들에게 곳곳이 하차해서 대중들과 악수하고, 아주 평민적이더라고 평(評)이 좋았다. 우리나라에서는 볼 수 없는 기현상이었다.

그다음 김극인 씨의 내경(來京: 서울에 옴)을 듣고도 내가 가서 못 찾은 것과 사실은 여관 주소를 알지 못하였으나, 극력(極力: 있는 힘을 다함)하면 찾을 수 있는 것이었고 내 성의가 부족한 것이요, 그다음 원서동을 지나다 처숙(妻叔: 처삼촌)이 귀경(歸京)했나 하고 가서 본 것이 처질(妻姪: 처조카) 옥구가 와서 거주하고 있어서 대강 경과를 들었다. 그 대소가(大小家)가 아주 화불단행(禍不單行: 재앙은 홀로 다니지 않음)이라고 말할 수 없는 역경에 인명도 많이 상하고 실종당한 사람도 많았던 것 같다. 성쇠가 다 일장춘몽(一場春夢)인 것 같다. 홍실(洪室)도 수차나 갈월동에 와서 내 소식을 묻더라고 한다. ○조카도 서울 왔는데 여전히 곤란한 모양이요, ○○ 이외 ○○는 학교에 잘 통학하나 좀 불편한 감이 있는 것 같고 ○○이는 과장급으로 승진한 것 같다. 그리고 후진들이 좀 부진한 것 같다. 할 수 없는 일이다. ○○이는 근근이 생활하는 것 같다고 한다. 이다음 서울 와서 시간만 있으면 고양도 가서 친족들도 심방하고 선영(先塋: 선산)도 가서 뵈어야 하겠고 또 심방할 친구들

---

206) 리처드 닉슨(미국의 36번째 부통령, 37대 대통령). 아이젠하워 행정부의 부통령으로 재직 중이던 1953년 11월12일~15일 4일간 방한했다. 닉슨은 당시 '안녕하십니까'라는 우리말 인사를 하여 환영군중들을 열광케 했다.

도 다 심방해야겠다. 최종일에 신보균 형을 만나서 총총해서 별 말은 못했으나, 서로 앞일을 상약(相約: 서로 약속함)하고 작별하였다. 이것이 서울에서의 소견소문(所見所聞)이요, 귀가 시에는 종제(從弟: 사촌아우)의 차표(車票) 제공으로 무사히 귀가하였다. 이만.

계사(癸巳: 1953년) 10월 14일 봉우추기(鳳宇追記).

지족(知足)과 부지족(不知足)의 분기점에서 방황하는 모동지(某同志)를 보고

서울 갔던 길에 모우(某友: 어떤 친구)207)를 방문하였더니 현 민의원 의원이요, 상당한 재력을 갖고 있는 우인(友人: 벗)이다. 자기 고향 친구들이 와서 내년 출마를 권고하면 동심(動心: 마음이 움직임)이 되어서 출마해 볼까 하는 것이요, 또 그 부인이 권고하기를 국회의원 생활도 4년이나 해보았고 선량으로서의 책임을 완수는 못하였으나 또 그렇다 할 죄과가 없을 때에 다시 출마하지 않고 내 역량이 부족해서 내 마음대로 민의원에 가서 못하겠으니 다음에는 현명하신 분이 출마하시어 일을 잘하라고 하면 비록 인격이나 재질이 좀 부족하다고는 할지언정 잘못한다고 책망은 없을 것이요, 도리어 호감을 줄 것이다. 자신상(自身

---

207) 이전 글들에서 몇 차례 언급된 朴忠植(1903년~1966년 4월 5일)일 가능성이 크다. 박충식은 1903년 충청남도 공주군에서 태어났다. 경성법학전문학교(이후 서울대학교 법과대학) 3년 과정을 수료하였다. 이후 일제강점기 후기부터 화신산업 간부, 중앙신문사 사장, 동아해상주식회사 대표이사, 경성전기주식회사 임원 등으로 활동하였다. 8.15광복 후 미군정기 때 이승만이 이끄는 민주의원 비서실장을 지냈다. 1948년 제헌 국회의원 선거에서 한국독립정부수립대책협의회 후보로 충청남도 공주군 갑 선거구에 출마하였으나 무소속 김명동 후보에 밀려 낙선하였다. 1950년 제2대 국회의원 선거에서 민주국민당 후보로 같은 선거구에 출마하여 당선하였다. 이후 자유당에 입당하였고 1954년 제3대 국회의원 선거에서 무소속으로 같은 선거구에 출마하였으나 후보등록이 취소되었다. 1958년 제4대 국회의원 선거에서 자유당 후보로 같은 선거구에 출마하여 현역 국회의원인 자유당 염우량 후보를 누르고 당선되었다.

上)으로 다시 출마하자면 최소한 1,000만 원대는 소비해야 결승점까지 가볼 것이요, 또 금전만 가지고 민중의 신망이 없이 출마해서 당선이 되더라도 불명예한 일이요, 또는 당선권 내에 들기도 곤란한 일이라는 이유를 설명하면 내년 출마는 중지하겠다고 확정하면서도 또 자기 처남 되는 사람이 와서 출마하면 당선가능하다고 권고하니 또 출마해 볼까 하고 엉거주춤하고 있는 것을 보고 그 처자녀들이 평하는 것을 보면 민의원으로는 아무리 해보아도 영점이다.

지족(知足: 분수를 지켜 만족함)하고 내년 출마를 중지하고 무슨 군내 사회나 단체사업에 희사(喜捨: 기부)하고 추현양능(推賢讓能: 어진 이를 추대하고 능력자에게 양보함)하는 것이 도리어 유리하다고 하며, 희사라는 것도 내년 출마비용의 3분의 1만 가지고 쾌사(快捨: 흔쾌히 희사함)를 하면 그 지방에서의 지반을 잃지 않을 것이라고 상의하는 것을 보았다. 그 친구의 내조(內助: 아내가 남편을 도움)가 있는 것을 반가워하며, 나도 풍자적으로 몇 차례 권고하였다. 대체로 우리 군(郡)출신 선량보다는 내년 출마를 열중하지 않는 것은 사실이다. 우인(友人: 벗)이 지족(知足), 부지족(不知足)의 기로에서 엉거주춤하고 있는 것을 보고 내가 이 붓을 든 것이며, 그 부인의 명철(明哲: 밝음)한 것을 칭찬하고 그 자녀들도 그 모당(母堂: 어머니)의 본을 받아서 망진(妄進: 망령되이 나아감)하는 것을 좋아하지 않는 것 같다. 이것이 그 우인의 장래가 있다는 것이다. 이 우인은 나하고 세의(世誼: 대대로 사귀어 온 정의情誼)가 있는 사람이요, 나하고 소학교 동창인 분이다. 비록 정당적으로는 내가 찬성 않으나, 우정(友情)적으로는 친한 분이다. 그리고 경제적으로도 내가 그 우인의 원조를 종종 받는 처지이다. 그래서 부득불 그 우인의 과한 실수가 없기를 바라는 관계로 이 붓을 든 것이다.

계사(癸巳: 1953년) 10월 15일 봉우서우유신정사(鳳宇書于有莘精舍)

이영구(李永九) 군의 서신을 보고

　서울을 다녀와서 상신리까지 와서 보니, 서신이 산적(山積: 산더미같
이 쌓임)한 중에 교육구에서 온 서신이 있어서 혹 예회(例會: 일반모임)
의 기간 통지서인가 하였더니 그것이 아니라 서무과장 이영구 군의 사
신(私信: 사적인 편지)인데, 예(例: 지난번)의 정읍에 유치한 대맥(大麥: 보
리)건이다. 이야말로 내가 일시적으로 교육구에서 처분에 난관을 봉착
하고 있는 것을 보고 내가 정읍여행 중에 대맥 시세가 좋은 것을 보고
말하지 않을 수가 없어서 말한 것이 원인이 되어 시기가 경과된 것을
알지 못하고 대맥을 정읍까지 운반한 것이 의외로 처분곤란이 되고 또
막대한 손실이 있게 되고 보니, 내 입장이 진퇴유곡(進退維谷)이다. 일
언반사(一言半辭: 한 마디, 반 마디)라도 한 책임이 있고 이 책임을 이행
(履行)을 하자면 무조건하고 손해가 있어야겠고, 손해를 볼 만한 내 여
유가 없고 그렇다고 내 마음대로 되는 것도 아니요, 또 기일은 박두하
니 서무과장인 이영구 자신도 사실 입장이 극히 곤란할 것이다. 그래
서 내게 서신으로 처리를 독촉한 것인데 나 역시 처분문제와 책임이행
을 어떻게 하는 것이 상책인가 걱정이다.

　위인모이불충(爲人謀而不忠: 남을 위해 일을 꾀함에 최선을 다했는가)[208]

---

208) 출전《논어(論語)》〈학이(學而)〉장. "증자가 말하기를 '나는 날마다 세 가지 일을
　　반성한다. 남을 위하여 충실히 일했는가? 벗들에게 신의를 잃지 않았는가? 배운
　　대로 내 것을 만들었는가?' 하였다."

이라는 말이다. 내가 도시 호사(好事: 일을 좋아함)한 관계로 이런 일을 당하는 것이다. 교육구에서 손해를 보든, 이익을 보든 불관(不關: 관여 안 함)했으면 이 입장곤란은 당하지 않았을 것 아닌가? 이렇게 입장이 곤란할 줄 알았으면 당초에 불관했을 것이요, 관계했더라도 당시에 160원씩에 처분해서 그간 이용해서라도 손해나 없게 할 것인데 좌우를 다 못하고 내 입장만 곤란해서 장래를 경계하게 되니, 주의할 일이다. 이다음엔 이런 실수가 없기를 자경(自警)하고 이 붓을 그치노라.

계사(癸巳: 1953년) 10월 15일 봉우서우유신정사(鳳宇書于有莘精舍)

추기(追記)

이 붓을 들고 출석곤란과 책임이행상 문제해결을 걱정하던 중 종제(從弟) 태원 군의 서신으로 이 대맥이 1원(?)이라는 최저가격에 처분되고 이 대금을 박 군이 이용해서 손해보충을 하기로 했다니 역시 선후책이 곤란하다고 본다. 11월 말일까지는 보상하기로 된 것인데 그 기간을 경과 않도록 되는지가 제일 걱정이다. 그래서 이 추기를 쓰는 것이며 이 문제가 잘 해결되기를 빌고 이 붓을 그치노라. - 봉우기(鳳宇記)

송사(松士)[209]를 심방(尋訪)하고

송사가 살고 있는 반송(盤松: 키가 작고 가지가 옆으로 퍼진 작은 소나무)이라는 부락은 신야(莘野: 상신리)와 거리는 약 5킬로미터밖에 안 되나, 중산에 태령(太嶺: 큰 산고개)이 있어서 왕래가 불편하다. 영(嶺)만 없다면 야간(夜間)이라도 마음대로 서로 왕래할 만한 곳인데, 고산준령(高山峻嶺: 높은 산, 험한 고개)이 개재해서 일부러 심방차로 가기 전에는 생의(生意: 마음을 냄)를 못한다. 그래서 송사와 왕래가 아주 희소하다. 나도 항시 분주한 사람이요, 송사도 농사일에 여가가 없는 처지라 올 조춘(早春: 이른 봄)에 잠시 와서 상대한 후로 지금껏 소식이 없었다. 금번에 내가 마침 귀가하여 며칠 여가가 있는 관계로 송사를 심방한 것이다.

송사는 연정원 고참 동지다. 설초(雪樵: 김용기)와 대등한 지위를 가지고 후진들을 많이 지도하는 동지다. 송사가 지금부터 24년 전(1928년)에 처음으로 나를 좇아서 갑사 간성장(艮成莊)에서 설초와 내 계부주(季父主: 막내 작은 아버지)와 같이 조춘빙설중(早春氷雪中: 이른 봄 얼음눈 속)의 용문폭포를 중심으로 명월담(明月潭), 군자대(君子臺), 수정암(水晶庵), 달문택(達門澤)과 대축재(大畜齋), 승정지당(承鼎之堂)을 연정(硏精: 정신연구)하는 토대로 인고내한(忍苦耐寒: 고통을 참고 추위를 견

---

209) 봉우 선생님의 제자 오치옥(吳致玉)씨의 호(號).

딤)하며, 수삼삭(數三朔: 여러 달)을 전공하여 부지불각 중 사계(斯界: 정신계)의 고급자의 지위를 갖게 되어 당시는 설초 보다 일두지(一頭地: 한 계단)를 더 진출하였던 것이다. 이것이 제1차 수련소득일 것이다.

그다음 내가 경성여행으로 반 년간 있다 와서 보니, 송사는 북사자암(北獅子庵)에서 천진보탑(天眞寶塔)을 중심으로 3~4개월을 독자 수련하여 많은 얻음이 있었던 것이다. 그러나 내가 와서 감정한 결과가 전진이 아니요, 횡행(橫行: 옆길로 빠짐)이라는 것을 알게 되었다. 내가 함구하고 있었더라면 송사의 공부에 유리하였을지 알 수 없는 것을 내가 판정을 내린 것이 송사의 수련에는 무심(無心)하고 전공하는 역량이 좀 감(減)해져서 의심, 의심하며, 또 횡행이나 않나 하고 염려하는 바람에 전공이 못 된 것은 사실이다. 이 뒤에 한 달이나 계속하다가 또 휴업한 것이 제2차 연정행각이요, 소득은 폭이 좀 넓어졌으나 시일로 보아서는 나와 같이 수련하던 일개월량의 전진밖에 못 되었다. 그다음 해 봄 사이에 연역재(演易齋)에서 몇 달을 독자수련하였으나, 전진이 못되었었다.

그다음은 기회가 없어서 내가 불식지공(不息之工: 쉬지 않는 공부)으로 방심이나 말라고 송사가 가사(家事)에 전공하며 협의(俠義)소설이나 역사소설이나 위인전기 같은 것을 섭렵하라고 보내 주었다. 그러나 책자를 사실대로 보아서 추확(推擴: 밀어 넓힘)을 못하는 것 같다. 사람이 근실한 반면에 추진력이 좀 부족하였다. 그리고 이 불식(不息)도 공(工: 공교工巧, 기교)을 잘 이용해야 하는데, 연정(研精)할 때는 이것만 전공하고 가사에 종사할 때는 역시 가사만 전공해서 연정의 중단이 되는 것 같다. 그후 장시일을 다시 수련을 못하다가 기축년(己丑年: 1949)에 다시 삼불봉 아래 연정원에서 다시 갱생해 보았다. 그러나 삼사삭

(三四朔: 서너달)이라는 시일에 완전 복구를 못하였고, 또 중단이 된 것이다. 그후도 재가(在家)해서는 아마 추진을 못하는 것 같다. 현상으로는 설초의 차위(次位: 다음 자리)에 있게 된다.

선차(先次: 지난번)에도 내가 기록한 바 있거니와 송사는 경제적으로 우리 동지가 가정생활까지 부담하고 일체의 경제적 구애가 없게 하고, 연정원 신참동지들의 원두(院頭: 우두머리)로 수련을 실지 지도하려면 불실척촌(不失尺寸: 일상생활에서 지켜야 할 법도에 조금도 어그러지지 않음)하고 원규(院規: 연정원 법규)대로 수련시킬 적임자라고 본다. 그런데 금번에 가서 보니 다솔가권(多率家眷: 식구를 많이 거느린 가족)에 작년 농사는 실패하고, 또 금년에 자기 양부(養父: 양아버지) 대상(大祥: 사람 죽은 지 두 돌 만에 지내는 제사)을 지내고 장자(長子: 맏아들) 학비로 대곤란을 겪는 것 같고, 금년 농작(農作)도 농작이 말이 아닌 것 같다. 농가생활에 몸을 뺄 새가 없는 것 같다. 가위(可謂) 부생(浮生: 덧없는 인생)이 공자망(空自忙: 공연히 절로 바쁨)이라는 것이다. 상봉해서 본격적인 의사교환도 못하고 홀홀(忽忽: 갑자기)히 작별하고 왔다.

송사도 일과명주(一顆明珠: 한 알의 밝은 구슬)가 매진무광(埋塵無光: 티끌에 묻혀 빛을 잃음)한 것이다. 무슨 수완을 다해서라도 이 명주(明珠)의 빛을 갱생(更生)시키는 것이 내 책임이라고 본다. 금번에도 그 자질을 구비한 사람이 진토(塵土: 티끌 흙)에 묻힌 것을 못내 애석해 하는 바이다. 기회만 있으면 설초, 송사를 우선적으로 수단(授段: 단을 줌)시키고 다음으로 신인을 양성해야겠다.

계사(癸巳: 1953년) 10월 16일 봉우서우유신정사(鳳宇書于有莘精舍)

추기(追記)

　내가 경오년(庚午年: 1930)에 간성장에서 연정을 시작시킬 때에 사실은 경제적 준비가 부족해서 시일을 오래 진장(進長: 오래 나아감)할 수 없는 관계로 호흡 본식대로 하지 않고 관법(觀法)을 그대로 원상(原象)에 이용해서 수련시켰다. 송사가 수련한 것은 온전히 관법수련이었다. 이 관계로 기축년(己丑年: 1949년) 계룡산 삼불봉 연정원에서 송사가 (수련에) 진보 못 된 것은 호흡법이 연습 안 된 까닭이다. 송사는 관법으로만 추진하는 것이 유리한데, 그래도 원우(院友)들이 호흡을 하니 안 할 수도 없고 하자니 호흡법에는 초보요, 그래서 시일을 공만(空滿: 공연히 채움)한 것 같다. 내가 수차 관법대로 하라고 부탁했으나 그래도 호흡을 해보겠다고 한 것이 성공 못 한 원인이다. - 봉우추기(鳳宇追記)

　[송사 선배에 대한 귀중한 증언입니다. -역주자]

수필: 요즘 나의 신체쇠약상과 회복문제

내가 어느 모로 보든지 건강체였는데 의외에도 근년 쇠약상이 태심
(太甚: 너무 심함)한 것 같다. 요 전번에 몸을 좀 무리한 일이 있었는데,
신경통이 나서 5~6일을 욕보고 금번에도 몸이 좀 불건강함을 불구하
고 단시간에 고산준령을 속보로 걸었던 일이 있었다. 그랬더니 여보란
듯이 양각(兩脚: 두 다리)이 굴신(屈伸: 굽히고 폄)을 못하겠다. 이것이 별
고(別故: 다른 이유)가 아니라 조로상(早老狀: 일찍 늙는 현상)이요, 또 내
가 부주의하고 무리하는 관계다. 그러면 무엇으로 이것을 치료할 것인
가 하면 경제만 허락한다면 장근제(壯筋劑: 근육강화약)를 투약도 하고
비록 노년이나 경체(輕體: 몸을 가볍게 함) 운동이라도 하며, 신체에 무
리가 없게 주의하는 것이 당연하다고 나도 생각한다. 사실 이런 방식
으로 치료한다면 내 노쇠상도 기분(幾分: 얼마쯤)은 확실히 복구될 것
같다. 그러나 경제가 허락도 하지 않고 또 약간의 경제력이 있을 때도
우선 급한 일이 있어서 보건정신에는 미칠 여가가 없다. 그렇거든 노
쇠한 몸이라도 무리나 하지 않았으면 하겠는데, 영양가치를 보급은 못
하고 사용할 때는 건강체의 소유자보다도 몇 배를 사용하니 어찌 그
조로상이 정지하며 더구나 복구할 수 있을 것인가? 사세부득이연(事勢
不得已然: 일의 형세가 그렇게 하지 않을 수 없게 됨)한 일이나, 이것을 계
속한다면 내가 생각하는 장래 모든 일의 성공할 가망이 없다고 본다.

그 이유는 내 몸이 앞으로 올 난관을 극복하는 데 인내력이 부족해

서 감내를 못할 것이요, 인내를 못함으로써 추진력이 부족해서 내가 예산한 그 목표에 도달하기가 극히 곤란하다는 것이다. 그렇다면 만사를 불계(不計: 따지지 않음)하고 내가 목적을 달성해 보려면 선결문제가 건강복구에 있다고 본다. 이 문제 해결쯤은 큰 문제 아니라고 본다. 내가 경험이 있는 건강약을 하루라도 속히 복용하고 1년간만 몸조심하면, 별 큰 변동만 없다면 10년 이상의 복구는 자신만만(自信滿滿)하다. 환언하면 1년간 복약(服藥)과 주의로 내 54세의 조로상을 보통 40세 정도의 건강체로 가질 수 있다는 것이요, 노년급에서 장년급으로 인하해서 일하는데 인내력이 더 날 수 있다는 자신이 충분하다. 이 준비가 되는가 하고 자문하면 충분하다고 답하리라. 그러면 왜 실행을 하지 않는가 하면 다만 결심이 부족한 연고요, 다른 이유는 없다고 본다. 그러니 내년 봄에는 백사불계(百事不計: 모든 일을 따지지 않음)하고 내 몸의 건강회복부터 실행하면 다른 일은 염려할 것 없이 될 것이라고 자경(自警)하며 현상도 전후불고(前後不顧: 앞뒤를 돌아보지 않음)한다면 내 경제력과 내 준비력으로 곧 실행할 수 있다고 생각된다. 내가 유예미결(猶豫未決: 망설여 일을 결행하지 않음)하는 병증이 있고, 또 내 몸을 무던히 건강하거니 하고 자신하는 관계로 비록 조로(早老)했다고 무슨 일을 당해서 청장년들이 인내하는 것을 내가 못할 이유가 있나 하는 오인(誤認)에서 얼른 현실적으로 옮기지 않는 것이 내 결점이라고 본다. 내년에는 단정하고 내 건강복구에 주력(注力: 힘을 기울임)할 것이다. 이것을 자서(自誓: 스스로 맹세함)하고 이 붓을 그치며, 왜 즉석에서 실행하지 않고 명춘(明春: 내년 봄)을 기대한다는 이유는 추후로 미루고 이만 그치노라.

계사(癸巳: 1953년) 10월 16일 봉우서우유신정사(鳳宇書于有莘精舍)

추기(追記)

　내 몸의 조로상(早老狀)이 타인에 비해 그리 심하지는 않으나, 안력(眼力)이 왜경(倭警: 일본경찰)에 고문당할 때에 화력(火力)으로 상해서 일찍부터 노안(老眼)이 되었고, 낙치(落齒: 이 빠짐)는 내가 충치로 중년부터 치과치료를 받다가 반부(半部) 이상 발치한 것이라 역시 그 정도요, 백발은 우리 전래(傳來: 전해 내려옴)가 조백(早白: 늙기도 전에 머리가 셈)하는 문내(門內: 문중)라 45세 전후해서 반백(半白) 이상이 된 것이 근년에 와서는 아주 백발이 되어 70노옹(老翁) 같다. 그러면 무엇이 타인보다 심하지 않은가 하면 아직도 행보는 청장년들에게 지지 않고 또 내한(耐寒: 추위를 견딤), 내서(耐暑: 더위를 견딤)하는 것도 청장년층과 못지않게 하고, 음식소화도 보통 청장년 같고, 독서력이나 인내력이나 며칠간씩 수면부족을 인내하는 것도 장년들에게 지지 않는다. 그리고 신체건강상도 비교적 타 장년들과 동일하고 정력도 보통은 된다. 그러나 간간이 신경통이 단시간씩 있고 위장이 절대 무병(無病)하였는데, 근년은 1년에 1차나 혹 3년에 2차나 위병이 난다. 물론 경증이라 약 없이 절로 치유되는 정도이다. 청장년 시절과 같지 않다는 말이요, 체중도 노쇠층으로는 비교적 중량(重量: 무게)이 있는 것 같다. 근년에 영양을 섭취하면 20관(貫: 75kg, 1관=3.75kg)대에 왕래하고, 아주 영양이 부족한 때는 그래도 17~18관(63.75~67.5kg)은 평균되는 것을 보면 보통 체중은 되는 것이다. 내 일생 최고 체중이 25~26관(93.5~97.5kg)을 상당 기간 유지하고 있었다. 이러고 보니 내 현상이 타인에게 비하여 보통은 되나, 내 청장년 때에 비하여는 아주 불건강 상태이다. 그래서 이 몸의 건강을 물론 장년 때와 같이는 회복 못할 것이나, 복약과 수양과 영양물 흡취(吸取)로 완전히 40세 정도로는 복구할 자신이 만만하다. 약품준비도 십중팔구(十中八九)는 되어 있고, 부족한 건도 내가 결심만 한다면 어느 때든지 할 수 있는데 내가 미루는 연고로 또 자봉(自奉: 스스로 자기 몸을 봉양함)하기가 미안해서 않는 관계로 착수를 못하는 것이다. 이것을 돌아보지 않고 내년에는 복약부터 착수할 예정이다. 이로써 내 조로상 회복의 발족을 할까 한다. 제일 건강한 몸의 소유자가 되어야 무슨 일이든지 마음 놓고 해볼 것이다. 이 정도로 추기를 그치노라. – 계사(癸巳: 1953년) 10월 18일 봉우추기(鳳宇追記)

휴전 중 우리는 무엇을 기대하는가

6.25사변(事變)은 우주사(宇宙史)에서 가장 참담한 비극을 연출하고 4년 만에 현지 휴전이 되고 또 정치회담으로 시일을 연장하는 중이다. 우리는 여기서 무엇을 바라야 하겠는가? 약소민족으로 가장 고배(苦杯: 쓴 술잔)를 마시고 있는 것이다. 자주권으로 남북통일을 못하고 사변으로 4년이라는 긴 세월에 금수강산 우리 삼천리 지역은 더 파괴될 자리가 없이 모두 파괴되고 민족은 3,400만이라 칭(稱: 일컬음)하던 수자(數字)가 부지중에 2,000만 명대로 내려오고, 온 민족, 온 강산이 미소 양군(兩軍)과 중공군의 마제(馬蹄: 말굽)하에 별별 당하지 못할 지경을 다 당하고 있는 중에 우리 남북 민족이 공동으로 이 휴전회담을 바라보고 기대하는 것이 무엇인가? 내 일을 내가 못하고 국련(國聯: 유엔)에게 맡겨서 자기네들이 하는 대로 두는 수밖에 없다. 현지 전선으로 남북이 분열된 채, 휴전상태를 계속할 것인가? 그렇지 않으면 남북을 통일하고 총선거를 해서 신정권이 나올 것인가? 그렇지 않으면 미소불가침조약이 되어서 한국을 완충지대로 중립화할 것인가? 또는 이렇지 않고 정치회담이 연기 또 연기해서 몇 년을 나가고 그간 양방의 실력 양성으로 해결할 것인가? 그렇지 않으면 정치회담 기간종료로 즉시 파탄이 되어서 또 남북의 전쟁이 재개될 것인가? 만약 재개된다면 어느 쪽에서 먼저 착수를 할 것인가? 먼저 착수하는 편에서 자신 있게 성공할 것인가? 또 4년간 참극(慘劇: 슬프고 끔찍한 사건)과 동일한 전화(戰

禍: 전쟁의 참화)를 재판(再版: 다시 되풀이)할 것인가?

　이 분기점에서 우리 민족은 공포 속에서 이 정치회담을 바라고 있는 것인데 지방으로 다니며 보면 민간에서는 아무렇든지 휴전 중이라 아주 평화기분이 충일(充溢: 가득 차 넘침)하고 정치회담의 중요성을 기대하는 사람이 적다. 이 휴전 중에서 무엇으로 장래를 대비할 것인가 예비하고 있는 것 같지 않다. 민간에서 병역을 무조건하고 염증 내는 것 같다. 전쟁이 좋다는 것은 아니나, 전쟁이 난 바에는 승리를 바라는 것이다. 그런데 민간에서는 전쟁할 기분이 보이지 않고 조건이야 무슨 조건으로 정치회담이 되든지 전쟁이 다시 안 되었으면 하는 바람이 있을 뿐인 것 같다. 이래서는 민족정기(正氣)가 아니라고 본다. 전쟁을 바라는 것은 아니나, 평화를 기대하거든 거기에 마땅한 노력을 하라는 것이다. 미국 정계의 거성(巨星)들은 거의 한국시찰을 하며 정치연구를 하는 것 같다. 그런데 우리나라 정치인물들은 이 와중에서도 각자의 모리(謀利: 이익을 꾀함) 행동이나 한다. 이런 인물들은 하루라도 속히 후방으로 보내고 좀 양지양능(良知良能: 타고난 재능이 있는 사람)들이 출세해서 난국을 타개했으면 하겠다. 현상으로 보아서는 정치회담이라고 후방에서는 별별 칭송을 다하고 연기만 하라는 것 같다. 그렇다고 국련(유엔) 측에서도 강강책(強剛策: 강경책)이 나오는 것이 아니라 완화책으로 한계가 없는 양보에 또 양보를 한다. 우리가 보기에는 대단히 무리한 것 같으나, 미국이나 국련 측으로는 역시 무리가 아니라고 본다. 지피지기(知彼知己: 남을 알고 나를 앎)를 해야 하는 것이다.

　소련이나 중공은 장계취계(將計就計: 상대방의 계략을 미리 알아채고 그것을 역이용하는 계책)로 이 기회에 유리한 발언과 이득을 하려고 갖은 방법을 다하면서 회기(會期: 회담기간)를 지연시킨다. 물론 중공도 전쟁이 좋아서 그리 하는 것은 아니나, 미국이나 국련의 약점을 알고 모략적으로 그리 하는 것이요, 우리 외교진영들은 무엇이 무엇인지 알지도 못하고 있는 것이다. 미국에서 참전한 것은 공산세력이 남침하는 것을 중지시키고자 함에 있고, 우리 한국을 위해서 참전하는 것이 아니다. 그러니 전쟁 중에서도 북진해서 39도선까지 가는 것이 당연한 일인데 이것도 희생이 무서워서 현지선에서 방어하고 일보(一步: 한 걸음)도 전진 못한 것이요, 만약 전진해서 남북통일을 한다면 한국으로는 유리한 일이나, 미국으로는 양강(兩江: 두만강과 압록강) 3,000리에 막대한 전비(戰費)를 판출(辦出: 돈이나 물건 따위를 변통해 갖추어 냄)하는 것이 수지(收支)가 맞지 않는다는 것이다. 미국으로서는 한국을 통일시켜도 적국(敵國)은 목전에 있고, 만주를 정복하여도 역시 적국이 목전에 있다. 일기(一氣: 한 목에 내치는 기운)로 막부(莫府: 모스크바)를 완전 점령하기 전에는 전쟁이 종료되었다고 못 보는 관계로 한국의 현지 전선에서라도 조건이야 무어라 하든지 전쟁만 중지한다면 양보하고 조약할 것은 당연한 일이다. 이러한 처지에서 한국 위정자들은 연작(燕雀: 제비와 참새)이 안지당상지화(安知堂上之禍: 어찌 집 위의 재앙을 알랴)라고 무엇이 무엇인줄 알지 못하고 미국이나 국련(유엔) 이야기만 믿고 안심하고 있는 미련한 인물들, 가련(可憐: 가엾게 생각함)도 하고 가증(可憎: 미워함)하도다. 아무렇든지 천우신조(天佑神助: 하늘과 신령이 도움)해서 이 원리를 벗어나서 한국에 유리한 조건으로 정치회담이 완료되었으면 하는 바람이 있을 뿐이다.

계사(癸巳: 1953년) 10월 18일 봉우서우유신정사(鳳宇書于有莘精舍)

추기(追記)

내가 이 붓을 들고 설초(雪樵)와 좌담(座談)을 하다가 물론 추수(推數: 다가올 운수를 미리 헤아려 봄)로는 이미 정한 바 있거니와, 역(易)의 효사(爻辭: 주역 64괘의 형상을 관찰하여 어느 괘가 좋고 나쁨을 말한 것)는 사(事: 일)의 길흉을 계의(稽疑: 의심이 나는 것을 점쳐서 생각함)하는 것이니 휴전회담의 종막(終幕)이 어떻게 될 것인가 득괘(得掛)해 보자고 두 사람이 성심성의(誠心誠意)껏 득괘하니 [수산건(水山蹇)]이다. 시일(時日)은 계사년(癸巳年), 계해월(癸亥月), 기묘일(己卯日), 임신시(壬申時)였다.

건괘[蹇卦: 64괘의 하나. 감(坎)괘와 간(艮)괘가 거듭된 형상] 원문은

"건(蹇)은 이서남(利西南: 서남은 이로움)하고, 불리동북(不利東北: 동북은 이롭지 않음)하며 이견대인(利見大人: 대인을 봄이 이로움)하니 정(貞: 바르게 함)하면 길(吉)하리라."

[註: 蹇難也. 足不能進行之難也. 爲卦艮上坎下見險而止. 故爲蹇西南平易東北險阻. 又艮方也方在蹇中不宜走險 又卦自小過而來陽進則往居五而得中退則入於艮而不進故其占則利西南而不利東北當蹇之時必見大人 然後可以濟難又必守正然後得吉而卦之九五剛健正中有大人之象自二以上五爻皆得正位則又眞之義也 故其占又曰利見大人貞吉蓋見險者貴於能止而又不可終於止處險者利於進而不可失其正也.]

단왈(彖曰) 蹇은 難也니 險在前也이니 見險而能止하니 知矣哉라.(단에 이르되, 건은 어려움이니, 험한 것이 앞에 있으니, 험한 것을 보아 능히 그치니 지혜롭도다.) 蹇利西南은 往得中也(가서 중을 얻음)오 不利東北은 其道窮也: 그 도가 궁함)이오, 利見大人은 往有功也(가서 공이 있

음)이오 當位貞吉(자리가 마땅하여 바르고 길함)은 以正邦也(나라를 바르게함)이니 蹇之時用(건의 때맞춰 씀)이 大矣哉(위대하도다)라.

상왈(象曰) 山上有水이 蹇이니 君子以하야 反身修德하나니라. (상에 가로되, 산 위에 물이 있는 것이 蹇이니 군자가 이로써 몸을 돌이키고 덕을 닦느니라.)

이상(以上)이 건괘(蹇卦) 본문(本文: 괘사卦辭)이요,

동효(動爻)는 구오(九五)는 대건(大蹇)에 붕래(朋來)로다.(구오는 크게 어려움에 벗이 오도다.) [註: 大蹇者는 非之蹇也, 九五居尊而有剛健中正之德必有朋來而助之者. 占者有是德則有是助矣]

상왈(象曰) 大蹇朋來는 以中節也이라.(상에 가로되 '대건붕래'는 중용의 절도로써 함이라.) [註(傳): 朋者其朋類也. 王有中正之德而二亦中正雖大蹇之時不失其守蹇於蹇以相應助是以其中正之節也. 上下中正而不濟者臣之才不足也. 自古守節秉義而才不足以濟者豈0乎. 漢李固王允晉周顗王導之徒是也.]

이상이 원문이다. 괘효(卦爻)대로 본다면 비록 건둔부진(蹇屯不進)하나 중정(中正)을 얻어서 동북간방(東北艮方)에 불리할 지라도 붕류주조(朋類走助: 벗들이 달려와 도움)한다고 보겠다. 그리고 사의(私意: 사견)는 정치회담이 절대로 순조로이 되지 않아서 진행이 안 되어 대한(大寒) 절기에 견저(見底: 밑바닥을 보임)하고 수난(受難: 어려운 일을 당함)하나, 묘월(卯月)에 동붕(東朋: 동쪽의 벗)이 동조(東助: 동쪽에서 도움)하되 묘월 18일경이 아닌가 한다고 보겠다. 혹 일자를 13일로도 보겠으며, 인방(寅方: 북동에서 남쪽으로 15도 기운 방향)으로가 아닌가 한다. 대상(大象)이 불순(不順)하고 내년 2월에 비록 건(蹇)이나 수조(受助: 도움을 받음)하여 면어실패(免於失敗: 실패를 면함)하고 비상지난(非常之難: 비상한

어려움)을 타개할 것이라는 말이다.

계사(癸巳: 1953년) 10월 18일 봉우소기(鳳宇笑記: 봉우는 웃으며 씀)

〈재추(再追)〉

상괘(上卦)를 득(得)하고 또 연(連)하여 주상(主象)이 추수(推數)로 보아서 명년(明年)이 불길한 연운(年運)인데 양인(兩人)이 합심(合心)하여 득괘(得卦)해 보자는 것에 동의(同意)해서 득괘(得卦)한 것이 둔괘(屯卦)[210] 오효동(五爻動)이었다. 둔괘 원문은

元亨하고 利貞하니 勿用有攸往이요, 利建侯하니라.(둔은 크게 형통하고 곧음이 이로우니, 갈 바를 두지 말고 제후를 세움이 이롭다.)

단왈(彖曰) 屯은 剛柔이 始交而難生하며 動乎險中하니(단전에 말하기를, 둔은 굳셈과 부드러움이 처음 사귀어 어려움이 생겼으며, 험한 가운데 움직이니) 大亨貞(크게 형통하고 똑바름)은(本義)은 雷雨之動(우레와 비의 움직임)이 滿盈(가득 참)일새라.(本義) 滿盈하야 天造草昧에는 宜建侯이오, 而不寧이니라.(本義)(천운이 어지럽고 어두울 때에는 마땅히 제후를 세우고, 편안히 여기지 말아야 한다.)

상왈(象曰) 雲雷이 屯이니 君子이 以하야 經綸하나니라.(상전에 말하기를 구름과 우레가 둔이니, 군자가 보고서 경륜한다 하였다.) [註略選: 以二體之象釋卦象辭雷震象雨坎象天造猶天運草雜亂昧晦冥也. 陰陽交而

---

210)《주역》의 건괘, 곤괘 다음으로 나오는 '수뢰둔(水雷屯)'괘이다.

雷雨作雜亂晦冥塞乎. 兩間天下未定各分未明宜立君以統治而未可遽
謂安寧之時也. 不取初九爻義者取義多端姑擧其一也.]

동효(動爻)는 九五는 屯其膏(은택을 베풀기가 어려움)이니, 小貞(조금
씩 바로잡음)이면 吉하고 大貞(크게 바로잡음)이면 凶하리라. (本義) 小
는 貞이면 吉하고 大는 貞이라도 凶하리라.

상왈(象曰) 屯其膏는 施이 未光也이라.(상전에 말하기를, 둔기고는 베
품이 광대하지 못한 것이다.)[註: 九五雖陽剛中正居尊位然當屯之時陷於
險中雖有六二正應而陰柔才弱不足以濟初九得民於下象皆歸之九五坎
體有膏潤而不得施爲屯其膏之象占者以處小事則守正猶可獲吉以處大
事則雖正而不免於凶.]

象辭(傳): 膏濟?不下及是以德施未○光大也 人君之屯也. 大象未免
於凶也라. 蹇屯其膏는 上在山中하니 東北이 可畏요, 月在高下夜色을
可知요, 謀者是誰요 兩白之間이라. 寅卯兩月或可免厄則 風高八月엔
大運難兆라.

계사(癸巳: 1953년) 10월 18일 봉우소기(鳳宇笑記)

이상(以上) 배괘(排卦)

以上 二卦가 俱是 豫想符合則 將未知的否 故笑而記之하노라.

得卦但看辭意之如何하고 不看六親與否伏隱爻나 供於便利하야 故
記存焉하노라.

鳳宇笑記

[봉우 선생님의 중요한 역학(易學)자료입니다. 선생님의 미래에 대한 지혜안(智慧眼)은 폐기(閉氣), 조식(調息)수련으로 이루어졌고, 그 검증은 관천(觀天: 천문현상을 작접 관찰함)과 원상(原象)수련, 주역 추수(推數) 등으로 하셨는데, 이 수필은 역학추수 자료로서 일부러 후세 학인들의 연구를 위해 남겨 두신 것으로 보여집니다. 그것은 글 마지막에 "소기(笑記:웃으며 기록함)"라 쓰셨기 때문입니다. 미소를 남기며 글을 마무리하시는 선생님의 모습이 눈에 선하게 들어옵니다. -역주자]

수필: 무제(無題)

[원문해석] 거두절미하고 방금 뜻 있는 자가 이미 세포를 조직하고
자 동분서주하고 혈안이 되어 왕래하거늘 나는 초당에 높이 누워 모두
관여하지 않으니 실로 가소로운 일이다. 하지만 아무것도 가진 게 없
으니, 영웅은 군사로써 적을 제압하는데 지리를 필요로 하지 않음이라.
아무리 고집을 부려도 어찌할 수 없네. 차례는 새봄의 좋은 소식을 기
다리는데 배를 가라앉히고 솥과 시루를 깨뜨리고 사흘치 식량을 갖고
배수진을 펴, 전진하라는 북을 한 번 침에 중국 산서성 남부도시 한중
을 얻고 밀고 나감이요, 만약 그렇지 못하면 빨리 짐을 정리하고 신선
이 사는 봉래산, 방장산, 영주산 유람을 하여 세속의 풍진을 관여치 말
고 물고기, 사슴들과 더불어 친구와 짝을 삼고 세상의 걱정을 씻어 냄
이 말년의 정신안정과 정기를 기름에 좋을 것이다.

때로는 간혹 세속의 생각이 죽은 재 속에서 움직이나, 내년 봄 좋은
시절엔 동지 몇 명과 함께 저자 속에 은거하여 나의 본뜻을 이루고 미
래에 바람과 파도가 그치기를 기다려서 배를 버리고 강기슭에 오름이
아직 늦지 않았네. 백발이 3,000장이나 굳센 마음은 아직 식지 않았음
이라. 꿈속에서는 성인 이윤과 여상을 반려하고 깨어나선 흰 구름과
함께하네. 구름사이 밝은 달에 마음껏 돌아다니니, 이렇듯 한가로운 사
람이 됨도 청복이요, 세속의 티끌에 열중하는 사람은 가죽신 벗고 따
라가지 못하리니, 무슨 이유로 옥을 버리고 돌을 취하며 학을 버리고

닭을 기르겠는가. 위수 노인네(강태공) 낚시하는 물가도 기산영수(箕山
潁水)211)의 소 씻는 노인(소부巢父)과 같지 않거든 하필 개기산에 오지
않은 것은 무엇 때문인가? 정신을 안정시킴과 같지 않고 스스로 사물
바깥에서 소요함 또한 무엇이 어그러진 것인가?

[한문원문] 去頭尾하고 方今將有意者가 已組織細胞次로 東西奔走
하고 血眼往來어늘 余則高臥草堂하야 統不關焉하니 實可笑也로다.
然而敵手空拳에 英雄이 無用武之地하니, 無可奈何로다. 第待新春好
消息하야 沈船破釜甑하고 持三日糧하고 背水布陣하야 一鼓而得漢中
則可以推進이요, 若不然則早整行李하고 作三山之遊하야 不關世俗風
塵하고, 暗與魚蝦麋鹿으로 爲友爲侶하고 消遣世慮이 足爲末年之安
神養精處라. 時或塵想이 動於死灰中이나, 明年春之月好時節엔 與同
志數三人으로 隱于市中하야 成吾素志하고 待來頭風定波息하야 捨舟
登岸이 尙未晩也라. 白髮三千丈이나 壯心猶未灰라. 夢入伊呂伴하고
覺來白雲偕라고 雲間明月에 徘徊自適이니, 是爲閑人도 淸福이요 熱
中於紅塵者는 不能脫?靴追及하리니, 何故로 棄玉取石하며 放鶴養鷄
乎아. 渭川老叟之下釣磯도 不如箕山潁水之洗牛翁이어든 未必來者皆
岐山에 何哉아. 不如安神定魂하고 自逍遙於物外亦何傷哉아.

계사(癸巳: 1953년) 10월 18일 봉우소기(鳳宇笑記: 봉우는 웃으며 기록함)

---

211) 중국 하남성 지명. 고대 성인 요(堯)임금이 당시의 은자(隱者) 도인인 하남성 기산에
사는 허유(許由)에게 제위를 물려주는 제의를 받았다가 거절하고 더러운 얘기를 들었
다하여 영수라는 하천에서 귀를 씻었는바, 이를 들은 친구 소부(巢父)가 씻은 물도 더
럽혀졌다 하여 자신이 데려온 소를 끌고 영수의 상류지역으로 이동했다는 전설.

[수수께끼 같은 수필입니다. 봉우 선생님의 내면을 그리고는 있지만 직접화법이 아닌 판타지화법을 통해서 당신의 속마음을 표출하신 듯합니다. -역주자]

외국의 불간섭이라면 남북총선도 찬성하겠다는
이 대통령의 담화를 듣고

대한민국이 무자년(戊子年: 1948년)에 건국할 때에 국련(유엔)위원단
에서 남북통일 총선거를 못하고 가능한 지역에서 선거한다고 남한, 즉
38선 이남에 국한된 총선거로 200인의 선량을 초대선출하고, 100명을
여석(餘席: 남는 자리)을 두어 북한이 통일되면 보충선거를 하려던 것이
6.25사변으로 4년간 전쟁 끝에 정치회담 운위(云謂) 중에 남북통일문
제가 등장하는 것 같다. 그러한 암시가 벌써부터 있었던 것이다. 이승
만 대통령이 이 조건에 대해서 중대발언을 하신 것이다. 외국이 불간
섭이라면 남북 총선거로 신정부가 수립되어도 본직(本職)은 방해 않고
찬성하겠다는 담화(談話)가 신문지상으로 발표되었다. 사실은 정치회
담에 중대한 파문일 것이다. 그러나 이 대통령도 양 대표부의 의견이
어느 정도 합치가 된 것과 유엔의 여론을 명찰(明察: 똑똑히 살핌)하고
자기의 입장을 타개하기 위한 발언이라고 본다.

그리고 세계정세를 알지 못하는 민간인들은 알 수 없으나, 현 세계
사조가 전쟁계속을 회피하려고 하는 현상이요, 유엔에서도 우연히 시
작한 구원이 의외로 해결이 안 되어서 될 수 있으면 체면유지 정도로
전쟁을 중지하자는 것이요, 이 기회에 영국이니 인도는 동가홍상(同價
紅裳)이라고 중간 역할로 자가의 유리(有利)를 도모하기 위해서 현지인
한국의 사활문제를 도외시하고 남북양전(南北兩全: 남북한이 모두 안전)

과 미소양호(美蘇兩好: 미국과 소련이 모두 좋음)의 엉거주춤하는 정책을 발언하는 것이다. 각국이 전쟁에 염증이 난 판에 그 행동이 해롭지 않게 여긴다. 게다가 한국 외교진으로서는 이 대세를 만회(挽回)할 만한 역량이 없는 것은 사실이다. 그래서 유령시종(惟令是終: 오로지 명령하는 대로 좋음)하는 외에 타도가 없다. 그래 한국중립설도 있고, 남북총선거설도 있다. 어느 정도 거의 성숙되는 것이다. 이 대통령도 모를 리가 없다. 그래서 외양으로는 휴전반대운동도 해보고 내정 정리도 해보고, 탐관(貪官: 백성의 재물을 빼앗은 관리)숙청도 해보고 갖은 짓을 다해서라도 이반(離反: 떠나가 반대됨)되는 인심을 수습하는 것이다. 그래서 금번에도 중대 방송을 한 것이다.

외국이 불간섭이라면 남북총선거도 찬성한다고 하였다. 이것은 이 대통령으로서는 계단적으로 당연히 나올 말이요, 별 신기한 중대발언이 아니다. 보라. 금번 휴전 직전부터 부산에서, 진해에서 가장 평온무사한 피난지역에서 무슨 복력(腹力: 뱃심)으로 이 대통령이 거적백리(距賊百里: 적과 백리 떨어짐) 이내인 서울로 환도(還都)하며 전시기분이 아닌 평화계단으로 행정을 정리하기 위해서 각 공관서(公館署: 관청)에 대량 감원을 하는 것을 보면 이것이 전쟁 재개를 의미하는 것은 아니다. 또 산업 증산을 위해서 문경, 삼척선이나 중앙선 일부나 충남 일부도 신규철도 건설을 창설 혹은 개축한다는 소식을 듣건대 모두 전시정책이 아니요, 평화정책으로 전환하는 도중이라고 본다. 이것은 자연적이 아닌 인위적이라고 본다. 그렇다면 이 대통령의 금번 담화도 별 중대성을 띤 것이 아니라 준비하였던 계단적 정치수완이라고 본다.

장래가 미소 양조류에서 예정한 대로 될 것이라고 보는 관계로 마음 놓고 거적백리 이내에 신건설적으로 들어가는 것이다. 우리 같은 우맹

(愚氓: 어리석은 백성)이는 눈앞의 일촌(一寸: 한 마디)을 역도(逆睹: 미리 내다봄) 못하는 관계로 일이 있은 후라야 이런 일이 있거니 할 정도지만 좀 명민(明敏: 총명하고 영리함)하신 분이야 이런 정치적 상황을 보기 전에 무엇이 나오려니 하고 기대할 것이다. 내가 이 붓을 든 것도 신문 지상에서 이 박사님의 중대발언이라고 대서특서한 고로 두뇌가 지극히 둔한 내가 내 감상대로 쓰는 것이다. 내 의견이 정당하다고 자신해서 그런 것이 아니라 과거사를 보니 미래가 그렇지 않을까 하고 억측해 보는 데 지나지 않을 것이다. 사실은 이 대통령 담화와 같이 남북통일총선거가 외국의 불간섭으로 자주적으로 되어 통일정부가 수립되기를 바라고 이 붓을 그치노라

계사(癸巳: 1953년) 10월 21일 봉우서(鳳宇書)

허송세월된 나의 금년을 회고함

세월이 가는 것이야 어느 때나 일반이나 내 나이 54세가 되니 청장년시대의 1년과 노쇠시대의 1년이라는 것이 어느 모로 보든지 가치가 동일하지 않다고 본다. 청장년시대야 명년(明年)이 래무진(來無盡)이라고 금년에 못하는 일이면 명년에 하지 하고 미룰 수가 있는 것인데 노년시대라면 점점 무엇을 의미하는 것이라 환언하면 결실기에 있어서 개화기인 청장년시대와는 아주 판이한 것이다. 화락(花落)하고 결과(結果)된 열음(열매의 옛말)이라 누구든지 얼른 평가하기 용이한 것이요, 또 자신으로도 결실기에 완전한 수확을 못하면 다시 수확할 희망이 없는 것이다. 그러니 노쇠기에 일각(一刻: 아주 짧은 시간)이 치천금(値千金: 천금에 맞먹음)의 가치가 있는 것이요, 또 이때에는 일거수일투족(一擧手一投足: 모든 행동)을 주의하지 않으면 안 될 것이다. 이런 노쇠기에 광음(光陰: 시간)을 촌음시석(寸陰是惜: 짧은 시간도 아껴 씀)해야 하는 것인데 귀중하고 다시 만나기 어려운 이 시기를 무슨 일이든지 성과를 내어서 공사(公私) 공(共: 함께)히 열음이 되어야 할 시기임에 불구하고 내 금년 360일에 이미 300일이 거의 되게 허송하여 조금의 가치도 인증할 수 없게 되었다.

혹이 문의하기를 그대의 금년 수확이 무엇인가 하면 답하기를 수확이 없었고 또 희망을 가진 과도기도 아니요, 꽃이 지고 열매를 맺어서 성숙기도 아니요, 온전히 허송(虛送)이라고 하는 외에는 타도가 없다.

군색하게 말하자면 소년시대부터 무엇인지 목적하고 가는 길을 가는 중에 금년은 다리가 피곤해서 휴식하고 있었다고 하겠다. 환언하면 목적을 고친 것도 아니요, 또는 버린 것도 아니라 속히 나가지 못할 뿐이라고 답하겠으나 제3자가 본다면 틀림없는 허송세월이요, 자신이 생각해 보아도 허송세월이다. 온전한 무수확이다. 그러고 보면 노쇠 하는 시대에 1년의 가치가 청장년시대 5~6년은 당하는 것인데 이 귀중한 1년을 허송하였다면 행정(行程: 가던 길)을 중지라고 보는 이보다 5~6년 후퇴라고 보는 것이 당연하다고 본다.

그러니 이 억울한 금년 1년의 총경과를 다시 검토해 보자. 공적, 사적을 합해서 월례(月例)로 억지 수확을 계상(計上: 셈을 하여 올림)하는 것이다. 구력(舊曆: 음력)에는 별일이 없었고 도교육위원회에서 중고등학교 신설 및 폐합 문제로 여러 날 논전(論戰)이 있었으나, 내가 공주에서 나오는 문제를 공주 출신으로 열렬히 반대하지 못한 것이 나도 도의원 4인에게 상의해 보았으나 별 의견이 없는 관계였다. 그러나 내 자의(自意)대로 못한 것이 지금껏 유감이요, 또 이인(利仁) 설주천중학문제에는 내가 이인에 가담한 것은 무슨 사적인 이유가 아니라 내 의사대로 한 것이요, 봉중(鳳中), 공중(公中)문제로 내가 말을 들었으나, 이것은 내 양심에는 조금도 잘못된 것이 없다고 본다. 그리고 고등학교 건에 대해서는 면천으로 가담하고 주산(珠山)과 서천(舒川)도 중앙으로 추진하자는 데 동의하였고 이 건은 성공한 것이라고 보고 천안학교 폐합 건은 여전히 천안 편으로 정의감으로 하였다.

이것이 정월 일이요, 원조(元旦: 새해) 천변(天變: 하늘의 큰 변고)도 관상(觀象: 천문, 기상을 관측함)해 보았고 3월도 천변이 있었고 일광(日光)이 낙광(落光: 태양의 빛이 떨어짐)란 징조가 있었다. 4월은 부산 가서 모모 지사(志士: 국가나 사회를 위해 헌신할 뜻을 지닌 사람)들과 신교(新交: 새로 사귐)한 것이 일생을 통한 어느 점으로 보아서 좀 수확이라고 보겠다. 5월은 계부주 소상(小祥: 일주기 제사)에 참배하고 가아(家兒: 자식)가 일선에서 크게 위급상황에서 부상을 입고 여수병원에 입원하였으나, 불행 중 다행한 일이요 6월 최승천군의 피검(被檢: 수사기관에 잡힘)으로 인정(人情)의 심천(深淺: 깊고 얕음)을 더 고려할 필요를 느끼었고, 또 최주남 옹과 김선태 동지를 만나 많은 도움의 의견을 들었고, 7월은 내가 호흡법이나 속보법을 청년들에게 지시하였고, 8월에는 1년 중 간서(看書: 독서)를 좀 많이 해보았고 9월에는 홍주(洪州) 질아(姪兒: 조카) 혼인(婚姻: 결혼)에 참석하였고 정읍도 가서 교육구 대맥(大麥) 조지사(條地事) 인심(人心)을 알게 되었고 10월은 서울 가서 환도(還都)후 현상을 잘 보고 왔다.

내가 금년에도 위인모충(爲人謀忠: 남을 위해 꾀를 냄)을 못한 일이 많다. 이것이 내 결점이 된다. 남의 일을 잘해 줘야 자기 일을 볼 사람도 있는 것인데 내가 위인모충을 못하는 관계로 내 일 보아 주는 사람이 적다는 것을 각오하라는 것이다. 그리고 내가 색계상(色界上)에 간간 실수가 있다. 이것을 당연히 근절해야 할 일인데 아직도 근절이 안 된다. 이것이 부족점이다. 내가 모사불밀(謀事不密: 일을 꾀함에 치밀하지 못함)하는 결점이 있어서 지주사격(蜘蛛絲格: 거미줄격)이 될 수 있다. 이것을 고쳐야 된다. 그다음은 내가 모사를 전력하면 보통 역량은 되는 것을 잘 알면서도 진력 않는 것이 결점이다.

이상 여러 가지를 참고해서 일을 하면 큰 실패는 없으려니 하나, 내 무관심하는 근성을 졸지에 그치지 못해서 오늘 못하면 내일 하지 하는 아주 연기(延期: 기한을 늘임)하는 버릇을 그치면 일부씩이라도 책임완수를 할 수 있다고 자신한다. 금년도 11월, 12월 두 달밖에 안 남았으니, 무슨 일을 하든지 좀 성과를 거두었으면 하는 자기(自期: 스스로의 기약)도 없지 않다. 이것저것 허송세월로 지내 가고 보니 한심한 일이다. 앞으로 60이 머지않고 또 70이 10여 년밖에 안 남았으니, 80, 90을 어찌 다 바랄 것인가? 혹 상수(上壽: 100세 이상 장수함)를 한다 하여도 이것은 다 예외로 하고 인생칠십고래희(人生七十古來稀: 인생 70살은 예부터 드물다)라 하였으니 한 70까지나 자신하고 그래도 내 소년시대 목표에 도착해 볼 희망이라도 가지고 일을 해야 금년 같은 허송을 하지 않을 것 같다. 이것으로 자경(自警)하고 이 정도로 그치노라.

계사(癸巳: 1953년) 10월 21일 봉우서(鳳宇書)

수필: 내가 요즘 분주한 원인

내가 전번 10월 21일날 이후로 우연히 사고가 발생해서 40여 일간을 한 번도 집필할 여유시간이 없었다. 정신상으로나 육체상으로나 동일하게 분주한 관계이다. 그 원인은 무엇인가? 제1건이 문화사 출판인 《일본에 여(與: 베풂)함》이라는 책자를 호당(湖堂) 동지가 동정상(同情上)으로 1만 부를 배본(配本)한 것이 원인이 되어 내가 체면상 묵과할 수 없어서 문제가 되어 있는 교육구 정맥(精麥: 찧은 보리)대금을 내가 영수할 수 있게 된 것을 기화(奇貨: 뜻밖의 이익을 얻을 수 있는 기회)로 4만 7,800원을 유용하고 이것을 곧 보상하지 못한 관계로 20일 만인 양력 연말에 8만 5,000원을 보상하는 조건으로 되었다. 그러나 단시일에 7할 5보(步)의 고리(高利)라는 것은 너무 과중하다 해서 교육감이나 서무과장이 무슨 조건으로든지 손해 없도록 해보겠다는 이유로 내가 보상증서를 서정(書呈: 문서로 바침)한 것이 의외에도 교육감과 서무과장의 파면을 감사위원회에서 결의를 해서 대통령령(令)으로 아주 발령을 하고 보니, 내 입장이 누구보다도 곤란해졌다.

이 부채정리를 해볼 만반의 노력을 다하나, 궁인모사(窮人謀事: 가난한 사람이 일을 꾀함)라 백사불성(百事不成)이요, 또 타사(他事)도 될 듯한 일이 있으나, 착수할 정신이 아주 없다. 이것이 사면초가(四面楚歌)라서 만부득이 친지인 모씨에게 이 금액을 청구한 것이 아주 반대는 않으나, 또 모씨의 형편이 어떠한지도 문제다. 그래서 일의 되고 안 됨보다 이 일이 안 되면 명예상 막대한 영향을 초래할 것이다. 운에 맡기기로 하고 오늘도 당연히 서울 가는 도중인데 임시 중지를 하고 귀가한 원인이 신체가 피곤해서 강행할 수가 없는 것이 이유로 일일지가(一日之暇: 하루휴가)를 억지로 만들어서 휴가 중이라 이 붓을 수필로 기록해 보는 것이요, 40여 일을 안비막개(眼鼻莫開: 눈코 뜰 사이 없음)하였다는 실기(實記)나 말하는 것이다.

이 정신없이 분주한 중에도 내가 송덕삼 동지를 수차 심방하고, 김일승 동지를 5~6차나 심방하였으나, 번번이 상봉치 못하였고, 신보군 동지를 수차 심방하였고, 나재경 동지를 만나서 한독당부(韓獨黨部)발족에 대한 몽상도 해보았고, 성태경 동지도 4~5차나 상봉해서 벌채건과 선거건을 상의해 보았고, 이용순 동지와 광산건도 약조하였고, 김덕규 군도 수차 만나 보았고, 신옥 군도 자주 만났고, 윤담 의원도 만나 보았고, 박충식 동지도 여러 차례 상봉하여 토의한 일이 있었다. 그리고 공주 유도회(儒道會)에도 참석하였고 또 성지사(충남지사)도 자주 만나서 여러 가지 일을 상의하는 중에 도내(道內) 향교재산문제도 정의상(正義上)으로 언급하였고 또 청양에 가서 수리조합예정지도 조사해 보았다. 이 눈코 뜰 사이 없는 분망함 속에서도 망중한(忙中閑: 바쁜 가운데 한가로움)이 있었다. 내일 이른 아침에는 또 공주로, 이인으로, 서울로 오랫동안 노상(路上)에 있을 것 같다. 내가 생각하고 있는 필리핀 대통령 취임행사와 1월 23일에서 27일까지와 참의원, 민의원선거에 대한 사견 등을 시간만 있으면 쓰기로 하고 몸이 너무 피로해서 이만 붓을 그친다.

계사(癸巳: 1953년) 12월 초6일(初六日)
봉우서우유신정사(鳳宇書于有莘精舍)

수필: 쌓인 눈 다 녹도록 봄소식 알지 못하네

제갈공명을 천신(天神: 하느님)같이 후인들은 신앙하나, 공명 자신이 후주(後主: 촉 유비의 아들)에게 출사표(出師表)를 드릴 때에 '사불가역도(事不可逆睹: 앞일은 내다볼 수 없음)라고 아주 명기(明記)하였으니, 요사여신(料事如神: 일을 귀신처럼 처리함)이라는 공명도 이렇거든 범인들이야 안 그럴 수 없으나, 금번 1월 23일을 계기로 지방농민들이야 우맹(愚氓: 우민愚民)이니 도리어 무관심해서 태연무심(泰然無心)하였으나 소위 정계인물이나 또 지식층들은 각자 비판이 상이(相異)해서 별별 설(說)이 다 많았던 것은 사실이요, 금값의 폭등과 곡물의 반락(反落: 반대로 떨어짐)이 다 이 영향을 받는 것은 사실이었으며, 서울 집값의 폭락도 역시 이 관계였다. 내가 이 붓을 든 것은 무슨 내가 이번 1.23이 무사할 것을 예측하였다고 여겨서 방황하던 인사들을 비판하는 것이 아니다. 다만 세상일은 불가역도(不可逆睹: 앞일을 미리 내다봄은 불가함)이나 자기 것은 침착하게 요사(料思: 생각함)를 해보면 자기대로는 큰 실수 없으리라는 것이다.

내가 전번에도 말한 바와 같이 남북이 다 염전증(厭戰症: 전쟁을 싫어하는 증세)에 걸려서 될 수 있는 한, 전쟁책임을 지지 않을 심산을 가지고 남의 실수 있기만 바라는 것이다. 그러니 서로 양보하며 외양(外樣: 겉모양)으로는 강경한 체하는 것은 정치가들의 상용(常用) 수완이라고 본다. 여기서 피아(彼我: 그와 나)가 다 장계취계(將計就計: 상대의 계략을 미리 알아채고 그것을 역이용함)하리라고 본다. 무엇인가 하면 서구에서 독일문제가 통일이냐 분단이냐에 있고 우리 한국문제도 역시 이 문제뿐일 것으로 나는 생각된다. 전쟁을 무슨 조건으로든지 양방이 다 하고 싶지 않다는 것은 가리지 못할 일이라고 판정을 하며, 그 부대조건이 중공을 미국 측에서 승인하느냐, 않느냐에 있는데 제일(第一) 중공은 어떤 불리한 조건이 비록 있다 하더라도 미국 측의 승인을 받아서 물적 원조를 받는 것이 제일 득책(得策: 훌륭한 방책을 얻음)일 것이요, 소련 측으로 보아도 자기 위성국가에서 중공이 이탈한다 해도 공산(共産: 공산국가)은 여전히 공산이니, 자기편에 유리한 우방이 될 것이라 큰 반대는 없을 것이요, 도리어 자진해서 중공을 미국 측에 접근하도록 음모할는지도 알 수 없는 일이다.

도리어 인도나 중공이나 접근시켜서 비록 민족공산 정도라도 선전해서 악수(握手)를 견고히 시키면 후일 소련 편에 유리하리라고 안심할 것 같고, 미국 측으로서는 여전한 조건이 있다 하더라도 중공을 소련에서 이탈만 시키면 소련의 사상전(思想戰)보다는 10배, 100배 되게 물적 원조로 환심을 사고 부지불각 중에 중국을 미국의 시장화하면 소련이 아무리 사상전을 도전하더라도 자연적 우세는 미국에 있다고 자신하는 관계로 중공을 악수하는 대상이 비록 일시적 손실이 있다 하더라도 따지지 말고 성공시켜서 후일을 기약할 것이다.

이런 제조건이 장래에 암맹(暗萌: 어둠 속에 싹틈)하는 관계로 1.23쯤은 무사통과하리라는 것을 나는 역설하는 것이며, 절대 자신하는 것이다. 이 삼각관계에서 우리 한국의 전쟁은 해화(解化: 풀어짐)되고, 우리 한국의 신운(新運: 새로운 운명)은 태동하는 것이다. 비록 현 정계 인물들은 부패될 대로 부패되었으나, 신진 인물 층의 정수분자들이 다 애국애족하는 우국지사들이 아주 없다고는 할 수 없어서 어느 기회에 그 사람들이 점점 득세하게 되면 엄동설한(嚴冬雪寒: 겨울의 눈 내리는 깊은 추위)이 가는 줄 모르고 어느덧 와류생심수동요(臥柳生心水動搖: 누운 버들은 물이 움직임에 따라서 마음이 생김)하는 봄소식이 올 수 있는 것이요, 무슨 금일 대한(大寒)이요 내일은 졸지에 춘분(春分)쯤 되는 기후가 될 리가 없다는 것을 명언(明言: 분명히 말함)하고자 하는 바이다. 우리나라 우리 민족도 머지않아 신부지(神不知)라고 귀신도 생각지 못한 태평성대가 올 조짐이 이것저것으로 많이 보이는 관계로 내 불초함을 불계하고 공명(孔明)의 '사불가역도(事不可逆睹)'라는 신중(愼重)함을 떠나서 비록 경솔하나, 이번 일은 안심하라 쾌언(快言)하는 것이다. 이다음도 서차(序次: 차례)적으로 적설(積雪)이 다하도록 봄소식 알지 못하는 것과 동일하게 점점 향춘(向春: 봄을 향함)해 간다고 고하노라.

계사(癸巳: 1953년) 12월 13일 야(夜) 봉우서(鳳宇書)

추기(追記)

　5일간 서울 여행 중이라가 소견소문(所見所聞: 보고 들은 바)이 있었고 귀가해서 금일(今日)이 선고(先考: 아버지) 입재일(入齋日: 제사 전날 재계齋戒하는 날)이다. 야심독좌(夜深獨坐: 밤이 깊은데 홀로 앉음)하여 서회(舒懷: 가슴속 품은 것을 풀어냄)를 그대로 하는 것이다. 외람(猥濫)함을 불금(不禁: 금치 못함)하노라. -봉우서(鳳宇書)

공주교육감 선거전을 보고

1월 17일 공주교육위원회에서 예비회가 있었고 그다음 날 정식 회의로 교육감 선거문제가 있었다. 나는 예비회는 불참하였고 본회에는 참석하였다. 60~70인의 방청객이 있고 또 그때에 맞춰 문교사회국장이 임석해서 회의는 아주 긴장 속에서 개회되어 처음부터 조심, 조심하고 논전(論戰)이 시작되어 시간을 경과하고 중간에 와서 비공개회의로 대강 논전이 있은 후에 신중히 선거하자고 18일 오후 3시 휴회하고 그다음 날인 19일에 선거로 들어갔다. 사실 백열전(白熱戰: 맹렬히 싸우는 경기)이다. 신 학무과장 추진조가 교장단과 교육구 일동이요, 홍 교장 원표 씨를 추진하는 조가 일부 교장과 일부 도내 유지들이요, 이은창 교장을 추진하는 조가 위원 일부와 지방유지 일부가 있고 채 교장 추진조가 위원 중에서 몇 명이 있고, 읍내 유지 중에서 상당수를 가지고 있었다. 아주 백열전이었다. 나도 입장이 곤란하였다. 내 친지가 신 과장 추진조 중 일인으로 강력한 활약을 하고 있고, 또 내 친지이며 같은 위원 한 분도 역시 신 과장에 가담을 표시하였다. 의장도 아마 신 과장에 가담을 한 것 같다. 출마자 중 이력으로 보아서 신이 제일 우수하였고 적격자였다. 그러나 인격적으로 좀 약한 편이었고 운동자들이 너무 안심하고 자신을 가진 것 같았다.

그리고 그다음 홍 교장은 우리와 같이 곽 교육감 진정문제로 노력하던 인사라 자기가 출마한다는 표시는 작일(昨日: 어제) 초문(初聞: 처음 들음)하였었다. 내가 직접 말하기를 선생은 덕이 있는 분이니, 혹 금번에 점수를 못 얻더라도 미래를 기약하시라고 말했었다. 그다음 이은창 교장은 나와 초면이었고 이은상, 이존하 씨와 조위원이 극력 추진하였다. 사실은 이 위원도 자신이 적극성을 가지고 후원하였다. 내가 서울 갔을 때에 이은창 교장 일행이 반포까지 내방했던 것을 후일에 알았다. 그다음 채 교장은 먼젓번 교육감 출마 시에 나의 친우인 김장응 씨를 보내고 또 자기도 내방한 일이 있으나, 즉석에서 나는 곽을 지지한다고 명언한 관계로 재언을 못했던 사람이다. 금번에는 양 위원이 수차 말한 일이 있고 김평중 위원이 아주 가담을 표시하는 것 같다. 정호림 위원은 전일에는 우리와 좀 거리가 있었는데 금번 곽 교육감 진정 문제에 극력 보조를 맞춘 관계로 아주 접근하였는데, 정 위원은 출마자 중에서 제일 유망자를 동일 추진하자고 주장하고 누구인지를 말하지 않았다. 우리의 의사만은 신(申)을 추진하는 것이 누구보다 낫지 않은가 했는데, 의외에 신국장담화가 곽 씨에게 재기를 불허하고 신 씨를 암호(暗護: 비밀리에 보호함)하는 데에서 위원 중에 불호감이 생긴 것 같다.

제1차 투표를 개표한 결과 채수강 6점, 이은창 3점, 신재현 2점, 홍원표 2점으로 재적위원 3분의 2의 출석에 재석위원 3분의 2의 득점이 못 되어서 제2차 투표를 행하고 개표한 결과가 역시 채 씨 6점, 이은창 3점, 시 씨 3점, 홍원표 1점으로 불성공(不成功)이었다. 자치법에 준해서 최고득점자 2인을 선발해서 결승투표를 하는 것이 당연한 법이라고 2인을 선발하기 위해서 최고득표자인 채 씨를 제하고 이 씨, 신 씨 2인을 예선투표를 행한 결과, 이은창 8점, 신재현 5점으로 채 씨와 이은창 2인의 결승전에 역시 채 씨가 8점, 이 씨가 5점으로 채 씨의 당선 추천을 보게 되었다. 3회에 그대로 3인을 다 하자고 논의가 있었으나, 자치법 해설로 예선투표를 행한 것이다. 이것이 또 비합법이라고 말썽이나 없을까 한다. 그리고 투표야말로 불가역도(不可逆睹: 미리 알아볼 수 없음)이다. 채 씨는 교장단에게 반대를 받고 있는데 위원들에게는 득표를 하니 알 수 없는 일이요, 교장들의 순진한 학자두뇌와 위원들의 기분(幾分: 얼마간) 정치색채를 띤 입장과는 다소 차이가 있다고 보는 것도 무리는 아니라고 본다. 선거전을 보고 내 심정 그대로를 기록해 보는 것이다.

계사(癸巳: 1953년) 12월 15일(1월 19일) 야심(夜深: 밤이 깊음)

봉우서(鳳宇書)

추기(追記)

1월 22일날 우연히 도청에 갔다가 문정과(文政課), 학무과(學務課)를 들려서 도지사를 만나 보니, 공주교육감 선거문제에 2회까지는 시인하나, 예선이 비합법이라고 3차 투표를 재행(再行: 다시 시행)하라는 공문이 공주로 간 것 같다. 자치법 해설의 상이점(相異點)이 아닌가 한다. 자치법에 3차에는 최고득점자 2인을 선발해서 결승투표를 하라고 명문(明文)이 자재(自在: 절로 있음)하고 3인을 그대로 하라는 명문이 없는 이상, 공주군수요 교육위원회 위원장인 박유현 씨의 해설이 도리어 정해(正解: 바른 해석)가 아닌가 한다. 예선투표라는 것은 2인을 선발하는 방식에 불과한 것이 아닌가 한다. 상부의 지시대로 굴종하느냐, 법

이론을 상지(相持: 서로 자기이론을 고집함)하느냐가 재미있는 일이라고 본다. - 1월 23일 추기(追記).

수필: 1954년 1월 23일을 무사히 경과함

1월 23일을 무사히 경과하였다. 평온무사(平穩無事: 아무 일 없이 조용하고 평온함)하고 아무 파란(波瀾: 파도와 물결)이 없었다. 다행한 일이다. 앞일도 다 1월 23일 지나듯 무사하게 지나게 되기를 심축(心祝)하며 이날이 평온히 경과했다는 것만 기념하기 위해서 아주 간단하게 몇 자를 기록하는 것이요, 아무 의미 없는 것이다.

(1954년) 1월 23일 봉우서(鳳宇書)

중공포로는 즉일(卽日: 바로 그날)로 승선(乘船: 배에 탐)하고 북한포로는 즉일로 자유인이 되었고, 미군포로는 북한에서도 인수를 거절하고 남한에서도 인수를 안 한 관계로 완충지대에 있는 모양이니, 미래는 어찌될지 궁금한 일이다. 그러나 반공 —이후 원고 유실 —

양력(1954년) 1월 24일 재추기(再追記) 봉우서(鳳宇書)

[이 수필의 추기와 재추기가 원고 유실되어 무슨 내용인지 알 수 없어 유감입니다. 양력으로 1954년 1월 23일에 많은 의미를 부여

하셨던 것 같은데 자세한 의미를 알 수 없습니다. 단지 우리 민족에게 엄청 안 좋은 일이 생길 뻔 하였으나 그날 아무 일 없이 지나가서 너무도 다행이란 것만 써 놓으신 글로 추측할 뿐입니다. -역주자]

[참고건: 1953년 휴전성립 10일 후인 8월 7일 덜레스가 서울에 와서 한미상호방위조약에 가조인하였다. 이후 유엔총회는 한반도문제를 둘러싼 정치회담의 개최를 촉구하는 결의를 채택하고 10월 26일부터 예비회담이 개최되었으나 소련의 참가 여부를 놓고 갈등이 일어났다. 공산 측은 인도처럼 소련을 중립국 자격으로 참가시킬 것을 주장하였기 때문이다. 12월 13일에 유엔대표인 딘이 회담의 결렬을 선언하고 무기휴회로 들어가 버렸다. 그 동안 유엔 측은 1954년 1월 23일에 설득기간이 지난 송환거부 포로 2만 3,000명을 석방하였다.

당시 1954년 1월 18일 기사를 보면 한미상호방위조약 비준이 연기되었으며 이는 반공포로 석방 후 분쟁의 결과를 보고 하겠다는 내용이 있을 정도로 포로 석방은 민감한 사안이었다. 다행히 반공포로 석방 후 공산 측의 반발은 크지 않았다. 1953년 6월 18일부터 5일간 이승만의 반공포로 석방(약 2만 7,000여 명의 북한군 포로)으로 미국이 이승만을 제거하려고까지 할 정도로 관계가 크게 좋지 않았던 것에 비교하면 미국이 스스로 남은 반공포로를 석방한 것은 그동안 많은 변화가 있었음을 말해 준다. 석방된 반공포로 중 중공군 포로 1만 4,715명은 대만으로 갔으며 이들은 '123자유일'이라는 이름으로 이 날을 매년 기념하고 있다.

1954년 1월 5일부터 17일 사이에 반공포로를 석방하겠다는 유엔 측의 입장이 '23일 예정기일 절대 불변경' '기필코 석방' 등의 제목으로 기사가 계속 나오고 있는데 이런 분위기 속에서 23일 반공포로 석방이 장차 새로운 갈등 국면을 야기하는 것은 아닌가 하는 우려도 일각에선 있었고, 그래서 금값이 폭등하거나 집값이 폭락하는 일도 발생하였다. 그러나 선생님 말씀대로 양측이 모두 전쟁 염증이 난 상태라 공산 측은 겉으로만 반발했을 뿐 실제로는 아무 일도 일어나지 않고 넘어갔던 것이다. -역주자 이기욱]

민의원 선거를 앞두고 내 입장과 내 심정

내가 5.10선거(1948년) 당시에 일시적인 감상으로 민의원에 입후보한 일이 있었다. 출마한 후에 내 심정은 여러 가지로 변했다. 지방의 민도(民度: 국민 수준)가 아직 무엇하는지도 잘 알지 못하고, 출마한 본인들도 그다지 민의원이라는 관심보다는 일시적인 명리심(名利心: 명예나 이익을 좇는 마음)에서 나온 분이 많아서 선거운동이 물론 아전인수(我田引水)적일지라도 신사도를 벗어난 일이 아주 많았다. 선거 도중에 기권할 생각이 몇 번이나 났으나, 역시 중상모략(中傷謀略)이 있어서 경쟁을 중지하고 내심으로는 기권하고 말았던 것이 그래도 4,000여 점(표)이라는 득표를 하고 낙선한 것이다. 그 당시에 나는 경제적으로 단 4만 원밖에 소비된 것이 없었다. 그러나 타인들은 1,000만 원대, 500~600만 원대를 소비한 것은 사실이다. 당선자인 김 군도 소불하(少不下: 적어도) 300~400만 원대를 소비한 것은 누구나 다 아는 일이다. 나는 평생을 경제 방면에는 문외한이요 또 역구(力求: 힘써 구함)도 않는 사람이라 경제적으로 부족해서 낙선된 것을 후회할 필요도 없는 것이다. 다만 내가 평시에 광범위한 교제가 없었고 또 소양이 부족해서 중망(衆望: 대중의 신망)을 못 얻은 것만 후회될 뿐이다.

그렇다고 그 후 6년이라는 긴 세월에 내가 장차 민의원이라도 입후보할 심산을 가지고 갑구(甲區) 인사들을 위해서 무슨 일을 하든지 진력한 일이 한 건도 없었고 또 나 자신도 무슨 수양이나 사업을 다른 사람이 알 만하게 한 일이 없다. 또는 6년이라는 긴 세월을 경제 방면에 노력한 일도 없어서 6년 전인 무자년(戊子年: 1948년) 5.10선거 당시나 6년 후인 갑오(甲午: 1954년) 신년 선거 때나 경제는 조금도 불변하고 여전히 적수공권이다. 게다가 상대방들은 여러 차례 선거에 숙수(熟手: 노련한 사람)가 되어서 이력(履歷)이 난 관계로 각자가 다 최선의 노력을 할 것이며, 선전방식이나 세포조직이 다 될 대로 되어 있는 이때에 내가 출마한다면 단기돌격(單騎突擊: 혼자 말을 타고 돌격함)으로 견진(堅陣: 견고한 진영)을 파(破: 깨뜨림)하고 승승장구(乘勝長驅)할 자신이 있는가 하면 그렇지 않고 혹시나 하는 요행(僥倖: 행복을 바람)을 바라는 데 불과한 일이요, 또 정부 사정도 낙관을 불허하는 이때라, 자신 있게 민의원 출마를 하고 싶지 않고 또 출마할 분들의 맹렬한 예비공작을 보면 사실은 나는 아주 후퇴할 예정이다. 이보다 가족의 생활이나 안정시키고 나는 부채나 정리하고, 곤경이나 복구하고 내가 생각하고 있는 연정원 사업이나 정진하면 내가 민의원 의원으로 입선해서 일하는 것보다도 도리어 유리할 것 같다는 자각으로 내 입장을 아주 선명히 하고 심정을 확정하고자 하노라.

계사(癸巳: 1953년) 12월 21일 봉우서우유신정사(鳳宇書于有莘精舍)

근일 의외로 동중(洞中: 동네)에
화재가 빈발함을 보고

　　화재라는 것은 2종이 있다. 자가(自家)에서 기화(起火: 발화)한 원인
도 있고 타가(他家)에서 기화하여 인가(隣家: 이웃집)까지 연소(延燒: 이
웃으로 번져서 탐)되는 수도 있으니 다 대체로 방화(放火)와 과실인 실화
(失火)의 구분이 있는데, 도시에서는 인구관계상 빈발하는 것이 보통이
나, 농촌에서는 10년에 1차도 없는 것이 상사인데 의외에 우리 동중에
서는 근일 약 1개월 내외해서 6차나 발화사건이 있고 게다가 4~5회는
화재원인이 미상(未詳)하다고 한다. 우리가 보기에는 주가(主家: 주인
집)의 부주의라고 판정되나, 동인(洞人: 동네사람)들은 별별 이론이 많
아서 필경 화재원인의 소재를 조사 못하니, 아마 신화(神火: 도깨비불)
가 아닌가 하고 동중에서 제액(除厄: 액, 재앙을 제거함)하는 일방으로
거리제(祭)를 야간에 정성껏 지내 보겠다고 한다. 이것도 방편법일 것
이다. 그러나 농촌에서 사는 사람들이 방화에 대한 상식이 부족하여
십상팔구는 부주의에서 나는 것 같다. 그리고 일조(一朝: 만일의 경우)
발화한 후에는 소화(消火: 불을 끔)가 큰 문제가 되니, 내년에는 동중에
다 될 수 있는 한 소방기구를 준비해 볼까 한다. 각자의 주의와 또는 소
방으로 대처할 밖에 다른 방도가 없다고 본다.

　　계사(癸巳: 1953년) 12월 21일 야(夜: 밤) 봉우서(鳳宇書)

수필: 근일 곤경에 빠진 내 사정

앞서도 내가 근일(近日: 요사이) 내 사정을 기록해 본 일이 있다. 그런데 호당(湖堂)이 《일본에 여(與)함》이라는 책자를 1만 부(萬部)를 배본하므로 나도 인간료(印刊料)의 일부라도 충당하라고 교육구로 갈 금전 4만 7,800원을 차용한 것이 원인이 되어 교육구 부채가 8만 5,000원으로 7할 5보 이자가 첨부하게 되었다. 그리고 꽉 교육감 파면으로 인해서 일자가 지급(至急: 매우 급함) 단축된 관계로 내가 주선력이 부족해서 별별 수완을 다해도 기일 전에는 도저히 불가능한 일이요, 일후(日後: 뒷날)에 《일본에 여(與)함》이란 책자가 처분되어 활용되는 것은 제2 문제요, 당면적으로 체면상 여러 가지로 일이 안 되었다. 일시적 과실로 일이 백 가지, 천 가지가 다 자연된다. 앞으로 특별히 주의해야겠고 금번에도 ○○주선을 하더라도 이것만 해결되면 금년은 무사히 지나갈 것 같다. 이런 곤경을 받기는 대외적으로 내 일생을 통해서 이번이 처음이다.

계사(癸巳: 1953년) 12월 21일 봉우서우유신정사(鳳宇書于有莘精舍)

수필: 상석하대(上石下臺)

예(例)의 전시(戰時)문화사 관계로 인연이 되어 공주교육구 정맥(精麥: 보리쌀)값 8만 5,000원이 다 호당(湖堂)[212]에게 내 입장이 곤란해서 전후를 생각할 여지가 없이 입수한 공주교육구 정맥대금을 당시 교육감 곽상남이나 서무과장 이영구에게 타합(打合: 타협)하고 현금 4만 7,800원을 유용하고 이것을 8만 5,000원으로 보충하기로 약속한 것이다. 의외에 감사에서 파면처분이 있자 내 입장이 무어라 말할 수 없을 지경이다. 사실은 몇 달간 유용하고 교육구 지장이 없게 지불하고자 했던 것인데 불과 20여 일에 변출(辨出: 분명히 내어놓음)하지 않으면 안될 입장이 되고 보니, 내 형편에는 8만 5,000원이라면 막대한 금액이다. 아무리 동분서주한대야 도저히 불가능한 일이다. 그러고 보면 이 귀결이 어찌되는 것인가 하면 무어라 형언할 수 없는 창피한 일이요, 또 책임상으로도 절대 불가한 일이다. 이 일이 있은 후로 가위 침식이 불안하였다. 그러다 기일(期日: 기약한 날)에 교육위원회 석상에서 서무과장의 질의가 있자 나 역시 책임문제로 일자를 더 연기할 수 없어서 1월 말까지 해결시키겠다 답변했으나, 근거를 가지고 말한 것이 아니라

---

212) 호당 조경호(湖堂 趙京鎬). 독립운동가, 서예가, 작가. 간도 용정에서 태어나 상해로 가서 독립운동을 하였다. 해방 후 서울에서 서예원을 운영하며 가난하게 지냈다. 저서로 《일본에 여함》, 《조국 대한민국과 자유세계를 방위》, 《아이크에의 선물》 등이 있다. 1968년 2월 29일 향년 62세로 별세하였다.

서 체면상 부득이 말한 것이다. 그래서 더욱이 불안감이라기보다 아주 낭패(狼狽: 일이 실패로 돌아감)였다.

이 관계로 상경할 일을 무조건 중지하고 매일같이 별별 주선을 다해 보았으나, 한 건도 여의한 것이 없었다. 백사(百思: 백 가지 생각) 부득이 해서 《일본에 여(輿)함》이라는 책자를 공주교육구에 처분의뢰를 체면 불고하고 현 학무과장에게 청구했었다. 의외에도 과장이 동정적 의사로 적극 노력하겠다고 쾌답(快答)을 해왔다. 그다음 날인 26일 책자 5,000권을 명도(明渡: 넘겨줌)시키고 귀가하였다. 아직 완전히 책임해제는 안 되나, 십중팔구는 가능성이 있는 일이다. 그날은 신(神)께 감사의 의사를 표하고 마음 놓고 면식(眠食: 침식)을 한 것이다. 세사(世事)는 일파재식일파기(一波纔息一波起: 한 번 파도가 겨우 멈추면 한 파도가 다시 일어남)라고 또 이 책자 대금문제가 미래를 좌우하는 것이다. 호당에게도 신용관계가 있고 박달오 군에게도 체면과 위신문제도 있다. 이 야말로 사면초가(四面楚歌)격이다. 그리고 그다음은 이 일이 아니면 지급진달(至急進達: 매우 급히 전달함)을 해야 할 벌채(伐採) 건도 차일피일 (此日彼日: 이날 저날 하며 미룸)하고 있고, 또 신옥 군에게 약속한 상경 건도 비록 채무이행과는 조건이 다르나 역시 신용관계가 있는 것이다. 이것이 상석하대(上石下臺: 아랫돌 빼서 윗돌 괴고 윗돌 빼서 아랫돌 괴기 곧 임시변통으로 이리저리 둘러 맞춤)격으로 모든 일이 다 그 궤도로 가지 못하고 탈선행위가 속출하는 것 같으니 장래가 어찌 될 것인가 역도 (逆睹: 앞일을 미리 내다봄)할 수 없다. 여기서 민의원 출마도 중지되고 참의원도 역시 자신(自信)이 나지 않는다. 앞일이 해결되어 가는 것을 보고 다시 선패자(善敗者: 잘 패배하는 자)는 불망(不亡: 망하지 않음)이라고 수습잔병(收拾殘兵: 남은 병사를 거둬들임)해볼까 한다. 산란(散亂)한

심회(心懷)를 그대로 그려 보는 것이다.

계사(癸巳: 1953년) 12월 28일 봉우서우유신정사(鳳宇書于有莘精舍)

역서(曆書)의 남발(濫發)

　역법(曆法)은 옛 성인들이 행정상 일부분으로 치중하였고, 근대에도 각국에서 그 나라의 권위 있는 인사가 책임지고 행정부의 감독하에 편집하는 것이 상례로 되어 있는데 우리나라는 을유 8.15광복절을 기하여 각자가 무책임한 영리적인 출판역서가 해마다 4~5종씩 되어서 무자년(戊子年: 1948년) 이후로 국립기상대에서 책임편집하는 역서와 병행하게 되어 혹중(或中: 혹은 적중), 혹부중(或不中: 혹은 맞지 않음)하는 일이 많았으나, 국가에서 일언반사(一言半辭: 한 마디 반 마디)도 없었다. 금년에도 민간에서 출판한 역서가 5~6종이요 각계각층에서 출판한 월력(月曆: 달력)이 대부분 정확하지 못한 것이다. 예를 들면 계사(癸巳: 1953년) 음력 12월이 대(大)한 것인데 소(小)하다고 출판한 것이다. 일로 갑오년(甲午年: 1954년) 정월 초1일(初一日)이 경인일(庚寅日)이니, 신묘일(辛卯日)이니의 분기점이요, 또 갑오년에 1일(一日) 득신(得辛)[213]이니, 2일(二日) 득신이 분기점이요 또 이룡치수(二龍治水)니 삼룡치수(三龍治水)가 분기점이다. 이런 오차를 낸 출판물이 공공연히 관에서 인정되어 판매하는 것이 국립기상대의 존재를 인정 못 하는 인식

---

213) 득신은 음력 정월 초하룻날에 책력(册曆)을 보고 그해에 첫 번째 드는 신일(辛日)이 언제인가를 확인하여 한 해 농사의 풍흉을 점치는 방법이다. 책력에는 매년 음력 정월 초하루조에 '모일득신(某日得辛)'이라고 기록되어 있어서, 언제 신일이 드는지 쉽게 알 수 있다.

부족에서 나오는 과오라고 본다. 그리고 각 말초 행정부에서도 당연히 이 오차를 개정시키는 것이 옳은데 아무 말도 없이 방치하고 마니, 민간에서는 음력과세를 오차된 역서대로 또 월력대로 지내는 편이 대다수이다. 이런 것은 물론 역서 남발자의 책임이 있는 것이나 이것을 묵과시키고 또 이런 일력(日曆)을 말초 행정부에서 중간소개로 분배시킨 책임이 있다고 본다.

민간인으로는 소위 유식계층으로 자처하는 인사들도 역학(曆學)에 상식이 없는 관계로 무식대중들이 월력만 믿고 과세(過歲: 설을 쇰)하는 것을 그대로 추종하니 내년부터는 될 수 있는 대로 이런 역서 남발을 않도록 단속하는 시책이 있기를 바라는 바이다. 그리고 이 역서 남발의 원인이 되는 소위 천세력(千歲曆)이니, 백중력(百中曆)이니 하는 것이 구한국의 관상감(觀象監)에서 편집한 것이 아니라 역학자들이 한일합병 후에 무책임한 저술을 해놓은 것이다. 구일(舊日: 옛날) 관상감에서 고종 황제 원년 갑자부터 융희(隆熙: 조선 마지막 황제 순종의 연호) 백년까지 편집한 일이 있었는데, 역시 한말 당시라 책임저술은 아니라고 보며, 더구나 그 천세력은 민간에는 극귀(極貴)하다. 내게도 이 책자가 수삼질(數三秩: 서너질) 있었는데 유실하고 원본이 없다. 현 국립기상대 소장인 이원철(李源喆) 박사는 사계(斯界)의 권위요, 기상관계로 대한민국에서 연(年) 수십억씩(구화舊貨) 지불하여 세계적 동일 보조로 기상학이나 기상관측을 실행하며, 또 역서를 책임저술하는 것이다. 국민은 국립기상대를 신용하는 외에 타도가 없다고 본다. 나도 역학에 다소 상식이 있는 관계로 기상대에서 저술한 역서가 착오가 없이 정확하다는 것을 입증하며 무책임한 역서나 월력의 남발이 없기를 바라고 이 붓을 그치노라.

계사(癸巳: 1953년) 12월 29일 봉우서(鳳宇書)

공주교육구 서무과장 정진 씨의 독촉을 받고

예(例)의 교육구 맥류(麥類: 보리쌀)관계로 내가 생각지 않은 개입이 되어 작년 12월 초구일(初九日)에 현금 4만 7,800원을 내가 책임진 것이 상환조(償還條)로 8만 5,000원을 내가 지출하게 되었다. 그런데 이 기한이 12월 말일이었고 또 회의석상에서 연기한 것이 금년 1월 말로 한 것이 역시 백계무책(百計無策: 백 가지 계획도 소용이 없음)이라 만부득이 《일본에 여(與)함》이라는 책자를 5,000부를 교육구에서 우선적으로 이 관계를 청산해 달라고 부탁하여 승낙을 받고 1월 말일에 다녀왔는데, 이 당시에 학무과장만 있었고 서무과장은 출장 중이었다. 내가 좌우를 말할 필요 없이 현금이 있었으면 보상하면 그만이나 그렇지 못한 바에는 서무과장이 독촉할 의무가 있는 것이다. 내게 서무과장의 독촉을 무슨 부당하다는 의사는 아니나, 과장이 취하는 태도는 학무과에서 책자를 받았다는 것을 모를 리 없고 자기에게 관한(寬限: 촉박한 기한을 넉넉하게 잡아서 연기함)을 불청(不請: 요청하지 않음)한 것을 마땅치 않게 생각하고 고의로 나를 곤박(困迫: 괴롭게 다그침)주고자 하는 행동임에 틀림없다고 본다. 최악의 경위로 법적 행위가 있다 하더라도 나는 내 최선의 노력을 할 뿐이다. 그러나 정진이라는 인물이 내게 대하여 평평(平平)치 않다는 것은 먼저번 의회 석상에서 보았고, 금번에도 또 당해 보았다. 오늘 이후에 나올 조처도 또 짐작하겠다. 불타협이라면 그대로 당하고 나 역시 그분의 행동을 주의할 심산이다. 사실은 기분이 명랑하지 못해서 이 붓을 든 것이다.

계사(癸巳: 1953년) 12월 29일 봉우서(鳳宇書)

계사년(癸巳年: 1953년)을 회고하며

해마다, 해마다 신년을 맞이할 때와 묵은해를 보낼 때에 감상이라는 것이 동일하다고는 볼 수 없다. 금년 원단(元旦)을 맞이할 때에 여러 가지로 국가나 민족 또는 일가(一家), 일신(一身)에 바람이 많았다. 그러나 풍풍우우(風風雨雨: 온갖 비바람)에 계사년은 별 수확이 없이 12월 회일(晦日: 그믐날)을 단 하루 격(隔: 사이가 뜸)하였을 뿐이다. 그래서 경과한 이 계사 1년간을 회고하는 것이다. 작년 오늘에 내 사적으로는 송구영신(送舊迎新: 옛것을 보내고 새것을 맞이함)할 아무 준비도 없고 식량조차 절핍(絶乏: 끊어져 가난함)해서 외상으로 백미(白米: 흰쌀) 2말을 오후에서야 근득(僅得: 겨우 얻음)하고 계사년을 맞이하였다. 그래도 작년 오늘에 '임진년을 회고하며'라는 제목으로 작년 1년간 경과를 내 생각나는 대로 기록해 보았다. 금년에는 원단(元旦: 새해아침)부터 나는 별신신(新新: 새로움)한 맛을 보지 못하였다. 원단(元旦)에 천변(天變: 하늘에서 생기는 큰 변고와 괴변)이 있고, 2월 초하루도 천변이 있었고 3월 초하루도 천변이 있었고, 3월까지 10여 번에 건상(乾象: 천문현상)이 변함이 있었다. 이 천변은 천변이라 하고, 민간에서는 별다른 동향이 없었다. 전쟁은 치열하여 아군의 피해도 말할 수 없을 정도요, 물론 적군도 상당한 손해가 있을 것이다. 정치적으로는 조금도 반성하는 기색이 뵈이지 않고 별별 기괴망측상(奇怪罔測狀: 기괴하여 측량할 수 없음)이 다 있었다.

하간(夏間: 여름새)에 휴전설(休戰說)이 있자 정부에서는 절대 반대라고 시위행렬을 각처에서 시행하고 대통령은 포로를 석방하는 영단(英斷: 슬기롭고 용기 있는 결단)이 있자, 세계의 이목이 집중되었고 또 휴전 반대로 참모총장, 국방장관이 문제가 되었다가 국방장관은 사임하고 참모총장은 유임해서 국군단독 북진(北進)이라는 미명하에 수삼십만(數三十萬) 국군이 최단기간에 희생된 사실이 있고 미국 거성(巨星)들이 아국(我國)출입을 상당히 빈번하게 한 후에 필경 전쟁은 휴전되었다. 그리고 포로교환을 완료하고 반공포로는 중립국에서 관리하다가 귀결점은 반공포로 설득은 북한에서 실패하고 말았고 휴전기간인 90일도 어언 경과하였다. 우리나라 정계에서는 자유당 일색으로 만능용권(萬能用權: 만능으로 권세를 부림)을 하다가 양우정214) 사건이니, 진헌식215) 사건이니 하며 정국은216) 사건에 관계가 있는 건이 세인의 이목

---

214) 양우정(梁又正, 1907년 11월 15일 경남 함안군~1975년 11월 11일)은 일제 강점기의 시인이며 대한민국의 언론인, 정치인이다. 광복 후 우익 언론인으로 정치에 뛰어들었고 일민주의 사상가로 활동하며 조선민족청년단에 참여하였다. 1949년 〈연합신문〉을 창간하였고, 1952년 〈동양통신〉을 창설하였으며, 같은 해 국회외무위원장으로 선출되었다. 대한독립촉성국민회 선전부장으로 반탁 운동에 참여했고, 이승만의 독립운동 경력과 정치 이념을 홍보하는 저서를 남겼다. 고향인 함안에서 무소속으로 제2대 국회의원에 당선된 뒤 자유당의 2인자로 부상하였다. 1953년 연합신문 주필인 정국은이 간첩혐의로 체포된 사건에 연루되어 당시 국회에서 역대 최초로 체포동의안을 통과시킴으로써 구속되어 범인은닉 등으로 징역 7년의 유죄판결을 받았다. 1954년 대통령 특사로 풀려난 뒤 7년간 칩거하였다.

215) 당시 내무장관이던 진헌식이 정국은과 보성전문 사제간이었다는 이유로 김창룡에게 불려가 심문을 받았다. 이후 진헌식은 농민에게 세금을 과다 부과했다는 이유로 파면을 당하였는데 속내는 족청계를 숙청하기 위한 밑작업이었다.

216) 정국은(鄭國殷, 1919년 1월 31일~1954년 2월 19일)은 일제 강점기의 언론인이며 친일 공산주의 행적자이다. 해방 후 반민특위에 체포되었다가 병보석으로 풀려나온 바 있고 이후 〈연합신문〉과 〈동양통신〉의 주필을 겸임하는 등 언론계에

을 동(動)하였고 민족청년파(족청파)의 실각으로 철기(鐵驥: 이범석)가 해외로 본의 아닌 원유(遠遊: 멀리 유람함)를 했다가 다 정리된 후에 귀국시킨 모양이다. 정계에 명망이 있는 이시영[217] 옹과 오세창[218] 옹의 서거(逝去: 죽음)가 큰 손실이요, 정부에서는 서울로 부산에서 환도한 후에 별별 기괴한 소문이 많다.

그리고 국보반출문제[219]를 위요(圍繞: 둘러쌈)하고 역시 민의원 의원

서 계속 활동하다가, 일본을 드나들며 암약한 국제간첩 사건의 주범으로 1953년 8월 31일 체포되었다. 이 사건은 한국 전쟁 후 대한민국에서 발생한 첫 간첩 사건이었다. 정국은의 혐의는 북한의 조선로동당 예하 간첩으로서 대한민국 국방부를 출입하면서 군 관련 기밀을 빼냈고, 일부 정치인들과 결탁하여 이승만 정부의 전복을 꾀했다는 것이었다. 그는 군법회의를 거쳐 사형 선고를 받고 이듬해 2월 총살형에 처해졌다. 이 사건은 정국은과 연루되었다는 이유로 양우정 등을 비롯하여 이범석의 족청 계열 정치인들이 숙청되는 결과를 낳았고, 이기붕이 이승만의 뒤를 잇는 2인자로 부상하게 만들었다.

217) 이시영(李始榮, 1868년 12월 3일~1953년 4월 17일)은 조선, 대한제국의 관료이자 대한민국의 독립운동가이며 교육자, 정치인이다. 1885년 사마시(司馬試)에 급제하고 여러 벼슬을 거쳐 1891년 증광문과(增廣文科)에 병과(丙科)로 급제, 부승지, 우승지(右承旨)에 올라 내의원 부제조, 상의원 부제조 등을 지냈다. 한일병합 조약 체결 이후 독립 운동에 투신, 일가족 40인과 함께 만주로 망명하였다. 1919년 4월 대한민국 임시 정부 수립에 참여하였고, 1919년 9월 통합 임정 수립 이후 김구, 이동녕 등과 함께 임시 정부를 수호하는 역할을 하였다. 광복 이후 귀국, 우익 정치인으로 활동하며 임정 요인이 단정론과 단정반대론으로 나뉘었을 때는 단정론에 참여하였다. 1948년 7월 24일부터 1951년 5월 9일까지 대한민국의 제1대 부통령을 역임하였다. 대한민국 제2대 대통령선거에 민주국민당 후보로 입후보하였으나 낙선했다. 우당 이회영이 그의 형이다.

218) 오세창(吳世昌, 1864년 8월 6일~1953년 4월 16일)은 조선 말기와 대한제국의 문신, 정치인이며 계몽 운동가이자, 일제 강점기 한국의 언론인, 독립운동가, 서화가, 대한민국의 정치인, 서화가이다. 조선 말기에는 개화파 정치인이었고, 일제 식민지 시대에는 3.1 만세 운동에 참여하였으며, 서화와 고미술품 감정 등의 활동도 하였다. 한국의 역대 왕조의 서화가 인명사전인《근역서화징(槿域書畫徵)》(1928년)의 저자이다. 1918년 설립된 조선인 미술가, 서예가, 조각가 단체인 서화협회 창립 발기인이기도 하다.

219) 국보미술품 1만 8,000여 점을 하와이 호놀룰루 박물관에 전시하는 등 해외에 선

들이 부산에서는 양심적 투표를 하였는데 서울로 온 후에 비양심적인가 무슨 호조건이 있었나 알 수 없으나, 국보는 외양(外洋: 해외)으로 나가고 말았다. 가위(可謂: 과연) 십벌지목(十伐之木: 열 번 찍어 안 넘어가는 나무 없다)이 없는 것이다. 이것이 공적으로 본 일이요, 내 사적으로는 내가 부산에 가서 성득환 군과 악수하고 장이석 동지와 조호당(趙湖堂) 동지와 친교(親交)한 것과 신인물로 동지인 성태경 군과 김영선 군을 얻은 것은 다행한 일이요, 또 약간의 경제적 혜택이 있어서 귀가하고 보니 가아(家兒) 영조가 일선에서 부상해서 여수병원으로 입원해서 3~4개월이나 치료하고 완치한 뒤에 대구로 육군본부 보직을 받아서 가게 되는 관계로 부산에서 수입된 것은 그 비용 일부에 충당하였다. 그리고 하동인 군이 광주에 와서 간간이 와서 왕래하며 왕복서신에 연구를 많이 하는 것 같고, 나는 또 전시문화사업[220]을 시작하는 중이다. 그 관계로 공주교육구 채금(債金: 빌린 돈)이 부채로 되어 아직 미제(未濟)로 있으며, 수삼인의 부탁이 아직 미제 중이다. 그러나 작년 오늘보다는 금일이 여러 가지로 보아서 좀 향상된 것 같다. 이것이 내가 본 계사년 회고이다. 물론 주마정(走馬灯: 말 달리며 본 등불)이라 백불습일(百不拾一: 백에 하나도 줍지 못함)이라고 본다. 그러나 이 정도로 그친다.

계사(癸巳: 1953년) 12월 29일 봉우서(鳳宇書)

전하기 위하여 정부에서 국보반출 해외전시 동의안을 5월에 국회에 제출하였으나 부결되었다. 우리가 수락할 수 없는 휴전안으로 국제적인 치욕을 받고 있는 마당에 귀중한 국보를 반출할 때가 아니라는 이유에서였다. 그러나 정부에서 정부 환도를 기념한다고 2차로 동안을 국회에 제출하여 통과되었다.

220) 출판사인 대한전시국민문화사.

계사년(癸巳年: 1953년)을 보내며

공사(公私) 공(共: 함께)히 다사다망(多事多忙)하던 계사년을 보냄에 제(際: 즈음)하여 한 말씀하고자 하는 것은 을유 광복절을 계기로 무자(戊子: 1948년) 8.15 건국절을 지내고 몽중(夢中)에도 생각 안 한 6.25사변으로 세계적 파문을 던진 지 벌써 4년이라는 장시일이 되고, 혈풍성우(血風腥雨: 피비린내 바람과 비)에 이 금수강산(錦繡江山)을 염색하고 민심은 극도로 악화하여 고인의 말씀대로 즉근어금수(卽近於禽獸: 곧 짐승에 가까워짐)라고 인류로는 하지 못할 일을 얼마든지 감행하는 금수만도 못한 행동이 부절(不絶: 끊이지 않음)하며, 예의(禮義)니 염치(廉恥)며 효제충신(孝悌忠信: 효도, 공경함, 충성심, 신의)이 더는 자취를 볼 수 없다. 예를 들면 상하교정리(上下交征利: 위아래 서로 이익을 취함)하는 외에는 아무 일도 없다. 도덕도 없고 법률도 없고 미풍양속(美風良俗: 아름답고 좋은 풍속)도 소용이 없고 입기강(立紀綱: 기강을 세움)이니, 정풍속(正風俗: 풍속을 바로잡음)이니 하는 그림자도 볼 수 없는 극도로 윤상(倫常: 인류의 변하지 않는 도리)이 타지(墮地: 땅에 떨어짐)한 세상에 우리가 살고 있는 감이 있다. 여기서 만약 이런 소리를 하는 사람을 정신병자 취급을 하는 것이 도리어 정당하게 여겨지는 세상이다. 이것이 난세(亂世)다. 난세에 무엇이 있겠는가.

그저 수단을 가리지 않고 생명이나 보존하면 그만이라고 생도(生道: 살아나가는 방도, 생계)를 취한다는 것이 행위는 사도(死道: 죽는 길)만 점점 늘어간다. 그래서 전쟁이 속히 종식되지 않고 민생을 좀 더 희생할 것 아닌가 하고 염려를 마지않았는데 의외로 금년에 휴전이 성립되어 비록 일시라 하나, 살기(殺氣)가 그치니, 민생은 무엇보다도 화기(和氣: 평화로운 기운)가 돋는 것 같다.《정감록(鄭鑑錄)》보는 인사들이 진사(辰巳)에 성인출(聖人出: 성인이 나옴)하여 오미(午未)에 낙당당(樂堂堂: 즐거움이 당당함)이라고 아마 진사가 그 진사인가 보다 하고 고대하는 것도 무리가 아니라고 본다. 아무렇든 휴전하고 연풍(年豐: 새해에 풍년이 듦)해서 민심은 확실히 완화된 것 같다. 지기(地氣)○○인가 한다. 자하달상(自下達上: 밑에서 위로 도달함)으로 민생문제는 좀 해결하고 차차 건설로 전향하는 것 같다.

그러나 상부층의 정치적 색채를 가진 인물들은 조금도 각성(覺醒: 정신차림)함이 없이 여전히 불고체면(不顧體面: 체면을 돌아보지 않음)하고 예의염치나 효제충신이나를 몰각한 행동을 하고 그저 황금만능으로만 지내고 중부층(中部層)들은 상부층과 연락해서 하부층을 착취하여 모리(謀利: 오직 부정한 이득만 취함) 행각에 여념이 없이 지내는 것 같다. 하부층만은 휴전되고 연풍(年豐)해서 아무 곳을 가든지 화기(和氣: 따스하고 화창한 기운)가 도는 것 같다. 비록 충분하지는 못하나 그래도 전쟁 당시보다는 아주 완화(緩和)된 데는 별 이의가 없을 것이다. 이 계사년은 전쟁과 평화의 고지(고비?)가 아닌가 한다. 바라건대 계사년 상반기까지 있던 전쟁은 몽중(夢中: 꿈속)이라도 다시 오지 말고 하반기의 휴전상태로 정치회담이 진보되어 앞으로 남북의 무혈통일이 오고, 조국의 재건과 세계의 평화 신아(新芽: 새싹)가 이 휴전에서 배태(胚胎: 아이나 새끼를 뱀)되기를 바라고 이 계사년이 평화의 기반이 되기를 축(祝: 빌다)하며 이 다망(多望: 희망이 많음)하던 계사년을 보내는 것이다.

계사(癸巳: 1953년) 12월 29일 봉우서(鳳宇書)

계사년 대회일(大晦日: 그믐)날 동인(洞人: 동네사람)들의 원단(元旦) 세배를 받으며 내 소감

금일은 틀림없는 계사년 12월 30일인 계사년 대회일(大晦日)221)이다. 그런데 민간에는 백중력(百中曆)이니, 천세력(千歲歷) 관계도 있으나 대체로는 각 단체에서 배본시킨 월력(月曆: 달력) 관계로 계사 12월이 소(小)라고, 대회일을 갑오년(甲午年: 1954년) 원단(元旦: 새해첫날)로 오인한 데서 발단해서 과세(過歲)를 12월 29일로 하고 대회일을 원단(元旦)으로 행사(行事)한 것이다.222) 나도 역서(曆書)관계가 있어서 그 부당성을 말하였으나 동민들은 말하기 쉬운 종풍속(從風俗: 풍속을 따름)이라고 알면서도 차오(差誤: 실수로 잘못됨)된 달력을 따른다. 그 의사들은 알 수 없는 것이다. 대체로 역법(曆法)을 아는 사람이 귀한 관계라고 본다. 아무렇든 달력이 정당하고 백중력이나 천세력의 저자가 누

---

221) 섣달그믐. 음력 12월의 마지막 날로, 음력 12월 30일 또는 음력 12월 29일이다. 다음날은 설(음력 1월 1일)이다. 섣달그믐의 밤은 제야(除夜) 또는 제석(除夕)이라고 한다. 섣달그믐은 음력으로 한 해의 마지막이므로 새벽녘에 닭이 울 때까지 잠을 자지 않고 새해를 맞이한다.

222) 관련 기사: 〈조선일보〉 1953년 12월 15일 – 국립중앙관상대장 이원철의 발언을 빌어 역서 혼란을 지적하는 기사를 냄. "역서를 편찬하는 것은 어느 나라든지 정부기관에서만 하는 일이다. 그런데 해방 이래 법령이 미비한 혼란기를 악용하여 소위 만세력이나 천세력을 그대로 번각하여 미신적인 길흉까지 첨가함으로써 국민문화의 퇴보를 조장하고 국민 생활을 혼란에 빠뜨리고 있다. 그러니 현명한 국민여러분은 이런 비양심적인 민간역서에 현혹되지 말고 오직 국립중앙관상대에서 발행하는 역서에 의존하길 바란다."

구인 줄도 모르나 책자를 저작한 인사이니 필연코 권위가 있으려니 하는 정도로 이 월력을 믿는 인사는 그래도 소소(小小) 유식계급이요, 무조건하고 맹종하는 사람이 대부분이요, 역서의 부정확보다 과세할 음식준비를 해놓고 이왕이면 하루라도 빨리 행사하겠다는 심산이요, 무슨 일자의 정부정(正不正: 바름과 바르지 않음)을 택해서 조선(祖先: 조상)을 위한 제사를 하자는 것이 아니다. 이것이 비례(非禮: 예의가 아님)라는 것을 생각할 여지가 없는 금수(禽獸: 짐승)시대다. 아자(啞者: 벙어리)만 모인 데에서 웅변을 잘해도 병신(病身)이 되고 만다고 참 금년 금일(今日)을 두고 한 말이다.

역서의 잘못됨을 알면서도 조상을 비례(非禮)로 제사 드리려는 인간들이야 알 수 없는 일이다. 자기들은 과세했다고 세배 오는 사람을 오지 말라고 할 수 없는 일이나, 가위 백아일변(百啞一辯: 100명의 벙어리와 1명의 말 잘하는 사람)격이라고 본다. 여러 가지로 보아서 가탄(可嘆: 탄식할 만함)한 일이다. 고대 위상자(爲相者) 변리음양(變理陰陽: 음양의 기운을 고르게 함)이라 하였는데 현대는 이런 문구는 소용처(所用處)가 없게 되었다. 내가 들어 보니 상급관청에서 월력의 잘못을 말로 공시(公示)한 모양이나 말초기관에서는 음력이 하관(何關: 무슨 상관)이냐하고 면민(面民)에게 전달조차 않는다. 그저 세금징수나 하고 자기네 신분이나 보장하며, 민간을 착취해서 자기네 충복(充腹: 배를 채움)이나 할 정도 인물들이라 이도(吏道: 관직의 기강)가 말할 수 없이 저하라기보다 타지(墮地: 땅에 떨어짐)한 감이 많다. 내가 이 붓을 들고 구일(舊日: 옛날) 관상감(觀象監)[223]에서 분각(分刻: 분초)의 오차(誤差)만 있더

---

223) 조선시대 천문, 지리, 역수(曆數: 역법수학), 점산(占算), 측후(測候: 기상관측), 각루(刻漏: 물시계) 등에 관한 일을 담당하던 관청.

라도 천리유형(千里流刑: 천리 밖으로 귀양 보냄)을 하는 것이 무슨 원인
인가를 현 이도(吏道)에 있는 인물들은 아는 사람이 없는 것 같아 참으
로 한심한 일이다. 이 정도로 붓을 그치노라.

계사(癸巳: 1953년) 대회일(大晦日) 봉우서(鳳宇書)

1954년(甲午)

공적, 사적으로 다망(多望: 소망하는 바가 많음)한 갑오년(甲午年: 1954) 원단(元旦)을 맞이하며

내가 출생하기를 55년 전인 경자년(庚子年: 1900)이라 61년 전인 갑오년(1894년)을 회고할 수 없으나 내가 공적, 사적으로 문견한 바를 가지고 이 새로 오는 갑오를 맞이하기 위해서 지난 갑오년을 회고해 보고 과거가 이러하니, 미래는 이러하였으면 하는 바람을 기록해 보고자 하는 것이다. 원단(元旦)이라면 어느 해고 있는 것인데 하필 갑오년 원단에 61년 전인 갑오를 회고하느냐가 혹 의심할는지 알 수 없으나 이 60년간이라는 것은 이조(李朝) 500년간에 일대 관절이요, 이조뿐만 아니라 아동방(我東方) 5,000년사에 최대 관절처(關節處)이다. 그래서 이 관절을 예년과 같이 볼 수가 없어서 특히 과거 60년간을 기록해 보는 것이다.

(61년 전) 갑오년은 단기(檀紀) 4227년(서기 1894년)이요, 고종 황제 재위(在位) 31년이다. 당시 국내 사정은 철종조(哲宗朝) 경신(庚申: 1860년)에 최제우(崔濟愚: 1824~1864)라는 사람이 본디 영남 경주 사림(士林: 유림儒林)으로 무슨 공부를 하다가 통령(通靈: 신령을 통함)을 하였다고 표방(標榜)하고 사실은 사민(四民: 사농공상士農工商)평등인 계급타파를 주장하여 이에 응하는 사람이 많았다. 이것이 서학(西學)과 동일한 대우를 받아서 조정에서 (최제우를) 사형처분을 했으나, 그 남

은 무리가 그의 고제(高弟: 수제자)이던 최해월(崔海月)224)이라는 이를 선생으로 추대하고 끊임없는 지하운동을 하다가 임진(壬辰: 1892년), 계사년(癸巳年: 1893년)에 이르러 그 도당(徒黨)이 국내에 대창(大昌: 크게 번창함)하였다. 명목은 선사(先師) 최제우 선생의 신원(伸冤)이라는 외형으로 비밀결사로 당시 정부 모 요인과 내통하고 충북 보은(報恩) 장내에서 대집회를 하고 있었으며, 국내 각처에 연락을 취하고 있는 중에 전북 고부에서 동학원(東學員) 전봉준이 당시 군수가 탐관(貪官: 탐관오리貪官汚吏)이라고 살해하고 대거 반동(反動)해서 인접 제군(諸郡)을 함락시켜 전주까지 점령하였었다. 보은장내에 있던 동학당원들을 의암(義庵) 손병희(孫秉熙: 1861~1922)225) 선생이 인솔하고 전봉준을 토벌한다는 명목으로 의병을 거(擧: 일으킴)하였으나, 각 군(郡)이 망풍이항(望風而降: 시세를 보고 투항함)하는지라 조정에서 선무사(宣撫使)를 수차나 보내어 선무해 보았으나, 그 효력을 얻지 못하고 점점 치열

---

224) 최시형(崔時亨): 1827~1898, 본관은 경주(慶州). 초명은 경상(慶翔), 자는 경오(敬悟), 호는 해월(海月). 경주 출신. 동학의 제2대 교주. 철종 2년에 동학에 입문하여 최제우에 이어 제2세 교주가 되었다. 조정에 교조의 신원, 포덕의 자유, 탐관오리 숙청을 요구했다. 1894년 전봉준이 주도한 동학농민운동에 호응하여 10만 여 병력을 일으켰으나 잇따른 패배로 1898년 원주에서 체포되어 처형당했다.

225) 손병희(孫秉熙, 1861년 4월 8일~1922년 5월 19일)는 천도교(동학) 지도자이자 독립운동가이다. 동학농민운동 때 이를 탄압하는 관군과 일본군에 맞서 싸웠으며 최시형의 뒤를 이어 제3대 교주가 되었다. 동학에 대한 탄압이 거세지자 중국으로 망명하였으나 손병희를 받아들이지 말라는 조선정부의 압력으로 다시 일본으로 망명하였다. 천도교를 극심히 탄압하던 대한제국이 외세에 의해 기울어져 탄압을 멈추자 귀국하여 인재양성을 위해 교육사업과 출판사업을 하였다. 1919년 민족대표 33인 중 한 명으로 3.1운동을 주도했다. 기미독립선언서 낭독 후 일제에 체포되었다. 병보석으로 출옥 후 별세하였다. '봉우사상을 찾아서(305) – 선고기신(先考忌辰: 선친 기일)을 경과하고 내 소감 〈봉우일기4-131〉'편에 봉우 선생님의 부친이신 취음공께서 눈 속에서 얼어죽던 손병희를 구한 인연이 나온다.

해지는지라 당시 중전(中殿) 민씨 일파는 중국에 청병(請兵)하고 김홍 집226) 일파는 일본에 청병하였다.

양국 출병이 국내로 오자 서로 의견이 대립해서 한국 내의 동학당 숙청보다 먼저 양국이 충돌하나 세계만방에서는 양국의 전단(戰端: 전쟁의 실마리) 승부를 예측할 수 없었다. 일본은 신흥국으로 미지수요, 중국은 노후국이나 거대한 지역을 가진 나라다. 각국에서는 양국의 승부를 두고 투기를 한 일이 많았다. 그러나 의외에도 전쟁은 중국이 일패도지(一敗塗地: 여지없이 패해 다시 일어나지 못함)해서 만주 3성(省)227)을 실(失: 잃음)하였다. 강화조약에서 러시아가 중국에 가담해서 만주 3성을 중국에 반환하고 대만을 중국에서 할양(割讓: 떼어 줌)하게 되었다. 여기서 러시아는 그 대가로 동양철도와 요동반도를 99년 조차(租借: 영토를 빌림)하고 서세동진(西勢東進)을 꿈꾸고 있었으며, 일방(一方: 한편) 실현하는 중이었다. 여기서 영국은 동서의 균형을 얻고자 일본과 동맹하고 러시아의 남진을 방해하던 것이다.

일변(一邊: 한편) 중국 상권(商權)은 각국이 분배해서 가지고 동아시아 진출을 하던 것이었다. 그리고 국내에서는 일청(日淸)전쟁이 종식되

---

226) 김홍집(金弘集, 1842년~1896년 2월 11일)은 조선 후기의 문신이자 사상가, 정치가이다. 1880년 수신사 일행으로 일본을 방문한 뒤, 신문물을 견학하고 돌아와 개화, 개항의 중요성을 역설하였다. 한편으로 위정척사파 계열 인사들도 중용하는 등의 정책을 펼쳤으나 급진 개화파로 몰렸고, 1884년 갑신정변(甲申政變) 진압 후 우의정, 좌의정 등으로 전권대신(全權大臣)이 되어 한성조약(漢城條約)을 체결하였다. 그 뒤 1896년 관제 개정 이후 동학농민운동을 진압하기 위해 끌어들인 일본 측의 지원으로 총리대신이 되었으며, 총리대신 재직 중 신분제 폐지, 단발령 등을 강행하는 한편, 함께 일본의 도움으로 개혁, 개방을 단행한 뒤에는 친일파로 몰려 아관파천 때 을미사변과 단발령에 분노한 백성들에게 뭇매를 맞아 죽었다.

227) 청나라 말기의 동삼성, 봉천성, 길림성, 흑룡강성을 말함.

자 친일세력이 대두하기 시작해서 을미년(乙未年: 1895년)에 국태공(國太公: 흥선대원군 이하응) 참석하에 정치갱신을 하고 중국세력 하에서 이탈하고 독립해서 조선대군주로 연호를 건양(建陽)이라 하고, 김홍집 내각이 되자 갑신(甲申: 1884년) 시월지변(十月之變) 잔당(殘黨)들과 친일파 신진(新進)들이 합류했던 것이다. 명칭만은 3상6판제(三相六判制)를 폐하고 총리와 10부제로 변하여 8도를 23도로 정했다. 머지않아 그 일파가 민중전(민비)을 일본군과 합류해서 살해하고 민씨 일파를 축출하고자 하던 음모를 청천백일하에 폭로해서 김홍집(金弘集) 총리대신이 광화문 밖에서 군중에게 살해되고 일파는 다 일본으로 망명하였던 것이다.

정유년(丁酉年: 1897년)에 대한국(大韓國)으로 국호를 개칭하고 연호를 광무(光武) 원년(元年)이라 하였다. 이러며 다시 민씨 일파와 수구파들이 합류해서 친중 하던 수단으로 음흉한 러시아와 악수하고 광무 황제께서 러시아공관으로 파천(播遷: 임금의 피란)하시며 정령(政令: 정치상 명령)이 러시아대사 손에서 반이나 나왔다. 어언 7~8년이라는 세월이 친아파(親俄派: 친러시아파)가 정권을 독전(獨專: 혼자 맘대로 함)하고 있었다. 이완용, 이범진(李範晉) 등이었다. 그러다가 일본이 10년을 칩복(蟄伏: 칩거)하였다가 갑진년(甲辰年: 1904년)에 졸지에 아국(俄國: 아라사, 제정러시아)과 전쟁이 우리나라 안에서 시작해서 승리는 일본에게로 가서 을사(乙巳: 1905년)에 친아파 거두이던 이완용이 친일파 거두로 변해서 한국과 일본 간에 보호조약이 성립되고 만주 동삼성의 실권을 일본이 장악하고 요동반도를 일본이 조차하고 러시아세력을 일축(一蹴: 한 번에 물리침)하였다. 그러나 전리품으로 동삼성을 갖지 못하고 화태(樺太: 사할린)남부를 겨우 할양받았다. 그로부터 일본은 단연 세계

6대강국에 참례하고 문명진보가 일신(日新: 날로 새로워짐)해졌다. 이 당시 화란(和蘭: 네덜란드) 해아(海牙: 헤이그)의 평화회담에서 이준(李濬)228) 선생의 할복사건이 있자 일본에서 그 책임을 아국(我國: 우리나라)에 물으니, 광무 황제께서 선위(禪位: 선양, 물려줌)하시고 융희 황제께서 등극하시었다. 그 당시 내 선친께서도 능주(綾州: 화순)군수로 계시다가 기환(棄宦: 벼슬을 버림)하시고 귀가하시었다. 중부주(仲父主: 둘째아버지)229)와도 대의명분상 할금단의(割衿斷義: 형제간의 의리를 끊음)하시었다. 그 후 국가는 융희 원년에 이완용 내각으로 7조약이 체결되고 경술년(1910년)에 천고의 깊은 한(恨)인 합병(合倂)으로 이조(李朝)는 종식 되었다.

그리고 그 익년(翌年: 다음해, 1911년)에 중국 청나라가 혁명군에게 망했다. 그다음 세계균형이 구주(歐洲: 유럽)에서 맞지를 않았다. 영국과 일본이 악수하고 미국과 프랑스가 협상하고, 독일, 오스트리아, 이태리, 터키가 동맹하고 러시아는 영국과 협상하며, 북유럽은 중립상태이고 파리간(巴里幹: 발칸) 반도230)는 독일, 오스트리아, 러시아, 영국의

228) 이준(李儁, 1859년 12월 18일(음력) 조선국 함경도 북청 출생~1907년 7월 14일 네덜란드 헤이그에서 별세.)은 구한말의 검사이자 외교관이다. 1895년 서재필의 독립협회에 가담해 활동하였으며, 갑오경장 시 김홍집 내각이 붕괴하자 일본으로 건너가 와세다대학교에서 법률을 공부했다. 1902년에는 민영환의 비밀결사 개혁당에 가담했으며, 1904년 공진회 회장을 지냈다. 공진회 활동으로 유배 생활을 한 뒤, 1905년 국민교육회 회장에 취임하고 보광학교, 오성학교를 설립하는 등 교육 계몽 운동에 힘썼다. 1907년 만국평화회의가 개최된 헤이그에 특사로 파견되어 외교 활동 중 순국하였다.

229) 권중현(權重顯), 1854~1934. 일제강점기 농상공부 대신, 법부대신, 군부대신, 자작, 중추원 고문 등을 역임한 친일파 관료. 정치인.

230) 발칸 반도를 말씀하신 듯하다. 발칸 반도(Balkan Peninsula)는 유럽의 남동부에 있는 반도이다. 고대부터 아시아와 유럽을 연결하는 중요한 역할을 수행했다. 발칸 반도는 제1차 세계대전의 직접적 도화선이 되었으며 이후에도 '유럽의 화약

각축장이 되어 있었다. 아무리 유럽의 균형을 보고자 하나, 볼 수 없었다. 그러다 새유이(塞維伊: 세르비아) 청년의 권총이 오스트리아 황태자를 암살함으로 발단해서 세계 제1차대전이 시작하자, 독일이 단전제강(單戰諸强: 홀로 여러 강적들과 싸움)하여 선전(善戰: 잘 싸움)하였으나 5년 만에 패망하고 미국 대통령 우월손(禹越孫: 우드로 윌슨) 씨의 민족자결안으로 중소(衆小) 신생국가가 탄생하였다.

그때 우리나라도 이 혜택을 입을까 하고 기미년(己未年: 1919년) 3월 1일 고종 황제 국장일에 독립선언서를 손의암(孫義庵: 손병희) 외 33인의 의사가 발포(發布)하고 거족적으로 시위하였었다. 그러나 무도(無道)한 왜정은 여지없이 (조선을) 압박하고 파리강화회담에서도 우리나라는 민족자결에서 제외되었었다. 약소민족인 관계요, 일본도 동일한 1차대전 전승국가인 관계로 우리 민족에게 불리하였다. 그 후 우리 지사들은 국내에서도 부단의 투쟁을 속진(續進: 계속 나아감)하고 국외에서는 만주에서 독립군을 발족하고 무수한 의열(義烈)들이 수십 년을 꾸준히 싸워왔고, 또 중국에서는 상해에 임시정부를 수립하고 이승만, 신규식, 이동휘, 안창호, 김구, 김규식 외 여러 선생들이 정치적으로 수십 년을 하루같이 군(軍)이나 정(政)이나를 물론하고 생을 바치고 가족 전체를 바쳐가며 이 나라, 이 민족을 위해서 싸우고 계셨다.

한편 일본에서는 일황(日皇) 가인(嘉仁: 요시히토, 일본 123대 천황 다이쇼)이 사망하고 유인(裕仁: 히로히토, 제124대 천황 쇼와)이 황제가 되어 군벌일색(軍閥一色)으로 탐욕무진(貪慾無盡: 탐욕이 끝이 없음)해서 신미년(辛未年: 1931년)에 만주를 병탄하고 또 웅시탐탐(雄視耽耽: 영웅이 위

고'라는 별칭을 가지게 되었다.

세 있게 주시함)하여 중국을 엿보고 있었고, 우리나라에서는 병인년(丙寅年: 1926년)에 순종 황제가 붕(崩: 서거)하시고 국내에서는 왜정의 강압에도 불구하고 독립운동이니, 민족운동이니 하는 의사(義士)가 우후죽순(雨後竹筍: 비온 후 대순 올라오듯 많음)격이었다. 그 반면 일본에 아부해서 이권이나 명예를 도득(圖得: 꾀하여 얻음)하는 도당도 아주 없지는 않았다. 국내에서도 지사들이 철창에서 수십 년을 연속적으로 수십 명이 희생되었다. 나 역시 수십 차나 일경의 손에 (끌려가) 이 관계로 철창생활을 하던 사람이다.

일본은 또 노구교사건(蘆溝橋事件)[231]이라는 명칭으로 만 8년을 중국과 전쟁해서 비록 일시적 승리는 얻었으나, 이것이 원인이 되어 일본이 망하게 된 것이다. 중국과 전쟁하는 중간에 독일, 이태리와 동맹하고 동서(東西)를 분식(分食: 나눠 먹음)할 계획을 하고 연전연승(連戰連勝)하였으나, 전쟁이라는 것은 역도(逆睹: 미리 내다봄)할 수 없는 일이라 을유(乙酉: 1945년) 8.15에 일본이 항복하였다. 물론 독일, 이태리는 이보다도 먼저 패망한 것이다. 여기서 우리나라는 다행히 일본의 기반에서는 이탈하였으나, 국경 아닌 38선이 남북을 분할하고 미소 양군정(兩軍政)이 만 3년 만에 겨우 남은 남대로, 북은 북대로 정부가 수립하고 보니 이것이 우리의 죄가 아니라 미소 양국의 음계(陰計: 음모)라고 본다. 여기서 중국의 장개석도 모택동 중공군에게 완전 패배하고 대만 한쪽에서 와신상담(臥薪嘗膽)하는 중이다. 또 경인(庚寅: 1950년) 6.25에 북한군의 남침으로 우리 5,000년사를 동족상잔(同族相殘)으로 물들이고 민족의 (희생자) 숫자는 1,000만 명대가 감축되었다.

---

231) 1937년 7월 7일에 베이징 서남쪽 방향 노구교(루거우차오: 루거우 다리)에서 일본군의 자작극으로 벌어진 발포 사건으로, 중일 전쟁의 발단이 되었다.

4년 만에 계사년(1953년)에 의외에 일시적이나마 휴전이 되어 있는 중에 이 갑오년(甲午年: 1954년)을 맞이하게 되니, 지난 갑오(1894년)는 세계의 평형을 잃어버리게 된 것이 우리 한국의 동학란 관계로 일본이 신흥(新興)하게 되어 세계 제1차 또는 제2차대전이 발발한 것이요, 금번 갑오년(甲午年: 1954년)은 시작과 끝이 모두 우리나라에서 되게 될 조짐으로 전쟁을 동학란으로 갑오년(1894)에 시작했으니, 세계평화도 갑오년(1954)에 우리 지역에서 배태(胚胎)될 것이라는 예언을 해두는 것이다. 세상에서는 미소 2대조류가 3차 전쟁이 아니고는 절대로 백중(伯仲: 맏이와 둘째)을 가릴 수 없고 이 3차 대전이 아니고는 우리나라 38선이 해결될 리가 없다고 말한다. 사실은 그럴듯도 한 일이다. 그러나 내 말하고자 하는 것은 정치나 군사가 고대나 현대를 물론하고 민간에서 추측한 대로 되는 일이 그리 많지 않다. 그러니 내 생각에는 세계는 누구나 평화를 갈망하는 것이다. 누가 전쟁으로 인민을 살상하기를 좋아할 리 없다고 본다. 그렇다면 비록 일시적 휴전일망정 또 다시 전단(戰端)이 나고 이 전쟁의 책임은 (미소) 양조류가 지지 않으면 안 될 것이다.

그러니 무슨 조건이든지 서로 양보해 가며 다시 전쟁을 피할 것이 원칙일 것이다. 그렇다면 장래는 어떠하든지 중공을 승인하고 국제공산에서 민족공산으로 전향시키고 경제적으로 원조해서 민심을 선도함으로 소련에서 아주 이탈시킬 수 있는 것이다. 여기서 다시 일차만 전환하면 반공이 될 것이요, 우리는 양조류 중간에서 완충지대로 중립화하게 남북총선에서 승리하면 무혈통일이 될 희망이니, 이 갑오년이 있다는 것을 확실무의(確實無疑)하게 예언하는 관계로 내 신조로 금년 5

월 20일 선거에 출마를 아주 단념한 것이다. 이것이 갑오 금년에 꼭 완성된다는 것은 아니나, 갑오년에 통일문제가 발족해서 무혈통일(無血統一) 완성의 배태(胚胎)며 서광(曙光)이 확실히 오리라는 것을 이 원단(元旦)에 예언하는 것이다. 만약 실현시기는 하시(何時)인가 하면 늦어도 내년에는 (시작이) 안 될 리가 없다고 확언하노라. 이것이 세상에서다 3차 전쟁이 있어야 38선이 없어지고 남북통일이 되리라는 것을 나는 독(獨: 홀로)히 전쟁이 없이 무혈통일(無血統一)이 되리라 (주장하)는 것은 정치학이나 군사학에 근거를 두고 말하는 것이요, 무슨 미신이나 정감록을 주장해서 그런 것은 아니다.

이 갑오년(1954년)에서 오는 갑오년(2014년)까지 또 60년간을 일기(一期)로 하고 우리나라, 우리 민족의 세계적 진출과 한중인(韓中印: 한국, 중국, 인도) 동맹과 아시아 연맹으로 세계를 제패(制霸)할 자신이 만만하고 미주(美洲: 아메리카대륙)는 그래도 자보(自保: 자기보존)할지나, 소련은 패망할지며 구주(歐洲: 유럽)는 중소(衆小: 여러 개의 작은)국가로 근근(僅僅: 겨우) 자보(自保)할 것이다. 인구잉여(人口剩餘: 인구의 늘어남)는 세계의 공한지(空閒地)가 얼마든지 있는 것을 이용할 것이요, 황백(黃白)의 환국(換局)이 틀림없이 이 갑오년으로부터 저 갑오년 60년간에 되리라는 것을 재언(再言)해 두노라. 이것으로 갑오년 원단(元旦)을 맞이하는 내 소감을 기록해 보는 것이다.

갑오(甲午: 1954년) 원조(元旦: 새해아침) 봉우근서(鳳宇謹書)

[이 글은《봉우일기 1권》455쪽에 낙수라는 제목의 짧은 글로 봉우

선생님의 세계정세 예언 부문을 인용한 바 있습니다. 중요한 내용이라 이번에 전체 원문을 싣습니다.《봉우일기 3권》657페이지에 실린 세계정세 예언들(1952년 수필)과 같은 궤도에 있는 글이기도 합니다. 이 글의 마지막 부분이 예언의 압권인데 물론 시기는 완전히 적중한 것은 아니나, 전체적으로 맞아 가고 있는 형국입니다. 10년, 20년 뒤에라도 봉우 선생님의 예언대로 세상이 바뀌어 간다면 얼마나 좋겠습니까? 사실 이 글을 쓰실 당시의 대한민국은 너무나 처참한 상황이었고 희망이란 없는 폐허와 같았습니다. 자신 만만하게 우리의 미래를 희망차게 예언하시는 선생님의 모습이 너무도 돋보입니다. 당시에 이 글을 보았다면 대부분의 사람들 반응은 차갑다 못해 실소(失笑)에 가까웠을 것입니다. -역주자]

갑오원단기몽(甲午元旦記夢: 1954년 새해 첫날 꿈을 기록함)

覺而歷歷不忘未知何兆故笑記而存焉(깨어난 뒤에도 꿈꾼 것이 역력하여 잊히지 않는다. 무슨 조짐인지 알 수 없으므로 웃으매 기록하여 남겨 놓는다.)

계사(癸巳: 1953년) 제석(除夕: 섣달 그믐날 밤, 제야除夜)에 백감(百感)이 왕래해서 잠을 이루지 못하므로 갑오 계명성(鷄鳴聲: 닭 우는 소리)을 듣고 잠시 곤수(困睡: 곤히 잠)하였다. 몽중소도처(夢中所到處: 꿈속의 가는 곳)의 노정은 불명(不明)하며, 또 발족처(發足處)도 불명하나 목적지까지 거의 가서부터 내가 동행인이 있는 것을 알았고 또 걷는 곳이 도로가 아니라 아주 화려한 반석(盤石: 평평한 큰돌) 위라는 것을 깨달았다. 그리고 목적지를 다 오기 전에는 전후, 좌우, 상하를 물론하고 한 곳도 유의하고 본 일이 없었다. 목적지에 도달해 보니 먼저 온 사람이 2인이 있었다. 성명은 기억이 안 되나, 내가 아주 잘 아는 친우며 내 연하인(年下人)이요, 나와 동행하던 사람도 내 연하인이요, 또 나를 숭배하는 사람 같다. 먼저 온 사람 2인이 나더러 시(詩)를 지으라고 청하는데 말이

"선생님이 이런 곳에서 글 한 수(首) 지으세요. 천허절승(天下絶勝)입니다."

그래 내가 대답하기를

"수십 년 안 짓던 글 지을 수 있나?"

하며 동행인더러

"자네나 한 수 짓게."

했더니 그 사람이 시(詩) 한 수(首)를 짓는데 내 말이

"고시(古詩)만 못하네. 그렇게는 나도 지을 수 있네."

하고 4인이 같이 앉아서 그 사람들이 나더러

"이런 경치가 다른 데도 있습니까?"

하고 묻는다. 그래서 비로소 사방을 돌아보니 우리가 있는 곳이 수천 척(尺: 자) 지상의 절승인데 전부가 백옥(白玉)같은 돌에다 간간이 오색 돌로 되어 있고, 산에는 기화요초(奇花瑤草: 아름다운 꽃과 풀)가 가득하고 우리가 앉은 반석이 옥 같은데 그 옆으로 유수(流水)가 아주 옥류(玉流: 옥처럼 하얗게 흐르는 물)요, 수심이 4~5척 내지 7~8척에 넓이가 역시 반 칸 되는 데도 있고, 수삼(數三) 칸 되는 데도 있고 좀 담(潭: 못, 소)이 된 곳도 있다. 그리고 방위는 잘 알 수 없으나 서남방(西南方)인 듯한 곳이 아주 고산(高山)인데, 이곳에 폭포가 수백 척되는 거류(巨流)가 쇄옥(碎玉: 옥이 부서져 흘러내림)하는 것과 같아서 금강산 만폭동처럼 아주 급류로 충충이 10여 층이나 되나 직선으로 우리가 앉아 있던 곳으로 향하고 오는 물이다. 그래서 내가 말하기를

"여산(廬山) 폭포[232]는 허명(虛名)만 났지 이 폭포야말로 비류직하삼천척(飛流直下三千尺: 내리 쏟는 물줄기 삼천 자이니) 의시은하낙구천(疑是銀河落九天: 마치 은하수가 온 하늘에서 떨어지는 듯하네)[233]이라고 쇄옥

---

232) 중국 강서성(江西省) 구강(九江)시의 여산현에 있는 명승지.

233) 이백(李白)의 시(詩) 〈여산폭포〉 제2수(首)에 나옴.

같은 수령(水鈴: 물방울)이 세우(細雨: 가랑비) 같다."

고 말하며 (보니) 우리가 있는 앞에서 아래쪽으로 구르는 물도 또 폭포인 것 같다. 대체로 우리가 그 산의 5분지 4는 되는 고지에 있는 것 같고 아주 일기가 만춘(晩春: 늦봄) 같다. 그런데 소동(小童: 어린 아이)이 유수(流水)에서 무엇을 하기에 보니, 거구(巨龜: 큰 거북)가 거사(巨蛇: 큰뱀)와 ○신(○身)해서 고화현무(古畫玄武: 옛 그림 속의 현무)234)와 같이 되어 있고, 그 옆에 거사두(巨蛇頭: 큰 뱀의 머리)가 무체(無體: 몸이 없음)하고 그 거북을 따라서 물속 남방석간(南方石間: 남쪽 돌 사이)으로 움직이는데, 안광이 바로 빛난다. 내가 그 어린 아이를 주의(注意)시키고

"이것이 현무(玄武)가 아닌가?"

하고

"저 사두(蛇頭)는 아마 저 거구(巨龜: 큰 거북)가 어찌 했는가 보다. 그러나 그 머리만이라도 움직이고 있으니 비록 불탐야식금은기(不貪夜識金銀氣: 주인은 재물을 탐하지 않으니 밤이면 금은 기운 알아보고)요, 원해조간미록유(遠害朝看麋鹿遊: 아침이면 해칠 맘 없이 노니는 사슴을 바라보네)235)라고 우리가 도심(道心)만 가지면 무관하나 이런 것은 주의하는 것이 좋다."

---

234) 현무(玄武)는 사신(四神) 중의 하나로 여겨지는 신화 속 동물이다. 암수가 한 몸이고 뱀을 몸에 칭칭 감아 얽혀 뭉쳐 있는 다리가 긴 거북의 모습을 하고 있다. 암컷인 거북의 머리와 수컷인 뱀의 머리가 원을 그리며 교차하는 모습으로 자주 그려지는데, 이는 암수가 서로 합하여 음과 양의 조화를 이룬다는 태극 사상도 담고 있다.

235) 두보(杜甫)의 〈제장씨은거(題張氏隱居: 장씨가 은거함에 부쳐)〉 이수(二首) 중 첫째 시에 나오는 구절.

하니 같이 앉아 있는 사람들이

"여기는 용리(龍鯉: 용과 잉어)가 가끔 오르는 곳이라 저런 것은 보통입니다."

하고 고(告)한다.

그리고 그(2?)곳이 동방이 터지고 서남(西南)은 장곡(長谷: 깊고 긴 산골짜기)이요, 서북(西北)은 기절괴절(奇絶怪絶: 기이한 경치)한 곳이요, 북방과 동북(東北)은 좀 순한 기화요초가 있다. 남방(南方)은 산록(山麓: 산기슭)인데 천광(天光: 맑게 갠 하늘의 빛)이 명랑(明朗: 밝고 환함)하다. 수성(水聲: 물소리)에 몽성(夢醒: 꿈이 깸)하니 원단(元旦) 인초(寅初: 인시寅時, 새벽 3~5시의 첫 무렵)다.

갑오(甲午: 1954년) 원조(元旦) 봉우기(鳳宇記)하노라.

이 책자를 끝마치며 내 소감

내가 이 책자에 쓰기를 시작한 것이 신묘년(辛卯年: 1951년) 9월 9일 중양일(重陽日)에 우리 한글기념일이라는 제목으로부터 이문목격(耳聞目擊: 귀로 듣고 눈으로 봄)한 일 중에 내가 시간의 여유가 있는 때는 내 소감대로 직설거(直說去: 곧바로 얘기해 나감)한 것이요, 무슨 문장이나 기사(記事)의 체재(體裁)를 갖춘 것이 아니다. 내가 공적이건, 사적이건 에도 불구하고 내게 감동된 대로 횡설수설한 것이다. 이 책자에 기록된 것 외에도 내 소감된 일이 얼마든지 있었으나 시간관계로 다 궐(闕: 뻄)하고 내가 거진마적(車塵馬跡: 수레먼지와 말자국, 세상의 번잡함을 의미) 사이에서 분주불가(奔走不暇: 분주히 틈이 없음)하게 호구(糊口)하러 왕래하며 시시(時時)로 상신정사(上莘精舍)에 와서 휴식할 때에, 심야무침(深夜無寢: 깊은 밤 잠이 없음)한 때에 독좌무료(獨坐無聊: 홀로 앉아 심심함)하여 청수제(請睡劑: 잠을 청하는 약)로 이 글을 시작한 것이 〈갑오 원단(元旦)을 맞으며〉라는 제목까지 200매의 장편이 된 것이다. 이 글이 누구에게 주기 위한 것이 아니요, 누가 보기를 바라는 것도 아니요, 또 이 소감을 소중히 엮어서 쓴 것도 아니요, 다만 내 불면증의 수면제로 이 붓을 든 것이다.

그러니 잠이 안 오면 장문(長文)도 되고 잠이 속히 오면 단구(短句: 짧은 구절)도 되어 그때그때의 내 심정을 가리지 않고 직설거한 것이라 혹 한좌무인시(閑坐無人時: 사람 없을 때 한가히 앉음)에 한 편씩 회상해 보면 자소(自笑)를 금치 못할 정도의 유치한 구절도 많고, 혹은 문장은 볼 것 없으나 의사만은 그럴듯한 구절도 있다. 혹은 시사평론에 적당한 구절도 있고 혹은 망발도 많다. 이것이 각정기상(各程其狀: 각 단위의 그 모양)하고 보니, 평하자면 잡동산이격(雜同散異格)이다. 이 책자와 동일한 운명과 또 동일한 입장을 가지고 내 손으로 쓴 것이 이 책과 제12호였다. 그러나 6.25사변으로, 또 기축년(己丑年: 1949년) 사고로, 또 임오년(壬午年: 1942년) 소조(所遭: 고난을 당함)로 전부 (책자가) 유실(流失)되고 현존하는 것이 11호와 12호 두 책자가 있을 뿐이니, 이 책인들 어느 때까지 유지될 것인가? 가소로운 일이다. 내가 무슨 이 책자가 후인에게 유조(有助: 도움이 있음)할 리 있어서 보존되기를 기대함도 아니요, 또 그렇다고 유실되기를 기대함도 아니다. 우주의 유수(有數: 훌륭함) 문자도 얼마든지 인멸(湮滅: 흔적도 없이 사라짐)하거든 하물며 우리 같은 무명소졸(無名小卒: 이름 없고 보잘 것 없는 사람)의 청수록(請睡錄: 잠을 청하는 글) 정도야 말할 필요조차 없다고 본다. 그러나 아무렇든지 400페이지라는 책자를 다 ○흔(○痕)으로 완전히 정복하고 보니, 내 자신은 쾌(快: 상쾌함)한 감이 있고 28개월간을 두고서 내 사적이나 또는 공적(公的) 경과를 일편(一片: 한 조각)은 살필 수 있게 되는 것이 가장 반가운 일이요, 불행한 것은 시간이 없어서 내 소감을 다 쓰지 못하고 상신정사(上莘精舍)에서만 시간여유를 얻어서 기록한 것이라 사실은 10분지 1에도 해당하지 못한 것이다. 이것이 나는 유감(遺憾)이라고 본다.

이 세상을 섭(涉: 건넘)하는 데는 성경현전(聖經賢傳)이 자재(自在: 저절로 있음)하니 그 외는 다 췌론(贅論: 군더더기 말)일지니 더구나 우리 같은 무지몰각(無知沒覺)한 사람의 운위(云謂: 일러 말함)한 문구(文句)

리요. 그런 관계로 이 책자는 내 청수제에 불과하다는 말이다. 이 글을 쓰며 누가 이 글을 다시 읽어 볼 사람이 있고 없는 것을 생각할 필요도 없고, 다만 이 글을 쓰며, 성공한 것은 불면증이 점점 효과를 얻어서 자고 먹는 것이 무병(無病)한 것뿐이다. 후진(後進: 후배)이 누가 주의하고 볼 사람이 없고 자식 역시 이 방면에는 문외한이라 내 소감이 이러하다는 것을 역시 솔직하게 설거(說去)하는 것이다. 갑오(甲午: 1954년) 원단(元旦) 후로 무사분주(無事奔走: 일없이 바쁨)하여 장재노상(長在路上: 오래 길 위에 있음)하고 또 새 책이 없어서 혹 쓰고자 하나, 쓸 곳이 없어서 중지하던 것이다. 일전에 또 100여 매(百餘枚)되는 한 권의 고책(古册: 옛날 책)을 얻은 후에 비로소 이 책자 마감을 쓰며, 내 바라는 바는 금년 1년 간에 새로운 동지규합이나 되어서 내 기원(祈願)의 일부라도 성공하였으면 하는 미충(微衷: 미미한 속마음)이 있을 뿐이요, 다른 생각은 조금도 개입하지 않는다는 것으로 이 책자를 마감하노라.

갑오(甲午: 1954년) 신춘(新春) 정월(正月) 20일
봉우서우유신정사(鳳宇書宇有莘精舍)

추기(追記)

운무심이출수(雲無心以出岫) 구름은 아무 생각 없이 산의 바위굴에서 피어 나오고(사람이 애써 일을 경영하지 않고 유유자적함)

조권비이지환(鳥倦飛而知還) 새도 날다 지치면 돌아올 줄 아는구나.(사람의 출처진퇴가 자연스러움)

감오생지행휴(感吾生之行休) 나의 삶이 머지않았음을 느끼며 (이상 세 구절은 도연명(陶淵明)의 〈귀거래사(歸去來辭)〉에 나오는 글을 인용하신 것이다.)

탄장강지불변(歎長江之不變) 장강의 불변함을 탄식하네.(이는 봉우 선생님께서 도연명의 글에 부치신 구절이다.)

여해(如海)

갑오년(甲午年: 1954년) 칠십이국(七十二局)

연국(年局) 추산표(推算表)

[이 추산표는《봉우일기 2권》57페이지에 실린 〈연국을 난초(亂草) 하며〉라는 수필의 주제인 전통산법 '72국'을 실행한 자료입니다. 봉우 선생님께서 동아시아 역대 도인들의 미래 예측법 중 하나인 '산법(算法)'에 정통하셨고, 매년 행하시던 일상이었음을 이 일기로 알 수 있습니다. 하지만 이 72국을 어찌 추산하는지 방법과 결과를 판단하는 척도 등은 언급해 놓으신 곳이 없었습니다. 확실한 자취 만 후학들의 연구 자료로 남겨 놓으신 것 같습니다. -역주자]

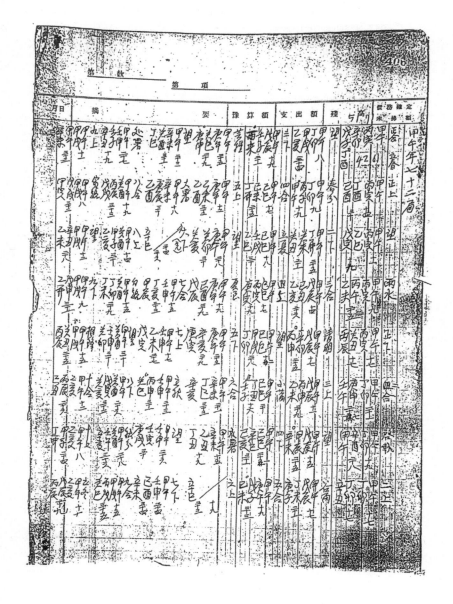

第 款　　　　　第 項

月日	摘要	預算額	支出額	殘高	貸借確定

〈신야한담(莘野閑談)〉머리글

　태양계 성수(星宿)가 대공전(大公轉)함에 따라서 우리가 거주하고 있는 이 지구성(地球星)도 24시간에 자전(自轉)과 365일에 공전(公轉)으로 우주가 개벽(開闢)한 후로 한 순간이라도 정식함(停息: 멈춤)이 없이 움직이고 있는 것을 누가 부인할 사람이 있는가. 우리도 이 대공전 중에서 보조(步調)를 같이 하고 나오는 한 부문(部門)을 가진 인류로 생로병사(生老病死)의 원리를 벗어나지 못하고 억천만겁(億千萬劫: 무한한 시간)을 지내 온 한 분자(分子)다.

　고인의 말씀에 "생자(生者)는 사지근(死之根)이요, 사자(死者)는 생지근(生之根)이라"[236] 하신 까닭은, 즉 만물이 순환무단(循環無端:끝없이 돎)[237]하다는 말씀이다. 이 순환무단한 세월이 이 우주사(宇宙史)를 장식시키는 것이요, 이 장식에서 호화판(豪華版)[238]을 이루게 하는 부문(部門)이 신성현철(神聖賢哲)과 영웅호걸(英雄豪傑)들과 인의예지(仁義禮智), 효제충신(孝悌忠信), 오륜삼강(五倫三綱)의 문채(紋彩: 무늬와 빛

---

236) 삶이란 죽음의 근본이고 죽음이란 삶의 뿌리이다. "고자선청(瞽者善聽: 눈 먼 자는 잘 듣고)하고 농자선시(聾者善視:말못하고 듣지 못하는 자는 잘보나니)하나니"로 시작하는 《음부경(黃帝陰符經)》 하편에 나오는 구절. 《민족비전 정신수련법》 p.250.

237) 끊임없이 되풀이하여 주기적으로 돎이 끝이 없다는 뜻. 이 말은 《역학계몽(易學啓蒙)》의 팔괘(八卦)에 대한 설명에도 나옴.

238) ① 호화(豪華)롭게 꾸민 출판물(出版物). ② 호화(豪華)로운 판국(版局). 여기서는 ②번의 의미.

깔)로서 우주사의 자랑이 되는 것이다.

한편으로 생각하면 선(善)이건 악(惡)이건, 생로병사(生老病死)는 일반(一般)이니 되어 가는 대로 갈 것이지 무엇을 명수종(名垂鍾)하여 유방백세(遺芳百世)한다고 239) 백년일생(百年一生)을 영영구구(營營苟苟) 240)할 필요가 있는가 하는 사람도 많다. 그러나 고인(古人)들은 말하기를 '동가(同價)면 홍상(紅裳) 241)'이라고 하였는데, 하물며 선과 악을 구분하지 못하고 일생을 경과(經過)함이리오. 그러니 이왕에 이 공전원리(公轉原理)를 면(免)치 못할 바에야 이 우주의 대자연(大自然)대로 그 길을 밟는 것이 가장 선(善)한 방식이요, 이 방식을 변하지 않고 가는 사람이 이 우주사의 문채를 놓는 공장(工匠: 장인)이 되는 것이다.

그 문채(紋彩)가 얼마나 아름다운 것인지는 말할 필요 없고, 모름지기 이 몸이 죽기 전에 역군(役軍)이 되어 일을 잘 하는 것이 남의 일이 아니요, 자기의 일일 것이다. 한 사람이라도 일을 게을리하면 그 일이 그만치 부족해지는 것은 지혜로운 사람이 아니더라도 잘 알 것이다.

내가 말하고자 하는 것은 누가 누구를 위해서 일을 하라는 것이 아니라, 각자가 각자를 위해서 일하라는 것이다. 각자가 각자를 위한다고 하여 우주의 대공전 원리를 벗어나서 각자 별개의 소아(小我)를 위함이 없이 대공전 원리인 대아(大我)를 목표로 일을 하도록 노력하라고 권하며, 이 길이 평이(平易)해서 봉무(蓁蕪: 우거진 잡초)가 없고 험준(險峻)하지 않은 평탄대로(平坦大路)라는 것을 말하기 위해서 소아성(小我

---

239) 명수종(名垂鍾)이란 이름이 쇠북종에 새겨져 오래감을 뜻한다. 유방백세(流芳百世): 향기로운 냄새가 백 세대를 흘러간다. 꽃다운 이름이 後世(후세)에 길이 전함.

240) 구차하게 매달리다

241) 이왕이면 다홍치마.

性)의 부당(不當)과 대아성(大我性)의 당연(當然)을 횡설수설 중에 덧붙인다.

혹 미로에서 방황하는 사람에게 일조(一助)가 될까 해서 제목은 비록 다르나 모두 이 정신(精神)으로 내 이념(理念)이니, 축수록(逐睡錄: 잠을 쫓는 기록)이니, 수필(隨筆)이니, 청수록(請睡錄: 잠을 청하는 기록)이니, 신야촌담(莘野村談)이니 하던 10여 권(十餘卷) 수천항(數千項)을 기록해 보던 것이다. 이번에도 또 신책자(新冊子)를 시작하는 머리말씀을 쓰게 되는 관계로 신야한담(莘野閑談)이라고 제목을 붙이고 또 전일(前日)을 계속해서 대아의 당연성(當然性)보다 소아의 부당성(不當性)을 어느 조항 중에라도 삽입해서 내 소회(所懷)를 노출(露出)하는 것이다. '부재기위(不在其位)하얀 불모기정(不謀其政)이라'242)고 내가 위(位)가 없는 인사(人士)라 그 정(政)을 말할 수 없으나 한담(閑談)으로야 무슨 말을 못하리오.

태양계 성수는 여전히 대공전을 하는 중에 지구성(地球星)은 대공전을 하고 있고 우리들도 아마 이 보조(步調)로 대공전을 하는 중이다. 또 갑오년(甲午年)이 되었다. 순환무단(循環無端)한 천지(天地)의 춘하추동(春夏秋冬)은 또 우리나라에 돌아와서 갑오(甲午)의 봄소식을 전하며, 따라서 우리 민족의 새봄 소식을 하필 우리민족뿐이리오. 우주만방(宇宙萬邦)에 장춘세계(長春世界) 소식을 갑오신춘(甲午新春)이 맹아(萌芽)243)가 되어 봄소식이 오리로다. 봄소식이 오리로다. 반가이 맞이하라. 동포여! 세계인류여! 우주만물이여!

---

242) 그 지위에 있지 않으면 그 직무에 대해 논하지 않는다. 《논어》제8장 태백(泰伯)에 나옴.

243) ① 식물(植物)에 새로 트는 싹 ② 사물(事物)의 시초(始初)가 되는 것.

如海笑記於甲午新春 [갑오신춘(1954년 새해)에
여해(如海) 웃으며 쓰다]

[이 글은 1954년 갑오년 새해를 맞이하여 쓰신 봉우 선생님의 수필
로서, 60년 후 이 나라, 이 민족에 찾아올 청마대운(靑馬大運: 2014
년)이 우리의 대운만이 아니라 우주만방에 대평화를 가져올 장춘
세계의 기쁜 소식이기도 하다는 메시지를 담고 있습니다. 봉우 선
생님은 1950년대에 씌인 친필 일기에 이미 서구문명의 몰락과 동
아시아 한·중·인의 흥기(興起)를 예언한 황백(黃白)전환의 시대가
하원갑자(下元甲子) 첫해인 1984년(갑자년)부터 도래할 것이라 명
기하였고, 이것이 바로 지난 3,000년간 역사적으로 퇴보해 온 우리
민족(백두산족)의 미래 대운-백산대운-이라 하였습니다. 청마대운
은 백산대운, 황백전환이 시작한 지 30년만의 대운으로서 우리 민
족에게 희망찬 봄소식이 되리라는 것을 봉우 선생님은 60년 전 김
일성동란(육이오)이 휩쓸고 간 폐허뿐인 조국동포들에게, 나아가
세계인류에게, 우주만물에게도 전해 주고 있습니다. 진정 경이로운
확신이요, 긍정이며, 자신의 발로입니다. 폐허의 흑암 속에서 인류
평화의 한줄기 광명을 던져 주신 봄소식 메신저 봉우 선생님의 오
래된 글을 이 봄에 다시 되새깁니다. -역주자]

조춘(早春: 이른 봄)을 맞이하며

　삼동(三冬: 겨울 석달)의 상설(霜雪: 눈서리)을 거듭 거듭 맛보고 산천 초목(山川草木)이 조춘(早春)을 맞이하는 기쁨, 무엇으로 진상(眞相)을 형용할 수 없다. 하필 산천초목뿐이랴? 군동만물(群動萬物: 무리지어 움 직이는 온갖 생물)이 다 이 춘광(春光)의 혜택을 입는 것이다. 그 얼마나 거룩한 일인가? 동식물의 전체가 동장군(冬將軍: 겨울 추위)의 습격을 받아서 어떤 경절(勁節: 굳센 마디)을 가진 부류를 제하고는 다 칩복(蟄 伏: 칩거) 안 할 수 없는 운명에 도달하였었다. 이것은 대세가 사연(使 然: 그렇게 하여금)한 것이요, 조금도 괴상한 일이 아니었다. 군동만물이 다 중음지하(重陰之下: 짙은 음기 아래)에 항번(降幡: 항복기)을 내린 것은 누구나 다 공지하는 사실이다. 물극즉변(物極則變: 사물이 극에 달한즉 변 함)하는 것도 역시 상리(常理)라 일년 24절후(節候)의 최종인 대한(大 寒)이 경과하고 어느덧 입춘절(立春節)을 당하여 신년을 맞이하며 따라 서 신춘(新春)인 조춘을 맞이하니 그 반가움이 얼마나 될 것인가? 군동 만물을 대표하여 천(天)이요, 조물주(造物主)이신 공공계(空空界)에 감 의(感意: 고마운 뜻)를 표하는 것이다. 우리도 이 중음(中陰) 속에서 벗 어나서 양춘화기(陽春和氣: 따사한 봄의 기운) 속으로 갈 기회를 얻게 되 었다는 희망을 갖게 된 감의(感意)이다.

　사실에 있어서는 대한절인 작년 대회일(大晦日)이나 입춘절인 금년 원단(元旦)의 기후의 차야 무엇이 그리 다를 것이 있으리요? 여러 가지로 보아서 동일점이 많을 것이다. 그러나 대한절은 그래도 한위(寒威: 추위의 위세)가 더 있다는 것이요, 입춘절은 비록 동일한 한위(寒威)라도 앞으로 더 갈 수 없는 고개를 넘어온 한위라는 것을 누구나 다 알고, 또 알고만 있는 것이 아니라 봄을 맞을 준비가 자연적으로 된 것이다. 산천에는 빙설(氷雪)이 여전하나, 애류(崖柳: 벼랑의 버들)는 생의(生意: 살려는 마음)를 띄고 있고 초목에 엄상(嚴霜: 된서리)이 내려오나, 조양(朝陽: 아침볕)에 (된서리의) 흔적이 (녹아) 사라진다. 이것이 조춘이라는 것이다. 그래도 인간이란 비록 조춘이라도 한풍(寒風: 찬바람)이 한번 불면 옹로포금(擁爐抱襟: 화로를 안고 옷깃을 여밈)하고 내한(耐寒)을 못하는 것은 다른 동식물의 자연태세를 갖지 못한 연고라고 본다. 우리도 이 조춘을 맞이해서 비록 양춘화기가 아직 못 돌아왔더라도 앞날이 머지않다는 것을 생각하고 내한을 하며, 봄맞이 준비에 전력(全力)과 전심(全心)을 다 경주(傾注)할 것이다.

우리 백두산민족도 대한절은 지내고 입춘절을 당해서 조춘맞이를 하는 중임에 틀림없다. 민간인들은 대한절이나 입춘절에 기온이 별차가 없다고 봄소식이라고 동지섣달(음력11월, 12월)의 엄동설한(嚴冬雪寒: 한겨울의 눈 내리는 추위)보다 나을 것이 없다고 해서 심한 인사들은 동지섣달에 일기 좋던 날을 아직도 사모하며 입춘, 우수(雨水) 일기가 더 한랭하다고 하니, 이것은 아직 상설몽(霜雪夢)을 미각(未覺: 깨지 못함)한 연고다. 때도 갑오년 조춘이요, 일기는 여전하게 쌀쌀하고 앞산에 눈도 있고, 뒷내에 얼음도 보인다. 그러나 봄은 틀림없는 봄이다. 우수경칩 얼른 지나 양춘화기 돌아올 것 누가 부인하리요? 아무리 바보 같은 인간이라도 이것만은 다 잘 알고 있는 것이다.

이와도 동일하게 우리 백두산민족도 대한이 지나고 갑오년 입춘을 의미 있게 맞이하라는 말이다. 우리 민족도 대한(大寒) 고개를 확실히 넘었고, 앞으로 가는 길이 비록 기구(崎嶇: 험함)할지나 고개를 오르는 길이 아니요, 내려오는 길이라는 것을 확언해 두는 것이다. 천지에 조춘도 맞이하며 민족의 조춘도 같이 맞이하자.

갑오(甲午: 1954년) 조춘(早春) 정월 20일(?) 봉우서(鳳宇書)

우스운 내 생조(生朝: 생일) 자축(自祝)

갑오(甲午: 1954년) 정월 20일이 내 55회 생조요, 또 내 서모(庶母)의 84회 수진(壽辰: 생신)이다. 병자년(丙子年: 1936년)에 선친께서 하세(下世: 돌아가심)하신 후로 거의 19년이라는 긴 세월을 두고 공사(公私) 공히 분주불가(奔走不暇: 분주하고 한가하지 않음)해서 무슨 생조니, 무엇이니에 여념이 없었다. 더구나 근년은 6.25사변 관계로 청장년들이 재가(在家)할 여지가 없었고 외면으로라도 국가 다사(多事)한 이때에 무슨 사적인 일에 착념(着念: 생각을 냄)할 수 없던 것이다. 다행히 전쟁도 일시적일지라도 휴전 중이요, 또 작년도 풍등(豐登: 농사가 썩 잘됨)해서 농촌생활이 소소(小小: 조금조금씩) 여유가 있는 이때에 정월(正月)이요, 일기도 화평한데 군대에 가 있는 자식이 마침 집에 다니러 왔었고, 또 서모도 기력이 좋지 않으시고 나 역시 분주무가(奔走無暇: 바쁘고 쉴 틈이 없음)하던 몸에 근일(近日: 요즘)은 여가가 좀 있고 해서 내 생조의 자축을 명목삼아서 탁주(濁酒: 막걸리)와 산채(山菜: 산나물)로 동리중로(洞里中老: 동네 노인)와 청장년층을 합해서 일배(一杯: 한 잔)씩 대접해서 오래간만에 친목을 도모해 본 것이다.

이것은 내 생조라는 명목으로 친지를 초대한 것이나, 사실에 있어서는 생조라는 것은 부모님 생존 시에 생아구로(生我俱勞: 나를 낳으시느라 함께 고생함)하신 생각으로 기념하는 것이지, 지금 내가 내 생조를 자축한다는 것은 우스운 일인 줄 내가 모르고 행사한 것은 아니다. 내 서모도 84세이시니 이상 더 상수(上壽: 오래 삶)하신대야 10년 이내일 것이요, 가족 일동에 약간의 층절(層節: 일의 곡절, 변화)은 있으나 다행히 별 큰 일이 없었고 또 마침 경제적으로도 조금 수입이 있어서 (체면) 불고하고 기념한 것인데, 내 본의를 알지 못하는 친지들은 오해할는지도 알 수 없는 일이다. 사실은 내 생조보다 신춘 맞이하는 의사요, 신춘이라기보다도 평화 맞이하는 의사였다. 친지들의 의심을 풀기 위해서 몇 자 기록하는 것이다.

갑오(甲午: 1954년) 정월(正月) 20일 봉우서(鳳宇書)

서울 객중음병(客中吟病: 객지에서 병을 앓음)하며

볼 일이 있어도 여행을 삼가는 것인데 나는 여하튼 재가무일(在家無日: 집에 있는 날이 없음)이라. 일이야 있든지, 없든지 없는 일이면 새로 만들어 가며, 여행을 좋아하는 사람으로 자타가 인정하는 것이다. 그러나 금번은 좀 일이 있었다. 음성 이종형(姨從兄)의 손자인 혁중 군의 세대(世大) 입학문제로 대전서부터 감기로 불편함을 불구하고 공주로 오다가 낙상(落傷: 떨어져 다침)을 겸하고 상한상풍(傷寒傷風: 추위와 바람에 노출되어 생긴 병)해서 점점 증세가 악화되어, 서울서 아주 와석(臥席: 자리에 누움)하고 있었으나 그래도 객중(客中)이라 조섭(調攝: 조리)할 수 없어서 병중임을 불구하고 또 공주 본가로 와서 아주 와석하니 다시 더 정신 차릴 여기(餘氣)가 없다. 밤낮으로 병이 중해지며 7~8일을 경과하였으나, 복약 한 첩 못하고 인병(忍病: 병을 참음)으로 일자만 지연된다. 아무래도 장년시대와는 크게 다르다. 회복이 얼른 안 된다. 게다가 또 교육구 정맥대채(精麥代債) 조건으로 대전 검찰청 수사계에서 호출장이 왔다. 물론 병이라는 것은 내 사정이요, 안 가면 법적으로 영장발부가 될지라 내 부득이 가겠으나 몸의 병환은 점점 첨가될 뿐이다. 그리고 교육구에서도 내가 맡긴 책자를 처분하였으면 이 문제는 해결될 것인데 아주 협력해 주지 않는 명증(明證: 명백한 증거)이 보인다. 할 수 없는 일이요, 내두(來頭: 장래)가 걱정이다. 간단히 기록하는 것이다.

갑오(甲午: 1954년) 2월 5일 봉우서(鳳宇書)

난마(亂麻: 얽힌 실 가닥) 같은 나의 근일 사정

　고성(古聖) 말씀에 "기본(其本)이 난이말치자부의(亂而末治者否矣)"[244]라 하시었다. 내가 근일 경제적으로 말 못할 곤경에 빠진 것은 회고하건대 그 원인이 이 결과를 초래한 것이요, 결코 의외의 횡액(橫厄)이 아니라고 생각된다. 그 근본이 난(亂: 어지러움)하였었다고 본다. 가림 없이 그 시종(始終)을 기록해 후일을 경계하고자 하는 것이다. 작년에 나의 부산 여행 중에 호당(湖堂)을 상봉하였었고 그다음 또 부산에서 상봉하였을 때에 전시(戰時)국민문화사의 충남지사를 특약하고 《자유 한국의 방위》라는 책자를 청구코자 하다가 현금문제로 중지하고 전남 염전(鹽田)관계로 정읍까지 부산 김 씨와 동행하였던 것이 원인이 되었다. 내 생각으로는 염전이라면 정읍 종제(從弟: 사촌아우)나 목포 김 군이나 두 사람 간(間: 사이)에 별문제 없이 경제적 원조를 해서 동사(同事: 같은 일을 함)하려니 하였던 것인데, 종제와 상대해 보니 의외에도 경제관념에 아주 냉정하다. 그래서 목포는 아주 단념하고 귀가한 것이다. 세사(世事)가 이 정도라면 경제적으로는 아무데를 가든지 일반일 것이다. 그리고 문화사 지사도 내가 외교에 재주가 아주 없는 사람이 해보겠다는 것이 원인이 내게 맞지 않은 일을 시작한 것이라는 말이다.

　그다음 호당이 호의로 《자유한국의 방위》라는 책자를 2,000부를 보

---

244) 그 근본이 어지럽고서 끝이 다스려지는 자는 없다. 출전 《대학(大學)》.

내 준 것을 사고로 받지 못하였다. 그런 후에 호당의 신저(新著: 새 책)인 《일본에 여(與)함》이라는 책자를 마산에서 발행 중이라고 배본할 것을 서신으로 통지하였을 때에 내가 현금이 없으니, 외상으로는 못 보겠고 금전이 입수되는 대로 청구하마 하고 답서를 하였다. 이 정도였으면 도리어 실패가 없었을 것이다. 그런데 호당이 호의로 《일본에 여함》 책자를 1만 부를 배본하니 내 생각에는 미안한 감이 있어서 당시 교육구에서 정읍에다 정맥(精麥: 쩧은 보리쌀) 처분한 대금이 내 손을 거쳐서 가는 것이 있는 관계로 이 금전을 교육구에서 채용(債用: 빚 내 씀)해 가지고 호당에게 일부를 지불한 것이 상석하대(上石下臺: 윗돌을 빼서 아랫돌로 씀)격이 되고 이 금전이 기한이 최단기일에 이자가 7할 5부(步)라는 예가 없는 고리(高利)임에도 불구하고 범한 것이 호당에게 일시적 미안만 생각하였지 이 해결책을 생각 안 한 관계로 제1착으로 교육구에 채무정리문제가 난마(亂麻)의 일건(一件)이요, 또 책자 대금을 아직 배본도 못 하고 있는데 독촉이 심하니 이것도 난마의 일건이요, 또 횡성, 부산 관계로 친우들이 못 한다고 하거든 즉시 해소할 일인데 혹 타인이라도 있나 하고 유예미결(猶豫未決)하고 있다가 금번에 공임(工賃) 관계로 난관에 봉착하고 있으니, 이것이 난마의 또 한 건이다. 이 원인이 내가 나를 비판하지 못한 원인에서 이런 사태가 난 것이다. 이것이 아주 무계획적인 인간들이 하는 일인데 내가 이를 범하고 말 못 할 난관(難關)에 봉착하고 있는 것이니, 누구를 원망하며 또 누구에게 애원하리요? 아무리 생각해도 선후책이 나오지 않는다.

돌아보지 않고 해결하자면 내일이라도 책자는 각 학교를 역방(歷訪: 차례로 방문)하고 주문을 받는 외에 다른 방도가 없고, 횡성 건은 미안하나 아주 단념하는 것이 당연하고 교육구건은 공주에 와서 있는 책자를 각 중학교에 배본하는 것이 당연하다고 본다. 이렇게 하면 혹 일부는 해결될 것도 같다. 위인모사(爲人謀事: 남을 위하여 일을 꾸밈)도 못 되고 내 자모(自謀: 스스로를 위한 일 꾸밈)도 못 되고 엉거주춤하고 곤란만 당하고 있으니, 장부지하경(將不至何境: 장차 어떤 지경에 이르지 않겠는가?)이다. 이것이 내가 경제적으로 수완이 없는 사람이 전후를 따지지 않고 호사(好事: 일만 좋아함)해서 언선사후(言先事後: 말이 먼저요, 일은 나중에 함)하는 것이 고성(古聖) 말씀과 같이 "기본(其本: 그 근본)이 난(亂: 어지러움)하였다"는 말이다. 금번 이 일이나 해결하고는 단연 이와 같은 일은 하지 않기로 맹세하는 것이다. 무슨 일이든지 만전(萬全: 아주 안전함)한 계획과 준비를 가지고도 실패하는 일이 십상팔구(十常八九)여든 임사소홀(臨事疎忽: 하는 일에 소홀함)해서 아무 주견이 없이 하고, 실패 안 보기를 바라는 것은 도리어 우자(愚者: 어리석은 이)의 행(行)이라고 아니할 수 없다. 내가 이 대우행(大愚行: 크게 어리석은 행동)을 범하고 후회가 나서 이 붓을 드는 것이다. 내가 무슨 경제적 여유만 있다면 비록 손해가 되더라도 청산할 생각이나 유의미수(有意未遂: 생각은 있으나 완수하지 못함)라 할 수 없는 일이다. 이다음에는 이런 후회가 없도록 하리라.

갑오(甲午: 1954년) 2월 초9일(初九日) 봉우서(鳳宇書)

공주 갑구(甲區)에서 민의원 선거에 출마 예정평을 받는 인사들의 편모(片貌: 한 면의 모습)

국회의원이라면 어느 나라고 그 나라의 입법기관의 대표인물들이라 그 선출하는 방식부터 공평(公平)과 엄정(嚴正)을 기해서 만무일실(萬無一失: 만에 하나도 잃음이 없음)한 방도(方道: 방법)를 취하는 것이 국가나 민족이나를 불문하고 동일한 책임이며, 당연히 이행(履行)해야 할 의무라고 나는 본다. 그리고 피선거권을 가지고 출마하는 인사들도 좀 충분한 자가비판을 가해 보고 세계 어떤 나라의 민의원보다도 수준적으로 보아 우수해야 할 것이며, 건국 초에 있는 우리 한국 사정은 반석 같은 기초를 우리 국토에 세워서 국가와 민족의 만년대계(萬年大計)를 확립하고 백무일비(百無一備: 어느 하나 갖춰진 게 없음)한 신건설의 (상황에) 타국에 의존함이 없이 시행하며 국가와 민족의 중하(重荷: 무거운 짐)를 양 어깨에 질 자신이 없는 인사는 당연히 유능한 인사에게 양보하고 각자가 서로 사양하며 가장 적격자를 선출하게 하는 것이 피선거권을 가진 인사들로도 당연히 취할 방도라고 나는 생각된다.

일차 5.10선거 당시에 나도 동지들의 권고로 출마해 본 일이 있었고 내 자신이 출마인들과 호양(互讓: 서로 양보함)하며 유능한 인사를 선출하자고 공작도 해보았으나 각자의 의사가 여기 있지 않아서 나는 부득이 중지를 못하고 우리 중에 유망자로 김 군에게 음적으로 추진시키고 나는 운동을 전개하지 않았다. 과연 김 군이 당선되어 의원생활 2개년

간에 큰 과오는 없었으나, 또 이렇다는 업적도 없었고, 타국의 국회의원 수준으로 보아서는 자타가 공인할 손색이 많았다. 그리고 김 군뿐만 아니라 일반 국회의원들의 업적이라는 것이 그저 저열하였다고 하는 것이 정평(正評)일 것이다. 모모 의원들은 타국 수준에는 도달한 감이 있었으나, 전체적으로 보아서는 낙제점이라는 것은 의원 자신들도 부인 못할 것이라고 나는 생각된다. 그다음 5.30선거는 당선된 지 며칠이 못 되어 6.25사변으로 피난생활에서 별별 전시의원으로서의 파동이니, 무엇이니 하며 정부 대(對) 국회와 여당 대 야당의 추태를 연출한 것은 세인이 공지하는 바이라 내가 다시 화사첨족(畵蛇添足: 뱀 그림에 다리를 더함, 쓸데없는 일)격으로 말할 필요가 없고 또 시시비비론(是是非非論)을 초월해서 우리나라 신생 민의원으로의 제1차, 제2차는 완전히 실패라고 보는 외에 타도가 없다. 이 책임은 정부가 50프로(퍼센트), 의원 자신들이 30프로, 선출한 국민들이 20프로로 나는 규정하고 싶다. 이유는 설명 안 하겠다. 만약 평상시 같다면 이 책임을 유권자들이 50프로, 선량들이 40프로, 정부에서 10프로로 되는 것이 당연한 것이나, 금번에는 이상과 같은 비율로 책임을 지는 것이 당연하다고 본다. 그리고 이 현상을 경과하고도 금년 선출에서 유권자들이 적격자를 선출 못한다면, 만약 의원들이 나가서 의회에서 실패한다면 점점 민간 책임이 중해진다고 본다. 비율은 정반대로 유권자가 70프로, 의원 15프로, 정부에서 15프로가 되리라고 나는 주장한다.

그 이유는 선량을 1인이라도 완전히 심사해 보고 적격자를 당선시켜서 의원 반수 이상만 양심분자가 점령하고 있다면 아무리 정부가 자기주장을 하더라도 총 민의(總民意: 모두 국민의 뜻)임에는 할 수 없이 민의(民意)에 순종하는 것이다. 그러나 현상으로 보면 유권자들 투표하는 방식이 선량들의 적격 여부를 심사하느니보다 자격 여하를 불구하고 정실(情實)관계에서 그 귀중한 표를 소비시키고 마는 관계로 현재 경과로 보아서 유권자들이 투표한 비율이 도시와 지방이 좀 상이점이 있으나, 대체로 지방을 상대로 말하자면 씨족관계를 가진 출마자에게 80프로의 씨족표가 있고 다른 유권자의 20프로 정도로 되고 또 각 지방 지반을 가진 출마자에게 50~60프로가 지반지(地盤地) 표수요, 타 지방에 40~50프로 정도의 표수가 있고 그다음 종교인이 출마한다면 100프로의 종교표가 있고 또 경제적 혜택이 있는 인사가 출마를 한다면 물질 본의로 60~70프로가 표수를 점령하는 것은 가리지 못할 일이요, 온전히 인격 본위로 투표하는 인사는 총 표수에서 지방은 10프로 내외리라고 본다. 도시에서는 정반대로 인격 본위 투표가 60프로는 된다. 이것이 도시와 지방의 차이점이라고 본다. 그래서 득점하는 것을 보고 평시에 출마 생각도 안 하던 인사들도 나가면 이런 호조건이 있으니, 요행으로 운이 좋으면 당선해 보겠다는 허영심으로 나도 너도 나오는 것이 부지중 난립상태가 되는 것이요, 이 출마자들이 무슨 포부를 가지고 내가 이 구역에서 당선이 안 되면 이 구역의 일이 낭패하고 대아성(大我性)을 가지고 나오는 인사가 몇 분이나 되는가 알 수 없다.

금번에도 우리 공주는 갑을구를 통해서 대난립이 될 듯한데 그 하마(下馬: 출마)의 정평을 갑구부터 해보자. 본인들에게서는 내가 확실히 출마하겠다고 하는 사람은 5인밖에 못 들었다. 그런데 거의 확실성을 가졌다는 사람이 12인 정도이니, 등록되기 전에는 정부(正否)를 알지 못하나 순서 없이 다음에 내 생각대로 평을 해보자. 내가 평하는 것이 정당하다는 것이 아니라 역시 내 자신의 의사를 표시하는 데 불과한 것이다. 내가 조사를 못하고 또 내가 그 본인을 모르는 인사는 자세하게 못할 것이요, 아무래도 내가 잘 아는 인사는 좀 더 세밀하게 평을 가하게 되는 것도 자연한 일이다. 타인의 안목에 괘(卦: 걸다)하더라도 이것이 공평(公評: 공적인 평가)이 아니요, 내 사의(私意: 사적인 의견)라는 것을 이해하면 나로서는 만족할 뿐이다. 다음에 각자의 개인별 평(評)을 해보겠다. 그리고 총 출마예정이라는 인사들의 씨명은 비록 확실치는 못하나 다음과 같다.

공주읍에서 무순(無順)으로 염우량, 엄대섭, 김영옥, 노마리아, 노천병, 김수현, 6씨(氏)라고 전하고 이인면(利仁面)에서 최영철 씨와 탄천면(灘川面)에서 박충식, 윤해병 씨와 계룡면에서 정경모 씨와 대전에서 황한주 씨와 김제원 씨 설(說)이 있고 탄천면에서는 누구인지 한 사람이 더 나온다는 말이 있다. 이상 무순무서(無順無序: 순서 없음)하게 개인별로 평하고자 한다.

염우량(廉友良)

씨는 을유 8.15 광복절 이전에는 청년시대로 왜정하 소위 대동아전쟁에 징용이니, 학생이니, 지원병이니 하며 별별 수단으로 청장년의 신변이 불리한 때라 자동차 운전수로 서울에서 직장에 있다가 광복절 이후에 고향인 공주에 와서 공주자치회 서겸순(徐謙淳)의 후임으로 애국지사이던 문홍범 선생을 보좌하며, 김명동 씨를 연락해서 군정하의 독립촉성국민회니 반탁위원회니, 한국독립당이니, 대동청년단이니, 또 호국군연대장이니, 한청단장이니, 국민회장이니, 자유당 군당수(郡黨首)이니 하는 등 사회생활을 계속적으로 해오며 투지만만하였고 무자년(戊子年: 1948년) 5.10선거 당시에도 출마하였었고, 경인년(庚寅年:

1950년) 5.30선거에도 출마했었고 을구(乙區) 보궐선거에도 출마해서 열렬한 웅변을 토하며 상대방들과 도전적 직면(直面) 공격을 주로 하는 맹장(猛將)이었었다. 번번이 실패하였으나 씨에게는 무엇보다도 경제적 혜택을 갖지 못한 것이 악조건이요, 제2로는 보좌인들이 고금류(高衿流: 높은 옷깃류)가 적고, 솔직한 청장년층들이라는 것이 악조건이요, 제3은 씨의 수완보다 소양 있는 덕행이 좀 부족하다는 것이 악조건이요, 위에도 적은 것처럼 공주읍 일부 청장년층을 제외하고는 지방의 지반이 확고하지 못한 것이 악조건이다. 그럼에도 불구하고 번번이 악전고투하는 투지만은 감사한 인물이요, 그가 당선된다면 공주의 대표로, 아니 충남의 대표로, 이뿐만 아니라 일국의 대표될 만한 민의원 자격을 구비하였는가 하는 점에는 생각할 여유가 있고, 그만 못한 인물들도 많은 국회에 이 사람이라고 못 가란 법이 있는가 하는 질문이 있을 때에는 역시 대답할 수 없는 현상이다. 변재(辯才: 말재주)가 있어서 구두로는 말을 잘하나, 행동에 있어서는 구두와 동일할 것인가가 의문이요, 민의원으로는 학식이 좀 부족하다고 나는 정평을 하고 싶다. 학식과 덕행만 좀 소양이 있었다면 염 씨는 남아다운 투지만은 확실히 있는 인물이다. 판단력도 있고 의분심(義奮心)도 있고 호사벽(好事癖: 일 좋아하는 버릇)도 있고 정의감도 아주 없다고는 못 본다. 인물이 본디 귀한 공주라 이 정도라도 출마권에서 빠질 수 없는 인물이요, 혹 운이 좋으면 당선권 내에 들 수도 있는 인물이라고 본다. 타 지방 선출 인물들보다는 손색이 많다고 본다. 이것이 염 씨의 악조건일 것이다. 그러나 그 꾸준한 투지는 동정을 마지않는 것이다. 염우량 씨의 선전(善戰)을 빌고 또 좀 더 여러 가지의 덕성 함양이 있기를 바라고 이 붓을 그치노라.

엄대섭(嚴大燮)

씨는 임진년(壬辰年: 1952년) 충남 도의원 출마 당시에 시견(始見: 처음 봄)한 인사인데 합동강연 당시에 10여 일을 두고 그 성격을 보니 아주 아담(雅淡: 바르고 담박함)한 학자(學者)요, 학창(學窓: 학교)에서 배운 대로 또 그 배운 것을 가지고 후진 학생을 교수하던 그대로 판에다 박은 교육자임에 틀림없고 학부 출신으로 나와서 교편생활을 하던 관계로 세외인(世外人: 세상 밖의 사람)이라도 같은 감이 많이 든다. 합동강연 12일에 초일(初日: 첫날)이나 12일이나 축음기판과 동일하고 일언반사를 삽입(揷入)하는 일이 없고 또 다른 사람이야 무어라 하든지 내할 말만 하고 마는 것도 교편생활에서 아주 책임교수를 하던 감이 있고 대인접물(待人接物)에 온량(溫良: 온화하고 어짊)한 신사도를 지키는 학자였다. 비록 청장년이나 아주 노성인(老成人: 늙은 어른)답게 행동을 한다. 씨가 도의원으로 선출이 되어서도 문교분과위원으로 또 나와 같이 충청남도 교육위원으로 있는 관계로 종종 접촉되나 발언도 남발을 하지 않고 적당한 시기에 간단한 발언을 할 정도요, 호사자들에게 타인의 말할 새도 없이 자기만 발언수나 많이 하고 또 자기가 가장 똑똑한 체하는 경박한 인물들과는 아주 판이하다. 내가 생각하기에는 엄씨는 학식으로 소양이 있는 인사라고 본다.

금번에도 수차나 내가 출마하는가 하고 문의한 바 있었는데 유예미결(猶豫未決: 망설이고 결정 안 함)하고 있더니 일전에 상봉해서 아주 결정했다는 것을 솔직히 발표한다. 갑구에서 10인 이상이나 출마 난립상을 정(呈: 드러냄)하니 나도 나와 보겠다고 말한다. 내 생각에는 엄 씨가 민의원으로 나가서 어떠한가 하면 그저 자기 위신을 타지(墮地: 땅에 떨어짐) 안 시킬 정도의 양심 인물이요, 또 문교분과 같은 데 가면 소양 있는 발언이 있을 것 같으나, 정치 무대에서 배우로는 좀 약하다고 본다. 투지가 약해서 조심할 정도요, 아주 확실성을 보기 전에는 좀처럼 움직이지 않을 것이요, 갈팡질팡 아무 일이나 간섭을 하지 않고 자기가 맡은 일이 아니면 말도 안 할 인물이라 학자로는 그럴듯하나, 대중적 교제장이나 정치 교제장에서 비록 양심분자 중의 일인이 될지언정 자동적으로 작사(作事: 일을 꾸밈)하기에는 좀 약하고 피동이 되거나 또는 타인과 협력해서 동할 정도가 아닌가 한다는 말이다. 구(區)의원으로도 출신지를 욕되게 함은 없으나, 활발하게 동한다고는 못 하겠고 또 다른 의원들과 차별이 어떠한가 하면 양심인물이라는 평은 있으나, 수완가(手腕家)라고는 않는다. 타군(他郡) 출신들과 비교해 보면 아주 우수한 편도 아니요 또는 저열한 편도 아니요, 평균점에서 좀 나은 의원 대우를 받는 것 같고 무엇 권위 있게는 보는 것 같지 않다. 침착안상성(沈着安詳性)이 있어서 앞으로 나갈 질적으로 충분하다고 보나 성능이 아무래도 능동적이 아니요, 잠동(潛動: 물밑에서 움직임)적인 관계가 많은 것 같다고 본다. 염 씨와는 아주 본격적으로 다르다고 본다. 염 씨는 공세를 항상 취하는 인물이요, 엄 씨는 수세(守勢)나 그렇지 않으면 후퇴해서 안정성을 확보하려는 것 같다고 본다.

본인의 장래로는 수세이나 후퇴하며 방어전으로 기회를 엿보다가 공세를 하는 것이 유리한 일이나, 정치무대에서는 타인이 실수를 걸어서 수세를 지키는 인물들이 공세 취할 여유의 시간이나 공간을 주지 않으리라고 본다. 그렇다면 일보, 일보 낙후될 염려가 있는 것이다. 이것이 정치 무대가 우리 개성에 적합지 않은 일이 많다는 것과 엄 씨도 양심 인물로 호사자가 아니요, 은인자중하는 인물이라. 세인이 정평을 하면 좋은데 주사(做事), 모사(謀事) 못 한다고 평을 하면 원망스러운 일이다. 만약 민의원으로 당선이 된다 하더라도 양심 인물임에 틀림없고 수완 있는 민첩한 능인(能人: 유능한 사람)이라는 소리는 듣기 용이하지 않고 일은 타인이 하고 양심상 비판으로 찬부(贊否: 찬성과 반대)에 가담할 인물이 아닌가 한다. 맹장(猛將)도, 거물도, 투사도, 능인(能人: 유능한 사람)도 아니요, 그저 평의원으로 출신지를 욕은 보이지 않을 정도라고 본다. 상술(上述)도 하였거니와 인물이 공주에서는 타군에 비해서 아주 없는 곳이라 서촉(西蜀)에서 오호장(五虎將)245)이 다 가니 요화(廖化)246)가 대장이 되었다고 엄 씨의 당선권에 드는 것도 공주로서는 큰 무리가 아니라고 나는 생각하며, 5월 20일 선거를 앞으로 엄 씨의 선투(善鬪)를 빌고 이 붓을 그치노라.

김영옥(金永沃)

씨는 별 학벌은 없으나, 군정 당시 이범석 장군의 민족청년단(족청)에 가입해서 단체훈련을 받고 공주족청에서 청년운동을 하다가 족청이 해산하며 염우량 씨 밑에서 한청(韓青)으로 여전히 청년운동을 맹렬히 열중하던 청년이다. 도의원 선거 당시에 그 위인을 보니, 추세(趨勢: 세상일 되어 가는 형편)에 능력이 있고 인심을 잘 파악하여 비록 실행하지 못할 일이라도 수기응변(隨機應變: 임기응변)으로 이 지방에서는 이런 일을 생각하려니 하고 대중심리를 잘 이용하는 능간(能幹: 능력과 재간)이 보인다. 대중들이야 그가 예약하는 일이 실행될지 안 될지는

---

245) 유비가 세운 촉나라의 다섯 장군. 관우, 장비, 마초, 조자룡, 황충.
246) ?~264년. 후한 말 삼국시대 촉한의 장수. 촉한의 건국부터 멸망까지 지켜본 인물이나 탁월한 장군은 아님.

알 수 없으나, 비록 허언(虛言: 빈말)일망정 일시적 기분이라도 좋은 관계로 득표하는 데는 유리하다고 본다. 그리고 족청훈련에서 얻은 웅변은 김 씨의 출세를 보게 한 것이다. 아주 청년이라 대중적으로 동정을 많이 받으며 또 당시 한청단장으로 있으며 이를 이용하고 상이군인(傷痍軍人)회 회장으로 있으며 또 이를 이용해서 상당히 유리한 입장이 되었던 것이요, 또 청년들 간부 진영을 잘 상종(相從)해서 교제에 능력이 있는 청년이라고 보았다. 그러나 재승(才勝: 재능이 뛰어남)한 감이 무엇으로 보든지 있다고 보았었다. 과연 최고점으로 당선되어 도의회에서도 최다 발언자 중의 한 사람이요, 재작년 정치파동기에서도 수훈(殊勳: 뛰어난 공훈)을 수립한 모사(謀士)의 한 사람이다. 말하자면 자유당 족청파의 맹장으로 충남에서 무사불참(無事不參: 무슨 일이든 다 참견함)하던 것은 자타가 공인하는 인물이다. 그래서 이범석 씨의 원호(援護: 돕고 보살핌)를 받아서 이범석 씨 수행(隨行) 순경 오살(誤殺: 오인하여 사람을 죽임) 사건도 무사히 해결된 것이다. 금번 자유당 족청계 제외로 김 씨도 아주 실각되었으나, 그래도 투지를 잃지 않고 금번 민의원 선거에 출마한다는 말을 듣고 김 씨의 불굴의 정신을 발휘하는 것을 동정하며. 아직 김 씨는 청년이니 정계파란(波瀾: 물결)이 또 어찌 될지 알 수 없는 이때라 차차 자신의 덕성을 함양하며 일보, 일보 전진해서 지덕(智德: 지혜와 덕성)이 완전하게 합치되어 미래에 성공하기를 노부(老父)는 충심으로 빌어 마지않는 것이다. 비록 일시적이나마 청년 기분에 실지(失志: 뜻을 잃음)한 것을 충석(衷惜: 충심으로 애석해함)해 하는 것이다. 이번에 당선되고 안 되는 것은 별문제로 하고 김 씨의 족청계 탄압이 도리어 인격 양성상 대교훈이 될지 알 수 없으니, 이 기회를 잘 이용해서 불변의 투지를 양성하며 경거망동(輕擧妄動: 경솔하고 엉뚱한 행동)

이 없기를 바라는 바이다. 이것으로 김 씨에 대한 붓은 그치노라.

노(盧)마리아 여사

노 여사는 내가 처음 상봉하기는 공주독립촉성국민회의에서다. 문홍 범 씨가 회장으로 있을 때다. 어느 때인가 내 기억이 잘 되지 않는다. 그러나 그 당시에 군정하(軍政下)라 하지 장군의 용공(容共: 공산주의를 허용함) 정책하에 있는 우리 남한인 관계로 공주읍에서도 항상 좌우익 투쟁이 불식(不息: 쉬지 않음)하였었다. 때마침 우리들이 각면 대표대회 가 있었다. 그당시 공주읍에서는 좌익분자들이 봉황산 위에 가서 무슨 선전을 하고 또 무슨 삐라를 부쳤는지 하며, 말들이 많았었다. 그리고 그때 좌익분자들의 읍당(邑黨: 공주읍 공산당) 대표가 정상윤(鄭相允)이 요, 안병두(安秉斗), 이강일(李康一) 등이 있었고, 또 이북으로 간 이강 국(李康國)이도 와서 있을 때였다. 당시 우리들은 반탁(反託)운동을 전 개하고 있었고 좌익들은 신탁통치운동을 전개하고 있었던 것이다. 그 런데 군 대회 석상에서 좌익분자들의 간부들을 초래(招來: 불러옴)해다 이론적으로 성토하자는 발의(發議)가 되어 이강일이를 초래해서 좌익 들의 공주읍에서 행한 역선전을 질문하니, 자기는 선전책임이 아니라 자기가 맡은 것 외에는 아무것도 알지 못합니다 하고, 또 민족적으로 분열되는 것이 무엇이 좋을 리 없고 적당한 기회만 있으면 자기도 민 족운동으로 오겠다는 언사를 농(弄: 갖고 놀음)하니, 대회 대중들도 이 강일의 말이 당연하다고 하며 책임자 정상윤과 안병두를 초래하라 한 것이 두 사람이 다 안 오고 이강국이 와서 대중에게 인사하였다.

문홍범 씨가 유화책으로 온언순사(溫言順辭: 따뜻하고 순한 말)로 권고

하니, 이 군은 이론투쟁으로 상대하는데 문 씨의 태도가 우리에게 불만하였고 염우량 씨는 말하기를 좌익들은 밥 먹고 말만 배우니, 말로는 못 당한다고 후방에서 불관태도로 하고 있고 이인에서 병원 하는 김 씨라는 분도 무슨 이론을 하는데, 비좌비우(非左非右: 좌도 우도 아님)라는 듯하며, 좌에 가담하는 어구가 있어도 우리 대표들이 중구난방(衆口難防: 뭇사람의 입을 막기가 어려움)으로 실수하는 말이 연발할 뿐이요, 조금도 이강국이를 성토하는 기분이 없었고, 문 씨가 그저 이강국이를 보호하는 색채가 농(濃: 짙음)한 때에 부인 측에서 노마리아가 문 씨에게 반대의사를 확실히 표명하고 문 씨의 태도를 표명하라고 하며, 대회석상에서 좌익을 불러다 놓고 이론도 못하고 제멋대로 말하게 하려면 무슨 관계로 초래했는가 하고 남자 측에 이론으로 못 당하겠거든 내게 미루라고 내가 이론투쟁을 하겠다고 대담(大談: 큰소리)하는 것을 보았었다. 그때 필경 이강국은 육박전(肉薄戰)으로 유혈전을 연출하고 축출시켰었다.

그다음 좌우익 싸움에 부인을 대표해서 여러 번 노여사의 대활동을 보았고, 그다음 계룡청년대 결성식 날도 정인철 씨의 실언이 있자 노여사의 대(大)반대연설이 있었다. 그 후 노 여사는 여순경으로 취직했다는 말을 듣고 이유를 물으니 좌익과 투쟁하기 위해서라는 말을 들었는데 얼마 후에 대구여자경찰서장이 되었다는 말을 들었었다. 또 그 후에 해직되고 귀가 중이라는 말을 들었는데 금번 공주 갑구에서 민의원으로 출마예정이라는 전설을 들었다. 우리나라에서는 여자가 무슨 일을 하면 암탉이 운다고 흉을 보는 일이 많으나, 내 생각에는 노 여사는 정의감도 있고, 도하(倒河: 물을 거꾸로 부음)의 웅변과 여도할죽(如刀割竹: 칼로 대쪼갬)의 시비분석을 가지고 수기응변하는 민첩한 두뇌를 가지고 누구보다도 당선만 되면 현 공주 출마인 중에는 가장 우수한 인격자요, 민의원에 가서도 다른 의원들보다 조금도 손색이 없는 인물이라 나 개인 의견으로는 노 여사의 당선되기를 축원하며 이 붓을 그치노라.

노천병

　씨는 나는 들어 보지도 못하였고 만나 보지도 못한 인물인데 남들이 말하기를 기상천외(奇想天外: 놀랍고 엉뚱함)라고 말을 하니, 나는 나로서 이 노 씨에 대한 평론을 가한다는 것은 도리어 무리라고 생각해서 평론을 중지하며 나만 이 노 씨가 평시에 이렇다는 업적이 군의 유권자들 알 만한 일이 없는 것은 사실이요, 또 학벌이나 사업체도 별 이렇다는 것도 없고 염우량 씨 수하에서 청년 운동하던 인물이며, 현재로는 공주읍에서 목욕탕 영업을 하는 중이라고 한다. 이것으로 보아서 노 씨는 미지수인 것 같다. 더구나 지방면에서는 더 아는 인사들이 없다. 이 정도라면 희망이 박약하지 않은가 한다. 이 정도로 이 분에 대한 평은 중지한다.

김수철

　씨는 목사라는 신직(神職: 성직)으로 있는 분이라고 한다. 지금까지 공주사회에서 지명도가 있는 인사가 아니요, 다만 종교 관계로 출마하는 것 같다. 나는 김 씨에 대해서는 아무런 정보도 조사도 못 해 본 인물이라 더구나 일차도 접촉이 못되었으니 타인의 말만 듣고 어찌 평을 시작하리요? 타인의 말은 김 씨가 목사로 있으나, 공주에 와서 있는 것이 아니라 타처에 가서 있는 사람이라 사별삼일(士別三日: 선비가 사흘 이별함)에 당괄목상대(當刮目相對: 마땅히 눈비비고 상대를 봄)라 하나, 그 인물의 별 정치적 역량이 있는 것 같지 않다고 말들 하고 또 교인들 말로 평교인들은 혹 정치적 출발이 있을지 모르나 성직을 가진 사람으로 성직을 버리고 정치 무대에 나오는 것은 성직을 모독하는 것이라고 말들을 한다. 사실인 것 같다. 그러나 김 씨에게는 나는 백지로 평을 중지하겠다.

최영철

씨는 광복절 이후에 무슨 사건으로 경찰 보안계 형사로 재직시대에 내 집 가택수색 차 윤종덕 특무형사와 왔던 일이 있은 후 얼마 후에 공암(孔巖)지서 주임으로 왔었고, 그 후 본서의 보안계 차석으로 있었다. 그 후 경찰을 사임하고 공주 이인(利仁)면장으로 있으며, 면행정에 열심히 하던 인물인데 이인, 탄천중학교 위치문제로 탄천에게 석패(惜敗)를 당하고 책임감으로 면장을 사퇴하고 대덕군 행정계에 직원으로 있다가 논산군으로 가서 있던 인사인데 별 학벌은 없으나, 총명하여 기억력이 있고 저술에도 재조(才操: 재주)가 있는 인사요, 다각적으로 재미있는 인물이다. 그 역량의 전모는 알 수 없으나, 청년으로 장래를 촉망하는 인사요 또 양적(陽的: 밝은 성격)이며 주사(做事: 일을 경영함), 모사(謀事: 일을 꾀함)에는 포부가 얼마나 될지 알 수 없으나, 양심적이요 단면(單面: 한 얼굴, 정직함을 의미) 인물이며 향리지의사(鄉里之義士: 시골마을의 의로운 선비)임에 틀림없다. 민의원으로는 당선 여부를 막론하고 역량 발휘가 미지수라고 본다. 아직 청장년이니 좀 더 지반과 업적으로 지방 인사들의 응원을 받도록 노력함이 양책(良策: 좋은 방책)이 아닐까 한다. 청장년들이라 추현양능(推賢讓能: 어진 이를 추대하고 유능한 사람에게 양보함)의 미(美: 미덕)를 거(擧: 들다)하지 못하는 것 같다. 내두(來頭: 장래)로 1, 2회 후라도 확실한 업적과 성의를 표하고 대중의 지지하에 출마하도록 하는 것이 득책이 아닐까 한다. 씨를 위하여 끊임없는 노력으로 장래 기반을 닦기를 바라고 이 붓을 그치노라.

박충식

씨는 나와 세의(世誼: 대대로 사귀어 온 정의情誼)가 있는 사람이요, 50년간 친교(親交: 친한 사이)다. 세인이 그 경과를 다 아는 고로 내가 그 경과를 기록하지 않으며, 다만 무자(戊子: 1948년) 5.10선거에 석패를 하고 다른 인사들은 패지(敗地)에 재고(再顧: 다시 돌아봄)할 생각이 없었는데, 박 씨는 일호반점 그런 의사가 없이 2개년간을 끊임없이 지방 인사들과 접촉하며 결교(結交: 서로 사귐)해 놓고 각 면(面)에 세포를 가지고 있었다. 그래서 경인(庚寅: 1950) 5.30선거에는 출마자 중 신현상, 염우량, 김제원, 정경모 외에도 여러 인사나 이상의 강적을 물리치고 단연 우세로 당선하였다. 이 당선이야말로 여러 가지로 강적 여럿에게 부족한 점이 많음에도 불계(不計: 따지지 않음)하고 당선된 것은 그 당시 운동관계가 아니요, 2개년 동안 꾸준한 노력의 결정이라고 본다. 유권자들의 민의원 선택방식에 있어서 선불선(善不善)은 예외로 하고 박 씨 자신의 노력으로 박 씨 자신의 성공임에 틀림없다고 본다. 박 씨가 당선되며 바로 6.25사변이 나서 4년 동안이 피난생활에서 아무 업적이 없는 것도 사실이요, 역시 할 수 없는 사정이다. 그러나 박 씨가 국회에서 다른 발언은 별로 못 했으나, 외무분과위원으로 국회 내에서도 가장 강자라는 윤치영 부의장, 황성수 의원, 정일형 의원들과 같이 외무분과에서 노력하는 것은 사실이요, 그리고 박 씨가 비록 초년에는 모리(謀利) 행각으로 성공한 인사이나, 민의원 중에서 비리(非理)의 금전을 먹지 않은 20인 이내 조(組) 중에 박 씨도 역시 일인(一人)이라고 한다. 그러고 보면 공(功)도 큰 공이 없으나, 죄도 역시 없는 인물이라고 본다.

그리고 공주 인사들로 개인적으로는 박 씨의 혜택을 입은 인사가 많고 또 탄천중학 신설과 공주사대 승격과 금강철교 예산통과와 비록 자기 선거관계라고 하나, 각 학교에 희사한 것 등은 선의로 해석한다면 다른 인사들이 못한 일이다. 그리고 그 개인의 생애를 보면 한국 북촌(北村) 재상들의 총애를 받고 각 궁가(宮家: 조선시대의 각 왕족들이 살던 집)에서들도 다 박 씨를 두호(斗護: 두둔하여 보호함)하는 상태인데 이것은 박 씨가 소년시대부터 북촌재상 자질(子姪: 아들과 조카)들과 축일상종(逐日相從: 매일 쫓아다님)하며 이문목격(耳聞目擊: 듣고 봄)이 젖어서 소청년시대부터 당시 북촌출입에 능한 관계로 궁재(窮宰: 가난한 양반)들이나 또 그 후진들을 극력 두호해 주는 관계로 이것이 원인이 되어 윤대비께도 출입하며 이왕계(李王系: 이씨조선 왕족)도 종종 왕래를 해서 6.25사변에도 삼랑진에 윤대비께서 피난 중임을 기회로 일체 경제적 후원을 많이 해드린 것은 박 씨의 미덕이며, 또 비록 구변(口辯: 말솜씨)은 없으나 교제장에서는 아무데를 가든지 타인의 뒤지지 않는 인물이다. 별 큰 성공이나, 큰 업적을 바랄 수는 없는 인물이나 자기 행위에는 어느 모로 보든지 후덕하다고 평을 듣는 사람이요, 가족관계에도 형제우애(友愛)가 있고 타인의 자질들이라도 발신(發身: 형편이 좋게 됨) 해 주는데 아주 노력을 하는 성벽(性癖: 굳어진 성질, 습관)이 있다. 그래서 학비도 희사하고 취직도 시키고 궁교빈족(窮交貧族: 궁지에 빠진 친구와 가난에 쪼들리는 친척)에게 불휴의 두호(斗護: 원조)를 하는 것이 아주 천성(天性)이 되었다. 그리고 효행(孝行)이 있는 사람이다.

그러하니 민의원으로는 자격이 부족하다 하고 사회인으로는 책임완수를 잘하는 인사라고 아니할 수 없다. 그러니 현상 나오는 민의원 출마자들은 박 씨만큼도 수신제가(修身齊家)하는 자들도 극귀하니, 비록 자격으로는 좀 부족한 감이 있으나, 그래도 큰 병이나 결점이 없는 것만 다행으로 생각해서 외양으로 자격이 있되 내포한 미지수가 얼마든지 있는 인물들보다는 이런 인물을 추진하는 것도 무방하다고 본다. 물론 여러 방면으로 보아서 공주 갑구에서 적격자가 있다면 당연히 그 사람을 당선시키는 것이 유권자로서는 제일 현명한 일일 것이다. 그러나 현상으로는 50보로 소백보(笑百步)의 비율이지 별 이렇다는 자격자를 못 보았고, 혹 우리 갑구 내에 거주하면서라도 충분한 자격을 가진 인사가 있는가하고 탐사를 해보면 그 예선에 들 만한 인물은 은군자(隱君子: 숨은 군자)로 출마할 생각도 하지 않는 것이다. 그러하니 부득이 3류, 4류 중에서 잘 선택해 보라는 것이다. 그래서 박 씨도 민의원의 자격이라는 것이 아니라 그 출마자 중에서는 제조건으로 보아서 오분오분(五分五分)247) 정도니 이왕 민의원으로 업적은 없으나, 또 이렇다는 죄과가 없는 인물이니 추진해 보라는 것이다. 신(新)인물로 미지수보다는 도리어 낫다고 보는 관계다.

---

247) 오불오불. 자그마한 것들이 한데 모여 있는 모양을 나타내는 말.

윤해병(尹楷炳)

씨는 내가 13년 전에 왜정(倭政: 일제치하)하에서 소위 의열단 사건으로 영어생활을 7개월간 할 때에 충남 경찰부 고등과 사찰계 토강(土江, 츠치에) 경부(警部)가 착수한 사건이요, 윤 씨가 고등형사부장이요, 등전(藤田, 후지타) 형사부장이 직접 책임자로 아주 악질이었다. 윤 씨도 동일 책임자였으나 7개월이라는 긴 세월에 일언반사도 우리에게 불쾌한 어조가 없었고 간간히 동정하는 암시가 있었다. 우리들 중에서는 최순익(崔淳益) 동지와 조명희(趙明熙) 동지가 윤 씨에게 좀 당했는데 그 이유는 말할 필요가 없다. 윤 씨는 비록 고등형사부장이나, 한학(漢學)에 익고 또 역학(易學)에도 상당한 상식이 있으며, 왜정하 고등형사로는 질이 좋은 편이었다. 왜정시대에 경부보(警部補)가 되어 여전히 고등계에 있다가 을유광복절 후에 공주경찰서장으로, 홍성감찰서장으로, 충남경찰진의 거성(巨星)으로 있다가 대한민국 수립 후에 민의원(民議院: 국회)에서 반민특위 발동으로 윤 씨가 직을 사임하고, 대전에서 한약방을 하고 있는 정도로 나는 아는 인물인데 내가 수차 만나서 출마 여부를 물어 본 일이 있었다.

번번이 나 같은 사람이 무슨 자격이 있어서 출마하겠는가 하고 자기 의사를 표명하는 것을 보았을 뿐인데, 금번에는 아주 확정적이라 공주에서 선전이 되니 사실 여부를 알 수 없고 또 윤 씨가 경거망동할 인물이 아니라는 것은 내가 자신하는 것이다. 위인(爲人: 사람의 됨됨이)이 침착하며 숙려(熟慮: 깊이 생각함)하는 성벽을 가지고 일언반구(一言半句: 한 마디 반 귀절)라도 생각하고 말하지 남발을 하지 않는 것을 잘 아는 바이다. 그리고 성질이 강한 것을 함양(涵養)으로 순하게 하는 것 같다. 간혹 그 열화 같은 성질이 날 때도 있는 것 같다. 윤 씨는 양적(陽

的)이요, 음(陰)에 근사(近似)하지 않으며, 연구성이 있는 인물이라 사별삼일에 당괄목상대라 어느 정도나 정치를 연구해 보고 어느 정도의 실력이 있는지는 알 수 없는 것이요, 이 사람이 민의원이 된다면 그래도 자기 역량껏 업적을 내볼까 할 인물이지 정상모리배(政商謀利輩: 정치경제적으로 돈벌이만 꾀하는 무리)가 될 우려는 없는 인물이다. 자기 역량이 부족할지언정 고의로 변질은 되지 않을 사람이라고 이 윤 씨를 평해 보노라.

정경모(鄭庚模)

씨는 계룡면 하대리(下大里) 정인철 선생 영윤(令胤: 아들)이시다. 정인철 씨와는 친교가 두터운 사이다. 그러나 그 영윤은 금번 서울에서 초대면이다. 인상기(印象記)라기보다 내 사견(私見)을 쓰기로 한다. 정인철 씨가 만약 출마한다면 계룡면에서는 5할 이상의 득표가 있으리라고 내가 수차 말한 일이 있었다. 내가 그 영윤(令胤)을 초대면하고 더욱 그 생각을 더해 보았다. 경모 씨는 학부 출신으로 다년간 변호사로 법조계에서는 이름 있는 인사라고 한다. 아마 법 이론으로는 물론 그러할 것이나, 세인들이 말하기를 공주 갑구에 출마하는 사람 중에서는 정경모 씨가 학벌로는 제일 우수하다고 한다. 정치에는 상식만으로는 안 되는 것이요, 정치, 경제, 법률이 구비해야 정치에 간여할 수 있으며, 더욱이 외교, 국방도 있고 또 다른 전문 부문도 많은 것이다. 그러니 법조계 인물로 사회 풍상(風霜)을 많이 지내지 않은 사람은 너무 법 이론만 가지고 세상을 지내 보면 이 세상은 단순한 법 이론만 가지고 통과 못 하는 것이 사실이다. 정경모 씨도 좀 단순한 법조계 인물 같다고 보인다. 물론 조리 있는 설명과 준법정신의 강연은 누구보다도 나으리라고 본다.

그러나 정 씨의 부친인 정인석 씨는 익암(益庵) 선생의 후예로 교리(校理: 조선조 홍문관의 종5품 벼슬)의 자제(子弟: 아들)다. 옛날에 혁혁한 사족(士族: 선비집안)인 관계로 그 정씨들이 지방 향족(鄕族: 좌수나 별감 등 시골양반)에게 호감을 못 받는 것은 가리지 못할 일인데 그래도 그 정씨 중에서 인석 씨는 아주 통속적이라 대중에게 호의를 받고 있는 반면에 경모 씨는 공주에서 태어났으나 서울에서 자라나 고향인사들과 접촉이 적고 법조계 인물이라 통속적 교제로 인물들을 접대함이 원활치 못한 것은 사실이다. 그래서 세인들이 평하자면 "마루골 정씨풍(鄭氏風)이 경모 씨도 있다."고 한다. 이 말이 반교(班驕: 양반의 교만?)가 있다는 말이다. 이것이 지방에서 득점에 불리하리라는 대표사인 것 같다. 그래서 내가 정인석 씨를 보고 "자제 출마에 선생이 동별로 방문을 하시오, 호의를 많이 얻으리다. 만약 영윤(令胤)이 직접 방문한다면 혹은 점수를 잃을 염려도 있소." 하고 말한 일이 있었다. 사실 그러리라고 본다. 정인석 씨와 내 관계는 누구보다도 한독당 관계도 있고 내 선친께서 모산장(慕山丈) 관계도 있고 또 나와 개인 상대로도 교정(交情: 사귀어 온 정)이 친밀한 사이다. 그리고 그 영윤인 경모 씨가 민의원으로 아주 자격이 없다면 할 수 없는 일인데 무엇으로 보든지 출마자 중에서는 우수한 편이요, 또 민의원에 나가더라도 무슨 거물급이나 중견급은 문제나 준중견 대우는 받을 인물이라 비록 부족점이 있더라도 공주 갑구에서 출마자 중에서는 공정한 평은 정경모 씨에게 호평이 갈 것이라고 보고 그 부족점이라는 중에서 일건은 정경모 씨가 장시일을 서울서 있었지 고향인 공주에서는 하등(何等)의(아무런) 업적이 없고 공주를 위한 행위라는 것이 보이지 않는 관계로 대중에게 선전 자료가 부족하고 또 마루골 정씨라는 것이 소수 사족계(士族界)에서는 유리할지 모르나, 대중적으로는 절대적으로 불리한 점이라는 것과 신언서판(身言書判)이라 하나, 우선 외모가 헌앙(軒昂: 풍채가 좋음)해야 대중적으로는 조건인데 좀 만점이 못 된다는 것과 그 외에도 4~5종의 불리점이 있으나 이 정도로 중지하고 정경모 씨의 성공을 빌고 이 붓을 그치노라.

김제원(金濟源)

씨는 경인(庚寅: 1950년) 5.30선거 당시에 공주 갑구에서 민의원 출마를 해본 분인데 그 당시에 나는 서울에서 투표한 관계로 고향인 공주 실정은 잘 알지 못하였고 그 인물을 상대한 일이 없다. 그래서 이 분에 대한 경과나 이력을 아지 못하는 관계로 평을 중지한다.

황한주(黃漢周)

씨는 내가 안 지는 30여 년이다. 그 후 아주 소식이 없다가 수삼 년 전에 서로 만나서 반포면 자유당 부책(副責: 부책임자)으로 있었다. 그러며 반포면 수득세 사건에 씨와 김인석, 윤두현, 강길섭 제인(諸人: 여러분)과 같이 일을 꾀하고 고발코자 하는 것을 중지시키다가 내가 서울에 다녀와 보니 고발해서 사건은 신기(神奇)치 못하게 되고, 득담(得談: 비방을 들음)은 내가 알지도 못하고 감수한 일이 있었다. 그 후도 모모 사건이 다 있었으나, 대체로 보아서 부언공담(浮言空談: 뜬소리, 빈소리)이 90프로는 되고 실행력 있는 말이 혹 가다가 1~2프로는 될까 말까 하는 정도라 촌에서 생장(生長)한 인사들은 설마 그 정도의 허언이 장담을 할까 하고 곧이 듣는 사람도 있으나, 무슨 일이든지 착수만 하면 간간이 부언이 되고 마는 것을 내가 여실히 증명할 수 있다. 그러면 허언뿐이면 알 수 없으되, 경제적으로는 아주 선정(善丁?)하는 인물이요, 책임감이 절대로 없는 인물이다. 종교는 천주교인데 비종교보다도 질이 일층 더 선하지 않다고 본다. 그런데 금번에 공주 갑구에서 민의원 출마를 한다니, 자기 자신은 자기 역량을 잘 알 일인데 당선이 되어서 국회에서 또 호언장담을 해볼 예정인가 혹은 출마를 핑계하고 무슨 경제적 해결을 할 예정인가 알 수 없는 일이다. 우리가 보기에는 주출망량(晝出魍魎: 낮에 나온 도깨비)이라고 본다. 이 사람이 5.30선거 때에도 대전에서 출마한 일이 있었다. 이야말로 선거부랑배라고 평하고 싶다. 이 정도로 붓을 그치노라.

이상으로 평은 중지한다. 물론 내가 평어(評語: 평하는 말)를 가한 데 대해서 실례되는 말도 많고 왜곡한 평도 많을 줄 아나, 이것은 내 사견이라 무슨 확평이나 공평(公評)은 아닌 이상 하관(何關: 무슨 상관)이 있으리요? 혹 괘인이목(掛人耳目: 사람의 이목에 걸림)하면 남평(濫評: 평을 남발함)한 책임을 자담(自擔: 스스로 감당함)하리로다.

갑오(甲午: 1954년) 2월 14일 봉우서(鳳宇書)

추기(追記)

내가 이 붓을 든 후에 일망(一望: 한 보름)이라는 긴 시간을 신병(身病)으로 자리에 누웠던 관계로 출마 예정자들의 동향을 알지 못하였던 것이다. 문병(問病) 오는 인사들에게 도청도설(道聽途說: 길에서 듣고 길에서 얘기함)로 들어 보니, 김수철 씨와 김제원 씨는 공주 갑구 출마를 중지한다는 종합소식이 있고 그 외에 10위(位: 사람)는 아마 출마가 확정적인 것 같다. 출마자의 의사가 양분된다. 대아(大我)인가 소아(小我)인가의 기로(岐路: 갈림길)도 있고 요행(僥倖: 뜻밖에 얻는 행복)을 바라는 점도 있으나, 대아건 소아건 출마하였으면 성공을 목표로 나가는 것이 당연하다고 볼 것이다. 각자가 각자의 자가비판을 제3자가 보는 것과 조금도 차이가 없게 보라는 것이다. 이렇다면 당연히 당선권을 경쟁할 만한 인사는 최선의 노력을 할 일이다. 승산이 없는 인사는 퇴장하는 것이 득책이 아닌가 한다. 갑구에서 민간 유권자들의 의사를 듣건대 종합해 보면 경쟁점까지 갈 인사가 3~4인밖에 없다고 본다. 그래도 이 3~4인들은 당선이냐, 낙선이냐를 서로 경쟁할 일이나, 그 외 인사들은 예선에서 기권할 우려가 농후한 분들이다. 이것이 난립상을 양성(釀成: 빚어 냄, 조성)시키는 것이요, 유권자들의 정신을 현란(眩亂: 현혹)시키는 것이다. 그리고 냉정히 비판해 보면 사실은 갑을(甲乙) 양인(兩人: 두 사람) 중에서 당선이냐, 차점이냐가 확판(確判: 확실히 판정)되는 것이라고 본다. 공주 같은 소지방이면 인물고사(考査: 심사)에 그리 난사(難事: 어려운 일)도 아닐 것이다. 유권자 여러분이 충분히 고려해서 귀중한 한 표를 무의미하게 버리지 말기를 바라는 바이다.

갑오(甲午: 1954년) 3월 초3일(初三日) 봉우추기(鳳宇追記)

[11명이나 되는 후보자들에 대한 인물평은 사실 경이적입니다. 어

떻게 이 많은 인물들의 과거와 현재를 이토록 꿰뚫고 계신 것일까?
너무도 놀랍습니다. 1950년대 초에 무슨 데이터 뱅크도 없었을 텐
데… -역주자]

공주 교육구 교육감 재추천을
위요(圍繞: 둘러쌈)하고

　작년 세전(歲前: 새해가 되기 전)에 공주 교육감 파면 문제가 발생한
후에 문제가 구구하였었다. 재선한 결과가 제1투표에서 채수강의 표,
이은창의 표, 신재현 2표로 법정 표수가 못 되어 제2차 투표를 행한 결
과가 채수강 6표, 이은창 3표, 신재현 3표, 홍원표 1표로 제3차 결선투
표에 가기 전에 선거조례의 명문(明文: 명백히 기록된 조문)인 2차에서도
법정당선인이 없을 때는 고점자(高點者) 2인을 택하여 결선투표를 행
한다 하였다. 그래서 고점자 2인을 택하기 위한 예선투표를 행한 결과
이은창 8표, 신재현 5표로 이은창 씨가 차위(次位: 다음 자리) 고점자로
채수강 씨와 결선투표를 행해서 채수강 8표, 이은창 5표로 채 씨가 당
선하여 추천한 결과, 도에서 이 선거법이 문교부 지시(指示) 조례(條例)
에 위반되었다고 재선(再選)하라는 통지가 있었다. 그러나 공주교육위
원 간에서는 반대의견이 있었다. 우리가 하등의 비법행위가 없는 이상,
재선할 필요를 불감(不感: 느끼지 않음)한다는 공통성이 있었다. 그래서
의장이 이 선거 경과를 중앙법제처장에게 질의한 결과, 우리 공주교육
위원들의 처사가 가장 합법적이라고 답(答) 통지가 왔다.
　그러나 도(道)에서는 문교부 지시 운운을 가지고 고집한다. 그러다가
종말에는 우리의 선거 방식도 합법적이나, 상부지시가 있으니 전국적
으로 동일보조를 취하기 위해서 재선해 달라고 우리의 행사를 시인하

며 재선을 요구하였다. 그래서 전번 회기에 재선결의를 하고 4월 9일에 투표하기로 정했는데, 그 출마 예정인들의 평을 쓰기로 해본다. 대체로는 이번 문교부와 도의 처사가 비합법적이라고 믿는 외에는 별 도리가 없다. 민주주의 원칙을 이탈하고 관권(官權) 남용이라고 본다. 만약 우리가 추천한 채 씨가 비자격자라면 당연히 선거 추천하였더라도 그 자격을 심사한 결과가 불합하니 타인으로 재선하라고 하였으면 도리어 우리에게 책임은 없겠다. 그런데 자기들이 책임을 지지 않기 위해서 선거방식이 비합법적이라고 우리들에게 전가시키다가 우리가 대항하니 말하자면 자상(自上: 상부에서)으로 사정 사정하며 재선을 요청하니 가소로운 일이로다. 사실은 발령권이 상부에 있고 우리는 추천권만 있는 것이라 할 수 없는 일이나, 이런 것도 민주주의를 구두로는 하나 여전히 관권만능을 그대로 하니, 어느 때에나 명실상부한 민주가 될지 알 수 없는 일이다. 그러나 주위 환경이 졸지에 개선해질 수 없는 일이니 되어 가는 대로 보자. 다음에 쓰고자 하는 것은 출마 예정자 평을 내 사견으로 한 것이다.

채수강

씨는 제1차 교육감선거 때에 공주 금학국민학교장으로 공주에서 출마한 일이 있었고 금번 교육구 불상사의 발단이 세평(世評: 세상 사람들의 평판)에 채 씨가 장본인이라는 말이 있었고 사실인지 아닌지는 나도 알 수 없는 일이나, 곽상남 교육감 파면 문제에 각 교장에게 호감을 못 얻은 것은 사실이었다. 그런 관계로 도 당국에서도 채 씨에게 대하여 여러 가지 문제를 종합해서 아무리 선의로 해석을 한 대야 50프로 이 내 인물로 평정(評定: 평가결정)을 가하는 것 같다. 그런 공기를 내가 보기는 벌써 전부터이다. 그런데 먼저 번 교육선거 당시에 교육위원들의 의견이 불일치해서 곽상남 씨를 재선시키자는 일파와 새로운 인물을 등장시키자는 일파와 교장단에서 인기를 얻은 현 학무과장 신재현 씨를 등용하자는 일파가 있었다. 그리고 또 이은창 씨를 권외에서 기용하자는 파로 분립하던 차에 의외로 현장에서 문교사회국장이 선거 직전에 임석하였다가 곽 씨 재선의 불가를 논하고 연고 있는 인물을 채용해 달라고 말한 것이 원인이 되어 위원들의 공기가 일변하여 곽 씨 재추진이 성공 못할 바에야 대립되는 채 씨를 당선시키자는 암시가 무난히 통과되어서 채 씨가 8대5로 당선되었으나, 도 당국에서는 여전히 선입견을 고집해서 문교부 지령 운운으로 채 씨의 발령을 중지하고 재선을 지시한 것이다. 그 처사가 소루(疏漏: 부주의함)하다는 것이다. 공주교육위원들도 위신문제가 있어서 재선을 속히 안 한 것은 사실이다. 그런데 교육감문제로 직접 영향을 받는 것은 공주 교육계라 이 난관을 타개하기 위하여 우리들은 채 씨의 재선을 단념한 것이다. 여기서 채 씨 본인도 역시 위신문제가 있을 것 같다. 이것이 행운이 불행을 초래한 것이다. 누가 금번의 불행이 후일에 행운일지 알 수 있는가? 채 씨를 위해서 애석하다는 것이다. 인품만은 교육감에 부족하다고는 못할 인물이나, 원만성이 좀 부족해서 중인(衆人: 뭇사람)의 호감을 못 얻는 것이 채 씨로의 불행을 초래한 원인인 것 같다.

이은창

씨는 나는 그 과거를 알지 못한다. 다만 이은상 씨와 이존하 씨와 조태복 동지의 소개로 수십 년간 교육계에 종사하고 수완이 있다는 말을 들을 뿐이요, 내 직접으로 조사한 일이 없었고, 공주교육구 위원인 이 영하 씨가 그 족친(族親: 같은 성을 가진 겨레붙이)이라고 말해서 대강을 알 정도였으나, 선거 당시에 차위(次位: 다음 자리)로 낙선한 후에 수차 상봉해서 그 인품이 교장급으로는 우수하다는 것을 알게 되었고 순수 교육가보다 교육행정면에 나서도 그리 손색이 없을 정도라고 비판해 보았다. 인물로 보아서 능력이 있는 사람이요, 단순한 교육가만은 아닌 사람이다. 장래에 다른 세계로 진출할 가능성이 보이는 인물이라고 평하고 싶다. 그러나 금번 재선에는 득점이 좀 문제된다. 각인이 다 맹렬히 운동을 한다면 지방에서 하는 사람이 더 유리하다는 것은 가리지 못할 사실이다. 씨가 대전에 있는 관계로 왕래의 편(便: 편리함)을 얻지 못하는 것이 좀 불리하다고 본다. 이 정도로 붓을 그친다.

신재현

씨는 공주교육구 학무과장으로 현직에 있다. 그리고 수십 년간을 교육에 종사해서 교장, 장학사, 사범학교 교사 등을 역임하고 장학사로도 대덕군, 대전시로 다년 경험이 있는 인물이라 교육계에서는 신용을 받는 인물이다. 그래서 먼저 번 교장진에서는 총출진해서 신 씨를 ○수(○授)했던 것인데 의외의 사고로 신 씨에게 불리하게 되었던 것이다. 그 후도 그 운동방식이 좀 소홀해서 인기를 못 끄는 것 같아서 내가 수차 권고도 해본 일이 있다. 그 위인이 구식 사족(士族: 선비 자손)의 여풍(餘風: 남은 풍습)이 있고 근대 신사조형(新思潮型)이 아니며 학자형이요, 행정형이 아니다. 이것이 씨에게 교육감 출마가 불리했던 것이다.

자격은 충분하나, 수완이 좀 부족하다는 것이다. 이은창 씨는 자격보다 수완이 우수한 편이요, 신 씨는 수완보다 교육자로 자격이 우수한 것 같다. 이 두 사람이 선거에서 백중(伯仲: 맏이와 둘째)을 상쟁할 것 같다. 신 씨는 모지자(某之子: 아무의 아들)요, 모지손(某之孫: 아무개의 손자)임에 틀림없는 전형을 가지고 있다. 사족학자라는 말이다. 이상 3인평에서 이 씨의 행정수완의 능력이 있고, 신 씨의 교육에 능력이 있고, 채 씨의 양쪽이 다 이 씨, 신 씨만 부족하다는 것을 평해 보는 것이다.

곽상남

씨는 공주교육구 교육감 전임자로 파면이 되었다가 은사령(恩赦令: 사면령)으로 복권이 된 것이다. 그래서 금번에 신용복구책으로 맹렬한 운동을 하는 중이나 제3자 입장으로 보아서는 씨로서는 좀 어느 시기까지는 자중하는 것이 더 상책이 아닐까 한다. 사실에 있어서는 씨야 말로 양심적 인간이요, 금번 파면사건도 인정이 많아서 책임을 지고 당하는 것이라고 본다. 그러나 할 수 없는 일이다. 씨를 위해서 애석(愛惜)해 하는 바이다.

갑오(甲午: 1954년) 음력 3월 초3일(初三日) 봉우서(鳳宇書)

공주교육감 추천 경과를 보고 내 소감

양력 4월 9일은 정기 공주군 교육구위원회요, 의안(議案)은 교육감 추천 건이었다. 4월 8일에 입읍(入邑: 공주읍에 들어옴)해서 보니 출마자들이 맹렬히 운동을 하는 것이 현약(顯若: 현저)하다. 전번에 당선되었던 채 씨도 금번에 만약 낙선한다면 퇴직하는 외에 타도가 없는 입장이다. 결사적으로 운동하는 것 같고 이은창 씨도 기분(幾分: 얼마간) 자신이 있고 또 위원들 간에서 호평을 가지고 있는 관계로 채 씨의 실패를 이용해서 역시 맹렬 운동하는 것도 무리가 아니요, 도(道)에 배경도 있는 것은 사실이다. 그리고 신재현 씨는 현 교육구에서 절대적 지지와 교장단의 맹렬한 응원과 문교사회국이나 학무과, 문정과의 지지를 받아 출마자 중에 군림하고 자신이 만만하였던 것이다. 그리고 곽 씨는 신용회복이 문제가 되어 열렬한 운동을 전개하고 있는 관계로 당선 여부보다도 인기를 획득하고자 하는 것 같다. 그래서 선거 전야(前夜)의 위원들의 입장이 대단히 곤란했다. 나는 아주 여관을 타인이 모르게 하숙으로 정하고 하룻밤을 피했었다.

그다음 날인 4월 9일 이른 아침부터 출마자들이 노골화하게 대립운동을 하는 중에 위원들도 대책을 수립하고 암중(暗中)단결이 되어 있었다. 제일 문제가 공주교육구 위원들의 위신(威信: 위엄과 신망)문제였다. 이 문제는 다만 공주 일부 교육구에 한정된 것이 아니요, 전국적으로 영향이 있다는 것과 관권(官權) 발동하의 피압박적 선거에 수긍하느냐 자유 분위기 속에서 관권이야 무어라 하든지 우리 위원들이 하느냐가 대립했었던 것이다. 여기서 내가 위원들에게 위신을 세우라는 것을 역설하여 위원들이 단결을 도모했던 결과가 일부 위원을 제외하고는 완전히 단결이 되었다. 그래서 선거 경과가 제1회에 채 씨 5표, 신 씨 3표, 곽 씨 2표, 이 씨 1표로 재선하게 되어 채 씨 3표, 곽 씨 3표, 이 씨 3표, 신 씨 2표로 신 씨가 결승전에 가지 못하고 낙선하고 3회전에 3씨가 열전(熱戰)하였다. 결과가 채 씨가 8표, 이 씨가 2표, 곽 씨가 1표로 채 씨가 당선되었다. 교장단이나 교육구 직원들은 위원들에게 아주 불평언사를 하는 분이 있다. 그러나 우리 위원들로서는 제일 타당한 처사라고 본다. 선거 전야에 모씨가 위원들을 초대하고 선거운동을 한 것이 인기를 상실한 것이요, 또 관권이 개입한 것이 모씨와 모씨가 다 불리한 원인이 된 것이다. 발령이야 되고 안 되고 간에 우리 입장은 아주 선명하게 되었다. 물론 낙선자들 중에는 불평이 있을 것이요, 또 나는 채 씨 당선으로 내 자신에 불리한 조건이 있다는 것도 사실이나 할 수 없는 일이다. 여기서 완전히 위원들의 8대3이라는 단결이 있다는 것이 표현되었다는 것이요, 우리의 위신문제도 해결되었다는 것을 기록해 보는 것이다.

갑오(甲午: 1954년) 양력 4월 11일 봉우서(鳳宇書)

희우(喜雨: 가뭄 끝에 내리는 반가운 비)

　1개월에 가까운 한기(旱氣: 가뭄)로 맥작(麥作: 보리농사)에 적지 않은 영향을 초래하고 있었고 각종 춘기(春期) 발아(發芽: 싹틈)에 지장이 없지 않았었다. 더구나 기상대 보고로 보면 우리 지역의 고기압 계속으로 장기적 가뭄이 있을 듯하다고 해서 아닌 게 아니라 농가로서는 걱정이었었다. 청명(淸明)248), 한식(寒食)249)을 다 지내고도 우기(雨氣: 비올 듯한 기운)가 없어서 기상대 관측이 불행히도 적중되나 하였더니 의외에도 세우(細雨: 가랑비)로 시작하여 풍불명조(風不鳴條: 바람은 나뭇가지를 울리지 않게 부드러움)하고 우불파괴(雨不破塊: 비는 흙덩이를 깨뜨리지 않을 정도로 내림)250)하며, 일일일야(一日一夜: 하룻날 하룻밤)에 강우(降雨)로 충남평야와 산간벽지를 통해서 상흡(爽洽: 시원하게 적심)하게 되었다. 조물주께서 우리가 좀 가다리면 보내 주시니, 금년 보리농사도 풍등(豐登: 농사가 썩 잘됨)의 예조(豫兆)가 보인다. 앞으로 맥추(麥秋: 보리 익는 철) 전에 몇 차례만 비가 내리면 완전히 우리 농촌의 추성(秋成:

---

248) 24절기의 하나. 양력 4월 5일

249) 동지(冬至) 후 105일째 되는 날. 28수의 하나이며 불을 관장하는 심성(心星)이 출현하는 시기인 양력 4월 5일 무렵이다. 설날, 단오, 추석과 함께 4대 명절의 하나. 일정 기간 불의 사용을 금하며 찬 음식을 먹는 풍습에서 비롯됨. 오래된 옛 불을 끄고 새로 불을 만들어서 사용하는 개화(開火)의례라고 본다.

250) 후한(後漢) 사상가 왕충(王充)의 저서 《논형(論衡)》 〈시응편(是應篇)〉에 태평성대를 표현하는 문구로 인용됨. 또한 전한(前漢)의 학자 환관(桓寬)의 《염철론(鹽鐵論)》의 〈수한편(水旱篇)〉에도 같은 내용이 보인다.

가을에 온갖 곡식이 익음) 전까지 식량문제는 해결되리라고 본다. 이것이 다 조물주(造物主: 우주만물을 만들고 다스리는 신, 하느님)의 은덕(恩德)이라고 아니할 수 없다.

민(民)은 이식위천(以食爲天: 먹는 걸로 하늘을 삼음)이라고 물가야 높이 치솟건 말건 식량이 풍족하면 민심이 적이 안정되는 것이다. 금년이 갑오년이라 우리 민족에게 행운이 오리라는 예조가 암시되는 해라 그래서 조물주께서도 우순풍조(雨順風調: 비바람이 순조로움)로 우리 민족에게 은혜를 베푸시는 것 같다. 국가에서는 대외, 대내적으로 다사다난(多事多難)한 이때이나, 농민들이야 다만 풍등(豊登: 농사가 썩 잘됨)만 되면 무엇보다도 제일 좋은 일이라고 본다. 그래서 내가 이 《희우(喜雨)》라는 제목 아래 수자(數字: 몇 자)를 기록하는 것이다. 이 반가운 비가 때맞춰 오고 민심은 적이 가라앉아 누구나 다 아동교육에 눈을 뜨고 정계에서는 휴전 중 정치회담과 수부(壽府: 제네바)회담251)으로 이

<hr />

251) 1954년 4월 26일부터 6월 15일까지 유엔참전국을 비롯한 19개국 외상들이 스위스 제네바 전 국제연맹회관에서 한국의 평화적인 통일방안을 모색하기 위해 개최했던 국제정치회담. 이 회담은 실패가 예고된 회담이었다. 우선 한국이 강력하게 반발했다. 무력으로 해결 안 된 것을 정치회의로 해결하겠다는 것은 언어도단이라며 회담을 거부했고 이승만은 여전히 북진통일을 주장했다. 이승만 대통령의 3·1절 기념사는 소모적인 정치회담을 다시 개최하는 '소위 강대국'들에 대한 비판으로 가득 찼다. 회담 개최 8일 전까지도 회담을 거부하던 남한은 결국 미국과의 협의 과정에서 남한군 증강에 대한 미국의 원조 약속과 회담 운영에 관한 몇 가지 언질을 받고 참여를 결정했다. 미국은 미국대로 동북아시아에서 소련과 중국을 감시하고 견제 하면서 미국의 패권을 지키기 위하여 한반도를 이용하려는 자국의 이익을 위해서 한국의 재통일에 대해 고의적으로 주춤하는 듯한 태도를 보였다. 제네바 회의 기간 동안 미국은 한반도 통일에 관련된 핵심 주제가 논의 되는 것을 회피하기 위해서 고의적으로 다른 주제인 전쟁 포로 송환, 휴전 협정 준수 또는 미국의 외교 정책 등을 지속적으로 거론하였다. 결국 한국의 재통일에 대한 과제에 대한 회의는 어떠한 선언이나 제안도 채택하지 않은 채 종결되었다. 제네바 회담은 한국이 주권국가로 최초로 참가한 중요 국제회의이자, 전후 남·북한이 최초로 국제회의에 참석하여 통일방안을 공개적인 장

나라의 평화를 양성(釀成: 빚어 만듦)하고 있는 때라 인신(人神: 사람과 신)이 모두 화합하여 흉조(凶兆: 불길한 징조)는 춘설(春雪: 봄눈) 같이 녹여 버리고 길조(吉兆)는 춘화일란(春和日爛: 봄의 따뜻한 기운과 햇빛)과 같이 이십사번풍(二十四番風: 소한小寒에서 곡우穀雨 사이에 부는 봄바람)을 따라 점점 우리들도 아무리 신경이 둔해도 봄 오는 것을 아는 것과 같이 이 나라 이 민족에 다 같이 서광(曙光: 새벽 햇빛)이 비치는 때라 이 희우(喜雨)도 이 길조의 하나인 것이 틀림없다고 본다. 이 갑오 신춘(新春)부터 우리 민족의 적설(積雪)은 한 개씩 사라지기 시작하는 때라 아직도 조석으로 서리가 와서 철없는 추위가 있으나, 이것은 최후의 발악적(發惡的)인 것이요, 멀지 않아서 다 홍로점설(紅爐點雪: 뜨거운 화로의 한 점 눈)같이 사라질 확증이 분명하다. 우리들은 다 같이 희우를 반가이 맞이하며 따라서 조석의 쌀쌀한 기운을 염려 말고 인내하라는 부탁을 하는 것이다.

갑오(甲午: 1954년) 3월 12일 봉우서(鳳宇書)

에서 논의한 회의였다. 하지만 회의는 남북 양측의 기본 입장이 정면으로 대립했기에 시작부터 실패의 가능성이 높았던 회담이었다.

성추(省楸: 성묘) 후 소감(所感)

선고(先考: 선친) 유택(幽宅: 묘소)을 계룡산 아기봉(牙旗峯)[252] 아래 장군배상(將軍背上)에 모신 지 어언 7년이 되었고 선비(先妣: 모친) 산소를 선고 산소 근방으로 모신 지도 벌써 6년이라는 긴 세월이 되었다. 선비께서는 고종 신미(辛未: 1871년) 4월 28일에 탄생하시어 17세 때인 고종 정해(丁亥: 1887년)에 선고(先考)와 성혼(成婚)하시어 2남2녀를 생산하시었으나, 1남2녀는 조실(早失: 일찍 잃음)하고 불초(不肖: 나)가 1인이 있을 뿐이요, 무타자녀(無他子女: 다른 자녀는 없음)하시었다. 초년에는 선고께서 극빈생활로 서울서 낙향하시어 가족친척들의 부귀생활이 염증이 나시어 아주 가평에서 궁협중(窮峽中: 깊고 험한 산속) 피세둔적(避世遁迹: 세상을 피해 종적을 감춤)을 하시며, 선비(先妣) 달성 서씨(徐氏)를 영(迎: 맞이함)하시어 5~6년간 동거하시다가 병술년(丙戌年: 1886년) 괴질(怪疾)에 백부댁(伯父宅: 큰아버지댁)이 양성(陽城)에 계실 때, 남부여대(男負女戴)로 오신 즉시 서씨가 전염병으로 불행(不幸: 사별)하시었고, 그 당시 백부주(伯父主: 큰아버지)는 수천 석 부호(富豪)였으나 형제분의 대우가 좀 불만하시어서 내 선친께서도 열화 같으신 성질에 형제 근처에서 독신생활을 하지 않으실 생각으로 비록 불원(不遠: 멀지 않음)한 곳이나 안성으로 오시어서 촌학구(村學究: 시골 골방선생)

---

252) 현재 삼불봉. 여기서 아기(牙旗)는 임금이나 대장의 거소에 세우던 큰 깃발을 말한다.

생활을 하시다가 선비(先妣)를 정해년(1887년)에 영(迎: 맞아들임, 결혼) 하시었다.

6~7년간을 동일하게 경과하시다가 당시 동학란(東學亂)으로 방랑생활을 하시니 갑오년(1894년)에도 여전히 보은 장내(壯內) 근처에서 계시다가 선고께서 단신으로 상경하시고 선비께서는 여전히 극빈생활을 하고 계셨다. 선고께서 을미경장(乙未更張)[253]에 김홍집 내각의 법부(法部) 주사(主事)로 신입사(新入仕: 새로 벼슬함)를 하시고 선중부주(先仲父主: 둘째아버지)가 당시 내각총서(總書)로 군부 협판(協辦)을 겸하다가 한성판윤(漢城判尹: 서울시장)으로 등장할 때다. 선고께서 법부 참서관으로 승직(昇職: 직위가 오름)하시어 법부 비서관방(祕書官房:총무비서격)에 계실 때에 수년간을 남촌집이라는 소성(小星: 첩)과 동거생활을 하시었고, 선비께서는 여전히 향촌(鄕村: 시골)에서 극빈생활을 하시던 것이었다. 정유년(丁酉年: 1897년)에 단신으로 선비께서 상경하시어 서울 생활을 시작하신 것이었다. 그 후 신병으로 수년을 신음하시다가 병환이 완차(完差: 완전히 차도가 있음) 하시기 전인 기해(己亥: 1899년) 4월에 불초가 수태(受胎)되었던 것이요, 선친께서는 내부(內部) 판적국장(版籍局長)[254]으로 계시었고 우리 가운(家運)은 당시 행운이었던 것은 사실인 것 같다. 선친께서 법부에서 검사국장, 한성재판소 비서원승

---

253) 1895년 명성황후 시해사건 이후 김홍집 내각이 추진한 근대적 개혁운동.
254) 판적국은 전국의 호수와 인구를 조사하며 출생과 사망에 관한 모든 문서와 장부를 맡아보는 부서였다.

(祕書院丞)255), 시종원(侍從院)256) 시종 등을 역임하시고 고등재판소 판사도 경력하시고 그전에 법부 비서관으로 다년 계시어서 법부에서는 고참격이시었다.

그러다 신축년(辛丑年: 1901년)에 황해도 평산(平山)으로 외제(外除: 외직제수) — 군수발령 — 하시어 윤덕영 관찰사와 해서(海西: 황해도) 혜민서(惠民署: 국립병원) 관계로 기관(棄官: 관직을 사임함)하시고257) 상경하시었다. 그래서 칙임의관(勅任議官)으로 한직에서 수삼 년을 계시다가 을사춘(乙巳春: 1905년 봄)에 진도군수로 외제되시어 정미춘(丁未春: 1907년 봄)까지 계시고 능주(綾州: 전남 화순)로 이배(移拜: 군수 이동)되시어서 7월에 고종 황제 선위(禪位)와 같이 기관(棄官: 벼슬을 버림)하시고 상경하시었다가 경술국치(庚戌國恥: 1910년 나라 망함)를 당하자 충북 영동으로 낙향하신 후 7년 만에 상신으로 피난 겸 오신 것이 병진(丙辰: 1916년) 11월 20일이었다. 동기한냉중(冬期寒冷中: 겨울철 추위 속)에 선비께서 병환 중이라 신입택(新入宅: 새로 집에 들어감)하시며 병와(病臥)하신 것이 그다음 해 정사(丁巳: 1917년) 윤2월 초사일 유시(酉時: 오후 5~7시)에 다한(多恨)한 이 세상을 버리시고 중병(重病)을 가지시고 돌아가시었다. 불초가 연유(年幼: 나이 어림)한 관계로 극력 치료도

---

255) 비서원은 황제의 비밀문서를 보존하며 황명을 출납하고 각종주본(奏本)과 소장(疏章)을 관리하였는데 경(卿) 1명을 칙임관으로 선임하고, 승(丞) 3명을 주임관(奏任官)으로, 낭(郎) 2명을 판임관(判任官)으로 선임하였다.

256) 조선 후기와 대한제국 시기에 왕실의 제례 및 예식, 호위 기능을 담당했던 기구. 이곳에 속해 있던 비서감이 독립하여 비서원이 되었다. 조직은 칙임관인 경(卿) 1인, 시강 2인, 주임관인 부시강(副侍講) 1인, 시종 7인, 판임관인 시독(侍讀) 4인, 주사 2인, 시어(侍御) 8인이다.

257) 공명정대하게 일처리를 하던 취음공이 악질 친일모리배 윤덕영과 정면충돌하고 사임하였다.

못 해 본 것이 내 일생 한(恨)이 되는 것이요, 수한(壽限: 타고난 수명)이 47세라는 요(夭)를 면치 못하신 것이 더구나 한이 된다. 내가 철이 없어서 선비의 유훈(遺訓)을 지키지는 못하였으나, 나이가 먹을수록 선비께서 현모(賢母)였고 또 성모(聖母)였었다는 감이 점점 더 두터워간다. 그 전 선철(先哲: 옛날의 어질고 밝은 이)들 누구보다도 귀하신 성모를 불초가 모시고도 불초가 참으로 불초해서 그 유훈의 만일(萬一: 만에 하나)을 행하지 못하고 불초도 백발이 성성한 일개 노옹(老翁)이 되었으니, 어찌 감개무량하지 않으리요?

그리고 선고께서는 정사년(丁巳年: 1917)에 소성을 두시고 그 후 세사(世事)를 불관하시고 강개불평(慷慨不平)으로 시부(詩賦)로 소일하시어 81세라는 소령(邵齡: 노인으로서 썩 많은 나이)임에도 건강하시어 세인들이 선풍도골(仙風道骨)이라는 평을 들으시었다. 병자(丙子: 1936년) 12월 14일 조조(早朝: 이른 아침)에 선화(仙化)하시니, 불초가 중간에 패가(敗家: 집안을 망침)로 양지(養志: 뜻을 보양해 드림), 양구체(養口體: 몸과 먹는 것을 보양해 드림)를 못하고 소령임에 불구하고 계옥지수(桂玉之愁)258)를 못 면하시다가 하세(下世: 돌아가심)하시니, 천추다한(千秋多恨: 영원히 한이 많음)한 일이다. 그 후 동리(洞里: 마을) 후수(後岫: 뒷산 봉우리)에 권조(權厝: 좋은 산소 자리를 구하기 전까지 임시로 장사를 지냄)했다가 아기봉 장군배로 모신 것이 무자년(戊子年: 1948)이었다. 그러나 내 생각에는 고령(高靈: 경남)에다 심조(心照: 마음에 정함)한 곳이 있으나, 만사불여의(萬事不如意: 모든 일이 뜻대로 되지 않음)하여 임시로 이곳에 모시고 성추도 자주 못하니, 불효막대하다. 금번에도 선계부주

---

258) 땔나무와 양식의 걱정을 이르는 말. 땔나무는 계수나무에, 쌀은 옥에 비유하여 귀함을 나타낸다.

(先季父主: 막내아버지) 산소를 아기봉 아래 병좌(丙坐)로 모시고 그길에 성추를 한 것이요, 내가 전적으로 성추를 한 것이 아니었다. 불효한 일이라는 것을 자경(自警)하며, 만사가 여의하면 부모님 만년유택(萬年幽宅: 영원한 보금자리, 산소)을 확정하고 만분지일(萬分之一)이라도 안심될까 해서 이 붓을 드는 것이요, 또 현부모(賢父母)를 모시고도 내가 이렇듯 불효하다는 감개무량한 느낌을 하소연할 곳이 없어서 더욱이 불초의 수양(修養) 없음을 한탄하고 이 붓을 그치노라.

갑오(甲午: 1954년) 3월 12일 추기(追記)

불초태훈(不肖泰勳) 근기(謹記: 삼가 씀)

공주 민의원선거 정견발표

…(원고 앞부분 유실)…있었던 관계로 시종여일하게 출마자들의 합동 강연을 들어 보았다. 장소는 반포초등학교 운동장이요, 청강인원은 남녀 무려 700~800명이었다. 여성들이 거의 3~4할을 차지한 것이 이채(異彩: 색다름)였다. 개회하기 전에 내가 본 현상을 대강 기록해 보겠다. 각 출마자들의 응원대가 자동차에 만재(滿載: 가득 실림)하고 확성기로 가도(街道: 거리길)선전을 하며, 그 자동차에 가득 싣고 온 것이 음식물이었다. 여객차를 이용하고 온 출마자들도 연락소에서는 다 주식(酒食: 술과 밥)이 벌어졌다. 좀 실례가 될는지는 알 수 없으나 청강인의 성적이 양호한 것은 우리의 대변인을 선택하고자 그 정견을 듣기 위한 집회라기보다 각 선전인 계통으로 선입견을 가지고 음식을 따르는 인물들이 대부분인 것 같다. 아직 민간 수준이 이 정도라면 한심한 일이다. 거기서 사전 연락 없이 정견발표를 들으러 온 인사가 1할이 못 된다는 관점에서 어찌 통탄하지 않을 수 있는가? 게다가 갑(甲)사무소에서 향응을 받은 사람이거든 을(乙)사무소에 안 갈 것 같은데 내가 보기에는 갑을병정을 순회하며 석양에 만취가 되어 행보를 제대로 못하고 가는 사람이 얼마든지 있는 것을 보고 우리 면민들의 선거에 대한 본의(本意)를 의심하지 않을 수가 없다. 이 선거가 반포 일면(一面)에 관한 일이 아니나 다른 면도 우리 면과 유사하지 말라는 데가 어디 있는가? 일반일 줄로 추측되는 관계로 이 붓을 들게 되는 것이다.

동일 면내에서 각 출마인에게 파당적인 운동을 하다가 필경에는 상대성을 가지고 적대시하며 열중하는 것을 보건대 그 이유는 인선(人選)이 목적이 아니요, 영리적 수입이 목적이 되는 관계인 것이다. 국가 흥망이나 민족의 성쇠(盛衰)도 불관하고 각 운동자와 일시적 이욕(利慾: 사리사욕私利私慾)관계로 민중을 현혹하게 하는 것은 출마인들의 과오라기보다도 소위 면내 유식층(有識層)인 인사들의 죄과(罪過)라고 본다. 면내 유지층에서 완전단결이 되어 있다면 출마자들을 잘 선택해서 면민에게 계몽해 주며, 출마인들의 아전인수적 선전이 없이 공정한 비판 아래 단일 추진하는 것이 당연하다고 본다. 소위 유식층에서는 이런 선거 기회에 돈벌이나 해볼 심산들을 가지고 출마인들의 ○중(○中)의 후박(厚薄)을 먼저 탐색코자 하고 인물은 예외로 안다면 이것이 망국하는 반역행동임에 틀림없다고 본다. 더구나 자유분위기를 표방하는 이때에 실제에 있어서는 '자유' 두 자를 찾아볼 수조차 없는 현상이라 장래를 우려하며, 현상을 감탄(感歎: 탄식을 느낌)하고 이 붓을 들게 되는 것이다.

　　현 민의원으로 있는 박충식 군도 금번에 출마해서 거액을 소비하고 각계각층의 조직이 누구보다도 우수하였던 것인데 의외로 합동발표 전일에 이유를 알지 못하나, 기권하고 말았다. 박 군이 민의원의 외교진에는 명성이 있던 인물이요, 공주 갑구를 위해서도 전적(戰績)이 없다고는 못 할 것이며 사업체를 가지고 있어서 자기 생활도 유족한 관계로 정상모리배로 생활하는 인물보다는 나은 인사인데, 물론 자기 사정이 있어서 후퇴하는 것이나, 사실은 애석한 일이었다. 또 박 군의 졸지 기권으로 출마자 진영정비에 일대 파문이 온 것은 가리지 못할 일이다. 박 군의 세포조직 쟁탈전이 맹렬한 것 같다. 이외에도 말하고자 하는 일이 있으나 내 신변관계로 함구령을 자하(自下: 스스로 내림)하는 것이요, 이다음은 출마자들의 정견발표를 대강 기록하고자 한다. 출마자 10인에서 박 군이 기권하니 9인인데 김영룡 군이 강연시간 전에 도달하지 못하여 당일 정견발표는 기권되고 추대한 순위로 1번에 염우량 군이요, 2번이 황한주 군이요, 3번이 윤해병 군이요, 4번 노마리아 여사요, 5번이 김영룡 군이요, 6번이 최형혁 군이요, 7번이 정경모 군이요, 8번이 엄대섭 군이요, 9번이 노천봉 군이요, 10번이 박충식 군이었다. 선거위원의 합동정견발표에 대한 조례를 설명한 다음에 출마자들의 정견발표가 시작되었다. 다음 순서대로 그 대강을 기록하기로 한다.

염우량

나는 가장 유명한 사람입니다. 민의원에 출마 잘하고 낙선 잘하기로 유명한 사람입니다. 내가 정견을 발표하기 전에 먼저 출마하였던 동기와 경과를 보고하겠습니다. (1948년) 5.10선거 때에는 국가 창건하는 때라 나가서 일을 해볼까 하고 나갔던 것인데, 유권자들이 나를 무식하다고 낙선시켰습니다. 5.30선거 때에는 제1차 나가서 민의원이 된 사람들이 아무 일도 하지 않았기에 역시 일하고 싶은 마음으로 출마해 보았으나, 유권자들이 음식이나 금전에 팔려서 내가 무산자(無産者)라고 낙선시켰습니다. 을구 보궐선거 때는 중앙에서 거물급인 윤치영이나 조병옥이 나온대서 을구 인사더러 지방 사람으로 거물들과 상대해 보라고 권고해 보았으나, 아무도 등록을 않는 관계로 내가 출마하였는데 충청도가 그전에 양반이 사는 데라고 한 것은 공주를 의미한 일인데 객들만 와서 출마하고 양반의 고향인 공주에서 출마 못 한다면 주인이 없는 격이라 내가 출마했으나, 유권자들은 거물들에게 매수되어 나를 낙선시켰습니다. 거물이라면 머리가 둘이나 눈이 넷이 있는 것은 아니요, 우리와 다 같은 사람입니다. 이렇게 출마 잘하고 낙선 잘하는 사람입니다. 금번에 출마하고자 한 동기는 민의원들이 국가나 민족을 위하지 않고 심지어 영명(英明)하신 국부(國父)이신 노(老) 대통령님을 암살하려는 민의원이 있어서 분기(奮起: 떨쳐 일어남)해서 내가 위대하신 이 대통령님을 전적으로 그 정책을 지지하고 나온 것입니다. 우리나라의 8할이 농민이라 민의원이라고 무식한 사람이 못하는 법은 아니요, 무식하더라도 얼마든 말할 수 있는 것입니다. 농민을 대표해서 말할 수 있는 것입니다. 국회에는 각 분과위원회가 있어서 농사짓는 사람은 농림분과위원이 되고 장사하는 사람은 상업분과위원이 되고 법률공부한 사람은 법률분과가 되는 것이니, 공부한 사람은 문교분과위원으로 가서 국민의 학문발달을 보게 하는 것이라 무식한 나라도 농림분과위원에는 충분한 것이요, 국민의 8할이 농민이니 무식하더라도 농민의 실정이야 공부 있는 법률가보다는 내가 나을 것이요, 우리의 국부 이 대통령을 모시고 남북통일의 성업(聖業)을 우리 농민의 힘으로 완성할 생각으로 출마한 것이요, 여러 유권자들의 후원을 바라고 이만 그칩니다.

황한주

내가 황한주입니다. 민의원들이 그 나라 정치를 잘하고 못하는 책임이 있는 것인데 과거 민의원들은 정상모리배들이라 이 나라 정치가 군인으로 가는 사람, 농촌에 무권력한 사람뿐이라 삼대독자도 일선에서 전망한 사실이 얼마든지 있으나, 소위 유권자들의 자제들은 각 대학, 고등학교라는 데가 다 이자들의 피난소입니다. 일선에서 전사하는 사람이 대한민국 만세를 부르지 않고 그 대신에 빽이라고 부르고 죽는다는 말이 있습니다. 부산이나 대구, 서울 같은 데 가서 보면 궁사극치(窮奢極侈: 사치가 극도에 달함)를 하고 있으나, 지방에서는 군인가족들이 그날그날을 지내지 못하고 있는 것은 사실입니다. 대한민국 관리들이 1개월에 수백 원의 수당으로 생활하라는 것은 도적질하라는 정책이라고 봅니다. 우리가 국회에 가면 이런 일을 다 못하게 하겠습니다. 내가 수십 년을 구호사업을 하고 지내며 나무장사, 구루마꾼들과도 악수를 하고 있습니다. 그리고 반포면 수득세 조건에도 단독으로 싸웠습니다. 우리 같은 무산자를 민의원으로 무산대표로 내보내시오. 열렬하게 여러분을 대표해서 싸우겠습니다.

윤해병

윤해병이올시다. 현상 우리의 사활을 좌우하는 수부(壽府: 제네바) 회담이 있는 중에 우리가 이 자리에서 민의원 입후보자로 정견을 발표하게 됨은 역시 기이한 현상이라고 하겠습니다. 현 정국이 오로지 물질문명에만 경주해서 장장유유(長長幼幼: 나이 듦과 어림)를 부지하는 관계로 우리는 무엇보다도 동양의 도덕관념을 향상시켜서 민간의 미풍양속을 찬양함으로 이 나라 국시(國是)로 삼고 너무 외세에 의존 말고 자력갱생에 주력해서 우리나라를 재건 부흥하고자 한다는 요지였으나, 상세는 기억이 안 된다.

노마리아

노마리아입니다. 5,000년의 역사를 경과하고 20세기도 후반기에 있어 세계는 자유민주로 돌아와서 여성으로도 남녀평등을 운위하는 관계로 우리나라에서 단 4인밖에 출마 안 한 여성 중에 1인입니다. 5,000년 묵은 나무에 새싹이 나는 것을 여러분은 잘 배양해 주시기 바랍니다. 다 민의원 출마자라니 나도 애국자, 너도 애국자 하며 애국자 사태가 나서 출마한 분들이 애국 아닌 분이 없습니다. 왜정에 아부하던 자, 부일(附日)협력자, 민족반역자, 모리배, 부랑자, 협잡배(挾雜輩) 들이 애국자라는 간판을 쓰고 나옵니다. 여러분 순진한 숨은 애국자를 추진하시오. 진정한 애국자요 민의원으로의 일꾼을 고르시오, 타국에서 남성들이 4인쯤 출마하고 여성이 일인(一人)이 출마한다면 남자들이 양보하는 예가 얼마든지 있습니다. 내가 어려서는 남편에 시집을 갔고 지금은 민의원으로 시집을 …(원고 유실)…적으로 우리의 일꾼을 선택을 잘못한다면 이것은 여러분의 손으로 여러분을 해치는 행동이니, 전 국민이 남의 나라에게 지지 않으려면 전 국민이 배우고 알아야 하고, 이일을 잘하자면 역시 아는 사람이 아니면 할 수 없는 것이요, 이런 것을 알지 못하는 사람이 대변인으로 나간다면 여러분은 다 알지 못하는 사람이 되고 마는 것입니다. 여러 가지를 여러분이 잘 선택하시어 성스러운 표를 던지시기를 바란다는 요지요, 전문은 기억이 안 된다.

노천봉

다른 사람은 학식이니 권력이니를 가지고 나왔으나 나는 무식한 사람이라 이 주먹을 가지고 나왔습니다. 국회에 가서 이 주먹으로 싸우겠습니다라고 주장하고 그 외에는 요령부득의 수어(數語: 몇 마디)로 간단하게 종결시켰다.

　이상을 대개(大槪)로 평한다면 8인의 출마자에서 정견(政見: 정치상의 식견)이라고는 다대수가 볼 수 없고, 정견에 유사한 소리를 하는 사람은 정경모 일인이 있을 뿐이요, 변재(辯才: 말재주)로는 노마리아가 우수하였고, 엄대섭 군은 무엇인가 좀 불평한 것 같은 기분을 가지고 쾌히 토하지는 않으나, 은연중 내포되어 있고 염우량 군은 3회의 실패는 하였으나 금번만은 자신만만하다는 기세를 보이고 압도적으로 대중을 응하게 하려는 것 같고, 윤해병 군은 학식은 있으나 변재가 좀 부족해서 표현을 잘 못하는 것 같고, 최영철 군은 아담(雅淡: 바르고 맑음)한 사자적(士子的: 선비의) 기분이 있고, 자기가 농촌 실정에 자신 있는 태도를 취해서 염우량의 구두선(口頭禪: 헛된 말)을 은연중 공격하는 것 같고, 황한주 군은 중간까지는 그래도 얼숭덜숭했는데 하지 않은 구제사업이니, 반포면 수득세 사건이니 하는 바람에 우족견족(牛足犬足: 소발 개발, 엉터리)이 되었고, 노천봉 군은 무엇으로 보든지 출마경력이나 쓸 생각인 것 같다.

　대평(大評)하자면 전부 30프로 이하의 성적이라고 보고하겠다. 이런 정견발표로는 실현이 된대야 별 수확이 없다고 본다. 다른 구역에 비해서 손색이 많다고 본다. 구변(口辯: 말솜씨)이 부족하고도 실행 잘하는 인사들도 많으나, 이런 무정견한 인사들이 공주 갑구에서 출마하였다는 것부터 불명예(不名譽)한 일이다. 그래도 정견이라고 발표한 분 정경모 외에는 다 아전인수(我田引水)하는 선거운동에 부족한 일이다. 물론 유권자들의 지식수준도 저열하지만 일국의 대변인으로 나갈 생각이 있는 사람으로는 다각적으로 부족감을 가지게 된다. 이 붓을 든 것은 출마자 제위(諸位: 여러분)에게는 실례가 될지 알 수 없으나, 내 양심대로 기록한 것이다.

갑오(甲午: 1954년) 양력 5월 4일 봉우서(鳳宇書)

[1954년 5월 20일에 있었던 민의원(국회의원) 선거 중 공주 갑구에서 벌어진 입후보자들의 정견발표회장 – 반포면 반포초등학교 운동장 – 을 봉우 선생님께서 현장 스케치하시고 직접 후보자들의 정견발표 연설을 청취한 후 그 주요 내용을 요약해서 기록하신 것입니다. 요즘 언론사의 정치부 기자역할을 해내신 것입니다. 그런데 녹음기로 후보들의 정견을 녹음한 뒤 다시 틀어 보고 작성하신 듯 기록에는 현장감이 넘쳐납니다. 참 신이(神異)한 기억력이십니다. 선생님의 애국, 애민(愛民) 사상이 이 정치비평과 현장증언에 담겨 있습니다. 그리고 선생님은 참 부지런하십니다. –역주자]

5.20선거 발표를 보고

민의원(民議院) 의원수(議員數)가 210인에서 6.25사변으로 미수복 지역인 7구역을 제하고 203명의 민의원을 선출하게 된 것이다. 선거 직전까지 별별 기문(奇聞: 기이한 소문)이 많았으나 5월 20일까지 평온 무사(平穩無事)하게 선거가 시종(始終)한 것은 다행한 일이다. 선거 발표를 보건대 자유당 공인 입후보자가 108인이 당선되고, 민국당이 15인이 당선되고, 무소속이 80인이 당선되었다. 단연 자유당이 압도적 우세를 보인 것이다. 우리 공주에서도 갑을구를 통해서 다 염우량, 김건수 자유당 공인자들이다. 그런데 자유당의 총수는 비록 과반수를 점하였으나, 이렇다는 맹장(猛將)은 별로 없다. 이기붕 씨는 자유당의 중진이나 온건파요 투장(鬪將: 싸우는 장수)이 아니며 자유당을 좌우하는 배은희, 이갑성, 이활 등 투장이나 여운홍 같은 모략이 있는 당원들은 다 낙선되고 거개가 다 지방의 새로 뽑힌 의원들이요 의회에 경험이 있는 의원이 별로 없는 반면에 야당에서는 비록 숫자적으로는 손색이 있으나, 신익희, 조병옥, 김준연, 김상돈, 전진한, 곽상훈, 김영선, 김선태 등 유명, 무명의 맹장이 무려 수삼십 인이 된다. 만약 야당이 완전 결합만 된다면 통솔력이 부족하고 오합지중(烏合之衆)격인 자유당에서 원내에서 고전을 하지 않으면 안 될 것이요, 지방 공인 자유당들도 실은 당에 명령복종이라니 보다도 각자 이욕으로 새로이 출진한 인사가 제일 많은 것 같다. 이 자유당 의원들을 데리고 야당과 상전(相戰: 서로 싸움)하기에는 당 세력이 비록 정부 여당이라고 하나, 믿어지지 않는다. 이것이 금번 정부에서 압력을 가하여 여당 전승을 기한 것이나, 양으로는 자유당이 승리하였으나 질적으로는 아주 손색이 많다고 본다.

그리고 금번 선거에 정부에서 경찰력으로 별별 압박을 다 가하며 야당의 출진(出陣: 출마)을 불허(不許)하였으나, 이 압박에도 불구하고 자유당 공인 입후보자를 압도하고 당선한 야당 인물들은 대체로 보아서 야당 중 정수분자(精粹分子)들이다. 원내세력 쟁탈은 물론 자유당이 장악코자 할 것이나, 실권은 야당에 양보하기 쉽다고 본다. 금번 선거야말로 외양으로만 허울 좋은 자유당 분위기라고 하나, 이 자유분위기는 자유당 공인자에 한하여 보장된 것이요 야당입후보자들은 자유분위기라는 명칭은 몽중에도 맛보지 못하였을 것이다. 이것이 인국(隣國: 이웃나라)인 비율빈(필리핀) 대통령 선거 당시를 추억해 보면 우리나라 민도(民度: 국민의 생활수준과 문화수준)가 얼마나 저열한지 추측할 수 있는 일이다. 그리고 당선율로 보아서 도시와 지방과는 천양지차(天壤之差: 하늘과 땅 차이)가 있다. 할 수 없는 일이요, 더구나 충청남북도만은 제일 순진한 곳이다. 관청명령이라면 일호백락(一號百諾: 한 번 호령에 백 번을 허락함)할 정도의 민도라는 것을 잘 알 수 있다.

내가 말하고자 하는 것은 여당이건 야당이건 물론하고 가장 우수한 분을 선출하는 것이 당연한 일인데 인물 여하를 불구하고 자유당 공인자들만 당선시킨다는 것이 양심상으로 국민으로서 죄악(罪惡)이 아니고 무엇이라는 말인가?

자유당이라도 인물이면 당선시키는 것이 당연하고 야당이라도 우수한 인물이면 당선시키는 것이 당연하다고 본다. 금번에는 자유당 공인자로 비록 실력이 우수한 자라도 민간에서 보기에는 정부압력으로 당선시켰다고 볼 수밖에 없으니 당선자 본인들도 불명예한 일이다. 대체로 5.20선거의 성적은 실패라고 볼 외에 타도(他道)가 없다.

갑오(甲午: 1954년) 5월 24일 봉우서(鳳宇書)

수부(壽府: 제네바) 회담에서의 한국문제

　　수부 회담259)에서 한국문제와 인지(印支)문제를 조상(組上: 도마 위)
에 놓고 토의하는 것은 이 두 나라를 위함보다도 세계 인류의 평화를
위해서 비록 잠정적일지라도 이 문제를 해결시키지 않을 수 없는 것이
다. 미소(美蘇) 양대 조류의 풍랑으로 말미암아 현상으로 보아서는 한
시도 안정할 시간이 없는 것이다. 세계 각국에서는 이것이 염증이 나
서 될 수 있는 한 이 조류에 서로 부딪치는 것을 피하고자 하는 것은
사실이다. 이래서 양대 진영의 주장하는 점을 유엔 총회에서나 수부
회담에서나 각국들은 중간을 절충해서 호양주의(互讓主義: 서로 양보하
는 주의)를 주장하는 것도 무리가 아니다. 그런데 이것은 제3자 입장이
요, 직접 당사자들은 유엔 총회에서나 수부 회담에서 처리하는 조건이
가장 당사자국에 타당하다고 볼 수 없다. 세계에서 당사자국의 내정(內
情: 내부 사정)을 잘 알 도리가 없다고 본다. 당사자국의 외교 진영에서
충분히 각국에 설득할 만하면 별문제이나, 우리 외교진들도 민간에서
추측하건대 피상적이요, 외교진부터 국내 실정이라기보다 정부의 시

---

259) 제네바 회담. 1954년 4월 26일부터 7월 20일 사이에 있었던 스위스 제네바에서 2가
　　지 목적으로 이루어진 회담이었다. 첫째 주제는 한국 전쟁을 공식 종료하는 한반도
　　평화협정의 체결이며, 둘째 주제는 베트남 분단 협약이었다. 첫 번째 주제는 주요 참
　　가국 중 미국 측의 논의 거부로 인해서 둘째 주제만 논의되고 결과가 도출되었다. 이
　　합의에 의하여 베트남은 2개로 분단된다. 북부 지역은 소련 진영인 호찌민을 주축으
　　로 하는 비엣민(Vietminh)이 통치하고, 남쪽 지역은 미국의 진영인 전 황제 바오다이
　　를 수장으로 하는 베트남국이 통치하게 된 것이다.

책이 국내에 적합한지 안 한지도 모르는 등외(等外: 수준미달) 외교진들이다. 그러니 국민으로서는 그 외교진을 불신할 수밖에 없다는 말이다. 그래서 타국과 외교에는 항상 승리해 본 적이 없다.

무자년(戊子年: 1948) 건국 이후로 세계무대에서 우리나라는 외교 대책으로 하지를 않고 다만 방청객이나 견습생 정도의 대우를 받는 것 같다. 금번 제네바 회담에서 또 이런 연극을 하는 것이다. 우리나라에서는 국내 단결해서 실력만 양성되었다면 외력(外力: 외부 세력)을 의존할 필요 없이 자력으로 남북통일을 할 일인데, 제1차 무자년에 유엔에서 실수하고 38선 그대로 정부를 수립한 후에 6.25사변으로 천만 생령(生靈)과 막대한 물자를 희생시키고 겨우 휴전으로 언청이260) 걸 합창(合瘡: 상처를 아물게 함)하듯 해놓고 또 남북통일 문제를 제네바 회담에 운위(云謂: 일러 말함)하는 것은 각자의 책임을 면하고자 함이요, 또 염전증(厭戰症: 전쟁을 싫어하는 증세)에서 어떤 양보를 하든지 전쟁만 다시 안 났으면 하는 야비한 방식에서 별별 허울 좋은 문제가 나오는 것 같다. 대체로 보아서 누가 남북통일을 원하지 않으랴마는 불명예하다면 고려할 필요가 있는 것이다. 이왕 수립한 정부를 해소하고 무자년 이전으로 원상복구가 되어서 다시 남북 총선거를 해서 남북 총선거의 결과로 완전한 정부를 수립한다면 세계에서 대한민국을 승인한 것은 무슨 의미로 해석해야 옳은가? 이런 조처가 있을 것이면 유엔에서 무자년에 가능한 지역에서 총선거한다는 것부터 대과오라고 본다.

이 대과오를 범한 유엔에서 장공속죄(將功贖罪: 죄인이 공을 세워 죄를 갚음)하려면 금번에 제네바 회담에서 강경한 대책으로 우리나라를 남

---

260) 구순열. 태생기의 발육 부진에 의해 선천적으로 윗입술이 갈라져 있는 형태를 의미하며, '입술갈림증', '토순', '언청이'라고도 한다.

북통일시킬 대안이 나와야겠는데, 우리가 보기에는 별 신기한 방안이 없고 소위 유엔 감시하에 총선거를 하느니, 중립국 감시하에 총선거를 하느니 하는 분기점에 불과하다. 우리 대표가 남한에 210석과 북한의 잔여석수를 새로 선거해서 통일된 국회를 구성하자는 안이 1차쯤 나왔으나, 유야무야 중에 다시는 나오지 않고 유엔 감시문제가 우리 대표의 구각(口角: 입의 양쪽 구석)으로 설출(泄出: 새어 나옴)한 것 같다. 아무리 보아도 우리 외교 진영의 실패다. 남북통일은 좋으나, 기성 국가 해소(解消: 없애 버림)를 운위하는 외교라면 단연 퇴장해야 할 것이요, 이 사명을 다 못할 인물이라면 퇴직하는 것이 당연하다고 본다. 정부에서는 외교 진영은 약화시키고 그래도 국내 여론을 환기(喚起: 불러일으킴)시켜서 절대적 반대를 할 듯하다. 만약 제네바 회담에서 우리 외교진이 사실상 실패라고 보면 국내에서 아무리 여론을 환기한대야 효과를 거두기 곤란할 것이다. 이야말로 국가의 위급존망지추가 되니 금번 새로 뽑힌 민의원들의 복안(腹案: 속배포)이 무엇이 나올 것인가? 우리는 일국민으로서 무던히 궁금하고 우려가 되는 것이다. 아직 제네바 회담의 정확성을 알지 못하는 관계로 벽상(壁上)에 관초전(觀楚戰)[261] 하는 감이 있으나, 만약 본격화한다면 국민으로 누가 우려하지 않을 사람이 있을 것인가. 대체로 제네바 회담이 우리에게 유리하게 전개되기를 빌고 이 붓을 그치며 무사히 남북통일되기를 염원하는 것이다.

갑오(甲午: 1954년) 5월 28일 봉우서우유신정사(鳳宇書于有莘精舍)

---

[261] 《사기(史記)》 〈항우본기(項羽本紀)〉에 나옴. 도와주러 온 제후군이 전투에 참가 안 하고 성벽 위에서 초나라의 전투를 구경만 한다는 뜻으로 항우의 거록 전투에서 나온 고사(故事).

충남 도교육위원 임기만료 소감

　임진년(壬辰年: 1952년) 6월에 충청남도 도교육위원으로 당선되어 만 3년이라는 세월을 경과하였다. 그러나 내가 이 직장이 적소(適所: 적당한 곳)가 아니다. 그래서 내가 일차도 충분한 발언을 한 일이 없었고 또 우리 공주를 위해서 적극 노력도 못했다. 제1차 이인, 탄천중학 기지(基地)문제에 내가 이인을 주장했었고, 탄천의 진정(陳情: 사정을 진술함)이 열렬하자 번안(飜案: 안이 바뀜)이 되어 탄천으로 결정된 것이 지방으로 이인 편이 당연했으나 운동력이 부족한 관계요, 제2차로 봉황중학과 공주중학 합동문제에 나로서 최선을 다했으나, 그래도 지방적으로 유리한 발언을 못한 것이 나로서도 유감이요, 제3건에 정안중학 허가문제에는 너무나 지방인사의 열의(熱意: 성의)가 없어서 실패되었으나, 내가 단신이라도 용전(勇戰: 용감히 싸움) 못한 것이 책임문제일 것이며 내가 도교육위원이면 공주중고등학교와 긴밀한 연락을 해야 할 일인데 내가 전연 왕래를 하지 않은 것이 내 자신의 실책이요, 내가 공주를 위해 교육문제에 진력을 못한 것은 내 양심으로 인정하는 것이다. 교육자 여러분에게 사과해야 당연한 일이다.

　그래서 금년 6월 10일에 공주교육위원들이 다시 도교육위원을 선출할 것인데, 아주 사의(辭意: 사직의 뜻)를 표명하고 추현양능(推賢讓能: 현명하고 유능한 이를 추대하고 양보함)하는 것이 옳다고 생각하기에 이 붓을 든 것이다. 그리고 도교육위원 2년의 소득이라는 것은 이 교육위원은 다른 의원들과 같이 이해문제에 그 관심하지 않고 각 지방을 위해서 공정한 인물들이 선출되어서 인간적으로 교도(交道: 사귀는 도리)가 깊어졌다는 것과 교육위원 18인이 다 조금도 불만이 없이 지냈다는 점이 신사도를 지켰다는 것을 회상할 때 그래도 도의적이라는 것이 교육 아니고는 안 될 것이라고 생각된다. 환언하면 위원들은 다 자격이 있었으나, 내가 제일 부족했다는 것을 가림 없이 자백하는 것이다. 그러니 차기는 추현양능하겠다는 자경(自警)이다.

갑오(甲午: 1954년) 6월 30일 봉우서(鳳宇書)

우리 가족의 최저생활을 확보하자면

생활이라는 것은 천충만충(千層萬層)이다. 내가 말하고자 하는 "우리 가족의 최저생활을 확보하고자 하면"이라는 제목 아래 기록하고자 하는 것은 그래도 나대로 최저를 운위할 일이요, 극빈자들이 최저생활을 운위하는 것은 아니다. 어느 정도에 최저를 표준하고 나 자신부터 견딜 만한 생활을 말하고자 하는 것이다. 우선 우리 가족이 현상 5인에서 가아(家兒) 영조가 군문(軍門: 군대)에 가서 있고 실상은 4인이다. 생활 필수품이라면 별별 것이 다 있으나 제일 중요점을 차지하고 있는 것이 의식주요, 매일매일 긴급히 필요한 것은 시량(柴糧: 땔감과 식량)이다. 도시에서 시정(柴政: 땔감정책)도 양정(糧政: 식량정책)만 못지않으나, 향촌(鄕村)에다 더구나 산촌인 우리가 거주하는 상신리는 시정은 큰 문제가 되지 않는다. 축조(逐條: 한 조목씩 차례로 좇음)해서 기록해 보자.

식량이 1일(一日) 1인당 6홉(合)이면 가족 4인이 1개월에 7두(斗: 말) 2승(升: 되)을 요하니, 1개년에 86두 4승이요 부식물이 하루 평균 50원 정도라면 1개년에 1만 8,000원 정도가 입용(入用)되고 시정(柴政)은 평균 3일에 땔나무 일부(一負: 한 짐)씩 소비한다면 1개년 120짐이요, 환산하면 1만 2,000원 정도요, 봉제사(奉祭祀: 제사를 받듦) 비용이 연(年) 9회에 매회 500원 정도로 연(年) 4,500원이 소용되나 친기(親忌: 부모제사)에는 약간의 추가가 되어 연(年) 합계 1만 원 정도요, 접빈객(接賓客: 손님접대) 비용은 식량이 연(年) 5표(俵: 가마니)는 필요하고 대금 환산하면 현 시가로 1만 5,000원 정도요, 의복비는 1인당 1년 2,500원 정도로 연(年) 총액이 1만 원이요, 연초대(煙草代: 담배값)가 연(年) 5,000원 정도요, 통신비가 연(年) 3,000원 정도요, 교통비가 연(年) 3만 원 이상이요, 의약비가 연(年) 2만 원 정도, 비상비가 연(年) 2~3만 원이 입용된다. 연중 잡세가 약 1만 원 범위다. 총합 16만 6,840원 정도가 이것이 1년 생활비요, 이 중에서 우리 가족 중에서 정기수입과 원예생산과 농산물 생산을 제해 보자.

가아(家兒)의 가족식량배급이 연(年) 27두(斗)요, 내가 연(年)평균 7~8만 원 수입은 하고 소성(小星)이 연(年)수입 양식 15말 이상이요, 맥작(麥作: 보리농사)이 정곡(精穀: 정미한 곡식)이 10말, 소맥(小麥: 밀)이 5말이요, 잡곡이 20말 정도요, 또 ○이 7~8말 정도의 수입이 있고 재봉료 수입이 연(年)평균 1만 5,000원은 된다. 그리고 내가 비상수입이 간간 연(年)평균 5~6만 원씩은 된다. 이 수입 총액이 연(年) 16만 500원 정도니 약간의 부족을 본다. 그런데 내 비상수입이라는 것이 정기가 아니라 여의치 않을 때는 부채로 변하는 것이다. 이것이 점점 변해서 10여 만 원의 부채가 된 것이다. 대체로는 이 생활을 아주 간소화한다면 이 부채는 지지 않을 지경이다. 아주 최저생활이라면 월 5,000원 정도라도 유지할 수 있는 것이다. 그 이내라도 극빈자생활은 아닐 것이다. 내 생활이 월평균 1만 3,750원을 계상하고 있으나, 그래도 의식주는 여전히 보통이 못 되고 또 출입하는 의복 일습(一襲: 한 벌)도 없이 지내는 현상이다. 내가 비상수입을 바라지 말고 내 생활을 저하시키는 것이 당연하다고 평을 내리고 내 생활의 부당성을 말해보는 것이다. 내 1년 수입이 정기적은 아니다. 혹유혹무(或有或無: 있거나 없음)의 건(件)이라 이것을 표준하고 생활을 하니, 여의치 못하면 부채 지는 것이 무리가 아니다. 더구나 금년은 가아(家兒)나 ○○의 혼인이 관련되어 예상 외의 소비가 얼마든지 있는 것이다. 금년만은 할 수 없는 일이요 다른 조건으로 수입을 확정시키는 것보다 지출을 절약하는 것이 득책(得策)이라고 본다. 내가 하간(夏間: 여름 동안)이라도 서울에 가서 약업(藥業)을 해보고 다른 생활방도를 취해 보며 생활을 저하시킬 심산이나, 역시 여의(如意)할는지는 사후에 알 일이다. 대체로 절약하기로 하고 이 붓을 그치노라.

오(甲午: 1954년) 양력 5월 31일 봉우서(鳳宇書)

추기(追記)

현상 부채가 서모에게 우일두(牛一頭: 소 한 마리), 이원(伊院) 삼박(三朴)에게 1만 5,000원, 이헌규에게 약 2만 원, 교육구에 8만 5,000원, 전길하에게 2,000원, 김극인에게 5만 원 이상이다. 그중 교육구 부채는 책자가 해결되면 역시 해결될 듯하나, 이것도 최대한의 노력이 필요한 것이다. 그 외에 부채는 내가 생활만 확보하면 과중한 부채는 아니다. 무슨 일이고 2~3건 성공하면 경경(輕輕: 가벼움)히 보상할 자신이 있는 것이다. 선결문제가 교육구건이다. -즉 일(卽日: 당일) 봉우추기(鳳宇追記).

수필: 무사분망(無事奔忙) 경과사(經過事)

- 양력 6월 1일부터 7월 5일까지 무사분망(無事奔忙: 일없이 바쁨) 해서 이 책과 대면을 못하고 금일도 우천(雨天: 비오는 날씨)이라 처음으로 집필하는 내 소감.

금년 5.30선거가 종료하자 나는 나대로 안비막개(眼鼻莫開: 눈코 뜰 사이 없음)하게 30여 일을 분망하였다. 제1건은 《일본에 여(與)함》이라는 책자 대금관계로 혹 취서(就緖: 실마리를 잡음)가 있을까 하고 동분서주(東奔西走: 동서로 뛰어다님)해 보았으나, 이상하게도 일주막전(一籌莫展: 산대 하나 펼치지 못함)이요, 공로심신(空勞心神: 마음과 정신을 헛되이 씀)하였을 뿐이요, 그다음 횡성금광 관계의 남씨 식채(食債: 외상음식 빚) 조건으로 2만여 원에서 잔액 3,000여 원을 남기고 청산하느라고 우왕마왕(牛往馬往: 이리저리 갈피를 못 잡음)하였었고 그다음 마산 박달오 씨의 책값 독촉행각이 있어 수일(數日: 며칠)을 소비하고 그리고 서울 계부주(季父主: 아버지의 막내아우) 대상(大祥: 사람이 죽은 지 두 돌 만에 지내는 제사)에 참석해서 일주일간을 분주하게 경과하고 서울서 원○와 영○, 영○, 영○이 삼형제를 상봉하고 오래간만에 친우인 이윤직형의 생사존몰(生死存沒)을 부지하던 중 신옥○에서 만났고 조훈(曺勳) 형의 소식도 들었다. 그리고 송덕삼(宋德三) 동지가 서전인(瑞典人: 스웨덴 사람)의 개인 통역자격으로 취직 도중에 서울에 동행하고 월 5~6만 원 수입으로 생활 안정은 된다니 다행한 일이요, 노(老)동지인 이수당(李隨堂)도 상봉하였고, 소성은 서울 동행하였다가 정읍으로 원제와 선행하였다. 나는 대전 와서 조리호(趙理鎬) 동지와 서기원 동지와 송재일(宋在一) 동지를 심방하고 이봉희 씨도 상봉하였다.

그리고 월초에 도교육위원을 임기만료로 사임하고 재출마를 거절하였다. 내 본의가 직능을 발휘 못하는 관계다. 군교육위원도 직을 사임코자 하나, 부채관계로 아직 중지하고 있는 것이다. 그리고 가아(家兒)가 가옥첨루처(家屋添漏處)와 파궤처(破潰處)를 수리해 달라고 요청하는 관계로 가역(家役: 집을 고치는 일)을 시작한 것이 의외로 백폐구흥(百弊具興: 백 가지 폐단이 다 일어남)해서 인부가 60인 이상이나 들어도 완전 수리를 못 하고 할 수 없이 고식책(姑息策: 임시방편으로 당장 편한 것을 택하는 방책)으로 수리하였다. 이래서 더구나 분망하였다. 약 반부(半部) 정도만 수리한 것이다. 이것이 내 30여 일간 분망한 원인이다. 이것은 다 내 사적인 사정이요, 공사(公事)에는 무관한 일이다. 그리고 내 이 일자(日字) 안에 조행(操行: 행동을 조심)에 주의할 일이 약 3차 있었다. 이것이 내가 항상 부족한 점이다. 지과필개(知過必改: 잘못됨을 알면 반드시 고침)를 못하는 것이 내 단처(短處: 결점)라는 말이다. 잘못을 범하고 후회하는 것이 내 항례(恒例: 상례)다. 이것은 내가 용단성이 부족한 관계다 그리고 내가 어찌해서 금년 하반기 행동을 확고부동한 대책을 수립하느냐가 중대문제가 된다. 남행(南行)이냐 북행이냐 또 수세(守勢)가 옳은가 등의 삼책(三策)이 심중에서 전쟁을 하고 있다. 이 대책이 결정되어야 행동이 시작되겠다. 아무래도 다 시원치 않은 일이다. 가아가 며칠 전에 와서 어제 귀대(歸隊)하였다. 아직도 혼담(婚談)이 확고한 곳이 없다. 걱정이다. 분망했던 30여 일간의 경과사를 대강 거두어서 기록하기로 하고 이만 그친다.

갑오(甲午: 1954년) 양력 7월 4일 봉우서(鳳宇書)

변영태(卞榮泰)[262] 군이
국무총리 인준(認准: 승인비준)을 받다

변 군이 외무장관으로 등장한 후로 우리나라 국가외교는 연전연패(連戰連敗: 계속 싸워 계속 패함)격이다. 그리고 정치파동 시에도 국제연합 회석에 가서 당시 민의원들을 무자격 또는 비민의자(非民意者)라고 실언을 해서 국위(國威: 국가의 위신)를 실추(失墜: 떨어뜨림)한 인물이요, 외교 수완(手腕)이라느니 보다 명령복종 이외에는 일호반점(一毫半點)[263] 능력이 없는 저급인물이요, 장관급으로는 요원(遙遠: 아득히 멀음)한 인물인데 금번 국련(國聯: 유엔)에 가서, 또 수부(壽府: 제네바) 회담에 가서 이렇다는 외교수완을 발휘한 일이 없고 박사님의 명령복종으로 일관한 인물이요, 외교는 아주 실패하고 온 인간이다. 그런데 자유당에서도 이 인물보다는 우수한 인물이 있을 것이나, 박사님 명령복종에는 변 씨가 누구보다도 나을 것이라고 박사님이 지명하신 것이다. 그래서 민의원들은 역시 추세객(趨勢客: 세력을 쫓는 사람)들이라 157표라는 전례 없는 득표로 (국회에서) 인준시켰다. 그 투표한 민의원들이나 득표 당선된 변 씨나 동일한 책임이 있을 것이다. 이 국가의 대난국(大難局)을 타개할 확산(確算: 확실한 계산)이 없을 때에는 당연히 추현

---

262) 변영태(卞榮泰, 1892년 12월 15일 조선 경기도 부평 출생~1969년 3월 10일 대한민국 서울에서 별세)는 대한민국 영문학자, 교육자, 정치인이며, 고려대학교 교수, 제3대 외무부 장관, 제5대 국무총리를 역임하였다. 동생이 시인 변영로(卞榮魯)다.

263) 한 가닥 털, 한 점의 반, 아주 작은 것을 뜻함.

양능(推賢讓能)하는 것이 옳은 일인데 명리욕(名利慾)으로 불량력불탁덕(不量力不度德: 능력과 덕성을 헤아리지 않음)하고 지명한다고 고마워서 사양 한번 못하고 나오는 인물, 참으로 불쌍한 인물이다.

변 씨여! 자사(自思: 스스로 생각함)해 보아라! 무슨 방책으로 군이 이 국가 대난국을 타개할만한가? 그리고 자신의 역량도 생각할지어다. 그저 국무총리보다는 명예욕이 눈을 가리워서 불고체면하고 출마하는 군이여! 가련하도다! 역사상 국무총리급에서 비견할 만한가 자중(自重)해 보아라! 그리고 현 세계 각국 총리급과 비등한가 잘 생각할 지어다. 아무 역량, 아무 덕행, 아무 실적이 없는 군으로 총리직이 그리 명예스러운가? 가련한 인물이다. 이런 때에 초연히 추현양능을 하고 용퇴(勇退)하면 변 군도 군가(君家: 변씨 집안)의 중시조(中始祖: 다시 집안을 일으킨 조상)가 되리라. 너무 빈약한 인물을 기용하려는 박사님의 심산, 참으로 알 수 없는 일이로다. 박사님이 이윤영(李允榮) 군을 3차나 총리지명을 하였다가 실패하고 금번은 자유당 천하를 만들어 놓고 변영태를 지명해서 유령시종(維令是從: 오직 군주의 명령만 따름)하는 민의원들이 157이라는 전례 없는 최대기록으로 인준되니 이 총리인준 표결이 박사님의 민의원(民議院)264)에 대한 문로석(問路石: 길을 묻는 돌)이라고 본다. 인준받은 변 씨보다 박사님이 마음대로 되는 것을 만족해하시리라. 그러나 국가 만년대계를 생각해 보면 박사님도 번화일시(繁華一時: 번성하고 화려함은 한때)에 처량만세(凄凉萬世: 처량함은 영원함)라는 고어(古語: 옛말)를 많이 생각하실 것이다.

국가는 국민의 국가요, 박사님 1인의 국가가 아닌 것을 누구보다도

---

264) 구헌법의 양원제 국회에서 참의원과 함께 국회를 구성하던 기관.

잘 아실 것이다. 이 천하의 공기(公器)를 공기로 알고 만년대계(萬年大計: 영원한 큰 계책)를 불구하고 일시적 감정문제로 좌우한다면 역사가 무엇이라 기록할 것인가 회상해 볼지어다. 나는 변 총리 1인의 인준 여부가 문제가 아니라 국가원수가 만민(萬民)을 생각하지 않고 자기 마음대로 국가와 국민을 상대하는 것이 아니라 자기 1인(一人)을 상대로 이해득실(利害得失)을 교계(較計: 견주어 계산함)해서 천하의 공기인 이 중차대한 직장을 아무나 지명하는 것이 한심한 일이요, 민의원들도 십만선량(十萬選良)[265]이요, 국가성쇠가 자기들의 일거수(一擧手: 한 번 손을 듦), 일투족(一投足: 한 번 발을 내밈)으로 된다는 것을 생각하지 않고 소위 당의 이해득실이나 또는 자기 1인의 이해득실을 위주로 민의원이라는 공기(公器)를 돌아보지 않고 각자가 제 마음대로 움직이니, 이런 인간들은 천주(天誅: 천벌, 하늘이 베어 죽임), 신주(神誅: 신벌), 인주(人誅: 사람이 베어 죽임)를 다 받을 인물들이다. 이 나라, 이 민족을 위해서 태식체루(太息涕淚: 한숨과 눈물 흘림)를 불금(不禁: 금치 못함)하는 바이다. 이것이 다 우리 국민의 복이 아직 박(薄: 엷음)한 연고요, 이 나라의 호운(好運)이 아직 돌아오지 않은 관계라고 본다. 자상달하(自上達下: 위에서 아래까지)로 하루라도 속히 개과천선(改過遷善: 잘못을 뉘우치고 착해짐)하기를 바라고 외람(猥濫: 함부로 넘침)히 이 붓을 들었고 이 정도로 이 붓을 그치노라.

갑오(甲午: 1954년) 양력 7월 4일 봉우서(鳳宇書)

---

265) 1948년 제헌국회 총선거를 할 때 인구 10만 명을 의석 1석의 기준으로 하여 십만선량(十萬選良)이라는 말이 나왔다. 지금은 인구가 늘어 지역구와 비례대표를 합쳐 국회의원 수는 300명이고 의원 1인당 대표하는 인구수는 16만 7,400명이다.

국무원(國務院) 신임투표 부결을 보고

산촌이라 신문지로 보는 관계로 사건이 발생한 후로 며칠 뒤에야 비로소 알게 된다. 변 총리 인준은 절대 다수로 되었으나, 국무원 신임 투표가 다섯 장관 경질로 민의원에 상정되었다. 여야당 간에 대논전이 전개되고 표결에 들어간 결과가 여당 측의 득표 98표로 재적 203표의 반수 이상에 미달해서 부결되었다. 여당 중에도 각료 인선에는 불평이 있었던 것 같다. 대체로 자유당 공인의원 98명의 표 외에는 타도가 없었던 것은 사실인 것 같다. 그리고 보면 자유당 137석도 양분된 것 같다. 신참자(新參者)와 공인자가 약간의 층하(層下: 다른 것보다 낮게 보아 소홀히 대함)가 있지 않은가 한다. 98명도 지방에서 10만 선량(十萬選良)일 것이다. 아무 각료라도 정부에서 인준을 청하면 검토할 여가도 없이 유령시종(維令是從)하기 바쁜 것이다. 양심이 그렇다면 선천적으로 부족한 인물들이요, 양심은 양심대로요, 당관계로 자기 입장이 곤란해서 불계(不計: 따지지 않음)하고 투표하였다면 이런 종류의 민의원들은 질이 불선(不善: 좋지 못함)하다고 본다. 그래도 부편(否便: 반대쪽) 의원이 70여 명이나 있었다는 것이 다행한 일이다

백 내무는 대법관으로는 청렴하던 인물인데 내무장관으로는 아주 악질적 행위가 1~2건이 아니다. 선거의 총책임을 당연히 내무장관이 져야 하는 것이니, 타국에서 볼 수 없는 추행(醜行: 추악한 행동)을 연출하였다. 내무장관 1인의 의사로 그런 것이 아니라고 할 것이나, 자기가

찬의(贊意)가 없다면 사직하는 것이 당연한 일이다. 그런데 선거 종료 후로 소위 담화하고 발표한 것이 부득이한 사정에 미안하다고 하였으면 모르겠는데 도리어 아주 자유 분위기 속에서 시종하였다고 아주 뻔 뻔한 발표를 하였다. 그러고 보면 백한성(白漢成)[266]의 인물을 알 수 있다. 그리고 재무장관도 재계혼란을 이 이상 더할 수 없는 책임이 자신에게 있는 것이다. 비록 백두진 재무가 소사격(小使格: 수위격)에 불과하나 책임은 자기가 지는 외에 다른 도리가 없다고 본다. 변 씨가 무슨 장관급의 인물이냐? 그러니 조각(組閣)할 자격이 없다는 말이다. 자유당의 명령도 복종해야겠고 박사님의 명령도 복종해야겠으니 자기의사는 필요 없다는 말이다. 전신(電信), 전화수신기 자격만 있는 인물이면 내각 각료로는 충분하다고 본다. 금번 부결은 당연한 일이요, 금후 귀추(歸趨: 귀착하는 곳)가 극히 주목된다. 국가다사지추(國家多事之秋: 나라에 일이 많은 때)에 총리로 나올 인물이 이다지 귀하고 또 인선(人選: 사람을 뽑음)부터 그 방식이 거물은 기용(起用)하지 않는 것이 박사님의 철칙으로 불변하시니, 백성이 무슨 죄인가? 재인준(再認准)을 청할 것인가? 다시 총리지명을 할 것인가? 아무리 생각해도 황구미삼년(黃狗尾三年: 개꼬리 3년)이 아닌가 한다. 한심(寒心)을 금치 못하겠다. 이 정도로 붓을 그친다.

갑오(甲午: 1954년) 양력 7월 5일 봉우서(鳳宇書)

---

266) 백한성(1899년 6월 15일 충청도 공주 출생~1971년 10월 13일 서울에서 별세)은 대한민국의 정치가이며 법조인이다. 평양지방법원 판사, 청진, 광주, 대전지방법원 판사 및 대법관을 역임하였다. 1953년 9월부터 1955년 4월까지 내무부 장관을 지냈다. 그 사이에 1954년 국무총리 임시서리를 일시적으로 역임했다.

언제 연정원은 갱생하나

　무엇보다도 우리에게 귀중히 여겨지는 것은, 일상생활 속의 일시적 영예보다는 정신연구를 목표로 하고 나아가서는 과거에 비밀로 숨겨가며 전해 오던 방식을 대개혁하여 일개인에 머물지 않고 각계각층의 많은 사람들에게 옛사람의 말씀과 같이 아주 쉽게 해설하여 전문인이 아니라도 누구나 습득할 수 있도록 만드는 일이라 하겠다. 이것은 우리의 책임이며, 문자로 저술하여 어렵게 문헌화하는 것이 아니라 각자가 어느 정도까지 체험을 해서 그 경과를 늘 상세히 기록하여 그 실제 체험담으로서 누구에게나 신심을 일으키게 하는 것이다.

　그런데 연정원 동지들이 어느 정도 습득은 해보았으나 구체적으로 오랜 기간을 전공한 사람이 없었고, 다만 각자의 미약한 소득이 있어서 스스로나 기뻐할 정도이지 남과 이야기할 정도는 아니어서 그 원우들은 어느 시기라도 재수련을 하고자 하는 정도이다. 몇 사람 승단자도 역시 고단자들과 절차탁마하는 기회가 없어서 크게 앞으로 나아가지 못하고 있으며, 원우(院友)들 간에 통일된 이념이 부족해서 각 개인의 형편에 따라 수련할 뿐이라 속히 재생의 기회가 보이지 않는다. 더구나 6.25사변으로 인하여 아직 경제기반이 제대로 확립되지 못하고 아래까지 온 국민이 임시방편으로 대강 사는 생활이 유행되는 이때라 역시 동지들도 안정되는 시기를 고대하는 것 같다.

　그러나 나로서는 또 이런 생각이 든다. 연정하는 사람이 어느 시대에

나 없을까마는 혼자 독선적으로 나가는 사람으로는 이런 취지를 발기할 리 없고, 또 일상생활에 안정을 얻은 사람은 무엇보다도 선입감이 생활안정을 꾀하는 데로 들어가서 정신연구 같은 힘든 수행을 시작할 리가 없다. 현대 물질문명의 수준에 있어서 우리와 백인문화권과는 세기의 차가 있고 세계의 문명주도권이 백인종에게 있는 이때에 우리가 단연 분기(奮起: 분발해 일어남)하여 정신연구로 백인의 물질문명을 제압하도록 노력하고, 물질문명의 수준에서 나타나는 세기의 차를 우리는 정신적으로 백인보다 앞서게 하여 이 물질문명 수준을 돌파할 수 있는 확증을 만인 앞에 증명해 보일 수 있다면, 선천적으로 현명한 우리 민족이 이런 확증을 보고 같이 따라나서지 않을 리가 만무하다. 그러므로 우선적으로 해결해야 할 문제는 영재를 구해서 이 확증을 세상 사람들의 눈앞에 보일 수 있을 만큼 책임수련을 시키는 것이다.

이것은 바로 연정원 동지들의 책임이고 이 문제가 성공하면 제2, 제3으로 나가는 점진적 성공을 볼 것은 당연한 이치라고 생각한다. 그러려면 누구보다 먼저 승단자 중에서 몇 명을 전문적으로 연구시켜서 좀더 승단시키는 것이 중요한데 3~4단까지만 수련시키면 연정원의 갱생은 별문제 없다고 보며, 3~4단 정도면 세상 사람들 앞에서 확증을 보일 수 있을 것이다. 초보자들을 처음부터 양성하느니보다는 기존의 유단자를 더욱 발전시키는 것이 제일 요건이라고 본다. 이 수련에 어려움이 있다 하더라도 극복하고 나가지 않으면 성공할 수 없다고 보는 까닭에 원우들은 힘과 뜻을 모아서 이 일에 성공하기를 바란다.

갑오(甲午: 1954년) 양력 7월 5일 봉우서(鳳宇書)

추기(追記)

연정원에서 정신을 연구하기 전에 기본 준비로 체력 단련을 하지 않으면 유종의 미를 거두기 어렵다. 그러므로 청년 원우들에게 체련(體鍊)을 시키면 충분히 현 세계의 각종 기록을 돌파할 수 있다. 따라서 우선적으로 청년들에게 체육훈련을 시키고 그 이후에 정신연구로 방향을 전환하는 것이 필요하다. 체육 운동경기 등에서 보통 훈련하는 사람보다 우월한 성과를 얻게 된 후에 신심이 나서 정신연구로 입문한다면 빠른 시일 내에 쉽게 승단할 수 있을 것이다. 이것은 체육으로부터 정신연구로 전향하는 것이어서 이런 식으로 정신연구를 전문적으로 한다면 곧 1~2년 내에 승단할 가능성이 있는 것이다. 유단자는 지도자만 있으면 노력으로 재승단을 얻을 수 있다. 승단자 중에서도 부류가 다른데, 원리를 연구하는 인사라면 중단급에만 가면 타심통(他心通) 즉 관심법(觀心法)이 되어서 외교, 군사, 행정 분야에 응용할 수 있게 되고 과학적으로도 이화학 전공자들에게 수십, 수백 배의 효력을 가져다주며, 또한 정신통일이 되어 기억력이 자연 증진하는 까닭에 어떠한 학과를 전공하는 사람이라도 모두 효과적이리라 본다. 이 정신학의 고단자라면 나라와 나라 사이의 국제적 관계나, 대인관계에 있어서 중대한 효과를 얻을 수 있다. 과거에 강태공267), 귀곡자268), 장량269), 엄자능

---

267) 기원전 11세기 상주 혁명기에서 주나라의 재상으로 활약하며 은나라를 멸망시킨 인물. 성(姓)은 강(姜), 씨(氏)는 여(呂), 이름은 상(尙), 자는 자아(子牙)이며, 호는 비웅(飛熊)이다. 주왕이 항시 꿈에서라도 바라던 인물이 비로소 나타났다 하여 흔히들 태공망이라고도 불렸다.

268) 귀곡자(鬼谷子)는 기원전 4세기에 전국시대를 살았던 정치가로 제자백가 중 종횡가(縱橫家)의 사상가이다. 그는 역시 종횡가에 속한 소진과 장의의 스승으로, 귀곡에서 은거했기 때문에 귀곡자 또는 귀곡 선생(鬼谷先生)이라 불렸다.

269) 장량(張良, ?~기원전 186년)은 중국 한나라의 정치가이자, 건국 공신이다. 자는 자방

(子房). 영천군 성보현 사람이다. 시호는 문성(文成)이다. 소하(蕭何), 한신(韓信)과 함께 한나라 건국의 3걸로 불린다. 전략적인 지혜를 잘 써서 유방(劉邦)이 한을 세우고 천하를 통일하도록 하는 데 기여하였고 유방으로부터 "군막에서 계책을 세워 천리 밖에서 벌어진 전쟁을 승리로 이끈 것이 장자방이다."라는 극찬을 받았다.

270) 후한 광무제의 친구로 광무제가 즉위하자 이름을 바꾸고 부춘산에 은거했다. 광무제가 그를 아껴 백방으로 찾았는데, 제나라 사람이 보고하길 "어떤 남자가 양 갓옷을 입고 연못에서 낚시하고 있습니다." 하였다. 광무제는 바로 엄자릉임을 알고 사람을 보내 그를 궁으로 불러들여 관직을 제의하였으나 엄자릉은 사양하고 다시 초야로 돌아가 은거하였다. 그가 낚시하던 곳을 엄릉뢰(嚴陵瀨) 또는 엄릉조대(嚴陵釣臺)라 한다.

271) 제갈량(諸葛亮, 181년~234년 10월 8일)은 중국 삼국시대 촉나라의 재상, 정치인이다. 자는 공명(孔明)이며 서주 낭야국 양도현(陽都縣) 사람이다. 별호는 와룡(臥龍) 또는 복룡(伏龍). 후한 말 군웅인 유비를 도와 촉한을 건국하는 제업을 이루었다.

272) 도연명(陶淵明, 365년~427년)은 중국 동진 후기에서 남조 송대 초기까지 살았던 전원시인(田園詩人)이다. 호는 연명(淵明)이고, 자는 원량(元亮) 혹은 연명(淵明)이고, 본명은 도잠(陶潛)이다. 오류(五柳) 선생이라고 불리며, 시호는 정절(靖節)이다. 육조시대를 통틀어 가장 위대한 시인들 중 한 명이다.

273) 소옹(邵雍, 1011~1077)은 중국 북송의 성리학자(性理學者), 상수학자(象數學者)이며 시인(詩人)이다. 자는 요부(堯夫), 자호(自號)는 안락(安樂)이며, 강절(康節)은 사후에 내려진 시호(諡號)이다. 도가(道家)와 불가(佛家)의 사상의 영향을 받아, 유교의 역철학(易哲學)을 새롭게 해석하여 특이한 수리철학(數理哲學)인 상수학(象數學)을 창안하였다.

274), 을지문덕275), 강감찬276), 서화담277), 정북창278), 송구봉279), 이율

---

274) 연개소문(淵蓋蘇文, 594년~666년 음력 5월)은 고구려 말기의 장군이자 정치가이다. 단재 신채호 선생은 《조선상고사》에서 "연개소문은 ① 고구려 900년 이래로 전통의 호족공화(豪族共和)의 구제도를 타파하여 정권을 통일하였고, ② 장수왕 이래 철석같이 굳어온 서수남진(西守南進) 정책을 변경하여 남수서진(南守西進) 정책을 세웠고, 그래서 국왕 이하 대신 호족 수백 명을 죽여 자기의 독무대로 만들고, 서국(西國) 제왕 당태종(唐太宗)을 격파하여 지나 대륙의 침략을 시도했는데, 그 선악현부(善惡賢否)는 별문제로 하고 아무튼 당시 고구려뿐 아니라 동방 아시아에 전쟁사 중에 유일한 중심인물이다."라고 평하고 있다.

275) 을지문덕은 삼국시대 살수에서 수나라 군대를 물리친 고구려의 관리이자 무신이다. 생몰년은 미상이다. 612년(영양왕 23) 수양제가 100만이 넘는 대규모 군단을 편성해 고구려에 침공했다. 육군은 요동성을, 30여 만의 별동대는 평양성을 목표로 진격했다. 을지문덕은 별동대를 평양성까지 유인하면서 지치게 만드는 전략을 구사했다. 전의를 상실한 수나라 군대가 회군을 결정하고 살수를 건널 때 일대반격전을 벌여 30여 만의 병력 중 불과 2,700명만 살아서 도주하는 괴멸적 타격을 입혔다.

276) 강감찬은 고려전기 서북면행영도통사, 상원수대장군, 문하시중 등을 역임한 문신이다. 948년(정종 3)에 태어나 1031년(현종 22)에 사망했다. 983년(성종 3) 과거에 장원급제하여 예부시랑, 한림학사를 거쳐 문하평장사가 되었다. 요나라의 3차 침입을 격퇴하였고, 천수현개국남(天水縣開國男)에 봉해졌다. 1030년(현종 21)에 문하시중에 이르렀다. 현종의 묘정(廟廷)에 배향되고 문종(文宗) 때 수태사(守太師) 겸 중서령(中書令)에 추증되었다. 시호는 인헌(仁憲)이다.

277) 서경덕(徐敬德, 1489년 3월 18일(음력 2월 17일)~1546년 8월 13일(음력 7월 7일))은 조선 중기의 학자로서, 주기파(主氣派)의 거유(巨儒)이다. 스승 없이 독학으로 사서육경을 연마했으며 정치에 관심을 끊고 학문 연구와 후학 양성에 일생을 바쳤다. 그의 특이한 독학 방법으로 벽에 한자를 붙이고 그 한자와 세상과의 관계를 궁리하였다고 한다. 평생 여색을 멀리했는데 개성 최고의 유명한 기생 황진이도 유혹에 실패했다.

278) 정렴(鄭磏: 1506년 3월 28일(음력 3월 4일)~1549년 8월 8일(음력 7월 16일)은 조선 전기의 학자이다. 본관은 온양(溫陽)이다. 자(字)는 사결(士潔)이며, 호(號)는 북창(北窓)이다. 여러 나라 언어에 능통했다. 또한 의술에 정통해 궁중에 여러 차례 불려가기도 했다. 1537년(중종 32년)에 사마시에 합격했다. 부친 정순붕이 을사사화의 주역이 되자 이를 적극 말리다가 뜻을 이루지 못하여, 관직을 버리고 '거짓으로 미친 체를 하며' 경기도 과천 청계산(淸溪山), 양주 괘라리(掛羅里), 광주 청계사(淸溪寺) 등에 은거하였다가 44세로 사망했다. 화담 서경덕의 수제자인 박지화와 친한 사이였다. 미수 허목은 "정렴은 남과 이야기 할 때는 단 한 마디라도 공자의 학문에서 벗어난 적이 없으니, 그 깨달음은 중과 같고 그 행적은 노자와 같았으나, 사람을 가르치는

곡280), 조남명281), 이토정282), 박엽283), 허미수284)등 우리 동방 정신계의 고금 중진들, 이 밖에 유명(有名), 무명(無名), 은명(隱名: 이름을 숨김) 한 무수한 고단, 중단자들이 얼마든지 있는 것이다.

현 세계에서 인도에 고단자가 있고 중국에 고단자가 있는 것은 사실

데는 성인으로 종지를 삼아서였을 것이다."라고 평하였다.

279) 송익필(宋翼弼, 1534년 2월 10일~1599년 8월 8일)은 조선 중기의 서얼 출신 유학자, 정치인이다. 자(字)는 운장, 호는 구봉(龜峯) 또는 구봉(龜峰), 현승(玄繩), 본관은 여산(礪山)이다. 시호는 문경(文敬)이다. 봉우 선생님께서는 그가 조선 2,000년 내에 최고단자라고 말씀하신 바 있다.

280) 이이(李珥, 1536년 음력 12월 26일~1584년 음력 1월 16일)는 조선의 문신이자 성리학자이다. 본관은 덕수(德水). 자는 숙헌(叔獻), 호는 율곡(栗谷)이다. 관직은 이조판서(吏曹判書)에 이르렀다. 시호는 문성(文成)이다. 서인(西人)의 영수로 추대되었다. 이언적, 이황, 송시열, 박세채, 김집과 함께 문묘 종사와 종묘 배향을 동시에 이룬 6현 중 하나다. 아홉 차례의 과거에 장원급제하여 구도장원공(九度壯元公)이라는 별칭을 얻었다. 그의 업적은 성리학에서의 이기일원론의 학문을 밝힌 것으로 잘 알려져 있다.

281) 조식(曺植, 1501년 음력 6월 26일 경상도 합천 출생~1572년 음력 2월 8일)은 조선 전기의 성리학자이고 영남학파의 거두이다.

282) 이지함(李之菡, 1517년 음력 9월 20일~1578년 음력 7월 17일)은 조선 중기의 학자이다. 본관은 한산이며, 호는 토정(土亭)·수산(水山)이다. 선조 때 벼슬에 올라 포천 현감을 거쳐 아산 현감을 지냈다. 재물 욕심이 없어 평생 가난하게 살았다. 의약·복서·천문·지리·음양 등에 통달했으며 괴상한 행동과 예언 등의 일화가 많다. 이이와 친하여 성리학을 배우라는 권고를 받았으나 욕심이 많아 배울 수 없다고 거절했다.

283) 박엽(朴燁): 1570-1623. 반남 박씨로 자는 숙야(叔夜), 호는 국창(菊窓). 조선 중기의 문신, 도인으로 문무에 모두 뛰어난 능력을 겸비하여, 광해군 때 함경도 병마절도사, 평안도관찰사 등을 지내며 10만 강병을 양성하며, 광해군과 함께 북벌을 꾀하였으나 서인들의 사대주의적 인조반정으로, 학정의 누명을 쓰고 사형당했다. 이후 민중들에 의해 최영장군처럼 야사의 영웅이 됐다.

284) 허목(許穆, 1596년 음력 1595년 12월 11일~1682년 음력 4월 27일)은 조선 시대 후기의 문신 및 유학자, 역사가이자 교육자 겸 정치인이며, 화가, 작가, 서예가, 사상가이다. 본관은 양천(陽川)으로, 자(字)는 문보(文甫)·문부(文父)·화보(和甫), 호(號)는 미수(眉叟)다. 도가와 노장 사상에도 두루 지식을 가진 그는 예언과 예지, 점술 등에도 능했다 한다.

이다. 우리나라에도 숨어 있는 군자로 고단자가 인도나 중국에 지지 않을 만큼 있는 것은 건상(乾象: 천체현상, 천문)이 증명하는 것으로, 또 실제로 사실도 간간히 발견할 수 있다. 정신계에서 우리 민족이 타민족에게 절대 손색이 없다는 것을 정신연구의 승단자는 다 아는 사실이다. 그러나 나타나지 않는 고단자들은 완전한 도에 달하는 것을 목적으로 하고 정진하는 분들이기 때문에 우리 민족과 공존공영을 목표로 하는 연정 원우들 속에서 하루 빨리 중단 이상이 나오기를 바라는 뜻에서 이 글을 쓰는 것이다.

우리나라에는 백두산 일파와 지리산 일파가 전래하고 있지만 그 근원으로 거슬러 올라가서 보면 모두 백두산을 조종(백산종白山宗)으로 하고 있다. 현재 우리 민족 중에는 스스로를 유명무명의 성인, 철인, 혹은 영웅호걸이라고 자처하며 정신연구를 표방하는 많은 사람들이 있다. 그러나 이들을 살펴보면, 거의 대부분이 정통 정신파는 없고 바른 길을 벗어나 다른 길로 접어든 사람들로 보인다. 그런데도 각파에서는 모두들 자신이 바로 성인이라 하니 우리로서는 믿을 수가 없다. 대성인이라는 공자도 자신이 성인임을 부인하였는데 이 세상에는 웬 성인이 그렇게도 많은지, 아무리 생각해 보아도 물고기 눈알을 진주로 혼동한 것이 아닌가 싶다. 좌도방(左道房), 우도방파(右道房派)들도 모두 이름을 숨기고 몸을 드러내는 인물이 없다. 그러나 나는 비록 도인이나 정신과학에 정통한 고단자는 아니지만 미미하나마 이 연구의 정법(正法)을 전수받아서 실행한 경험이 있는 까닭에 이를 두고 모른 척하고 갈 수 없어서 선배들에게는 죄송한 일이지만 내가 연정원을 발족한 것이다. 나는 이 정신연구로서 성인으로 추앙받는 것을 바라고 나가자는 것이 아니라 우리 민족의 거족적 영예를 연정원우들이 되살려서 온 겨레와 더불어 번영하는 방책들이 나왔으면 하는 바람이 있을 뿐이다. 원우 중에서 누가 먼저 성공하든 나중에 성공하든 우리 민족이 번영하는 관점에서 그저 성공자가 속출(續出)하기만 바라고 내 개인의 성공 여부는 상관하지 않는 것이다. 또 동지들 중에서 중단 이상에 도달한 사람만 나오면 나는 모든 책임을 맡기고 평범하게 연정원우의 한 사람으로 남은 생애를 보내고자 한다.

양력 7월 5일 봉우생망기(鳳宇生妄記: 봉우는 망령되이 쓰다)

[이 글은 1989년에 출판된 봉우 선생님의 수필집 《백두산족에게 고함》 177~181페이지에 실린 글로서 봉우 선생님의 연정원에 대한 중요한 증언들이 담겨 있습니다. 거의 70년 전에 쓰여진 글이지만 여전히 영감(靈感)어린 내용들로 가득 찬 소중한 정신유산으로 다시금 정독(精讀)을 권합니다. -역주자]

변 총리가 상공장관을 경질하고
재인준을 민의원에 청하다

사람이 소양이 없으면 그 행동이 자연적으로 추○(醜○)한 것이다.
변 총리가 민의원에서 인준을 받고 조각(組閣: 내각을 조직함)한 후에 국
무원 신임표결에서 부결당하고 당연히 책임을 지고 사직(辭職)해야 옳
은 일이요, 부득이 명리욕에 얽매여서 사직을 못 한다면 신중히 고려
해서 내각의 조각(組閣)을 다시 해야 옳은 일인데, 민의원들의 논전(論
戰)에 표적이 되어 백한성 내무장관에게는 일언반사(一言半辭: 한 마디,
반 마디)도 없고, 상공장관인 박 씨285)만 사임시키고 또 대권(大權)286)
을 발동해서 대통령 담화로 민의원에서 재인준하도록 압력을 가하고
민의원에 재인준을 청하니, 점점 변 총리의 마각(馬脚: 말의 다리. 숨기던
일의 정체)이 나오는 것을 알겠도다. 민의원에서 박 상공부장관 1인으
로 부결된 것은 아니라는 것은 세인도 잘 알려니와 변 총리 본인도 잘
알 것이요, 백한성 본인도 알 것이 아닌가? 대통령 대권까지 발동해가

---

285) 박희현(朴熙賢, 1911년 6월 15일 평안북도 박천군 출생~1999년 4월 19일). 1948
     년 대한민국 정부 수립 후 기획처 예산국장, 재무부 차관을 역임했다. 1953년 9월부
     터 1954년 6월까지 4대 재무부 장관을 지냈다. 1954년 6월30일 상공부 장관에 임
     명되었으나 국회에서 불신임안이 통과됨에 따라 7월 5일에 물러났다. 역대 최단명
     장관이다. 이후 풍한산업 회장, 협동생명보험 사장, 삼필무역주식회사 회장 등을 역
     임했다.
286) 국가원수가 국토와 국민을 통치하는 헌법상의 권한.

며 사직 못 하는 것은 개들이 부서(腐鼠: 썩은 쥐)를 상쟁(相爭: 서로 차지하려 다툼)하는 것과 조금도 다를 것이 없다. 박사님도 민의원에서 부결이유를 잘 아실 것인데 변 총리 말대로 민의원에 대해서 재인준을 청하는 담화를 발표하는 것은 변 씨 1인의 요청만 존중히 여긴 것이며 민의원 의원의 의사를 무시한 것에 지나지 않는다.

또 변 씨나 박사님이나 국무원 부결이 되었을 때에 당연히 민의원 중요 의원을 초청해서 원만히 타합(打合: 타협)하고 재출발하는 것이 당연한 일이 아닌가? 자유당에서도 일부는 반대하는 것을 보면 조각(組閣)의 부당성이 확실한 것 아닌가? 각료들도 체면이 있다면 연결 사직하고 재조각하게 하는 것이 당연하다고 본다. 염치없는 장관들이다. 더구나 문제의 인물로 불고체면(不顧體面: 체면을 돌아보지 않음)하고 있는 인물들은 단지 이해(利害)로 수판(數板: 셈판)만 맞추는 물건들이지 체면을 모르는 인간들이다. 상서유피(相鼠有皮)[287]를 모르는 장관들이다. 가련(可憐: 불쌍히 여길만함)하고 가증(可憎: 미워할 만함)한 각하(閣下)들이다. 그리고 지난번 백두진 내각 인준 때와 같이 민의원들에게 수십만 표씩 선물하고 득표하면 재인준도 가능할 것이다. 민의원 의원들도 이왕 국무원 신임투표를 부결시키고 제2차에 강성태 상공장관이라고 재인준을 한다면 투표 반대급부(反對給付: 어떤 일에 대응하는 이익)를 받은 것밖에는 다른 것이 아니라고 본다. 금후에 민의원 의원들의 추세가 주목되는 것이다.

---

287) 《시경(詩經)》〈국풍(國風)〉 제4 용풍(鄘風) 52. 상서(相鼠: 쥐를 보아라)에 나옴. 상서유피(相鼠有皮) 쥐를 봐도 가죽이 있는데, 인이무의(人而無儀) 사람이면서 법도가 없다네. 인이무의(人而無儀)사람이면서 법도가 없으면 불사하위(不死何爲) 죽지 않고 무엇을 하는가.

비록 변 총리는 인준했으나 각료는 인물 본위로 조각하도록 강강(强剛: 굳셈)하게 대립하면 좋으나, 또 자유당 137명의 압력적 표수로 재인준한다면 이는 민의원에서 실패한 것이 아니라 자유당 의원의 실책이라고 본다. 자유당도 만천하(滿天下) 이목(耳目)이 집중한 아래에서 금번의 행동으로 자유당 체면을 유지하느냐, 손상하느냐가 달린 것이다. 그보다도 민의원을 망치느냐, 자가자몰(自家自沒: 자기 집을 스스로 망침)을 하느냐가 중차대한 문제다. 민의원 의원들은 무슨 표결이 있어야 소위 국물이 있다고 한다. 금번 표결에서 선거부채 청산을 꿈꾸는 의원도 있을지 알 수 없다. 의원들도 잘하면 십만의 선량이요, 잘못하면 십만 인의 죄인이라는 것과 십만 인의 죄인만 되는 것이 아니라 민족의 죄인으로 유취천년(遺臭千年: 나쁜 소문을 영원히 남김)을 하다라는 것을 각오하라는 말이다. 이 민의원 의원들이나 행정부 요인들의 일거수일투족과 언행여하(言行如何)로 2,000만 우리 민족의 사활이 있다는 것을 행정부 요인이나 민의원들이여, 일시라도 망각하지 말지어다.

갑오(甲午: 1954년) 양력 7월 6일 봉우서우유신정사(鳳宇書于有莘精舍)

국무원 재인준 표결안이
상정(上程)하기로 결정되다

금일 라디오로 방송하는 것을 청취해 보니, 자유당 출신인 민의원 운영위원장인 박영출 의원 발의(發議)로 국무원 신임투표는 상정하기로 결정하고 24시간을 경과한 7월 8일 오후에 표결하기로 되었다니 내일 표결로 의원들의 양심분자가 얼마나 되나 알 것이다. 우리들이 보기에는 지난번 백두진 총리 인준 당시와 같이 각 장관들이 총경제력을 집합해서 자유당 전원을 포섭했다면 내일 인준인가, 신임인가의 표결은 자연 승리로 돌아갈 것 같다. 부결 당시도 4표가 부족했으니, 그 정도면 매수당하는 의원도 있을 것 같다고 본다. 그리고 박영출 의원이라면 목사라 신직(神職)을 가진 종교인이라 도덕관념이 풍부하려니 하겠으나, 누구보다도 지지 않는 정상모리배(政商謀利輩)라고 평이 있는 사람이니, 자유당의 당원이요, 또 고급간부이니 민의원을 운영한다느니보다 자유당 운영위원장 격으로 만반의 노력을 다해서라도 금번 재표결을 성공시킬 것은 필연적이라고 보는 관계로 야당 일부의 맹반대도 별 효과를 얻을 것 같지 않다고 본다. 성패이둔(成敗利鈍: 지고 이김, 영리함과 운둔함)은 안외(眼外: 눈밖)로 하고 의원 제공(諸公: 여러분)의 공평정직(公平正直)으로 분투(奮鬪)하기를 바라노라.

갑오(甲午: 1954년) 양력 7월 7일 봉우서우유신정사(鳳宇書于有莘精舍)

중공의 유엔 가입문제를 둘러싸고 각국의 동향

국제연합은 세계의 자유, 평등을 위하고 민족의 평화를 위하는 기관이다. 현 세계에서 유엔에 가입하지 않은 나라가 별로 없는 것은 사실이다. 이것이 장래 세계를 투쟁 없는 평화와 안락으로 도입코자 하는 것이다. 그 의사만은 당연한 일이라고 본다. 그런데 유엔에서 경과로 보아서 그 실행력이 어떠한가 하면 약소국가로는 주의와 주장을 표현할 수 없고 대체로 강국들이 좌우하는 것 같다. 제1강국들은 소위 거부권을 사용해서 약소국가들이 결의한 일이라도 자기네 이해관계가 있다면 거부권 행사로 빙소와해(氷消瓦解: 얼음 녹고 기왓장 무너짐)하는 것을 약소국가들은 좌시할 밖에 타국으로서는 어찌할 도리가 없다. 예를 들면 8.15 광복절 이후 3년 군정(軍政)기간에 남북 통일문제를 둘러싸고 별 노력을 다했으나, 필경 남북은 여전히 분열되고 말았고, 인도네시아 사변[288]

---

288) 340년간 네덜란드의 식민 지배를 받은 인도네시아는 일본이 1942년 점령했다가 1945년 물러가자, 재점령하려는 네덜란드와 독립전쟁을 벌였다. 1945년에서 1949년까지 4년 5개월에 걸친 전쟁에서 80만 명이 사망했다. 일반적으로는 인도네시아와 네덜란드 사이 군사 충돌뿐만 아니라 네덜란드령 동인도에 진주한 영국군과 인도네시아의 무장 조직의 무력 충돌, 인도네시아 국내에서 반란 사건이나 정치 투쟁, 그리고 군사 충돌과 거의 동시에 진행된 네덜란드와 국제 연합의 외교 교섭 등 인도네시아의 독립을 향한 일련의 정치 과정을 총칭하여 인도네시아 독립 전쟁이라고 부르기도 한다. 당시 네덜란드는 나치 독일 점령기 동안 온 국토가 잿더미가 되고 20만 명의 자국민이 학살당해 미국의 경제 원조를 받아 나라를 겨우 재건하는 와중인데도 하나 남은 식민지를 못 잃겠다고 수만 명의 병사를 동원해 인도네시아를 침략하여 전쟁을 벌였고, 국제 여론이 악화될 대로 악화되어 시종일관 유리한 전세에도 불구하고

에도 그 민족은 당할 대로 다 당한 후에 그 당시는 별 효과가 없이 종결 후에 해결책이 나왔고, 6.25사변이나 장개석 정권이 중국에서 퇴패할 때도 유엔에서 좌시하고 말았다. 금번에 중공이 유엔에 가입문제가 나오자 영불(英佛: 영국과 프랑스)은 다 같은 보조로 온온(穩穩: 평온)이라고 하는 것보다 아주 노골적으로 찬의(贊意)를 표하고 있고 구주제국(歐洲諸國: 유럽 여러 나라)이나 인도 등 국가와 소련 위성국들은 말할 것도 없다. 미국만이 단연 거부권을 행사할 듯하다고 본다.

그러나 세계는 2대 조류로 나뉘고 또 하나는 반좌반우(半左半右: 반은 좌익, 반은 우익)의 엉거주춤파가 중간에서 모리(謀利: 이익을 꾀함)를 하는 세력을 가진 편복파(蝙蝠派: 박쥐파)가 있다. 미소(美蘇: 미국과 소련)는 2대 조류의 대표국이라 하면 편복파의 대표국은 영국과 인도를 지칭하는 외에 타도가 없다고 본다. 그리고 본다면 미국도 점점 고립화하는 것이 아닌가 한다. 영국과 인도는 중국의 방대한 지역을 상업지대로 획득하려는 야심으로 중공에게 추파를 보내는 것이다. 소련은 장계취계(將計就計: 상대의 계략을 미리 알고 그것을 역이용하는 계책)로 중공이 유엔에 가입만 하면 사상전(思想戰)으로 세계를 정복해 볼 의사로 중공의 유엔가입을 맹렬히 추진하는 것이다. 중공과 인도는 거의 접근되었다고 해도 과언이 아니요, 영불도 역시 가담하는 것은 상권(商圈) 획득관계다. 우리가 보기에는 짐주지갈(鴆酒止渴: 사람을 죽이는 독주로 갈증을 멈춤. 말이 안 되는 어리석은 난센스를 뜻함)289)이나 누포구기(漏脯

미국 등 서방 강국들의 압력으로 독립을 허용하는 망신을 당한다. 현재에도 이는 네덜란드 현대사의 큰 오점으로 남아 있다.

289) 광동성에 사는 독을 가진 새가 짐새인데 그 깃을 담근 술, 짐주(鴆酒)를 먹으면 죽는다 함. 출전: 갈홍(葛洪)의《포박자(抱朴子)》.

救飢: 썩은 고기로 주린 배를 채움)격이라고 본다.

중공이 완전히 소련과 이연(離緣: 인연을 끊음)하기 전에는 위험천만이다. 물론 인도나 중공이 예부터 역사가 있는 나라요, 스스로 대국 근성이 있는 민족들이라 소련의 일분부(一分付) 시행은 하지 않을 것도 잘 아는 일이나, 중공이 소련의 물질문명 수준에 도달하기까지는 지배를 받지 않을 수 없는 것이요, 유엔에서도 직접 관계가 없는 나라는 아세아의 옛 대국이요, 세계인류의 4분의 1을 차지한 중공의 유엔가입을 반대할 리가 없다고 본다. 중공을 경원(敬遠: 공경하나 가까이 하지 않음)하고자 함은 악자(惡紫: 지나친 자줏빛)는 탈주(奪朱: 빨간색을 흐리게 함)290)라고 아세아주(亞細亞洲: 아시아 대륙)가 중공 세력권 내로 적화(赤化: 공산화)가 될까 염려하는 바요, 우리나라는 직접 관계가 있는 고로 유엔에서 미국이 어떠한 행동을 하는가가 제일 관심되는 바이다. 미국이 거부권을 행사하고 고립되느냐, 중공의 유엔가입을 조건부로 승낙하느냐가 문제다. 이것이 다 우리 장래에 중대 관심처인 관계로 이 붓을 드는 것이며, 중공도 하루 속히 소련에서 이탈해서 삼민주의(三民主義)291)로 복귀하기를 바라고 인도도 적색(赤色: 공산주의)으로 접근 말고 자작자급(自作自給)주의로 갱생하기 바라며, 우리 정부요인들도 그 깊이 든 악몽에서 빨리 깨어나서 민족의 만년대계(萬年大計)를 수립하기를 바라고 이 붓을 그치노라.

갑오(甲午: 1954년) 양력 7월 8일 봉우서우유신초당(鳳宇書于有莘草堂)

---

290) 《논어(論語)》〈양화(陽貨)편〉에 나오는 공자님 말씀.
291) 삼민주의는 손문이 발표한 초기 중화민국 정치 강령으로, 민족주의(民族主義), 민권주의(民權主義), 민생주의(民生主義)를 뜻한다.

습유(拾遺: 빠진 글을 뒤에 보충함)
– 제용호결후(題龍虎訣後: 용호결 뒤에 붙임)

사의(私意: 개인생각, 사견私見)

自古欲求三神山不死藥者 必來尋我邦者 非一非再 道書云 自古 仙
人窟宅 多在於三神山中 鍊氣成仙者 不知其數云矣 信斯言也. 我邦自
古成仙者必多 而自羅季 慕唐之風始吹 至於高麗金富軾 盡滅自古
遺來之書籍 自此以前之古書 不可得見者 實金氏之禍也. 故遊歷山川
勝地 則種種遺傳仙蹟處 比比有之 但口口相傳者 一 無可證的書類 可
歎可歎 此無乃慕唐之禍也. 而古史必載 所謂中國 自我邦受封之句 又
有制壓中國之古史歷歷. 故事大之心 不敢存 此史 而盡滅者也. 故檀
箕之史 僅僅不滅二字 而餘外別無詳細 其所由來明矣. 高麗中葉 佛
道大盛 與事大派 共壓我邦傳來之口 口相傳之遺蹟 欲泯滅其形蹟者
顯然 傳之史冊 當此大難而猶存者 千無其一 萬無其一. 往往山野 村
夫之口傳 拾其殘痕 可歎可歎 而至於我朝 儒道大昌 益不信我邦 傳來
之古聖遺蹟 但思小固不 可以敵大 欲輔國安民 莫若善事大國 故或有
掛眼於大國人者 盡 滅削除 甚於高麗 後生何處得見 古來遺訣乎 然而
北窓鄭公 我朝 中葉遺逸 而深得古人之蘊奧 憂其永爲泯滅 精述其蘊
奧 於三篇 之中 以待後 日學者 其功大矣夫. 此外掛于世人眼目者 盡
在不言 中 學者詳察 則可知鄭公不言中之妙訣矣.

옛부터 삼신산(三神山)의 불사약(不死藥)을 구하고자 하는 사람은 반드시 우리나라를 찾아왔으며, 그 수가 하나 둘이 아니었다. 도서(道書)에 말하기를 옛부터 선인(仙人)의 굴집(굴택窟宅)이 삼신산 속에는 많이 있어서 연기(鍊氣: 기운을 연마함)공부로 신선이 된 사람의 수를 알 수 없을 정도라고 하였다. 우리나라는 옛부터 신선이 된 사람이 많았는데, 신라의 말기부터 당나라를 숭모하는 바람이 불기 시작하더니 고려의 김부식에 이르러서는 예로부터 전해 내려오는 서적을 모두 없애 버렸으니 이로부터 이전의 고서를 얻어 볼 수 없게 된 것은 실로 김 씨가 저지른 화(禍) 때문이다. 그러한 연고로 산천의 경치 좋은 곳을 유람하노라면 여러 가지 전해 내려오는 신선의 자취가 있는 곳을 드물지 않게 볼 수 있으나, 다만 입에서 입으로 전해 오는 것이 있을 뿐 입증할 만한 서책이 하나도 없으니, 이는 참으로 한탄스러운 일로서 이는 오직 당나라를 숭모하는 사상 때문에 생긴 화이다.

고사에는 이른바 중국이 우리나라로부터 제후로 봉함을 받은 구절이 반드시 실려 있고 또한 우리나라가 중국을 제압한 기록이 역력한데도, 사대하는 마음에 감히 역사책에 이런 구절을 남겨 둘 수 없다고 하여 모두 없애 버린 것이다. 단군(檀君)과 기자(箕子)의 역사에 겨우 단(檀), 기(箕)의 두 자만 없어지지 않았을 뿐 그 밖에 상세한 것은 별로 찾아볼 수 없는 것도 바로 이런 까닭임이 분명하며 고려 중엽에 불도가 크게 성하여 사대파와 더불어 우리나라에 입으로 전해 내려온 전래의 유적들의 형적을 모두 없애려 든 것 또한 명백한 일이다. 전해 오는 역사책들이 이와 같은 큰 난리를 당하여 남아 있는 것은 천에 하나, 만에 하나도 없고 이따금 산야의 촌부들이 입으로 전하는 그 유적의 남은 흔적을 얻어 들을 수 있는 정도이니 매우 한탄스러운 일이다.

조선에 이르러서는 유교가 크게 번창하여 더욱 우리나라에 전해지는 옛 성인의 유적을 믿지 않게 되었으며 단지 소국이 대국을 적대하는 것이 불가하니 나라를 지키고 백성을 편안하게 하려면 대국을 잘 섬기도록 해야 한다고 생각하였으므로 혹시 대국사람의 눈에 걸리는 것이 있으면 모두 없애 버리고 책에서 삭제하는 일이 고려 때보다도 심하였으니 후생들이 어느 곳에서 옛적부터 전해 온 비결을 얻어 볼 수 있겠는가? 그러나 오직 한 분 북창 정렴 선생은 조선 중엽에 깊이 고인의 도리를 깨달아 영원히 이것이 없어질 것을 염려한 나머지《용호비결》삼편(三篇: 폐기, 태식, 주천화후의 세 편)에 그 비결을 자세히 기술하여 후일의 학자에게 전하였으니 그 공로가 크다고 하겠다. 이 밖에 세인의 안목에 걸리는 것들도, 말하지 않은 가운데 모두 들어 있으니, 학자들이 자세히 살핀즉 정공(鄭公)의 불언중(不言中)의 묘결(妙訣)을 알 수 있을 것이다.

남한원년(南漢元年) 무자(戊子: 1948년) 후학(後學) 권태훈 삼가 적다.

[이 글은 봉우 선생님께서 한문으로 저술하신 것으로, 개정증보판《민족비전 정신수련법》79~81페이지에 한문원문과 번역문이 실려 있습니다. -역주자]

습유(拾遺)2:
대학장구존의(大學章句存疑: 대학장구에 의문을 가짐)

- 在於戊辰五月五日記于亂草中者戊子轉記于龍虎訣末尾故不棄之
意再拾遺於此(무진년 1928년 5월 5일에 난초해 놓은 것을 무자년 1948년에
용호결 끝부분에 옮겨 적은 후 버리지 못하고 여기에 다시 써놓는다. -鳳宇書)

余八歲 授學于故茂亭鄭先生門下 余讀大學之道在明 明德在新 民
在止於至善句 問于先生曰 道德雖不可分 然古聖人恒言 道與 德則非
一件 可知也. 不可混同 亦可知也 何故大學之道 在明明德 在親民 在
止於至善 德不過道之一分門 則古聖之幷稱道德 未知 可知其由 不可
此席講論也 余其後 雖不潛心多讀 而常存疑在中矣 其後十三歲時 再
讀四書三經 秋冬六朔 而大學章句 恒時存疑中 適茂亭先生 枉臨紫門
故告其存疑處矣 亦是前日一般之敎 別無 他論 故不得已 存疑不釋者
有年 而其後余風風雨雨 隙光於焉半生 而偶開古人龍虎訣 潛心修鍊
者有年 一旦雖非貫通 而微微有得 再開大學存疑處 自笑古人之垂訓
如是至精至密 而後學汎汎看過 以爲尋常章句解之 不亦誤李 此章句
大關於斯文 故余不必再論 而爲同疑同苦之人 略略數字 而釋其疑者
也 知罪知罪 明明者 日月 消長 天地屈伸 陰陽呼吸之謂也 爲道明其
明 爲德新其新 爲民止於 至善 則庶幾近於大學之本旨 不失古聖之訓
矣 歲戊辰 五月五日 權泰勳書于莘野亂草在於雜書中 戊子 九月 轉記

于此訣末

　내 나이 8세에 정무정(鄭茂亭) 선생 문하에서 수학하였는데 내가《대학(大學)》의 '대학지도재명명덕재신민재지어지선(大學之道在明明德在新民在止於至善)'이라는 구절을 읽고 선생님에게 여쭈었다. "도(道)와 덕(德)은 비록 나눌 수 없으나 옛 성현들이 늘 하신 말씀에서 도와 덕은 한 가지 사항이 아님을 알 수 있으며 혼동해서는 안 된다는 것도 알 수 있었습니다. 그런데 무슨 까닭으로 대학지도(大學之道)가 명명덕(明明德)에도 있고, 신민(新民)에도 있고, 지어지선(止於至善)에도 있습니까? 덕이란 도의 일부류에 불과한데 옛 성현들이 도와 도덕을 아울러 말하고 있으니 그 이유를 알 수가 없습니다."

　선생님이 말씀하시기를 "너의 나이가 어려서 옛 성인의 가르침을 깊이 연구할 수가 없으니 반드시 마음을 가라앉히고 오래도록 많이 읽으면 그 이유를 알 수 있을 것이다. 그러니 이 자리에서 강론하는 것은 옳지 않다."라고 하시었다. 나는 그 후 비록 마음을 가라앉히고 많이 읽지는 않았으나 항상 마음속에 의심을 두고 있었다. 그 후 13세 때에 다시 사서삼경(四書三經)을 가을, 겨울의 6개월에 걸쳐 읽었는데,《대학》의 그 구절에 항시 의심을 두고 있던 중, 마침 무정 선생님이 우리 집에 왕림하셨으므로 의심 둔 곳을 다시 한번 말씀드렸더니 역시 전일(前日)과 같은 가르침뿐이고 별로 다른 말씀이 없으셨다. 그래서 부득이 의심을 풀지 못한 채 해를 넘기었다.

　그 후 반평생의 세월이 흘러갔는데 우연히 북창 선생의《용호결》을 얻어 보고 잠심(潛心: 마음을 집중함)하여 수련한 지 1년여에 비록 하루 아침에 활연관통한 것은 아니지만 조금은 얻은 것이 있어서 다시《대학》의 의심나는 곳을 펼쳐보고는 혼자서 웃고 말았다. 고인이 후세에 전하는 교훈이 이와 같이 지극히 정밀한데 후학들이 범범하게 보아 넘겨 대수롭지 않은 평범한 장구(章句)로 생각하여 해석하니 어찌 틀리지 않겠는가? 이 장구는 유학의 큰 관문이므로 내가 재론할 필요는 없겠으나 여기에 대해 같은 의심을 둔 사람들과 그것을 풀려 애쓰는 이들을 위하여 죄인 줄 알지만 간략하게 몇 자 적어 의심나는 것을 풀어 볼까 한다.

명명(明明)이란 것은 해와 달이 차고 기우는 것과 하늘과 땅이 펴졌다 오므라들었다 하는 것과 음양의 호흡을 밝히는 것을 말함이니, 도는 본래 밝았던 것을 밝히는 것이고, 덕은 그 새로운 것을 더욱 새롭게 하는 것이고, 민은 지극한 선에 머무는 것이라 하겠다. 이렇게 해야 거의 대학의 본래의 뜻에 가까워서 옛 성인의 가르침을 잃지 않을 것이다.

무진(戊辰: 1928)년 5월 5일 권태훈이 신야(莘野: 상신리)에서 여러 글 속에 섞여 있는 이 글을 꺼내어 첫글을 작성하다.
무자(戊子: 1948)년 9월 앞서 적은 것을 《용호비결》의 끝에 옮겨 적다.

[이 글은 한문으로 작성되었으며, 개정증보판 《민족비전 정신수련법》 82~84페이지에 〈사의(私意)2〉 제목으로 한문 원문과 번역문이 실려 있습니다. -역주자]

습유(拾遺)3:
용호결미첨서(龍虎訣尾添書: 용호결 끝에 글을 더함)

- 여상참간(與上參看: 윗글 〈습유2〉와 같이 참고해 보시오)

此書與大學中庸 相爲表裡　故妄論于此 道者 相生之謂也 德者 相生
相克 往來不窮之謂也 先天后天 於斯備矣 喜怒哀樂 貯于 衷而不發者
相生之道 喜怒哀樂 發于表而中節者 相生相克之德也 於人於物 不可
無是生 不可無是 相生相克 往來不窮之理 欲明明 必從龍虎遺訣 作之
不已 則不知不識之間 已在豁然貫通 之境矣 何憂乎去聖之遠 何患乎
才質之淸獨 聖門傳授心法 不外 乎庸學 則以其心法 定礎于靈坮 龍
虎訣立柱上樑于其上 天君泰然 百體從令 前聖後聖 繼繼承承 此顔子
所謂舜何人也 余何 人也 有爲者亦若是者之謂也夫

南韓 戊子秋 九月 轉記亂草中道德解一篇于龍虎訣末尾 以待後日同
苦者釋慮件
戊辰 十月十日 書于有莘精舍 耕莘逸民 鳳宇 知罪謹書

　《용호비결》은 《대학》, 《중용(中庸)》과 더불어 서로 안과 밖을 이루는
것이다. 그러므로 망령되어 이를 논하건대 도는 상생(相生)하는 것을
이르는 말이며, 덕은 상생하고 상극하여 오고 감에 끝이 없는 것을 이
르는 것이니, 선천(先天)과 후천(後天)이 여기에 다 갖추어져 있다. 희

노애락이 속에 감추어져 드러나지 않는 것이 상생의 도이며, 희노애락이 겉으로 드러나되 절도에 맞는 것은 상생상극의 덕이다. 사람이나 물건에 있어서 상생하는 이치가 없을 수 없고, 상생상극하여 끝없이 오가는 이치가 없을 수 없다. 본래 밝았던 것을 다시 밝히고자 하거든 《용호결》의 가르침에 따라서 쉬지 않고 노력하면 알지 못하는 사이에 이미 활연관통(豁然貫通)하는 경지에 있을 것이다. 어찌 성인이 가신 지 오래됨을 근심하며 어찌 재질의 청탁을 걱정하리오. 성문(聖門: 성인의 문화)의 전수심법(傳授心法: 심법을 전해 줌)이 《중용》과 《대학》에서 벗어나지 않은즉 《대학》과 《중용》의 심법으로 마음에 주춧돌을 놓고 그 위에 《용호결》로 기둥을 세우고 대들보를 올리면 마음이 편안하고 온몸이 다 말을 잘 듣게 될 것이다.

성인과 성인이 대대로 이어받아 왔으니 안자(顔子: 공자의 심법 제자) 가 "순(舜) 임금은 어떤 사람이며 나는 어떤 사람이냐?"라고 한 말(《맹자》등문공 장구 상편)과 같이 분발하고 노력하는 사람이란 또한 이와 같은 사람을 이르는 말이다.

- 남한 무자(戊子: 1948년) 가을 9월 어지러이 옮겨 적던 중 도덕해(道德解) 1편을 《용호결》 말미에 붙여 후일의 동고자가 문제를 해결해 주기를 기다린다.
- 무진(戊辰: 1928년) 10월 10일 유신정사(有莘精舍)에서 경신일민(耕莘逸民) 봉우(鳳宇) 삼가 적다.
- 갑오(甲午: 1954년) 음력 6월 초9일(初九日) 을축(乙丑) 봉우서우유신누옥(鳳宇書于有莘漏屋: 봉우는 지붕 새는 상신리 집에서 글을 쓰다)

[이 글은 개정증보판《민족비전 정신수련법》77, 78페이지에 〈제결
미(題訣尾)2〉란 제목으로 한문원문과 번역문이 실려 있습니다. -역
주자]

추기(追記)

[이 글은《백두산족에게 고함》- '연정원 호흡요강 서문'에 덧붙이
는 글로(191쪽) 실려 있습니다만 원래 1954년에 쓰신 글입니다.
-역주자]

《용호결(龍虎訣)》은 전편(前篇)에 약초(略草: 간략히 서술함)한 고로
(여기에서는) 재기(再記: 다시 씀)를 궐(闕: 뺌)하였다.《용호결》은 호흡법
의 정종(正宗: 정통을 이어받은 근본)이다. 비록 타 책(他冊: 다른 책)에 천
언만어(千言萬語)가 기록되어 있다 하더라도 모두《용호결》연의(演義:
해설)에 불과하므로, 호흡법을 연구하고자 하는 인사는 반드시《용호
결》을 숙독(熟讀: 깊이 읽음)하실 필요가 있다. 또 호흡이 법대로 되거든
《대학(大學)》의 차서(次序: 차례)대로 주공(做工: 공부)하면 누구나 자기
성력(誠力: 성실한 노력)의 대가만큼은 성과를 볼 것은 의심할 게 없는
일이요, 무슨 피동적 (수련법)과 같이 허송세월할 염려도 없는 일이다.
호흡법으로 선천기질(先天氣質)의 청탁(淸濁: 맑고 흐림)을 변화시킬 수
있다는 것을 경험으로 입증하며, 용호결의 통속적으로 난해처(難解處:
풀기 어려운 곳)를 시간만 있다면 아주 일목요연(一目瞭然)하게 구어체
로 기록해서 동고자(同苦者)에게 제공할 것을 예약(豫約: 미리 약속함)하

고 이 붓을 그치노라.

갑오(甲午: 1954년) 음력 6월 초9일(初九日) 봉우추기(鳳宇追記)

국무원 재신임 투표결과를 보고

어제 무전(無電)으로 국무원 신임표결안을 상정한다는 말은 들었다. 예정대로 자유당 전원 133명과 무소속의 5명이 가담해서 무난히 통과되었다고 오늘 방송을 들었다. 이것은 자유당 행동통일이라고 보나, 무소속 의원 중에서도 매수된 것은 가리지 못할 일이다. 야당 제군이여! 성사(成事)는 재천(在天)이요, 모사(謀事)는 재인(在人)이라고 용전분투(勇戰奮鬪)하시요! 어제도 내가 기록한 바이어니와 일의 정부(正否: 옳고 그름)를 물론하고 당을 위해서 통일투표한 것인가? 각자의 이익을 위해서 투표한 것인가? 또 국가와 민족을 위해서 투표한 것인가? 그렇지 않으면 매수되어서 투표한 것인가? 그렇지 않으면 현 총리와 각료가 앞으로 대난국을 타개하리라고 선량 제군이 생각하고 양심상으로 투표한 것인가? 솔직히 양심껏 고백해 보라! 제군들도 야반독좌시(夜半獨坐時: 밤중에 홀로 앉아 있을 때)에는 한출첨배(汗出添背: 땀이 흘러 등을 적심)할 것이다. 이것이 양심이니라.

이 양심도 없는 자는 선량이라기보다 정반대일 것이다. 국가나 민족이나 다 불행한 일이다. 다만 바라는 것은 변 총리 내각이 큰 죄과(罪過) 없이 속히 다녀 나갔으면 하는 미미한 바람이 있을 뿐이다. 자유당의 횡포는 점점 자멸(自滅)을 초래하는 것이 아닌가 한다. 양심에 호소할 뿐 제군들도 일일(一日)의 전두(前頭: 미래)라도 예측하거든 속히 개과(改過)하여라. 고의적으로 감행한다면 천벌(天罰)이 있을 것을 미리 알지어다. 군(君)들을 선출한 국민들이 군들의 작죄상(作罪狀: 지은 죄과)을 보면 무어라고 생각할 것인가? 양심으로 생각하라! 이 양심이 없으면 동물만도 못하다고 본다. 아직 국운이나 민족의 운이 부족한 관계라고 보고 국민들은 인내하고 시기가 오기를 기다려 다시 일어날지어다. 제일 박사님의 회심(回心: 마음을 돌려먹음)이 있기를 바라고 이 붓을 그치노라.

갑오(甲午: 1954년) 양력 7월 8일 오후
봉우난초(鳳宇亂草: 봉우는 어지러이 쓰다)

추기(追記)

내가 무조건하고 국무원 신임을 반대하는 것이 아니다. 5.30선거 당시에 백한성 내무장관의 압도적 경찰세력 행사로 별별 해괴망측(駭怪罔測)한 일이 많았던 것은 대한민국 전체가 다 아는 바요, 자유당의 업적이라는 것은 재작년 정치파동 당시부터 계속적으로 국가의 위급존망지추임을 불계하고 각자 사리사용을 일삼은 것은 가리지 못할 일이요, 더구나 변 총리는 당시 유엔사절로 정치파동이 정당성을 가진 것이요, 민의원 의원들이 무자격하다고 자신 있게 말한 사람이니, 그 위인이 양심적인가 아닌가를 잘 알 것이다. 손 국방장관도 작년 휴전 당시 신 장관이 단독북진(北進) 불능이라는 조건하에 사임(辭任)함을 뒤이어 단독북진이 자신 있는 것 같이 취임하고 휴전 직전에 국군장병을 무수한 희생을 내고도 엄연히 그 자리에 앉아서 파렴치하기 짝이 없는 사람이요, 박 재무는 백두진 대리격으로 백의 명령복종에 그친 인물로 재계의 혼란은 책임이 백두진에게 있는 것이요, 신임장관들도 시위소찬(尸位素餐: 직책을 다하지 못하면서 자리만 차지하고 녹만 받아먹는 것)으로 있던 인물들이다.

　지방장관도 잘 못하던 5류, 6류의 인물들을 기용해서 정부의 장관급이라고 하느니보다 자유당 소사(小使: 수위)격으로 국가와 민족을 상대로 취임한 것이 아니라 자유당에게 아첨하고 박사님(이승만)께 일분부(一分付: 오직 아랫사람에게 명령을 내림) 시행(施行)하겠다는 군령장(軍令狀)을 준 인물들이니 이 인물들에게서 무슨 역량으로 선정(善政)이 나올 것인가 의심할 여지가 없다. 그 관계로 내가 이 인물들을 반대하는 것이지 박사님의 명령을 복종하며 자유당과 협조하더라도 우리 국가와 민족에 치중하는 인물이라면 누가 반대할 리가 있겠는가? 그렇다고 내가 무조건하고 민국당292)을 찬성하거나 국민당293)을 찬성하는 것도

---

292) 민주국민당(民主國民黨)은 1949년 2월 10일 한국민주당과 대한국민당이 통합하여 결성된 대한민국의 정당이다. 한국민주당의 후신으로, 약칭은 민국당이다. 당초 최고위원 여러 명이 합의해서 당을 이끌어가는 집단 지도 체제로 출범하였으나, 1953년 당헌을 개정하고 1인의 위원장이 당을 대표하는 단일 지도 체제로 전환하였다. 위원장에 신익희, 조남윤, 부위원장에 김도연, 이영준, 고문에 백남훈, 서상일, 조병옥으로 1) 민족의 권리 확보, 2) 만민 평등의 민주정치 구현, 3) 경제적 기회 균등을 원칙으로 한 자주경제 수립, 4) 민족문화의 양양을 위한 세계문화에의 공헌, 5) 인류의 자유와 행복을 기초로 한 세계평화의 수립 등 5개 강령과 10개 정책을 발표 조직했다. 민국당은 창당 초부터 야당으로 출발해 수차에 걸친 개헌 파동 등 난관과 억압을 받다가 1955년 9월 19일 민주당(대한민국, 1955년)에 흡수되었다.

293) 대한국민당(大韓國民黨)은 대한민국의 보수 정당으로 1948년 11월 13일 신익희, 윤치영 등에 의해 친이승만계 정당으로 창당되었다. 이어 임영신 등의 여자국민당, 지청천의 대동청년단을 흡수했다. 그러나 최고위원 중 한 사람인 신익희가 정부 수립 후 이승만과 멀어지기 시작한 한민당의 김성수의 제의를 받아들여 1949년 2월 민주국민당 결성에 참여하게 되면서 사라지게 된다. 이후 원내 제1당이던 민주국민당이 국회에서 기존의 대통령 중심제를 의원내각제로 바꾸는 개헌을 추진하자, 이승만 대

아니요, 또 무소속이라는 분들도 추세(趨勢: 세력을 쫓음)파인 좌고우면(左顧右眄: 왼쪽을 돌아보고 오른쪽을 곁눈질함)하는 인물들은 도리어 자유당에서나 민국당에서 질이 나쁜 인물보다도 나을 것이 없다고 본다. 내가 말하고자 하는 것은 오로지 천하공기(天下公器: 천하의 공적 물건, 여기선 국가의 공직公職)를 공평, 정직하게 양심에 호소해서 부끄러움이 없이 일하라는 말이다. 그리고 그 공기(公器)에 적당치 못하거든 추현양능(推賢讓能: 어진 이를 추대하고 능력자에게 양보함)하고 그 자리를 나가서 자기 자격을 양성해 가지고 양력탁덕(量力度德: 능력과 덕성을 헤아림)해서 그 임(任: 맡은 일)을 당할 만한 곳에서 일하라는 말이다. 이래도 국가대운(國家大運)이요, 저래도 국가대운이다. 국민으로서는 하루라도 속히 태평성대(太平聖代)가 되기를 바라고 이 붓을 이 정도에서 그치노라.

갑오(甲午: 1954년) 7월 8일 봉우서우유신정사(鳳宇書于有莘精舍)

통령을 지지하는 세력이 개헌을 저지할 목적으로 1949년 11월 12일 신정회, 노농, 일민구락부 소속 의원들이 중심이 되어 9개월 만에 다시 부활시켰다. 대한국민당은 여당인 자유당이 창당되기 전까지 사실상의 여당 역할을 수행하였으며, 자유당이 창당된 뒤에도 친여 성향의 야당으로 존재하였다. 내각책임제 개헌안을 추진하려던 민주국민당에 대하여 자유당 등과 함께 공동대응하였다. 이승만의 최측근이었으며 측근 중에서도 강경파로 분류되던 윤치영, 임영신 등은 자유당에 직접 참여하지 않고 대한국민당을 중심으로 이승만체제를 외곽에서 지원하였다. 1956년 대한국민당은 제3대 정부통령 선거에서 부통령 후보만을 발표, 윤치영을 부통령 후보로 출마하였으나 낙선하였다. 1958년 7월 해산하였다. 당권은 최초에 신익희가 주도하였으나 후에 신익희가 탈당하면서 윤치영, 이인의 공동 대표체제로 운영되었다. 친여 성향, 친이승만 정당이었으나, 이들이 대개 탈당 후 자유당으로 입당하면서 점점 친야 성향으로 바뀌었고 이후, 민주국민당과 합당하게 된다.

연정원(研精院) 호흡요강(呼吸要綱)

누누이 연정원에 대한 말을 기록했으나, 본법 세칙(細則)에는 언급을 못한 것은 법이라는 것은 1인이건 10인이건 1,000인, 1만 인이건 또는 세인(世人)이 어느 사람이건 공통되는 것이라야 되고 또 시대도 전만고(前萬古: 만고 이전)건 후만고(後萬古: 만고 뒤)건 또는 현재건 불변해야 되는 것이다. 그래서 연정에 대한 법도 고인의 말한 바가 많고 그 법의 대체(大體: 대강)와 세밀(細密)에 이르기까지 서적이 한우마충동우(汗牛馬充棟宇: 우마차나 집안 가득 참)해도 도리어 여유가 있을 것이다. 그래서 나와 같은 불초(不肖: 못난이)가 이 법에 대해 무엇이라 또 말한다면 불과일월지하형광(不過日月之下螢光: 해와 달 아래의 반딧불에 지나지 않음)이요, 뇌정지하(雷霆之下: 천둥번개 치는 아래)의 충음(虫音: 벌레소리)이라 고인의 법대로 행할 뿐이요, 문언(文言: 문장)으로 무엇을 기록하고자 하지 않았다. 하지만 수십 년을 두고 사계(斯界: 이 세계)에 유의(有意)하고 비록 미미하나 그침이 없이 아주 놓아 버리지 않고 있는 중이다.

고철(古哲: 옛 철인)들이 기록한 책자가 각진기미(各盡其美: 각기 그 아름다움을 다함)했으나, 후인들이 구전심수(口傳心授: 입으로 전하고 마음으로 받음)가 아니라 문자로만 보아서는 실행하기 극히 곤란하다. 그런고로 세인이 이 방면에 착수한 사람은 적지 않으나 성공자가 극히 귀하다. 그 원인은 온전히 그 수련방식이 문자로 볼 때와 실행으로 해볼

때의 차이가 현저한 연고라고 본다. 고철(古哲: 옛 철인)들의 미사오지(微辭奧旨: 미미한 글과 심오한 뜻)는 문중유언(文中有言: 글 속에 말이 있음)이요, 언중유골(言中有骨: 말 속에 뼈가 있음)해서 인증비거(引證比據: 사실에 근거하여 증명함)를 후인들이 잘 알게 했으나, 후인들이 문자에 대한 학식이 전철(前哲: 과거의 철인)들만 못하고 전철들이 문자로 기록한 것이 또 그 마음속에 있는 그대로를 표현하기 역시 곤란하였을 줄로 나는 생각된다. 이것이 이문전문(以文傳文: 글로서 글을 전함)하는 것이 이심전심(以心傳心)과 차이가 발생하는 연고라고 본다.

증거를 들면 중국에서 요순우(堯舜禹: 요임금, 순임금, 우임금) 상전지심법(相傳之心法: 서로 전하는 마음의 법)이 정일(精一) 두 자에 그치었다. 그러나 후세 사람들이 정(精)자나 일(一)자를 문자로는 모를 사람이 별로 없으나, 실행으로 정일(精一) 그대로 한 사람이 중국 3,000년 역사에서 몇 사람이나 되는가? 너무나 명명백백(明明白白)한 사실이다. 우리가 말하는 호흡법도 문자화하면 역시 글자로는 알되 실행 못하는 것과 조금도 다를 것이 없다고 보는 관계로 연정원에서 동고(同苦)하는 여러 동지들이 여러 번 연정 방식에 지간지이(至簡至易: 지극히 간단하고 지극히 쉬움)한 문자로 표시해 달라는 요청이 있었으나, 번번이 내가 사절한 것은 성성전수심법(聖聖傳授心法: 성인이 성인에게 전해준 심법)이 정일(精一) 두 자의 문헌 이외에는 더 없는 것을 무어라고 문자화하느냐고 대답하고 다만 고철(古哲)들이 각진기미(各盡其美: 각기 그 아름다움을 최대한 드러냄)한 문자를 많이 보아서 자득(自得)해 보라고 권했었다.

그러나 이 문자화한 유명무명의 전철(前哲)들의 수훈(垂訓: 내려준 교훈)은 자칫하면 맹인이 코끼리를 보고 각자가 본 대로 말한 것과 같은 감이 있어서 그중에 거기대체(擧其大體: 그 대체를 들어냄)해서 정세차밀(精細且密: 정밀하고 세밀함)하게 문자화한 책자라도 역시 후인들이 보기에는 맹인이 코끼리 보고 말한 것과 동일시되어서 실행에 옮길 신심(信心)이 나지 않는 것도 용혹무괴(容或無怪: 혹시 그럴 수도 있으므로 괴이할 것 없음)한 일이다. 대성인(大聖人)들 말씀하시기를 솔성(率性)이니, 명성(明性)이니, 견성(見性)이니에 상이점이 있어 후학들은 아주 분기(分岐: 나뉘어 갈라짐)되어 유불선(儒佛仙)이라고 가는 곳이 아주 다른 곳인 줄로 믿고 있고, 그 외에도 동서철성(東西哲聖: 동서의 철인과 성인)들이 다 각자의 의견을 발표한 것이다. 그러니 문언(文言)으로 후인에게 전하면 또 이런 폐단이 있을 것이라고 생각하는 관계로 수십 년을 두고 문자화를 안 하던 것이다.

문자로는 대황조(大皇祖)님의 《천부경(天符經)》에 "천일지일인일(天一地一人一)"이라는 일자(一字)가 합해서 삼(三)이 되고 삼(三)이 분(分)해서 도로 일자(一字)가 되는 일이삼(一而三)이요, 삼이일(三而一)이라는 것과 요순우(堯舜禹) 상전지심법(相傳之心法)인 유정유일(維精維一: 오로지 하나에 매달리어)이오사 윤집궐중(允執厥中: 모름지기 그 가운데를 잡으라)이라는 문자 외에는 다 췌론(贅論: 군더더기 말)이 아닌가 생각된다.

그러나 고철(古哲), 고성(古聖)들이 문자화하신 것은 당신네의 경험으로 후세의 1인이라도 더 성공했으면 하시는 본심에서 후인들이 알아 듣도록 문자를 용이하게 기록하시며, 문중유언(文中有言: 글 속에 말이 있음)과 언중유골(言中有骨)을 간간이 삽입하신 것이라 후인들이 어찌 일견요연(一見瞭然: 한 번 보니 환함)하게 이회(理會: 이해)하리요? 나도 동지들의 요청을 거절하지 못하고 내 생각대로는 지간지이(至簡至易)하게 동지들 습득하기 용이하게 내 경험을 기록해 보는 것이니. 역시 맹인이 상형(象形: 코끼리 몸)을 의론(議論: 논의)하는 것과 동일하다고 생각하나, 동지들의 청을 막지 못해서 죄 됨을 알고도 이 붓을 든 것이니, 후일 제군자는 널리 용서하시기를 바랄 뿐 붓을 그치노라.

세재(歲在) 갑오(甲午: 1954년) 6월 초10일(初十日) 鳳宇書于硏精要綱編首(봉우는《연정요강》의 책머리에 씀)하노라.

연정요강(研精要綱)

- 산만죽서단기경과(刪蔓卽敍但記經過: 산만함을 정리하여 바로
서술하고 다만 지나간 것을 기록함)

自鼻吸氣而入肺 自肺呼氣而出鼻 是常人之呼吸也 强名曰胸呼吸 有
自鼻吸氣 而卽至下腹 充滿後 徐徐自腹呼氣 而卽至鼻孔 是呼 吸法修
練人之方式. 强名曰腹呼吸法 擧世呼吸家之常法 雖有種 種類別 而不
外乎. 非胸則腹 非腹則胸 胸法則擧世皆然 不必更論腹法則自古及今
東西諸哲 詳述其奧旨者 無慮數百人 各盡其美各述其所經歷 則可謂
備矣盡矣 何患乎初學之難. 然而雖有八達大道昏衢無人 則行路者不
能問津 彷徨道路 此乃常事 故初學者雖有八達大道昏衢無可問津處則
不如山蹊曲逕 伴熟路人 且行且休久久不休 則跬步之積 可以至千里
萬里. 中有登山 涉水行路之苦 亦有千山萬水之景 常在眼中 目的地
漸近 如何昏衢彷徨不能寸進 乎. 初學者之慧覺 如昏衢夜黑. 先誠已
意 能明先天之明 則如昏 衢秉燭 雖曰稀微 可知方向. 故余欲述所經
歷 爲初學者昏衢之秉燭 勿爲彷徨於道路 徒消了歲月 不能進步 中途
改路 雖有登山涉水 之苦 必有進一步之消息 故余雖不敏 不辭不敏 爲
同好者同苦者 略干記述于下. 此法非胸非腹 非腹非胸 兼用胸法腹法.
自凡常而漸入聖哲 非一超卽入如來境也. 其法至易至簡 雖愚夫愚婦
童穉 老衰 聞則理會 行則自然路熟 如伴熟路人 行八達大路也. 少無
停滯 卽至津頭矣 極致一法 詳述于下

戊子秋 九月 鷄龍山 研精院 耕莘逸民 鳳宇 知罪謹記

코로 숨을 들이쉬면 폐로 들어가고 폐로부터 숨을 내쉬면 코로 나가
는 것이 보통사람의 호흡이다. 이것에 굳이 이름을 붙인다면 흉호흡(胸
呼吸)이라 한다. 또 코로 들이쉰 숨이 아랫배에까지 이르고, 가득 찬 후
에 천천히 배로부터 내쉰 숨이 코에 이르는 호흡이 있으니, 이것은 호
흡법을 수련하는 사람의 방식으로 굳이 이름하여 복호흡(腹呼吸)이라
고 한다. 비록 호흡가의 상법(常法)에는 여러 가지의 유형이 있으나 결
국은 흉법 아니면 복법이다. 흉법은 온 세상 사람들이 다하는 호흡법
이니 다시 말할 필요가 없으려니와 복법에 대하여는 동서고금의 여러
철인들 중에서 그 깊은 뜻을 말한 이가 무려 수백 명이나 되며, 각각 좋
은 점과 스스로 경험한 내력을 기술해 놓았으니 복법의 요령에 관해서
도 갖출 것은 다 갖추었다 할 것이다.

어찌 처음 배우는 어려움을 걱정하랴마는, 그러나 비록 팔달대도(八
達大道)가 있다 하더라도 어두운 거리에 사람조차 없으면 길 가는 사람
이 갈 길을 물어 볼 데가 없어서 길 가운데서 방황하게 될 것이니, 이는
곧 늘 겪는 일로서, 처음 배우는 이가 비록 팔달대도가 있어도 어두운
거리에 물어 볼 곳이 없다는 것은 오히려 산골의 꼬불꼬불한 길일지라
도 길에 익숙한 사람을 동반하여 가고 가고 또 가서 쉬지 않고 가면 한
걸음 한 걸음 쌓여 천리 만리도 갈 수 있는 것만 같지 못하다. 중도에
산에 오르고 물을 건너며, 길 걷는 고통도 있고 또한 구경할 만한 경치
가 많이 있지만 항상 목적지가 안중에 있으니 어찌 어두운 거리에서
방황하여 촌보도 전진하지 못하는 것과 같겠는가?

초학자의 혜각(慧覺: 지혜로움)은 마치 어두운 거리나 캄캄한 밤과 같은 것이다. 그러니 먼저 자기의 뜻을 성실히 하고 선천적으로 밝았던 머리를 능히 밝힐 수 있다면 어두운 거리에 촛불을 든 것과 같을 것이니 비록 불빛은 희미하나 방향은 알 수 있을 것이다. 따라서 내가 경험한 내력을 적어서 초학자를 위하여 어두운 거리에 촛불을 들고자 하니 길에서 방황하여 헛되이 세월만 보내지 말고 앞으로 나아갈 수는 없더라도 중도에서 가던 길을 바꾸지 아니하면, 비록 산에 오르고 물을 건너는 고통이 있을지라도 반드시 일보 전진하는 소식이 있을 것이므로 내가 비록 불민하나 동호자(同好者) 동고자(同苦者)를 위하여 다음 장에 그 대강을 기술하고자 한다.

이 법은 흥법도 아니고 복법도 아니어서 흥법과 복법을 겸용한 것으로 평범한 사람이 공부를 시작하여 점차 성인이나 철인의 경지에 들어가는 법이요, 단번에 석가여래(釋迦如來)의 경지로 뛰어넘는 법은 아니다. 이 법은 지극히 쉽고도 간단하여 비록 어리석은 남자와 여자, 어린이, 노인일지라도 들으면 이해할 수 있고 행하면 공부에 익숙해져서 마치 길에 익숙한 사람을 동반하고 팔달대로를 가는 것과 같다. 조금도 지체하지 말고 나아가면 마침내 목적지에 도달할 것이다. 지극한 경지에 이르는 한 가지 수련법은 다음에 자세히 기술하고자 한다.

- 무자(戊子: 1948년) 가을 9월 계룡산 연정원(研精院) 경신일민(耕莘逸民: 산골에서 밭 가는 숨은 선비) 봉우 권태훈은 죄인줄 알면서 삼가 쓰다.

세갑오하(歲甲午夏: 1954년 여름) 유월(六月) 초10일(初十日) 이서우차책(移書于此册: 이 책에 옮겨 쓰다)

[이 글은 개정증보판《민족비전 정신수련법》87~89페이지에 〈호흡법서문〉 제목으로 한문원문과 번역문이 실려 있습니다. -역주자]

호흡법연정요강(呼吸法硏精要綱)

- 법분16(法分十六): 연정16법(硏精十六法): 오행연기법(五行鍊氣法)

연정16법 서문

法分十六 堦分爲九 堦之九則非初學者之容易理會處 故留待後日
先述法分十六便于初學者云耳

호흡법은 열여섯 가지의 과정으로 나뉘고, 호흡법을 통하여 얻는 정
신적 단계는 아홉 가지로 나뉜다. 아홉 가지 정신적 계제는 처음 배우
는 이들이 쉽게 이해할 수 있는 것이 아니므로 뒷날을 기다리기로 하
고, 먼저 열여섯 가지 호흡법을 기술하여 초학자들이 편히 접근할 수
있게 했을 따름이다.

연정제1법

靜室端坐 潛心修鍊 使無念無想

고요한 방에 단정히 앉아 마음을 가라앉히고 수련을 하되 다른 생각
없이 번뇌를 이겨내고 괴로움을 참아내야 한다.

연정제2법

徐徐吸氣 充滿胸肺 徐徐而呼 呼之吸之 自然無滯

서서히 기운을 들이마시되 기운을 가슴[胸肺]에 충만하도록 하고 역
시 천천히 기운을 내쉬되, 들이쉬고 내쉬는 것을 자연스럽게 하여 걸림

이 없도록 순하게 하라. 이때 입은 다물고 코로만 호흡하여야 한다.

연정제3법

徐徐呼吸 時間均一 少無長短

서서히 호흡하되 시간이 균일하게 하여 조금도 길고 짧음이 없도록
하라.

연정제4법

綿綿呼吸 推至下腹 少無强忍之態 時間秒長

가늘고 고르게 면면한 호흡을 하면서 기운을 아랫배까지 밀되 조금
도 억지로 하려 하지 말고 조식시의 1호흡 시간보다 줄여서 호흡함으
로써 그 여유분의 기운으로 자연스럽게 이루어지도록 한다.

연정제5법

下腹之充氣 稍稍左推 不知不識間 似有左行之形 漸至無難左推

아랫배에 가득 찬 기운을 조금씩 왼쪽으로 밀면 부지불식간에 왼쪽
으로 움직이는 형체가 있음을 느끼게 되며 점차 무난하게 왼쪽으로 밀
수 있게 된다.

연정제6법

充分左推後 引之左上至命門 路逕分明

충분히 왼쪽으로 기운을 밀어 보낸 후에 그 좌협(左脇: 왼쪽 갈비뼈)
아래에 기운이 충만해지거든 그 기운을 다시 명문(命門: 가슴 아래 명치
부분. 여기에서는 등 뒤의 경혈 이름이 아니다)으로 끌어올리되, 기운이 다

니는 길을 분명하게 하라.

연정제7법

引氣自六而 右推至臍脇間右部 漸漸路熟 少無呼吸之苦

명문(命門)에서 충만하게 모인 기운을 이번에는 우협(右脇: 오른쪽 갈비뼈) 아랫부분으로 밀어 내려서 그 기운이 다니는 길을 점점 숙달되게 하여, 호흡하는 데 조금도 고통스러움이 없도록 하라.

연정제8법

自七而引氣 下腹部吸入至臍 左引至左脇下 左推上至命門 右引下至右脇下 引右而更推下至下腹

우협부(右脇部)에서 충만해진 기운을 단전 아랫부분으로 내려보낸다. 호흡은 기운을 들이마시되 좌협 아래로 밀어 보내고, 그 기운을 다시 명문으로 끌어올려서 또다시 오른쪽으로 밀어 내리되 우협 아래로 보낸후, 여기서 다시 단전 아래 부위 쪽으로 기운을 밀어 보내는 것이다.

연정제8-1법

推引法 不脫定規 雖間間 或左或右 或上或下例也

추인법(推引法)은 정규(正規)를 벗어나지 않되, 호흡의 추기(推氣)가 비록 간간이 혹좌(或左), 혹우(或右), 혹상(或上), 혹하(或下)하나 이것은 상례(常例)요, 병(病)은 아니다.

연정제8-2법

推引漸至其規 或上或下 或左或右之方向漸息

추인推引이 점차 그 정규正規에 이르고 혹좌혹우或左或右, 혹상혹하或上或下의 방향이 점차 사라지리라.

연정제8-3법

推引而如法 而左右上下之往來 漸漸不現

추인(推引)이 법도에 맞아서 상하 좌우로의 왕래가 점점 나타나지 않으리라.

연정제8-4법

推引向位確定 吸氣時間稍長

추인(推引)의 향하는 위치가 확정되고 흡기(吸氣) 시간이 점점 길어지리라.

연정제8-5법

推之引之 綿綿不絶 鼻間呼氣 小無停滯

추인(推引)을 면면부절(綿綿不絶: 가늘면서도 끊어지지 않음)하고 비간(鼻間: 코 사이)에 호흡이 조금이라도 머물러 있지 않으리라.

연정제8-6법

推引之氣幅漸厚 吸氣之時間漸長

추인(推引)하는 기(氣)의 폭이 점차 두터워지고 흡기(吸氣) 시간도 점차 길어지리라.

연정제8-7법

推引方向 不踰規矩 自然合法 少無强推强引之態

추인(推引) 방향이 정규(正規)를 벗어남이 없이 자연으로 법(法)에 부합하되 조금도 억지로 밀고 당기는 형세가 없으리라.

연정제8-8법

推之引之左右上下任意行之

좌우 상하의 추인을 뜻대로 행하리라.

연정16법 결어(結語)

以上 爲初學者述經驗數條于上 鳳宇知罪 謹書. 以上 參看原象訣 久久修鍊 則不必問津于他 以自誠明 照前光後 漸進胎息 何患乎去聖 之遠 何憂于修鍊之難乎 出非常力 誠心誠意 自强不息 則不知不識之 間 儼然法界一重鎭矣 餘外詳細 更待同好同苦 面告 九階法論 待後日 更記供於諸君子

이상의 연정 16법을 집필하는 방식은 타인의 예를 버리고 내가 직접 경험한 바에 국한시켜 정북창 선생의 《용호비결》을 주(主)로 삼아 기록한 것임을 밝혀 둔다. 연정 16법을 습득한 후, 〈원상결(原象訣)〉을 참고로 보면서 오래 수련하면 남에게 물어 볼 일이 없어질 것이요, 스스로의 정성으로 앞뒤를 환히 밝히면 점차로 태식(胎息: 어머니 뱃속에서의 호흡)으로 들어가게 되리니, 어찌 앞서간 성현이 멀리 있음을 걱정할 것이며 또한 수련의 어려움을 탓할 것인가. 오로지 장부(丈夫)의 비상한 힘을 내어 성심성의로 자강불식 하노라면 부지불식간에 엄연히 법계(法界)의 한 중진(重鎭)이 되리라. 이 밖의 상세한 것은 동호동고자

(同好同苦者)를 다시 기다려서 얼굴을 맞대고 알려줄 것이요, 아홉 가
지 계제에 관한 법론(法論)은 후일 다시 기록하여 여러 군자들에게 제
공할 것이다.294)

- 세갑오하(歲甲午夏: 1954년 여름) 6월 초10일(初十日) 이서우차책(移
書于此册: 이 책에 옮겨 적음)295) 봉우난초(鳳宇亂草: 봉우는 어지러이 씀)

　　[위 〈연정16법 본문〉은 개정증보판《민족비전 정신수련법》97~
　　113페이지에 실려 있습니다. 책에는 위 번역문 외에 상세한 해설도
　　같이 실려 있으므로 참고 바랍니다. -역주자]

---

294) '구계법론'은 1954년 원상법요 뒤에 서술하셨다.
295) 1928년 무진년(戊辰年) 음력 5월 5일에 작성하신 〈연정16법(호흡법연정요강)〉을
　　 1954년 일기책에 어지러이 옮겨 쓰셨다는 뜻이다.

호흡법연정요강(呼吸法研精要綱) 마금말(마감하는 말)

우리나라에서는 상고(上古)시대부터 연기성도(鍊氣成道: 기운을 단련하여 도를 이룸)한 분이 상당한 수(數)가 되는 것은 비록 역사적으로는 확증을 못 얻었으나, 야담이나 전설로는 곳곳이 없는 곳이 없다. 그러나 근년에 와서는 아주 흔적조차 볼 수가 없는 것은 그 이유가 어디에 있는가? 심고(深考: 심사숙고)할 필요가 있다고 본다. 중국에서는 용호산(龍虎山) 296) 장도릉(張道陵) 297) 후손을 대대로 종일품(從一品) 예우(禮遇)를 하여 천사(天師)의 신작(神職: 성직)을 주어 후인들에게 취학(就學: 배움에 들어감)의 표(表: 표상)를 작(作: 만듦)하는 것이요, 공부자(孔夫子: 공자)의 자손도 역시 대대로 정이품(正二品)의 예우를 해서 사자(士子: 선비)들의 모성(慕聖: 성인을 사모함)의 마음을 앙양(昂揚)하는 것이요, 또 충효경렬(忠孝敬烈)의 표(表)가 될 만한 인물들은 다 조정

---

296) 중국 강서성(江西省)의 산으로 중국 도교의 창시자 장도릉이 여기서 수도하여 성도한 곳이며, 지금까지도 많은 전설과 도관의 유적들이 남아 있음.

297) 장도릉(張道陵, 34년, 강소성 서주시 풍현~156년)은 중국 도교의 일파인 오두미도(五斗米道)의 창시자. 신자에게 오두미(五斗米)를 내게 한 데서 오두미도(五斗米道)라고 하는 이름이 생겨났다. 본명은 장릉(張陵)이며, 자는 보한(輔漢)이다. 패국 풍현(沛國豐縣) 출신. 《대학(大學)》을 배웠으며, 오경(五經)에도 능통하였다. 만년에 촉지역에 있는 곡명산(鵠鳴山)에 들어가 선도(仙道)를 배워, 도서(道書) 24편을 저술했다고 한다. 후에 청성산으로 들어가 123세에 사망하였다. 장도릉의 전기는 진의 갈홍(葛洪)이 지은 《신선전》에 나와 있다. 그의 교단은 아들인 장형(張衡), 손자인 장로(張魯)에게로 전해졌다. 장릉을 존칭하여 천사(天師)라고 불렸고 증손인 장성(張盛)은 용호산으로 이주하여 도교 중의 일파인 정일교가 되었다.

(朝廷)에서 숭배해서 후인이 추앙(推仰)하게 하는 것이 아주 중국의 법이 되었었다. 그러나 우리나라는 어떠하였나 하면 우리가 당연히 숭배해야 할 대황조(大皇祖)는 형식이라도 위하는 사람이 없고 또 그다음 역사적으로 우리 민족에게 위대한 업적을 남긴 선현(先賢)들은 혹 그 지방적으로 황폐(荒廢)한 사우(祠宇: 사당) 몇 칸에 향화(香火: 향불, 제사)도 난계(難繼: 이어가기 어려움)요, 또 동방십팔현(東邦十八賢: 우리나라 18현인)이라고 지칭하는 선현들은 문묘(文廟: 공자사당)에 배향(配享: 신주神主, 죽은 사람의 위패를 모심)하였으나, 사림(士林: 유림儒林)들이 문묘향화를 유지할 도리가 없고, 국가에서 가장 박(薄: 엷음)한 대우를 하는 것은 누구나 다 아는 일이다.

그래도 선정(先正: 선대의 현인) 자손이라면 옛날 같으면 사림들이 대우나 할 것이나, 현시대에는 명자(名字: 이름자)조차 알 수가 없고 5,000년 역사에 큰 업적을 남긴 거성(巨星)들도 나라에서 조금도 예우할 의사조차 없다. 그저 현실주의로 간 사람은 갔고 지금 사람이나 잘하라는 것이다. 그래서 사기(士氣: 선비의 꿋꿋한 기개)는 현실로 돌아가고 마는 것이다. 현실이라 하더라도 근원(根源)이 없는 현실이 어디 있으리요마는 현상으로 보아서는 위에서부터 아래까지 근원은 불문(不問)에 부친다. 내가 한희석298) 군의 《운상십만리(雲上十萬里)》299)를 보았는

298) 한희석(韓熙錫, 1910~1983). 천안시 병천면 출신. 충남도립사범학교를 졸업하고, 1936년 일본고등문관시험에 합격하였으며, 1940년 경상남도 창녕 · 동래군수를 역임하였다. 광복 후 내무부 지방국장을 거쳐 1952년 내무부차관을 지냈다. 1954년에는 제3대민의원에 당선되었으며(천안, 자유당), 1958년에 제4대 민의원에 당선되어(천안 갑, 자유당) 국회 부의장을 지냈다. 1960 4.19혁명 후 3.15 부정선거의 주범으로 기소되었다. 혁명재판에서 사형-무기징역을 선고받고 복역하다가 1963년 말 특별사면으로 석방되었다.

299) 한희석이 1952년 9월 지방국장으로 있으면서 유엔 기술원조처가 실시하는 정부고급

데, 불국(佛國: 프랑스)에서는 나옹(那翁: 나폴레옹)이 실각한 영웅이나 그의 일상생활 하던 것을 그대로 보존하고 기념하노라고 하였다. 이것은 나옹을 숭배한다느니보다 제2, 제3의 새로운 나폴레옹이 양성되기를 바라는 연고다. 서양에서도 고대 인물들은 적극적으로 숭배해서 이 이념으로 신인 양성을 역시 적극 추진하는 것이다. 그런데 우리나라에서는 중고(中古: 역사에서 상고와 근고의 중간시대)부터 자아성(自我性)을 상실하고 조금이라도 자아성을 가지고자 하는 인물이라면 이 인물은 조정이나 사류(士類: 선비들)들에게 탈선자 취급을 받고 좀 심하면 화(禍: 재앙)가 그 몸에 미치는 것이 예사(例事: 대부분)가 되어서 비록 문벌이 좋은 가정에서도 혹 사류로 주자학(朱子學) 이외를 연구하는 것을 보면 사문난적(斯文亂賊: 성리학을 어지럽히는 적)이라고 별별 소리를 다 하고 좀 지나면 마음에 없는 역적의 이름도 쓰고 사형도 당하는 일이 무수하였고, 혹 대접(待接)하면 이단(異端)이라고 사문(斯文: 주자학파)에서 제외되는 것이 상사(常事: 예상사의 준말)다. 그래서 전현(前賢) 중에서도 혹 고래전심법(古來傳心法)을 습득한 일이 있더라도 휘지비지(諱之秘之: 꺼리고 숨김)하고 외장(外裝: 바깥 장식)을 주자학으로 행세해야 문묘배향도 하고, 사림들에게 배반도 안 당하는 것이 상사다.

우리나라 중엽시대(중세: 15세기 전후?)로 보아도 김종직(金宗直)300)

공무원 연성(鍊成) 계획의 일원으로 6개월 동안 영국 등 구미 각국을 돌아볼 기회가 있었다. 돌아와 보니 자신의 자리는 다른 사람이 차지하고 있고 관직만 있을 뿐이어서 석 달 동안 출근을 못한 채 구미시찰여행기인《운상십만리(雲上十萬里)》를 썼다. 고시 공부를 하기 전에는 문학에도 뜻을 두었던 한희석은 이 여행기가 호평을 받았다고 회고하였다.

300) 김종직(金宗直, 1431년 6월~1492년 8월 19일)은 조선시대 전기의 문신이자 사상가이며, 성리학자, 정치가, 교육자, 시인이다. 1459년(세조 5년) 문과에 급제하여 출사하여 성종 초에 경연관·함양군수(咸陽郡守)·참교(參校)·선산부사(善山府使)를

선생이 육예(六藝: 예악사어서수禮樂射御書數)에도 그 법을 얻고 정신연구에도 소양이 있는 선생이나, 순수 주자학이 아니라고 문묘배향을 못하였고, 그후 서화담(徐花潭), 정북창(鄭北窓), 송구봉(宋龜峰), 조남명(曺南溟), 류겸암(柳謙庵), 허미수(許眉叟) 등 여러 선생들도 그 도학(道學)이야 배향되신 분보다 못한 것은 아니나, 다 순수 주자학이 아니라고 이토정(李土亭), 서고청(徐孤青) 선생들과 다 같이 유일(遺逸: 재야의 선비)이 되고 말았다. 이것이 우리나라에서 사대주의파(事大主義派)와 현실주의파의 흑점(黑點)이라고 보는 것이다. 그러니 선현(先賢)들 중에서 혹 대황조 이념을 본받아서 홍익인간(弘益人間)에 노력코자 하는 선생이 있었더라도 이런 발언만 하면 이단(異端)으로 주자학파에게 몰릴 것은 사실이었다, 그래서 우리나라 학파는 피상만 있었고, 순수 정일파(精一派)는 행세를 못하였던 것이다. 이것이 말류지폐(末流之弊: 말

거쳐 응교(應敎)가 되어 다시 경연에 나갔으며, 승정원도승지 · 이조 참판 · 동지경연사 · 한성부 판윤 · 공조 참판 · 형조 판서 · 지중추부사에 이르렀다. 재지사림(在地士林)의 주도로 성리학적 정치질서를 확립하려 했던 사림파의 사조(師祖)의 한 사람이자 중시조격이다. 정몽주와 길재의 학통을 계승하여 김굉필–조광조로 이어지는 조선시대 도학 정통의 중추적 역할을 했다. 그는 세조의 찬탈을 비판하고 이를 항우의 초회왕 살해에 비유한 조의제문(弔義帝文)을 지어 기록에 남겼으나 그 자신은 1459년(세조 5년) 문과에 급제하여 관직에 나가 벼슬이 지중추부사에 이르렀다. 그러나 나중에 〈조의제문〉이 무오사화가 일어나는 원인이 되어 사후에 부관참시되었다가 중종반정으로 신원되었다.
(김종직이 쓴 조의제문이 반대파의 공격 재료가 된 것은 제자 김일손 때문이다. 김일손은 사관으로 있으면서 국가공문서인 사초에 대립하던 훈구파의 잘못은 검증 없이 유언비어라도 옮겨 적어 나중에 원한을 샀으며, 스승 김종직의 개인적 시나 문장을 싣는가 하면 사림파 동문들의 명단을 올리는 등의 행동을 하였다. 당시 김일손은 사림파인 자기들의 정당성만을 믿고 이런 일을 공적인 행동으로 여긴 듯하다. 사초는 원래 공개되지 않는 것이 원칙이나 1498년 《성종실록》을 편찬할 때 책임자였던 훈구파 이극돈이 미리 사초를 열람하게 되어 조의제문 외 왕실을 비판한 다른 글들도 알려지고, 사림파를 성가시게 여기던 연산군에 의해 결국 본인과 동료들의 목숨은 물론 스승까지 부관참시를 당하게 된다.)

기의 폐단)가 되어, 현 세계 조류(潮流: 사상의 흐름)가 들어오자 구학파는 다 같은 대우를 받게 되어 우리의 전래하는 심법파들도 아주 출각(出脚: 벼슬을 함)을 못하게 된 것이다. 이조 말엽부터 왜정시대에는 사림의 기세가 좀 약해지자 심법파들이 각자 위지대장(謂之大將: 대장이라 함)하고 별별 기괴망칙한 학설이라느니 보다 주장을 하고 나온다. 그러나 거의 사이비적 논리인 것 같다. 정전(正傳: 바르게 전함)하려는 순수 학파들이 아니요, 이를 이용해서 세력을 양성하려는 도배(徒輩)들이다.

고대문화를 그대로 살리고 일보 전진해서 이 문화를 우리나라 수준 향상에 전력하도록 애국애족적으로 공동발전이 되었으면 하는 미미한 바람이 있어서 내가 누누이 연정(研精: 정신연구)에 대한 말을 쓰는 것이다. 연정이 완성됨으로 정신학계는 물론이요, 형이하학인 과학적 물질문명에도 장족의 진보가 있을 수 있다는 것을 확실히 말해 두는 것이다. 이 연정이 완성됨으로 삼육(三育: 지덕체육智德體育)의 하나인 지육(智育)이 장족진보할 것은 말할 필요도 없고, 체육도 자연적으로 세계의 보통 수준을 돌파할 것이요, 덕육(德育)은 지육이 진보됨으로 자연 함양(涵養)이 될 것이다. 이것이 우리 민족의 장족진보하는 최요점(最要點)이라고 나는 말하겠다. 그 이유는 다음 말하기로 하고 붓을 이 정도로 그치노라.

갑오하(甲午夏: 1954년 여름) 6월 초10일(初十日)
봉우서우유신초당(鳳宇書于有莘草堂)

추기(追記)

화랑도(花郞徒)의 전설은 여기저기 전해 오나 그 실적(實蹟: 실제의 자취)과 낭도(郞徒)들이 무엇을 했는지는 알 도리가 문헌으로는 없다. 이 것이 현 역사가들이 피상만 알고 이면에 무엇이 있는지 연구하는 사람이 없다고 본다. 그래서 내가 말하고자 하는 바는 삼국시대에 무예나 병학(兵學: 군사학)이 절대로 중국식이 아니었다는 것과 삼국의 유명한 지도자들은 다 정신연구에서 얻은 것이라는 것을 주장한다. 수병(隋兵: 수나라 군대)이 왔을 때나 당병(唐兵)이 왔을 때나 다 소수의 병력으로 능히 적군을 물리쳤다. 상대편도 상당한 지략을 가지고 왔던 것도 역사가 증명하는 바이나, 그들이 여지없이 패한 것은 병학(兵學)상으로 보아 그리 용이한 일이 아니다. 그런데 을지문덕 장군이나 연개소문이 나가 무엇을 습득함으로써 이 정도의 지용(智勇: 지혜와 용기)을 겸비하게 되었느냐를 선결문제로 연구해 보라는 말이다. 고려에 와서는 거란의 침입을 격퇴한 강감찬 장군의 신용(神勇: 사람의 지혜로는 생각할 수 없는 용기)도 역시 그 소양이 무엇이던가를 역사가들은 좀 연구하라는 말이다. 이조에 와서도 이 충무공이나 임경업 장군이나 박엽이나 또 권 충장공이나, 본시 모두 무예 출신이 아닌 평시 소양이 무엇이었던 가를 좀 생각할 필요가 있지 않은가 한다. 현 청년 제군들도 이런 일에 의문을 품을 필요가 있고 현 우리나라는 전쟁지구라 더구나 이를 극복 하자면 하루라도 속히 이 정신연구에 성공해야 될 것이라는 것을 나는 역설하는 것이다.

혹은 말하기를 현 신예병기(新銳兵器)와 화학입체전에서 정신학으로 만 무엇이 될 것인가 하는 인사도 없지 않을 것이다. 이런 말을 하는 인 사들은 "하충(夏虫: 여름벌레)이 빙(氷: 얼음)을 모른다."라는 격이다. 정신계라야 화학입체전이나 최신예병기를 방어하며 격퇴할 수 있다는 것이다. 현 과학문명만으로는 우리가 도저히 그 물질문명을 빠른 시일 내에는 극복 못 할 것이라고 보는 관계다. 최고로 성적이 양호해야 반세기를 지나서 그 수준을 극복할까 말까한 정도라고 본다. 그러나 정신학으로 추급(追及: 뒤쫓아 따라붙음)한다면 최단시일에 그 수준을 돌파하고 우리가 신기록을 낼 수 있다는 것을 나는 확언해 두고 후일 사실이 증명될 때까지 노력할 것을 맹세하는 것이다. 연정원우(研精院友) 제위(諸位: 여러분)는 솔선해서 시범(示範: 모범을 보임)이 되라. 백절불굴(百折不屈: 백번 꺾이더라도 굴하지 않음)하고 백난(百難)을 배제하고 완전성공으로 우리 민족의 수범(垂範: 본보기가 됨)이 돼 주기를 바라고 이 붓을 여기서 그치는 노부(老父)의 심정을 원우들은 다시 생각하라.

봉우추기(鳳宇追記). 지죄지죄(知罪知罪)하노라.

소년 동창(同窓) 송철헌 동지를
30여 년 만에 상봉하고

거금(距今: 지금부터) 45년 전에 서울에서 영동(永同: 충북)으로 낙향
한 후 그 익년(翌年: 이듬해)에 영동보통학교에 입학하였을 때에 2학년
에서 동창이 50인 정도였다. 담임선생님이 송재순 씨인데 한문선생으
로 학생 교육방식이 좀 불완전하였다. 그러자 신임교원으로 박창화(朴
昌和) 선생이 부임(赴任)하자 선생은 아주 20세 내외의 청년이요, 또 외
형(外形)이 좀 활발한 맛이 부족하고 언어도 잘 하는 편이 아니요, 의복
도 아주 도에 지나치게 검소한 편이었다. 당시 학생들의 연치(年齒: 연
령)가 최고 35세로 보통 20대요, 우리들과 연갑(年甲: 연배年輩)은 그리
많지 않았다. 그래서 박 선생님을 학생 중 연고자(年高者: 나이 많은 사
람)들이 경시한 것은 사실이었다. 그러나 우리들이 교수(敎授)시간에
그 교수방식을 보면 누구보다도 우리들이 재미를 느낄 수 있도록 이끌
었다. 그래서 전교생들이 속담에 "뚝배기보다는 장맛"이라고 그저 용
인하게 되었던 것이다. 그리고 박 선생님 특징은 무엇인가? 전교생들
이 등교해서 선생님들이 오시면 교정에서 예(禮)를 하는데, 사제간이
라 예(禮)는 하나, 선생님들보다 연장자가 많은 관계로 형식이나마 아
주 저두(低頭: 머리를 낮게 숙임) 정도의 예를 소홀하게 하니, 소년들도
아달마셔(닮아서?) 보조(步調) 일치하였던 것이다. 당시 교장은 조천(早
川) 선생이었다. 그런데 박 선생은 아침에 학생들이 예(禮)를 소홀히 하

고, 가볍게 머리만 끄덕할 정도로 하고 머리를 들어 보면 박 선생의 답례는 아주 공경(恭敬)하게 최경례(最敬禮: 최고의 경례)를 한다. 그래서 학생들도 체면상 부득이 박 선생에게는 경례를 좀 주의하는 것이 예사가 되어서 어느 선생에게든지 전교생의 경례가 아주 공경하게 되었다.

그러다 교장이 판정경일(板井敬一) 선생이 오자 판정 선생은 당시 고등사범학교 졸업이요, 일본의 귀족가문이며, 실력도 전국 교장급에서 1, 2위를 다투는 우수한 분이었다. 그래서 학무국장이니 도에서 종종 출장이 있어 훈시(訓示)가 있자 통역을 다른 선생이 하는 것을 보면 다 어색하던 것을 박 선생이 통역을 하면 훈시하는 본인의 의사와 동일한 통역이라기보다도 일층(一層) 더 유창하게 하였다. 그래서 선생들 중에서도 인기가 넘쳤다. 그러나 박 선생은 교원본과생이 아니요, 임시강습을 받는 분이라 선생들 중에서는 그래도 자기들만 못하거니 하던 것이다. 본과훈도(訓導) 시험을 박 선생이 합격하고 또 논문을 제출해서 상을 타고 교원양성소에 가서 다시 강습을 받고 왔다. 우리가 4학년 때에 우리 학급담당 선생님을 박 선생이 맡고 있었다. 학급 중에서 심승섭, 송철헌, 나, 안명기, 이홍구가 박 선생의 이목(耳目)이 되었고 상급생이던 송우헌 군도 동일하였다. 그래서 내가 수학(數學)을 박 선생에게 전공하였고 심리학이니 역사학 같은 것도 많이 지도를 받았다. 그래서 송철헌, 심영섭, 송우헌, 내가 항상 선생 좌우에 있었다. 학과 외에서 각종(各種)을 많이 습득하였다. 박 선생 문하로는 우리 4인이 형제의 우의(友誼)가 있었다. 그래서 선생의 제자 중에서 출세자가 많았다. 그러던 중에 보통학교를 졸업하고 각기 자기 목적대로 진향(進向: 향해 나아감)해서 그 후 소식을 알지 못하고 지냈다.

송철헌 군은 10년 후에 인천에서 잠시 상봉한 일이 있을 뿐 30여 년을 아주 적조(積阻: 오래 떨어져 소식이 막힘)하다가 지난번 송재일 군의 내방(來訪)으로 그 소식을 알고 이번 대전으로 와서 신접(新接: 새로 살림을 냄)자리를 한다는 말을 듣고 내가 가서 심방하고 온 것이다. 그간 겪어 온 일들은 다 말 못 하였고, 자손은 4형제를 두었다가 6.25사변으로 2인은 종적을 모르고, 1인은 군대에 입대하였다고 한다. 손자, 손녀들이 있는 것 같다. 경제적으로는 최저생활을 하는 것 같다. 금년 58세인데 건강상으로 보아서 그리 노쇠한 편이 아니요, 한 40여 세 정도로 보인다. 소년친구를 노쇠경에 서로 만나니, 감개무량하다. 송재일 군과 같이 앉아서 영동친구들의 경과와 그 후진들의 현상을 많이 물었다. 다시 여가가 있으면 심행(尋行: 찾아다님)할 예정으로 붓을 이 정도로 그치고 후일 다시 상봉 후 다시 기록할 예정이다.

갑오(甲午: 1954년) 양력 7월 13일 초복(初伏) 봉우서(鳳宇書)

인지(印支: 인도지나印度支那)301) 휴전은 성립되다

8년이라는 긴 세월을 두고 끊임없는 투쟁을 해오던 인지전쟁(印支戰爭)302)은 조건이야 어찌됐던 휴전이 성립되었다. 프랑스 새 수상이 취임사에서 7월 20일 이내에 인지(印支)문제를 해결하겠다고 장담을 하였다. 만약 해결을 못할 때는 프랑스 수상의 거취문제가 있던 것이다. 그런데 기한 수 시간 전에 비록 조건이야 불만스럽다 할지언정 휴전안이 성립되었다. 휴전 당시 전선이 아니라 북위 17도선을 경계 삼아서 이북은 호지명(胡志明)303) 정권에게 이남은 월남정권에게로 분할한 것

---

301) 인도차이나. 1887년부터 제2차 세계대전 후까지 인도차이나반도 동부에 있던 프랑스령 연방. 베트남, 라오스, 캄보디아가 속한다.

302) 인도차이나 전쟁은 1954년 1차 인도차이나 전쟁, 1964년 2차 인도차이나 전쟁(베트남 전쟁), 1978년 베트남-캄보디아 전쟁, 1979년 제3차 인도차이나 전쟁(중월전쟁)으로 나눌 수 있다. 이 글의 인도차이나 전쟁은 1차를 말씀하신 것이다. 제1차 인도차이나 전쟁은 1946년 12월 19일부터 1954년 8월 1일 까지 프랑스와 비엣민 간의 전쟁으로 프랑스-베트남 전쟁 등으로 불린다. 북(北)은 비엣민(Vietminh)이, 남(南)은 프랑스가 장악하여 8년 동안 전쟁이 계속되었는데 결국 1954년 프랑스군이 라오스와의 국경 부분에 위치한 디엔비엔푸에서 크게 패퇴한 이후, 국제사회는 1954년 7월 20일 밤과 21일 사이에 진행된 제네바 회담을 통해 새로운 선거에 의해 베트남 독립을 약속하게 되며, 1953년에 인정받았던 캄보디아와 라오스의 독립을 확약하였다. 이 시기를 1차 인도차이나 전쟁의 종결기간으로 간주한다. 전쟁이 끝나고 북에는 호찌민을 수반으로 하는 베트남 민주 공화국이 수립되고, 남에는 바오다이를 총리로 하는 베트남 공화국이 세워졌다.

303) 호찌민(1890년 5월 19일~1969년 9월 2일)은 베트남의 공산주의 혁명가이자 독립운동가, 정치인, 초대 국가주석이다. 베트남 공산당, 베트남 독립연맹 등을 창건하였고, 1945년 베트남 민주 공화국을 선포하고 정부 수상(1946~1955), 국가주석

이다. 지역으로 보아서는 남북이 거의 대등하나, 인구나 평야 면이나 모든 것으로 보아서 17도선 이북인 인도차이나가 우수한 것은 말할 필요도 없는 것이다. 그리고 이 조건이 월남국민의 의사라면 모르되, 오로지 프랑스 수상이 공산 측의 청구를 용인한 데 불과한 것이다. 이것이 자유진영의 패배로 밖에 볼 수 없다고 본다. 프랑스 본국뿐만 아니라 유럽 여러 나라가 염전증(厭戰症: 전쟁을 싫어하는 증세)이 난 것은 여실히 증명되는 것이다. 그러나 수시 휴전으로 완전한 평화를 볼 수가 있는가 하면 그다음 오는 것은 공산 측의 사상전으로 장기 침입을 도모할 것은 사실이 명료한 일이다. 17도선 이북 인구가 거의 6할을 차지하고 있는 한, 수년 후에 총선거를 해보아도 이남 4할강(强)의 인구에다도 사상전으로 침입을 해두고 이북은 완전한 정복을 할 것이니, 총선거 결과가 어느 편의 승리라는 것은 너무도 명약관화(明若觀火: 불 보듯 환하다)한 일이다. 그렇다면 프랑스 수상이 현 휴전안은 임시구급책인 고식책(姑息策)에 불과한 것이요, 미래의 패배를 모르는 하책이라고 본다.

그리고 프랑스 수상은 급진 사회당이라 어느 정도 공산 측과 접근한 인물이요, 또는 인도차이나 민족을 위해서 프랑스 군대 25만여 명의 손실을 8년간에 보았다고 하니, 그 이상 더 희생할 필요가 없다고 생각하는 것도 자국을 위해서는 당연할는지도 모르겠다. 이것이 약소민족의 공통된 비애(悲哀)라고 본다. 무엇보다도 월남군 자신의 역량이 공산군을 대항할 만하든지 정복해서 승리를 확신한다면 무슨 프랑스 수상이 마음대로 이불리(利不利)를 따지지 않고 조약을 체결할 리가 없는

(1945~1969)과 베트남 노동당 주석(1951~1969)을 지냈다.

것이다. 월남 자신이 자립을 못하는 관계로 프랑스를 의뢰한 것이요, 프랑스는 수 세기를 두고 식민지정책을 하던 곳이라 무조건하고 손을 뗄 수가 없어서 공산군과 전쟁에 보아 주는 체하고, 미미한 원조를 하는 관계로 전쟁이 8년이나 연장된 것이다. 프랑스가 좀 강력한 원조로 공산군을 토벌했다면 최단시일 내에 평정(平定)되었을 것이요, 25만 프랑스군의 희생도 없었을 것임은 지자(智者: 지혜로운 사람)를 기다리지 않고서도 다 아는 일이다. 전쟁이 시일을 경과할수록 후방의 중공도 세력을 완전히 장악하고 소련과도 연락이 잘 되게 되어 호지명(胡志明)군(軍)도 장기전에 성공한 것이요, 만약 프랑스군이 시초에 강력한 병력을 가지고 근본적으로 토벌을 했다면 호지명군이 어찌 8년이라는 세월을 경과할 수 있는 것인가? 이것은 프랑스뿐만 아니라 강국이 약국을 원조하는 방정식이 되어 있는 것이다. 가장 위급한 기회에 좀 강력한 원조를 하고 그 대상이 또 무엇이 있는 것은 명약관화한 일이다. 그러나 최후에 패배가 될 때는 전공가석(前功可惜: 전의 공적이 애석함)이 아닌가? 이번에 인도차이나 전쟁 휴전도 역시 이런 종류에 속하는 행사라고 본다. 지분혜탄(芝焚蕙歎)304) 격으로 월남의 굴욕적 휴전조건을 보고 우리도 동일한 약소국 민족으로 동일 처지에 있어서 프랑스의 처사를 분개하며, 월남 민족을 동정하는 의사로 이 붓을 든 것이다.

약소국 민족이거든 의뢰 말고 자립에 전 역량을 경주하여 완전한 독립을 하기 전까지는 인내하고 사변 발생을 방지하라는 말이다. 호지명(胡志明)도 비록 프랑스 세력을 월남에서 축방(逐放: 쫓아냄)하는 의미로 전쟁하였을 것이나, 승패를 따지지 않고 이 전쟁이 월남의 자침(自

---

304) 지초(芝草)가 불타는 것을 같은 종류인 혜초(蕙草)가 한탄함. 같은 종류가 입은 재앙은 자기에게도 근심이 되어 가슴이 아프다는 말. 동류끼리 서로 슬퍼하는 일.

侵: 스스로 침략함)임에 지나지 않는 것이다. 북에서 중공, 소련의 대가를 청구하는 원조와 남(南)은 프랑스에서 구원 명목으로 착취가 얼마나 되는가? 어부지리(漁父之利)는 타민족에게 간다는 것을 생각해 보라. 전쟁 책임자들은 무어라고 답변할 말이 있을 것이나, 이런 종류의 인물들은 모두 민족의 죄인이라고 본다. 혹은 역사적으로 부득이한 전쟁도 있으나 대개는 특수층 인물들의 이권쟁탈욕에서 많이 발생하는 것이다. 호전자(好戰者)는 민족의 죄인이요, 우주의 죄인이라고 본다. 인지(印支)휴전을 축하하는 모모국 주재자들이 있으나, 이것은 승리의 자축이요, 타국에 보낼 축전(祝電: 축하전보)은 못 된다고 보며 일방은 무조건하고 인명살상을 중지하게 되었으니 조물주에게 감사의 뜻을 표하며, 당사자국에도 그 의사로 축하한다면 역시 별문제라고 본다. 이 정도로 의사를 표할 뿐이다.

갑오(甲午: 1954년) 6월 24일 봉우서우유신초당(鳳宇書于有莘草堂)

남북통일 문제를 위요(圍繞: 둘러쌈)한 선결조건

　5,000년의 역사와 3,000만의 단일민족으로 이 금수강산 3,000리에 자자손손(子子孫孫) 내려오던 우리 배달족(倍達族)이 이조 말엽의 쇠운(衰運)으로 일로(日露: 일본과 러시아)의 세력 각축장이 되었다가 러시아가 일본에게 갑진(甲辰: 1904년), 을사(乙巳: 1905년) 양년(兩年: 두 해) 전쟁에 패배하자, 소위 강화(講和)조건이라는 것이 열강(列強)이 일본의 대륙진출을 허락하고 한국의 영도권 일부를 암암리에 승인한 것이었다. 그래도 우리나라에서는 몽중(夢中: 꿈속)에 있었다. 그러자 소위 '을사5조약'이라는 것이 우리 한국의 운명을 결정한 것이다. 당시부터 한국이 국여국간(國與國間: 나라와 나라 사이)의 존재는 상실한 것이다. 다만 한 가닥 잔명(殘命: 남은 목숨)이 붙어 있을 뿐이었다.

　이것이 허울 좋은 보호조약이었고 정미년(丁未年: 1907년)에 와서 또 태황제(太皇帝: 고종황제) 선위(禪位: 물러남)를 일본이 강요하고 명칭만 있던 육군 일개 사단을 해산시키고 아주 본격적으로 순일본계로 내각을 조직해서 융희(隆熙)황제(순종)가 등극(登極)하시자 다만 국호(國號)만 남았던 것이다. 이래도 민족들은 그 위태함을 알지 못하고 있던 것이다. 4년 만에 일본은 그래도 그 영토나 진배없는 한국일망정 국호가 따로 있는 것이 못마땅해서 소위 '경술합병(庚戌合倂)'이라는 조약이 당시 이완용 내각의 수중(手中)으로 체결되었다. 비록 허명(虛名)이라도 한국이라는 국호가 있다가 합병한 후에야 아주 우리나라가 망한 것을 민족 전체가 알았던 것이다.

그래서 망국민족으로 양보다도 더 순하게 유령시종(維令是從: 명령만 따름)하는 민족이 되어서 일본도 식민정책에 적이 안심하였던 것이다. 그런데 제1차 세계대전이 종결되자 위일손(偉日孫: 윌슨) 미국 대통령의 민족자결론이 등장하자 우리나라에서도 손병희 선생 외에 33인이 이에 응해서 을미년(乙未年: 1919년) 3월 1일에 독립선언서를 발포하고 시위행렬로 전국은 비등하였다. 일본으로서는 가위 청천벽력(靑天霹靂: 맑은 하늘에 날벼락)격이었다. 그러나 파리강화회담에 일본이 여러 강대국과 특별외교를 한 결실로 세계 각국에서 신생 민족자결 진영이 많이 탄생하였으나, 우리나라는 여전히 일본의 강압하에서 망국민으로 천신만고(千辛萬苦)를 다 겪어 왔던 것이다. 그래서 우리들의 선배인 애국자들은 국내, 국외를 물론하고 수없는 희생이 되어 가며, 독립운동을 전개하던 것이다.

만주에 실력파요, 무력파인 김좌진305) 장군, 김규식(金圭植)306) 장

---

305) 김좌진(金佐鎭, 1889년 음력 11월 24일~1930년 1월 24일). 청산리 전투의 지휘관으로 유명한 조선 말기~일제강점기의 교육자, 군인, 독립유공자. 호는 백야(白冶)이다. 대한제국 육군무관학교(現 육군사관학교)를 졸업했다. 김동삼, 오동진 등과 3대 맹장(猛將)으로 불리기도 하였다. 나이 17세(1906년)에 그는 집안의 가노를 해방 및 땅을 분배하였고 민족적 자립을 위한 무장 독립 운동의 선봉에도 서는 동시에 국가의 미래를 위한 교육사업도 활발히 펼쳐 노블레스 오블리주를 실천한 인물이기도 하다. 일본군의 기밀 자료에 의하면 "김좌진의 키는 약 185cm, 얼굴은 타원형이고 눈빛이 형형하고 사람이 똑바로 쳐다볼 수 없을 정도의 인상이며 총명함이 출중하고 좌담에 능하며 특히 해학은 타의 추종을 불허한다."라는 상세한 내용이 남아 있다.

306) 김규식(金奎植, 1882년 음력 1월 15일~1931년 음력 3월 23일)은 한국의 독립운동가이다. 대한제국의 해산 군인 출신으로 북로군정서에서 '독립군의 호장군(虎將軍)'이라는 별명으로 활동했으며, 아호는 노은(蘆隱). 대한민국 임시정부 계열의 우사 김규식(金奎植), 서로군정서의 김규식(金圭植)과는 동명이인이다. 대한제국 육군의 참위를 지냈다. 1907년 일제에 의한 대한제국 군대 해산 이후 의병으로 전환, 강원도

군, 서일(徐一)307) 장군, 홍범도308) 장군, 김성천(金性天) 장군, 현천연

철원에서 일본군과 전투를 벌였다. 이후 1912년 만주로 망명, 1919년 서일, 김좌진 등과 함께 북로군정서를 조직해 사단장을 맡았다. 북로군정서는 이 시기 무장 항일 투쟁의 핵심 근거지 중 하나였으며, 산하에 사관연성소를 세우고 김규식은 교관을 맡아 무력을 양성했다. 청산리 전투에서는 제2연대장인 김좌진 수하의 제1대대장으로서 전투에 참가했다. 청산리 전투 승리 이후 북로군정서가 다른 무장 투쟁 단체들과 통합하여 대한독립군단을 편성했을 때 총사령에 취임했다. 그러나 대한독립군단의 참모총장 이장녕, 여단장 이청천과 함께 군병력 3,500여 명을 이끌고 러시아령으로 들어갔다가 자유시 참변을 겪게 되어 다시 옛 근거지인 옌지 지역으로 돌아와야 했다. 대한독립군단 총재 서일이 이 사건의 책임을 지고 자결하고 남은 조직은 재정난에 시달리는 어려움을 겪었으나, 김규식은 상하이 임시정부의 도움으로 위기를 넘기고 이범석을 영입해 1923년 이번에는 고려혁명군을 창립하여 총사령에 취임했다. 1925년 신민부에, 1926년에는 고려혁명당에 가담해 활동하였고, 장기적인 항일 투쟁을 위해 교육에 뜻을 두고 옌지에 학교를 설립하기도 하였으나, 1931년 암살되었다. 김규식을 유인해 암살한 사람은 옛 동지였다가 공산주의 계열로 전향한 최악(崔岳)인 것으로 알려져 있다.

307) 서일(徐一, 1881년 2월 26일~1921년 8월 28일)은 조선의 독립운동가이다. 본명은 서기학(徐夔學)이며, 아호는 백포(白圃)이다. 1911년경에 5적 암살단 출신의 나철을 만나 감화를 받은 뒤, 이듬해 대종교에 입교했다. 그리고 대종교 신자들을 중심으로 한 중광단(重光團)이라는 독립운동 단체를 조직하고, 단장에 취임했다. 1919년 김좌진 등 39명의 동지들과 함께 대한독립선언서를 발표하였다. 1919년 3·1 운동 이후 중광단을 대한정의단(大韓正義團)으로 개편하였고, 무장 조직인 대한군정회를 설치하여 만주 지역을 거점으로 한 무장 항쟁을 기도하였다. 대한정의단과 대한군정회는 대한군정부로 통합된 뒤 대한군정서로 개칭하였는데, 흔히 '북로군정서'로 불리는 단체다. 이범석과 김좌진이 북로군정서 소속이었으며, 서일은 총재를 맡았다. 1921년에는 독립군 조직을 통합하여 대한독립군단을 조직하였다가, 동년 6월 28일 스보보드니에서 자유시 참변(일명 흑하사변)이 일어나고 많은 동지들이 사망하자 이에 대해 책임을 지고 두 달 후 스스로 호흡을 멈추는 방법으로 밀산에서 자살했다.

308) 홍범도(洪範圖, 1868년 10월 12일~1943년 10월 25일)는 조선 말기의 의병장이며, 일제 강점기의 독립운동가이자 군인이다. 사냥꾼으로 활동하여 사격술에 능하였으며, 1910년 한일 병합 후 만주로 망명하여 독립군 양성에 힘썼으며, 1919년 간도국민회의 대한독립군 사령관이 되어 국내로 들어와서 일본군을 습격하였다. 후에 독립군의 통합 운동을 벌여 대한독립군단을 조직, 김좌진과 함께 부총재가 되었다. 1920년 일본군이 봉오동을 공격해 오자 3일간의 봉오동 전투에서 120명을 사살하며 최대의 전과를 올렸고, 이어서 청산리 대첩에서 김좌진의 북로군정서군과 함께 일본군을 대파하였다.

(玄天然) 장군, 백광운(白狂雲)309) 장군, 김응천(金應天)310) 장군, 최명

309) 채찬(蔡燦, ?~1924년 9월 21일)은 한국의 독립운동가이다. 일명 백광운(白狂雲). 충
북 충주(忠州) 사람이다. 1905년 이강년(李康秊)을 따라 문경(聞慶)에서 의병을 일
으켜 일제와 무력투쟁을 전개하였다. 1910년 일제에 의하여 한국이 강점당하자 남만
지역으로 망명하여 신흥무관학교에서 군사학을 전공하였다. 1919년 3·1독립운동
이후에는 서로군정서(西路軍政署)에 참가하여 모험대를 조직하고 국내에 진입하여
적 기관을 파괴하고 적의 밀정을 처단하는 데 주력하였다. 1920년 본부가 길림(吉
林) 방면으로 이동한 후에는 신용관(申容寬)·김소하(金筱夏) 등과 함께 의용군을 조
직하여 제1중대장으로 활동하였다. 동년 5월에는 강계군 문옥면(江界郡文玉面) 주재
소를 습격하였으며, 동년 7월에는 이덕창(李德昌)을 시켜 친일파인 후창군수(厚昌郡
守) 권응규(權應奎)를 사살하게 하였다. 1921년 관전현(寬甸縣)에서 공격해 오는 일
경을 격퇴하였을 뿐만 아니라 관전, 즙안(楫安), 통화(通化), 임강(臨江), 유하(柳河)
등 각 현에 있는 친일기관인 일민단(日民團), 보민회(保民會), 강립단(强立團) 수십
개소를 습격하여 제거하였다. 또 의용단(義勇團) 결사대 수백 명을 조직하여 강계(江
界) 어뢰면(漁雷面) 주재소를 공격하기도 하였다. 1921년 김승학(金承學) 등과 독립
신문의 한문판을 발행하는 자금을 제공하였다. 1922년 대한통의부에 가담하여 제1
중대장으로서 무장투쟁을 계속하였다. 그러나 전덕원(全德元)등과 의견의 마찰로 통
의부(統義府)가 분열되자 남만의용군 대표로서 상해임시정부에 파견되어 교섭한 결
과 김승학(金承學), 이유필(李裕弼), 이종혁(李鍾赫), 차천리(車千里), 박응백(朴應
白) 등과 함께 임시정부 직할의 주만참의부(參議府)를 설립하게 되었으며, 참의장(參
議長) 겸 제1중대장으로 항일투쟁을 전개하였다. 1924년 5월 이의준(李義俊), 김창
균(金昌均)에게 국경을 순시하던 사이토 마코토(齋藤實) 총독을 저격하도록 지시하
여 적의 간담을 서늘하게 하였다. 통의부의 주요 간부의 태도에 불만을 가지고 1924
년 여름에 일파를 데리고 집안현(輯安縣)에 모여 통의부에 대항하다 9월 21일 밤 본
부의 문학빈(文學彬) 외 10여 명의 습격을 받아 중상을 입고 사망하였다.

310) 김경천(金擎天, 1888년 6월 5일~1942년 1월 2일)은 일본군 장교 출신으로서 해외
로 망명하여 일제 강점기에 무장 독립운동을 벌인 독립운동가이다. 초명은 김현충(金
顯忠)이고, 일본 육사 졸업 후 김광서(金光瑞)로 개명하였다. 독립운동을 시작하면서
김경천(金擎天), 김응천(金應天) 등 여러 이름을 썼다. 별칭은 '조선의 나폴레옹', 만
주와 연해주 일대에서는 백마 탄 김장군으로 더 유명했다. 1998년 건국훈장 대통령
장이 추서됐다. 일본 육사를 졸업한 장교로서 보장된 앞길을 버리고 홀연히 망명한
뒤 만주, 연해주 일대에서 '백마 탄 김장군'으로 불리며 유명했던 그는 흰 말을 타고
만주와 시베리아를 누비는 전설적인 항일 영웅으로서의 이미지로 기억되고 있다. 특
히 김경천은 여러 가명을 사용했고 일찍부터 '장군'으로 불린 인물이기에, 가짜 김일
성이 그의 이러한 명성과 항일 투쟁 경력, 전설적인 이미지 등을 도용했다는 주장이
꾸준히 제기되어 왔다. 대한광복회 총사령이었던 고헌(固軒) 박상진(朴尙鎭,
1884~1921) 의사의 행적을 기록한 1946년경 편집된 것으로 추정되는《고헌실기약

록(崔明錄)311) 장군, 신팔균(申八均)312) 장군, 김원봉313) 장군, 이청천 314) 장군 등 우후죽순격으로 일어나는 열혈의사(熱血義士)들이 이루

초(固軒實記畧抄)》에 김경천(金擎天)은 김일성(金日成)의 초명(初名)이라 하였고, 그가 김일성의 이름으로 지은 박상진 의사의 죽음을 애도하는 시가 나온다.

311) 최진동(1882년~1941년). 일명 최명록(崔明錄)·최희(崔喜). 함경북도 온성 출신. 홍범도와 함께 봉오동 전투를 지휘해 대승을 이끌어냈다. 이 전투에서 최진동은 사령관으로, 홍범도는 제1연대장으로 활약하였다. 이후에도 북간도·시베리아 등지에서 부하 수천 명을 거느리고 무장 항일운동을 계속하였다.

312) 신팔균(申八均, 1882년 음력 5월 19일~1924년 양력 7월 2일)은 한국의 독립 운동가이다. 신동천(申東川)이라고도 한다. 충북 진천(鎭川) 출신이다. 한성부에서 대대로 무관벼슬을 지낸 집안에서 태어나 그도 대한제국의 장교가 되었으나 일본에 의해 군대 해산을 당하자 낙향하여 항일운동을 전개하였다. 이월학교를 설립해 청년들에게 애국사상을 고취하고, 비밀결사 대동청년당(大東靑年黨)에 가담해 활동하였다. 1910년 일제에게 주권이 강탈당하자 만주로 망명하여 무장투쟁을 전개하였다. 신흥무관학교 교관으로 독립군 양성에 종사하였고, 대한통의부 군사위원장 겸 총사령관으로서 일본군과의 수십차 교전에서 큰 전과를 올렸다. 1924년 7월 2일 독립군의 훈련지인 흥경현(興京縣) 왕청문(旺淸門) 이도구(二道溝) 밀림 속에서 무관학교 생도와 독립군 합동군사훈련을 시키던 중, 장작림군(軍)으로 가장한 일본군과 장작림군 및 경찰대에 포위, 습격당해 전사하였다. 부하들에게 정의로운 죽음을 택하라는 유언을 남겼다. 지청천, 김경천과 함께 '하늘 천(天)'자를 넣어 '동천(東天 또는 東川으로도 사용)'이라는 별명을 갖게 되었으며 이들을 '남만삼천(南滿三天)'이라고 불렀다. *신팔균 선생은 봉우 선생님과 절친한 사이로 만주 독립군 활동하실 때 동천 선생이 순국하신 바로 그 전투에도 같이 참가하셨다고 생전에 여러 번 증언하셨다. 동천 선생을 살리기 위해 애를 쓰셨으나 출혈이 너무 많아 돌아가셨다고 한다.

313) 김원봉(金元鳳, 1898년 음력 8월 13일~1958년)은 의열단 단장이다. 의열단을 조직하고 단장이 되어 박재혁, 최수봉, 김익상, 김상옥, 김지섭, 나석주 등 많은 단원들의 일제 요인 암살과 식민통치기관 파괴 활동을 이끌었고, 중국 관내에서 독립운동 진영 통합 운동으로 결성된 민족혁명당의 총서기로 활동하였으며, 군사조직으로 조선의용대를 창설하고 총대장이 되어 중국 국민당 정부와 협력하여 항일무장투쟁을 주도하였다. 이후 일부 대원들과 함께 대한민국 임시정부 및 한국광복군에 합류하여 임시정부 군무부장, 광복군 부사령관 등으로 활동하였다.

314) 지청천(池靑天, 1888년 양력 3월 7일(음력 1월 25일)~1957년 양력 1월 15일)은 일제 강점기 조선의 군인이자 항일 독립운동가였고, 대한민국의 정치인이다. 대한민국 임시정부 예하 한국광복군 총사령관을 역임하였다. 독립 후 대한민국 제헌 국회의원과 초대 무임소 장관을 지냈고, 민주국민당 최고위원을 역임하였다. 본관은 충주

그 이름자를 기록할 수 없었고, 그들의 투쟁사는 어떤 망국의 독립전취사(獨立戰取史: 싸워 독립을 얻은 역사)보다도 한층 더 훌륭하였다는 것은 세인이 주지(周知)를 못하나, 만주 노령(露領: 러시아 영토)에서는 다 아는 바요, 혁혁한 전과가 연첩(連疊: 연이어 포개짐)해서 있었다. 당시 용맹을 자랑하던 일본군으로도 감히 상대를 못하고 방어에 급급(汲汲: 분주함)하던 것은 군사가(軍事家: 군사학자)들은 다 잘 아는 사실이다. 불행히도 일본이 만주를 점령함으로써 그들의 지반이 일본군 천하가 되어 지구전에 불리하면서도 불절(不絶: 끊임없음)의 투쟁으로 일부에서는 산악지대를 점거하고 만주국 당시에도 여전히 일본군과 유격전(遊擊戰: 게릴라전)을 해왔으나, 대부분이 무기와 경제관계로 노령(露領: 러시아영토)이나 몽고(蒙古) 등지로 피신한 것도 사실이었다. 이것이 우리 독립전취사가 아직 확실치 못해서 현상 우리나라로 나온 일파(一派)의 아전인수(我田引水)격의 소승적(小乘的: 시야가 좁은) 독립운동사가 있을 뿐, 유감천만(遺憾千萬: 섭섭하기 짝이 없음)인 일이다.

그리고 북파(北派) 일파(一派)에서 상해 임정파(臨政派)와 합류해서 정치, 외교, 선전으로 중국 상해를 중심으로 기미년(己未年: 1919년)부터 수십 년을 하루같이 헌신, 노력으로 투쟁하던 선열(先烈)들이 얼마든지 있었다. 제1차 이승만 대통령이 있은 후, 이동휘(李東輝)315), 이동

(忠州), 호는 백산(白山), 본명은 지대형(池大亨), 일명 이청천(李靑天)이다.

315) 이동휘(李東輝, 1873년 6월 20일~1935년 1월 31일)는 대한제국의 군인, 정치가이자 일제 강점기의 사회주의 계열 독립운동가이다. 대한제국기 육군 장교 출신으로 한말 애국계몽운동과 의병 운동을 이끌었고 함경도, 평안도, 북간도, 연해주 한인 사회 등에서 활동하면서 기독교인으로 기독교 사상을 전파하는 독실한 전도사로 활동하기도 했다. 1919년 대한민국임시정부의 국무총리를 역임하기도 했다.

녕(李東寧)316), 신규식(申圭植)317), 김규식(金奎植)318), 안창호, 김구, 조

316) 이동녕(李東寧, 1869년 2월 17일~1940년 3월 13일)은 대한제국의 계몽운동가 · 언론인이자 일제 강 점기의 독립운동가였다. 1926년부터 1927년까지 대한민국 임시정부의 국무령을 지냈고, 1933년부터 1940년까지 대한민국 임시정부의 주석을 지냈으며 한국의 독립운동가, 대한민국 임시 정부 국무총리 · 대통령 직무대리 · 주석 · 국무위원, 임시의정원 의장 등으로 활동했다. 신흥무관학교를 설립하고 초대 교장을 역임하였다.

317) 신규식(申圭植, 1880년 음력 1월 13일~1922년 9월 25일)은 대한제국의 군인, 한국의 공화주의 독립혁명가이다. 대한제국에서 군 장교로 활동하다가 경술국치를 맞자, 이듬해인 1911년에 청나라 상해로 망명해 쑨원과 천치메이 등의 중국 동맹회 간부들과 친교를 맺어 중국 동맹회에 가입한 뒤 신해혁명에도 참여했다. 이어 1912년에 7월에 '동주공제(同舟共濟)'라는 뜻의 동제사(同濟社)를 조직하여 공화주의 독립혁명을 총괄 지도하였으며, 동해에 신해혁명계 인사들과 친교를 맺기 위해 신아동제사를 조직하였는데 이 단체의 총재 박은식을 비롯해 김규식과 신채호 및 조소앙, 홍명희, 여운형, 조동호, 장건상 등이 가입해 있었다. 이들은 1917년 7월에 공화주의 독립선언서인 대동단결선언을 발표했다. 1918년에 여운형을 지도하여 신한청년당의 조직을 지원했다. 이듬해 1919년 대한민국 임시 정부 국무총리 겸 외무총장이 되어 1921년 11월 3일에 쑨원이 이끄는 중화민국 정부로부터 임정의 승인과 지원을 얻어내는 데 결정적인 역할을 했다. 1922년에 단식으로 몸이 악화된 상태에서 병사했다.

318) 김규식(金奎植, 1881년 1월 29일~1950년 12월 10일)은 대한제국의 종교인 · 교육자, 일제 강점기의 독립운동가 · 통일운동가 · 정치가 · 학자 · 시인 · 사회운동가 · 교육자, 대한민국의 정치가 · 종교인이다. 1989년 건국훈장 대한민국장이 추서되었다.

소앙(趙素昂)319), 여운형, 이시영(李始榮)320), 조완구(趙琬九)321), 노백

319) 조소앙(趙素昂, 1887년 음력 4월 10일~1958년 9월 10일)은 일제 강점기의 독립운
동가이자 정치인 겸 교육자이다. 본명은 조용은(趙鏞殷). 1919년 2월 1일 대한독립
선언서를 작성하였고, 곧바로 일본 도쿄로 건너가 유학생들을 지도하여 2·8 독립선
언을 작성하도록 지도하였다. 1919년 3·1운동 직후인 4월 11일 중국 상하이에서
대한민국 임시정부를 수립하기로 결의하고, 삼균주의 이념을 바탕으로 첫 헌법인 대
한민국 임시헌장을 작성했다. 이후 대한민국 임시의정원과 정부에서 활동하였다. 임
시정부 외무부장, 한국독립당 당수 등으로 활동했고 김구·여운형 등과 시사책진회
등을 조직하였으며, 임시정부의 외교활동과 이론 수립에 참여하였다. 1945년 광복
후에 귀국하여 임시정부 법통성 고수를 주장하였고, 김구, 이승만 등과 함께 우익 정
치인으로 활동하다가 1948년 4월에 김구, 김규식 등과 남북협상에 참여하였다. 남북
협상 실패 후에는 노선을 바꾸어 대한민국 단독정부에 찬성하고 지지하였다. 1950년
제2회 국회의원 선거에 서울시 성북구에 출마해서 전국 최다득표로 국회의원에 당선
되었지만, 1950년 6.25전쟁 당시 조선민주주의인민공화국으로 피랍되었다. 납북 후
에 그는 조선민주주의인민공화국에서도 존경받는 '선생님'으로 불렸지만, 조선민주주
의인민공화국 체제에 협조하지 않은 것으로 알려졌다.

320) 이시영(李始榮, 1868년 12월 3일~1953년 4월 17일)은 조선, 대한제국의 관료이자
대한민국의 독립운동가이며 교육자, 정치인이다. 1885년 사마시(司馬試)에 급제하
고 여러 벼슬을 거쳐 1891년 증광문과(增廣文科)에 병과(丙科)로 급제, 부승지, 우승
지(右承旨)에 올라 내의원 부제조, 상의원 부제조 등을 지냈다. 한일병합 조약 체결
이후 독립 운동에 투신, 일가족 40인과 함께 만주로 망명하였다. 1919년 4월 대한민
국 임시정부 수립에 참여하였고, 1919년 9월 통합임정 수립 이후 김구, 이동녕 등과
함께 임시 정부를 수호하는 역할을 하였다. 광복 이후 귀국, 우익 정치인으로 활동하
며 임정 요인이 단정론과 단정반대론으로 나뉘었을 때는 단정론에 참여하였다. 1948
년 7월 24일부터 1951년 5월 9일까지 대한민국의 제1대 부통령을 역임하였다.

321) 조완구(趙琬九, 1881년 음력 3월 20일~1954년 10월 27일)는 한국의 독립운동가,
정치인이다. 임시정부와 임시의정원에서 활동하였으며 광복후 한국독립당의 국내 초
대 재정부장을 거쳐 1949년 한국독립당의 총재를 역임하고 1950년 6.25전쟁 중 납
북되었다. 홍명희의 고모부이다.

린(盧伯獜) 322), 조경한(趙擎韓) 323), 엄항섭(嚴恒燮) 324), 신익희 등 여러 선생 외 무수한 유명무명한 선열(先烈), 선령(先靈: 선열의 영혼)이 얼마든지 있고, 이범석 장군도 역시 북파의 1인으로 임정에 합류한 1인이다. 비록 실력은 미미하였으나 남파로서도 광복군을 조직해서 일본군과 투쟁하던 것은 사실이다. 그런데 내가 말하고자 하는 것은 당시 북파인 무력실력파(武力實力派)와 남파인 정치파가 완전히 단결해서 제2차대전 중에 본토상륙전을 감행하고 만주부터 습격하든지를 못한 것이 천재(千載: 천년)의 한(恨)이 되는 것이다. 선열, 선배들이 일본의 패진(敗陣: 패전)을 예측하였다면 결사적 행각(行脚: 행보)이 있었을지도 모르나, 남(南)은 남대로 북(北)은 북대로 행동이 통일되지 못하고 각자 대장이라 하면서 천재일운(千載一運: 천년에 한 번 오는 운)의 기회를

---

322) 노백린(盧伯麟, 1875년 양력 2월 15일(음력 1월 10일)~1926년 양력 1월 22일)은 대한제국의 군인이자 일제 강점기에 임시정부의 교통총장, 군무총장, 국무총리 대리, 국무총리 등을 역임한 독립운동가이다. 계몽사상가로서의 활동과 함께 대한민국 최초의 비행사 양성 활동도 했다.

323) 조경한(趙擎韓, 1900년 7월 30일~1993년 1월 7일)은 대한민국의 독립운동가 겸 정치인이다. 일제강점기 신한독립당 대표, 임시정부 의정원 의원, 한국광복군 총사령부 총무처장 대리 등을 역임하였다. 1940년 9월 한국광복군이 일본군 점령지역에서 초모해 온 한인청년들을 교육·훈련시키기 위해 설치한 한국청년훈련반에서 교관으로 활동하였다. 1944년 4월 임시정부의 국무위원을 개선할 때, 국무위원으로 선임되었고 8·15광복 때까지 임시정부의 국무위원으로 활동하였다. 1963년 6대 국회의원, 1981년 독립유공자협회장 등을 역임하였다.

324) 엄항섭(嚴恒燮, 1898년 10월 15일~1962년 7월 30일)은 한국의 독립운동가이자 대한민국의 정치인이다. 호는 일파(一波)이며, 가명은 아호를 따서 엄일파라 하였다. 임시정부 선전부장을 지냈고 광복 뒤에는 한국독립당의 간부로 활동하였고, 1930년부터는 백범 김구(金九)의 최측근으로 활동했다. 해방 이후 대한민국 임시정부 귀국 제1진으로 귀국, 한국독립당의 국내지부 건설과 김구를 도와 신탁통치 반대 운동, 미소공위 반대 운동 등에 참여하였으며 1948년 김구의 남북협상을 지지하였다. 1950년 한국전쟁 중 납북되었다. 안공근과 함께 김구의 최측근이었다.

상실하고 소위 영국, 미국, 소련의 포츠담 회담, 카이로 화담, 얄타 협정에서 우리나라는 천재의 한을 품은 남북분열이 된 38선 국경을 가지게 된 것이다. 누구를 원망하며 누구를 책망하리요? 우리의 부족으로 우리의 실력이 본토에 오지 못한 연고라고 본다.

미국, 소련 양진영의 안중(眼中)에 우리의 남북통일을 생각할 여지가 없다. 다만 세력 균형상 만주와 한국과 일본에서 반분(半分: 절반으로 나눔), 반분한 것이 미국은 일본 전체와 한국 반분이요, 소련은 만주 전체와 한국 반분으로 조상(俎上: 도마 위)에 분육(分肉: 고기를 나눔)한 것이다. 이 분육(分肉)이 된 신세의 한국이 미국, 소련 양군정하(兩軍政下)에서 한국의 독립을 미소(美蘇)회담으로 논의해 왔으나, 당시 미군의 하지 중장은 공산 측에 추파를 보내고 있던 자요, 남한이나마도 통일단결을 방해하던 자이다. 이것이 하지 1인의 행동이라기보다 루스벨트 대통령이나 트루먼 대통령의 전통적 정책이다. 그렇다면 남북한 민족 간에라도 자각하고 통일협상이 되었으면 하겠으나, 남한은 미국의 주구배(走狗輩: 앞잡이 무리)가 득세하고 북한은 소련의 주구배가 득세해서 미소 양대 진영의 사족(使簇: 부리는 조릿대, 화살촉)으로 별별 문제가 다 분열 일로(一路)로만 질주하는 것이었다.

그래서 유엔소총회는 실력을 발휘하지 못하고 소련이 유엔의 북한 입국을 거부하는 관계로 소위 가능한 지역의 총선거를 시킨 것이 남한의 출생이다. 통일이 없는 편파적 독립! 언제나 남북의 투쟁이 발발할 도화선이 잠재한 것은 지혜로운 이를 기다리지 않고도 아는 바이다. 소련은 북한을 독립시킨 허명(虛名: 헛된 명성)을 가지고 영토를 넓힌 관계로 산업, 국방에 전력을 다하고 있는 반면에, 미국은 소위 독립 후 원호물자라는 것이 의류, 사탕, 화장품 등 있어도 되고 없어도 무관한 물건이요, 국방이라고는 소총, 소포(小砲), 비행기라고는 소형 여객기 정도요, 산업생산 자료는 별로 없고 전력이 없는 남한에 수력발전은 한 곳도 없고 비료가 필요한 남한 평야지대에 비료공장 한 곳이 시설되지 않는다. 소위 남한정부 요인들은 친미파 독무대로 정상모리배가 특권을 독점하고 있을 뿐이요, 대외무역업자들이 외래품만 수입해서 국내경제는 점점 혼란을 극해서 인민은 도탄(塗炭)에 들었다.

그러나 특권계급의 생활은 궁사극치(窮奢極侈: 사치가 극도에 달함)로 말할 수 없고 정부에서 민족정신 앙양의 도(道)가 없이 그저 친미 일로로 매진하고 있다. 혹 불평하는 무리들이 있다면 경찰권을 발동하여 생각도 하지 않은 공산분자니, 무엇이니 해서 아주 매장해 버리는 것이 정부 요로(要路: 요직) 인사들의 행사였다. 그래서 국방은 미국이 해 주려니 하고 공업은 하지 않아도 미국의 물자로 충분하려니 하고 전력발동이 없어도 미군 군함에서 송전(送電)하려니 하고, 의류, 식료, 약재, 비료, 지류(紙類: 종이 종류) 등이 다 미국에서 원호(援護: 원조)하니 우리나라의 생산공업을 해서는 수지가 맞지 않는다는 정계요인들의 견해다. 우리나라는 이 이상 더 참혹한 현상이 없을 것이다.

보통 장관 1년만 지내면 수십억 자금은 자연적으로 갖게 되는 우리나라의 기현상을 보이고 있는 한편으로 청년단체의 정당이니, 무엇이니 하는 집단도 다 미국 지도하(指導下)라야 경제적으로 여유가 있는 것 같다. 이것이 친미병(親美病)으로 남한이 전부 골수(骨髓: 뼛속)까지 병이 든 때다. 더구나 좌익계열들은 또 친소병(親蘇病)으로 친미병자들을 대항하고 있어서 도처에서 사고가 나고 있는 중이다. 때마침 북한에서 남한의 공허(空虛)를 알고 또 미국이 태평양방위선에서 우리 한국을 제외한다는 성명을 발포한 후요, 미국에서 일부 기관을 철수하기 시작한 후였다. 정예한 인민군을 가지고 6.25사변을 거사하니 남한군이 저항을 못하고 연전연패했으나, 미군 역시 패주일로였었다.

친미병자들은 남으로, 남으로 미국까지라도 도망할 작정이었고 그다음은 대구, 부산으로 모이었다. 국군도 미군만 믿다가 연패하고 대구선부터는 사력을 다해서 방어하기 시작하던 것이다. 그러자 유엔구원병의 발동으로 9.28수복이 되었고, 또 1.4후퇴가 되었다가 4년이라는 긴 세월을 두고 진퇴(進退)호흡으로 38선을 중심으로 혈우성풍(血雨腥風: 피가 비처럼 쏟아지고 피비린내 바람이 불다)으로 시산시해(尸山尸海: 주검이 산과 바다를 이룸)를 이루고, 남북한은 더 파괴될 곳이 없을 만큼 완전히 파괴되었고, 인구도 상세히는 모르나 3,400만 명대가 2,000만 명대로 감축된 것은 사실인 것 같다. 그리고 작년 휴전안이 성립되었다. 그다음 정치회담이라고 되었으나 수확이 없고, 또 제네바 회담에서 남북통일 문제가 등장하였었다. 말만이라도 감사한 말이다. 남북행정부 요인들이 대승적 견지에서 민족자결로 우리 3,000리 강산, 3,000만 인구, 5,000년 역사를 가지고 대황조님의 다 같은 자손으로다 통일되었으면 무엇이 불만하리요? 그런데 피차 고집하고 이 회담은 결렬되었다.

이 책임은 남북대표에게 있는 것이다. 그러나 이 인물들만 책임을 질 수가 없다. 이 인물들은 남북영도자들의 대변인 정도요, 자기의 실력이 없는 인물들이며, 또 남북의 영도자들도 자기 의사가 3,000만 국민의 의사라고 해야 옳을 것인데, 정반대로 3,000만 국민들이야 무어라고 생각하든지 각자의 영욕(榮辱)과 이기심으로 민의를 무시하는 것이요, 그뿐만 아니라 미국과 소련의 명령에 복종하느라고 국민의 의사와 복리를 생각할 여지조차 없는 것이다. 남북의 분열을 미국과 소련이 시킨 것이라 결자해지(結者解之: 묶은 사람이 푼다)로 미국과 소련이 통일문제에 합의해야 옳은 것이요, 분열된 것이 우리 민족선열들의 역량이 부족해서 된 것이니, 금번은 남북요인들이 비상력을 내어서 자력으로 남북통일 과업을 이루었으면 선열들도 지하에서 눈을 감을 것이다. 그러나 정계요인들이 아전인수 하느라고 이 성업(聖業)을 결렬시키면 천하 후세에 죄인됨을 면치 못할 것이다. 물론 시기문제이지 5,000년사에서 처음 보는 분열이 그리 오래가지 못할 것은 명약관화한 일이다. 중고(中古)시대에 삼한(三韓)과 낙랑(樂浪) 3군(郡)의 분열도 있었으나 역시 단시일이요, 장구하지는 않았다.

이다음에는 남북통일의 방식론에 있어서 내 생각대로 선결조건이 무엇인가 쓰기로 하자.

제1조건이 미국과 소련이야 무어라 하든지 남북 원수(元帥: 지도자)가 무엇보다도 먼저 5,000년 역사를 추억해 볼 일,

제2조건은 합하면 강하고 나뉘면 약해지는 원리에서 탈선하지 말고 용단력(勇斷力)을 내어 통일문제에 호상(互相) 양보할 것,

제3조건은 의존심을 하루라도 속히 버릴 것,

제4조건은 남북 공히 대황조(大皇祖) 정신을 선양(宣揚)할 것,

제5조건은 통일되기 전이나 후를 막론하고 민족은 국방사상에 전력(全力)할 것,

제6조건은 민족문화로 세계 수준을 돌파할 것,

제7조건은 통일이념으로 일치단결해서 세계평화와 국토재건과 민족부흥에 합력(合力)할 것,

이상의 선결문제를 민족 각자가 잊지 않으면 통일은 다만 시간문제일 것이다.

현상은 자유주의라는 명목하에 국가와 민족을 망각하고 온전한 개인들의 이기심에서 동서로 분망하느라고 통일이야 되든지 말든지 국토가 분열이 되었든지 말든지 자기 1인만 호화생활만 하면 충분하다는 도배(徒輩: 패거리)가 상류층으로 자처하는 인물들이나 최하급으로 자처하는 인물들 간에 공통된 점이라고 본다. 관료는 관료대로 군인은 군인대로 농민이나 상인이나 공인(工人: 공업에 종사하는 사람)이나 또 문인(文人)이나 다 신성(神聖)한 맛이 없고, 상하(上下)가 교정리(交征利: 서로 이익을 취함)하는 것뿐이다. 북한도 동일한 것 같다. 이것이 통일의 암초(暗礁)라고 본다. 이 암초가 속히 없어져야 통일이 완전히 될 것이요, 통일에 그치지 않고 일보 전진해서 세계에 활보할 수 있다고 본다. 현상으로는 통일이 되어도 또 무슨 말 못할 조짐이 있지 않은가 해서 내 이 붓을 드는 것이다.

갑오(甲午: 1954년) 6월 26일 봉우서우유신초당(鳳宇書于有莘草堂)

이 대통령 각하의 방미(訪美) 행각을 보고

라디오로 이 박사님이 방미(訪美)하신다는 방송을 들었다. 아이젠하워 대통령의 초청이라고 한다. 미국 대통령이 전번에 방한한 일이 있으니, 이 박사님도 회사(回謝: 방한에 대해 감사함) 정도라면 도리어 알 수 없으나 기자회견석에서 이 박사님의 담화를 보면 미국 대통령을 상봉하는 데에서 한국통일 문제가 나올 것 같고 중공승인 문제와 한국군증강 문제 등을 가지고 토의(討議)차 가시는 것 같고, 또 원조(援助)도 근간(近間: 요사이)에는 원활치 못한 것 같으니, 역시 애걸해 보실까 하는 정도가 아닌가 한다. 또 서울서 발행(發行: 출발)하실 때 시민의 성대한 환송을 관에서 지시하는 방송도 들었다. 내 생각에는 일국의 원수가 나라와 나라 사이에 방문행각이니, 국민으로도 체면상 성의를 표할 것은 물론이다. 그런데 방송하는 소리를 듣건대 비록 빗속이라도 학생은 물론이요, 남녀를 불문하고 전원 출동해서 대성황의 환송을 하라 하니, 이것은 자진해서 하는 것이 아니요 강압적 환송이 아닌가 한다. 관에서도 어느 정도 체면은 볼지언정 인민을 강압할 필요는 없다고 본다. 그리고 금번 방미행각이 그 이유가 어디에 있는가를 알지 못하겠다.

미국 정계에서 휴전하기 전에도 말하기를 한국전쟁은 혹 군사적으로는 승리할지 모르나, 정치적으로는 실패라고 하는 주장이 우세하고 있었고, 미국 정계 일부에서는 한국을 원조하는 것은 장개석 정권을 원조하는 재판(再版)이라고 하는 일파도 있는 것 같다. 이것이 유엔에서 비록 군사나 경제적으로 원조하나, 정부에서 노골적으로 말하자면 유엔의 본의대로 하지 못하고 특수층의 사리(私利: 사사로운 이익), 사복(私腹: 사사로운 욕심)을 채우는 것에 불과하다는 평인 것 같다. 사실도 이러한 편이 많은 것이다. 유엔에서 군사적이나 경제적으로 원조하는 것은 유엔헌장에 기인해서 법적으로 하는 것이요, 그 누구를 개인적으로 위해서 하지 않는 것은 명약관화한 일이다. 그런데 사실에 있어서는 어느 개인이나 어느 편파적 단체에 한하여 그 몽리(蒙利: 이익을 얻음)가 편중(偏重: 한쪽으로 치우침)하고 일반 대중에게 형식뿐이라는 것도 가리지 못할 일이요, 또 그 몽리로 어느 개인의 세력 부식(扶植: 뿌리 박음)에 충당하고 있는 것도 역시 가리지 못할 일이다. 더구나 금년 5.30선거야말로 외국인의 안목에 무어라고 비판을 할지 알 수 없는 일이다. 총민의의 결정(結晶: 노력이 모여서 훌륭한 형태로 나타남)이라고는 안 볼 것 아닌가? 그래서 비록 유엔기구가 유엔헌장에 기인해서 자위적 행동으로 군사, 경제의 발동이 있었더라도 이 장본인인 한국에서 너무나 성의가 보이지 않는 때는 유엔 참가 제국(諸國: 여러 나라)도 성의가 감축할 것도 자연적 사실이라고 본다.

비록 유엔총회에서 미국, 소련 양대 진영이 대립했다 하나, 이것은 어느 나라를 물론하고 다 그런 것이 아니요, 미국 측은 미국 측대로 소련 측은 소련 측대로 민주 대 공산으로 분파되었으나, 또는 중립파로 시시비비론을 가지고 미소 양대 진영에 추파를 보내는 국가도 적지 않은 것은 유엔총회 실적으로 보아서 잘 알 일이다. 금번 휴전회담이 성립된 후에 정치회담이 결렬되고 또 제네바 회담이 이루어지지 않았다. 그러나 대국적으로 보아서 중공 측이 유엔에서 인기를 얻고 또 제네바에서도 인기를 얻은 것 같다. 그런 연고로 중공의 유엔 가입이 가능성을 보인다면 외교에 능한 중공인이 유엔 대표와 우리 대표 간에 벌어질 담판이 어느 편이 유리할까 의문이다. 미국의 보도로 보아도 중공의 유엔 가입에 유엔 측 다수의 찬의(贊意: 찬성의사)가 보이니, 미국은 고립될 염려가 있다고 전한다. 그렇다면 우리 대표는 누구를 의뢰하고 일할 것인가? 만약 미국의 의사도 중공의 유엔 가입을 부득이 허락한다면 우리나라 문제는 불리하게 해결될 것은 자연적이다. 그래서 미국의 암시적인 원조 일부 중단과 미군 일부를 철수하는 것과 공보원을 철수하는 등 점점 미국의 태도가 좀 냉정해 감을 직접, 간접으로 알게 된 이 박사님이 그간 대한민국 행정부의 편파적인 행정에 대한 변호차로 아이젠하워 대통령을 심방하시고 또 미국 정계요인을 방문하는 것이 아닌가 한다.

그러나 무슨 효과가 있을지는 미지수라고 본다. 정치인들의 두뇌가 우리와 같은 보통인들과는 다르다는 것을 알아야 한다. 평시에 외교나 행정을 잘못하고 상대방의 백안(白眼: 흘겨보는 눈)을 보고야 그제서야 다시 친절해달라고 애원하는 것이 성과가 있을까 의문이다. 이 박사님도 아이젠하워 대통령의 방한에 대한 감사 정도의 방미라면 모르되, 무슨 용무를 가지고 바람이 있어서 방미행각을 한다면 금번은 실패일 것이요, 도리어 미국정부에서 장계취계(將計就計)의 교환조건이 나올 것 같다. 이것이 한국 정계요인들의 두뇌가 부족한 것이라고 본다.

한국통일 문제를 미국 대통령이나 미국정부에게 애원하지 말고 희생적으로 남북 양원수(南北兩元首)가 직접 타협해 보는 것이 어떠한가? 김일성 정권에게 직접 남북한이 회담해 보든지 그렇지 않으면 양 거두(巨頭)가 직접 회담하자고 통지하고 김일성이가 오지 못하거든 이 박사님이 평양으로 가서 이 민족, 이 나라를 위해서 거두절미(去頭截尾: 마리와 꼬리를 자름)한 백지(白紙)로 남북통일 문제를 해결하는 것이 80노옹(老翁: 늙은 남자)이 미국 가서 애걸하겠다는 것보다는 백 배 낫지 않을까 한다. 김일성이도 이에 불응할 리가 없고 만약 불응한다면 이는 김일성의 과실이요, 이 박사님의 영단(英斷: 슬기롭고 용기 있는 결단)일 것이다. 혹 평양을 가서 불행(不幸: 죽음)하더라도 역시 박사님으로는 성공이요, 김일성으로는 실패라고 본다.

여기서 박사님 신변에 충언지사(忠言之士: 충고의 말을 하는 선비)가 없는 연고라고 보며 현 행정부의 요인들이라는 인물들의 역량이 아무리 호평해 보아야 좀 문명한 나라의 과장, 계장급 인물보다도 저열하다고 본다. 더구나 총리는 그보다도 모자라고 국회의 자유당 간부들이야말로 10만 선량은 그만두고 읍면 지방의원 자격도 부족한 인물들이 거대한 숫자를 점하고 있다. 이런 편파적 당파행정을 하며 그래도 외국에 가서 내가 이 나라 영도자이니, 무엇을 이렇게 해달라는 요청을 하시는 박사님의 자신(自信)이 아무리 생각을 후한 편으로 해보아야 노망증(老妄症)이 아니신가 하는 정도요, 만약 노망증이 아니라면 부족하신 것이라고 밖에 볼 수가 없다. 자유당에서 박사님의 방미행각을 많은 기약을 가지고 있는 것 같다. 그러나 무사히 다녀오시기만 바랄 뿐이요, 나는 아무 기대도 않는다. 대체로 이런 행각은 없었으면 하는 것이다.

또 개헌안이라는 것도 물론 통과될 줄로 믿는다. 자유당 총 거수면 문제없다고 본다. 그러나 이 개헌안이 타국 헌법에 비해서 민주적인가, 비민주적인가? 민주국가에서 당연히 있을 만한 헌법인가, 그렇지 않은가? 늘 양심적 비판을 해보라는 것이다. 그리고 '한글 간소화'라는 것은 전문가에게 맡기고 박사님이 주장 않는 것이 좋을 줄로 믿는다. 이 문제로 학교 책자관계로 막대한 금전이 소비되는 반면에 또 그만큼 몽리자(蒙利者: 이익을 얻는 자)가 있는 것 같다. 다만 한심한 바는 한국정계 최고 인물층에서 이 박사님을 보좌하는 인사가 한 사람도 없고 무슨 일이든지 자행자지(自行自止: 자신이 행하고 자신이 멈춤)하는 데에서 실수가 되는 것이라고 본다.

고지왕자(古之王者: 옛적의 왕)는 청간여류(聽諫如流: 잘못을 비판함을 듣기를 물 흐르듯 함)하였는데, 박사님은 간(諫)이라는 글자가 옥편(玉篇)에서 아주 삭제되었으면 하는 것이요, 임현사능(任賢使能: 어질고 유능한 이를 임용함)하는 것이 역시 왕자(王者: 임금)들의 덕인데 박사님은 친소인(親小人: 소인을 가까이함)하야 사지용이(使之容易: 부림에 쉬움)하고 심지소욕(心之所欲: 마음의 하고자하는 바)과 기지소사(氣之所使: 기운의 시키는 바)에 무소불위(無所不爲: 하지 않는 바가 없음)해도 유령시종(維令是從: 명령에 무조건 따름)해서 십무역이역심사(十無逆耳逆心事: 모든 게 귀나, 마음에 거슬리는 일이 없음)하시니, 자위신모(自爲身謀: 자신을 지키기 위한 꾀를 냄)로는 혹 이렇지 알 수 없으나, 그 자리를 무슨 자리라고 생각하시는지 한심한 일이다. 금번 방미행각도 역시 누가 일언반사 없을 것이요, 면전(面前: 눈앞)에 있는 자들은 다 찬성할 인물들뿐일 것이다. 이 붓을 들다가 언지장(言之長: 말이 길어짐)함을 불각(不覺: 깨닫지 못함)하도다. 이 정도로 붓을 그치노라.

갑오(甲午: 1954년) 6월 27일 봉우서우유신초당(鳳宇書于有莘草堂)

추기(追記)

구시대 같으면 대통령은 한 나라의 왕과 같은 것이다. 그렇다면 고성(古聖: 옛성인)의 가르침에 오군불능(吾君不能: 우리 임금은 능력이 없다 함)을 위지적(謂之賊: 역적이라 함)이라 하였다.[325] 이런 말씀으로 혹 오해하는 인사도 있을지 알 수 없는 일이다. 그러나 왕이라는 것은 군주정치시대에 신성불가침한 존재였으나, 대통령이라면 비록 직능은 고대의 군왕이나 동일한 점이 있으나, 민주정치시대의 대통령은 어느 기한 내에 영도권을 가지나 그 작능을 발휘 못할 때는 언제든지 그 자리를 양도하거나 잃을 수 있는 관계로 그의 일체 행동을 인민 누구라도 주시(注視)할 수 있는 것이요, 또 발언할 수 있는 것이다. 비록 그 책임이 없는 사람이라도 자기 의사표시만은 할 수 있다고 본다. 오군불능(吾君不能)을 위지적(謂之賊)이라는 것은 그 군왕의 식록지신(食祿之臣: 녹을 먹는 신하)으로 충성을 다하여 그 군왕을 섬기지 못하고 그 군왕의 잘못만 말하는 것을 말씀한 것이다. 신자(臣子: 신하)된 이가 자기의 책임을 먼저 완수하라는 말이다.

현 대통령은 우리 민족 전체가 선거한 것이라 우리 민족 전체가 그 일거수, 일투족을 감시할 수 있는 것이라 비록 그 직위와 직능은 옛날 군왕과 동일하나, 민족이 상대하는 점은 아주 판이하다는 것이다. 현 이 박사님은 대한민국 대통령으로 선임되시어 그 직위와 직능이 옛날 군왕과 유사함을 보시고 아주 당신이 옛 군왕이 하던 행동과 전제(專制: 독재)를 그대로 할 의사가 간간이 보이며, 군왕인지 대통령인지 분

---

325) 《맹자(孟子)》 〈이루장(離婁章)〉 출전.

별을 못하시는 때가 종종 있다고 본다. 이런 곳에서 혹 탈선이 되시는 때에 좌우에 있는 사람들이 그 부당성을 말씀하는 것이 당연하나, 박사님이 그 직위에 계신 지 벌써 7년이라는 긴 세월이 되었으나, 간간이 나오시는 탈선을 일차도 간(諫: 비판)하는 인물이 없었다고 본다. 이것이 대한민국의 실정(實情)이며 좌우에 소인이 가득해서 군자가 있더라도 진언(進言)을 못 하는 것이라고 보는 관계로 내가 간간이 이 불평을 가지고, 이 박사님의 언행이 탈선될 때마다 기록해 본 것이다. 7년 동안 수십차의 탈선이 있었고, 내가 불평을 말한 것도 역시 수십차였다. 그러나 다른 책자는 다 분실되고 이 책까지 3권이 있을 뿐이다. 박사님과 개인관계로는 조금도 불만함이 없으나, 박사님이 대통령이라는 직위에서 우리 민족에게 불만한 일이 있을 때에 한하여 나도 대한민국에 거주하는 백성이라 말할 권리가 있다고 생각해서 무어라고 타인이야 하든지 내 양심에는 거리낌 없다고 해서 이 붓을 들고 이다음에도 또 이런 일이 있다면 또 쓸 생각이다. 이 정도로 붓을 그치노라. - 봉우추기(鳳宇追記).

[나라를 걱정하시는 봉우 선생님의 충정이 돋보이는 시론(時論)입니다. 1954년 당시의 국제정세를 냉철하게 분석하시고 남북통일 문제의 대안으로 남북한 영수(領袖)회담을 제안하신 것이 이채롭습니다. 즉 이승만 대통령이 상투적으로 미국에 가서 애걸행각으로 우리의 처지를 호소하느니보다 직접 당사자인 북한의 김일성과 남북통일회담을 개최하여 문제를 해결하는 모습을 보이라고 촉구하신 것입니다. 이런 주체적인 민족문제 해결방식의 제안은 박정희가

1970년대 초 유신 전후로 추진되다가 끊어졌고, 1990년대 김영삼이 김일성과 회담을 추진하다 김일성의 돌연 사망으로 실패했고, 2000년에 김대중이 처음으로 평양을 방문, 전격적으로 김정일과 남북정상회담이 성사되었고 문서상으로나마 남북통일을 하기로 합의한 바 있습니다. 시대를 엄청나게 앞서 가신 봉우 선생님의 혜안(慧眼)! 1954년 남북 양원수(南北兩元首) 회담 제안은 시대가 많이 흘렀어도 참으로 놀랍습니다. -역주자]

박하성(朴河聖) 동지를 방문하고

6월 19일 오후에 대전을 갔다가 민 씨를 방문하고 김학수가 박하성 병증이 중(重:위중)해서 나를 한번 보자고 전위(專爲: 오로지 한 가지 일만 함)해서 왔다는 말을 들었다. 곧 가서 볼 일인데 우중(雨中)이라 곧 가서 보지 못하고 그다음 날 여전히 강우(降雨: 비내림)로 대전에서 있다가 김학수 군과 함께 부득이 귀가하였다. 제3일 이른 아침에 출발해서 이원(伊院)까지 가서 보니 다행이요, 박 군의 병증은 위기를 경과하고 차도가 있는 중이다. 반가이 상봉하고 빗속이라 수삼일 유연(留延: 머물며 지체함)하며, 서로 과거사를 한담(閑談)하였다. 박 군의 병증은 맹장(盲腸)이라고 집증(執症: 병의 증세를 살펴 알아냄)하였는데 내가 진료하였더니 맹장염이 아니라 산증(疝症: 아랫배와 생식기에 탈이 생겨 붓고 아픈 병)인 것 같다고 처방해 주고 박 군의 말이 하나님은 무슨 죄가 있는 사람이라도 다 용서하신다고 하셨는데 나는 인과론을 말하니, 그렇다면 죄 있는 사람은 죄를 받고 복을 지은 사람은 복을 받을 뿐 아닌가 한다.

내가 말하기를 죄도 죄의 차별이 있다. 그 과오를 고칠 수 있는 과오라면 지과필개(知過必改: 잘못을 알면 반드시 고침)하는 것이나 다시 고치지 못할 대과(大過: 큰 허물이나 잘못)를 지은 이상에는 그 대과에 해당하는 죄를 받는 것이 당연하다고 본다. 이것이 인과론(因果論)을 말하는 것이다. 악근악과(惡根惡果: 악한 뿌리는 악한 결과를 맺음)요 선근

선과(善根善果:착한 뿌리는 착한 결과)는 할 수 없는 일이요, 아무리 배양해도 패(稗:피)가 도(稻:벼)가 되는 법이 없고 종두득두(種豆得豆:콩을 심으면 반드시 콩이 나옴)하고, 종태득태(種太得太:팥 심으면 팥 나옴)하는 것이 원리다. 그러나 사람은 닦음(수양)으로 그의 근(根:뿌리, 근본)을 고칠 수 있다는 것을 성인들은 다 후인에게 개과(改過)의 문을 열어 주시기 위해서 하신 말씀이요, 또 선악(善惡)이 기로(岐路:갈림길)에 있는 사람은 반드시 선훈(善訓:선한 가르침)을 받는 자는 선인(善人)이 되고 악습(惡習)을 하는 자는 악인이 되는 것이다. 그래서 성인(聖人)들이 후인의 기로에 있는 것을 가르치시는 것이라고 본다.

"고성(古聖) 말씀에 조문도(朝聞道:아침에 도를 들음)면 석사(夕死:저녁에 죽음)라도 가야(可也:좋음)라[326] 하시니, 이 말씀은 비록 경과사(經過事)야 정당치 못하더라도 하루아침에 잘못을 뉘우치고 선심(善心)을 발하면 미래의 희망이 있다는 말씀이요, 또 조문도면 석사라도 가야라 하신 것은 이 육신만 가지고 하신 말씀이 아니라 영혼의 불멸하는 것을 의미하신 것이라는 말이다." 라고 내가 설명하자 박 군도 동감했다. 그리고 풍수론(風水論)도 있었고 후진수양론도 있었다. 그러나 박 군 역시 자녀 현존 18인이라고 한다. 사실은 그 가족관계로 안비막개(眼鼻莫開:눈코 뜰 새가 없음)라 다른 생각이 날 새가 없다. 이것이 다 유의막수(有意莫遂:뜻은 있으나 성취할 수 없음)의 동지들이다. 박 군에게서 박하영, 박하중 군도 상봉했다. 나로서는 두 동지에게는 미안한 일이다. 박하성 군도 후일을 기약하고 현상으로는 그의 현상유지도 곤란한 것 같다. 그래도 그 장자(長子:큰아들) 태중 군이 금년쯤은 제대될 것 같다

---

326) 공자의 〈논어(論語)〉출전.

고 태중 군의 복약이나 장래 부탁을 한다. 그리고 서대산 풍수론에도 몇 건의 존의(存疑:의문)를 두고 있다. 그러나 역시 인과론을 무시할 수 없는 것이다. 내가 수일(數日)을 두류(逗留:체류, 객지에 한동안 머물러 있음)하며 온토심곡(穩討心曲:조용히 온당하게 마음의 굴곡진 것을 토의함)하고 귀가한 것이다. 그 후 우중(雨中)이라 정신이 산란해서 집필 못했던 것이다. 금일에야 여가가 있어서 몇 자 난기(亂記:어지러이 씀)하노라.

갑오(甲午:1954년) 6월 27일 봉우서우유신초당(鳳宇書于有莘草堂)

추기(追記)

박 동지도 정신수련관계로 수차에 긍(亘:걸침)하여 입산해 보고, 시일을 요한 분이다. 원상(原象)으로 정관(定觀)을 해보았고 호흡법에는 아직 초학(初學)이다. 그러나 원상수련을 하기 전에 기독교에서 수련을 해보았고, 또 신약전서(新約全書)에서 야소(耶蘇:예수)의 묵시(黙示)도 보고, 야소의 기적도 들었다. 그래서 수련방식이 동일점이 있거니 하는 신조가 있어서 자신 있게 착수해보나, 수련이라는 것은 애로가 많은 것이다. 칠전팔기(七顚八起)해야 하는 것인데 이 인내(忍耐)야말로 그리 용이한 것이 아니요, 신념의 정도가 문제다.

십(十)이라고 믿은 것이 10까지 공허하고 십오(十五)나 육(六)이나에서 실(實)이 있다면 더 인내하고 15까지 가는 사람이 많지 않고 십(十)까지 가던 신념이 십(十)에서 성공을 못하면 도로 불신이 생해서 실패하는 것이 세인의 상사(常事:늘보는 일)다. 박 군도 십(十)이라는 신

넘은 있고, 15까지 인내가 좀 부족한 인사다. 그래서 내가 그 십(十)이라는 신념을 애석해서 15까지 연장시키고자 미미하나마 노력해 보는 것이다. 연정원우(硏精院友)로는 약하고 유일(遺逸)[327]로는 강한 분이다. - 봉우추기(鳳宇追記).

---

327) 유능한 사람이나 등용되지 않아 세상에 나타나지 않는 사람.

연정최요결(研精最要訣)이 무엇인가

제일 요결(要訣:긴요한 뜻)이라고 무슨 법이든지 전해지는 것이 많다. 그러나 그 요결을 쓴 인물들의 의사가 상이(相異:서로 다름)하다고 본다. 예를 들면 배가 고프니, 목이 마르니 하는데 요결은 배고픈 자는 먹어야 하고, 목이 마른 자는 마셔야 된다는 것이 누구더러 물어보아도 정해(正解:바르게 풀이함)된 요결일 것이다. 그러나 실제에 있어서는 그렇지도 않다고 본다. 배가 고픈 사람이 먹으면 그 배가 안고플 줄 몰라서 안 먹는 것이 아니요, 목이 마른 사람이 마시면 그 목이 마르지 않을 것을 몰라서 안 마시는 것이 아니다. 비록 배가 고프고 목이 마르되, 먹을 수가 없고 마실 수가 없는 경위(經緯:일이 진행되어 온 과정)라 할 수 없이 배가 고프니, 목이 마르니 하게 되는 것이다. 거의 다 이런 것이다. 병이 있는 자는 약을 먹어야 하고, 몸이 피로한 자는 그 몸을 휴식해야 하는 것이다. 이런 예가 얼마든지 있는 것이요, 그 요결이라는 것도 백인백답(百人百答), 천인천답(千人千答)이 다 정해(正解)일 것이다. 그러나 실제가 어떠한가 하면 백가지 요결이 마음대로 실행되는 것이 별로 없는 것이다.

그러면 그 요결이 정해가 아닌가 하면 요결은 정해요, 실행은 곤란하다는 말이다. 그 이유는 각자가 지내 보았으니, 내가 중언부언할 필요는 없고 그 요결이 비록 정해였으나, 실행할 수 있는 세목(細目:자세한 목차)이 없었다는 것이다. 내가 본격적으로 "연정요결이 무엇인가?"라는 제목을 쓴 것도 또 이와 같은 것이다. 연정요결을 쓴 전현(前賢)들이 동서고금을 물론하고 수백, 수천을 혜일 수가 있으며, 그 저술이 수천, 수만 권이 되니 각기 경험대로 그 최고의 진리를 표현한 것이다. 어느 것이 정해 아님이 없으나. 정신을 연구하는 사람이 양(洋)의 동서나 때의 고금을 막론하고 그 수를 알 수 없을 만큼 많으나. 성공한 자는 푸른 바다 속에서 밝은 진주를 구하는 것보다 귀하다. 이것이 그 요결의 불비점(不備點)인가, 초학자들의 무성의함 때문인가가 후학들의 의제(疑題:의문의 제목)가 되는 것이다.

동양철학에서는 유가(儒家)의 용학(庸學: 대학과 중용)이나 역학(易學)이 있고, 이 요결에 성공하는 이가 성현군자(聖賢君子)가 되는 것이요, 이 요결을 솔성(率性: 천성天性을 좇음)이라고 하고, 불가(佛家)의 대장경(大藏經)이 있어서 그 요결에 성공하신 이가 불보살(佛菩薩:부처와 보살), 나한(羅漢: 아라한), 조사(祖師)가 되어 그 요결이 견성(見性)이라 하고 선가(仙家)의 도장경(道藏經), 참동결(參同訣: 참동계)이 있어서 그 요결에 성공하신 이가 신선(神仙), 진인(眞人), 천사(天師)가 되고 그 요결을 명성(明性)이라 한다. 서양에서도 대동소이한 법이 얼마든지 있다. 그러니 내가 또 말할 필요가 없다고 본다. 그러나 내가 말하고자 하는 것은 나 역시 동호자의 한 사람이었고 또한 동고자의 한 사람이라 후학들의 동호동고자를 위해서 내가 경험한 바를 간단명료하게 몇 자를 적고자 하는 것이다.

● 사조(師助: 스승의 도움): 사계(斯界: 정신계)의 중진을 택해서 정신학에 대한 강의를 많이 들어야 할 것이요, 여기서 부지불각 중 신념이 생겨서 스승의 지시대로 정신수련을 해볼 일.

● 자습(自習): 천신만고(千辛萬苦: 천가지 매운 것과 만가지 쓴 것)를 무릅쓰고 백절불굴(百折不屈: 백번 부러져도 굽히지 않음)의 기백(氣魄: 씩씩한 기상)으로 자습할 일이다. 중간에 개로(改路: 길을 바꿈)가 실패의 원인이 된다.

● 우조(友助: 벗의 도움): 자습으로 의문이 생기고 사도(師道: 스승의 가르침)의 어려움을 물어 보기 곤란할 때에 동호동고자인 선배에게서 경험담을 들으면 백척간두(百尺竿頭: 백자나 되는 높은 장대위에 올라섬)에서 일루(一縷: 한 가닥)의 여망(餘望: 남은 희망)이 다시 이어져서 신앙이 강해지고 경의(敬意)가 표해짐으로 성심성의(誠心誠意)가 비로소 성공의 길을 여는 것이다.

이상으로 (봉우의 연정)요결을 대신한다. 방식론에 있어서는 전인지술(前人之述: 앞선 이들의 저술)이 갖춰져 있으므로, 나는 묵시(默示: 은연중에 뜻을 드러내 보임)로 폐기일도(閉氣一道: 호흡법 한 길)가 태식(胎息)의 첩경(捷徑: 지름길)이라고 쓸 뿐.

봉우소기(鳳宇笑記: 봉우는 웃으며 쓴다). 詳細更告于同好者對面時(상세한 것은 동호자를 만났을 때에 다시 알려 드리겠습니다.)

[이 글은 1954년 6월 27일 쓰신 것으로 추정되며, 1989년 간행된 《백두산족에게 고함》에 〈정신연구에 가장 중요한 비결은 무엇인가〉라는 제목으로 186, 187, 188페이지에 실린 것을 이번에 다시 역주하여 올립니다. 68년 전 그때에도 선생님은 정신수련의 가장

핵심요결을 "폐기일도가 태식첩경"이란 묵시로 후학들에게 전해
주시고 계십니다. 봉우 선생님의 절절한 가르침이 너무도 감사하게
느껴지는 글입니다. 너무나 감사합니다! -역주자]

내 생애에 부채만 없다면

의식주 삼건사(三件事:세 가지 일)는 인생필수조건이 되는 것이다. 빈부귀천(貧富貴賤)을 물론하고 누구나 다 있어야 하는 것이다. 비록 각자의 목적은 다 있다 해도 이 의식주는 다 동일하다는 것이다. 그러니 나도 이 의식주문제가 어떠한가 솔직히 기록해 보자. 구시대는 의식주가 동일한 난관으로 생각한 것이나, 현금으로 보아서는 주택문제가 빈궁자로는 제일 난관이요, 그다음은 식생활이요, 또 그다음은 의복문제라고 본다. 나는 경신년(庚申年:1920년)에 실패해서 부동산을 다 없애고 계해년(癸亥年:1923년)에 상신에 있는 잔존 몇 필지(筆地:구획된 땅의 단위)까지 다 팔고 가산(家産)까지 타인의 소유가 되었다. 상신으로 이사 온지 32년간에 주택은 타인의 소유를 빌려 거주하고, 의식(衣食)은 수지(收支)를 맞출 수 없었다. 수입이 있으면 좀 생활이 낫게 지내고 없으면 말 못 되게 지낸 것이 내 반생(半生) 생활이다. 말하자면 적수공권(赤手空拳)으로 빈궁에 쪼달리어 빈궁연습생으로는 자격이 있다고 생각된다. 지나온 행적을 추억해 보면 내가 이렇다는 정기수입이 없고, 또 이렇다는 생산기능이 없는 사람이라 그저 되어 사는 대로 살아온 것이다.

그러나 생활관계로 내가 양심상 못할 일은 한 일이 없고 또 내가 해보지 못한 노동도 해본 일이 없이 그저 불농불상(不農不商:농업도 상업도 아님)의 신세로 지내오며 내 본의가 이 의식주에 치중 않는 관계로 친척 간에서 혹 구호코자 하나, 받지 않고 친구사이에서도 주선해주는 취직장이 있었으나, 역시 응하지 않고 글자 그대로 호구연명(糊口延命: 겨우 먹고 살며 생명만 연장함)할 정도였다. 간혹 예산 외에 수입이 있으면 당연히 이런 것으로 주택문제를 해결할 일이며, 그다음은 식생활문제를 해결하는 것이 옳다고 수모(誰某:아무개)든지 말할 것이다. 그러나 나는 30여 년간에 예산치 않던 수입도 여러 번 있었으나 의식주 삼건에 유의를 못했었다. 왜정시대에 일본왕래에 약간의 수입이 있어서 부동산 몇 필지를 사두었다가 을유 8.15 광복절 후에 동지회 발기(發起)로 다 팔고 여전히 적수공권이다. 근년에 와서도 내가 모사불밀(謀事不密)한 관계로 생각하지 않은 부채가 20여 만 원을 지게 되었다. 그러나 이 부채는 의식주에는 일분(一分)도 관계있는 것이 아니다. 무슨 특별수입이 있던지 해서 이 부채만 청산된다면 내 의식주 문제는 별지장이 없을 것 같다. 내 부채가 없다고 본 내 생애면(生涯面)이 어떠한가 하면 가족전체가 유한자(有閑者:놀고먹는 사람)가 없다는 것이다. 비록 과중한 노동력은 없으나 글자 그대로 호구정도의 노동은 자각(自覺)하는 것이다.

현금이라도 최저생활로 수지를 맞춘다면 일년 수입면을 계상해 보자. 전작(田作:밭농사)이 1,000평(千坪) 이상에서 맥작(麥作:보리농사)이 대맥(大麥:보리) 4석(石), 소맥(小麥:밀) 1석, 두태(豆太:콩과 팥) 잡곡 약 1석과 감저(甘藷:고구마), 마령서(馬鈴薯:감자)가 열가마 가깝고, 시(柿:감) 생산은 간년(間年:한 해를 거름)하나, 50접 정도는 된다. 그리고 도(稻:벼) 1석 정도다. 정곡(精穀:정미한 쌀)으로 환산하면 6~7가마에 해당한다. 그리고 감 생산도 정곡으로 보면 2가마는 된다고 본다. 합계 8~9가마의 식량과 가아(家兒)의 군인가족배급이 월 5두(斗:말) 4승(升:

되)이니, 1년 총액 64두 8승(약 10말)이니 합해서 약 14가마의 정곡이 있고 잠이(蠶爾:누에) 수입이 현재로 보아 1년 5,000~6,000원이 계상되고 소성이 매년 방적료가 정기라고는 못보나 평균 백미 1석 이상은 되고, 실인(室人:아내)의 재봉료도 1년 4,000~5,000원은 된다. 그리고 내가 비록 정기는 못되나 그래도 예년의 잡수입으로 보아서 1년 5만~6만 원의 수입은 되는 것 같다. 이 정도의 총수입으로 만약 가족전체의 단결로 최저의 생활로 인하한다면 가족 4인의 식량이 총계 15가마 정도요, 생활필수품이 2만 원 내외면 최저생활수준은 될 것이다.

그렇다면 약간의 여유가 있을 것이나, 현상은 수지가 정반대로 적자가 나는 것이다. 이것은 수입은 최저생활자에 해당하는데 그래도 내 생활은 중농(中農)이상 내지 대농가(大農家)격으로 지출하는 관계로 항상 곤란을 면치 못하고 부채를 청산 못하는 것이다. 이것이 내 결단성이 부족한 연고요, 근검(勤儉)저축을 못하는 관계다. 이것이 내가 방랑생활로 소년시대부터 백수풍진(白首風塵:백수인생)이 다 된 연고라고 본다. 내 현상은 나부터 부정한 지출을 1년 총액으로 보아서 상당액을 계상한다. 이것이 내가 경제적으로 부족한 연고다. 내가 부채만 없다면 내 생활에는 중농가 보다는 무엇으로 보든지 여유 있게 지낼 자신이 만만하다는 것이다. 그러니 선결문제는 금년 내로 이 부채정리에 착수해서 청산을 볼 심산이다. 무엇이고 인내해 가며 이 일이 성공되기를 도모할 것이다. 하루라도 속히 실행으로 옮기자. 붓을 여기서 그치고 금년 말까지 심서(心誓: 마음으로 맹세함)하고 계약(契約)을 이행해 보자.

봉우기(鳳宇記:봉우는 쓰다.) 1954년 6월 28일
유신초당(有莘草堂)에서.

장림고(長霖苦:오랜 장마의 고통)

건상(乾象:천문)변화라는 것은 가히 예측하기 용이치 못한 일이요, 또 우리 마음대로 되는 법도 아니다. 그러나 백성들은 우순풍조(雨順風調:비바람이 순조롭게 됨)해서 고어(古語:옛말)에 풍불명조(風不鳴條:바람은 나뭇가지가 울리지 않게 부드럽게 불음)하고 우불파괴(雨不破塊:비는 흙덩이를 무너뜨리지 않을 만큼 가볍게 내림)[328]이라고 급시호우(及時好雨:때맞춰 내리는 좋은 비)로 연년(年年:해마다)이 풍등(豐登:농사가 잘됨)하였으면 하는 것은 우리 농민의 누구나 공통된 바람이다. 그러나 마음대로 되지 않는 것은 건상(乾象)이라 그래서 성인(聖人)이 재상(在上:위에 계심)하시고도 칠년대한(七年大旱:칠년간의 큰 가뭄)이니, 구년대수(九年大水:구년간의 홍수)니 하는 역사가 있었다. 그렇다면 천시수한(天時水旱:자연계의 홍수와 가뭄)은 세간의 정치 여하와 관계없고 기상변화에 따르는 것이다. 분명하다. 그런데 고어(古語)에 보면 성왕현상(聖王賢相:성스러운 왕과 어진 재상)은 이음양순사시(理陰陽順四時:음양을 다스리고 사시를 순하게 함)한다는 구절도 본 일이 있다. 만약 그렇다면 칠년대한과 구년홍수의 성주(聖主:聖君)가 재상(在上)하였던 것이 의문이다.

---

328) 전한(前漢)의 환관(桓寬)의 저서《염철론(鹽鐵論)》의 〈수한편(水旱篇)〉과 후한(後漢)의 왕충(王充)의 저서《논형(論衡)》《시응편(是應篇)》에 나옴. 주(周)나라 초기의 태평성대를 비유하며 날씨도 이렇듯 좋았다는 뜻.

건상(乾象)은 건상대로요, 정치는 정치대로라는 내 의사에서 말하고자 하는 것은 금년도 천기(天氣:하늘의 氣象)가 봄, 여름사이에 거의 우순풍조로 삼농(三農)329)이 모두 풍등(豊登)의 조짐이 보였는데 의외에 6월중 장림(長霖:긴 장마)으로 거의 하루도 거르지 않고 비가 오니, 그 수해(水害)가 한해(旱害:가뭄의 피해)만 못지않다고 본다. 그래도 대홍수는 아닌 것이 다행한 일이다. 수해가 전국적으로 골고루 있는 것 같다. 인명도 사상(死傷), 실종이 합해서 현재 70여 인이요, 경작지 침수면적도 수만 정보에 달하고 가옥파괴, 침수가 부지기수요, 교량파손과 도로파괴가 도처에 있는 것 같고, 기차불통과 전신불통도 된 것 같다. 우중산촌(雨中山村)에 잠재(潛在:물속에 잠겨 있음)하니 세상 밖의 일은 모르나, 혹 라디오로 방송하는 것을 들으면 상세하지는 못해도 대강 대강 보고한다. 현 수해도 그러하려니와 농지에 경작하는 곡물도 너무 장기간 강우(降雨)로 장양(長養:잘 자람)이 안 되는 것 같다.

이 현상이면 금후(今後) 천기에 달렸으나 아무리해도 풍등(농사가 잘 됨)하기는 곤란한 일이요, 만약 금년 농사가 여의치 못하면 여러 가지 영향이 농촌에 있다는 것이요, 일가(日稼: 날품팔이, 매일 농사) 생활을 하는 노동인(勞動人)들도 장림고(長霖苦: 긴 장마의 고통)를 다 맛보는 것이다. 이 정도로 속히 쾌청하였으면 하는 내 바람이요, 또 농민들도 다같이 염원하는 것이다. 금번 장림(長霖)이 다방면에 해(害)는 될지언정 유리한 곳은 별로 없으리라고 내 사견으로 평하는 것이요, 속히 저

329) 봄갈이, 여름갈이, 추수로 이루어진 세단계의 농사. 또는 평지에서 짓는 농사, 산에서 짓는 농사, 소택지(沼澤地)에서 짓는 농사를 합친 말. 《주례(周禮)》〈천관(天官) 태재(太宰)〉에 "삼농에서 아홉 가지 곡식을 생산한다.[三農生九穀.]"는 구절이 있다. 여기서는 농사를 통칭.

기압이 우리 지역에서 태평양으로 이동하기를 바라고 이 붓을 그치노
라.

갑오(甲午:1954년) 6월 28일 봉우서우유신초당(鳳宇書于有莘草堂)

이 대통령의 방미(訪美) 첫소리 중계방송을 듣고

우리 대통령이 미국 백악관(白堊館)에서 아이젠하워 대통령과 미국 극동계 고위층 인물들과 1시간 30분간의 회담이 있고 백악관에서 나오시는 도중 기자단의 질문에 대해 한국통일문제에 대해서 어떤 의견인가를 물었더니, 이 대통령의 대답이 평화롭게는 남북을 통일할 수 없을 것은 여러분도 동의하실 것 아닌가 하고, 무엇을 의미한 답변이 있었고 군사후원에 관한 것을 물으니 언급을 회피하였다 한다. 대체로 보아서 무력 북진통일을 의미하는 것 같다. 그리고 그다음에 있었던 부통령과 또 다른 고위층회담에서도 휴전 없이 북진하였으면 완전통일하였으리라고 언급한 바 있었다. 우리가 생각하는 바에 의하면 이 대통령이 아전인수식이 아닌가 한다. 1.4후퇴 뒤로 중공의 침입이 있은 후로 휴전될 때까지의 막대한 희생을 내어 가며, 전과가 무엇인가?

서부전선에서는 옹진(甕津:황해도 남서부에 있는 군), 연백(延白:황해도 남동부에 있는 군), 개성, 장단(長湍), 파주 일부를 상실하고 서울의 근거리인 한강입구 북안(北岸:북쪽 기슭)까지 중공군이 침입하고 있고 동부전선은 약간의 전진이 있으나, 득불보실(得不補失:얻는 것으로 그 잃은 것을 채우지 못함)이요, 중요지역을 잃은 것은 누구나 다 아는 바이다. 그리고 휴전 직전에 소위 단독북진시험에서 손원일 장군의 장담이 귀허(歸虛:소용없게 됨)하고 단시일의 손실이 3개년 전쟁손실에 해당할 정도라고 한다. 이것이 유엔군이 한국군의 실력을 검토해 본 것이다. 물론 전쟁은 승리해야 한다. 그러나 이것은 쌍방이 동일조건일 것이다. 그렇다면 완전무의(無疑:의심 없음)하게 승산이 없다면 다른 방법을 취하는 것이 당연하다고 본다. 전쟁은 쌍방이 다 불리하니, 평화적으로 또 외교적으로 해결하는 것도 당연한 일이다. 민족의 희생을 따지지 않고 고위층 몇 사람이 아전인수적 행동으로 평화외교정치를 내버리고 군사적으로 행동을 개시한다면 이 책임은 당연히 이 고위층에서 질 것이요, 국민전체가 질 것은 아니라고 본다.

미국에서 이 대통령을 초청한 것은 유엔에서 미국이 평화를 좋아하지 않고 한국문제해결을 무력전쟁으로 하려는 야심이 있다고 약소국가간에서 불평이 있는 것 같다. 그래서 아이젠하워 대통령이 이 박사님을 초청해서 다양하게 감언이설(甘言利說:달콤하고 이로운 말)을 해가며, 박사님이 북진통일을 주장하도록 외부에 발언하게 하면 한국통일문제의 암초는 이 박사님 개인의 주장에 있고, 미국이 그러는 것은 아니라고 증거를 들어서 유엔에 선전할 자료를 얻는 행동인 것 같다. 박사님이 비록 애국자이시나, 정치가도 아니요 군사가도 아닌 이상 당연히 정치, 군사에 자명벽(自明癖:스스로 현명하다 생각하는 버릇)을 버리고 박채중의(博採衆議:널리 여럿의 의견을 들어 채택함)라는 것이 어느 모로 보든지 옳은 일인데 박사님은 자처하기를 백과학자(百科學者:모든 과목에 전문가)라고 생각하시니, 이것이 노망이 아니시면 실책이라는 말이다.

아이젠하워 대통령의 이 대통령 초청은 오로지 아이젠하워 대통령의 호의가 아니요, 유엔에서 미국의 고립되는 책임을 전가할 방책에 지나지 않는다고 본다. 이 대통령님의 방미는 내가 생각하는 바는 성공이 아니라고 생각하는 것이다. 아전인수를 알고 대승적(大乘的) 견지에서 역사적으로 중대한 과정을 해결하는 것이 정당하다고 본다.《맹자(孟子)》에 [맹자께서 양나라 양왕을 만나시고 밖으로 나와 말씀하셨습니다. "왕을 바라보았더니, 왕같이 보이지도 않았으며, 앞에 가까이 대면해 보아도 위엄을 찾을 수 없었습니다. 왕이 내게 갑자기 묻기를 '천하는 어찌 정해지겠습니까?' 하여 내가 답하길 '하나로 통일이 되지요.' 하니 다시 묻기를 '누가 능히 천하를 통일하겠습니까?' 하기에 내가 답하기를 '사람을 죽이기를 즐기지 않는 자가 통일할 수 있습니다.'] 한 구절이 있다.330) 전쟁을 될 수 있으면 피하는 것이 상책이라고 본다. 남이고 북이고 전쟁을 좋아하는 데는 흥(興)하는 법이 없다. 6.25남침으로 북한은 패망하였으니 남한이야 비록 그 해를 입었으나, 북한같지는 않으리라고 본다.

원컨대 박사님도 전쟁을 피하시고 평화적으로 정치외교 방면에 주력하시어 현능(賢能:어질고 재간이 있음)을 택하시어 국가 만년대계를 반석같이 정하소서. 일개의 사욕으로 천추대의(千秋大義)를 잊으면 살아서 일신에 욕(辱)이 되고 사후(死後)에 유취만년(遺臭萬年:썩은 냄새가 영원히 남)하리니, 박사님은 현명하게 택하소서.

갑오(甲午:1954년) 6월 회일(晦日:그믐날)
봉우서우유신초당(鳳宇書于有莘草堂)

---

330)《맹자》원문. 〈양혜왕장구상(梁惠王章句上)〉 孟子見梁惠王. 出, 語人曰 望之不似人君, 就之而不見所畏焉. 卒然問曰 天下惡乎定 吾對曰 定于一. 孰能一之, 對曰不嗜殺人者 能一之.

추기(追記)

역사에 치즉난(治則亂:다스려지면 또 혼란이 옴)이요, 난즉치(亂則治:어지러우면 곧 다스려짐)라 하였고 평화가 있으면 전쟁도 있는 것이나, 될 수 있으면 전쟁을 피하는 것이 인도(人道)의 정의(正義)라고 본다. 영웅이라는 이들은 이 전쟁에서 승리자일지나 선전(善戰)하는 자가 도덕적으로는 유리한 사람이 못되는 것이다. 그렇다고 민족으로 국난이 있는 것을 극복하지 말라는 것은 아니다. 성인(聖人)께서도 전쟁에 임하거든 용기를 다하라 하시었다. 전진무용(戰陣無勇:전쟁터에서 용기가 없음)이 비효(非孝:효도가 아님)라 하시었다.331) 그러나 현 한국 실정으로 보아서 민족들은 전쟁을 피하고자 하는 것이 무리가 아니다. 전쟁의 고통은 서민층이 보고 전쟁으로 생긴 이득은 박사님을 둘러싼 특수층 고위인물들과 그 직계 인물들이 다 차지한다. 그래서 모병이 나오면 국민책임이요, 의무라는 것을 망각하고 무슨 짓을 하든지 기피하려고 한다.

경제적으로 여유가 있는 사람들은 입대자들도 다 무슨 조건으로 제대시킨다. 국민에서 청장년들은 당연히 이 입대를 못한 것으로 치욕으로 알아야 하는 것인데, 현상은 입대하는 자를 요즘 용어로 빽이 부족한 인물이요, 또 인격적으로도 모자라는 인물로 취급한다. 이런 국민을 인솔하고 북진통일을 전쟁으로 해결한다는 것이 좀 오해라고 본다. 국내의 민족정신부터 완전한 무장이 되도록 정치를 하고, 그다음에 이 단결된 백성을 데리고 전쟁하면 전필승(戰必勝:싸우면 반드시 이김), 공

---

331) 〈소학(小學)〉 〈명륜편〉에 증자(曾子)의 말씀으로 나옴.

필취(攻必取:공격하면 반드시 얻음)할 것이라고 본다. 박사님 생각에는 우리 국민이 유령시종(維令是從:명령만 내리면 따름)하니 내 정치가 무던하거니 하실지 알 수 없으나, 사실은 이와 반대일 것이니 이 박사님도 정신적으로 재수습(再收拾)을 하시라는 말이다. – 봉우추기.

찾아보기